고전산문의
발견과 활용

고전산문의
발견과 활용

조상우 지음

보고사

서 문

필자의 두 번째 책을 엮어 세상에 또 내놓는다. 2002년 월드컵으로 온 나라가 뒤흔들리고, 안정환이 골든골을 넣었을 때 필자는 박사학위논문 심사를 받았고, 그 해 11월에 첫 번째 책을 출간하였다. 그 때는 '다들 박사논문을 책으로 내야 하는가보다'라는 생각으로 정말 아무런 생각 없이 책을 세상에 내 놓았다. 조금 시간이 지나자 부끄러움에 후회를 많이 했다. 다시는 이런 후회를 하지 말아야지 다짐했음에도 불구하고 이번에 그 후회를 또 하면서 책을 낸다.

이번에 내는 책은 필자가 고전문학을 전공해야겠다고 마음을 먹고 석사학위논문을 쓴 이후 지금까지 쓴 글 중에 박사학위논문을 뺀 나머지 글을 모은 집합체이다. 필자가 의도한 것은 아니지만, 지금까지 필자가 연구한 작품들은 이상하게도 잘 알려지지 않은 작품이 많았다. 일단 석사학위논문제목부터가 그렇다. <전관산전(全寬算傳) 研究>.

여기에는 두 가지 요인이 있다. 첫째로 은사이신 故 秦東赫 교수님의 영향이다. 秦선생님은 평소 시조와 가사, 그리고 고소설을 발굴하고 연구하는 것에 평생을 바치신 분이다. <전관산전>도 秦선생님 소장본이다. 秦선생님의 이러한 연구방법론에 필자가 익숙해졌다. 둘째는 단국대학교 천안캠퍼스에 소장하고 있는 나손문고의 영향이다. 필자는 秦선생님께서 한국학연구소 소장으로 계실 때 나손문고에 있는 고서를 정리한 적이 있었다. 이를 계기로 그곳에 잘 알려지지 않은 자료를 많이 접할 수 있었다. 이것이 필자가 고전문학을 공부하는 계기가 되었고, 이후로 <빅년전>, <저승전> 등등 알려지지 않은 작품을 연구대상으로 다루었다.

　박사과정에 진학해서는 공부의 관심을 '애국계몽기'로 돌렸다. 그러나 이 분야도 비교적 잘 알려지지 않은 자료가 많아 필자가 새롭게 다루거나 처음으로 다룬 작품이 많았다. 지금은 '애국계몽기'나 '근대계몽기'라는 제목으로 많은 논문들이 제출되었지만 필자가 박사학위논문을 준비할 때만 해도 연구의 시작 단계라 할 수 있다. 그래서인지 여전히 필자는 남들이 손을 대지 않는 분야에 대해 공부를 하였고 논문을 썼다. 시기적 애매성으로 인하여 애국계몽기는 고전문학도 아니고 현대문학도 아닌 상태이기에 연구를 함에 있어서 장점도 있지만 단점도 가지고 있다. 같은 시기라도 고전과 현대 중 어느 쪽을 전공했느냐가 작품을 분석하는 중요 잣대가 되었다. 그렇다 보니 필자는 주로 애국계몽기에 한문으로 된 작품을 주로 다루었다.

　근래에 국문학 연구의 키워드는 글쓰기와 콘텐츠이다. 필자는 현재 단국대학교 인재개발원 소속 강의교수로 '사고와표현'이라는 글쓰기 과목을 강의하고 있다. 글쓰기 이론을 수업시간에 강의를 하고, 이를 학생들에게 적용시켜 본 후 논문에 반영하였다. 이러한 상황이고 보니 자연 논문이 주로 글쓰기와 관련된 것들이었다. 고전을 전공하던 필자가 글쓰기 논문을 쓰려니 너무 힘들었다. 학생들이 자주 사용하는 싸이월드에 가입하여 그 특성을 파악하기도 했고, 대중가요의 가사를 분석하며 글쓰기에 반영하기도 하였고, 그림을 보여주고 글로 옮기는 훈련을 시키기도 하였다. 또, 광고나 드라마를 예로 들며 수업도 하고 논문에 서술도 하며 전통 글쓰기 이론에 대한 글을 썼다. 그런데 글쓰기에 대한 공부가 오래지 않아서인지 힘에 부쳐 요즘은 필자의 주 전공인 고전을 활용한 글쓰기 논문을 쓰고 있다.

고전문학을 전공한 지 오래 되지도 않았는데도 불구하고 연구의 관심이 하나로 집중되는 것이 아니라 여러 방향으로 분산되었다. 전술한 것을 토대로 필자의 연구 분야를 살펴보면 "잘 알려지지 않은 조선후기 고소설의 발굴과 분석, 애국계몽기의 작가와 작품의 발굴과 분석, 고전을 활용한 글쓰기 연구" 등이다. 앞으로도 한문과 한글의 표기문자를 구분하지 않고 이 분야를 연구하여 최고 전문가가 되고 싶다.

기존에 발표한 논문을 묶자니 약간은 쑥스럽다. 요즘은 이렇게 책을 출간하는 것이 왠지 죄를 짓는 느낌이다. 세 번째 책은 기존 연구 성과의 결과물이 아닌 그야말로 책을 위한 책을 쓰고 싶다.

지금 필자가 서문을 쓰고 있자니 단국대학교 천안캠퍼스 국어국문학과에 입학해 고전문학을 하겠다고 고전문학반에 가서 『삼국유사』를 번역하며 공부하던 시절이 떠오른다. 선배들에게 혼도 나고 같이 밥도 해 먹으며 보냈던 시간이 필자가 여태 고전을 공부하는 밑바탕이었다. 필자가 87학번이니 벌써 20년 전 일이다. 선생님들이나 선배님들이 들으면 혼날 일이지만, 어느새 세월이 그렇게 흘렀다. 요즘 학교의 나무를 보며 그 세월을 느낀다.

필자가 단국대학교 천안캠퍼스에 입학했을 때 국문과 교수님들을 생각하면 속칭 쨍쨍하다고 자부할 수 있다. 선생님들의 면면을 보면 고전문학(황패강, 진동혁, 정학성 선생님), 국어학(홍윤표, 송철의 선생님), 현대문학(유민영, 송하섭, 김수복 선생님) 선생님들의 조합이 전국의 어느 국문과보다 '우리과'가 더 좋았다고 생각한다. 필자가 선생님의 존함을 거명했듯이 훌륭하신 여러 은사분들이 계시지만 학부시절 필자는 고전문학을 담당하셨던 선생님들에게서 느껴지는 중압감과 존경심을 잊을 수 없다.

고소설과 향가를 가르쳐주신 黃浿江 선생님, 시조와 가사를 가르쳐주신 故 秦東赫 선생님, 한문학과 비평 및 고전문학 전반을 가르쳐주신 鄭

學城 선생님. 황패강 선생님은 필자가 고전문학에 관심을 갖도록 인도를 해주셨을 뿐만 아니라 전국대학생 논문발표회에 나갈 수 있도록 지도를 해주셨고, 진동혁 선생님은 필자가 고려대학교 박사과정에 진학할 때 물심양면으로 도와주셔서 무난하게 고려대학교에 입학할 수 있었다. 그리고 필자의 결혼식에 주례를 맡아주셔서 분에 넘치는 사랑을 받았다. 정학성 선생님은 다른 학교로 적을 옮기셨는데도 불구하고 사단법인 유도회 한문연수원에서 공부할 수 있도록 도와주셨다. 필자는 그곳에서 卷宇 洪贊裕 선생님께 한문을 배울 수 있는 기회를 얻었고, 평생의 반려자를 만났다.

필자가 받은 선생님의 은혜는 여기서 끝이 아니다. 고려대학교라는 생소한 학교에서 아는 사람도 없을 때 아버지처럼 따뜻하게, 때로는 엄하게 대해 주셨으며, 박사학위논문을 제대로 쓸 수 있도록 지도해주신 印權煥 선생님. 印선생님은 참 다정다감한 분이다. 작년에는 선생님께서 직접 종이를 오리고 붙인 연하장을 받았다. 아마 세상에 하나밖에 없는 연하장일 거다. 얼마나 감동이었는지 모른다. 필자처럼 선생님의 은혜를 받은 사람이 또 있을까.

이 분들은 필자가 학부와 대학원에서 고전에 관심을 갖도록 인도해 주셨다. 이미 한 분은 돌아가셨고, 나머지 선생님들도 잘 찾아뵙지 못하여 선생님들께 받은 은혜를 필자가 지금도 다 갚지 못하고 있고 앞으로도 잘할 자신도 없다. 이 자리를 빌려 감사의 인사를 올리고 싶다. 선생님 감사합니다.

이 분들 외에도 필자의 석사학위논문을 지도해주신 윤주필 선생님을 비롯한 現 단국대학교 천안캠퍼스 국어국문학과 교수님과 선・후배님들, 화경고전연구회 선생님과 선・후배님들, 고려대학교 고전문학한문학연구학회 선생님과 선・후배님들, 동양고전학회 선생님들, 필자의 박사학위논문을 심사해주신 선생님들, 민족문학사연구소 소설분과 회원들께 너무나도 많은 은혜를 입었다. 어떻게 은혜를 갚을지 까마득하기만 하다.

서문이 수필이 되어가는 느낌이다. 그래도 할 말은 계속 해야겠다. 공부하는 사람이 공부하는 사람을 만나 가정을 꾸리고 돌보느라 고생한 아내 金南伊에게 고마움을 전하고 싶다. 누군가가 이런 말을 한 적이 있다. 공부하는 사람의 아내는 전생의 업보를 치르는 것이라고. 그게 맞는 말인 듯싶다. 그리고 업보를 치르는 딸을 둔 부모님도 덩달아 고달프시다. 공부하는 딸과 사위 때문에 외손자 보시느라 장인, 장모께서 이별해서 사신다. 항상 죄송스럽기만 하다. 엄마, 아빠가 공부한다고 아들이랑 놀아줄 시간도 별로 없어서 엄마 아빠만 보면 학교가지 말라고 말을 건네는 아들 민기야 미안해!

또 얼마 전 부모님 산소를 이전했다. 17년 전 필자로 인해 생긴 일이라 지금껏 가슴 속에 무엇인가가 뭉쳤었는데, 이제는 뻥하고 뚫린 기분이다. 부모님의 극락왕생을 바랄 뿐이다.

마지막으로 별 도움도 안 되는 책의 출판을 흔쾌히 허락해 준 보고사 김흥국 사장님에게 감사할 뿐이다. 이 책을 내며 김 사장님에게 가졌던 필자의 마음의 빚을 청산하는 느낌이다. 또 나의 어지러운 글을 편집하느라 여름에 너무나도 수고한 이경민 님께도 감사의 말을 전한다.

2007년 9월 1일

天安 安棲湖畔에서

趙祥祐 識

차 례

제2부 격동기의 산물, 애국계몽기 서사 작품

제3부 고전을 활용한 다양한 글쓰기

제1부
새롭게 정립한 조선후기 소설 작품

<젼관산젼> 연구

-화소와 구조를 중심으로-

1. 서론

<젼관산젼>은 작자와 연대가 미상인 고소설이다. 진동혁(秦東赫)에 의한 해제[1]와 함께 몇 편의 논문[2]만 있을 뿐이었고, 본격적인 작품론은 조상우에 의해 비로소 시도되었다.[3]

이처럼 새로이 발굴되어 소개되는 소설이나, 소개되었더라도 특별한 관심을 끌지 못하는 소설이 존재하는 원인은 작자와 저작연대가 불분명할 뿐 아니라 작품 그 자체도 일정수준에 이르지 못하기 때문이다.[4]

1) 진동혁, 「젼관산젼(全寬算傳) 해제」, 『어문논집』 제27집, 고려대 국어국문학연구회, 1987. 12.

2) 박대복, 「厄運小說 硏究 -내용을 중심으로-」, 『어문연구』 79호, 한국어문교육연구회, 1993.
   김근태, 「延命을 위한 探索이야기의 한 변형」, 『숭실어문』 8집, 숭실어문학회, 1992.
   박대복과 김근태에 의해 약간 언급되었다. 이들은 본 소설을 각각 「액운소설」과 「연명소설」로 나누어 다루고, 박은 <사대성전>, <홍연전>, <정수경전>, <이진사전> 등의 작품을, 김은 <반필석전>, <젼관산젼>, <십생구사>, <홍연전> 등의 작품을 가지고 고찰하였다.

3) 조상우, 「젼관산젼(全寬算傳) 硏究」, 단국대 대학원 석사학위논문, 1995.

4) 姜中卓, 「<李尹求傳> 硏究」, 『명지어문학 20호-얼므나 이응호박사 퇴임 기념호』, 명

그렇다고 해서, 이런 류의 작품을 도외시해서는 안 된다. 우리 소설사에서 밝혀진 소설 이외에 무궁한 고소설이 있을 수 있다. 그 예로 단국대학교 천안캠퍼스 나손문고에 있는 소설 중에 우리가 흔히 접해보지 못한 소설들이 많이 존재하고 있다. 그렇기 때문에 작품들의 연구는 착실히 시도되어야 한다.

왜냐하면, 개별적 작품 연구의 축적은 그 자체로서의 성과는 물론이거니와 언젠가는 소설사를 바꾸는 기술까지도 가능케 할 것이므로 알려지지 않은 많은 작품의 발굴과 아울러 개별적 연구는 반드시 수행되어야 할 과정이며 필요한 작업이다.5)

<전관산전>은 숙종대왕 즉위 초를 배경으로 하고 있으며 선남선녀인 전관산과 정소저의 이야기를 예정과 선택의 결합구조로 풀어나갔다. 그러면서 실제적으로는 여성이 우위를 점하는 내용과 함께 그에 따른 화소를 중심으로 이야기를 서술하고 있다.

이같은 작품의 논의를 위해서 이 책에서는 화소(話素)와 구조(構造)에 대해 고찰하고, 본 소설의 소설사적 의의를 밝히고자 한다.

화소는 본 소설이 설화적 요소를 많이 가지고 있으므로 본 소설에서 어떠한 역할을 하고 있는가를 살펴보기 위해 점복(占卜), 지감(知鑑), 급제(及第), 응보(應報)로 나누어 살피려 한다.

구조는 세 가지로 나누어 살펴보기로 한다. 첫째는 예정과 선택의 결합구조이다. 고소설은 주인공이 천상에서 적강한 소설과 그렇지 않은 세속소설, 그리고 중간적인 형태를 가진 소설로 분류할 수 있는데6), 본 소설은 중간적인 형태를 수용하고 있는 소설로 생각되어 이를 구명하고자 한

지대학교 인문대학 국어국문학과, 1992, 21쪽.

5) 姜中卓, 상게논문, 22쪽.

6) 이상택, 『한국고전소설의 탐구』, 중앙출판, 1981, 237-250쪽.

다. 둘째는 운명 순응과 극복의 구조이다. 전관산의 운명을 개척해주는 정소저와 보조인물(부모)의 적극적인 개입으로 말미암아 천상의 운명을 바꾸어 줌으로써 천상의 이치를 지상인의 의지로 극복하고자 하는 의식의 변화를 나타내고 있다. 셋째는 확산과 승화의 구조이다. 정소저의 활약이 소설의 말미에 승화되고 구조적으로 확산되어가는 모습을 구명하고자 한다.

<견관산전>의 내용은 대략 다음과 같다. 불공(佛供)에 힘입어 짧은 운명을 타고난 남자 주인공 관산이 판수(점쟁이)의 비방에 힘입어 정소저를 만나는 데서부터 본격적인 사건이 출발한다. 여주인공 정소저에 의해 관산은 목숨을 온전하게 할 수 있었으며, 장원급제하여 고관대작(高官大爵)을 지내고 번땅의 임금으로 임명되는 등 부귀영화(富貴榮華)를 누린다. <견관산전>의 경개(梗概)를 살펴보면 아래와 같다.[7]

숙종대왕 즉위 초에 강원도 금강산의 학동촌에 전광월이라는 명환이 있었다. 일점 혈육이 없어 고민하던 중 불공의 정성으로 인해 모년모월모시(15세)에 죽을 아들을 점지받았다. 이로부터 부인에게 태기가 있어 열달 뒤 남자 아이를 낳았는데 기골이 장대하고 얼굴이 비범하였고, 이름을 '관산'이라 하였다. 점점 자라매 총명하여 시서백가를 모두 깨우치고, 풍채 또한 좋았다. 15세에 이르러 죽을 날이 가까워 관산은 부모 앞에서 죽으니 나가서 죽겠다고 결심하여 노비 충남과 함께 집을 떠났는데, 우연히 판수를 만나 서울에 사는 정승상의 딸과 인연을 맺으면 산다는 비방을 듣게 되어 관산은 그 길로 충남을 데리고 한양으로 출발하였다. 한양에 당도한 관산은 주막 노인과 그 자식의 도움으로 인해 정소저를 만나게 되었다. 관산이 정소저의 방으로 들어갔는데, 책을 보던 정소저가 관산에게 어떻게 왔느냐며 추궁했다. 관산이 판수가 알려준 비방을 얘기하니 정소저는 도술과 주역을 이용하여 관산을 구해주었고 과거에 급제하도록 도와주었다. 그리고 관산은 정소저와

---

7) 자료의 서지는 조상우, 전게논문, 1장 2절 참조.

공주를 아내로 맞아들였다. 혼례를 올린 관산은 참판의 벼슬을 제수받고 부
모님과 함께 한양으로 이사하였다. 그러던 중 명나라 천자가 우연히 옥새를
잃어 버려 이를 찾기 위해 정소저가 사신으로 중국에 가서 도술을 부려 옥
새 훔쳐간 도둑을 붙잡아, 번왕의 계략으로 명나라 옥새를 훔쳤다는 것을 알
아내고 옥새를 찾았다. 여사신(정소저)의 공으로 인하여 관산은 번왕으로,
여사신은 왕후로 봉해졌다. 그 후 정소저가 조선으로 돌아와 명나라에서 옥
새 찾은 일과 관산이 번왕으로 봉해진 일에 대해 상소를 올리니 임금이 관
산을 좌승상으로 봉하고 정소저를 정열부인으로 봉하였다.

2. 화소(話素)

고소설에서 화소(話素)에 대한 연구는 기자(祈子), 태몽(胎夢), 탄생(誕
生), 재생(再生), 변신(變身), 금기(禁忌), 지감(知鑑) 등 여러 측면에서 이
루어져 왔다. 한 작품 내에서 화소의 기능은 매우 중요하며, 특히 흥미를
유발시키는 핵심 부분의 구실을 맡는다. 화소 연구는 고소설 작품의 특수
한 구성과, 이에 따른 인물의 특성을 밝혀내는 데 의의를 지닌다. 고소설
의 주인공과, 주인공을 둘러싼 보조인물들과의 관계 속에서 어우러지는
사건의 전개과정에 내포된 화소 연구는 고소설의 특질을 밝히는 데 의미
를 지닌다.[8] 이 장에서는 화소를 점복(占卜), 지감(知鑑), 급제(及第), 응보
(應報)로 나누어 살피고자 한다.

1) 점복(占卜)

한국의 점복이 역사적으로 중국 등 주변 지역의 영향을 크게 받았던 것
으로 보이지만, 그것만으로 한국의 점복에 대해 전부 설명할 수는 없다.

---

8) 한준섭, 「고소설에 나타난 지인지감연구」, 건국대 대학원 석사학위논문, 1988, 2쪽.

점(占)은 세계적으로 행해지고 있으나, 우리의 점복은 우리 생활의 일부를 토대로 이루어지며, 신탁점(神託占) 이외의 점복은 일반인들도 할 수 있을 만큼 대중적이다.

우리의 생활에서 쓰이는 물건들을 가지고 점복을 실시하는 일은 일종의 재미일 수도 있으나, 사람들이 자신의 미래를 알려고 하는 의식(意識)이 내재되어 있다. 그리하여 현대에서는 화투나 포커를 가지고도 점이 이루어지고 있으며, 미래를 예측하는 행위에는 "금압법(禁壓法)", 일명 '비방(秘方)'이 함께 행하여져 현세에서의 편안함을 갈구하고 있다. 사람의 생활은 변화의 체계이며 그 변화는 인간관계에 의해 규정되어 예측할 수 없으므로 불안이 생기고 생활을 위축시킨다. 이러한 불안을 해소시켜주는 것의 하나가 점복법이다.[9]

신비점(神秘占)은 신령과 귀신의 기탁(寄託)에 의하여 길흉화복(吉凶禍福)을 판단하는 부류로서 무당이 강신(Possesion)한 상태에서 신탁점(神託占), 신시점(神示占)의 두 가지가 이루어진다. 무당은 하늘과 인간들을 이어주는 중간자(Inter-cesser) 역할을 하고 있으므로 보살과 중보자와 같은 존재이다.

<전관산전>에 나타나는 예를 살펴보면,

　　판슈 마지 못흐여 은즈을 밧고 曰 혹 살듯한 일니 잇시되 니난 진쇼의 귀을 막고 방울을 흔듬과 갓도다한니 …… 판슈曰 그더 살기을 발이오면 셔울 鄭政丞 딸과 너외가 되여야 살거신니 될슈가 잇난야 …… 판슈 답曰 鄭丞相 딸니 본니 흣날 玉皇상계의 시려로서 상곗계 得罪흐여 人間의 니치시

---

9) 村山智順, 金禧慶 譯, 『朝鮮의 占卜과 豫言』, 東文選, 1991, 6쪽.
　　신탁점에는 신을 강신시켜 점을 치는 神憑占, 신령의 음성을 그대로 점을 말하는 神聲占, 그리고 신의 글씨라고 믿어지는 것을 통해 점을 치는 神筆占이 있다. 神示占은 신이 계시하는 것을 여러 가지 방법에 의해 알아내는 것을 말하는데 쌀, 동전, 신대, 방울, 그릇, 신칼 등에 의해 점을 친다.

민 두로 단니다가 그 집의가 타여낫시되 天文地理와 음양슌사시을 아난고
로 츠즈을 취ᄒᆞ면 살연이와 (전관산젼 5-6쪽)

판수는 신탁에 의한 점을 치고 있다. 여자 주인공의 전생에 대한 비밀
을 알려주고 관산의 명을 바꾸게 한다. 처음에 판수가 거절한 것은 자신
이 천기누설(天機漏洩)할 수 없음을 나타내고 있다. 한나라 때에 왕충은
『논형(論衡)』「초품편(初稟篇)」에서 "문왕은 어머니 배속에 있을 때 이미
명을 받았다"라고 하였다. 그리고 「명의편(命義篇)」에 보면 "무릇 사람이
명을 받는 것은 부모가 氣를 전달할 때에 이미 吉凶을 얻는다"[10]라고 하
였다. 이것은 명(命)이 이미 정해진다는 것을 의미한다.

그럼에도 불구하고 판수는 관산의 운명을 바꾸기 위해 계책을 알려준
다. 옥황상제의 말을 판수라는 매개자를 통해 나타내주고 있으며 작가는
판수의 강신상태(공수)를 적절하게 이용한 것이라 할 수 있다.

들어간니 쇼졔 안불동염 ᄒᆞ고 周易八卦를 익더니 칙을 물이고 안지며 曰
네가 귀신인야 스롬인야 귀신니면 쥬역팔괘을 일글진딘 쪽겨 갈터인더 죠금
도 요동치 안니ᄒᆞ니 무엇신야 ᄒᆞ거날 …… 쇼졔 디야을 가지고 못 가온더
물을 쩌다가 증명쥬사을 긴ᄒᆞ계 풀어노코 표자박 ᄒᆞ나을 씌워노코 子時을
기다리던니 문득 광풍이 디작ᄒᆞ며 진동ᄒᆞ난듯 ᄒᆞ며 다른 문을 열치던니 불
썽니 드러오던니 …… 쥬스물을 쑬니면셔 나가라 호통ᄒᆞ고 (전관산젼 11쪽)

관산의 얘기를 들은 정소저는 관산을 이불 위에 누이고 진명시(盡命時)
에 이르러 주사물과 진언으로 관산의 명(命)을 온전하게 해주고 기절한
관산에게 약을 주어 쾌차하게 한다. 정소저는 주역을 읽는다고 하여 사주

---

10) 張榮華, 『中國古代民間方術』, 安徽人民出版社, 1993, 111쪽 재인용.
  ≪論衡·初稟篇≫也說: "… 文王在母身之中已受命也." 又 ≪命義篇≫說 : "凡人
  受命, 在父母施氣之時, 已得吉凶矣."

에 능통함을 암시하고 있다. 주사를 풀어 귀신을 쫓게 했다는 것은 신의 점을 행한 것이라 볼 수 있다.

<견관산전>에서 두 주인공의 만남은 판수의 비방에 의한 만남이다. 정소저는 적강한 인물이고, 관산은 불공(佛供)에 의해 기이하게 출생했으나 지상인이다. 천상의 완전한 틀에서는 다소 벗어났다고 할 수 있으나 그래도 천상의 예정틀 속에 포함되어 생활하고 있다. 그러나 매개자로 등장한 판수(점쟁이)가 신탁점을 치고 정소저가 신의점을 치는 행동 등이 예정된 틀에서 변경하였음을 암시한다. 관산이 정소저를 만나 목숨을 보전하는 것은 인간적 의지로 천상의 질서에 개입하고 있음을 보여준다.

2) 지감(知鑑)

지감 화소는 본 작품의 중심사건이 전개되는 데 있어 결정적 계기로 작용한다. 지자(知者)가 피지자(被知者)를 발견·선택함으로써 비로소 중심사건이 전개될 수 있다. 피지자는 훌륭한 자질을 보이지 않은 채 불리한 여건에서 초라한 차림으로 등장한다. 그럼에도 불구하고 아무도 알아보지 못하는 숨은 인재를 한 순간에 발탁한다는 것은 독자들에게 대단한 호기심을 자아낸다. 인간은 삶의 장에서 알 수 없는 신비한 영역에 부딪치지 않을 수 없기에 더욱 관심을 갖는다.[11]

지감 화소는 인간적인 주체적 능력이 부각된다는 점에서 초월적 세계 개입에 의한 천정론적(天定論的) 화소와 대조된다. 지감 화소는 매우 합리적이고 현실적인 사고 방식을 반영하고 있다.[12]

본 소설에서의 지감 화소는 정소저와 관산의 첫 만남에서 나타난다. 그

---

11) 현혜경, 「한문단편의 서사구조에 있어서 '知鑑'화소-「溪西野談」 소재작을 중심으로-」, 『한국한문학연구』 제9·10합집, 한국한문학연구회, 1987, 372-373쪽.

12) 현혜경, 상계논문, 374쪽.

리고 지감에 의해 혼인에까지 이른다.

> 네가 귀신인야 스롬인야 귀신니면 쥬역팔패을 일글진딘 쪽겨갈터인디 죠
> 금도 요동치 안니ㅎ니 무엇신야 ㅎ거날 寬算니 답 曰 과연 사롬이로쇼니다
> 귀신니 무삼일노 들어올니요 흔디 쇼졔 曰 나난 지비라도 들어오기 얼엽거
> 던 ㅎ물며 스롬이 웃지 들어오며 무삼일노 들어왓난요 寬算니 답 曰 ……
> 쇼졔은 잔잉한 목슘을 살여 쥬옵쇼셔 ㅎ고 양안의 뉴수 홀여 옷깃셜 적시거
> 날 쇼졔 이 말을 듯고 치은ㅎ미 그지 읍난지라 (젼관산젼 10쪽)

관산이 정소저를 찾아가 처음으로 대면을 하는데 정소저는 놀라운 표
정을 짓지 않는다. 아주 담담한 마음으로 관산에게 귀신이냐고 묻고 제비
도 들어올 수 없는 곳을 어떻게 들어왔냐고 말한다. 관산의 대답을 듣고
서야 정소저는 진명일(盡命日)이 다가온 관산에게 도움을 준다. 관산이
대답하기 전까지는 정소저도 관산이라는 인물에 대해 아는 바가 없었다.
그러나 관산의 한 마디로 정소저는 관산을 알게 된다. 이는 본 소설의 전
개에서 "劇性13)"을 고조하여 예술적 흥미를 높였다고 평가할 수 있다.14)
이 과정을 거쳐 정소저는 지감에 의해 관산을 도와주고, 서로가 천생연분
임을 아는 계기가 된다.

> 쇼졔 염실단파ㅎ고 曰 그디 웃지ㅎ여 드러왓던지 이 지푼 밤의 드러와 남
> 녀 상봉ㅎ니 천셩연분니 안니고난 그러할슈 읍신니 우리 양닌은 ㅎ날니 지
> 시한 연분니라 무삼 허물 잇스올릿가만 …… 寬算니 답 曰 스셰 그러ㅎ오
> 나 춤방ㅎ기을 웃지 발알니요 …… 쇼졔 曰 이번 과거시관을 父親니 가실

---

13) 김진태는 『보심록』과 <정수정전>을 연구하면서 '극성이론'을 기술하고 있는데, 이는
   사회주의적 사실주의 소설들이 무갈등의 양상을 보이게 되자 인물관계의 邂逅나 認知
   를 정점에 두도록 한 이론이다.

14) 심경호, 「북한의 고전문학연구 성과와 문제점」, 『북한의 한국학 연구성과 분석』, 한국
   정신문화연구원, 1990, 408쪽.

인니 시관을 가시오면 글졔을 상의하여 할거신니 너 지금 글졔을 싱각ᄒ여 글을 두어귀 지여 줄니다 ᄒ고 필연을 너여 노코 그졔와 글을 지여 쥬거날 (젼관산젼 11-13쪽)

관산을 죽을 고비에서 살려준 정소저는 그제야 우리 둘은 천생연분(天生緣分)이라고 말한다. 전과는 전혀 다른 어투로 자상하게 말하면서 부모에게 알려야 한다고 한다. 그리고는 사위 자격을 얻기 위해 과거에 급제하도록 도와주고 혼례를 올린다.

혼인은 '人倫之大事'로 혼례식이라는 통과의례(通過儀禮)를 통해 모든 사람들에게 승인을 받는다. 혼례식은 주로 새로운 환경에 영구히 통합하는 의례로서 구성되며, 우리가 기대한 만큼은 아니지만 둘만의 개별적인 결합의례를 포함하기도 한다.[15]

그러나 혼인에는 항상 경제적 조건이 음양(陰陽)으로 작용하게 마련인바 그 중요성은 경우에 따라 다소 변하지만 경제적 속성을 지닌 행위들이 결혼식과 적절히 혼합되어 있음을 주목해야 한다.[16]

정소저가 관산에게 애정을 느껴 천생연분이라면서 혼인을 청한 것 같지는 않다. 당시 사회는 여자가 능력이 있어도 행동의 제약을 받던 시대이다. 그런데 자기능력을 발휘할 수 있는 대상을 만났기에 관산과 혼인하려고 했다. 임금이 관산을 부마로 간택한 것도 지감에 의한 것이라 할 수 있다.[17]

남녀의 만남인 혼인은 인간의 중대사이며 성스러운 축제 행사이기에 시련이 따른다.[18] 그렇기에 정소저는 부모에게 먼저 알려야 한다고 말하

---

15) Arnold van Gennep, 『通過儀禮』, 全京秀 譯, 乙酉文化社, 1985, 174쪽.

16) Arnold van Gennep, 上揭書, 175쪽.

17) 지감에 의한 만남으로는 『계서야담』의 '이순신의 처', <빅년젼>의 '백년' 등을 예로 들 수 있다. 그리고 이는 여자에 의한 과거급제의 성격을 띠므로 애정의 개입은 없다.

였고, 관산의 탐색도 뒤따른다. 지감은 적절한 대상을 만났다는 측면에서는 운명성을 띠지만, 피지자를 선택했다는 측면에서는 인간 의지에 의한 능력이다.

<박씨전>에서는 박처사가 이득춘의 덕행과 이시백의 용모에 지감을 느껴 자신의 딸을 시집보내려 한다. 그리고 이득춘 또한 박처사의 비범한 행동에 지감을 느껴 사돈 맺기로 약속하고 그 자리에서 길일을 가려 혼인 일을 잡는다. 그리고 박소저에 대해서도 자신의 집안을 일으킬 재목으로 여긴다.19) 이러한 지감은 이전의 태몽에서 먼저 예시되었던 것을 지상에서 처사에 의해 다시 재현되는 것에 불과하다. 이로 볼 때 같은 지감화소가 나타난다고 하더라도 <박씨전>은 운명이 미리 예정되어 있는 소설로, <전관산젼>보다는 천상의 개입이 강하게 나타난다고 볼 수 있다.

3) 급제(及第)

과거급제(科擧及第)는 고소설에서 자주 등장하는 중요한 소재다. 과거급제가 자주 등장하는 이유로는 조선왕조사회에서 선비가 출세를 하기 위해서는 마땅히 거쳐야 하는 과정이기 때문이다. 따라서 그것의 성취인 과거급제는 동경의 상태로 표현되고 독자들의 대리만족이 투사되어 있다. <전관산젼>에서 보이는 과거급제의 과정을 보이면 아래와 같다.

> 닉에 父親ᄃᆞ감계압셔 이번 과개[sic 거]의 동몽 급제하난 아히 잇시면 스회을 삼녌단 말삼을 들엇싸온니 …… 쇼졔 曰 이번 과거시관을 父親니 가실인니 시관을 가시오면 글졔을 상의하여 할거신니 닉 지금 글졔을 싱각ᄒ

---

18) 김석배, 「<야래자>형 설화와 혼사장애의 문학사적 전개」, 『문학과 언어 4』, 문학과 언어연구회, 1983, 14쪽.

19) 조상우, 전게논문, 75쪽.

여 글을 두어귀지여 쥴니다 ᄒ고 필연을 너여 노코 그졔와 글을 지여 쥬거
날 …… 글졔을 걸엇거날 쇼졔가 지여쥬던 글졔너라 쇼졔의 글을 벽겨 일쳔
의 션장ᄒ이 王上니 보시고 충찬 曰 (젼관산젼 12-14쪽)

정소저에 의해 관산은 무사히 장원급제한다. 정소저는 관산의 목숨을 구
해준 생명의 은인일 뿐만 아니라 정소서는 또한 소설에서 시관의 딸로 설
정되어 있어 관산은 '장원급제'라는 의외의 기쁨을 얻는다. '여자에 의한
급제 유형'인 것이다. 이는 염정소설(艶情小說)에서 흔히 나타나는 '여자를
위한 급제 유형'과는 판연히 다르게 나타난다.

필자는 과거급제를 두 가지로 나누어 보고자 한다. 하나는 여자를 위한
급제, 또 하나는 여자에 의한 급제다. 전자는 한 여인을 사랑하는 일과 학
업에 정진하는 일이 계기적으로 설정되어 있다. 그런데 사랑하는 남녀를
갈라놓는 인물로 부모가 개입된다. 아들을 공부시켜 장원급제시키기 위
함이다. 그래서 둘은 헤어지나 장원급제 후에 화려한 상봉을 한다. 남성
은 여인을 만나기 위해 자기 목적을 달성한다. 여성을 위한 것도 있지만
남성을 위한 것도 포함된다. 그에 비해 후자는 애정과 급제가 전자만큼
계기적이지 못하다. 남성이 느끼는 애정이 급제의 원동력이기보다는 여
성의 도움이 더욱 결정적이다.

이 두 가지 유형 중 전자에서는 여주인공이 소극적인 반면 후자에서는
적극적이다. 전자에 해당되는 소설로는 <춘향전(春香傳)>, <숙향전(淑香
傳)>, <숙영낭자전(淑英娘子傳)> 등을 들 수 있고, 후자에 해당되는 소설
로는 <젼관산젼>, <빅년젼>을 들 수 있다.

<박씨전>에서는 구체적인 행동이 나타나는 것이 아닌 상징적인 의미
로 서술하고 있다. 박씨가 피화정에 있을 때 꿈에 본 연적을 구해 이시백
에게 주니 시백이 이 연적을 사용하여 급제를 한다. 이 소설에서 보여주

는 급제 또한 후자에 해당한다고 볼 수 있다.

본 소설에서 보이는 "여자에 의한 과거급제"는 여성우위의 상황을 나
타내고 있는데 이는 과거 전통적 여인상이 전승되면서 변개(變改)된 화소
(話素)라 생각된다. 그리고 급제라는 화소는 정소저의 지감으로 인해 관
산을 자기 발전의 대상으로 이용하고자 과거를 보도록 도와준다. 관산의
신분을 극적으로 바꾸기 위한 수단으로 이용되고 있다.

4) 응보(應報)

고소설에 나타나는 응보(應報)는 흔히 선(善)과 악(惡)의 결과로 나타난
다. 본 소설에는 천자의 옥새를 훔친 자(者)를 응징하는 것과 옥새를 찾은
뒤 금의환향(錦衣還鄕)하는 대목에서 나타난다.

응보는 권선징악(勸善懲惡)을 주제의식으로 하는 고소설에서 흔히 쓰
이는 화소다. <흥부전>에서도 흥부와 놀부에게 제 각각 선악의 응보가
나타나고 있다.

강재철(姜在哲)은 맹자의 설시법(說詩法)과, 역대 이론 중 홍운탁월법
(烘雲托月法)20)과 츤탁법(襯托法)21)을 인용하면서 악(惡)에 의해 선(善)
이 더욱 뚜렷해진다고 하였다.22) 명심보감(明心寶鑑)에 "爲善者는 天報
之以福하고 爲不善者는 天報之以禍"라고 한 구절(句節)에서 보듯 우리
선인들은 권선징악을 철칙처럼 믿었다. 한문현토(漢文懸吐) <숙향전(淑香
傳)> 서문(序文)에 "소설가가 소설을 저술함에 있어서 그 본지가 권선징

---

20) 주체인 달을 그리기 위해서 달을 바로 그리지 않고 객체인 구름을 주위에 그림으로써
    자연 달이 그려지고 오히려 그것이 더 두드러지게 하는 수법이다.

21) 다른 사물에 의하여 주체를 두드러지게(돋보이게)하는 수법이다.

22) 姜在哲, 「朝鮮後期 小說에 있어서의 善·惡 人物의 性格 把握 問題」, 第二十二回
    東洋學學術會議講演抄, 檀國大學校 東洋學 硏究所, 1992, 33-54쪽.

악의 뜻에서 나온다"[23]고 밝히고 있다. 그러므로 권선징악을 통한 응보는 고소설이 가지는 전형적 유형이다.

> 즉시 번국을 치라 ㅎ시고 …… 번왕을 스로 잡아 함지의 늦코 망달은 능지쳐참 이삼쪽ㅎ고 도라와 황졔쎄 망달니 잡아쥭인 말삼과 번왕 잡아 오넌 말을 쥬달ㅎ온니 즉시 번왕을 잡아 들이여 슈ㅈㅎ고 밍길과 함겨 니여 벼히고 (젼관산젼 27-28쪽)

정소저는 중국에 들어가 황제와 황후를 만난 후, 병사들에게 장막을 치라고 명한다. 목욕재계(沐浴齋戒)하고 육갑을 통하여 옥새를 훔쳐간 망달을 잡아 죄를 따지자 망달은 번왕이 시켜서 한 일이니 살려달라고 말한다.

황제는 정소저의 공을 칭찬하며 병사들을 이끌고 번왕을 치러가는 과정에서 위엄함이 대단하게 묘사되고 있다. 번왕은 도망치지 못하여 사로잡히고 망달은 능지처참을 당하고 그 삼족이 멸하게 되었다. 번왕은 수죄후 죽임을 당했다.

번왕과 망달을 응징한 것으로 옥새 사건은 끝을 맺는다. 선이 악을 이기는 것으로 고소설에서 흔히 보이는 Happy Ending의 결말구조를 나타내고 있다. 후술할 것이지만 <젼관산젼>에서는 중국인 명나라가 오랑캐인 번(청)을 이긴 것으로 나타난다. 역사적 사실로는 청이 이겨야 하나 작가는 청의 승리는 옳지 못하다고 여겼기에 명의 승리로 표현했다.

당시의 천하질서에 중심이 되는 나라를 노략질한 것, 모종의 계략을 꾸민 것에 대해 조선의 백성들(지식인)은 위기의식을 느꼈다. 소설에서는 명의 승리로 돌아가고, 중세적 질서를 회복하고자 하는 의지를 강하게 드러낸다.[24]

---

23) 『漢文懸吐 淑香傳』, 匯東書館, 大正5年(1916).
　　"大凡小說家著述本旨가 要出於勸善懲惡之意"

번왕과 망달을 응징한 후 옥새를 되찾은 황제는 그 기쁨으로 정소저의 지아비인 관산을 번왕으로 임명하고 정소저를 왕후로 봉한다. 조선에서는 임금이 관산을 좌승상에, 정소저를 정열부인에 봉한다.

여기서 주목할 것은 정소저의 공이 모두 관산에게 돌아간다는 점이다. 이는 <박씨전>에서도 마찬가지로 나타난다. 그러나 박씨는 정소저와 같이 자신이 직접 나서서 해결하는 것이 아닌 보조자의 역할이다. 그리하여 이시백과 계화를 시켜, 오랑캐와 조정대신(김자겸)을 응징한다. 조선후기 소설에서 흔히 여성주인공이 악을 응징하는 자로 나타나는 것이 일반적인 추세인데, 이는 남성위주 사고와 당시 사회에 대한 반발이다. 그러나 남자를 앞세우고, 중국을 세계의 중심에 놓는 중세적 질서의식을 기저(基底)에 두고 있기도 하다. 그럼에도 불구하고 그 중세적 질서의 흔들림이 여성에 의해 안정된다는 것은 일종의 역설이고, 소설적 갈등은 또 다른 식의 여운을 남기고 있다.

앞에서 살핀 것과 같이 응보에는 번왕과 망달의 응징, 관산과 정소저에 대한 보상으로 나타나고 있다. 표면적으로는 사대주의사상(事大主意思想), 전통적인 남존여비의식(男尊女卑意識)이 나타나고 있다. 그러나 권선징악의 주제를 강하게 나타내고 있는 이면에서는 권선징악을 가능케 하는 기존질서가 다른 식으로 변해가고 있음을 드러내 보이고 있다.

3. 구조분석

1) 예정과 선택의 결합

<견관산견>의 결합양상에 대해 살펴보기로 한다. 관산의 운명지어진

---

24) 이 장의 구조분석 중 '운명극복 구조'를 참조.

탄생과 판수(점쟁이)의 예언(豫言), 그리고 관산의 탐색(探索)으로 이 둘은 만나게 된다.

아버지의 지극한 불공으로 주인공 아들이 태어난다. 이로 인해 처음에는 기쁨이 만연하다가 15세가 됨에 집안은 침울해진다. 관산은 집에 있다가 부모님이 보는 앞에서 죽는 것보다 집을 떠나는 것이 더 나을 거라 생각하여 가출한다. 여러 곳을 떠돌아다니다 어느 주막에서 점쟁이를 만나 생의 변화를 맞이한다.

관산은 판수를 보니 물에 빠진 사람이 지푸라기라도 잡은 양 계속해서 살려달라고 애원한다. 판수는 처음에 안 된다고 거절하다가 끝내는 서울에 사는 정승상의 딸과 내외가 되면 살 수 있다고 하고 정소저의 전생에 대해 관산에게 알려준다. 정소저는 옥황상제의 시녀로 득죄하여 정승상 댁에 의탁하여 적강한 천상인이다.

짧은 명으로 불공에 의해 태어난 관산과, 천상인으로 득죄하여 적강한 정소저는 인연이 될 수 없다. 다시 말하면 운명에서는 예정의 틀에 묶여 있지 않는 사이며 이는 천상적 질서로 볼 때 확연히 구분된 인연이다. 그러나 판수의 비방으로 인해 관산은 정소저를 만나고 둘은 결연하게 된다. 천상적 질서에 인간의 의지를 개입하니 해결은 되었지만 뒤에 갈등 요소를 남기고 있다. 해결이면서 그 안에 미해결의 구조를 포함하고 있다.

관산은 한양에 와서 어느 주막에 숙소를 정하고 정승상 집을 정탐하는데 주막 노구에게 자신의 일을 얘기하며 살려달라고 애원하자 노구가 애처럽게 보아 자신의 자식들에게 청을 하여 관산이 정소저가 거처하는 별당에까지 갈 수 있도록 도와준다.

관산이 한양에까지 오게 된 것은 판수의 비방에 의한 도움이며 예정을 토대로 한 비방이다. 그러나 한양에 와서 지리에 능한 노구에게 접근하여 정소저의 집까지 가는 과정은 인간 사이를 이어주는 매개자의 도움이 있

었기에 가능했다. 그리고 노구의 도움을 받기 위해 접근하는 관산의 태도
는 예정에서 벗어나 선택의 입장이 뚜렷하게 나타난다.

관산은 정소저가 혼자 있는 것을 알고 그제서야 방안으로 들어간다. 판
수의 비방도 있었지만 할미의 도움으로 정소저의 방까지 들어간 것은 관
산의 선택적인 행동이다. 정소저는 관산에게 제비도 들어올 수 없는 곳을
어떻게 들어왔냐며 말하는 것으로 보아 둘은 만날 수 없는 예정에 있음을
암시한다. 그리고 선택한 결과에 대해 판수의 비방을 예로 들며 예정을
강조하고 있다. 선택의 만남에 신빙성(信憑性)을 부여하기 위해 예정이라
는 것을 나타내고 있다.

관산의 얘기를 들은 정소저는 관산을 자상한 태도로 보살핀다. 정소저
의 지감이 발휘되고 또한 선택이 중요한 역할을 한다. 조금 전까지만 해
도 어떻게 들어왔냐며 호통을 치던 사람이 갑자기 자상한 행동으로 변한
다. 정소저는 둘의 만남을 천생연분이라 말하는데 이는 정소저가 관산의
능력을 통찰하고 있었기 때문이다. 정소저의 능력을 펼치기 위한 수단으
로 관산을 선택했다고 생각하며 이 선택의 기회를 놓치지 않기 위해 관산
을 출세시키려고 노력을 한다. 정소저의 선택에 의해 관산의 운명은 바뀐
다. 목숨을 온전히 하기 위해 정소저를 찾아갔다가 장원급제하고 결연까
지 하기에 이른다.

장원급제 후 관산은 정소저와 가연(佳緣)을 맺기 위해 선택의 기로에
선다. 임금이 관산을 자신의 부마로 삼기 위해 관산의 의향을 물으니 관
산은 정승상과의 약조(約條)를 임금에게 사실대로 아뢴다. 관산은 부마로
서의 지위는 관산이 출세하는 데 커다란 도움이 된다. 그러나 정소저와의
만남을 위해 부마를 포기하고 정소저를 선택한다.

정소저를 선택한 결과 공주까지 부인으로 맞이하게 된다. 당시 사회 제
도로는 있을 수 없는 일이 작품 내에서 나타난다. 부마는 두 처를 둘 수

없었다. 그럼에도 불구하고 두 처를 등장시키는 것은 전관산과 정소저의 만남을 극적으로 나타내기 위함이다. 그리하여 공주는 상징적으로 몇 번만 등장한다.

단명(短命)으로 태어난 관산이 판수를 만나 정소저를 알게 되니 예정으로는 만날 수 없어야 하는데도 불구하고 선택으로 인하여 만나게 된다. 죽을 운명인 관산이 자신의 선택으로 인해 정소저를 만나고 정소저의 선택 즉, 지감과 도술로 인해 관산의 목숨을 보존시켜준다. 결과적으로 <전관산전>에서 전관산과 정소저의 만남은 판수의 비방, 주막 노구의 도움과 두 주인공의 선택에 의해 이루어진다.

2) 운명 순응과 극복[25]

<전관산전>은 운명의 순응과 그 극복의 점층적(漸層的) 반복이 하나의 특이한 구조를 이루고 있다. 사례를 통해 검토하기로 한다.

본 소설에서 첫 번째 운명의 극복이 나타나는 것은 전관산의 부모에게서 보인다. 관산의 부모는 슬하에 자녀가 없어 자신의 운명으로 받아들이면서도 이를 극복하기 위해 정성껏 기도를 드리자 꿈에 한 노승이 나타나 아들을 점지해 주기에 이른다.

관산의 부모는 나이 사십이 넘어도 자식이 없어 자신의 운명으로만 받아들이며 지내고 있었다. 그러다가 꿈에 한 대사가 나타나 북편 뒷산 중봉에 석불을 받들면 자식을 점지해 줄 것이라 말하고는 사라졌다. 전광월이 다음날 찾아 올라가니 정말로 부처가 있어 부인과 의논하여 터를 닦고 대찰(大刹)을 지어 불양답(佛養畓)을 만들어 중들을 살게 하였다. 이런 일이 있은 이후 하루는 꿈에 한 노승이 나타나 전광월에게 고맙다는 인사와

---

25) 여기에서 극복은 천상적 질서에 인간의 의지를 개입시켜 좀 더 다른 환경으로 전환시킨다는 뜻을 지닌 개념임을 밝혀둔다.

함께 소원 하나를 들어주겠다고 말한다. 광월은 다른 것은 필요 없고 슬하에 혈육이 없으니 자식하나 점지해달라고 부탁한다. 노승은 자식점지는 팔자소관이니 어떻게 할 수 없다고 대답해 준다. 그러자 광월은 계속 애원하며 죽을 아들이라도 점지하여 아들 있었다는 말이라도 듣게 해달라고 청한다. 노승은 광월의 계속된 부탁에 청을 들어주는데 모년모월모시(15세)에 죽을 아들을 하나 점지해 주겠다고 말을 하고는 사라진다. 광월과 부인은 그 날로 주야 사모(思慕)하더니 열 달 뒤에 아들을 얻는다.

자신의 운명을 개척하고자 하는 의지가 처음에는 수동적으로만 나타난다. 그러나 대사가 꿈에 나타나고 노승이 나타나자 전광월의 끈질긴 부탁으로 인해 자신의 운명(혈육이 없는 것)을 개척하여 아들을 얻은 것이다. 이는 전관산 부모의 운명 극복이다. 그러나 이 극복은 전면적 극복이 아니라, 운명적 질서에 개입하여 자신의 환경을 일부 변경시킨 것에 불과하다. 따라서 또 다른 운명을 조건으로 한 극복이다. 즉, 언제 죽을 것이라는 관산의 운명이 그것이다. 관산은 이를 극복해야만 한다는 것이 운명처럼 제시된다.

관산은 판수가 있다는 소리를 듣고 한 가닥의 희망을 건다. 판수를 찾아가 구해달라고 부탁을 하는데도 판수는 관산의 얘기를 듣고는 살릴 수 없다고 말을 한다. 그래도 끝까지 애원하면서 부탁을 한다. 그러자 정승 상댁 딸과 혼인을 하면 살 수 있다는 얘기를 듣는다. 관산은 노복 충남을 데리고 한양으로 출발한다.

관산은 하나의 돌출구를 마련한다. 자신의 운명에 순응하는 자세를 바꾸어 개선하려는 의지를 보인다. 관산이라는 지상인이 풀 수 없는 것을 판수라는 중간자를 통해 극복의 계기를 마련했다. 천상적 질서를 바꿔 그 대가로 짧은 운명을 가지고 출생했는데, 그 운명을 판수라는 중간자를 통해 다시 바꾸려고 한다. 인간적 질서로 관산의 운명을 바꾸려는 행동은 정소저를 통해서 이루어진다.

관산은 자신의 운명을 극복하고자 서울로 올라와서 정승상 집을 맴돌다가 어느 주막에 들어간다. 주막에서 관산은 하나의 계책을·강구한다. 정승상 집에 들어가기 위해서는 속사정과 지리를 잘 아는 사람이 있어야 하는데 관산은 주막의 노구를 선택하여 돈을 많이 주며 접근을 한다. 관산은 운명을 개선하고자 하는 의지가 강하게 나타난다. 자신의 목숨을 보존시키기 위해 어떤 일이라도 할 것으로 보인다.

노구는 자기에게 돈을 많이 주고 친절하게 대하자 호감(好感)을 느낀다. 이 때에 관산은 자신의 운명에 관한 얘기를 한다. 노구는 관산을 처량히 여겨 도와주기로 하고는 계책을 일러준다. 관산은 운명 개선을 위해 노구에게 모든 걸 맡기고 그대로 따른다. 이 부분에서 순응적 태도가 엿보이지만, 이는 어디까지나 운명극복을 전제로 한 것이다.

노구의 말에 따라 순응하니 무사히 정소저가 거처하는 방안으로 들어갈 수 있었다. 관산은 정소저에게 자신의 진명일(盡命日)이 오늘인데, 당신만이 나를 살릴 수 있다고 말한다. 정소저는 관산을 이불 위에 누이고는 주사물을 뿜으며 호통을 쳐서 빨간 불덩이를 물리친다. 이로 인해 관산은 자신의 운명, 즉 수명을 연장하게 된다. 스스로의 극복이 아닌 타인에 의한 극복이다.

정신을 차린 관산은 정소저에게 기절했을 동안의 얘기를 듣게 된다. 정소저가 관산을 도와 준 이유는 다름아닌 지감에 의한 선택 때문이었다. 이유는 어떻든 간에 관산은 타인에 의해 자신의 운명을 극복하였다. 이제는 그 극복의 대상이 바뀌어 정소저도 자신의 처지를 극복하려 한다. 정소저는 관산에게 자신과 만난 것이 천생연분이라고 말한다. 자신의 능력을 펼칠 수 있는 대상을 만났기에 도움을 주고, 앞에 이루어질 일을 미리 가르쳐준다. 관산을 선택해서 운명을 극복하고자하는 의지가 깃들어 있다.

관산은 자기를 살려준 은인이 하는 말에 무조건 따른다. 목숨을 살려주었으니 어떤 일인들 못하겠는가. 또한 그 일이 자신의 출세와 연결되니 반대 의견이 있을 수 없었다.

정소저의 극복에는 하나의 문제와 연결된다. 정소저 아버지가 사위 자격을 올해 장원급제한 사람으로 하겠다고 미리 정해놓고 있었다. 이 때에 전관산이 나타났으니 다행스러운 일이었다. 부친이 시관이고 정소저에게 문제를 의뢰하였으니 전관산의 급제는 따 논 당상이나 마찬가지였다.

상술한 이유로 관산은 천상적 질서에 개입하였지만 갈등과 고난이 동반된 결과를 낳게 된다. 인간적 질서로는 여자가 집에서 남편을 내조하는 것이 통례이다. 중국에서 옥새를 잃어버려 찾을 사람을 구하니 정소저가 중국에 가기를 자청(自請)하고 관산과 정소저는 이 일로 인해 갈등을 일으킨다. 그러나 갈등은 정소저의 뛰어난 활약상으로 인해 해소된다.

반면, 그에 따른 한계도 나타난다. 여성주인공의 처지에서 보자면 뛰어난 지감과 도술로 공을 세우며 여성의 위치를 극복하려 하였는데 모든 공이 자신보다는 남편에게 돌아간다. 사회적 관습상 여성의 위치는 대수롭지 못하다는 것을 드러내고 있다. 이런 남성중심적 시각은 남성이 지배하는 사회형태를 견고하게 유지하려는 목적에서 여성인물을 창조할 때에 자신들의 편의에 맞는 여성인물만을 긍정적으로 표현한다. 여성인물은 남성중심적 시각의 자의적 기호에 지나지 않는다.26)

'명'은 조선시대에 중화(中華)로 여기며 존중했던 나라다. '번'은 오랑캐 나라로 상정해 볼 수 있다. 조선후기 상황에 대입시켜 본다면 '청'나라로 생각해 볼 수도 있다. 오랑캐 나라가 중국 천자의 옥새를 훔친 일은 커다란 반역이다. 당시 상황으로는 청나라의 승리를 그런 식으로 반영했다고

---

26) 박명희, 「고소설의 여성중심적 시각연구」, 이화여대 대학원 박사학위논문, 1990, 114쪽.

도 볼 수 있다. 그렇지만 조선은 청나라를 인정하지 않고 끝까지 소중화
(小中華)라고 자부심(自負心)을 가지며 지내다가 병자호란으로 인해 커다
란 치욕을 당한다. 이러한 상황에서 소설 작가는 사대부의식(士大夫意識)
과 유교의식(儒敎意識)을 바탕으로 작품을 전개시켰다. 그래서 오랑캐로
보아서는 반역을 하다가 실패로 돌아가고 중화로 보아서는 천하질서가
회복되는 식으로 내용을 전개하고 있다.

또 여사신이 중국으로 간다는 것은 병자호란이 있은 뒤에 양반 계층이
나, 남자들에 대한 믿음이 깨졌음을 반영한다. 여사신의 활약을 보여준
것은 여성 독자들의 구미에 맞추어 내용을 전개하기 위함이다. 나라에 충
성하고, 국난을 해결하는 처사에 있어서 종래의 여성이 고수해야만 하는
여성의 위치와 한계를 벗어나 남성적 권능으로서의 영웅상을 보이고 있
다. 조선시대 여성의 전형에다 남성적 권능으로서의 영웅성을 부여한 것
으로 보인다.[27)]

중국 황제가 관산을 왕으로 봉했다는 것은 조선의 왕과도 같은 반열에
위치하는 서열이다. 그러나 전관산은 조선에서 왕의 아래 위치인 좌승상
에 봉해진다. 이는 우리 나름대로의 임금에 대한 예우로 볼 수 있다.

또 작품 내에서는 번왕이 사람을 시켜 중국 명나라 황제의 옥새를 훔쳐
중국을 멸하게 할 계략을 세웠다. 정소저가 옥새 훔친 놈을 잡아들이자
모든 일을 알게 된다. 중국 황제는 번땅으로 군사를 거느리고 가서 번왕
을 사로잡고, 옥새 훔친 망달은 능지처참하고 그 삼족을 멸하였다.

역사적인 사실로 보자면 번나라(청나라)가 명나라를 무찌르고 천하를
차지한다. 그러나 본 소설에서는 실패하는 것으로 끝을 맺는다. 명나라는
위험에 처하지만 본 작품에서는 인간적 의지로 바로 잡고 원래의 질서를

---

27) 박성석, 「한국 고대소설에 보이는 여성들의 구국상」, 『배달말 10』, 배달말학회, 1985,
15-16쪽.

유지하고 있는 셈이다.[28]

지금까지 운명 극복에 대해 살펴보았다. 개인(個人)→가정(家庭)→국가(國家)→천하(天下)의 순서로 천상의 질서에 인간의 의지를 개입하면서 사건이 전개된다. "修身齊家治國平天下"의 유교관념이 토대가 된 것이라 생각해 볼 수 있다. 인간적 의지로 천상의 질서에 개입하면서 그 결과는 다시 천상의 질서 회복으로 연결된다. 회복은 다시 질서에의 순응을 의미한다.

천상의 질서가 원래대로 보전되지 않을 경우 다시 회복하기 위해서 인간의지의 개입은 불가피하다. 그러나 이는 여성의 활약이라는 극단적 형태를 통해 표현되었다. 전관산의 완벽한 출세, 명나라의 승리, 중세 질서의 회복이라는 결말에도 불구하고 오히려 여성의 활약, 번국의 강성, 새로운 질서의 태동이라는 역설적 이면을 강력히 암시한다.

3) 확산과 승화

<전관산전>은 상술한 바와 같이 개인→가정→국가→천하의 순으로 예정과 선택, 순응과 극복구조가 확산되어 가는 모습을 보여주고, 또한 작품 전반부의 신비한 여성이 후반부에서는 뛰어난 활약을 보여줘 작품 내에서 승화되고 있다. 정소저의 활약은 조선왕조 사회의 절벽 같은 계층대립(여성의 무시)의 해소를 염원하는 민중의 막연한 꿈을 승화시킨 작품이다.[29] <전관산전>에서 정소저가 벌이는 활약은 상상형식(想像形式)이 실현할 수 있었던 최고의 가능성을 보여주고 정소저의 활약은 감염력(感染

---

28) <박씨전>에서는 청의 득세가 하늘의 뜻인 양 기술되고 있다. 하나의 대세를 인정하고 있는 한도 내에서 박씨 부인의 활약이 그려지고 있다. 본 작품도 이와 같은 맥락에서 전개되고 있다.

29) 김동욱·황패강, 『한국고소설입문』, 개문사, 1990, 477쪽 참조.

力)을 가지고 확산되어 나가는 것을 볼 수 있다.[30]

이와 같은 정소저의 활약도 중간자가 개입하지 않고서는 불가능했다. 왜냐하면 판수가 전관산에게 비방으로 정소저를 알려주어 사건을 전개시키고 있기 때문이다.

전관산의 출생은 천상과 관련을 맺고 있지만 불우한 운명을 타고 난다. 그리고 판수를 만나는 과정까지는 천상과 지상의 관계, 즉 수직적 구조를 나타내주고 있다. 본 작품에서 천상과 지상을 이어주는 역할을 대사와 판수가 한다. 대사는 전광월의 꿈에 나타나 아들을 점지 받도록 선처해주고, 판수는 정소저를 만날 수 있도록 비방을 알려준다. 수직적인 구조에서 중간자는 문복자에게 일방적으로 알려주는 구실을 한다. 전관산이 한양에 입성하면서 수직적 구조는 수평적 구조로 바뀌게 되며 수평적 구조에서 매개자는 노구가 담당하는데 그 역할은 천상과 지상의 연결이 아닌 사람과 사람의 연결이다. 수직적 구조가 운명과 관련된다면 수평적 구조는 선택과 관련이 있다.

<전관산전>은 천상에서 지상으로 연결되는 즉, 수직적 구조가 수평적 구조로 바뀌면서 이야기 전개가 확산되어 가고 그 과정에서 선택적인 면이 증가된다. 관산과 정소저가 자신들이 처한 운명을 개선하고자 하는 의도는 두 당사자의 선택적인 행동에 의해서 완성된다.

수직적 구조는 사람의 삶과 관련이 있다. 죽고 사는 문제는 인간이 어떻게 할 수 없는 일이기에 천상의 질서에 의존할 수밖에 없다. 그렇기 때문에 중간자는 자신이 스스로 일을 처리하지 못하여 천상에 알리고 그 비방을 알려 준다. 수평적 구조는 수직적 구조에서 바뀐 운명을 개선하며 환경을 재편성하는 것과 관련이 있다. 구조적 변화 속에서 정소저는 양쪽을 다

---

30) 김동욱·황패강, 상게서, 476쪽 참조.

겸비한 인물로 작품속에서 수직에서 수평으로 가는 고리 역할을 한다.

전술한 바와 같이 <견관산전>은 중간혼합적 형태의 소설로 천상의 질
서가 배제(排除)되고 후반으로 갈수록 현실인식이 강하게 나타나는 구조
적(構造的) 확산(擴散)을 보이고 있다. 이와 같은 사건전개는 정소저를 축
으로 이루어지고 있다.

정소저는 역할의 확산에서부터 시작하여 작품 전반에 걸쳐 승화되는
면모를 나타내고 있다. 전반부에 정소저는 양반 집 규수로서 지고(至高)
한 아름다움을 소유한 인물로 제시되고 있으며, 주역과 도술을 하는 인물
로서 적강인이라는 것을 알리고 있다. 신비한 인물인 정소저는 관산이라
는 인물을 통해 지상에서의 자기발전(自己發展)을 이룬다. 능력 있고 당
당한 여인의 모습을 그려주어 여성을 무시하는 행위에서 오는 욕구불만
을 무마시켜 주고 절대적 화해에 대한 희망을 환상적으로나마 실현하여
내면에서 평등과 균질화의 충족감을 맛보게 하였다.[31]

후반부에 정소저가 중국에 진출하기 위한 동기 부여를 도술로 나타내
고 있다. 이로써 정소저는 중요한 일을 담당할 수 있을 것이라는 생각을
가지게 된다. <견관산전>은 남성의 일대기를 전개하면서 여성의 뛰어난
활약을 동기로 내세운다. 이와 같은 내용전개에서 정소저는 극적인 영웅
으로 승화되고 있다.

4. 소설사적 의의

한 시대의 문학은 그 시대를 반영하는 시대적(時代的) 산물(産物)로서
개인의 이상과 현실이 자연스럽게 표현된다. 그러므로 고소설에도 당시

---

31) 김동욱·황패강, 전게서, 477쪽.

대 백성들의 심층적 내면의 세계가 진솔하게 용해되어 표출되고 있다.

조선후기의 시대상황은 중인계층의 신분 상승으로 인하여 양반계층이 급증하고 하층민이 감소하는 추세를 보여 모든 일에 신분상승이 주요한 계기를 이루고 있다. 따라서 이 시기의 문학작품은 양반을 비판하고 주인공이 비범한 사람이라는 것을 강조하면서 독자들을 대신하여 여러 가지 일들을 작품 내에서 보여주는 양상을 띤다.

조선시대의 소설이 중국소설의 모방에서 벗어나 우리 민족의 독창성을 발휘하기 시작한 것은 영(英)·정조(正祖) 시대에 이르러서였다. 소설의 배경을 중국이 아닌 우리나라로 삼고, 아울러 현실적인 우리 민족의 생활을 사실적으로 표현하고 있다. 그리고 사회의 모순과 불합리한 현상을 풍자하고 비판하기도 하였다.32)

이 시기의 소설들은 당시 백성들의 민족적 자주의식의 성장을 반영하여 대부분이 우리글로 창작되고 작품의 무대가 우리나라로 설정되어 있으며 근대소설로의 지향성이 뚜렷해진 것이 그 특징이다.33)

<전관산전>은 운명극복이 점층적, 반복적으로 나타나는 고소설이다. 또한 전통적인 고소설과는 다르게 여성의 능력이 부각되어 있다. 여성영웅소설과 같이 직접 전장에 나가 싸우는 것은 아니지만 여성의 능력이 파격적으로 상승되고 있음을 보여준다. <전관산전>이 갖는 소설사적 의의를 구명해 보면,

첫째로 여성을 보조적인 인물에서 주체적 인물로 부각시키고 있다는 점에서 그 의의를 찾을 수 있다. 그 반면 남성은 여성을 영웅시하는 데 보조적 역할만을 담당하고 있다.34) 조선시대에 무기력하고 의존적인 여성

---

32) 김기동, 『이조시대소설론』, 정연사, 1976, 14-17쪽.

33) 사회과학력사연구소, 『조선전사 중세·2』, 푸른숲, 1989, 324쪽.

34) 강재철, 전게논문 참조.

에게 소설의 내용을 이끌도록 하고, 주된 역할을 수행하게 한다. 이는 병
자호란 이후 남성의 사회적 지위를 소설에 반영한 것으로 여성인물의 유
형을 다양하게 변모시키는 자극제 역할을 하고 있다.

둘째로 전관산과 정소저의 만남은 예정과 선택이 결합된 성격의 만남
이다. 자신들의 사랑에 의한 만남이 아니고 지감에 의해 만난다. 소설사
에서 중간단계에 해당하는 것으로 초기 소설보다는 합리적이고 다음 시
기의 세속소설보다는 진취적이지 못한 점을 나타내고 있다.

셋째로 유교적인 사상의 기반으로 이루어진 소설이다. 사건의 전개 과
정을 보면 개인에서 가정으로, 가정에서 사회로, 사회에서 국가로 이어진
다는 것을 알 수 있다. "修身齊家治國平天下"라는 유교사상에 입각한
전개방식을 나타내고 있다.

넷째로 <전관산전>은 변화되어 가는 여성의 위치를 가장 잘 표현하고
있다. 근대소설에서 내세운 남녀평등, 자유연애 등의 사상이 고소설에서
부터 근대소설에 이르기까지 하나의 체계를 갖추면서 사상적 면모를 보
이는 과정의 한 단면을 잘 보여주고 있다.

지금까지 상술한 내용을 종합해 보면 <전관산전>에는 당시 시대상이
잘 반영되어 있고, 여성인물의 성격이 변모되어 나타나고 있다. 시기적으
로는 중간혼합적[35] 소설 양식을 가지고 있으며, 후기 여성영웅소설로 전
이(轉移)되어 가는 중간적이며 과도기적인 위치를 차지하고 있는 소설이
라 평가할 수 있다.

권선징악을 나타내기 위한 이론을 이 상황에 비교하여 보면, 열악한 환경의 남성을
등장시켜 이를 구해주고 모든 일을 처리하면 상대적으로 여성은 영웅적 면모를 띤다.
35) 이상택, 전게서 참조.

5. 결론

　본 논문은 고소설 <견관산전>의 화소와 구조를 중심으로 분석하였고 소설사적 위치를 또한 밝혀냈다.

　화소(話素)는 점복(占卜), 지감(知鑑), 급제(及第), 응보(應報)를 고찰하였다. 점복은 <견관산전>에서 두 주인공의 만남을 주선하는 구실을 하고, 지감은 두 주인공이 결연하는 결정적인 계기로 작용한다. 급제는 관산의 신분을 극적으로 바꾸기 위한 수단으로 이용되고 있으며, 응보는 번왕과 망달의 응징, 관산과 정소저에 대한 보상이 나타나고 있다. 화소에 나타난 의식은 불변의 진리를 회복해야 한다는 것으로 중세질서를 회복하기 위한 권선징악의 주제를 강하게 나타내고 있다.

　두 주인공의 만남은 여주인공 정소저의 지감(知鑑)이 더하여져 운명과 선택으로 결합되는 성격의 만남이다. 운명은 인간적 의지를 통해 극복하지만 점차 사건이 전개되면서 천상적 질서를 회복하는 결과로 나타난다. 현실 상황의 문제를 어떻게 해결해야 하는가? 인간적 질서를 어떻게 바로 잡아야 하는가? 에 대한 소설적 탐구라 할 수 있다. 그리고 내용이 후반으로 전개되면서 구조의 확산(擴散)을 보여주고 정소저는 극적인 영웅으로 승화(昇華)되고 있다. 그러나 작품 후반부에는 배청사상(背淸思想)과, 명(明)나라에 대한 모화사상(慕華思想), 뿌리 깊은 유교사상이 짙게 윤색되어 있어 한계를 보이고 있다.

　<견관산전>은 당시 시대상이 잘 반영되어 있고, 여성의 잠재된 능력을 드러내 보이는 측면에서 남성의 일대기를 그리고 있다. 여성이인소설(女性異人小說)에서부터 여성영웅소설로 전이(轉移)되는 중간적이며 과도기적인 위치를 차지하고 있는 소설이라 규정할 수 있다.

『단국어문논집』 창간호, 단국어문연구회, 1995.

〈빅년젼〉연구

1. 서론

태초부터 인간은 남과 여라는 성으로 나뉘어져 서로의 기능과 역할을 구분하며 살았다. 현대 사회에서는 그 기능과 역할이 많이 붕괴 되었지만 그 잔재는 아직까지도 남아있다. 조선시대에서는 지금보다 더욱 심하였으리라 생각된다. 『내훈』에 보면 여성의 일은 아주 힘들며 남성의 일을 돕고 출세하도록 도와주는 구실을 하였다. 그러나 문학작품에서는 그 기능이 폭넓게 나타난다. <박씨전> 이후 여성영웅소설들에 이르면 남성보다도 여성이 뛰어난 역할을 담당하는데 이는 여성의 '보상'이라 생각한다. <빅년젼>에서도 예외는 아니다.

<빅년젼>은 작가와 연대미상의 고소설이다. 해제[1]가 있은 지 몇 년이 지났지만 원전연구[2], 그리고 석사학위논문[3]과 박사학위논문[4]에서 언급되어 있을 뿐 특별한 관심을 끌지 못했던 작품이다. 그 이유는 고소설의

---

1) 진동혁, 「미발표 고대소설 <빅년젼> 解題」, 『도솔어문』 5, 단국대학교 국어국문학과, 1989.
2) 강영순, 「<백년전(百年傳)> 원전연구」, 『열상고전연구』 제8집, 열상고전연구회, 1995.
3) 조상우, 「<견관산전(全寬算傳)> 연구」, 단국대 대학원 석사학위논문, 1995.
4) 강영순, 「朝鮮後期 女性知人譚 研究」, 단국대 대학원 박사학위논문, 1995.

대부분이 작자와 연대가 미상이고 작품 자체도 수준에 미치지 못하다고 여겼기 때문이라 생각된다. 그리고 방각본과 같이 널리 배포되지도 않았으며 규중의 아녀자들이 읽도록 필사한 소설이기에 다른 곳으로 유통되지 않았기 때문이다. 이런 류의 작품은 상당히 많았을 것으로 추측할 수 있다. 그럼에도 불구하고 이런 작품들의 상세한 소개가 이루어지지 않고서는 우리의 고소설 연구사가 제대로 서술되지 못한다. 그러므로 알려지지 않은 작품의 발굴과 개별적인 연구는 반드시 거쳐야 할 과정으로 여겨진다.

<빅년젼>은 국문으로 약간 흘려 썼으나 글씨가 정제되지 않은 느낌을 주며 우리가 일반적으로 볼 수 있는 글씨로 달필은 아니다. 표제지는 없고 내제지는 종서로 '빅년젼 권지단'으로 되어 있으며, 소설의 마지막에 "계축 이월 그믐날 낭궁소졔난 필셔ᄒ노라"라고 되어 있다. 뒤에 <가토리젼>이 함께 수록되어 있다.

<빅년젼>은 백년이라는 여주인공이 시집가서 남편을 글공부하게 만들어 결국에는 남편이 장원급제하고 백년은 재산을 모았다는 이야기로 전개되는 소설로 여성의식이 잘 드러난 작품이다. 내용분석에 앞서 작품의 경계는 아래와 같다.

숙종때 전라도 금산에 이진사가 처 류씨와 조실부모하여 오갈 곳 없는 처제 백년과 살았다. 백년이 점점 자라면서 천연한 태도와 순숙한 용모가 비할 데 없고 단정 씩씩하며 여공재질이 비범하였다. 이진사는 지감으로 박승지의 혈손이나 남의 집 머슴사는 박도령에게 백년을 시집보내려 하니 백년 또한 지감으로 박도령에게 시집가겠다고 하였다. 첫날밤에 신부는 거짓으로 벙어리 행세를 하다가 박도령에게 글공부하기를 당부하고 약조로 수표를 받고 백년은 비녀를 꺾어 주어 마침내 雲雨之情을 느꼈다. 박생은 십년을 결약하고 서울로 가 노승과 경화사 선비들의 도움으로 과거에 장원하고 대전

별감을 명 받았다. 백년은 박생과 이별하고 옥동자를 낳아 이름을 성운이라
하였다. 점점 자람에 골격이 비상하고 얼굴이 관옥 같았다. 이진사 내외는
병을 얻어 다 돌아가시고 이진사 재산을 치산하며 누만금의 재물을 모았다.
기약한 십년이 너머 삼년이 지나도 소식이 없자 백년은 자탄에 빠졌다. 박
생이 고향으로 내려와 백년이 致富한 일을 듣고 다른 곳으로 시집갔다고 생
각하여 동정을 살피러 찾아갔다가 자기 자식을 보고 자신이 아비라고 말을
하고 백년을 만나 관원에게 쫓기는 몸이라 떠나겠다고 하였다. 뒷문으로 달
아났다가 어사복을 입고 들어오자 박생이 속인 것을 알았다. 사당에 배하고
박생은 가솔과 도움준 사람들을 다 거두어 보살폈다. 벼슬을 계속하여 삼정
승을 다하고 아들 형제를 두어 부귀공명이 혁혁했다. 부부가 팔십 향년하고
한날 한시에 승천하였다.5)

　　<빅년전>의 구조 단락은 크게 세 단락으로 구분할 수 있다. 초반에는
여성(백년)우위에 의한 내용전개6), 중반에서는 남편이 떠난 후에 여성 혼
자서 집안 살림을 꾸려나가는 고난과 그리고 중개자로 나타난 노승의 도
움으로 늦게 공부하는 남편(박일룡)의 수련, 후반부는 남편의 출세로 인해
남성우위의 반전(反轉)으로 내용이 전개된다.
　　<빅년전> 연구는 진동혁과 강영순에 의하여 연구되었는데, 이 두 논문
을 중심으로 검토하기로 한다. 진동혁은 해제와 함께 원문을 싣고 있는데,

---

5) <빅년전>, 진동혁 교수 소장본.
6) 백년과 이진사의 지감에 의해 박생과 결혼을 한다. 이는 "여성에 의한 과거 급제"유형
　이다. 그리하여 작품의 초반은 백년의 주도에 이끌려 간다. 필자는 과거급제를 "여자를
　위한 급제"와 "여자에 의한 급제"로 나누어 보았다. 전자는 한 여인을 사랑하는 일과 학
　업에 정진하는 일이 계기적으로 설정되어 있다. 그런데 사랑하는 남녀를 갈라놓는 인물
　로 부모가 개입된다. 아들을 공부시켜 장원급제시키기 위함이다. 그래서 둘은 헤어지나
　장원급제 후에 화려한 상봉을 한다. 여인을 만나기 위해 자기 목적을 달성하고 있다. 여
　성을 위한 것도 있지만 남성을 위한 것도 포함된다. 그에 비해 후자는 애정과 급제가
　전자만큼 계기적이지 못하다. 남성이 느끼는 애정이 급제의 원동력이기보다는 여성의
　도움이 더욱 결정적이다. (조상우, 전게논문, 45쪽.)

소설 마지막에 "계축 이월 그믐날 낭궁소계난 필셔ᄒ노라"라는 글귀를 단서로 짐작하기를 여자가 필사한 것이라 하였다.[7] 강영순은 진동혁본과 전택부본을 서로 비교하며 원전비평을 하고 필사상의 특징, 작품경개상의 특징, 문체상의 특징을 살폈다. 필사자는 충청도 지방에 사는 여성으로 파악하고 필사시기는 진동혁본은 1913년, 전택부본은 1896년으로 추정하였다. 그리고 문체상의 특징으로는 진동혁본은 문장체, 한문투의 표현이며, 전택부본은 구어체이고 한글투의 표현이 많다고 하였다[8]. 그리고 여성지인담의 서사구조를 가지고 있다[9]고 하였다. 사실적인 소설이며 여주인공의 선택과 남주인공의 노력이 부합되어 윤리적인 요소를 강조하는 권선징악형 소설이고 지인소설[10]이라고 분류하였다.

기존 연구 업적은 '여성지인담'이라는 것에 중심을 두고 있으며, 필사자도 여성이라고 추정하였다. '백년'의 지인지감에 보다 많이 치중하고 있는데, '백년'이라는 인물은 자신의 선택에 의한 것이 아닌 형부(이진사)에 의해서 동기를 부여 받는다. 필자는 지인의 중점을 백년에게 두는 것 보다는 그 주변인물들—특히 이진사—에 의해 백년의 지감이 활동하는 것으로 파악해야 옳다고 본다. 그리고 작자문제에 관해서는 '낭궁소계'라는 후기의 기록으로 인하여 필사자와 작자를 동일시하고 있다. 그러나 그 내용을 본다면 여성독자의 취향에 맞게 직업작가가 창작하였다고 추정할 수 있다. 그 추정의 이유를 든다면 여성영웅소설의 구조와 비슷한 면—즉, 전반부에서는 여성이 영웅적 역할을 하다가 후반부에서는 가정을 지키는 등의 유사한 점을 가지고 있기에 당시 소설의 한 유형을 보여주는 것에서

---

7) 진동혁, 전게논문, 162쪽.

8) 강영순, 백년전 원전연구, 301쪽.

9) 강영순, 조선후기 여성지인담 연구, 142쪽.

10) 강영순, 상게논문, 163쪽.

직업작가의 창작일 가능성이 높다고 추정해 본다.

이 장에서는 기존 연구를 염두해 두고 <빅년뎐>을 <온달전>과 비교하고, 구조분석을 중심으로 하여 고찰하기로 한다.

2. 〈온달전〉과의 비교분석

설화문학은 소설문학과 긴밀한 관련성을 갖고 있다는 점에서 설화의 소설화 과정과 화소를 소재로 한 소설의 연구에까지 미쳐야 한다.11) 이야기를 가지고 존재한다는 점에서 이 둘은 긴밀한 연관성이 있다. <빅년뎐>도 역시 설화를 바탕으로 이루어진 소설로 보인다. 그러기에 작품분석에 앞서 <빅년뎐>과 비슷한 유형을 가진 <온달전>을 설명하기로 한다.

온달은 당시에 바보로 불리던 사람이다. 평강공주의 도움으로 장수가 되어 나라를 위기에서 구하는 등 용맹을 떨치다 장렬하게 전사했다는 이야기로 끝을 맺는다. <온달전>은 똑똑하고 높은 지위에 있던 평강공주가 바보 온달에게 시집가서 우둔한 남편을 깨우치고 가르쳐 훌륭한 장수가 되도록 도와준다는 내용이다. 이와 같이 <온달전>은 명혼전기의 흔적이 부분적으로 남아 있는 모습을 보여주고 있지만, 기본적으로 현실의 경험법칙에 입각한 서사적 전개를 보여주고 있다. 초현실적인 요소가 배제되면서 현실적 개연성을 지닌 우연적 요소들이 그 자리를 대체하고 있다12).

그러면 <빅년뎐>과 <온달전>을 비교, 분석해보기로 한다. 비교기준은 주인공의 신분, 배우자의 선택, 주인공의 고난 극복, 성취 등으로 나누어 설명하기로 한다.

---

11) 장덕순, 『설화문학개설』, 이우출판사, 1985, 24쪽.
12) 소인호, 「羅末~鮮初의 傳奇文學 硏究」, 고려대 대학원 박사학위논문, 1996, 81쪽.

먼저 <온달전>에서 주인공들의 신분 묘사를 살펴보면 아래와 같다.

> 온달은 고구려 평양왕 때의 사람이다. 용모가 기이하게 생겨 우스우나 마음씨만은 착하였으며, 집이 몹시 가난하여 항상 구걸하여 어미를 봉양하였다. 옷과 신발은 헤져 장터에서 오고가는 사람들이 지목하기를 바보 온달이라고 하였다[13].

> 평강왕의 어린 아이가 …… 지금 그대의 냄새를 맡으니 향기로운 풀냄새가 보통과 다르고 그대의 손을 만지니 부드럽고 매끈하기가 비단과 같으니 필시 천하의 귀한사람이라[14].

이와 같은 서술을 통해 알 수 있는 온달의 인물됨은 시정사람들이 다 아는 바보이며 겉으로 드러난 용모 또한 보잘 것 없는 사람이다. 그리고 집안도 아주 못살아 항상 음식을 구걸해서 먹고 산에서 나무껍질을 벗겨다 먹으며 옷과 신도 헤져도 바꾸어 입을 수 없을 만큼 빈한하면서도 천한 집안이다. 그러나 평강공주는 고구려 왕의 딸로 고귀한 신분이며, 맹인인 온달의 어미가 손으로 만지며 공주를 묘사한 것을 본다면 이 세상에서 가장 귀한 사람임을 알 수 있다.

<빅년전>에 나타나는 주인공들을 살펴본다면 박생(박일룡)은 명문가의 자손이기는 하지만 지금은 조실부모하고 가문이 몰락하여 남의 집에서 머슴살면서 하루하루를 연명해 나가는 인물이다. 반면, 유백년은 조실부모는 했으나 이진사부부와 함께 살면서 집안일을 돕는 양반댁 규수다.

각각에서 주인공들의 신분을 본다면, '박생 - 온달', '유백년 - 평강공주'는 하나의 유형으로 묶을 수 있다. 온달을 몰락한 왕족의 후예라고 하는

---

13) 溫達 高句麗 平岡王時人也 容貌龍鐘可笑 中心則睟然 家甚貧 常乞食以養母 破衫弊履 往來於市井間 時人目之 爲愚溫達. (『삼국사기』, 前揭書. 이하 생략.)
14) 平岡王少女兒 …… 今聞子之臭 芬馥異常 接子之手 柔滑如綿 必天下之貴人也.

연구자도 있으나 기록이 확실치 않기에 문헌상의 기록으로만 본다면 열악한 환경의 남성과 그 보다는 환경이 좋은 여성으로 구분하여 묘사하고 있다. 왜냐하면 남녀주인공들의 신분격차가 크면 클수록 독자들의 쾌감은 더 커지기 때문이다. 이는 온달이 일종의 변신을 통해 큰 변화를 나타내기 위함이다. 온달의 신분도 평강공주를 만나면서 차츰 변화가 생겨 무술과 학문을 익혀 예전 바보 모습에서 다시 태어나 새로운 사람으로 변신한다. 박일룡도 이와 같이 부인의 도움으로 학문을 하여 남의 집 머슴 살던 천한 신분의 사람이 급제하여 신분이 상승되니 온달의 변신과 같은 것이라 생각한다.

<온달전>에서 배우자의 선택에 관한 내용을 살펴보면 다음과 같다.

왕이 장난삼아 말하기를 '네가 항상 울어 나의 귀를 시끄럽게 하니 자라서라도 반드시 사대부가의 처가 될 수 없음이로다. 마땅히 온달에게나 시집가야한다'라고 왕이 매번 말씀하셨으니 …… 필부도 오히려 식언을 하지 않을지언정 하물며 지존께서 하겠습니까. 이런 연고로 말하기를 왕은 희언을 하지 않으시니 지금 대왕의 명은 잘못되었습니다. 첩은 감히 뜻을 잇지 못하겠습니다[15].

<온달전>에서는 어릴 때부터 자주 울던 평강공주에게 미봉책의 일환으로 온달에게 시집보내겠다는 임금의 희언을 평강공주는 임시방편으로 한 말을 끝까지 지키겠다고 하여 자신의 배필로 온달을 선택하기로 한다. 평강공주는 온달을 한 번도 본 적이 없는데도 왕의 명령을 거역하면서 온달을 택한 것에는 몇 가지 이유가 있다고 본다. 첫째는 왕에 대한 훈계이다. 왕이 자주 희언을 하며, 정사에 불신을 가져와 그 대비책으로 말한 것

---

15) 王戱曰 汝常啼聒我耳 長必得爲士大夫妻 當歸之愚溫達 王每言之 …… 匹夫猶不欲
  食言 況至尊乎 故曰 王者無戱言 今大王之命謬矣 妾不敢祗承.

으로 생각해볼 수 있다. 둘째는 평강공주의 탁월한 지감이다. 지금은 바보이지만 온달에 대한 능력을 감지했다고 볼 수 있다[16]. 유감주술과도 같이 항상 들어오던 말에 대하여 온달을 생각하다보니 자연 지감이 생겼을 것이다.

<빅년젼>에서는 이진사의 지감으로 인해 머슴사는 박일룡을 유백년이 선택한다. 전술한 바와 마찬가지로 주인공의 신분차가 크면 클수록 거기에 따르는 혼사장애는 더욱 더 큰 고난을 가져오게 된다. 여기에서의 큰 고난은 여성의 지감으로 극복된다. 왜냐하면 현재는 머슴이고 바보이지만, 이들의 숨은 능력을 발휘할 수만 있다면 위대한 인물이 될 수 있음을 알고 있기 때문이다.

그러므로 주인공의 신분과 배우자 선택이라는 측면에서 독자는 고난에서 서로 슬퍼하면서 극복하는 과정에서는 해소의 기쁨이 배가 될 수 있다. 그리고 그 당시 사회에서 부모의 뜻을 거역하고 직접 결혼상대를 정하는 측면을 고려한다면 상당히 점진적인 사고를 가지고 있다. 이로 볼 때 평강공주와 백년은 일상인들과는 다른 점진적인 사고와 탁월한 지감을 소유한 인물이라고 생각한다.

<온달전>에서 주인공의 고난을 살펴보면 다음과 같다.

> 왕이 성내며 말하기를 네가 나의 명령을 따르지 않으니 진실로 나의 딸이 될 수 없다고 하였다. …… 이에 공주가 실제로 팔가락지 수십매를 팔꿈치에 매고 궁을 나와 혼자 걸었다. 길에서 한 사람을 만나 온달의 집의 물어보

---

16) 조선조 소설에서 본다면 이는 천상인이 가지고 있는 예감이다. 천상인이 직접 느끼는 것과 지상인이 천상인의 도움으로 얻어지는 것인데, 여기에서는 천상인의 면모를 보여준다고도 볼 수 있다. 평강공주를 묘사하는 부분에서도 약간을 알 수 있다고 생각한다. 반면 <빅년젼>은 이진사라는 인물이 한 번 본 것에서 백년이 지감을 발휘했으니 이는 지상인들간의 지감이다. 그러나 구체적 증거가 미비한 관계로 확언할 수는 없다.

고 곧 가서 그 집에 이르렀다. …… 이에 금팔가락지를 팔아 밭과 집, 노비, 소와 말, 그릇 등을 살 수 있었으니 집에서 사용할 자재를 다 완비하였다17).

궁에서 쫓겨나온 공주는 금팔찌를 가지고 궁에서 나와 온달을 찾아간다. 그리고 온달을 만났는데, 온달과 그 어미는 공주를 거부한다. 그러나 공주는 말로써 그들을 설득시키고 한 집안에서 살게 된다. 그리고 궁에서 가지고 나온 금으로 집안의 모든 물건과 전답 및 집과 노비를 사들인다. 온달에게는 나라 말 중 비루한 것을 사오게 하여 정성껏 길러 준마로 만들고 그 말로 온달을 교육시킨다. 공주는 집안을 흥하게 하고 온달을 장수로 만드는 작업을 한다. 이 과정에서 공주의 고난은 공주의 능력으로 극복해 나간다. 공주가 고난을 극복하면서 온달에게는 새로운 고난이 부가되지만 공주에게 부과된 고난보다는 강하지 않은 고난이다. 지금까지 해오지 않던 일을 감수해야만 한다. 왜냐하면 이 고난극복은 온달이 변신하는 과정이기 때문이다.

<빅년전>에서도 보면 백년이 박일룡에게 첫날밤에 공부하는 것을 강요하면서 글공부를 안 하면 부부인연을 맺을 수 없다고 말하자 박일룡은 하는 수 없이 이를 승락하고 만다. 그러고는 백년이 박일룡을 한양으로 보낸다. 그 후에 백년은 가산을 불리고 집안을 잘 다스린다. 박일룡은 노승을 만나 절에서 선비들에게 공부를 배운다. 이로부터 박일룡의 고난은 시작된다. 낯선 곳에 간 박일룡, 처음해보는 공부 등이 박일룡에게는 커다란 충격과 고난으로 다가왔다. 백년의 고난은 박일룡을 신혼초에 떠나보낸 후 감수하는 것과 또 남편이 없는 집안을 돌보는 것에 있다. 그러니 자연 박일룡이 돌아오지 않음을 백년이 한탄하며 자신이 매정하였음을

---

17) 王怒曰 汝不從我教 則固不得爲吾女也 …… 於是 公主 以實釧數十枚 繫肘後 出宮 獨行 路遇一人 問溫達之家 乃行至其家 …… 乃賣金釧 買得田宅奴婢牛馬器物 資用 完具.

후회하고 있다.

이상에서 볼 수 있는 것과 같이 여주인공들은 남주인공을 출세시키기 위하여 자기의 능력을 한껏 발휘한다. 그러나 고난의 강도와 활약에서는 차이가 난다. <온달전>에서는 평강공주가, <빅년젼>에서는 박일룡에게 그 초점이 맞추어진다. 그러나 남주인공들의 동기유발에는 평강공주와 백년이 그 일을 담당하고 있다. 이는 서사과정에서 나타나는 차이이다. 그리고 혼사장애에서 나타나는 고난은 처음에 여성에게 큰 고난이 닥쳐오지만 이는 여성능력으로 헤쳐나가고 남성에게 전가되는 것으로 서술되는 공통점이 있다.

<온달전>에서 주인공들이 성취하는 것을 살펴보면 다음과 같다.

> 항상 맨앞에 있었으며 잡은 양도 또한 많아 다른자들은 온달과 같은 이가 없었다. 왕이 불러 오게 하여 성명을 물은 후에 놀라고 또 기이하게 여겼다. 이때를 좀 지나 주나라 무제가 군사를 일으켜 요동을 공격하니 왕이 군사를 거느리고 배산의 들에서 맞아 싸우었는데 온달이 선봉이 되었다. …… 공을 논함이 이르러 온달이 제일이었다. 왕이 기뻐하며 말하기를 '이가 내 사위이다'라고 하였다[18].

평강공주가 정성껏 말을 키우고 온달에게 승마와 무술을 익히게 한 다음 나라에서 수렵대회가 열릴 때에 참가하여 온달은 가장 큰 활약을 한다. 임금이 그제야 온달의 위치를 알게 되었던 것이다. 그리고 주(周) 무제의 침공으로 인해 온달은 한 번 더 큰 공적을 세운다. 이렇게 되니 왕은 온달에게 시집간다고 했던 딸은 자기 딸이 아니라고 했으면서도, 그 남편에게는 내 사위라고 말을 하게끔 되었다. 평강공주의 노력과 온달의 공으

---

18) 常在前 所獲亦多 他無若者 王召來問姓名 驚且異之 時後 周武帝出師伐遼東 王領軍 逆戰於拜山之野 溫達爲先鋒 …… 及論功 無不以溫達爲第一 王嘉歎之曰 是吾女壻也.

로 모든 것을 성취하고 천륜을 잇게 된 것이다.

<빅년젼>에서도 박일룡은 절에서 선비들에게 열심히 글을 배워 진사를 하고 종국에는 급제를 하여 고향에 내려온다. 이 과정에서 박일룡은 첫날밤에 쫓겨난 일을 생각하여 부인을 약간 속인다. 그러나 바로 해후하고 박일룡은 자신의 몰락한 집안을 일으킨다.

이상에서 살펴본 것과 같이 남성들의 성취는 모두 여성들의 활약과 동기부여로 이루어지게 되었다. 여성들의 지감은 남성자신들도 모르고 있던 기량을 마음껏 발휘할 수 있도록 계기를 마련해 주었다.

주인공들이 죽음에 있어서 <온달전>은 비장미와 함께 신성성을 강조하고 있다. 전쟁에 나가 화살에 맞은 온달을 장례 치르기 위해 관에 넣고 옮기려 하나 움직이질 않았다. 그러나 평강공주가 관을 쓰다듬으며 편히 가라고 말을 하자 관을 옮길 수 있었다. 이 과정을 보면 온달은 신성화 되어 있다. 바보였던 온달을 신성화 할 수 있도록 서술되어 있고, 죽어 이 세상을 떠나는 데에 대한 비장함이 내포되어 있다. 반면 <빅년젼>에서는 한날 한시에 승천하는 것으로 전시대 소설 유형을 답습하고 있다는 느낌을 준다. 이 두 작품을 비교한다면 상당한 공통점이 있는 반면 서술상의 차이와 시대적 격차에서 오는 차이가 있다. 온달을 형상한 것이 박일룡에 비해 더욱 영웅적이고, 신성화 하고 있다. 이러한 허구적 화소가 <빅년젼>에서는 현실성으로 나타나고 있다. 전대 작품들보다는 현실주의적 사고가 많이 첨가되었다고 할 수 있다.

<온달전>은 온달이라는 장군을 드러내기 위해 주인공을 바보로 형상화 하였다. 또 당시 임금이 조령모개식(朝令暮改式)으로 명령을 바꾸는 것에 대한 반발로 식언(食言)을 경계하기 위한 우언(寓言)일 수도 있다. 그러나 더 중요한 핵심 화소는 온달을 찾아가 가르친 평강공주의 지인지감이다. 이러한 서사유형이 <빅년젼>과 흡사하게 이루어지고 있다. 가장 큰

부분인 지감에 대해서, 그리고 남자의 열악한 환경에서 변신하여 곤란을 극복하고 바라는 바를 성취한다는 것에서 아주 흡사하다. 그렇지만 시대 차이가 너무 심하여 비교분석한다는 것은 어렵다고 생각되나 소설의 근원이 설화와 연관되기에 그래도 이른 시기에 나타났다고 하는 <온달전>과 비교하여 분석해 본 것이다.

<온달전>과 <빅년전>은 여자는 좋은 환경에 있고, 남자는 열악한 환경에 놓여 있다. 여기에서 과거급제 화소가 없다고 하더라도 여자에 의한 출세의 내용이 성립할 수 있다. 이 설화의 전통은 조선후기 여성영웅소설에까지 이어지며, 여성의 지감을 나타내는 <전관산전>에서도 이야기의 흥미를 자아내기 위해 목숨이 며칠 안 남은 남성을 내세워 지감이 탁월한 여성의 활약을 부각시키고 있다[19].

3. 구조분석

<빅년전>의 구조 단락은 크게 세 단락으로 구분할 수 있다. 초반에는 여성(백년) 우위에 의한 내용전개가 이루어지고, 중반에서는 남편이 떠난 후에 여성 혼자서 집안 살림을 꾸려나가는 고난과 늦게 공부하는 남편(박일룡)의 수련, 그리고 중개자로 나타난 노승의 도움으로 전개되고, 후반부는 남편의 출세로 인해 남성우위의 내용 전개로 이어져 이것은 초반에 나타난 여성 우위의 내용에 대한 반전이자 대립구조로 나타난다. 그러나 이는 악의에 의한 것이 아님으로 속임에 의한 사건으로 화합에 이른다.

---

19) 조상우, 전게논문.

1) 지감에 의한 선택과 고난 극복

<빅년젼>에서의 고난은 주인공들이 지감에 의하여 만나는 부분에서부터 시작된다. 그러므로 결합양상에 대해 살펴보기로 한다. 백년과 박일룡은 그들 자신의 만남이 아니라 백년의 형부인 이진사의 지인지감에 의해 둘은 만남을 갖는다. 이진사와 그 부인, 백년의 누이 사이에서 혼사장애가 나타난다. 이것이 백년에게는 고난으로 다가오지만 이 혼사장애는 백년의 선택으로 인해 곧 해결된다. 그러나 백년에게는 아직 문제가 해소되지 않은 채 남겨 두고 있다. 백년과 박일룡은 혼례를 올린 후 둘에게는 문제가 발생한다.

> 남의게 속은 비 되여시니 병신 안히 어들줄 엇지 아라시리요…… 사민를 덜치고 이러나 문을 열냐ㅎ니 그졔야 신부 그동을 보고 마지 못ㅎ여 쥬슌을 반기ㅎ고 낭낭헌 소리로 갈오디 첩이 낭군게 쳥할 말슴이 잇스니 첩의 말슴을 드르시랴면 첩도 몸을 허하와 낭군의 말슴을 듯즈오려니와 그러치 못ㅎ오면 죽어도 몸을 허치 못ㅎ게 삽나니이다 (빅년젼, 11-12쪽)

백년은 혼례를 올린 후 한마디 말도 하지 않는다. 박일룡에게 자신의 뜻을 관철시키기 위해서 쓰는 일종의 트릭이다. 여기에서 박일룡은 답답하여 자신이 백년에게 당하고 있다는 생각은 하지도 못하고 자신의 신세 한탄만 늘어놓는다. 그러고는 밖으로 나가려고 할 때에 백년이 말을 건넨다. 여기에서도 자신의 뜻을 이루기 위해 조건을 제시한다. 혼례를 치른 부부에게 있어서 가장 중요한 합방을 조건으로 삼아 문제를 제시한다. 당시 상황에서 혼례를 치른 부부가 나누는 얘기 치곤 상당히 현대적인 느낌이 강하다. 이러한 지경에까지 이르게 되니 박일룡은 어떻게 해야 할지를 모른다. 이때에 서방님에게 청하는 말은 다른 것이 아니라 글공부를 하라

는 것이다. 이렇게 박일룡은 고난을 맞이한다. 결혼이라는 커다란 일을
치르고 난 후에 그에 상응하는 고난을 겪는다. 그러나 이를 감내해야만
초야를 치를 수 있다. 그리하여 박일룡은 하는 수 없이 백년이 시키는 대
로 따라 한다.

> 너일은 엇지 되던지 오늘밤만 넘기즈 마음이 드러가 갈오더 그더 말삼이
> 이러흐니 너가 아모조록 훌거시니 밤이 계명쩌라 엇지 허송흐리잇가 신부
> 쏘 갈오더 그러할진더 슈표을 흐여 쥬옵소셔 흐거날…… 큰디즈 언문의 아
> 리사즈을 일필휘지하여 써노코 더스라 외는 소리 큰 북을 울리는듯 철퇴로
> 옥을 짜리는듯 흐더라 (빅년젼, 14-16쪽)

백년은 자신의 뜻을 이루기 위해 계속 강요하기도 하고 달래면서 글공
부하기를 청한다. 박일룡은 백년의 청을 듣지 않으면 죽을 것만 같고 또
오늘 첫날밤을 지내기 위해서는 청을 받아들일 수밖에 없었다. 그러자 백
년은 확실한 증거를 남기기 위해 수표를 써 달라고 청한다. 글을 모르는
박일룡은 얼마나 다급했던지 자주 보던 글씨 중에 한자와 한글 중에서 가
장 쉬운 자(字)로 대문에 붙어있는 "立春大吉"의 '大'자와 언문의 'ㅅ'자
가 쉽다고 하여 치마폭에 "大ㅅ"라고 쓰고 백년과 금술지락을 느끼며 미
봉책으로 고난을 극복한다. 그러나 이 극복은 일시적인 것으로 다음의 고
난을 예상케 되는 것이다.
　백년이 혼인을 하면서부터 박일룡의 지감을 안 후에 이 사람에게 어떻
게 하면 자신이 기대하는 사람으로 할 수 있을까 고민한 후에 트릭을 써
서 자신의 일차목적을 달성하게끔 한다. 백년과 박일룡의 만남은 영원한
것이 아니고 곧 이별을 한다. 글공부를 하기 위해 십년을 언약하고 백년
이 박일룡을 강제로 떠나게 한다. 이후 다시 만날 때까지 서로의 고난을
극복하고 혼사장애가 회복[20]되는 과정을 겪는다.

쩌나는 졍이 아년ᄒ되 홀 일 업셔 너외 이별ᄒ니 신부는 조곰도 슬푼 비시 업더라 …… 어더로 갈쥴 몰나 탄식분이요 동방의 양유난 의의ᄒ고 원의 도리은 작작ᄒ던 부로난 꾀꾀리난 버들속의 길 가는 스람을 조롱ᄒ고 외로이 잇난 두견은 부려귀난 소리의 부부 니별ᄒ고 가난 사람의 슈심을 돕난도다 …… 신부의 아릿다온 티도와 년년한 셩음이 니목의 삼삼ᄒ니 (빅년젼, 19–20쪽)

백년의 간곡한 청으로 어쩔 수 없이 집을 나서는 박일룡의 심정을 묘사하고 있다. 박일룡은 그 심정이 아련하여 매우 섭섭한 기색이 있으나 백년은 조금도 슬픈 기운이 없다. 이는 매몰찬 백년의 성격을 나타내기도 하다. 왜냐하면 무식한 남편을 강제로 공부시키기 위한 백년의 마음이 겉으로 나타난 것이다. 그리고 이렇게 하지 않으면 떠나는 사람은 차마 떠나지 못한다. 그렇기에 매몰차게 보낸 것이다. 그러나 떠나는 박일룡은 버드나무 속에서 우는 꾀꼬리가 자기를 조롱하는 듯한 것을 느끼면서 자기를 두견에 빗대어 외로움을 나타내고 있어 박일룡의 고독을 아주 잘 나타내고 있다. 이는 박일룡의 고난이 얼마나 심한가를 미리 알려주고 있는 복선의 구실을 하고 있다. 이렇듯 비장한 생각을 가지고 집에서 떠나게 된 박일룡은 서울로 올라가 여러 구경을 한다. 시골에서 살다가 처음 서울에 왔으니 볼 것이 많았으리라. 백년이 준 노잣돈도 많이 써가며 방황하던 중 절에서 노승을 만나 고난을 극복할 계기를 마련한다.

니 부인 뉴씨 나을 글공부를 권ᄒ여 십년을 결약ᄒ고 셔울로 가라 ᄒ기 장가들고 삼일만의 셔로 니별ᄒ 말을 낫낫치 ᄒ며 …… 노승 이옥히 듯다가 탄식 왈 …… 경화슈 부자졔들과 일등 명스 자졔들이 모혀 공부ᄒ는디라 노승이 션비들 압히 가 …… 박셩의 젼후슈말을 낫낫치 고ᄒ고 왈 모든 신셔

---
20) 이창헌, 「고전소설의 혼사장애구조와 유형에 관한 연구」, 『국문학연구』 81, 1987.

> 방님너 박셔경샹을 불상이 아오시고 또 소승의 안면을 보옵소셔 이 셔방님
> 공부을 착실이 가라쳐 쥬옵소셔 (빅년전, 21-23쪽)

경성에 올라와 여러 곳을 구경하고 큰 법당을 찾아 올라가 한 노승을
만나고 그 노승에게 자신의 처지와 사연을 다 말하니 노승이 박일룡에게
연민을 느껴 경화사 선비들에게 박일룡을 데리고 가서 인사를 시키고 글
을 가르쳐 줄 것을 부탁한다. 선비들도 사연을 듣고 또한 크게 놀라 지성
으로 가르치니 재주가 뛰어나 장안에 이름이 자자하여 과거를 보았는데
장원초실하였다. 노승은 고소설에서 흔히 보이는 보조자, 구원자 역할을
하면서 박일룡에게 지감을 느껴 오갈 곳 없는 박일룡을 데리고 선비에게
찾아간다. 이로 인해 박일룡은 자신의 숨겨진 능력을 발휘한다. 선비들에
게서 배운 글로 독학하여 자신의 능력을 늘려간다. 이는 자신도 모르고
있었던 능력을 알게 되어 그 속도는 배가 된다.

이로 인하여 조금의 달성으로는 만족하지 않는다. 노승이 이제 돌아가
라고 권유해도 급제를 한 후에 가겠다고 말하는 것이 그것이다. 이는 또
한 백년에 대한 복수심을 나타내고 있는 부분이다. 박일룡은 백년이 자신
에게 동기부여한 것에는 별로 인식하고 있는 것 같지는 않다. 아무리 지
감과 극성에 의한 것이라고는 하지만 박일룡은 고난을 극복하면서 한 자
(字)도 모르는 상황에서 진사를 한 것은 그의 노력의 결실이다. 백년의 고
난은 자신이 남편을 출세시키기 위하여 스스로 자처한 고난이지만 박일
룡의 고난은 아내에 의한 고난이었다. 그리하여 그 고난을 극복하는 과정
에서 자연히 아내에 대한 대립의식이 자연스럽게 나타났다고 본다.

> 할님부인니 할님을 이별흔 후 일긔옥동을 나으니 긔림이라 일홈을 셩운이
> 라 흐고 졈졈 주라미골격이 비상흐고 얼골이 관옥갓타니 이진스 닉외 사랑
> 흐더라 쳔되무심흐여 니진스 닉외 홀연 득병흐여 년흐여 구몰흐고 …… 약

간 남은 가산을 맛타 치산니며 …… 요부ㅎ여 십년이 되미 누만금 지물을
일우 …… 십년도 머다커든 또 삼년이 되도록 소식이 읍시니 옛글의 희교부
셔면 봉후라 ㅎ여시니 어닉 날이나 오랴난고 (빅년전, 34-36쪽)

백년은 박일룡과 이별하고 옥동을 낳아 이름을 '성운'이라 하고, 이진사
내외 병을 얻어 다 돌아가시니 백년은 이진사 재산을 치산하며 이십된 남
편을 글공부하라고 내보낸 것을 걱정하고 더욱 부지런히 가산을 살펴 누
만금의 재물을 모은다. 남편이 곁에 없는 상황에서 아들을 낳고 형부와 언
니가 죽어 상을 치르는데도 혼자서 할 수밖에 없었다. 왜냐하면 이는 백년
의 고난이지만, 백년이 스스로 자처한 고난이기 때문이다. 그리하여 자신
이 직접해결 해야만 하고 누구도 도와 줄 수 없는 것이다. 이러한 고난이
찾아왔지만 백년은 처리를 능숙하게 하고 재물까지 모은다. 그러나 이 고
난이 약간은 극복되었지만 원초적인 고난은 아직까지 남아 있다. 남편을
내쫓은 후 아무 소식이 없는 것에 대해 후회를 한다. 이는 백년이 박일룡
에게 지감을 느껴 행동한 뛰어난 여성영웅의 면모를 보이고는 있지만 그
래도 여성이라는 한계가 나타나고 있다. 고난을 극복하면서 자신의 상황
에 대한 한계일 수도 있다. 그러나 그 한계는 치산을 한 후에 안족(安足)해
하는 과정에서 나타난다. 이로 볼 때 지감은 편안한 상태가 아닌 극한 상
황에서 이루어지는 것으로 생각할 수 있다. 백년과 박일룡의 고난은 박일
룡이 급제를 하고 고향에 돌아와 서로 해후한 후에야 비로소 극복된다.

지금까지 살펴본 주인공들의 고난은 그 근원은 백년에게 주어졌으나
마지막 해결은 박일룡에 의하여 극복되고 마무리 지어진다. 소설 전반에
서 운명의 고난과 그 극복이 점층적이며, 계기적으로 나타나는 것이 하나
의 특이한 구조를 이루고 있다. 이는 소설의 흥미적인 측면에서 더욱 효
과적으로 이용되고 있다.

2) 극적 반전과 승화

전술한 바 있는 고난의 극복은 <빅년전>의 전반부에 해당하는 부분이
며, 후반부에서는 백년에게 냉대 받은 박일룡이 각고의 노력 끝에 백년에
게 복수하며 반전을 나타내고 이러한 부분이 문학적으로 승화되고 있다.
그 사례를 살펴보기로 한다.

제 춘심을 참지 못ㅎ여 십년이 지나 삼년 되미 너가 반다시 죽은 줄 알고
갓도다 그러치 아니면 졔엇지 큰 기와집이며 그딖지 요부ㅎ리요 늬 이 골
원 노릇ㅎ기 슈치가 될가 시부도다 그러나 차즈가 동졍이나 보리라 ⋯⋯ 각
장 장판의 셔화을 붓치고 와연니 셔울 직상가 갓더라 (빅년젼, 39-40쪽)

박일룡은 장원을 한 후에 이제는 부인 백년 앞에 나설 수 있기에 고향
을 찾아온다. 그러나 고향에 와 보니 많이 달라져 지나가는 노인에게 자
기 집 식구들에 대하여 물어본다. 그러니 자기 부인이 수만 금을 모았다
는 얘기를 듣고 분명 백년이 자기를 기다리다가 십 년하고도 삼 년 지
나니 필경 다른 데로 시집갔을 것이라 스스로 생각한다.

박일룡은 여기에서 부인 백년에 대한 감정이 극에 오르게 된다. 자신이
누구 때문에 이 고생을 했는데, 그리고 장원급제 하고 고향에 왔지만 허
탈한 감정과 함께 증오심이 일어났을 것이다. 그리하여 그 집에 일단 가
서 상황을 보고자 하였다. 그래야 다음의 행동을 어떻게 할 것인가를 생
각할 수 있기 때문이다. 실제 가서 보니 재상가 집 같았다. 설마 하는 마
음에 찾아갔지만 들은 대로였다. 박일룡은 자신이 고난을 극복하는 동안
백년이 극복한 것은 생각하지 못했다. 왜냐하면 백년에 의한 고난은 서로
가 기약한 가한을 넘어 삼 년이 지난 지금에야 각고의 끝에 극복했기 때
문에 백년에 대한 배려는 없었다. 오로지 극복한 것을 백년에게 자랑하기

에도 바빴을 것이다. 그러나 상황이 극하게 되자 박일룡은 자랑보다도 백년을 복수하고픈 마음이 일어났으리라. 그리하여 손님인 척하면서 그 집에 들어가게 된다.

> 이 아히가 쥬인이라 …… 그 아히를 불너 무른디 네 나히 몃치며 싱월은 어니쩌냐 동지디 왈 …… 할님너외 이별하든 히를 혜아려보니 …… 분명 니 즈식인가 ᄒ고 (빅년전, 42-43쪽)

> 그 아히 손을 줍고 니가 네 붓친이니 네 모친계 젼ᄒ라 …… 부인니 노복으로 젼ᄒ여 왈 손님이 이 딕 셔방님이라 ᄒ신다니 니외 쩌날적 무산 슈표가 잇실거시니 …… 할님 왈 셔로 쩌날적의 나난 치마폭의 디사라 쓰고 너회 아기씨난 쥭졀비녀 반을 쥬기의 가져왓스니 (빅년전, 44-45쪽)

백년의 집에 들어선 박일룡은 어느 아이를 만나는데 그는 자기가 머슴살던 김좌수의 아들이었고, 그 아이에게 그 집안 일을 듣는다. 그리고 주인 아이를 만나게 되는데 박일룡이 여러 가지를 물어 보니 자신의 아들이었다. 그제야 박일룡은 안심이 되었다. 지금까지는 혹시 백년이 다른 집으로 시집은 가지나 않았나 생각하였는데 그 의혹이 한 순간에 풀린 것이다. 이 지경이 되니 박일룡은 의기양양 해져 백년을 만나기로 한다.

백년이 박일룡이 왔다는 소리를 듣고는 놀라 경황이 없지만 진짜 자기 남편인지를 알기 위해 자신과 헤어질 때 준 수표에 대해 물어보는데 자신의 남편 박일룡이 틀림없었다. 그토록 애타게 기다리던 남편을 본 백년은 놀라고 반가움에 통곡을 한다. 그 반면 박일룡은 시종 담담한 표정을 짓는다. 이제부터는 자기가 받았던 고난만큼이나 백년에게 대한 복수심이 점점 크게 드러난다.

> 먼ᄃ촌ᄃ이 다니며 비러먹고 그리져리 만고풍산을 다 격거시니 어나결의

공부을 ᄒ리요 …… 부인니 그 말 듯고 더욱 통곡 왈 ᄉ람이 미련ᄒ고 흐리
기의 져지경이 되여도다 …… 손디졉이나 ᄒ고 ᄌ식 글 익난 거시나 구경ᄒ
고 집안 범졀이나 살피소셔 할님 왈 …… 일시도 집의 잇기 붓그러우니 도
로 나가계노라 뉴씨 왈 간단 말슘이 어인 말심이오 닛가 (빅년젼, 48-49쪽)

박일룡은 백년에게 거짓말로 대하고 백년은 그 말을 곧이 믿는다. 박일
룡은 미리 거지 옷차림으로 나타난 것부터가 작가의 의도적 표현이라 생
각된다. 그러니 박일룡이 백년에 대한 속임이 자연스럽게 표현되고 있다.
박일룡과 백년이 결별할 때 한 약속을 백년은 지켰지만 박일룡은 지키지
못했다고 자신을 비관하며 다시 떠날 것을 말한다. 부인 백년은 결사반대
한다. 한 번 헤어진 것에 대한 두려움과 외로움이 백년에게 있어서는 참
지 못할 고난이었던 것이라 박일룡을 잡는다. 전에 결별은 백년의 지감에
의한 강제적인 행동이었지만 지금은 그 반대가 된다. 지감은 전술한 바와
같이 극적인 상황에서만 생기게 된다. 그러니 자연 지감의 효과는 떨어졌
다고 볼 수 있다. 오랜 이별의 외로움으로 인해 더 이상 남편의 글공부에
대한 미련이 없어졌다고 본다. 그리하여 집안 일을 돌보며 지내라고 권유
한다. 박일룡은 이러한 생각을 가지고 있는 백년에게 되받아칠 계략을 세
우고 있다. 자신의 정체를 숨기고 철저하게 복수하려고 한다. 고난을 극
복한 보상과 같은 기쁨을 부인에게서 얻으려고 하는 것이다.

할님이 거줏 놀라 왈 …… 답빈터을 물고 뜰 누어드니 한 관원이 지나다
가 보고 노ᄒ여 ……벌써 갓치 다라오거날 니 간신이 도망ᄒ여 …… 죽기
을 면ᄒ계노라 ᄒ고 가랴하니 부인니 한결 갓치 노치 안코 말니ᄃ 할님이
왈 열셰히 아니라 스물셰히라도 혼ᄌ 살아도 그디 타시니 날을 원치 말나
(빅년젼, 50-51쪽)

박일룡은 관원들이 나를 따라 온다고 거짓말을 하고 떠나려 한다. 그래

도 백년은 남편을 떠나보내기를 원치 않는다. 이제 떠나면 언제 돌아올지 모르기 때문이다. 계속 잡지만 박일룡은 백년에게 우리가 헤어져 산 것은 다 백년 때문이라고 몰아붙인다. 이 말에서 박일룡의 쌓였던 감정이 드러나 있다. 앞에서 계속하여 속이면서 백년을 대하는 것의 원인이 바로 여기에 있다. 신혼 초야에 남편에게 글공부를 강요하면서 수표를 받고 다음 날 내쫓다시피 서울로 올려 보내 고난을 당하게 한 부인이 박일룡은 끝내 용서할 수 없었던 것이다. 그러니 이러한 심정이 축적되어 있다가 이 부분에서 표출하게 된 것이다. 여기에서 여성우위의 내용전개에서 남성우위의 전개로 내용이 바뀌게 된다. 신분상의 겉모습은 여성이 더 고상하고 우위의 모습이나 대화의 내용을 본다면 백년이 박일룡의 속임에 이끌려 가는 상황이다.

> 할님이 밧사랑의 드러가 혼거지 옷슬 벗고 진수흔 모양으로 복도난슴을 입고 빅픠을 들고 안으로 더러와 부인압히 노코 부인은 이거슬 아나뇨 한더 부인니 답왈 누을 이더지 속이나니잇가 흐니 홀님이 웃고 더답지 아니코 사당의 나아가 비례흐고 …… 그 안히 경절부인 가즈를 쥬고 (빅년전, 52쪽)

백년이 붙잡는데도 박일룡은 끝내 달아나나 곧 바로 어사복을 입고 나타난다[21]. 백년은 자신이 속임을 당한 것에 대해 박일룡에게 묻지만 박일룡은 대답을 하지 않는다. 격양된 심정이 전술한 부분에서 표출되었으니 그 앙금은 이제 남지 않았기에 아무 대답도 하지 않고 사당에 배례한 뒤, 임금께서 내린 정렬부인 가자를 부인에게 준다. 박일룡의 장원급제는 백

---

[21] 이 부분은 <춘향전>에서 이도령이 어사인 것을 감추고 걸인 복장을 나타났다가 어사복을 입고 나타나는 것과도 같다. <빅년전>은 전술한 바와 같이 <온달전>의 전통과 함께 당대의 인기가 최고였던 <춘향전>의 내용을 도용했다는 인식을 강하게 풍기는 소설이라 하겠다.

년에 의한 것이다. 그 고난의 근원 또한 백년이지만 백년에 의하여 성공
하였으니 앙금이 있었더라도 이는 곧 풀어지게 된다. 그리하여 백년에 대
한 복수는 속임수를 이용한 것이다.

　결국 <빅년젼>은 마지막 부분에 가서 '극적 반전'[22]이 이루어진다. 이
반전은 고난의 완전한 극복을 나타내고 있다. 두 주인공의 고난은 서로가
보조자의 도움을 받고, 자신의 노력에 의하여 극복이 이루어진다. 그러나
각자의 고난은 극복하였지만 둘이 공유하는 고난은 아직 극복하지 못했
다. 그 고난은 바로 부부의 해후이다. 이 해후가 이루어지지 않는다면 고
난은 극복되지 못한 채 소설은 미궁에 빠진다. 이 고난을 극복하기 위해
서 박일룡은 급제한 후에 자신의 정체를 숨겨 백년을 속임에 빠지게 하여
전에 백년이 한 일이 너무 심했다는 것을 뉘우치게 한다. 그럼으로써 남
녀 주인공의 위치는 반전되어 나타난다. 이 반전은 박일룡이 당한 것과
마찬가지로 백년도 느끼게 될 뻔 했으나, 어사복을 입은 박일룡을 보면서
모든 게 해소된다. 결국 백년의 지감은 정확하게 알아맞춘 것이 된다.

　<빅년젼>에서의 마지막 장면은 화합을 이룬 후에 편안한 생활을 하다
가 하늘로 승천하는 것으로 되어있다. 하늘로 승천하였다는 것은 원래 하
늘의 인간이었다는 것을 나타낸다. 동양에 있어서 낙원 추방은 반드시 복
귀를 전제로 하고 있다. 우리의 고소설에서도 적강을 한 인물은 종당에
가면 승천하는 것으로 끝을 맺는다. 이는 여타 고소설에서 흔히 보이는
것으로 후대 작품들의 유형적 구조와 일맥상통한다. 작자의 정서가 고소

---

22) 이를 달리 말하면 '劇性'이라고 할 수 있다. '극성'이라는 용어는 피지인이 지인에 의해
　어떠한 도움을 받는 것, 즉 알지 못하는 상태에게 어떠한 동기부여로 알게 된다는 것과
　해후의 기쁨을 나타내는 것으로 가설을 세우기로 한다. 이 극성은 사회주의 리얼리즘
　소설에 대하여만 연구가 되어왔는데 갈등이 그리 많지 않은 고소설에서도 적용 가능하
　다고 생각한다. (심경호, 북한의 고전문학 연구의 성과와 문제점, 북한의 한국학 연구성
　과 분석, 한국정신문화연구원, 1990, 408쪽.)

설의 좋은 결말 -해피엔딩의 틀- 에서 벗어나지 못하고 있다. 작자의 對女性觀이 이전의 작품보다는 진보적이지만, 후반부의 여성상은 여성영웅소설에서 일반적으로 나타나는 것과 같이 가정을 지키는 여성으로 나타나고 있다. 이는 지금의 시각으로 본다면 한계성을 지녔다고 말할 수 있으나 당시 사회상과 비교한다면 결코 한계성을 지닌 것은 아니다. 다음 단계로 넘어설 과도기 단계에 놓인 여성의 모습을 나타내주고 있다고 생각할 수 있다.

전반부의 지인지감을 지닌 여성과 후반부에 여성의 반전으로 나타난 박일룡의 활약이 전·후반부에서 계기적으로 나타나 작품 내에서 승화되고 있다. 백년의 활약은 조선왕조 사회의 계층대립(여성의 무시)에서 오는 갈등을 해소하는 역으로 남성을 여성이 소박하는 장면은 여성들의 한을 승화시킨 작품이다.

후반부에 박일룡이 자신의 고난을 극복하고 급제하는 과정이 백년에 대한 반전으로 서술하고 있다. <빅년전>은 백년에게 보다 치우친 일대기를 전개하면서 여성의 뛰어난 능력과 박일룡의 가능성을 보여주게 된다. 이와 같은 내용전개에서 박일룡은 극적인 영웅으로 승화되고 있다.

4. 결론

지금까지 <빅년전>을 <온달전>과 비교하고, 구조분석을 중심으로 하여 작품론을 펼쳐 보았다. 새로운 방법론을 도입하지는 못했지만, <빅년전>이 가지고 있는 특성을 중심으로 살펴보았다. 그러면 전술한 내용을 간략히 살펴 보며 글을 맺기로 한다.

<온달전>과의 비교분석은 주인공의 신분, 배우자의 선택, 주인공의 고난 극복, 성취 등으로 나누어 설명하였다. 주인공들의 신분은 '박생-온

달', '유백년-평강공주'는 하나의 유형으로 묶을 수 있다. 이로 볼 때 열악한 환경의 남자주인공이 일종의 변신을 통해 고난을 극복하여 성취하는 과정에게 커다란 기능을 작용하고 있다. 배우자의 선택은 여성의 탁월한 지감으로 인하여 이루어진다. 주인공의 고난은 여주인공들은 남주인공을 출세시키기 위하여 감내하는 고난이다. 평강공주와 백년이 그 일을 담당하고 있다. 주인공들의 성취는 모두 여성들의 활약과 동기부여로 이루어진다.

운명의 고난과 극복구조는 여타 소설에서도 나타나는 것이지만 소설 전반부에서 주로 나타나는데 이 운명의 고난과 그 극복이 점층적이고 계기적으로 나타나는 것이 하나의 구조유형을 이루고 있으며 소설의 흥미적인 측면에서 더욱 효과적으로 이용되었다.

극적반전과 승화구조는 전반부의 지인지감을 지닌 여성과 후반부에 여성의 반전으로 나타난 박일룡의 활약이 나타나 작품 내에서 승화되고 있다. 백년의 활약은 조선왕조 사회의 계층대립(여성의 무시)에서 오는 갈등을 해소하는 역으로 남성을 여성이 소박하는 장면은 여성들의 한을 승화시킨 작품이다. <빅년전>은 백년에게 보다 치우친 일대기를 전개하면서 여성의 뛰어난 능력과 박일룡의 가능성을 보여주고 있다. 이와 같은 내용 전개에서 박일룡은 극적인 영웅으로 승화되고 있다.

<빅년전>은 학계에 소개된 지 몇 년이 흘렀으나 작품론은 활발하게 이루어지지는 못했다. 그렇지만 전술한 바도 있지만 여성의식이 드러나 있는 작품으로 전대의 <박씨전>에서 후대 여성영웅소설에 보이는 여성관과 같은 유의 작품이라 생각한다. 그리고 본 소설은 여성영웅소설의 마지막 시기에 해당되는 작품이다.

『동양고전연구』 제8집, 동양고전학회, 1997.

〈저승전〉 연구

1. 서론

삼국시대 불교전래 이래, 불교신앙과 사상에 바탕을 둔 인생관·세계관은 우리 민족의 사유체계의 형성에 지대한 영향을 주어왔다. 여기에 바탕을 둔 불교적 상상력은 통일신라와 고려조는 물론 척불숭유를 표방했던 조선시대까지도 한국의 정신적 사상적 기저를 이룬 채 지속되었다.[1] 그리하여 민중들의 사유 속으로 깊숙하게 침투할 수 있었고, 다른 종교보다는 불교가 우리 문학사상에 가장 많이 용해되어 있다고 보아도 무리는 아니다.

선학들의 연구성과에 의하여 고소설 중에서 불교적 색채를 많이 띠는 작품들을 다각도로 연구하여 "불교계 국문소설"이라는 이름으로 묶일 수 있는 소설들이 밝혀지기도 하였다.[2] 이것은 국문소설의 형성전개과정에서 불교와 밀접한 관계를 유지해 왔음을 실증해 주는 바라고 하겠다.

---

1) 인권환, 「심청의 인간형과 관음보살」, 『洌西 김기현 교수 회갑기념논총』, 동 간행위원회, 1995, 225쪽.

2) 대표적인 소설들을 나열해 보면, <안락국태자전>, <目連傳>, <인욕태자전>, <선혜동자전>, <포시태자전>, <실달태자전>, <금우태자전>, <선우태자전>, <금강공주전>, <나복전>, <왕랑반혼전>, <적성의전>, <흥부전>, <심청전>, <박씨전> 등을 들 수 있다.

불교계 국문소설의 형성은 신라·고려시대부터 형성된 한문소설의 전통과 함께 대중포교와 교화를 위한 불교계 서사문학·소설형태가 대두되어 불교사회를 바탕으로 성행하면서 시작된다. 이렇게 불교계 국문소설은 형성·전승되면서 유교의 우세와 유불습합내지 도불조화의 시대사조 등 여타 외부 여건에 의하여 변화를 입고 유통과정에서 비불교적 통속내용을 수용함으로써 많은 이본을 남기며 변화·발전하였다.3)

이 책에서 텍스트로 삼고 있는 <저승전> 또한 불교계 국문소설이라 할만하다. 그러나 본격적으로 연구를 진행하기에는 텍스트로서의 문제가 있다. 왜냐하면 완결된 작품이 아닌 낙장본이기 때문이다. 그러나 전반부의 서사만으로도 후반부의 내용을 어느 정도까지 추정할 수 있고 기왕 기록된 부분만을 가지고도 본 작품에서 핵심이 되는 공간인 저승과 함께 작가의 불교적 의식지향을 나타내 주고 있기에 텍스트로 삼아도 문제는 되지 않으리라 생각한다. <저승전>을 포함하여 아직까지도 국문학계에 발표되지 않은 소설들이 많다. 그러므로 새로운 자료를 소개한다는 차원에서도 의의가 있다. 이러한 소설들이 하나씩 발굴됨으로 해서 소설사는 더욱 풍부해지고 내용이 바뀔 수도 있다고 생각한다.

이러한 의의를 가지고 <저승전>을 불교적 측면에서 고찰해 보기로 한다. 첫째, 본 소설의 주된 공간이라 할 수 있는 "저승"에 대해 살펴보고, 둘째, 본 소설에서 나타내고 있는 의식지향이 무엇인가를 고찰하면 <저승전>의 불교적 성격이 드러날 것으로 보인다.

---

3) 사재동, 「불교계 국문소설의 형성·전개」, 『한국서사문학사의 연구』 IV, 중앙문화사, 1995, 1082-1083쪽.

2. 서지 및 경개

본격적인 연구로 들어가기 전에 먼저 텍스트의 서지와 경개를 살펴보기로 한다.

<저승전>은 작자 미상인 필사본(筆寫本)으로 단국대학교 천안캠퍼스 율곡도서관 나손문고에 소장되어 있다.4) 달필은 아니지만 그래도 국문소설에서 흔히 볼 수 있는 글씨로 약간 흘려 쓴 글씨이다. 필사연대는 자세히 알 수 없지만 표기법을 본다면 'ㆍ'가 'ㅏ'로 동화되는 현상을 볼 수 있다. 이는 애국계몽기까지 나타나는 현상으로 아주 후대적 모습을 보이고 있다. 그리고 '염십(염습), 씨되(쓰되)' 등을 보면 'ㅡ > ㅣ'로 동화되는 현상을 볼 수 있는데 19세기에 활발히 나타나는 현상이다. 그리고 이 전설고모음화현상은 경기 남부지역에서 충청·전라 지역에 폭넓게 분포되어 나타나고 있다. 따라서 이 소설이 필사된 지역은 충청도와 전라도가 인접해 있는 '점이지대'의 한 곳이라 상정할 수 있다5). 1책 81장으로 <괴똥전>, <매화전>과 <화충전>이 합철되어 있는 선장(線裝)으로 크기는 31.0×20.4cm이다. 계선(界線)과 어미는 없으며 매면 10행이고 자수(字數)는 일정치 않다. 이 중 <저승전>은 29장 낙장본이다. 표제는 "민화젼"이라 되어 있고 <저승전>은 맨 마지막에 합철되어 있다.

<저승전>의 경개를 보이면 다음과 같다.

옛날 송나라 시절 익주 옥용산 백학사에 지선이라는 도승이 있었는데 행

---

4) <저승전>의 이본으로 정명기 교수 소장의 <지선전>이 있다.

5) 단국대학교 천안캠퍼스 율곡도서관에서는 나손문고에 나손 선생의 한적을 유치한 후, 다른 종류의 한적을 많이 구입하였는데, 대부분 전주의 고서점에서 구입하기 때문에 유통되던 지역이 거의 천안 이하 전주 이상의 지역이 많다. 구입한 대부분의 소설들에서 보이는 후기는 대개가 충북 제천지방과 충남 천안지방의 것들이 많다.

실이 높고 성정이 지순하였더니 우연이 병이 들어 그 상좌에게 염습하지 말
라고는 죽는다. 곧 하늘에서 세 사람이 내려와 지선을 데리고 올라간다. 하
늘로 올라간 지선은 여러 곳을 다니며 구경을 하게 되는데 인간세계와는 다
른 세상을 보게 되고 옥황상제와 염라대왕 및 여러 대왕을 만나 본다. 예전
에 자신이 전쟁터에서 화살에 맞아 죽은 시신의 화살을 빼주고 수습해 주었
던 일이 있었는데, 그 때 그 시신의 주인공이 내생에 천태왕이 되어 지선을
저승에서 만난다. 천태왕은 자신을 구해 준 지선을 다시 살려보내기 위해
옥황상제에게 예전의 선업을 이야기하니 옥황상제는 염라대왕에게 명령하
여 다시 환생하게 한다. 그러나 지선은 이를 반대하면서 중이 저승까지 왔
다가 지옥을 보고 가지 않으면 돌아가 민중들에게 해줄 말이 없다고 하여
지옥을 구경하게 된다. 지옥에서 악한 일을 한 자에게는 응징하는 것과 착
한 일을 한 자복을 주는 것을 지선이 보고 느낀다.

경개에서 볼 수 있듯이 <저승전>은 지선이라는 한 승려가 저승에 가
서 보고 체험한 것을 토대로 하여 권선징악에 의한 인과응보와 윤회에 의
한 운명예정을 잘 그리고 있는 불교소설이라고 할 수 있다.

3. 저승의 형상화와 그 의미

<저승전> 초반부는 지선이 죽어 저승에 들어가는 노정, 저승에 들어 간
후 옥황상제와 몇몇 대왕들의 모습, 그리고 천상의 세계를 함께 보여주고
있다. 후반부에서는 지선이 옥황상제에게 환생을 명 받은 이후에 본격적으
로 나선 저승유람을 보여주고 있어 본 소설의 주된 공간은 저승이라고 할
수 있다. 이 장에서는 저승이 어떻게 형상화되고 있는지와 함께 그 의미에
대해 살펴보기로 한다.

1) 망자의 노정에서 나타나는 저승

먼저 순차적 시간에 의해 초반부에 드러나는 저승의 관문과 저승에 들어가기 전까지의 노정을 살펴보기로 한다.

> 그 산을 올나가이 큰문 잇거날 자세의 본즉 선판의 황금디자로 시겨씨되 영경문이라 하엿더라 … 이 쏘 한 고디 다드른이 문우예 황금디로 씨시되 통곡산이라 하엿더라 그 고기의 올나 사방을 둘너본이 … 쏘 한 미을 올나가이 큰문이 닛서 황금디자로 서시되 망정산이라 … 쏘 한 미을 올나가이 큰 문이 잇서 황금디로 서시되 낙루산이라 … 저승의 가는 사람들리 비회를 금치 못하여 눈물을 쓰시며 가는 고로 일음을 눈물바회라 하는이다 쏘 한 지을 넘어 가더이 남뎍 업는 괄풍이 니 곳슬 당하여 슬퍼하는고로 흔숨지라 … 쏘 한 고기을 너머 가이 … 망저산이라 하엿더라

이상과 같이 주인공은 저승의 문에 가기까지 수많은 고개와 산을 넘고 물을 건넌다. 황금 빛에 큰 글자로 써 놓은 현판과 현판명이 저승을 나타내 주기에 충분하다. 황금색은 오방색 중에 중앙을 나타내며 오행 중 土를 나타낸다[6]. 그리고 황금색은 '方上氏 탈'에서도 보듯 벽사의 색을 나타내기도 한다. 이를 통해 볼 때 저승이라는 공간은 어느 쪽으로도 치우침이 없는 우주의 중심이며, 악을 쫓아내는 곳으로 신성불가침의 지역이라는 것을 알 수 있다. 악을 물리치고 사람의 수명을 관장하는 곳이기는 하지만, 저승의 관문마다 걸려있는 현판의 글씨를 보면 선인이든 악인이든을 떠나 망자들의 슬픔을 대변해 주고 있다. 어떻게 슬픔을 대변하고 있는지 순차(順次)에 의거해 고찰하기로 한다.

처음 지선이 다다른 곳은 '靈境門'이다. 이곳에서부터 망자가 속세와의 인연을 끝내고 저승의 문턱에 도착했음을 암시하고 있다. 영경문을 지나

---

6) 유경환, 『원형적 상징을 찾아서』, 대한출판공사, 1989, 164쪽.

면서 모든 사람들은 이제 이승과는 관계가 끊어진다. 그래서인지 이곳을 표현한 지명만 보아도 슬프기 그지없다. '慟哭山, 忘情山, 落淚山, 눈물바회, 한숨지' 등으로 통곡하고 정을 잊고, 눈물을 흘리고 한숨 쉬는 등의 단어를 사용하여 망자의 슬픔과 망자 가족들의 애환까지 표현하고 있으며 비통한 느낌까지 자아내고 있다. 이는 선인이든, 악인이든 죽는다는 자체에 대한 슬픔과 원한을 대변해 주고 있는 것이다.

전술(前述)한 지역보다 더욱 슬픔을 자아내는 곳이 바로 물이다. 물은 이승과 저승을 구별하여 주는 곳이기에 지옥의 여러 곳 중 많은 부분을 할애하여 서술하고 있다.

> 이 물 일홈은 하슈하는 무리 ⋯ 손도 시스며 물도 먹그며 눈물도 쓰이며 이통ᄒᆞᄂᆞᆫ 말리 니손 씨친 물과 눈물씨신 물을 가저다가 우리 부모님과 동성 들겨 전하여라 저 물은 인간으로 흘너 가건만은 ⋯ 저 물아 밥이 가 우리 자식들과 부모님 전의 이너 눈물 전할손야 너는 인의로 간다마는 우리는 일조영별하고 ⋯ 잇고ᄃᄃ 서음이야 저 물아 부디ᄃᄃ 이너 철드리 진원정을 자서이 전하여라 오회통지라 어나 써예 다시ᄂᆞ 올고

물이라는 매개체를 통하여 망자가 잊지 못하고 있는 이승의 설움을 대신 전해주고 있다. 보살은 속세의 모든 사람들을 극락정토로 가는 배에 태워 극락으로 보내고 속세에 아무도 남지 않았을 때 비로소 부처가 된다고들 한다. 이 때의 물은 극락으로 가는 과정이지만 현재에 살고 있는 사람들에게는 죽음의 물이다. 그리하여 물을 보고 서럽다 말을 하면서 자기 자신을 달래고 있다. 또 진원정(陳寃情)을 자세히 전하라는 말에서 망자의 원한이 많음을 표현해 주고 있다. 망자가 어떻게 죽었건 간에 죽음에 대한 원한은 인간이면 누구나 갖는 상정(常情)이다. 망자와는 달리 아무 곳이나 갈 수 있는 물에 자신의 심정을 의탁하고 있다. 지금은 죽어서 갈

수 없는 곳이지만 물은 어디로든지 흘러가 누구든지 볼 수 있기에 망자가
물에게 사정을 말하고 있다.

이상에서 서술한 바의 저승은 사람을 잡아가 죽이기도 하고 새로운 삶
을 영위하게도 한다. 하지만 망자의 노정에서 나타나는 물은 생명의 원천
이자 재생, 자정의 의미가 강하다고 볼 수 있다. 그리하여 새로운 삶을 갈
망하면서 망자는 노정 중 물을 보고 심정을 토로하고 있다. 또한 물이라
는 것은 망각의 도구로 사용되기도 한다. 이승과 저승을 갈라놓기도 하지
만 이승의 기억을 모두 잊게 만드는 도구이기도 하다. 그리스 신화의 "레
테의 강"과도 통한다고 볼 수 있다. 구비설화에서 이와 유사한 이야기들
이 나타나고 있는데, 배를 타고 강을 건넌 후 나루터에 내려 주막에서 술
을 한 잔 마신 후에 내생으로 간다고 한다. 이러한 과정을 거쳐야만이 전
생의 모든 기억을 잊고 새로운 사람으로 다시 태어난다. 물을 지난다는
것은 선·악의 업에 의해 옥황상제의 명대로 새로운 인생을 시작한다는
의미이기도 하다.

저승으로 가는 노정은 지선을 통해 다른 망자의 모습을 보여주고 있다.
죽음에 대한 두려움, 죽음 뒤의 힘겨움과 고독감을 표현하여 본 소설을
읽는 이로 하여금 지금의 삶보다는 죽은 뒤의 삶을 경계하라고 충고하고
있는 듯하다. 이와 함께 저승의 "지부"에 들어가기 전에 망자의 원한을
다 풀고 새로운 인생을 살도록 만들어진 장치를 노정에서 보여주고 있다.

2) 저승의 형상과 의미

저승에 관한 기록 중 『삼국유사』를 보면 지하에 위치한 내세의 형상이
비교적 상세하게 나타나 있다. 저승길은 멀고도 험난하여 도중에 광막한
사막을 지나기도 하고, 밀밭·보리밭·갈대밭을 지나 강을 건너기도 한

다. 높은 데는 낮아지고, 낮은 데는 높아지는 험난한 길이어서 14일간을 걸어야 저승 원문에 다다를 수 있다.[7]

구비설화에서 저승은 일단 수직으로 올라온 이후에는 걸어갈 수 있는 곳으로 서술하고 있다. 그리하여 "짚신을 신고 간다", "짚신을 신고 가다가 신이 헤졌다" 등의 표현들이 종종 등장하기도 한다. 사후의 세계인 저승은 구체적인 설명없이 그저 막연히 '저승'으로만 나타내는 경우가 많지만 이에서 좀 더 발전하여 구체적인 형상을 첨부하기도 한다. "저승에 갔다온 사람"[8]에서 저승은 큰 집과 같다고 하였고, 문서를 관리하는 최판관이 있어 저승왕을 보좌한다고 하였다. 저승왕은 생명부의 기록에 따라 저승사자를 시켜 사람의 영혼을 데려간다. 이 생명록의 기록은 절대적인 것이지만, 기록내용을 정정하여 생명을 연장할 수도 있다.[9]

저승이라는 소재에 대하여 좀 더 거론하여 보면, 한국인의 경우 내세를 지하계에 위치한 것으로 생각했던 것 같다. 왜냐하면 망자의 시신을 매장하기 위해 땅을 파고 지하에 묻고 땅을 다지고 봉분을 만들기 때문이다. 이 모양의 형태는 "알"을 연상하도록 만든다. 시신이 안치된 공간은 알의 노른자 위치이다. 이는 죽은 영혼의 재생을 의미하고 있다. 그러나 사람이 죽으면 혼백이 하늘과 땅으로 간다고 하는데 이는 육신은 죽었어도 영혼만은 지하와 천상의 세계에 공존하고 있다고 할 수 있다.

---

7) 김성배, 『향두가 · 성조가』, 정음사, 1975, 35-36쪽.

8) 저승을 다녀온 스님에 대한 이야기는 경북 달성군의 동명사에서 '관정 대법사'가 극락을 유람하고 온 "극락세계 유람기"라는 책자에 실려 있다. 1967년 음력 10월 25일에 중국 복권성 덕화현 미륵동에서 좌선할 때 홀연 관세음보살님의 이끌림을 받아 서방 정토 구품 연화경을 참관했는데 그 기간이 하루라고 여겼는데 인간 세계에 와보니 1973년 4월 8일 이었다고 한다. 장장 5년 5개월의 시간을 유람한 것이다. 너무 근래의 일이기 때문에 진짜인지 아닌지 알 수 없어서 본문에 인용하지 않고 주로만 나타내기로 한다.

9) 최운식, 『한국의 민담』, 시인사, 1987, 188-189쪽.

부디 염심말라 하던이 인하여 별세한지라 … 소실한풍 이러나고 하날노
서 셋 사람이 나려와 지선을 그 뒤의 다리고 한 고디 다다흐미 큰 미히 하날
예 다흔 덧 한지라

위 인용문에서 알 수 있듯이 하늘로 올라가야 저승의 세계에 갈 수 있
다. 저승을 수직적 지하세계로 생각하여 사체(死體)를 땅속에 매장하고
그런 후에 저승이라는 공간(空間)을 만나는 것과는 다르다고 할 수 있다.
그러나 "부디 염심말라"를 보면 주인공이 환생하기 때문에 지하라는 공
간이 설정되지 않을 수 있다고 본다.

본 소설에서는 어떻게 저승에 들어가게 되는지와 함께 저승에서의 관
직서열에 관해 자세히 설명하고 있다.

그 지을 올나가미 큰 드리 잇서 일망무지라 크겨 집을 짓고 황금디자로
선탄의서 붓쳐시되 초호문이라 하여거날 … 그 가온디 한 과원니 좌괴하고
힌 붓을 잡바 풀은 칙을 펴고 쥬홍으로 점을 치며 가로디 오날 인간으로 일
만을 보니고 일만명을 잡아오라 하엿시어 급히 드겨 점고하라

초혼문에 대한 설명과 함께 이곳의 관원이 하는 일에 대해 묘사하고 있
다. '초혼'은 죽은 사람의 혼을 불러들인다는 것으로 상사(喪事)에서 이 초
혼이 끝난 뒤에야 발상을 한다. 이렇게 하는 이유는 민중들의 사고에 이제
는 육체를 떠난 혼은 가족들이 아무리 불러도 육체로 돌아오지 않는다고
믿었기 때문이다. 이 문을 지나면 망자는 더 이상 자신이 살던 곳으로 갈
수 없다. 저승에서 관원이 하는 일을 보면 푸른 책에 주홍으로 점을 쳐서
사람을 잡아오고 반대로 이승으로 내보내는 일을 한다. 저승은 사람의 목
숨을 관장하는 곳이라고 할 수 있고, 관원의 행위는 한국인의 령혼관(靈魂
觀)과 내세관(來世觀)이 어떠한 것인지를 보여주고 있다.

그리고 이러한 생각은 저승 차사(差使)가 사람을 잘못 잡아갔다가 염라
대왕으로부터 심한 꾸지람을 듣고는 그 영혼을 다시 이승으로 데려다 주
는 이야기에서 종종 나타나기도 한다. 그 대표적인 예는 "生居堤川 死居
星州"류의 설화와 『삼국유사(三國遺事)』「선율환생(善律還生)」조(條)에
나타난다.10) 민간에서 행해지는 비법 중에도 이러한 의식이 나타나는데
동네에서 같은 이름을 짓지 않고, 저승 차사(差使)에게 후하게 대접을 하
는 등의 예들이다. 이렇게 하면 내가 잡혀갈 운명이라도 나에게 후한 대
접을 받은 저승 차사는 미안해서라도 같은 이름의 다른 사람을 저승으로
데려간다고 믿었다. 이 또한 저승에 대한 민중들의 의식을 반영하고 있다
고 하겠다.

> 한 관원이 … 일시의 젓고 맛고 히혼처의 전송한 즘 히혼처의서도 젓고
> 하이 염닉디왕의 보닌다 염라디왕이 쏘 젓고 하여 옥황상제의 올인되 옥황
> 제 디을각의 전좌하시고 천의 죄인을 휙실하여 노흘 놈은 노코 죄줄 놈의
> 죄를 주며 영화부귀를 결단하시다라

위 인용문에서는 사람이 죽어 저승에 가면 선악의 보답을 어떠한 과정
을 통해 받는가를 자세히 보여주고 있으며, 지부에서 거치게 되는 과정을
통해 천상의 질서를 보여주고 있다. 일단 한 관원이 주홍점을 쳐서 사람을
잡아오고, 이승으로 돌려보내는 작업을 한다. 관원이 인원점검을 하고 난
후, 해혼처로 보내 점검을 하고, 염라대왕에게 보낸다. 여기서도 전과 마찬
가지로 점검을 하여 옥황상제에게 보낸다. 옥황상제에게 보내진 후에 죄
와 영화를 각각 결정한다. 이와 같은 행동은 저승의 서열, 일의 과정과 치
밀함을 서술하여 옥황상제의 명을 충실히 따르는 모습을 보여준다. 지선

---

10) 박용식, 「한국 설화의 사상적 배경」, 『설화문학연구(상)』, 황패강 선생 고희기념논총간
행위원회, 단국대 출판부, 1998, 544쪽.

을 저승으로 잡아온 이유를 대는 대목에서도 드러난다.

> 염왕니 답왈 옥황상제겨옵서 상별당이란 집을 지으시고 이중을 잡텨 단청
> 화식을 식이려 하시이다 … 염왕니 답왈 사정은 불무ᄒ오나 옥황상제겨서
> 전영하신 일도 잇삽고 쏘한 제 명이라

사람을 저승으로 잡아오는 이유는 여러 가지가 있을 수 있다는 것을 알려준다. 자신의 명(命)이 다 되었다는 것도 있지만 저승에서 필요로 하는 사람을 잡아온다는 것을 보여주고 있다. 그리고 저승이라고 했을 때 염라국의 대왕인 염라대왕을 먼저 떠올리게 되는데 염라대왕 또한 옥황상제 밑에서 옥황상제를 보좌하는 위치로 설정하고 있다. 옥황상제만이 죄를 줄 수 있고 복을 줄 수 있는 만인지상의 자리인 것이다.

> 상제겨 서역디왕을 불너 일오사더 너는 지하고을 슈십지 못하여 인간의
> 질병을 그릇 보너여 망한이 착지 못한 인간을 죽기고 작펴을 무슈이ᄒᄂᆞ듸
> … 서역왕이 고두사은하고 물너 나온이라 상제 쏘 제신을 돌아 왈 인간들니
> 무지하여 자식이 이비도 죽겨노라 하며 아비가 자식도 쥑겨노라 하며 그 어
> 미가 그 아비도 죽겨노라 하며 일엇탄 상소 무슈한이 … 제신들니 고두사죄
> 하고

옥황상제가 서역대왕과 제신들에게 자신들의 직책을 온전하게 수행하고 있지 못함에 대해 질책하고 있는 부분이다. 인간세계에서의 질병과 존속상해와 같은 무도함조차도 천상에서 관여하는 것으로 보아 인간세상에서 벌어지는 모든 일이 옥황상제에 의해 이루어지고 있음을 알 수 있다. 지선이 구해주었던 천태왕과 함께 여러 제신들이 염라대왕을 보좌하여 저승과 이승의 일을 관장하고 있음을 독자에게 보여주고 있다. 이를 통해 저승의 서열을 짐작해 볼 수 있고, 천상의 옥황상제는 모든 삼라만상과

함께 저승이나 다른 세계까지도 관장한다는 천상에 대한 일반 민중의 의식을 찾아낼 수 있다.

불교에서 지옥을 표현한 불경 중에 『정법염처경(正法念處經)』이 있는데, 지옥에 대한 설명이 자세히 나타나 있다. 그 중에 "地獄品"을 보면 여기에서는 '活地獄, 黑繩地獄, 合地獄, 叫喚地獄, 大叫喚地獄, 燋熱地獄, 大燋熱地獄, 阿鼻地獄' 등을 자세히 서술하고 있다. 이 불경은 비구가 각각의 지옥을 돌아다니면서 관찰하고 깨달은 것을 표현하고 있다. 비구는 업의 과보를 잘 관찰하여 법(法)과 비법(非法)을 보아야 한다. 악업은 무량하나 그 무량한 악업도 모두가 마음에 의하여 일어나고 마음으로 인하여 상속유전하고 드디어는 지옥에 떨어져 헤아릴 수 없는 고뇌를 받는다[11]고 하였다. 지선이 본 지부 장면이 『정법염처경(正法念處經)』의 어느 지옥을 서술하고 있는지를 살펴보도록 한다.

> 염왕이 디질 왈 네가 아모기 종으로서 아모달 아모날 밤의 독한 약으로서 네 상전을 먹겨 죽인 죄 업는다 일졍 알외라 그 제집이 한말도 못하는지라 염왕이 직시 지옥으로 보니여 짐싱의겨 살몸을 듯겨하여 천만연이라도 세상의 나가지 못하게 하더라

지선이 옥황상제의 명으로 지부를 구경하기로 하고 처음으로 구경하는 곳으로 염왕이 상전을 독약으로 죽인 여자종을 문초하는 광경이다. "짐싱에게 살몸을 듯겨하여"라는 구절을 보면 벌레가 몸속에 파고 들어 살을 파먹게 하는 '활지옥'[12]과 철염(鐵炎)의 이가 뾰족한 개에게 먹히는 고통

---

11) 『한글대장경 正法念處經 해설』, 동국대 부설 동국역경원, 1995, 14쪽.
　　지옥에 대한 이야기는 『地藏經』에서도 나타나 있다. 권상노 역, 『현토국역 지장경』, 보연각, 1988.
12) 이 지옥에서 받는 괴로움은 요니처(尼泥處)에 있어서는 극렬한 요니에 있어야 하고

을 당하는 '흑승지옥'13)을 연상하게 하는 지옥이다. 그리고 "독한 약으로서 네 상전을 먹겨 죽인 죄"라는 것을 보면 살생에 의한 죄에 해당하므로 '규환지옥14), 초열지옥15), 대초열지옥16)'도 이에 속하는 지옥이라 할 수 있다.

> 칠형문이라 하여거날 … 온갖 비암으로 살몸을 씌겨 먹기거날 … 인간의서 벼살하여 지물을 탐하고 나라을 섬기지 안니하고 빅성을 만이 죽기고 혹 종이 상전의 지물을 도적하여 픠가케 하느이며 혹 불칙한 마음 먹는 사람이라 … 남의 것 도적하는 놈과 본쳐 박더하고 유부여 간통하는 놈과 본부 죽이고 간부하는 게집과 산전(sic 상전) 죽기고 도망하는 놈과 만장 가온디 억미 홍정하는 놈과 우악하여 잘치는 치는 놈과 이집저집 다이며 이간 붓치는 게집과 큰어미게 불순한 게집을 다 쇠로 귀을 쮜여 눈도 쎄고 쇠물을 불의 달오아 다리도 지드고 도로 인간으로 보니여 김싱이 되여 사람의게 마자 죽게하더라

칠형문이라는 곳에서 벌어지는 형벌이다. 인간사에서 행해지는 모든 악행을 열거하며 서술하고 있다. 임금과 신하간의 일, 상전과 종의 일, 부

그 맛은 매우 쓰고 오줌 속에는 벌레가 우글거리는데 죄 지은 자는 그 오줌을 마시고 벌레는 몸속으로 파고들며 살을 파먹는다.

13) 이 지옥에서는 熱炎의 黑繩으로 몸을 결박하고 험준한 언덕으로부터 날카로운 칼날이 숲처럼 서 있는 뜨거운 땅으로 떨어지고, 鐵炎의 이가 뾰죽한 개에게 먹히는 고통을 받는다.

14) 이 지옥은 살생, 투도, 사행, 음주의 업을 많이 지은 자가 떨어지는 곳으로서 철퇴로 입을 찢기고 불타는 뜨거운 구리물을 마셔야 하고 湯火로 찌는 등 온갖 고통을 받아야 한다.

15) 사람이 살생, 투도, 사행, 음주, 망어를 거듭하면서 그 사사로운 소견 속에서 헤어나지 못하면 이 지옥에 빠진다. 이 지옥은 앞에서 든 어떠한 지옥에 비해서 무량배의 염열이 끓고 큰 고통을 당한다.

16) 이 지옥에서는 다섯 개의 산이 있는데 항상 맹렬한 기세로 불타고 있으며, 그 불길은 지옥에 든 사람의 몸을 불태워 그 괴로움이 끊이지를 않는다.

부간의 일로 처첩의 문제와 다른 사람과 사통하는 일, 이웃과 관계되는 일 등이다. 자신의 감정을 억제하지 못하면 누구든지 범할 수 있는 악업으로 이를 행하면 큰 형벌을 받을 것이라는 경계를 하기 위해 나타내는 부분이다. "쇠로 귀을 뛰여 눈도 쎄고 쇠물을 불의 달오아 다리도 지지고"라는 것을 보면, 철구(鐵鉤)에 찢기고 뜨거운 녹물 속을 표류하는 고통을 받는 '합지옥'17)과 긴 혀에다 끓는 쇠물을 붓고 철구(鐵鉤)로 근육과 뼈를 짖니기는 '대규환지옥'18)을 연상하게 하는 지옥이다.

> 한사람을 불너 진고 하사 왈 너는 인간의서 벼살할시 임군을 츙셩으로 선
> 기며 빅셩을 인후로 이휼하여 신이 나가 영천쌍 가상의 둘치 아다리되라 하
> 시고 도(sic 쏘)한 사람을 불너 갈오사더 너는 인간의서 부모을 효도로 섬기
> 고 형제간의 화목하고 가는한 사람을 불상이 너겨신이 너는 관서짜 빅회션
> 의 셋치 아달이 되라

전생에 쌓은 선업(善業)으로 인하여 내세의 역할을 배정하는 것이다. 악업을 쌓아 벌을 받는 사람들에 반해 이 곳에서는 전생에 선업을 닦은 사람들에게 다시 인간으로 환생할 수 있도록 선처해 주고 있다. 이는 불교의 인과사상을 드러내 주는 대목이라 할 수 있다. 여기에 대해서는 다음 장에서 다루기로 한다.

본 소설에서의 공간인 저승은 불교적 성격을 단적으로 드러내는 구실

---

17) 이 지옥에서는 鐵鉤의 大河가 있는데 이는 火燃의 철구로서 죄인은 이곳에 던져진다. 그 대하의 물은 붉은 구리의 녹물로서 뜨겁기는 한량이 없으며 죄인은 그 철구에 찢기고 뜨거운 녹물 속을 표류하는 고통을 받는다.

18) 이 지옥에서는 살생, 투도, 사행, 음주, 망어를 행하고서 그를 만족해 하면 모두 이곳에 떨어진다. 이 지옥에서 받는 고통은 죄인의 혀는 매우 길어서 입안으로 거두어들일 수 없으며 그 긴 혀에다 끓는 구리쇠의 쇳물을 붓고 철구로 근육과 뼈를 짓이기고 가루를 낸다.

을 하고 불교 포교의 목적에서 본다면 속세에 있는 인간들을 교화시키는 기능을 하고 있다. 선업을 쌓으면 인간으로 다시 환생할 수 있고 악업을 쌓으면 처참한 형벌을 받는다는 것을 저승이라는 공간을 통하여 독자에게 생생하게 보여주고 있다.

4. 〈저승전〉의 의식지향

〈저승전〉은 작품 전반에 불교를 토대로 한 작가의 의식이 나타난다. 작중인물이 승려라는 것부터가 〈저승전〉이 불교소설이라는 것과 함께 불교사상을 잘 그리고 있음을 말해 주는 것이라고 할 수 있다. 조선사회가 숭유억불이라는 나쁜 조건 속에서도 불교적 색채를 가진 작품이 창작된 것은 대부분의 민중들은 불교에 대한 믿음이 있었고, 이들에게 불교를 포교하기 위해서였다. 민중을 교화하려는 의도에서 소설을 창작하여 민중들의 행동을 경계하고 있다. 이 장에서는 〈저승전〉에 나타난 의식지향을 유교와 불교의 습합과 인과응보와 윤회에 의한 운명 예정이라는 관점에서 고찰하기로 한다.

1) 유교와 불교의 습합

조선 성종대를 지나면서 정치·사회의 안정과 숭유배불의 사상적 기반이 확립된 것은 불교중심의 국문소설에는 충격적인 변화요인이었다. 그동안 국문불서나 불경언해 등의 일방적 승세에 상대하여, 숭유정책의 문헌들이 편역, 간행되고 번역본까지 성행하면서 유교계 산문, 서사문학·소설형태가 모색되기에 이르렀다. 정음의 보급과 더불어 상하 민중과 부녀층에서 불교계 국문소설은 유교계 산문들의 실세(實勢)에 의하여 그 세력이 위축되었고, 외유내불(外儒內佛)의 차원에서 유교의 그것을 수용할 수밖에 없었다. 여기서 유불습합이 이루어졌으니 불교계 국문소설은 유교계 국문소설에 그 모형을 제공하고 스스로 유교의 모든 것을 수용·조화시켰던 것이다.19)

<저승전>에서도 모든 이야기 전개는 불교적인 큰 테두리에서 이루어지지만 그 안에서 말하고자 하는 작가의 의도나 주제는 유교적인 면이 많다. 그 인용을 보면,

> 인간의 난 잠강(sic 삼강) 오상을 전파하라 삼강이란 말은 님군 일신하의 별이되고 아비는 자식의 별이되고 지아비난 어미 별이 되고 오싱이란 말삼은 님군과 신하이고 아비와 자식이 친하미 잇고 아히는 열은을 경디하고 부ㄷ는 분별잇고 붕우는 신이 ㄷ는이라 하시고

에서와 같이 불교의 가치관이라기보다는 유교의 대표적 가치관인 삼강오륜에 대해 서술하고 있다. 숭유억불을 나라이념으로 표방하던 조선시대를 거치면서 불교는 자연 유교로 동화되었다. 본 소설에서도 불교의 궁극적인 목적을 달성하기 위하여 유교를 수단으로 나타내고 있는 것이다.

> 한 사람을 불너 진고 하사 왈 너는 인간의서 벼살할시 임군을 츙셩으로 섬기며 빅셩을 인후로 이휼하여 신이 … 너는 인간의서 부모을 효도로 섬기고 형제간의 화목하고 가는한 사람을 불상이 너겨신이

인간의 행실 중에서 가장 벼리가 되는 것은 '三綱'이다. 삼강은 군신간, 부자간, 부부간의 관계에서 기본이 되는 행동강령이라 할 수 있다. 공맹을 공부한 자라면 과거급제하여 임금을 모시고 국정을 도모함을 최우선

---

19) 사재동, 『불교계 국문소설의 형성·전개』, 1076쪽.

의 과제로 삼는다. 어떻게 하면 임금을 잘 보필하고 백성들을 살기 좋게 할 것인가는 위정자라면 가져야 할 기본자세이다. 한 집 안을 보면 천륜이라는 관계로 부모와 자식, 형제들로 얽혀져 있다. 이 관계는 원해서 될 수 있는 것이 아니며 가깝고도 친밀해야 한다. 하지만 자신만의 안일함에 빠지면 신하로서의 임금을 보좌하는 임무와 자식으로서의 부모를 섬기는 일과 형제간의 화목을 망각하여 그 관계가 소원해지기 쉽다. 그리하여 삼강이 필요한 이유가 여기에 있으며, 크게는 나라에서의 충과 작게는 집 안에서의 효[20]를 강조하고 있다. 불교를 포교하려는 목적이 강한 소설이라고 하지만 유교라는 사회에서 존숭되는 가치관을 도외시 할 수 없었을 것이다. 선업을 닦아야만이 인간으로 다시 태어나 부귀를 누릴 수 있는데, 유교에서의 소중한 가치관이 바로 선업으로 연결되어 사람들을 교화시키고 있다.

　　쏘 한 놈을 불너 갈오사디 너는 인간의서 상전을 정성으로 섬기고 맛참니 상전을 위하야 죽어시이 진실노 극한 츙노라 … 너는 인간의서 시부모긔 효도하고 지아비을 극진이 공향하라다가 맛참니 열여되야 신이

자신의 웃사람을 어떻게 모셔야 되는가를 보여주고 있다. 공자는 "요즘의 효라는 것은 오직 음식 봉양만을 이른다. 그러나 개나 말에 있어서도 모두 공양함이 있으니 공경하는 마음이 없으면 무엇으로 구별하겠는가"[21]라 하여 행동을 함에 있어서의 마음가짐을 중시하고 있다.

---

20) 佛祖 이래 高僧·大德들이 繼繼傳燈하면서 그다지 간곡하게 강조·독려한 것이 각종 報恩이요 孝行이었다. 보은은 곧 효행이라, 부모에게 보은함이 효행이라면 師長에게 보은함도 역시 효행이라고 간주한다. 국왕에게 보은함도 효행이니, 이는 大孝로서 忠誠에 들 것이라 하여 사재동은 효행이 불교의 기본적 윤리 덕목이라고 하였다.(사재동, 「안락국태자경의 연구」, 『불교계 서사문학의 연구』, 어문연구 학술총서 제9집, 중앙문화사, 1996, 334쪽.)

하인이 상전을, 며느리가 시댁 식구를 극진히 보살펴 '충노'와 '효부·열
녀'라 칭하고는 인간으로 환생하도록 선처를 베푼다. 남자는 자신을 알아
주는 이를 위해 목숨을 바치고, 여자는 자신을 사랑하는 이를 위해 화장을
한다고 하였다. 그러나 이와 같은 마음가짐이 쉽지 않기에 글로 경계한다
고 할 수 있다. 그러기에 조선시대 야담이나 설화에 '충노'의 이야기를 많
이 드러내고, 『열녀전』과 『삼강행실도』를 만들어 사람들에게 널리 알리려
했던 것이다. 신분이 철저하게 나뉘어졌던 시대에서의 하인과 남존여비
사회에서의 며느리라는 아주 힘들고 고된 신분의 사람들의 행적을 내세워
다른 사람들을 교화시키고 행동을 경계하도록 만들고 있다. 본 소설에서
도 이와 같은 가치관에서 벗어나지 않고 있음을 보여주고 있다.

  쏘 한 사람을 불너 가로사더 너는 인간의서 가느하되 남의 거슬 불버(slc
  불법) 안이 하여시이

가진 것이 없어도 남의 것을 훔치지 않고 자신의 분수에 맞게 자족하고
산다면 복을 받을 수 있다는 것을 보여주고 있다. 『논어』에서 공자가 안
연에게 가난한 생활 속에서도 뜻을 높은데 두고 떳떳한 도리를 행하는 것
으로 즐거움을 삼고 있음을 칭양하여 일찍부터 깨우쳤던 말이다.[22] 이는
유교나 불교를 떠나 삶을 살아가는 진리이다. 그러나 사람들이 자신들의
욕심으로 인해 조금이라도 자기 것으로 만들려 하기에 부지불식간에 법
에 저촉을 받게 될 경우가 많다. 그리하여 이를 경계하고 있다.

---

21) 子ㅣ日 今之孝者는 是謂能養이니 至於犬馬ᄒ야도 皆能有養이니 不敬이면 何以別乎
   ㅣ리오(『論語集註』 卷之二 爲政.)
22) 子ㅣ日 賢哉라 回也ㅣ여 一簞食와 一瓢飮으로 在陋巷을 人不堪其憂ㅣ어늘 回也ㅣ
   不改其樂ᄒ니 賢哉라 回也ㅣ여(『論語集註』 卷之六 雍也.)

또 한 게집을 불너 가로사더 너는 인간의서 남의 며나리 되어 자식을 낫
치 못하여 … 짐싱이 되라 하시고

조선조 여인들의 슬픔을 볼 수 있는 대목이다. 남의 집에 며느리로 들
어와 아들을 낳지 못하여 대를 잇지 못한 것도 원통스러운 일인데 축생도
로 떨어지는 명을 받는다. 아들 딸이 인간의 힘으로 이루어지는 것은 아
니지만, 아들을 낳고 대를 잇게 하여 봉제사(奉祭祀)함을 중요한 과제로
삼았었기에 종교적 차원을 떠나 당시대적 면모와 의식을 보여주는 대목
이라 할 수 있다.

이상과 같이 <저승전>이 불교 포교를 위한 불교소설이지만 사회적 여
건을 감안하여 유교적인 가치관이 혼재되고 있음을 알 수 있었다. 이는
선학(先學)의 지적과 마찬가지로 숭유억불의 사회에서 민중들에게 다가
갈 수 있는 발판은 유교의 수용이었을 것이다.

2) 인과응보와 윤회에 의한 운명 예정

불교에서 말하는 인과(因果)는 인연(因緣)과 과보(果報)를 말함인데, 불
교의 윤회설(輪回說)에 근거한다면 얼마간의 인(因)을 쌓으면 얼마간의
과(果)를 맺는다는 것으로 선(善)에는 선한 보답이 있고, 악(惡)에는 악한
보답이 있다. 선악의 보답은 마치 그림자가 형체를 따르다는 것 같아서
삼세(三世)의 인과는 순환하여도 그 잃음이 없는 것이다. 사물에 기인(起
因)함이 있으면 반드시 결과가 있어서 선과 악을 행함에 반드시 각각의
보응이 있다고 하였다.[23] 불교의 우주론(宇宙論), 유식론(唯識論), 윤리론

---

23) "謂因緣和果報. 根据佛教輪回之說, 積什么因, 結什么果; 善有善報, 惡有惡報." 『涅槃
  經・遺敎品一』. "善惡之報, 如影隨形, 三世因果, 循環不失." 『梁書・范縝傳』. "認爲
  事物有起因必有結果, 作善作惡, 必各有報應." 『大慈恩寺三藏法師傳』. (漢語大詞典,
  605쪽 재인용)

(倫理論), 영험론(靈驗論) 등이 한결같이 인과(因果)적 원리에 근거하고 있으며, 모든 경전들이 이 원리를 연설하는 데에 역점을 두고 있는 실정이다. 그 중에서도 『인과경(因果經)』이 잘 알려져 있거니와, 불교의 이상으로 극락왕생을 추구·설파하는 마당에 인과사상이 작용하고 있는 것은 너무도 당연한 현상이다.24) 이러한 인과응보를 통하여 본 소설은 독자에게 권선징악을 일깨우려는 목적을 지니고 있다.

> 천티왕니 다시 꿀어 엿자오더 소신이 인간의 잇실더 병화 사방의 벌이닷하 작는 무슈하거날 소신으로 하여곰 도적을 잡우라 하기로 도적과 접전하다가 슈심여합의 도적의 사리 소신의 가삼을 맛처 인하여 별세하오나 가삼의 박킨 살인들 뉘라서 쎄며 빅골인들 뉘라서 간슈ㅎ릿가 … 지선이란 중이 소신을 위하여 천금지물을 허비하여 슈옥지을 지니고 가삼의 빅킨 살을 쎄고 제 옷설 벼서 빅골을 염십하여 명산을 가히여 무더 사온니 은혜 빅골는 망이라

지선은 천태왕이 전생에 전쟁터에서 싸우다가 화살을 맞고 죽었는데, 그의 시신을 수습해주고 재를 올려주었다. 이러한 지선의 행동으로 인해 전쟁터에서 죽은 시신은 편안히 저승으로 갈 수 있었고, 자신의 업에 의해 저승에서 천태왕이 될 수 있었다. 여기에서 천태왕이 전생에는 전쟁터에서 싸우던 인간이었는데 현생은 지부의 한 대왕으로서 새로운 삶을 살고 있는 것에서 윤회적인 면을 볼 수 있다. 그리고 가슴에 화살이 박힌 시신을 수습해 준 지선은 중으로서 자신의 임무에 충실한 행동이었는데 이러한 행동이 선업으로 작용해 이에 상응하는 복을 받아 환생한다는 인과응보의 면을 또한 볼 수 있다.

위 인용문에서 나타난 지선의 행동은 부처가 어느 한 무더기의 뼈를 보

---

24) 사재동, 「안락국태자경의 연구」, 328쪽.

고는 절하고 난 후 그 뼈를 수습하여 다시 묻고 제사지내 주었다는 이야기
와 같은 행위로 볼 수 있다. 『불설대보부모은중경(佛說大報父母恩重經)』에
서 그 내용을 보면 다음과 같다.

> 그 때에 세존께서 대중을 거느리시고 남방으로 나아가시다가 한 무더기의
> 뼈를 보셨다. 그 때 여래께서는 몸을 땅에 붙이시어 마른 뼈에 정중히 절을
> 하셨다. … 부처님께서 아난에게 말씀하셨다. '네가 비록 나의 상족제자로서
> 출가한 지도 오래 되었지만 아는 것은 아직 넓지 못하구나. 이 한 무더기의
> 마른 뼈가 어쩌면 내 전생의 조상님의 뼈이거나 여러 대에 걸친 부모님의
> 뼈일 수도 있다. 때문에 내가 지금 정중히 절을 한 것이다' … 부처가 아난
> 에게 '남자는 가람에 들어가서 법문도 듣고 경도 외우고 염불도 하여 그 뼈
> 가 희고 무겁지만 여인은 아들을 낳고 딸을 기를 때 서말 서 되의 엉긴 피를
> 흘리며 아기는 어머니의 흰 젖을 여덟 섬 너 말이나 먹으니 뼈가 검고 가벼
> 운 것이다'라고 말하였다.[25]

위의 인용문에서 보면 부처의 행위는 윤회에서 시작된 것임을 알 수 있
다. 그리고 제자들에게 부모에 대한 효를 강조하며, 전생의 조상이였거나
여러 대에 걸친 부모일 것이라고 하면서 절을 한다. 지선은 중의 신분으
로 가슴에 화살이 박혀 죽은 시신을 보고 자비심으로 인해 그냥 지나칠
수 없었다. 그리하여 그냥 지나치지는 못하고 시신을 수습해 주었다. 지
선의 행동은 중으로서 마땅히 해야 할 일인데도 불구하고 자비심이라는
선한 마음을 가지고 있었기에 선업으로 이어져 천태왕의 보답을 받기에

---

25) 時世尊 將領大衆 往詣南行 見一堆枯骨亦 時如來 五體投地 禮拜枯骨 … 佛告阿難
汝雖是吾上足弟子 出家深遠 知事未廣 此一堆枯骨 或是我前世翁祖 累世爺孃 吾今禮
拜 … 佛告阿難 若是男人在世之時 入於伽藍 聽講誦經 禮拜三寶 念佛名字 所以骨頭
白了又重 女人在世 恣情婬欲 生男養女 一廻生箇孩兒 流出三豆斗三勝凝血 飲乳八斛
四涇斗白乳 所以骨頭黑了又輕(孝寧大君 寫經, 『父母恩重長壽胎骨經合部』, 林聖福
편저, 三淨會, 1996, 19~21쪽.)

이른다. 지선에 의해 자신의 시신을 수습하게 되었던 천태왕은 지선의 행동에 보답을 하게 되는데 즉, 선업을 쌓은 자에게 복이 돌아간다는 윤회와 인과응보의 의식이 저변에 깔려 있다. 천태왕이 지선을 환생할 수 있도록 옥황상제에게 간청하여 지부에서 풀려 나게 하고, 이러한 선악의 보답이 <저승전>의 주된 내용이라고 할 때 본 소설에서 주로 흐르는 의식이 불교의 인과응보이다.

　<저승전>에서 저승에 잡혀온 사람을 다루는 부분에서 '윤회'를 볼 수 있다. 이러한 윤회는 재생이라는 화소와도 관련이 깊다. 윤회라는 것은 자신이 쌓은 업에 의하여 새로운 존재로 태어나는 것을 의미한다. 재생은 육체와 영혼이 분리되어 육체가 죽어 없어지더라도 영혼은 살아남는다는 이원론적 세계관을 가진다. 망자가 어떤 사정으로 현세적 수복(壽福)을 누리지 못하고 저승에 갔을 경우 그 억울함을 보상받기 위한 방법으로 인간세상으로의 재생이라는 처방을 생각하였을 것이다.26)

　윤회는 우주간의 모든 것이 그 업에 따라 유전하는 상태를 말한다. 그리하여 사람들은 죽어서 무엇이 될 것인가를 궁금하게 여긴다. 부모나 친척이 죽으면 망자의 혼을 달래주기 위해 '자리걷이(씻김굿)'를 한다. 무당이 망자가 죽어서 어떻게 되었다라는 것을 망자 가족들에게 알려준다. 만약 짐승이 되었으면 무당에게 다시 굿을 부탁하여 극락왕생하기를 빌어준다. 이 세상에서 행한 망자의 악업을 굿을 통해 정성을 보여주어 선업으로 바꾸어지도록 애원한다. 이러한 행위를 본다면 불교에서의 윤회는 사람들을 교화시킬 수 있는 도구로 자리잡게 되었다. 왜냐하면 이승에서 나쁜 짓을 하면 저승에 가서 짐승이 되거나 고된 형벌을 받게 되는데 이러한 것을 두려워하지 않을 사람이 없기 때문이다. 자연 윤회는 문학의

---

26) 박용식, 전게논문, 단국대 출판부, 1998, 544쪽.

소재로 활용될 수 있었다.

이러한 윤회는 옥황상제라는 우주만물을 지배하는 절대적인 존재에 의해 새로운 세상으로 환생하는 것을 뜻하며, 내가 무엇으로 태어나는 가를 미리 알려준다. 이러한 이야기로 일반 민중들을 교화시키는 계기가 된다. 왜냐하면 내가 어떻게 살면 복을 받고 죄를 받는가를 미리 이야기로 보여 주기 때문이다. 앞으로의 삶이 어떻게 결정되어지는가를 보여주는 것이 운명예정이다.

운명예정에 대해서는 망자의 업에 따라 선업을 쌓은 이, 악업을 쌓은 이로 나누어 볼 수 있다. 먼저 선업을 쌓은 이의 운명 예정을 본다면,

> 한 사람을 불너 진고 하사 왈 너는 인간의서 벼살할시 임군을 츙성으로 섬기며 빅성을 인후로 이휼하여 신이 나가 영천짱 가상의 둘치 아다리되라 하시고 도(sic 쏘) 한 사람을 불너 갈오사더 너는 인간의서 부모을 효도로 섬기고 형제간의 화목하고 가는한 사람을 불상이 너겨신이 너는 관서짜 빅회선의 셋치 아달이 되라

전생에 선업을 닦은 사람이 다시 인간으로 환생하는 경우이다. 군신간의 관계와 부모형제간의 관계에서의 선업으로 크게는 나라에서의, 작게는 집 안에서의 선업을 나타내고 있다. 이러한 행동은 유교에서도 바람직한 인간으로 만들기 위해 널리 가르치는 덕목이다. 인간이면 누구나 지켜야 할 도리이지만 잘 행해지지 못하는 덕목이기에 사람들을 교화시키기 위한 수단으로써 인간으로 환생하는 이야기를 나타내고 있다.

> 쏘 한 놈을 불너 갈오사더 너는 인간의서 상전을 정성으로 섬기고 맛참너 상전을 위하야 죽어시이 진실노 극한 츙노라 광운짜 관서 벼살하더니 영빅의 모 아달이 되라 하시고 쏘한 겨집을 불너갈오더 너는 인간의서 시부모긔

> 효도하고 지아비을 극진이 공향하라다가 맛참니 열여되야 신이 아못 당의 동빅의 아달되야 이 십(*sic* 집)의서 살하계 하라 하시고

상전을 위해서, 또는 시부모와 지아비를 위해서 자신의 몸을 아끼지 아니하고 성심껏 섬긴 이들로 하여금 인간으로 다시 환생하되 전생에서 보다는 더 좋은 환경의 사람으로 다시 태어날 수 있도록 선처해 주고 있다. 전생에서의 하인은 양반의 아들로, 한 집안의 며느리이자 아내가 양반의 아들로 태어나게 하는 것이다. 이는 전생에 힘든 일을 한 사람이나 힘이 없던 사람들에 대한 보상이다. 이승에서는 힘들고 억압받는 위치에 있지만 선업을 닦아 심성을 바르게 갖고 행동하면 다음 생에는 복을 받을 수 있다고 민중들을 교화하고 있는 것이다.

악업을 쌓은 이의 운명예정을 본다면,

> 한 겨집이 염니대왕전의 발괄하되 나는 별노 중죄 업사오되 상제겨옵서 지옥으로 보니시이 듸왕이 묵키 보시다가 디로왈 네 일정 무죄한다 그 게집이 아미하노라 발명하거날 염왕이 디질왈 네가 아모기 종으로서 아모달 아모날 밤의 독한 약으로서 네 상전을 먹겨 죽인죄 업는다 일정 알외라 그제 집이 한말도 못흐는지라 염왕이 직시 지옥으로 보니여 짐싱의겨 살몸을 듯겨하여 천만연이라도 세상의 나가지 못하겨 흐리라

이승에 있을 때의 죄와 함께 저승에 와서까지도 거짓을 아뢰어 죄를 가중시키고 있다. 전술한 바에서는 상전을 위해 죽음으로 보답한 이는 인간으로 환생한 것과는 반대로 상전을 죽였기에 아주 혹독한 지옥으로 떨어지게 하였다. 선업을 쌓은 대목은 아주 짧게 묘사하여 인간으로 환생하도록 하는 보상을 서술하고 있는 것에 반해서, 악업을 쌓은 사람들은 죄에 관해 상세하게 서술하고 죄에 대한 벌 또한 자세하면서도 혹독하게 나타내고 있어서 보는 이로 하여금 못된 짓을 못하게 경계하고 있다.

또 한 놈을 불너 갈오사더 너는 인간의서 호강으로 교명만하여 유여한 체 하고 갓난한 사람을 업슌이 너기고 남의 겨집을 무슈히 간통하여시니 아못 당 양반이 무남동여되여 십육세의 성혼하여 십팔세의 상부하리라 하시고 쏘 한 게집을 불너 갈오사더 너는 인간의서 본지 이비을 박더하고 지물 가진 놈이면 다 부터신이 아모더 아젼의 아달이 되 고지가 되리라 하시고

부처는 제자들에게 돈을 벌지 못하는 행위 중의 하나로 '色'을 경계하라고 하였다. 부도덕한 성(性)에 대한 경계이다. 남녀에게 징계를 따로 나타내고 있는데, 남자는 남의 계집을 무수히 간통하여 그 죄로 무남독녀로 태어나 16세에 결혼하여 2년 만에 과부가 되어 전생의 죄를 속죄하며 살도록 하였다. 여자에게는 재물 가진 놈에게 무수히 사통을 하였기에 남의 아들로 환생하기는 하지만 성불구자가 되어 고통스럽게 살도록 하였다. 전생에 절제하지 못한 성에 대해 다음 생에는 성의 대상을 없애거나 성불구자를 만들어 죄를 속량받도록 하여 민중들을 경계하고 있다.

이상에서와 같이 본 소설에 나타나는 의식지향에 대해서 유교와 불교의 습합과 인과응보와 윤회에 의한 운명예정으로 나누어 고찰하였다. 죽은 사람이 선업과 악업으로 인해 무엇으로 다시 태어나는가라는 운명 예정을 보여주어 사람들의 행동을 경계하고 있다. 속세의 민중들이 바른 심성으로 선업을 쌓아 극락정토로 가도록 한다는 불교의 정신이 <저승전>에서 그대로 보여지고 있다. 포교를 위해 불교와 유교사상을 함축시켜 짤막한 이야기로 서술하고 있는 불교계 국문소설이라 말할 수 있다.

5. 결론

불교에는 불경을 신성시하면서도 지경(持經)·사경(寫經)·독경(讀經)·간경(刊經)·설경(說經) 등의 공덕을 깊이 믿는 불경전파사상(佛經傳播

思想)이 있었다. 그리하여 국문소설들은 국·한문 불서(佛書)에 실려 상하 민중에 널리 유통되었다. 이러한 작품들은 불경처럼 독송되는 가운데 많은 청중에게 파급됨으로써 더욱 다양한 이화(異話)를 생산하고 재미있게 통속 화 되었던 것이다.27)

지금까지 <저승전>도 불경처럼 독송하며 대중을 포교하기 위해 창작 되어진 소설, 불교계 국문소설이라 규정하고 작품의 경개, 저승의 공간과 의식지향에 대해 살펴보았다.

공간적 배경인 저승은 불교적 성격을 단적으로 드러내는 구실을 하고 있다. 그리고 불교 포교의 목적에서 본다면 사바세계에 있는 인간들에게 교화시킬 수 있는 이야기를 제공해 주는 구실을 하고 있다. 선업을 쌓으 면 인간으로 다시 환생할 수 있고 악업을 쌓으면 처참한 형벌을 받는다는 것을 저승이라는 공간을 통하여 생생하게 보여주고 있다.

의식지향은 인과응보와 윤회로 나누어 살펴보았다. 인과응보는 이승에 서의 삶을 어떻게 살았느냐에 따라 선업을 쌓았다면 복을 받겠고, 그렇지 않으면 죄를 받는다는 것이다. 이러한 선·악의 업에 의해 복과 죄의 형 상이 구체적으로 실현되는 윤회이다. 그리하여 독자들로 하여금 선업을 닦도록 교화시켜주는 불교 본연의 모습을 보여주고 있다. 그리고 조선시 대라는 숭유억불의 시대를 지나오면서 유교와 동화되어 가는 모습을 보 여주고 있다.

이상 전술한 것을 토대로 생각한다면, <저승전>은 확실한 불교소설이 라 말할 수 있다.

『동양고전연구』 제14집, 동양고전학회, 2000.

---

27) 사재동, 『불교계 국문소설의 형성·전개』, 1077-1078쪽.

〈어룡전〉의 연구사 검토 및 과제와 전망

1. 서론

<어룡전>[1]은 영웅소설의 형식에 계모형 가정소설의 화소가 혼합된 소설로 기타 소설에 비해 연구가 저조하고 계모형소설이나 가정소설 중에서도 그다지 주목되었다고 할 수 없다. 그럼에도 불구하고 몇몇의 연구자로 인해 <어룡전>의 실체는 밝혀졌다고 할 수 있다. <어룡전>의 선학 연구로는 김태준[2]을 위시로 하여 우쾌제,[3] 최용순,[4] 임성래,[5] 이원수,[6] 김귀석,[7] 이성권,[8] 이기대[9] 등을 들 수 있다. 이 책에서는 개별 논문을 하나씩 따로 살피는 것보다는 각 연구자가 이야기하고 있는 요소를 중심

1) 『활자본 고전소설 전집』 4권, 아세아문화사, 1976, 305-366쪽.

2) 김태준, 박희병 교주, 『증보 조선소설사』, 한길사, 1990.

3) 우쾌제, 「계모형소설연구 — 특히 구성, 인물, 사상을 중심으로」, 고려대 대학원 석사학위논문, 1976.

4) 최용순, 「어룡전 연구」, 『새국어교육』 22, 한국국어교육학회, 1980.

5) 임성래, 「어룡전의 구성고」, 『연세어문학』 14·15호, 연세대 국문과, 1982.

6) 이원수, 「가정소설 작품세계의 시대적 변모」, 경북대 대학원 박사학위논문, 1991.

7) 김귀석, 『조선시대 가정소설론』, 국학자료원, 1997.

8) 이성권, 「가정소설의 역사적 변모와 그 의미」, 고려대 대학원 박사학위논문, 1998.

9) 이기대, 「장화홍련전 연구」, 고려대 대학원 석사학위논문, 1998.

으로 하여 다른 연구자들과의 차이점을 고찰해보고, 필자의 생각을 첨부하고자 한다. <어룡전>의 연구사를 살펴보기 전에 그 내용이 어떠한가를 알기 위해 경개를 살펴보기로 한다.

송나라 기주 땅에 어이관이라는 명환이 있었는데 일점혈육이 없음을 근심하다가 딸 어월을 낳는다. 부인은 아들을 낳지 못한 슬픔에 천산의 금불암으로 기도를 떠난다. 이 곳에서 부인은 꿈에 동해용자와 선녀가 등장하여 아들 낳는 것과 함께 부인의 남은 액운이 있어서 헤어질 것이라는 말을 듣는다. 이윽고 용의 태몽으로 아들을 낳아 이름을 어룡이라 짓는다. 조금지나 선녀가 말한대로 부인 성씨는 별세하고 호남 땅의 강씨가 계모로 들어와 아들 재룡을 낳는다. 이로부터 어월과 어룡은 계모에게 고난을 받는다. 예를 들면 재룡의 강보에 바늘을 박아 놓고 월이에게 업으라 시킨 뒤 바늘을 박았다고 하거나 이웃집 노인에게 비상을 사오게 해서 월이가 한 음식에 넣는 등의 악행을 저지른다. 더욱 강씨는 월이 남매와 같이 살 수 없다고 하여 어이관에게 집을 나가겠다고 한다. 어이관은 월이 남매를 불쌍히 여기나 어찌할 수 없었고 천자의 명으로 서울로 올라가게 되어 월이에게 용을 부탁하고 떠난다. 어이관이 집을 비운 후 월이 남매를 도운 사람은 여종 차영이었다. 강씨는 어이관이 집을 비운 틈을 타서 월이 남매를 구박하고 이들을 도우려 하는 차영을 때려 월이 남매와 만나지 못하게 한다. 결국 월이는 집에서 내쳐지고 용은 방에 가두었는데 어씨네 종인 노고가 월이 남매를 데리다 간병하였다. 이를 안 강씨가 노고를 찾아가 월이 남매를 내치라고 협박한다. 월이는 강씨의 협박으로 인해 용을 데리고 집을 떠난다.

이때 옥황상제가 월이 남매를 구하기 위해 사자를 보냈는데 사자는 월이 남매를 소상 반죽에 내려주고는 사라진다. 월이 남매는 이곳에서 천축국 통천도사를 만난다. 통천도사는 어룡의 기상을 보고 자신이 키우게 해달라고 부탁하면서 월이에게는 도와줄 사람이 나타날 것이라는 예언을 하고는 천명을 따르라고 말해준다. 이에 월이는 허락하고 용을 도사에게 맡기고 월이는 혼자 떠나 아황과 여영의 사당집에서 머물었다. 이 때 월백동 윤시랑의 꿈에 선녀가 나타나 월이가 있는 곳을 알려주고는 양녀로 삼으라고 부탁한다.

선녀가 알려준 곳으로 윤시랑의 시비를 보내어 마침 자살하던 월이를 구한다. 월이가 윤시랑 집으로 가려하지 않자 윤시랑 부인이 가서 데리고 와 양녀로 삼는다. 통천도사는 어룡을 데리고 학산봉으로 가서 무술을 가르친다. 서울로 올라갔던 어이관은 벼슬을 버리고 낙향하여 집에 오자 강씨는 월이 남매가 스스로 집을 떠난 것이라고 가속들을 단속한다. 이상하게 여긴 어이관은 시비 차영을 찾아가 전후사정을 듣고 월이가 집을 떠나며 어이관에게 전해달라는 편지를 받는다. 이에 어이관은 월이 남매를 찾아 나선다.

세월이 흘러 월이 나이 17세가 됨에 형주 임상서의 아들 임선과 혼인을 한다. 임선은 장원급제하여 한림학사를 제수 받는다. 월이는 고향에 돌아온 임선에게 아버지와 동생의 存亡을 부탁한다. 임선은 원국사가 되어 비복을 시켜 어이관의 안부를 살피게 한다. 어룡은 나이 15세에 도사에게 무술과 지략을 배운다. 이 때 북흉노가 배반하여 군사를 이끌고 옥문관으로 오자 조정에서는 북흉노에 대비할 군사를 보낸다. 어룡과 통천도사는 호룡마를 보게 되는데 어룡이 호룡마를 끌고 온다. 윤시랑집에 도적의 화를 입어 가솔이 흩어져 정씨와 월이는 임선을 찾아 떠났는데, 산속에서 여승을 만나 관음사로 간다. 어룡은 상상봉에서 석함에 들어 있는 용천검과 용인갑을 얻고 북흉노를 막으러 전쟁터로 간다. 이 때 도사는 다시 만날 것이라고 하고 또 전쟁 중에 적의 장막 뒤에서 울고 있는 사람을 구하라고 일러준다. 북흉노에게 천자의 군대가 계속 패하자 왕은 탄식하며 북흉노에게 항서를 쓰려다 갑자기 나타난 어룡의 승승장구로 천자는 위기에서 모면한다. 송천자는 어룡을 만나 이가 어이관의 아들임을 알고 대도독의 벼슬을 제수한다. 그 후에도 어룡은 여러 전쟁에서 공훈을 세우고 통천도사가 일러준 사람을 구하게 되는데 이 사람이 바로 월이의 양아버지 윤시랑이다. 송천자가 어룡을 촉국왕으로 봉하려 하나 어룡은 아버지와 누이를 만나야 한다며 조정에 남게 해달고 주청하자 좌승상을 제수한다.

어이관의 꿈에 한 도사가 나타나 황성과 죽림 도원 집으로 가라고 일러준다. 어이관은 차영에게서 산림으로 제수했다는 소리를 듣고 황성으로 간다. 황성에 온 어이관은 어룡과 월이를 만난다. 어룡과 월이는 본댁에 가서 차영을 만나고 모친 산소와 사당에 배알한다. 또 차영에게서 강씨는 죽고 이복동생 재룡만 남았다는 소식을 듣고는 재룡을 찾아 돌본다. 어이관은 윤시랑을 찾아가 그간의 일을 치하하고 의형제를 맺는다. 송천자가 윤시랑은 이부상서에, 월이는 충렬부인의 직첩을 내린다. 병부상서 장경은 딸 장경임과 어룡과의 혼례를 성사시키고 장경임은 정경부인에 봉해진다. 재룡은 예부상서가 되고 왕경의 여식을 맞아 혼인한다. 장부인은 삼남일녀, 왕부인은 이남일녀를 낳아 만세무궁하였다.

이상으로 <어룡전>의 경개를 살펴보았다. <어룡전>은 모친 성씨의 별세 이후 계모 강씨가 들어와 전실 자식을 모함하고 학대하여 집에서 쫓아내고, 주인공 어월과 어룡 남매는 선계의 선인과 도사의 도움으로 위기를 모면한다는 이야기로 구성된 작품이다. 특히, 어룡은 장수로 성공하여 좌승상에 오르는 출세를 하고 어월도 선군을 만나 결혼하여 충렬부인의 직첩을 받는다는 내용으로 많은 양이 어월과 어룡 남매의 고난과 어룡의 군담으로 이루어져 있다. 그리하여 선학들은 계모 강씨의 악행으로 인해 어월 남매가 고난을 겪고 있기에 대부분 계모형 소설로 보고 있으나 어룡이 장수로 등장하여 고난을 극복하는 군담을 통해 영웅소설로 보는 연구자도 있어 아직도 논란의 여지는 있다고 할 수 있다. 그러면 먼저 이 소설의 유형에 대한 선학의 연구부터 살펴보고자 한다.

2. 가정소설과 영웅소설 간의 유형 논란

<어룡전>의 유형을 두고 기존 연구에서는 가정(계모형)소설과 영웅소설, 그리고 두 유형의 혼합으로 규정하고 있다. 선행연구의 대부분은 이 작품을 가정소설로 규정하고 있는데 그 연구의 시발이 김태준이다. 김태준은 <어룡전>의 경개를 소개하면서 순전한 계모소설로는 <장화홍련

전>뿐이지만 기타 <콩쥐팥쥐>, <정을선전>, <장풍운전>, <어룡전> 등
같은 것도 또한 계모형에 속할 것이라 하여 처음으로 <어룡전>을 계모
형 소설로 규정지었다.10) 김태준의 영향은 박성의, 김기동, 최용순으로
이어진다.11) 최용순의 연구는 최초로 <어룡전>만의 단독연구라는 의의
를 가지고 있는데, 어룡 장군이 주축이 된 군담은 일종의 백일몽으로 보
아 마땅하다고 하여 어룡의 출세는 해후에 의한 행복한 가정에 있다고 하
여 영웅소설이 아님을 밝히고 있다.12)

기존의 연구는 <어룡전>을 소개하는 차원이고 계모가 등장한다는 것
으로 계모형 소설이라 하였다. <어룡전>이 계모형소설임을 공고히 한 연
구자는 이성권이다. 그는 영웅소설과의 관련양상에 대해 확실한 구분을
짓고 있는데, 그 이유가 '가정'의 문제를 중심으로 다루고 있기 때문이라
고 하였다. 계모의 박해담에 군담이 연결되고 있지만, 어룡이 어이관과
월이를 항시 생각하고 있고 어이관도 어룡과 어월 생각에 관직도 사직하
며 남매를 찾으러 다니는 가장의 모습을 인상 깊게 보여주고 계모의 개입
은 가정사의 불운을 매우 현실적 차원에서 보여주고 있어 영웅소설적 관
심과는 거리가 멀다고 하여 가정소설임을 명확하게 하였다.13)

<어룡전>이 영웅소설의 유형을 띠고 있다는 것을 처음으로 밝힌 연구
는 우쾌제에서 비롯한다. 우쾌제는 기존 연구성과와 마찬가지로 계모형

---

10) 김태준, 전게서, 181쪽.

11) 박성의는 어룡 남매가 죽지 않고 축출되었으며 이것도 나중에는 주인공의 출세로 말미
암아 서로 해후하는 것으로 이점이 계모형 소설로서 특이한 점이라 하였다. 그렇지만
박성의 또한 계모형 소설로 규정하고 있다. 김기동과 최용순도 이러한 의견에서 더 나아
가지는 못했다. 김기동은 가정소설을 계모형과 쟁총형으로 이분하였다.(박성의, 『한국고
대소설사』, 일신사, 1958; 김기동, 『이조시대소설론』, 정연사, 1959)

12) 최용순, 전게논문, 190-191쪽.

13) 이성권, 전게논문, 85쪽.

소설이라는 인식은 함께 하고 있지만 변형을 보인다는 단초를 처음으로 제기하여 계모형 소설을 정격과 비정격으로 나누고 정격에는 <장화홍련전>과 <콩쥐팥쥐전>을, 비정격에는 <정을선전>, <어룡전>, <장풍운전>을 예로 들었다. 특히 <어룡전>은 주인공 어룡의 고행담 속에서 계모가 출현하여 계모형 소설의 범주에 들지만 어룡의 군담, 계모를 찾는 것, 계모의 소생인 이복동생 재룡을 데려다 성공시켜 준다는 것 등을 들어 여타 계모형 소설에 비하여 특이한 차이가 있다고 하였다. 그리하여 계모형 소설이라고 하기보다 군담을 통한 주인공 어룡 장군의 입신출세에 있다고 하여 군담소설로 보려는 시각이 있다고 하겠다.14) 이후 가정소설과 영웅소설과의 관련 양상에 대한 연구가 활발해 졌다. 하지만 유형은 아직까지 가정소설에 한정되어 있다. 가정소설에 군담이 삽입된 정도로 인식하고 있다. 군담이 삽입된 이유를 보면 통속화 흥미의 제고,15) 흥미 유발과 가정소설의 문학적 효용성16) 등을 들고 있다.

    <어룡전>이 영웅소설임을 밝힌 본격적인 연구는 임성래가 처음이다.

---

14) 우쾌제, 전게논문, 19-20쪽. 우쾌제는 그의 박사학위논문에서 가정소설을 윤리적 갈등소설과 신분적 갈등소설로 나누고 후자를 계모형 가정소설과 쟁총형 가정소설로 구분하였다.(우쾌제, 「조선시대 가정소설의 형성요인연구」, 고려대 대학원 박사학위논문, 1986.)

15) 이원수는 <어룡전>을 가정소설로 규정하면서도 군담의 개입으로 통속화의 추세가 가장 강하다고 하였다. 군담의 개입은 가정소설 본래의 특성과는 아무런 관련이 없는데도 불구하고 대폭 개입되어 있는 것은 통속화 흥미의 제고라고 하였다. 이러한 통속화 흥미의 제고는 비현실적이라는 역기능을 유발한다고도 하였다.(이원수, 전게논문, 146-148쪽.)

16) <어룡전>에 영웅담이 들어 있는 것은 가정소설이 다양한 모티브를 중심으로 한 구성과 다원적 세계관을 배경으로 해서 주인공에 대한 복합적 경위를 제공함으로써 독자로 하여금 흥미유발과 가정소설의 문학적 효용성에 대한 기대치를 극대화하는데 기여하였다고 하였다.(김귀석, 전게서, 41-42쪽.) 가정소설의 형성동인으로 조선시대 유교사회의 불합리한 가족제도 등으로 인한 병리적 가정현상이 그 시대적 증후로 작용하였다고 하였다. 또 쟁총형과 계모형 가정소설에서 독특한 페미니즘적 속성원리를 형성하여 가정소설을 여성소설로 규정지우는 근거가 된다고도 하였다.(김귀석, 전게서, 24-25쪽.)

임성래는 <어룡전>을 영웅소설이라는 측면에서 접근하였다. 일반 영웅소설과 일치하는 면을 보면 주인공 어룡이 특이한 태몽으로 태어난 晩得子라는 것, 어월과 어룡의 시련, 조력자의 도움, 북흉노의 침범으로 인한 국가의 시련과 극복, 부귀영화와 주인공의 사망 등을 들었다. <어룡전>은 영웅소설이며 계모에 의해 주어지는 고난은 영웅소설의 주인공이 겪어야 하는 여러 종류의 고난 가운데 한가지로 처리하는 것이 타당하다고 하였다.17) 이기대도 <어룡전>은 어룡이 고난을 당하는 과정과 도사에게 양육되고 영웅적 활약을 하는 것에서 영웅소설의 면모를 보이고, 어룡의 헤어진 가족이 만나는 것도 영웅소설에서 분리된 주인공 가족을 만나는 과정과 유사하다고 하여 영웅소설의 가능성을 확보하고 있다고 보았다.18)

  지금까지 <어룡전>의 유형에 대한 논의를 살펴보았다. 아직까지는 가정소설의 하위분류인 계모형소설로 보는 입장이 두드러진다고 하겠다. 어룡의 출생과 고난, 군담은 계모형소설의 한 모티프로 여기고 있는 듯하다. 하지만 <어룡전>이 다른 계모형소설과 다르다는 입장은 계속해서 이어진다. 계모형소설이라 규정하였지만 어룡의 군담은 여전히 석연치 않은 구석이 있다고 생각한다. <어룡전>을 가지고 계모형소설이라 일컫는 것은 다분히 계모 강씨의 출현에서 기인한다. 이외에는 계모형소설이라 할만한 증거는 없다고 볼 수 있다. 이성권은 어이관, 어월, 어룡이 서로를 그리며 가정을 회복한다는 것에 중점을 두어 가정소설이라 하였는데, 이러한 논리로 본다면 가정을 수호하지 않는 소설이 존재하는가라는 반문을 던질 수 있다고 본다.

  필자는 임성래의 의견에 동의하면서 <어룡전>을 영웅소설로 보고자

---

17) 임성래, 전게논문, 39-45쪽.

18) 이기대도 <어룡전>을 <장화홍련전>과 같은 계모형 고소설로 규정하면서도 영웅소설과의 관련 양상에 대해서는 유연한 태도를 버리지 않고 있다.(이기대, 전게논문, 93쪽.)

한다. 어룡의 출생, 어룡남매의 고난, 신이한 능력을 가진 조력자들의 도움, 어룡의 군담 등이 계모형 소설의 한 모티프라고 하기에는 분량이 상당하다고 할 수 있다. 그리고 어룡의 영웅적 행동에 의해 모든 고난을 극복하여 헤어졌던 가족이 해후하고 나라의 위기도 모면하게 된다. 계모 강씨의 출현은 도리어 영웅소설의 한 모티프이며, 어룡 집안의 고난으로 생각해도 된다고 본다. 이로 볼 때 <어룡전>은 영웅소설의 특성을 잘 보여주는 작품이라고 볼 수 있다.

3. 사상과 인물형상

고소설은 흔히 유불도(儒彿道) 삼교(三敎)의 사상이 혼재되어 있다고 하고 인물도 전형화되어 있다는 말을 한다. 이러한 이유는 대부분의 고소설이 적층문학이기 때문이다. 그러면 <어룡전>에는 어떠한 사상이 혼재해 있고, 또 인물의 성향은 어떻게 전형화되고 있는지에 대해 선학들의 연구를 살펴보기로 한다. 선학들이 <어룡전>의 사상으로 예로 든 것이 유교적 충효사상과 도교적 신비사상, 무격사상, 민속사상 등이다.

유교적 '충효사상'과 도교적 '신비사상'은 우쾌제에 의해 제기되었다. 그는 <어룡전>에서 개인적인 가정내의 효는 물론 국가를 위해 몸을 바칠 수 있는 진충보국하는 충성의 강조를 제시하여 유교적 충효사상을 들고 있다. 또 통천도사와 선녀의 도움으로 월이 남매가 위기를 모면하고 어룡은 무술을 익혀 입신양명하는 것을 들어 도교적 신비사상이 있다고 하였다. 그리고 도사를 예로 들어 도교뿐만 아니라 불교적 성격을 아우르고 있다고 하였다.[19]

---

19) 우쾌제, 전게논문, 53-56쪽.

'무격사상'은 최용순에 의해 제기되었는데, 그는 성씨가 아들을 낳고자 금불암에 가서 기도하는 부분에서 신장(神將)의 등장을 예로 제시하고 있다. 최용순은 이 신장이 무당이 굿할 때 부르는 신격의 장수와 직결된다고 하였다.[20] '민속사상'은 김귀석에 의해 제기되었는데 그는 <어룡전>에 나타나는 몽사(夢事)는 주인공들이 그 생의 원천을 하늘에 두고 있는 비범한 인물임을 보여주는 수단으로 작용하였는데, 이는 천상의 세계를 숭상하는 민속사상에 연유한 것이라고 하였다.[21]

이와 같이 작가의 사상을 텍스트에서 축출하는 것이 아니라 작품 표면에 드러나는 양상을 토대로 일반적인 종교적 양상으로서의 사상을 나타내고 있다. 이러한 사상에 대한 선학의 연구는 <어룡전>만의 특성이 아닌 고소설 일반론에 가까우며, 무격사상과 민속사상은 범위가 모호하고 의미가 범박하다고 하겠다. 이렇듯 <어룡전>에서는 일반적인 사상을 기저로 하고 있으며 특기할만한 사상은 없다고 볼 수 있지만 인물의 성향은 사상과 달리 특기할 만하다.

<어룡전>에 나타나는 인물의 성향을 보면 악인으로 계모 강씨가 출현하면서 망모(亡母) 성씨는 상대적인 선인으로 묘사되고, 계모 강씨와 어룡의 남매 사이에 있는 가장 어이관은 나약한 존재로 나타내고 있다. 그러면 선학들의 연구를 살펴보기로 한다.

우선 계모 강 씨부터 알아보기로 한다. 우쾌제는 계모의 포악성을 존재 의미 상실로 인한 모성의 파괴에서 기인한다고 하였다. 또 이러한 포악성은 현실 도전적 시기(猜忌)에 속한다고 하여 계모 강 씨가 남편이 매일 같이 용의 남매를 보며 비창한 마음을 금치 못하는 것을 보고 그들을 사랑하는데서 온 시기(猜忌)라고 하였다. 그리고 모함의 유형으로는 전실 자

---

20) 최용순, 전계논문, 201쪽. 텍스트는 이순교본으로 2쪽, 71쪽, 80쪽을 들고 있다.
21) 김귀석, 상게서, 55쪽.

식을 학대하여 가출하게 하는 축출형 계모로 규정하였다.[22]

계모 강씨의 포악성에 대해 김귀석은 계모 강씨의 심리상태를 새디즘과 같은 가학성의 성격 소유자에서 볼 수 있는 것과 같다고 하여 자기 존재의 상실을 의미한다고 하였다. 이것은 도덕적 선을 추구하는 사회적 통념의 반영이라고는 하나 작품 속에서 계모가 서슴없이 마음대로 악을 자행한 것은 일종의 제도에 대한 반성을 의미한다고 하였다.[23]

<어룡전>에서 계모가 악인으로 설정된 것에 대해 이기대는 계모에 대한 관심이 소설적 통속화와 개인적 고난에 대한 것에서 비롯되었다고 해석하였다. 계모의 문제는 전계층적 문제이기보다는 한 가정 내에서 계모의 역할이 중요하다는 것을 실생활을 통해 겪었을 집단의 경험이 반영된 것이라고 추정하였다. <어룡전>과 같이 계모의 모해방법의 변모는 소설적 흥미를 높이기 위한 수단으로 보았다.[24]

두 번째는 망모(亡母) 성씨이다. 우쾌제는 어룡의 모친을 '망모의 자애로운 모성애'로 평하였다. 어룡의 모친 성씨는 아들을 두지 못해 걱정하는 남편에게 명산에 기도를 드려 아들을 낳는다. 이렇게 하여 낳게 된 자녀에 대한 부모의 애정은 작품 내에서 한 두 마디로 표현되어 있을 지라도 대단하다고 하였다.[25]

이처럼 망모와 계모는 선악의 존재로 전형화 되고 있다. 최용순은 계모를 악인의 화신, 곧 절대적인 악인으로 망모(亡母) 성씨를 선의 최고봉에

---

22) 우쾌제, 전게논문, 29-39쪽.
23) 가정소설의 작가는 철저한 계모를 부정적 인물로 전형화시킴으로써 사회 안의 전재가 아니라 사회 밖의 존재로 윤리적 척결을 가하려 했다.(김귀석, 전게서, 132-133쪽.) 김귀석은 계모와 어룡의 남매뿐만 아니라 시비 차영에게도 관심을 주목하고 있다.(같은 책, 228쪽.)
24) 이기대, 전게논문, 85-92쪽.
25) 우쾌제, 전게논문, 26-28쪽.

이른 절대적인 선인으로 미화하고 있다고 하였다.26) 이러한 최용순의 견해에 대해 임성래는 주인공으로 대표되는 선(善)과 계모나 흉노로 대표되는 악의 대결은 적대적인 세력관계로서 이루어지는 것이 아니라 선을 더욱 돋보이게 하기 위한 보완적 관계로서 악을 파악하는 것이 타당하다고 하였다. 이러한 대결은 반드시 주인공으로 상징되는 선이 승리하고 있음을 보아도 이 대결자체가 승패에 주안점이 있는 것이 아니라 주인공의 승리를 강화하는 역할을 담당하고 있다고 하였다.27)

세 번째는 가장 어이관이다. 우쾌제는 <어룡전>에서 용의 남매가 계모 강씨에게 추출되는 것은 어이관이 천자의 부름을 받고 상경하는 가장권의 부재에서 오는 것이라 하고 부(父)의 연약성(懦弱性)을 들고 있다.28) 이성권은 어이관의 모습을 가부장 중심의 규범적 체계를 동반한 권위적인 모습에서 이탈되어 있으며, 현실적인 차원에서 번뇌하고 집안의 갈등사를 조종하지 못하는 유약한 모습을 나타낸다고 하고는 어이관의 이러한 양상에 대해 문벌가에서 벌어지는 문제라기보다는 서민의 현실적인 문제로서 그 비극적 성격을 드러낸다고 하였다.29)

이로 볼 때 <어룡전>은 선악의 인물을 대비적으로 보여주고 악의 행위를 보다 큰 비중으로 다루어 독자들이 선한 인물에 대한 연민의 정을 강조하고 있는 작품이다. 그리하여 이기대의 "통속화"는 타당한 지적이라

---

26) 최용순은 <어룡전>의 구성은 계모와 전실자식과의 갈등이 아니라 주인공의 고행과 출세담이 가미되어 구성의 차이가 보이나 어룡의 일대기로 구성되었다는 점에서는 일반적 고소설과 동일하다고 하였다.(최용순, 전게논문, 194-195쪽.)

27) 임성래, 전게논문, 50쪽.

28) 우쾌제, 전게논문, 45-48쪽.

29) 이성권, 전게논문, 90쪽. 이기대는 하층민의 계층적 시각이 보다 관심을 지니고 있었던 것은 가장권의 강화라는 당대의 사회적 문제의 확산에 따른 대응방식의 하나로 심리적 해결에 집중되어 있다고 하였다.(이기대, 전게논문, 85쪽.)

생각한다. 그리고 가장 어이관의 설정에서 문벌가가 아니라 서민의 현실
적 문제라고 한 이성권의 지적은 다시 한 번 짚어볼 필요가 있다. 우선 텍
스트상에서 볼 때 어룡의 집안이 서민은 아니다. 그리고 가정의 문제는
양반과 서민층에서 공히 나타날 수 있고, 전실 자식과 후실의 경쟁은 보
이지 않는 알력으로 기존의 세력에 대한 새로운 세력의 자리 확보이다.
그리고 가문을 지킨다는 의식에서 볼 때도 서민의 현실과는 좀 거리가 멀
다고 생각한다.

그러나 이러한 가정과 가문의식, 그리고 고난 당하던 어룡 남매의 극복
등의 설정으로 인해 이 소설은 애국계몽기 이후 1920년대에 엄청난 인기
를 이끌어 낸다. 그 이유는 무엇일까. <어룡전> 연구의 과제와 전망을 지
적하고, 독자 수용의 측면을 고려하여 의미를 살펴보기로 한다.

4. <어룡전>의 과제와 전망

지금까지 <어룡전>에 대한 연구사를 살펴보았는데 대부분의 연구가
텍스트 내의 내용을 중심으로 이루어졌으며, 가정소설이라는 틀에 얽매
여 이 작품의 의의를 설명하는 데에는 다소 미흡하다고 볼 수 있다. 그렇
다보니 이 작품 필사본의 필사기와 구활자본으로 간행된 시기의 시대상
과 관련된 논의는 하나도 없었다. 이 장에서 필자는 이 소설의 과제를 논
하면서 전망을 서술하고자 한다.

첫째는 필사본의 필사기와 활자본의 간행연대를 참고하여 <어룡전>의
창작연대와 함께 특정 시기에 인기가 있었던 이유에 대한 고찰이 필요하
다. 지금까지 선학들에 의해 밝혀진 <어룡전>의 이본을 보면 국문필사본
36종, 국문완판본 1종, 국문활자본 11종[30]에 이른 것을 볼 수 있다. 한문

본은 없지만 국문활자본이 11종에 이르렀다는 것은 애국계몽기 이후 출판부흥에 힘입어 인기가 높았던 소설이었다는 것을 방증하고 있다. 각 이본들의 간기를 보면 국문활자본은 1923년부터 1952년 사이에 간행된 것을 확인할 수 있다. 그러나 국문필사본은 간기가 다양하다.[31] 그 예를 보면 계묘(癸卯, 1843, 1903), 기유(己酉, 1849, 1909), 갑인(甲寅, 1854, 1914), 기묘(己卯, 1855, 1915), 임술(壬戌, 1862, 1922), 갑자(甲子, 1864, 1924), 병인(丙寅, 1866, 1922), 임신(壬申, 1872, 1932) 등인데, 60년을 사이로 하여 두 가지 연대를 다 상정해 볼 수 있다. 하지만 두 가지 연대 중 하나만 택할 근거는 없다. 그리하여 두 기간을 다 상정해 본다면 1843년부터 1921년까지 시대의 폭이 넓다. 그래도 지금까지 밝혀진 필사기에 의거한다면 상한선은 1843년 이전으로 상정하기는 힘들다고 본다. 대부분의 필사연대는 1890년 이후이고 1920년 이후부터 국문 구활자본의 활발한 출판으로 볼 때 <어룡전> 인기의 정점은 애국계몽기 시대부터라고 볼 수 있다. 창작연대는 알 수 없다고 해도 필사기의 시대만을 상정해 본다면 독자들은 1843년 이후부터 애국계몽기와 일제강점기에 많은 독서의 수요로 인해 <어룡전>을 필사했다는 것을 알 수 있다. 그러면 왜 이러한 양상이 일어났는가를 규명해야 한다.

둘째는 고소설이지만 애국계몽기와 일제강점기에 필사와 구활자본의 간행이 활발했던 이유는 무엇인가를 밝혀야 한다. 출판업자는 독자들이 많이 읽는 작품을 출판하였을 것이다. 독자가 많이 읽었다는 것은 자신들

30) 조희웅, 『고전소설 이본목록』, 집문당, 1999, 380-382쪽.
31) 그 간기를 보면 癸卯(1843, 1903), 己酉(1849, 1909), 甲寅(1854, 1914), 己卯(1855, 1915), 壬戌(1862, 1922), 甲子(1864, 1924), 丙寅(1866, 1922), 壬申(1872, 1932), 甲午(1894), 乙未(1895), 丙申(建陽1년 1896), 庚子(1900), 辛亥(1911), 大正十年(1921) 등이다. 이외에 최용순은 大正 七年 곧 1918년에 필사본 자료를 공개하면서 '이순교본'이라 하였다.(최용순, 전게논문, 182쪽.)

의 성향이나 기호에 맞고, 독자들의 상황과 당시의 시대상이 잘 부합되었기 때문이다. 그리하여 이전에 지어졌던 고소설일지라도 변혁의 시대에 새로운 의미를 부여하면 새롭게 태어난다. <어룡전>에서의 고난은 가정과 국가, 두 가지 양상으로 나누어 볼 수 있다. 가정에서는 계모의 등장으로, 국가에서는 북흉노의 침입으로 고난을 받는다. 하지만 이 고난은 영웅인 어룡의 활약에 의해 모두 해소된다. 그러면 필자는 이러한 과제에 대해 이 소설을 다른 각도에서 조망하고자 한다. 즉 독자수용의 측면에서 이 작품이 당시 시대상과 독자의 구미에 어떻게 맞았는지에 대해 부분별로 살펴보고자 한다.

첫째는 망모 성씨의 죽음과 계모 강씨의 등장이다. 인류는 원초적 고향인 'mother-land'[32]에 대한 무의식을 간직하고 있어서, 태아는 어머니 자궁에서 일탈된 이후 자궁으로의 회귀를 무의식의 상황에서 항상 갈망한다. 이렇듯 '母'라는 개념은 단순히 어머니뿐만 아니라 대지(大地)이자, 여성성이며 생명력을 상징한다.[33] 어머니의 상실은 단순한 죽음 이외에도 터와 생명력을 잃는 것이다. 이 상황을 애국계몽기와 일제 강점기로 치환시켜보자. 이 땅의 백성과 터는 그대로 있지만 조국은 상실하고 말았다. 이와 더불어 일본이라는 이민족의 지배를 받게 되었다. 조국의 상실이 어머니의 죽음으로, 이민족의 지배가 계모의 출현으로 나타나고 있음을 독자들은 느꼈을 것이다. 그리하여 <어룡전>에 등장하는 계모의 학대는 바로 이민족 일본의 학대로 여겨 더욱 슬퍼하고 어룡 남매에게 독자들은 동

---

32) 황패강, 『한국서사문학연구』, 단국대출판부, 1982, 103쪽.

33) <지하국대적퇴치설화>에서 고을 원의 부인이 부임한 다음에 사라지는 것 또한 그 고을을 대표하는 여성의 상실이기에 마을은 여성성과 생명성을 상실하여 황폐해진다는 것을 나타내고 있다. 그리하여 금돼지에게서 고을 원의 부인을 다시 찾는 것은 여성성과 생명성을 회복하는 것이라 할 수 있다.(조상우, 「지하국대적퇴치설화의 연구사와 의미분석」, 『설화문학연구』(하), 단국대출판부, 1998, 871-877쪽.)

정 어린 시선을 보냈으리라 생각된다.

또 계모 강씨와 어룡 남매 사이에서 아무 것도 하지 못하는 나약한 가장 어이관을 독자들은 당시의 임금과 위정자들로 느꼈으리라 생각된다. 일본에게 나라를 빼앗긴 무능한 왕과 관리들, 게다가 국민에게 가해지는 참혹함을 막아줄 수 없는 상황을 어이관에게서 볼 수 있다. 나약한 가장으로 인해 계모에게 설움과 고난을 당하는 어룡 남매의 고난은 일본에게 수탈당하던 조선 백성의 고난이기도 하였다.

둘째는 어룡의 군담이다. 1860년대 개항이후 명성황후 시해, 을사늑약, 고종의 양위 등 실로 많은 일을 겪으면서 민중들은 암울한 현실을 타개할 수 없었다. 그리하여 이 시기 민중들은 영웅을 원했다. 실제 상황에서는 아니지만 책 속에서 만이라도 보상을 받고 싶어하는 마음에서 영웅들의 활약상을 좋아했을 것이다.[34] <어룡전>에서 어룡은 '영웅'을 기다리는 백성의 염원이다. 어룡은 자기가 있던 곳에서 이탈하여 힘을 기르고 새로운 준비를 하여 오랑캐인 북흉노를 평정한다. 어룡이 기술을 연마한 곳은 바로 민중이 꿈꾸던 이상향이고, 북흉노의 평정은 우리를 침입한 일본의 퇴치를 독자들은 연상시켰을 것이라 생각된다. 바로 어룡과 같은 영웅의 출현이 애국계몽기 시대상과 부합하여 독자들에게 인기가 많지 않았나 생각한다. 이민족에게 고난을 받던 민족이 영웅으로 변신하니 계모 강씨는 죽고 침입했던 북흉노는 물러가게 된다. 이러한 영웅을 민중들은 바랬기에 그 행동이 구활자본 출간의 활성화로 나타난 듯하다.

셋째는 흩어졌던 가족의 모임이다. 이는 계모에 의해 흩어졌던 가족이 어룡의 출세로 인해 한 가족이 다 만나고 어룡의 집안과 관련된 가족들도 모두 평정을 되찾는다. 여기에서 독자들은 일본에 의해 만신창이가 된 조

---

34) 그 예로 역사에서 부정적 인물이었던 세조, 한명회, 홍윤성을 영웅으로 묘사한 1920년대 구활자본 소설이 있다. 그것이 <한씨보응록>과 <홍장군전>이다.

국, 조국을 버리고 타국에 가 있는 사람들, 이들이 함께 이 땅에서 만날 날을 기다리고 있다. 어룡의 일가가 해후하듯 말이다. 이와 함께 결혼하여 새로운 가족을 형성하는데 이것은 온전한 국가의 기틀을 세워 강한 나라의 건설을 독자는 기원하였을 것이다. 이러한 독자의 심리에 <어룡전>이 부합되었기에 애국계몽기 전대에 창작된 고소설이지만 민중의 기대에 부응하여 새롭게 부각된 작품이라고 평가할 수 있다.

아직까지는 <어룡전>의 창작시기를 확인할 수는 없지만 소설이 시대의 부산물이며 시대를 반영함으로 텍스트 안의 작품구조와 함께 텍스트를 중심으로 하는 시대상과의 관련 또한 간과할 수 없다고 본다. 필자가 전술한 두 가지 과제를 새롭게 부각하여 고찰하면 <어룡전>이 영웅소설이라는 것과 함께 작품의 의의를 새롭게 밝힐 수 있을 것이라 기대해본다.

5. 결론

지금까지 <어룡전>의 연구사와 함께 시대상과 관련된 의미분석을 시도하였다. 전술한 내용을 간략히 서술하여 결론으로 대신하고자 한다.

기존 연구자들은 아직까지 <어룡전>을 가정소설의 하위분류인 계모소설로 보는 입장이 두드러지며, 어룡의 출생·고난과 군담은 계모형소설의 한 모티프로 여기고 있는 듯하다. <어룡전>의 유형을 계모형소설이라 일컫는 것은 다분히 계모 강씨의 출현에서 기인하고 있을 뿐 계모형소설이라 할 만한 증거는 없다고 볼 수 있다. <어룡전>은 어룡의 출생, 어룡 남매의 고난, 그리고 신이한 능력을 가진 조력자들의 도움, 어룡의 군담 등으로 볼 때 영웅소설이라 볼 수 있다. 계모 강씨의 출현은 도리어 영웅소설의 한 모티프이며, 어룡 집안의 고난으로 생각해도 된다고 본다.

　<어룡전>의 사상은 고소설 일반론에 가까울 정도로 일반적인 성향을 띠고 있다. 선학의 연구들도 사상에서 흔히 일컫는 유불도를 이야기하고 있으며, 무격사상과 민속사상을 거론하고는 있지만 범위가 모호하고 의미가 범박하다고 하겠다. 이와 반해 <어룡전>의 인물은 선악의 인물을 대비적으로 보여주고 악의 행위를 보다 큰 비중으로 다루어 독자들이 선한 인물에 대한 연민의 정을 강조하고 있다고 생각한다.

　<어룡전>의 창작시기는 확언할 수는 없지만 현존하는 필사본과 구활자본의 필사기와 간행시기로 볼 때 애국계몽기 이후에 독자들에게 인기가 높았던 작품이었다고 생각된다. 이렇게 인기가 높았던 이유는 당시의 시대상황을 극복할 수 있었던 계기를 충족했기 때문이다. 암울한 현실을 타개할 수 없었던 민중－독자－들은 어룡의 군담을 통해 북흉노와 계모 강씨로 대표되는 고난의 극복과 온전한 국가의 기틀을 세워 강한 나라의 건설을 기원하였을 것이다. 이러한 독자의 심리에 <어룡전>이 부합되었기에 애국계몽기 전대에 창작된 고소설이지만 민중의 기대에 부흥하여 새롭게 부각된 작품이라고 평가할 수 있다.

『한국고소설연구사』, 한국고소설학회, 2002.

〈十八子花日風〉 해제

1. 머리말

  <십팔자화일풍(十八子花日風)>은 <이춘풍전>의 이본으로 필자가 소
장하고 있는 고소설[1]이다. <이춘풍전>은 1953년 장덕순에 의하여 소개[2]
되면서 학계에 알려진 소설이다. 그 이후로 <이춘풍전>에 대한 연구는
70~90년 초반까지 연구가 활발히 이루어져왔다. 본 소설에 대한 연구는
'왈자타령'의 소설화추정, 판소리계소설일 가능성, 세속소설·세태소설·
풍자소설의 계열로 분류, 이본고찰 등 아주 다채로운 시각으로 연구가 되
어 왔다. 이본에 대한 논의[3]는 몇몇 학자들 의해서 이루어졌지만 아직도
미흡한 점이 적지 않다고 생각된다.

  필자는 1995년에 대전에서 <이춘풍전>의 이본인 <십팔자화일풍(十八

---

1) 여러 이본들의 명칭을 보면 소장자의 이름이나 호를 바탕으로 짓는다. 본 소설이 필자
   소장본이므로 이 책에서도 이 소설의 명칭을 '조상우본'이라고 명명하기로 한다.

2) 장덕순, 「<이춘풍전> 연구」, 『국어국문학』 5, 국어국문학회, 1953.

3) 최숙인, 김종철, 여운필, 손병선의 논문을 들 수 있다.(최숙인, 「<이춘풍전> 연구」, 『이
   화어문논집』 5, 이대 국문과, 1982.; 여운필, 「<이춘풍전>과 판소리의 관계연구」, 『논문
   집』 24, 부산여대, 1987.; 여운필, 「<이춘풍전>」, 『고전소설 연구』, 황패강 교수 정년퇴임
   기념논총 간행위원회, 일지사, 1993.; 손병선, 「<이춘풍전> 연구」, 한양대 석사학위논문,
   1988.; 김종철, 『판소리의 정서와 미학』, 역사비평사, 1996.)

子花日風)>을 입수한 적이 있다. 지금까지 필자의 게으름으로 인해 아직까지 손을 대지 못하다가, 이 이본의 성격을 밝혀보고자 하는 목적으로 이 책을 작성하게 되었다. 그리고 지금까지 선학들의 이본 연구는 나손본 2종의 이본만 연구대상으로 설정하였지만, 단국대 천안캠퍼스 율곡도서관 내 나손문고에는 기종의 2종 이본을 포함하여 총 7종의 이본이 있음을 알 수 있었다.

　이 책에서는 나손①본4)(통칭 나손 B본)과 필자가 소장한 이본인 <십팔자화일풍(十八子花日風)>을 주 대상으로 고찰하고자 한다. 전술한 두 이본을 자료의 대상으로 삼은 것은 필사기의 기록이 제천으로 된 것만 골라 대비하려 함인데, 같은 고을에서 필사된 두 종의 이본이 어떻게 이야기의 변형이 이루어졌는가를 알아 그 차이를 밝히기에 용이하다고 판단했기 때문이다. 다른 본들의 비교와 계열별 도식화는 필자의 능력이 아직 미치지 못하기에 소규모의 성과라도 달성하기 위해서는 두 이본의 비교로만 축소시키기로 한다.

2. 〈이춘풍전〉의 이본별 고찰과 〈십팔자화일풍〉

　지금까지 학계에 소개된 <이춘풍전> 이본을 살펴보면5) '성산본'을 위시로 하여 '나손본' ①, ②, ③, ④, ⑤, ⑥본, 가람본, 국립도서관본, 박순호 ①, ②본, 연세대본 등이다. 여기에 단국대 천안캠퍼스 율곡도서관 내 '폐가서고본'6)과 조상우본이 더 있다. 그러면 각각의 서지 사항을 일별해 보

---

4) 나손본은 지금까지 A나 B, 또는 ①, ②로 나타내었는데 본 발표에서는 6개의 이본을 발표자의 편의상 원문자로 정하여 표기하도록 한다.

5) 이본에 대한 설명 중 박순호본 ①, ②, 연세대본은 주로 손병선의 논문을 참조한 것임을 밝혀둔다.(손병선, 「<이춘풍전> 연구」, 한양대 대학원 석사학위논문, 1988.)

기로 하고 마지막에 <십팔자화일풍(十八子花日風)>의 서지를 서술하기로 한다.

'나손본' ① : 표제지는 '李春風傳'이고 '壬子元月 粧'이라는 간기가 보인다. 그러나 내제지에는 '辛亥(1911) 十二月 粧'이라 되어 있다. 신해년은 필사년이고, 임자년은 선장(線裝)이 이루어진 시기로 생각된다. 후기에는 '冊主人 堤川郡 縣左面 雲田里 二統三戶 崔春培'로 책주인의 주소와 이름이 써 있다. 그리고 그 뒤에 '이 칙 등셔흔 사람은 문필 능슈지 못ᄒᆞ여 오즈 낙셔 마너니 보시나니 눌너 보실기을 쳐만복앙이라'라고 필사자의 필사기가 덧붙여있다. 매면 12행이고 매행에 20자이며 순한글로 쓰여 있다. 그리 달필은 아니며 1책 24장으로 무계(無界)이다. 책의 크기는 29.0×19.2cm며 선장(線裝)이다.

'나손본' ② : 표제지는 '니춘풍젼 권지단'으로 되어 있으며 '庚戌年 正月'이라는 기록이 있다. 내제지는 표제지와 같다. 책의 후기에는 "긔유(1909)니월 초소일 밀셔ᄒᆞ노라 글씨?? 낙셔 닛스니 보시난니 눌너 보시고 즉시 젼ᄒᆞ시옵소셔 칙쥔언 오류 유서방의 칙니라"고 기록되어 있다. 1책 59장으로 매면 10행(行)이고 매행 19~26자(字)이며 순한글로 두 사람 이상의 필체가 보이는데 달필은 아니다. 책의 크기는 28.2×18.6cm이며 선장(線裝)이다. 표제지와 후기의 간지가 다른데 아마도 후기의 기록이 맞을 듯 하다. 긔유가 경술보다 한 해 앞선 시기이므로 후기를 달고 그 이듬해에 표제지에 간지를 기록한 것 같다. 초반의 공간적 배경은 '경긔도 양쥬ᄯᅡᆼ 타락골'이고 부(父)의 이름은 '이덕동'으로 기록되어 있다.

'나손본' ③ : 표제지는 '李春風傳'이며 내제지는 '李春風젼'이다. 내제지에는 나손이 최길동씨에게 구입한 기록과 함께 타일본(他一本)과 같다

---

6) 직접 보지 못하였지만 그 서지 사항은 1책 30장으로 크기는 26.0×19.0cm이며 '英英傳'과 합철되어 있다는 사실만 알게 되었다.

는 기록을 붙여 놓았다. 책의 후기에는 '유종의 부적'이라 하는 글이 기록
되어 있는데 그 글을 보면 "靑太山 비혼임아 大八州 小八州 두젓셜 먹고
즈러난야 가리톳부적 검단山 스ㄷ심 問박을 왕션만한 든넌 칼도 샛리을
돌려넌니 시들ㄷㄷ 하는구나"이다. <이춘풍전>을 읽고 난 뒤에 독자들에
게 경계하는 말 같으나 자세한 뜻을 알기 어렵다. 간기가 기록되어 있지
않으며 1책 29장으로 무계(無界)이다. 매면 10행이고 매행 25자이며 국한
문 혼용으로 기록되었다. 책의 크기는 35.0×21.0cm이며 선장(線裝)이다.

'나손본' ④ : 표제지는 '李春風傳'이고, 표제지의 속지에 '明治四十四
年 元月三日 始抄'라고 거꾸로 필사되어 있다. 명치 44년는 1911년으로
辛亥년이다. 내제지는 '니츈풍전 권지단'이라 기록되어있다. 공간적 배경
은 '셔울 타락골'이며, 부의 이름은 '이순죠'라고 필사되어 있다. 책의 후기
에 보면 "신히 원월 십팔일 필셔"라는 기록이 있는데, 전술한 명치 44년
도 신해년이기에 이 필사본은 1911년 필사된 것이 확실하다. 매면 10행이
고 매행 22자(字)이며 순한글로 필사하였다. 책의 크기는 29.1×18.4 cm이
며 선장(線裝)이다.

'나손본' ⑤ : 표제지는 '츈풍전 및 토끼전'이며 내제지는 '이춘풍전 壬
子 正月'이라 기록되어 있다. 후기에도 '壬子(1912)年 二月 初三日'이라
기록되어 있다. 그 뒷장에는 "니칙은 님즈 이월에 시족 님즈년 초구닐 시
죽ㅎ여 십삼닐 필초ㅎ연노라 니 소졔의 필법이 업셔 글싯나 보잘거시 업
고 집일이 빈고ㅎ넌골노 글을 세우지 아이ㅎ고 졍초 면ㅎ여 보안노라"라
는 기록으로 보아 여성이 필서한 것임을 알 수 있다. 매면 12행이고 매행
27자(字)이며 순한글로 필사하였다. 책의 크기는 33.4×18.7cm이며 선장
(線裝)이다.

'나손본' ⑥ : 표제지에는 아무 기록이 없고 내제지에는 '츈풍전 단'이라
기록되어 있다. 표제지 뒷면에 '경상북도 상쥬군 중동면 죽암이 姜억文

칙이라'는 기록이 있다. 간기는 나타나 있지 않으며 매면 11행이고 매행 26자(字)이며 순한글로 필사하였다. 책의 크기는 22.6×14.5cm이며 선장 (線裝)이다.

가람본 : 김기동 편의 필사본 고소설전집에 영인되어 있다. 내제지는 '니츈풍젼 권지단'이고 후기에 '壬子(1912) 十二月 念日 酸梨洞 新求 史 瑩淳 츈풍젼이라'고 써 있다. 매면 10행이고 매행 23자이며 순한글로 쓰 여져 있다.

국립도서관본 : 표제지는 '이춘풍전 단'이고 내제지에도 표제지와 같은 데 '차이하는 장석전이라'는 낙서가 되어 있다. 그리고 '신미(1931)칠일 학 임정서'라는 기록이 있다. 매면 11행(行)이고 매행 28자이며 순 한글로 달 필이다. 내제지에 있는 낙서와 본문의 글씨는 서로 달라 다른 사람이 첨 가한 것 같다. 1책 43장으로 책 크기는 24.7×17.7 cm이며 선장(線裝)이다. <이춘풍전> 뒤에 <오류전>과 <장석전>이 함께 합본되어 있다.

박순호 ① : 표제지는 '츈풍젼'이고 4 · 4조 운문체이며 삽입가요로 '권 주가' '백구타령' '농부신세타령'등이 있다. 후기에 "긔유(1909)십일월이십" 이라 기록되어 있고 말미에 사각인장 1개 둥근인장 1개가 찍혀 있다. 1책 34장이고 매면 9행이며 매행 17자이다. 책의 크기는 21.5×20cm로 국한문 혼용이다.

박순호 ② : 표제지는 '튠풍젼'이라 기록되어 있고, 후기에는 '을묘(1915) 정월니십사일등셔'라 기록되어 있다. 1책이고 매면 12행이며 매행 19~21 자이다. 책의 크기는 32×22cm이며 한글 필사본으로 달필이다. 오 · 탈자 가 많다.

연세대본 : 표제지는 '春風傳'이고, 후기에 '경오(1930)년이월쵸육일시 작하여 쵸팔일죵셔하니'라고 기록하고 있으며 좌측하단에 '남창별곡이라' 고 쓰여있다. 그리고 다시 그 좌측에 3(4) · 4(3)조의 장가가 수록되어 있

다. 1책 20장이며 매면 12행이고 매행 32자이다. 책의 크기는 26.5×17 cm
이며 세필(細筆)의 한글필사본이다.

마지막으로 조상우 소장본인 <십팔자화일풍(十八子花日風)>의 서지를
살펴보면 표제지에는 '春風傳'으로, 내제지에는 '十八子花日風'이라는 破
字로 씌어 있다. 후기에 '乙卯 十二月 十一日(1939?)'이라는 간기가 있고,
'張浩 官職 先達 居 忠北 堤川 (破紙) 銅店(?)'으로 책주인의 관직과 주소,
그리고 이름이 기록되어 있다. 간기인 을묘를 1879년과 1939년으로 상정
할 수 있지만, <십팔자화일풍(十八子花日風)>에는 매면에 계선이 있는데
잉크를 사용한 흔적이 있어서 후대인 1939년으로 필사시기를 추정하는 것
이 옳을 듯하다. 그리고 작품의 말미에 "닉 정은 청산니요 님예 정은 녹슈
로다, 녹슈는 흘으연니와 청산니야 변할손야, 지금의 산불변 슈장유 허긔
로 글을 슬어"와 같은 시조가 기록되어 있다. 종장의 마지막이 없는 것으
로 보아 평소에 자주 창으로 불렀던 것을 적어 놓은 것 같다. 1책 43장으로
유계(有界)이다. 매면 16행이며 매행 27자이고, 책의 크기는 30.8×28cm이
며 선장(線裝)이다. 국한문 혼용으로 달필로 쓰여져 있다.

이 이본들의 필사기를 보면 성산본은 '乙巳(1905)'[7], 가람본은 '壬子
(1912)', 국립도서관본은 '신미(1931)', 나손 ① 본은 '辛亥'(1911), 나손 ②
본은 '긔유(1909)', 나손 ④ 본은 '신희'(1911), 나손 ⑤ 본은 '壬子'(1912), 박
순호 ① 본은 '긔유(1909)', 박순호 ② 본은 '을묘'(1915), 연세대본은 '경
오'(1930), 조상우본은 '乙卯(1939)'로 간기가 나타나 있다.

여기에 <이춘풍전>의 창작시기를 추정할 수 있는 증거가 하나 더 있
다. 『한성신보』에 1896년 9월 28일부터 게재한 소설 <남준여걸(男蠢女

---

7) 장덕순, 「<이춘풍전>의 해설」, 『현대문학』 46, 1958, 267쪽. 을사년(1905) 4월에 필사
한 것으로 매장 11행의 全 28張이다. 성산본은 현대문학 46, 47, 48 50호에 현대역으로
연재되어 있다.

傑)>이다. 이 작품 또한 <이춘풍전>의 이본이다. 전술한 대부분의 간기를 보면 1909년부터 1915년 사이가 주종을 이루고 있어서 이 시기에 <이춘풍전>의 인기가 많지 않았던 것으로 보인다. 그러나 <남준여걸>이 1896년 신문에 게재되었다면 <이춘풍전>의 창작시기는 그보다는 이전이라는 결론이 나온다. 이로 볼 때 <이춘풍전> 창작 시기의 상한선을 1840년까지 잡을 수 있다고 본다.8)

3. 문체상의 특징

문체상의 특징으로는 묘사와 표기문자로 나누어 살펴보기로 한다. 묘사는 두 이본들 간의 부연설명이 많고 어느 부분에서는 세심하게 묘사한 부분이 있어 차이를 보인다. 그리고 한문투의 문장을 서로 보이고 있지만 나손본은 한글로만 표기하여 잘 알 수 없지만 조상우본은 한자를 써서 한자를 아는 독자들에게는 읽기에 용이하도록 표기하였다.

1) 묘사 -부연설명 및 세부묘사-

조선후기에는 소설 독자층이 증가하여 소설을 필사하는 일이 많아졌다. 개중에는 필사자가 소설 내용을 그대로 필사하는 것이 아니라 주관적인 관점을 가지고 필사하는 이도 더러 있었다고 생각된다. 그리하여 문필에 능력이 있는 필사자는 화려한 수사를 많이 사용하여 독자들의 기호에 맞도록 꾸미기도 하였다. 이들로 인하여 소설의 여러 이본이 생성되었으며, 수사가 화려하고 부연이 많을수록 후대본일 가능성이 짙다. 그러면 나손본과 조상우본의 묘사를 부연설명과 세부묘사로 나누어 그 예를 살

---

8) 이와 관련해서는 이 책 249-250쪽을 참조 바람.

펴보기로 한다.

소견이 남과 달리 못할 일리 읍던니 부모을 일시의 구몰ᄒ고 삼연상을 맛
친 후의 춘풍을 경계할 리 읍고 친척 읍신니 춘풍의 마음 방탕하여 일마다
바람니라 부모의 세젼지를 수거만을 다 남용할제 (나손본)

父母 미양 ᄉᆡ랑ᄒ여 교동으로 길너 니니 츈풍이 世上의 못할 일이 읍더
라 十五歲의 일으러 셩취을 씨기니 인물이 션풍도골이요 헌원ᄒ 즁부라 쇼
견이 남과 달나 세승의 못ᄒᆞᆯ 일이 읍던니 不幸ᄒ여 父母 兩位 一時의 구몰
ᄒ 즉 三年 초토 맛친 후의 잇씨 춘풍이 너무응문 오쳑거동ᄒ고 외무긔공
강근지친ᄒ야 교훈ᄒ리 읍난지라 춘풍이 誤入할졔 일마다 방탕ᄒ여 부모
셰젼지물 數萬金을 임으로 남용할졔 (조상우본)

춘풍이 부모가 춘풍이를 사랑으로 길렀으나 부모가 돌아가신 후에 오
입쟁이로 변하는 모습을 묘사하고 있다. 나손본에 비하여 조상우본은 묘
사가 세부적이어서 내용이 많아지고 부연설명이 길어진다. 나손본에서는
춘풍이 친척이 없음을 간략하게 서술하고 있는 반면 조상우본에서는 한
문투를 섞어 자세히 묘사하고 있다. 춘풍의 외형과 15세에 성취한 일들을
묘사함에 있어서도 조상우본이 보다 자세하게 묘사하고 있다.

이렁져렁 논일다가 일품경승되여 일홈을 후셰의 전ᄒ리라ᄒ고 여간 나믄
지물을 다 읍시고 일푼젼 일두속 읍고 가도사벽 ᄲᆞᆫ일러라 츈풍이 그졔야 씨
닷고 회과디심 결노난다 안ᄒᆡ 방의 들어가셔 딘졍으로 비난 말리 자ᄂᆡ 니말
드러보쇼 (나손본)

나도 이리 논일다가 나즁의 잘되여셔 後世의 有名할지 뉘알리요 이러타
시 거들 거려 안ᄒᆡ 말을 안니듯고 동유로 쥭당ᄒ여 날마다 즌곡 남용ᄒ기을
일숨으니 일언변이 ᄯᅩ 잇넌가 이리져리 놀고난니 집안형용 볼거읍다 一年

二年三四年의 家産이 탕픽ᄒᆞ나 허랑ᄒᆞᆫ 힝실 곤치즌코 每日長醉ᄒᆞ즈ᄒᆞ나 衣服이 남누ᄒᆞ고 식수가 부실ᄒᆞ니 이웃집이 괄셰ᄒᆞ고 원근 친구 숨을 보며 구석ᄃᄃ 웃넌고나 졸지의 소림이 간구ᄒᆞ니 긔갈이 즈심ᄒᆞ다 春風의 그동 보쇼 회과지심 졀노나셔 안희의게 스과ᄒᆞ고 지셩으로 비난 말이 (조상우본)

춘풍이 부모에게 받은 재산을 탕진하며 놀다가 개과천선하여 아내에게 다시는 이전의 행동을 안 하겠다고 비는 장면을 묘사하고 있다. 나손본에 서는 재산을 탕진한 후의 상황을 "일푼젼 일두속 읍고 가도사벽 샏일러 라"고 간단히 서술하는 반면, 조상우본에서는 매일 술을 먹어 가산을 탕 진하다 보니 옷이 남루하여 이웃에게서 괄시 받고 친구들도 흉을 본다는 등 상황묘사가 구체적이다.

춘풍 ᄒᆞ넌 말이 이도 쏘ᄒᆞᆫ 사롬이요 네 이십젼 탕픽ᄒᆞᆫ 일이 통입골슈ᄒᆞ여 이달커든 천금산지 흔불이라 슈기할계 일푼젼 일두속을 불부탁슈할 쓰스로 비부지지라 써 함농이 너씨니 그시 잇져쓸가 무슴 즁엄둘가 춘풍 아넌 ᄒᆞ넌 말이 의식을 너게 밋고 온져 묵고 부디부디 가지마오 (나손본)

춘풍이 일은 마리 나도 쏘ᄒᆞᆫ 스롬이지 二十前의 픽가 ᄒᆞ고 통입골슈 이달 커든 웃지 다시 그러할가 千金散盡還復來는 옛글의 일너신니 닌덜 미양 픽 홀숀가 속키가셔 단여옴세 다른 염여 부디마쇼 춘풍 안희 일은 마리 여보 드르시요 이왕의 픽가ᄒᆞ고 다시 산림 날 믹길계 일푼젼 일두곡을 불부축슈 할 쓰즈로 非父之子 手記써셔 너 흠농의 너헌난듸 그시 이의 이졋난가 衣 之食之 너게 밋고 가만니 안져씨면 안곽산림 너 담당의 걱졍이 무어시요 가 지마오 ᄃᄃᄃᄃ 졔발 격션 가지마오 (조상우본)

춘풍이 다시는 장사를 안하고 재산을 탕진하지 않겠다고 수기를 썼는 데도 불구하고 재산을 불리겠다고 평양으로 장사를 가려 하니 춘풍 아내 가 장사를 가지 못하도록 만류하는 장면을 묘사하고 있다. 춘풍의 말이 나손본에서는 설명식으로 서술하고 있는데 조상우본에서는 실제 대화처럼 생동감을 더하고 있으며, 장사가지 말라는 춘풍 아내의 심정이 애절하게 묘사되고 있다.

잇쩌 셔울 사은 부상더고 이츈풍이 슈천양을 시고 뒤집의 들어단 말을 듯고 츈풍을 호이랴고 청누벽계승의 홀노 안져 포연흔 티돌오 노기홍승 갈어 입고 은은니 안진 그동 침병쇼의 글임이요 월궁의 황이로다 화용월티은 잉도가 아침 이실의 불근듯ᄒ고 반윤츄월이 쳐소강의 빈츄눈듯ᄒ고 셔시가 부싱흔듯ᄒ고 양구비가 환싱흔듯 청누셩의 홀노 안져 오동복판 거문고을 히농ᄒ여 봉황곡죠 놀이ᄒ여 화답ᄒ니 (나손본)

잇쩌 부승더고 호걸 남ᄌ 李春風이 數千兩돈을 싯고 뒷집의 드럿단 말을 秋月이 얼는 듯고 春風을 호리랴고 珠欄畵閣靑樓上의 ᄉ충을 半開ᄒ고 아릿다온 티도로 綠衣紅裳 곤쳐 입고 은ᄃ이 안진 그동을 밋친 즙놈 李春風이 흔번을 얼는 보니 티도난 靑天白日 말근 밤의 이실 앗침 모란화요 절묘흔 ᄇ씨난 海棠花가 안긱속의 피여난 듯 夕陽의 물촌 집이요 綠衣紅裳 입은 그동 枕屛속의 그림이요 아릿다온 얼골는 月宮姮娥 갓고 半輪秋月 말근달이 淸江水의 도더온 듯 화려흔 청누승의 홀노안겨 七絃短琴을 무릅 우의 빗겨 놋코 셤ᄃ옥슈로 줄을 골나 탕문군 호려너던 司馬相如鳳凰曲을 둥지덩 ᄃ지당 시르랑 ᄉ르랑 노난 그동을 (조상우본)

춘풍이 호조 돈을 빌려 평양에 장사갔는데 춘풍이 돈이 많다는 소문을 듣고 추월이 춘풍의 돈을 후리려고 계책을 세우는 장면을 묘사하고 있다. 추월의 행동이 나손본에서는 "홀노 안져" 있는 것으로 묘사하고 있는데 반해 조상우본에서는 "ᄉ충을 半開ᄒ고 아릿다온 티도로 綠衣紅裳 곤쳐 입고"라는 능동적 행동으로 묘사하고 있다. 그리고 추월을 묘사함에 있어서도 수식어가 많이 붙어 세부적으로 묘사하고 있다.

춘풍이 잠간 보고 심신이 여광여취ᄒᆞ여 ᄎᆞ자가는 그동보쇼 한중실 유황슉이 왈롱선싱 ᄎᆞ졔가덧 셔황묘 요지연의 쥬문왕 ᄎᆞ져가덧 도연명이 심양강 ᄎᆞ져가덧 길어기 동졍호 ᄎᆞ져가덧 춘승월호시졀의 ᄂᆞ은 봉졉곳 밧쳘 ᄎᆞ져가덧 밍승군의 갈지ᄌᆞ걸음을오 즁문의 다다릉니 (나손본)

춘풍이 줌싼 보고 精神이 怳忽ᄒᆞ여 호탕흔 밋친 마음 침을 질ᄃᆞ 홀이면셔 눈골이 다 틀이고 坐不安席 ᄒᆞ넌고나 마음이 부동ᄒᆞ여 以前 마음 졀노 난다 自前으로 퓌가 핡졔 靑樓房의 美色보면 화약고의 염초 갓고 괴발의 덕셕이라 아모리 춤ᄌᆞ흔들 정신이 모다 그리간다 진암셕의 반늘 숏덧 춘풍의 그동보쇼 衣服을 곤쳐입고 秋月의 집 ᄎᆞ져갈 졔 급ᄉᆞ즁이 戶房 ᄎᆞ 덧 ᄌᆞ미신의 乞僧가듯 黃鶯雙ᄃᆞ楊柳 찻 듯 蜂蝶紛ᄃᆞ花草 찻 듯 기러기 洞庭湖 찻 듯 위슈변의 文王가 덧 유현덕이 南陽 가 덧 도연명이 시상 가 듯 이도령이 춘향의 집 ᄎᆞ져 가 덧 이리져리 ᄎᆞ져 간다 孟嘗君의 갈지ᄌᆞ 거름으로 즁문의 드러간니 (조상우본)

춘풍이 추월이를 잠깐 보고 추월에게 반하여 추월의 집을 찾아가는 장면을 묘사하고 있다. 춘풍의 심리를 다루는 데에 있어서 나손본은 상투적 표현에 지나지 않으나 조상우본에서는 아주 자세하게 묘사하고 있다. 춘풍이 추월이에게 어떠한 심정을 가지고 있는가는 조상우본에 "침을 질ᄃᆞ 홀이면셔 눈골이 다 틀이고 坐不安席", "아모리 춤ᄌᆞ흔들 정신이 모다 그리간다"등의 생생한 표현을 통해 알 수 있다.

춘풍이 츄월노 차운ᄒᆞ여 글을 지되 아미산반윤월 장안일월북당야 ᄃᆞ인여월 쏜니로다 월빅쳥풍쳥여 ᄎᆞ시의 춘풍 츄월 비필되여 천지가 문어진들 츄월이 변홀숀야 (나손본)

春風이 秋月두고 月字韻을 다럿시되 아미츄ᄉᆞᆫ반윤월 長安一片月 鷄鳴山秋夜月 방호심ᄉᆞᆫ슈유월 동기영문방츄월 還山弄月 可憐閨裡月 關山月

江南風月 正月 二月 三月 分의 楊柳는 靑ᄃ ᄒ고 綠陰芳草勝花時의 즌쯰
ᄃᄃ 속입나고 지리쉰질 쁜다 春風은 흥을 계워 秋月을 보랴ᄒ고 金風은
淨ᄃ ᄒ더 露白霜寒 깁흔 밤의 初更 二更 三更 四更 夜月의 나는 春風 너
는 秋月 日月 갓치 配匹되여 春風 秋月 이 天地가 문허지도록 변할손가
(조상우본)

춘풍과 추월이가 만나서 서로 즐기다가 운자에 맞추어 시를 짓는 장면
을 묘사하고 있다. 나손본에서는 춘풍이 추월에게 월자운의 시 몇 개만을
제시하고 있는데, 조상우본에서는 더욱 많은 월자운을 예로 들어 부연하
고 있다. 이 부분에서 추월에 대한 춘풍의 심정을 아주 곡진하게 묘사하
고 있다.

2) 한문투 표기

한문 문장을 한글로만 표기한 작품을 현대의 우리가 읽고 이해하기에
어렵 듯 <이춘풍전>을 읽을 당시 사람들 중 한자를 모르는 독자들이 한
자투로 된 소설을 읽기에도 어려움을 느끼는 것은 마찬가지였을 것이다.
하지만 한자를 아는 독자라면 한자와 한글을 병기했을 때 내용을 더 잘
파악할 수 있었으리라 추측할 수 있다. 한자를 그대로 표현한 이본은 조
상우본인데, 이는 필사자가 한자를 아는 독자들을 상정하고 필사한 것 같
다. 또 서체를 보더라도 나손본 계열은 한글 필사이고 서체 또한 보통 고
소설에서 볼 수 있는 것으로 달필은 아니지만 조상우본은 아주 정연한 달
필이다. 이것은 특정한 독자를 상정해 놓고 정성껏 필사한 것임을 알 수
있다.

부디 부디 노여 말고 슬어 마쇼 니 마음 싱각ᄒ니 각금시이작비로다 이왕
디사난 물논ᄒ고 …… 의식 염예 읍게 하쇼 (나손본)

노여말고 슬어마오 니 마음이 ㄷ졔야 覺今是而昨非ᄒ니 往事는 勿論ᄒ
고 …… 衣食을 염여읍게 ᄒ쇼 (조상우본)

춘풍이 이전의 행태에 대하여 후회한다고 아내에게 말하며 집안 일을
모두 아내에게 맡기는 장면을 묘사하고 있다. 나손본에서는 한문문장으
로 된 것을 한글로 써 놓았는데 조상우본에서는 한자를 원글자 그대로 표
현하고 있다. 그 예를 보면 나손본에서와 같이 "각금시이작비로다"로 표
기 했을 때는 그 뜻을 쉽게 알 수 없지만, 조상우본에서는 "覺今是而昨非
ᄒ니"의 한자로 표기하니 한자를 아는 독자들이라면 나손본보다는 이해
가 더 잘되었을 것이라 생각한다.

츄월화답ᄒ되 셔방임은 월자운 달아시니 ㄴ은 풍자운을 달아볼가 슈ㄷ운
서북풍 젹벽강 동놈풍 만국변젼초목풍 충희말이풍 은안빅마도춘풍 이풍 져
풍 다 벌이고 츄월 츈풍 야삼경의 양인 심ᄉ 다증흔지라 (나손본)

조흘시고 ㄷㄷㄷㄷ 秋月이 화답ᄒ되 셔방님은 月字韻을 다럿신니 少女
는 風字韻을 다러보ᄉ이다 ᄒ고 蕭ㄷ 西北風 젹벽강 東南風 쥬졍不畏風
洛陽城裏見秋風 만국풍진초목풍 巫峽長吹万里風 양유ᄉ슈만강풍 吹笛歌
聲落遠風 二三月 조흔 和風 동지슷달셜흔풍 可笑江南風 이 풍 져풍 은풍
화풍 경풍 병풍 다 바리고 분벽ᄉ중 조흔 방의 金生一陣風ᄒ니나는 秋月게
는 春風月ㄷ 配匹되여 大東江이 마르도록 四時風이 変할손야 淸風明月夜
三更의 양인심ᄉ 더욱 좃타 (조상우본)

춘풍이 추월에게 월자운으로 시를 지으니 추월이 풍자운으로 춘풍에게
화답하는 장면을 서술하고 있다. 추월이 춘풍에게 화답하는 예를 보면 전
술한 것과 같이 나손본에서는 순한글로 표기되어 있어 쉽게 내용을 알 수
없지만 조상우본에서는 한자를 노출시켜 내용을 쉽게 알도록 배려하고

있다. 그리고 내용에 있어서도 조상우본의 예시가 나손본보다 많다.

南大門 니달나 連珠門 얼른지니 舞鶴지을 너머셔ᄃ 洪州院 바리보고 녹
번이 酒幕지니 파발박 박셕교 지니셔 슛돌 모롱이 지니 방슈 酒幕지니 高
陽邑의 중화ᄒ고 지흥고기 너머셔ᄃ 잔버들 쥬막지니 미력당이 바리보고
坡州邑內 슉슈ᄒ고 壬辰江 다달녀셔 前後四面 도라보니 보던바 第一江山
이라 壬戌之秋七月旣望의 소ᄌ쳠이 與客으로 泛舟遊於赤壁인가 無限景
이 여긔로다 淸風은 徐來ᄒ고 水波는 不興ᄒ야 강을 근네 東坡驛을 지니
가셔 (조상우본)

골ᄃ이 흐르난 물은 흔데 홉슈ᄒ여 폭포슈로 長川의 걸여잇고 楊柳千万
綠의 黃鸎은 나라들고 各色草木茂盛ᄒᄃ 天皇氏 木德 初의 日月東方 부
ᄉ나무 願得長山졔 白日의 구ᄃ가지 양목이며 皇城허초 碧山月의 窓外院
中 늘근 고목 周流落日捲簾間의 임그리던 相思나무 日遲ᄃ於窓外ᄒ니 草
堂春睡 회양나무 옥포풍낭 츈부츈의 日中丹桂 ᄃ樹나무 ᄌ단빅단 감ᄌ유
ᄌ 펑퍼진 반송이며 츙ᄃ나무 동박나무 머루 다리 칙넌츌 휘여진 長松 느
러진 楊柳는 광풍을 못이기여 우쥴ᄃᄃ 춤을 춘다 (조상우본)

춘풍이 장사하기 위하여 평양으로 가는 길에 아름다운 광경과 춘풍의
아내가 비장으로 평양으로 떠나기 위하여 서울을 빠져나가는 여정을 표
현하고 있다. 고소설에서 "사략초권"은 흔히 인용되고 있듯이 조상우본에
서도 춘풍이 평양으로 장사를 떠나는 장면에서 목덕으로 왕한 천황씨의
고사를 인용하는 등 사략의 내용을 직접 서술하고 있다. 또 춘풍의 아내
가 평양으로 떠나는 장면에서는 몇몇 고을의 이름을 한자로 표현하고 있
어 서술을 자세히 하고 있다.

4. 작품 경개상의 특징

나손본과 조상우본은 구성상으로는 커다란 차이는 없다. 하지만 두 이본 사이에는 고유명사와 시대, 지명 등의 차이가 드러나고 있으며, 이야기가 약간씩 추가되는 양상을 보인다. 그러면 소설 내용의 순차적 단락순으로 살펴보기로 한다.

숙종디왕 디위 쵸의 국티민안ᄒ고 시화연풍의 우순풍죠하고 가급인독ᄒ여 산무도적ᄒ고 도불습유ᄒ니 요디일월이요 순디건곤 잇써 셔울 타락골 흔 사람이 잇시되 셩은 니요 명은 츈풍이라 형세가 장안거부로셔 혈육은 츈풍뿐이라 (나손본)

却說이라 숙종디왕 즉위 초의 승덕으로 치민ᄒ니 국티민안ᄒ고 家給人足이라 雨順風調ᄒ고 世和時豊이라 강구연월의 동요셩과 농인의 격양가는 쳐ᄃ의 일어나니 堯之日月이요 舜之乾坤이라 잇써 셔울 타락골 흔스롬 이씨되 姓은 李요 명은 鍾漢이라 형세 가즁요부ᄒ여 長安의 거부로되 다만 혈육이 츈풍ᄒ나 뿐이라 (조상우본)

나손본과 조상우본은 '숙종대왕 즉위 초'를 시대적 배경으로 하고 있으며 '서울 타락골'을 공간적 배경으로 나타내고 있다. 나손②본 '경긔도 양쥬짱 타락골'로 되어 있고, 나손③본에서는 '安東 方谷'을 공간적 배경으로 나타내고 있다. 그리고 나손본에서는 이춘풍의 부모에 대한 설명은 간단히 기술하고 있는 데 반해 조상우본에서는 '李鍾漢'이라고 아버지의 이름을 나타내고 있다. 그리고 나손②본에서도 父의 이름을 '이덕똥'으로 기록되어 있고 모친의 성을 '박씨'라고 기록하고 있다. 나손④본에서는 부의 이름을 '이순죠'라고 필사하고 있다. '却說'이라고 모두(冒頭)에 붙인 것은 국립도서관본 하나이고 나머지는 숙종대왕이나 화설[9]로 되어 있다.

너말 자셔이 덜어보오 미나리골 박화즁이 …… 눔산밋 이태도은 …… 동
문밧계 오셩용은 …… 모신젼골 짐부자은 …… 슈만금 다 읍시고 쏭쟝ᄉ흔
다ᄒ니 일노두고 볼지라도 쥬싴잡기 질기다가 픠가망신 아니ᄒ리 누가 잇쇼
부디 부디 글이마오(나손본)

너말 ᄌ셰이 드러보오 미나리골 朴花辰은 …… 南山골 琴픠도난 ……
東門밧게 吳成龍은 …… 모시즌골 金副長은 …… 數萬金을 다읍시고 쏭
즁ᄉ ᄒ엿난니 일노두고 볼죽시면 靑樓雜技 헛튼 마음 부디ㄷㄷ 조위마오
일어타시 말유할졔 (조상우본)

춘풍이 아해가 춘풍이에게 청루잡기 하다가 패가망신 한 사람을 열거
하며 말리고 있는 대목이다. 여기에 등장하는 인물들을 보면 거의 같은데
'박화즁'은 '朴花辰'으로 '이태도'는 '琴픠도'로 '짐부자'는 '金副長'으로 약
간 다르게 나타나고 있다.

존의 너말 들어보쇼 막동언 오십이 지너도록 …… 디즁골 막동인은 투젼
쟝을 …… 듀싴잡기 아니하되 잘사난니 별노읍니 (나손본)

ᄌ네 너말들어보게 그 마리 올타ᄒ여도 압집의 사환ᄒ넌 디갈쇠는 ……
비고기 李幕東은 五十이 將近토록 …… 타락골 睦乭伊는 투젼줍기 몰나시
되 …… 쥬싴잡기 안니ᄒ되 잘ᄉ넌니 읍건이와 (조상우본)

춘풍이 아내가 청루잡기를 하지 말라는 말을 듣고 다시 변명하는 대목
이다. 여기에 등장하는 인물들은 전술한 것과 마찬가지로 한자로 이름을
기록하고 있다. 나손본에는 없는 '디갈쇠'가 보이고, '막동언'은 '비고기 李
幕東'으로 '디쟝골 막동인'은 '타락골 睦乭伊'로 나타나고 있어서 지명과
이름에서 약간의 차이를 보인다.

---

9) 손병선, 전게논문, 16-17쪽.

춘풍 ᄒᄂᆞᆫ 말이 츄월 춘풍 인연 미졔 ᄒᆞᆫ가지로 놀어볼가 츄월이 ᄒᆞᆫ년 말이 ᄯᅩ 풍유도 조컨이와 노븩단풍 국화시의 츄월이 발거시니 이아니 드욱죳가 츄월노 연분미져 노라볼가 (나손본)

춘풍이 바더먹고 홍을 계위 ᄒᆞᆫ년마리 이 슐 마시 어이 그리 죳탄 말가 슐 가온티 노리잇고 노러 ᄭᅳᆺ티 슐 마슨니 취홍이 도ᄒᆞᆫ 중 ᄯᅩᄒᆞᆫ 마듸 ᄒᆞ여라 ᄒᆞ니 秋月 직조을 다부려 흠셕ᄒᆞ다 약순동 더야 지러진 바우 ᄭᅳᆺ티 ᄭᅩᆺ철 썩거 슈을 노와 無窮無盡 먹스이다 春風이 바다먹고 져도 홍을 계위 시조ᄒᆞ나 화답홀졔 玉顔을 相對ᄒᆞ니 如雲間之明月이요 珠脣을 半開ᄒᆞ니 若水中之 蓮花로다 두어라 雲間明月 水中蓮花을 남쥴쇼냐 일어타시 홍얼 너여 노난 구나 長安春風 平壤秋月 大東江의 双ᄃᆞ이 나라든다 秋月春風 緣分미져 ᄒᆞᆫ 가지로 놀고 보셰 秋月이 디답ᄒᆞ되 紅桃 碧桃柳綠時의 春風도 조컨이 와 露白風寒菊花時의 秋月이 발가시니 더욱 죳치 안일숀가 진실노 秋月春 風 연분 미져 노라볼가 (조상우본)

춘풍이 추월과 더불어 수작할 때의 장면을 묘사하고 있다. 하지만 나손 본에서는 춘풍과 추월이 천생연분이라는 것을 간단하게 설명하고 있지만 조상우본에서는 그 당위성이 보다 설득력이 있다. 이는 부연설명으로 볼 수도 있지만 이야기의 선명성을 나타내고 있어서 경개의 특성으로 볼 수 있다.

5. 맺음말

지금까지 <이춘풍전>의 이본인 <십팔자화일풍(十八字花日風)>의 이 본적 특성을 밝히려고 하였다. 이를 증명하기 위해 <이춘풍전>의 이본들 의 서지 사항을 고찰하였고, 주로 <십팔자화일풍(十八字花日風)>과 나손 본 ①을 대비하며 묘사의 부연과 세부묘사, 그리고 한문투 표기에 대하여

살펴보았다. 마지막으로 작품 경개상의 특징 중 차이가 나는 몇 부분을
제시하였다.

이상의 서술을 통해 <십팔자화일풍(十八字花日風)>의 이본적 특성을
다 밝혔다고는 할 수 없으나 <이춘풍전> 연구에 이 책이 하나의 보탬이
되었으면 하는 바람이다. 추후에 본격적인 이본고를 준비할 계획이다. 맺음
말을 대신하여 <십팔자화일풍(十八字花日風)>의 필사기를 통해 필사자가
바라보는 이 작품의 의의가 무엇인가를 설명하면서 글을 맺고자 한다.

필사자는 춘풍의 아내를 '열녀'라고 규정하고 있다. 하지만 기존의 열녀
와는 그 양상이 다르다고 할 수 있다. 춘풍의 아내는 가장인 춘풍을 기만
하고 여자가 남장을 하는 등의 풍속을 어지럽히고 있다. 더나가 이춘풍이
서울와서 반찬투정하다가 비장 옷을 입은 아내에게 혼줄나는 부분을 보
면 당시 여인들은 상상도 할 수 없는 일이 벌어지고 있다.10) 남자에 대한
시각이 바뀌었음을 본 작품에서 볼 수 있다.

그럼에도 불구하고 춘풍의 아내는 결국 여자라는 신분에서 벗어날 수
가 없었다. 필사기의 "츈풍의 방탕흔 마음 경계ᄒ고 츈풍 안히 졍열흔 마
음을 본 바드면 일후의 오입흔 스롬이라도 감동할 거시오 계집이라도 남
편 즁ᄒ줄 알ᅀᆺᄒ더라"에서 확인할 수 있다. 이 필사기를 통해 남자가 스
스로의 잘못을 깨닫고 감동하는 것은 당연한 일이지만, 오입하는 남편이
라도 남편 즁한줄 알아야 한다는 서술에서 여성에게만 순정을 강요하는
느낌이 든다. 이로 볼 때 <십팔자화일풍(十八字花日風)>은 남자가 여자
독자를 상정하여 필사한 것이라고 추정해 볼 수 있다.

---

10) <이충풍전>에서 남성과 여성 역할의 의미를 파악한 논의는 서경희에서 볼 수 있다.
  (서경희, 「<이춘풍전>의 남성과 여성」, 『우리문학의 여성성.남성성(고전문학편)』, 이화
  어문학회, 2001.)

<부록>

〈이춘풍전〉 이본 〈십팔자화일풍(十八子花日風)〉의 원문

<십팔자화일풍(十八子花日風)>(조상우본)
표지제 : 春風 傳 黃蛇赤虎黃鼠重修
내지제 : 十八子花日風

(01)

却說이라 슉종디왕 즉위 초의 승덕으로 치민ᄒ니 국티민안 ᄒ고 家給人足이라 雨順風調ᄒ고 世和時豊이라 강구연월의 동요성과 농인의 격양가는 쳐ᄃ의 일어나니 堯之日月이요 舜之乾坤이라 잇ᄯᅥ 셔울 타락골 ᄒᆫ 스롬이 이씨되 姓은 李요 名은 鍾漢이라 형셰 가중 요부ᄒ여 長安의 거부로되 다만 혈육이 츈풍ᄒ나 ᄲᅮᆫ이라 父母 미양 스ᇰᇰ ᄒ여 교동으로 길너 니니 츈풍이 世上의 못할 일이 읍더라 十五歲의 일으러 셩취를 씨기니 인물이 션풍도골이요 헌원ᄒᆫ 중 부라 쇼견이 남과 달나 셰샹의 못할일이 읍던니 不幸ᄒ여 父母兩位 一時의 구몰ᄒᆫ 즉 三年초토 맛친 후의 잇써 츈풍이 너무웅문 오쳑긔동ᄒ고 위무긔공 강근지친ᄒ야 교훈ᄒ리 읍난지라 츈풍이 誤入할졔 일마다 방탕ᄒ여 부모 셰젼지물 數萬金을 임으로 남용할졔 南北村 왈ᄌ덜과 ᄒᆫ 가지로 셥실이여 농담ᄒ고 호탕ᄒ여 쥬야로 즉당ᄒ여 호강으로 논일젹의 무화관의 활쏘기와 長樂院 風流ᄒ기 승순스호 바둑두기 골퍼 투젼 승육치기 가귀투젼 스시랑 순부동 윳놀기와 미동보면 돈 잘

(02)

쥬고 친구보면 슐ᄉ쥬기 쥬야로 일습으며 靑樓美色作妾ᄒ여 고흔 노러 말근 슐의 벙거지골 열고지탕 너부할미 갈비쩜 셥산젹의 每日長醉 논일면셔 淸風明月夜三更의 원앙금 비취침의 ᄒ로 밤만 놀고 나면 一二百兩을 푼돈 씨듯 여긔져긔 훗쥬며 잡기방의 다ᄃ르면 一二千兩 일코난니 쳔ᄒ 중ᄌ 石崇인

들 그 무엇시 남을손야 쵸로갓치 시러지고 건초갓치 말나지니 젼의 노던 붓님
덜도 나을 보고 모로난체 젼의 조워ᄒ던 쳥누미식 날을 보고 괄셰ᄒ다 春風이
할일 읍셔 집으로 도라오며 가빈의 ᄉ현쳐는 옛 글의 일넛난니 가련ᄒ다 츈풍
안히 겻히 안져 ᄒ년마리 여보시요 너말을 드러보오 大丈夫 츠셰ᄒ여 文武간
의 심을 써서 츈당디 聖君前의 문무방의 춤여ᄒ여 桂花을 무릅씨고 쳥나솜을
쓸쳐 입고 父母의계 영화 뵈고 후셰의 일홈을 두면 돈을 써도 무셥잔고 그리
도 못할진던 治産을 놋치말고 조업을 붓드러셔 쳐ᄌ을 굼기즌코 衣食을 호강
타가 末年의 일으러 子孫의계 젼즁ᄒ고 우리 너외 종신토록 환여 平生 조홀시
고 富貴도 功名이니 그거슬 마다ᄒ고 인역혼 웃지ᄒ여 父母世傳之物을 一朝
의 다 읍시고 許多혼 奴婢田畓 뉘계 다 젼즁ᄒ고 妻子을 돌보즌코

(03)
一身을 맛치고져 ᄒ여 기쥬탐식호투젼을 쥬야로 방탕ᄒ니 져럿타시 질겨ᄒ
면 어이구러 ᄉ즌말고 父母兄弟 읍셔신니 뉘라셔 살여쥴가 마오ᄃᄃ 그리마
오 自古로 일언 스룸 뉘안니 낭픽할가 너 말 ᄌ셰이 드러보오 미나리골 朴花
辰은 靑樓美色 질기다가 나죵의 굴머죽고 南山골 琴픽도난 소시의 부ᄌ로셔
酒色의 단이다가 老來의 굴머죽고 東門 박게 吳成龍은 가귀투젼 질기다가 죵
노승의 그지되고 모시즌골 金副長은 슐 잘먹고 허랑ᄒ기 유명ᄒ여 누룩즁ᄉ
퇴을 니고 슐집마다 분쥬키로 長安의 橫行턴니 數万金을 다 읍시고 쏭즁ᄉᄒ
엿난니 일노두고 볼죽시면 靑樓雜技 헛튼 마음 부디ᄃᄃ 조워마오 일어타시
말유할계 츈풍이 디답ᄒ되 ᄌ네 너말 들어보게 그 마리 올타ᄒ여도 압집의 ᄉ
환ᄒ년 디갈쇠는 혼 즌 슐을 못먹어도 돈 혼 푼을 못 모왓고 비고기 李幕東은
五十이 將近토록 酒色을 몰나시되 남우집의 고공스리 못 면ᄒ고 타락골 睦乭
伊는 투젼즙기 몰나시되 數千金乙 다 읍시고 나죵의 굴머 죽엇신니 일노두고
볼지라도 쥬식잡기만 안니ᄒ되 잘ᄉ넌니 읍건이와 너 말을 ᄌ셰이 드러보쇼
슐 잘먹던 李太白은 노ᄌ죽잉무비오 一日須傾三百盃ᄒ여 每日 長醉ᄒ엿신
니 픠가는 안니ᄒ고 한림학

(04)

ㅅ 다 지니고 투젼일슈 元仁舜은 기쥬탐식 방탕키로 長安의 유명턴이[sic
이] 나죵의 잘 되여셔 후셰의 졍승쩌지 되엿나니 일노두고 볼즉시면 쥬식잡기
조워ᄒ기 大丈夫의 常事로다 나도 이리 논일다가 나죵의 잘 되여셔 後世의
有名할지 뉘 알이요 이러타시 거들거려 안희 말을 안니 듯고 동유로 쥭당ᄒ여
날마다 즌곡남용ᄒ기를 일삼으니 일언변이 쏘 잇난가 이리겨리 놀고 난니 집
안형용 볼거웁다 一年 二年 三四年의 家産이 탕퓌ᄒ나 허랑ᄒ 힝실 곤치즌코
每日 長醉ᄒᄌᄒ나 衣服이 남누ᄒ고 식ᄉ가 부실ᄒ니 이웃집이 괄셰ᄒ고 원
근 친구 숭을 보며 구셕ᄃᄃ 웃던고나 졸지의 ᄉ림이 간구ᄒ니 긔갈이 ᄌ심ᄒ
다 春風의 그동보쇼 회과지심 결노나셔 안ᄒ의게 ᄉ과 ᄒ고 지셩으로 비난 말
이 노여말고 슬어마오 닉 마음이 ᄃ졔야 覺今是而昨非ᄒ니 往事는 勿論ᄒ고
비가 곱ᄒ 못살깃네 어이ᄒ여 올탄말가 오날 붓텀 가즁범빅ᄉ을 ᄌ네의게 믹
기난니 衣食을 염여웁게 ᄒ쇼 츈풍 안히 일은 마리 부모조업 數万金을 靑樓
中의 散盡ᄒ고 이 지경이 도엿난듸 일후의 질슘ᄒ여 如干錢兩을 본다ᄒ들 무
엇슬 익기릿가 츈풍이 딕답ᄒ넌 마리 남을 죵시 밋지 안니ᄒ니 日後의 난 酒
色雜技 안니ᄒ고 결단 手記을 써셔 쥼셰 紙筆墨을 너여 노

(05)

코 手記을 써 쥬되 져 실업아야덜놈 그동보쇼 졔법으로 씨난고나 건륭 숨십
구년(1774 甲午) 壬子四월 十七日의 家人金氏前 手記라 右手記事所는 無他
라矢 身이 오입방탕지인으로 不聽室人金氏之言ᄒ고 부모 조업 數万金을 盡
費與靑樓之中ᄒ니 覺今是而昨非ᄒ고 회과 ᄌ칙 박급이라 自此以後로난 가
즁지ᄉ을 盡任於실인 金氏前ᄒ거온 日後 金氏가 財産이 數十 ᄃ萬金을 모왓
디도 此皆金氏之財라 家夫春風은 一分錢一斗穀을 不復ᄎ지 ᄃ事로 成手記
以서(恰?) ᄒ니 일후의 若有음득방탕지폐여든 持此手記ᄒ고 告官卞巫(呈)事
라 手記 自筆 家夫李春風이라 써쥬며 그 끗티 쏘 此亦中 다시 산림을 상관ᄒ
고 즌곡을 알은 쳬ᄒ면 非父之子라ᄒ고 슈결두고 도중 쩍어 안히을 쥰이 츈풍
안히 그동보쇼 그 슈긔 바다 함농쇽의 너허두고 그 달붓텀 치산할졔 침션방젹
다 ᄒ넌고나 오푼 밧고 시보션과 흔돈밧고 쓰지(싸인펜 글씨*) 보션 두돈 밧고

흔솜ᄒ기 스돈 밧고 흔옷짓기 느돈밧고 츙옷하기 닷돈밧고 도포짓기 엿돈밧고 철육ᄒ기 일굽돈 밧고 금침ᄒ기 한양밧고 돌쎅누비 양반밧고 졉옷누비 슉양밧고 바지누비 늑양밧고 관디짓기 겨울이면 무명낫코 봄이면 숨베질슘 여름이면

(06)

모시질슘 가을이면 染色ᄒ기 일어구러 四時節의 밤낫읍시 심쎠브니 四五年을 지닌 후의 모힌 돈을 남을 쥬어 변리노와 뒤스른니 千餘金을 모왓구나 衣食이 多足ᄒ고 家勢가 풍비ᄒ니 츈풍이 안ᄒ덕의 관방의복 치중ᄒ고 고양진미 함포고복 ᄒ며 每日 長醉 가리침 곤두 셰우고 디가리을 쓰덕이며 호강으로 지닌간니 마음이 즘ᄃ 교만ᄒ여 시견힝실 졀노난다 썰더리고 닌달너셔 호조돈 二千兩을 십변으로 ᄒ 씬의 니여다가 방물군ᄌ ᄃ충ᄒ고 평양으로 중ᄉ을 가랴ᄒ니 春風 안히 그동보쇼 그말 듯고 大驚ᄒ여 츈풍 압헤 나 안져셔 義理로 이른 마리 여보쇼 니 말슘드러보오 인역키 二十前의 父母造業 數万金을 靑樓中의 손진ᄒ고 그 ᄉ이 四五年을 作心ᄒ고 안젓다가 셰승물졍이 쇼요ᄒ니 평양중ᄉ 가지마오 평양 물졍을 니 드른니 번화ᄒ고 ᄉ치ᄒ여 분벽 ᄉ충 청누미식 단슌호치 반기ᄒ고 淸歌一曲조 ᄒ니 평양중ᄉ 가지마오 지셩으로 비러 말유ᄒ니 츈풍이 일은 마리 나도 쪼흔 ᄉ롬이지 二十前의 픠가 ᄒ고 통입골슈 이달커든 읏지 다시 그러할가 千金散盡還復來는 옛글의 일너신니 닌딜

(07)

미양 픠홀숀가 쇽키가셔 단여옴세 다른 염여 부디마쇼 츈풍 안히 일은 마리 여보 드르시요 이왕의 픠가ᄒ고 다시 산림 날 믹길졔 일푼젼 일두곡을 불부츅슈 할 뜻즈로 非父之子 手記쎠셔 니 홈농의 너헌난듸 그시 이의 이졋난가 衣之食之 니게 밋고 가만니 안져씨면 안팍산림 니 담당의 걱정이 무어시요 가지마오 ᄃᄃᄃᄃ 졔발 격션 가지마오 (작가의 말)흔충 이리 말유할졔 밋친 줍놈 李春風이 스스로 심슐니며 일긔 기집으로 디장부 가즁더러 非父之子라 辱흔다 ᄒ고 어질고 축흔 안히 머리치을 휘ᄃ 친ᄃ 감어쥐고 아쥬 쌍ᄃ 두다리며 ᄒ년 말이 千里遠程 큰 중ᄉ로 경영ᄒ고 가넌 길의 요망ᄒ고 간특흔 년 잔말이 무슴 말고 이리치고 져리치니 이런 줍놈 쏘 잇난가 안히을 욱지르고 집안지

물 五百兩을 가첩으로 너여 싯고 길을 밧비 떠나간니 불숭호다 春風 안히 아
모란들 막을쇼냐 無可奈何 쑌이로다 잇쩌 춘풍이 二千五百兩을 삭마 너여 싯
고 走馬加鞭나려 간다 의기양ㄷ 나려갈 졔 연쥬문 닉 달나 무학직을 너머 셔
ㄷ 평양을 나려 갈 졔 쳥셕골 지닉여 左右山川 도라보니 잇쩌는 언느 쩌야 春
三月 好時節이라 골ㄷ이 흐르난 물은 흔데 흡슈호여 폭포슈로 長川의 걸여잇
고 楊柳千万綠의 黃鸎은 나라들고 各色草木茂盛흔디 天皇氏 木德 初의

(08)

日月東方 부숭나무 願得長山졔 白日의 구ㄷ가지 양목이며 皇城허초 碧山
月의 窓外院中 늘근 고목 周流落日捲簾間의 임그리던 相思나무 日遲ㄷ於窓
外호니 草堂春睡 회양나무 옥포풍낭 춘부춘의 日中丹桂 ㄷ樹나무 ㄷ단빅단
감ㄷ유ㄷ 평퍼진 반숑이며 층ㄷ나무 동박나무 머루 다리 칙넌츌 휘여진 長松
느러진 楊柳는 광풍을 못이기여 우줄ㄷㄷ 츔을 춘다 春日載陽 징경시는 피넌
꼿쳘 ㄷ릉 호고 布穀處ㄷ 催春鳥는 가넌 빗쳘 지쵹호고 花中長樂柳上鸎은 가
지ㄷㄷ 봄쇼리요 피난 꼿 푸룬 입흔 山光을 열여 잇고 나넌나부 우넌시는 春
光을 ㄷ랑흔다 일언 景을 구경호니 흉금이 洒落호여 壬辰江을 얼는 근네셔ㄷ
走馬加鞭 나려갈 졔 동셜영 밧비 너머 黃州兵營 구경호고 중화로 드러달나
平壤을 바리보고 連溪골 얼는지니 즁님 숩풀 드러달나 大東江을 다ㄷ른니 모
란봉은 쩌러져 부벽누 되여잇고 물졍도 조컨이와 디동누 연광졍은 第一江山
여긔로다 自檀君 二千年의 簿通門이 有跡이라 形勢도컨이 영명스 졀묘호
고 시구문 박 돗디션은 四月八日 관등갓다 디동강 근네가셔 디동문 다ㄷ른니
번화흔 人物이며 긔이한 物色이 쇼강남이라 마음이 호탕호여셔 李春

(09)

風의 그동보쇼 포졍누 압 다달너셔 左右을 둘너보니 이젼 마음 졀노 난다
일언변이 쏘 잇난가 靑樓 압 쎡 지녀셔 긱스 동편의 主人을 定호고 여러 바리
실은 돈을 츠례로 드려놋코 三四日 留宿호며 물경을 구경호고 內外城中 둘너
본니 물색도 조흘씨고 밋친 마음 不勝春興 도ㄷ할졔 左右乙 바리 보고 동편
쳥누 얼는 보니 집치례도 조컨이와 그집 主人 누기런고 平壤 一色 秋月이라

얼골도 絶色이요 노러가 明唱이라 時年은 十五歲라 城中호걸 멧ㄷ치며 八道
활양 누귀ㄷㄷ 흔번보고 酬酌ㅎ면 百兩은ㅈ 千兩돈을 담비 쥬덧 ㅎ넌고나 잇
써 부숭디고 호걸 남ㅈ 李春風이 數千兩돈을 싯고 뒷집의 드럿단 말을 秋月
이 얼는 듯고 春風을 호리랴고 珠欄畵閣靑樓上의 ㅅ충을 半開ㅎ고 아릿다온
틴도로 綠衣紅裳 곤쳐 입고 은ㄷ이 안진 그동을 밋친 즙놈 李春風이 흔번을
얼는 보니 틴도난 靑天白日 말근 밤의 이실 앗침 모란화요 졀묘흔 밉씨난 海
棠花가 안기속의 피여난 듯 夕陽의 물촌 집이요 綠衣紅裳 입은 그동 枕屛속
의 그림이요 아릿다온 얼골은 月宮姮娥 갓고 半輪秋月 말근달이 淸江水의 도
더온 듯 화려흔 청누숭의 홀노안져 七絃短琴을 무릅 우의 빗겨 놋코 셤ㄷ옥슈
로 줄을 골나 탕문군 호려너던 司馬相如鳳凰曲을 둥

(10)

지덩 ㄷ지당 시르랑 스르랑 노난 그동을 춘풍이 줌짠 보고 精神이 怳忽ㅎ
여 호탕흔 밋친 마음 침을 질ㄷ 홀이면셔 눈골이 다 틀이고 坐不安席 ㅎ넌고
나 마음이 부동ㅎ여 以前 마음 졀노난다 自前으로 픠가 할졔 靑樓房의 美色
보면 화약고의 염초 갓고 괴발의 덕셕이라 아모리 춤ㅈ흔들 정신이 모다 그리
간다 진암셕의 반늘 숫덧 춘풍의 그동보쇼 衣服을 곤쳐입고 秋月의 집 ᄎ쳐갈
졔 급ㅅ중이 戶房 ᄎ덧 ㅈ미신의 乞僧가듯 黃鶯雙ㄷ楊柳 ᄎ 듯 蜂蝶紛ㄷ花
草 ᄎ 듯 기러기 洞庭湖 ᄎ 듯 위슈변의 文王가 덧 유현덕이 南陽 가 덧 도연
명이 시상 가 듯 이도령이 춘향의 집 ᄎ쳐 가 덧 이리져리 ᄎ쳐 간다 孟嘗君의
갈지ㅈ 거름으로 중문의 드러간니 잇써 秋月의 그동보쇼 春風이 오넌 양을 문
틈으로 얼는 보고 玉顔을 번듯드러 쓸알이 나려 셔ㄷ 셤ㄷ옥슈로 나숨을 부여
줍고 난간의 울너가셔 左右을 살펴보니 집치중도 찰난ㅎ다 숨간디쳥 前後退
의 이충난간 밉시잇다 살미ㅅ충 고무중지 완ㅈ영충 멍난ㅎ다 방안의 드러가
방치중을 살펴보니 山水屛 雲霧屛果 人物屛의 미인도 아름답고 묵화포도 쥭
엽쳐셔 중지우의 붓처 잇고 원앙침 비취금은 쾌승우의 기여 놋코 부벽주렴 다
붓쳣다 동중셔의 칙문이며 졔갈양의 츌ㅅ표요 도연명의 귀

(11)

거러스 蘇東坡의 赤壁賦와 李太白의 양ᄃ가을 귀ᄃ마다 붓쳣난더 옥등경 놋촛더을 흔일ᄌ로 노와두고 요강타구 겻드려 밧쳐놋코 각계(비?)슈리들 미충의 문갑치례 더욱 좃타 <u>왜경</u>더경 철침퇴침 ᄌ기흡농 반다지며 청동 火爐 즌더야며 용두머리 중먹비며 계ᄌ다리 웃거리며 雙龍 그린 빗졉고비 梧桐복판 거문고을 시줄 메워 언져두고 긔명 등 물 볼죽시면 유리즌 호박비의 음병옥병 오동병과 광쥬분원 스긔병과 금반옥반 유리반의 은슈져 놋슈져며 다리젹쇠 쥬젼ᄌ의 왜화긔 당화긔며 東萊쥬발 安城 유긔 환도 철편 쥬렴 좃츠 別ᄃ 거슬 여긔져긔 거러두고 화문 담요 방문셕의 왼갓거시 시가난다 秋月의 그동보쇼 玉顔을 반만드러 迎接ᄒ여 안즌 모양 스롬의 간중 다 녹넌다 셜부화용 고흔 틱도 八字蛾眉 은ᄃᄒ다 감틴 갓튼 고흔 머리 色빈여로 단중ᄒ고 양식단 져고리의 은조록 놋조록이며 인물황귀 비기요 동철병 디모중도 슈슐박어 조롱ᄃᄃ 쒸여츠고 귀의고리 월귀탄의 순금지환 밉시닛다 숨팔쥬 고중바지 남봉항나 도홍초미 존줄 좁아 뜰쳐 입고 슈화쥬 졉버선의 도리불슈 꽃당혜을 맞츌ᄌ로 졔법 신고 단순호치 웃넌 양은 春風桃李花開夜의 蜂蝶紛ᄃ 반기난 듯 셤ᄃ옥슈

(12)

넌짓드러 梧桐 슈복 빅통더의 슘등초을 얼는 담아 청동 화로의 살죽 불을 다려셔 올일젹의 향취가 촉비ᄒ니 春風이 바다물고 秋月다려 ᄒ넌 마리 나도 京城의셔 生長ᄒ여 쳥누미식의 벽이 잇던니 平壤의 나려와셔 客依(?)가 寂寞ᄒ여 可憐今夜宿娼家라 충가 쇼부는 불슈빈ᄒ라 東완(한자없음)桃李片時春이라 군불견고 디쳐흔다 栢樑銅雀의 싱황진이라 秋月이 압헤 안져 반만 웃고 엿자오되 믈고믄 京城 길의 平安이오신잇가 뒷집의 스쳐ᄒ여 四五日리 지니되 어이 그리 더듸던고 여러 존말 다 바리고 秋月이 ᄃ러나셔 쥬춘을 드릴젹의 국화식인 두리반의 쥬젼ᄌ을 드려 노코 질으륵 역근 홍압과 눈치 쥼치 生鮮膾며 오하당스탕 줄병 민강 흔편의 겻드리고 반달 갓튼 갈비쪄의 正月 맛비 영계쩜의 슝어쩜을 겻드리고 生雉 쑤미 더욱 좃타 디모양각 큰 졉씨의 문어포도 봉젼복의 갈비쩜 너부 할미 졉손젹의 魚采等物 겻드리고 간중 초중 셕박김치 각식 실과 다 노엿다 銀杏大召(?) 실빅ᄌ며 楸子紅柿乾柿 먹기 조흔 쳥

실네을 식 좃케 벽겨노코 가진 슐을 다 드린다 계당쥬 황쇼쥬며 이티빅의 포도
쥬와 도연명의 국회쥬며 山中處士 松

(13)

葉酒며 麻姑仙女 千日酒을 노ᄌ작 잉무비의 솔ㄷ풍ㄷ 가득 부어 娥眉을
나즉이 ᄒ고 공순이 권할젹의 春風이 ᄒ넌 마리 평양을 쇼강남으로 드럿신니
그겨 먹기 무미ᄒ다 勸酒歌 ᄒ나 드러보ᄌᄒ니 秋月이 반만 웃고 단슌호치 반
기ᄒ여 淸歌一曲으로 쇄옥셩 놉피 질너 不老草로 슐을 비겨 万年준의 가득
부어 비난이다 南山壽을 비난니다 우락즁분미빅년이라 안니 놀고 무엇ᄒ랴
이슐이 ㄷㄷ 안니라 漢武帝 承露盤의 이실 바든 거시온니 역여 건곤의 蜉蝣
갓치 시러지면 一場春夢 그 안넌가 ᄌ부시요 ㄷㄷㄷㄷ 잡슈시다 증실커든 少
女계로 보니쇼셔 츈풍이 바더먹고 흥을 계워 ᄒ넌마리 이 슐 마시 어이 그리
좃탄 말가 슐 가온터 노리잇고 노리 뭇터 슐 마슨니 취흥이 도흐즁 쇼흔 마듸
ᄒ여라 ᄒ니 秋月 지조을 다부려 흠셕ᄒ다 약슨동 더야 지러진 바우 뭇터 뭇
철 썩거 슈을 노와 無窮無盡 먹ᄉ이다 春風이 바다먹고 져도 흥을 계워 시조
ᄒ나 화답홀졔 玉顔을 相對ᄒ니 如雲間之明月이요 珠脣을 半開ᄒ니 若水中
之蓮花로다 두어라 雲間明月 水中蓮花을 남줄쇼냐 일어타시 흥얼

(14)

니여 노난구나 長安春風 平壤秋月 大東江의 双ㄷ이 나라든다 秋月春風
緣分미겨 흔 가지로 놀고 보세 秋月이 더답ᄒ되 紅桃 碧桃柳綠時의 春風도
조컨이와 露白風寒菊花時의 秋月이 발가신니 더욱 좃치 안일숀가 진실노 秋
月春風 연분 미겨 노라볼가 春風이 秋月두고 月字韻을 다럿시되 아미츄슨반
윤월 長安一片月 鷄鳴山秋夜月 방호심슨슈유월 동긔영문방츄월 還山弄月
可憐閨裡月 關山月 江南風月 正月 二月 三月 分의 楊柳는 靑ㄷᄒ고 綠陰芳
草勝花時의 존쯰ㄷㄷ 쇽입나고 지리션질 뛴다 春風은 흥을 계워 秋月을 보라
ᄒ고 金風은 淨ㄷ 흔터 露白霜寒 깁혼 밤의 初更二更三更四更 夜月의 나는
春風 너는 秋月 日月 갓치 配匹되여 春風 秋月 이 天地가 문허지도록 변할숀
가 조홀시고 ㄷㄷㄷㄷ 秋月이 화답ᄒ되 셔방님은 月字韻을 다럿신니 少女는

風字韻을 다러보스이다 ㅎ고 蕭ㄷ西北風 젹벽강東南風 쥬경不畏風 洛陽城
裏見秋風 만국풍진초목풍 巫峽長吹万里風 양유스슈만강풍 吹笛歌聲落遠風
二三月 조흔 和風 동지 숫달 셜흔풍 可笑 江南風 이

(15)
풍 겨풍 은풍 화풍 경풍 병풍 다 바리고 분벽스중 조흔 방의 金生一陣風ㅎ
니나는 秋月게는 春風月ㄷ 配匹되여 大東江이 마르도록 四時風이 變할손야
淸風明月夜三更의 양인심스 더욱 좃타 원앙금침 두리비고 스룽도 그지 읍다
연분도 깁홀시고 알잇쑵고 조흔 스룸 어이 늣게 맛낙년고 春風이 디혹ㅎ여 秋
月노 作妾ㅎ고 허랑흔 밋친 놈이 중스는 전혀 잇고 이날 붓텀 가져온 돈 二千
五百兩을 마음 디로 씨년구나 말근 노리 조흔 슐노 每日長醉ㅎ여 쥬야로 논
일젹의 잇써 간쏫흔 秋月이는 數千兩 돈을 호리랴고 교티ㅎ여 ㅎ년 마리 통히
단 가겨쥬와 썽문초 도리불 슈송화단 가초록가계쥬 져구리감 날 스쥬게 동니
반숭 안셩유긔 요강 타구 날 스쥬게 문어 전복 안쥬ㅎ게 날 스쥬게 밥쌀이 不
足ㅎ니 연안 비쳔 조흔 쌀노 二千石만 팔어쥬게 동니 울손 디중곽의 海衣 열
통 날 스쥬게 갓ㄷ지로 호려넌다 허랑흔 春風이맘 츄호나 스양할가 數千兩 돈
이 三月春風의 어름 녹덧 홍노졈셜 되엿신니 綠水靑山 흐르난 물 안니여든
유한 직물 길할쇼야 一年이 다 못가셔 二千五百兩을 흐푼읍시 다 셧구나 여
럽신 春風이는 衣食을 秋月의계 붓친 다시 비부르게 줍바져

(16)
셔 秋月의 간쏫흔 심스을 츄호나 알가부냐 쾌씸흔 秋月이는 春風의 財物만
다 호려닌고 괄셰ㅎ여 구츅할졔 셔방님 말 아니ㅎ고 여보시오 이 양반아 城中
의 호걸더리 게을보고 도라간니 어디로 가랴시오 노비가 不足하면 흔 씨나 봇
티리다 돈 흔돈을 니여쥬고 가기을 지쵹흔다 춘풍의 그동보쇼 분흔 마음 팅쳔
ㅎ여 秋月다려 ㅎ넌 마리 츠음의 너와 나와 원앙침의 두리 누워 願不生離ㅎ즈
ㅎ고 틱순 갓치 스룽 계위 그랏던가 농담으로 ㅎ넌 말가 실담으로 ㅎ엿넌가 깁
푼 밍셸 스로다 가란 마리 어인말가 秋月이 ㄷ말 듯고 팔식ㅎ여 일어나셔 싱
증니며 구박ㅎ되 여보쇼 이 스룸아 자네 그말 니지 마쇼 충가물졍 모로난가 長

安 富子 이낭쳥도 東家宿西家食 ᄒ엿거든 게갓튼 ᄉ롬이야 일너 무엇할가 路
柳墙花 인긔가졀 平壤 秋月 그가 닐 셰일졍즈 닌 몰넛던가 즈네 약간 가져 온
돈 나혼즈 먹엇넌가 이 갓치 구박ᄒ여 등을 미러 마루 알이 나릿친니 春風이
분ᄒ 중의 歎息ᄒ며 ᄒ넌 마리 흔심ᄒ고 가련ᄒ다 압기등의 비겨셔ᄃ 이리져
리 生覺ᄒ니 흔심 졀통 분ᄒ 마음 비할ᄃᆡ 젼여웁다 경성으로 가즈ᄒ니 무면도
강동이라 妻子

(17)

도 북그럽고 친구도 못보깃네 쏘흔 莫重 호조돈 二千兩을 니여다가 흔 푼
웁시 도라가면 금부의 가둔 후의 쥬중쎠로 두다리면 죽기가 分明ᄒ니 셔울노
도 못가깃네 이고답ᄃ 슬른지고 일언변이 쏘잇난가 大東江 집푼 물의 풍덩 실
쌰져 죽고져 십푼 덜 참아 웃지 싼지리요 은중도 드난 칼노 목얼 질너 죽즈ᄒ
들 그리도 못ᄒ긴늬 이고답ᄃ 슬룬지고 어이ᄒ여 좃탄말가 平壤城中 乞人되
여 이집 져집 빌자ᄒ니 乞食도 못ᄒ리라 어디로 가즌 말가 갈곳지 젼여웁다
生覺ᄒ니 이러ᄒ미 도로혀 食乞흔다 秋月다려 일은 마리 닌 말 좀짠 드러보쇼
어이 그리 미졍흔가 즈네 집의 도로 잇셔 왼갓 ᄉ환ᄒ여 쥬고 잇스면 무어시
ᄒ로올가 秋月이 즈셰이 싱각ᄒ쇼 이걸ᄒ고 흔ᄉ라고 안니간이 秋月이 눈을
흘겨 보며 ᄒ넌 마리 여보쇼 이 ᄉ롬아 즈네 언힝 못곤칠가 秋月이란 말 다시
마쇼 닌 집의 다시 잇셔 ᄉ환을 ᄒ즈ᄒ면 쳬모의 못ᄒ난니 일엇타시 싱증너니
春風이 할 일웁셔 아모리 졀통한들 닌 몸이 ᄃ리 되엿신니 웃지할고 아기씨
말 졀노나고 ᄒ시오 몰 졀노난다 春風이 그날붓텀 秋月집의 다시 잇셔 왼갓
사환ᄒ너란니 生不如死 가련하다 그렁져렁 지닌간니 숭토바람 거문옷세 현슌
빅결 되엿신니 종노숭의 乞人이요 죠셕먹넌 모양

(18)

볼쥭시면 모쩌러진 긔숭반의 누룽밥 토즁쩡이 졔격이요 슈져도 안니 쥬어
거름치던 져손으로 쥬먹 밥을 먹을 젹의 뜰의 셔ᄃ 먹넌 그동은 즁승이 의졋ᄒ
다 身勢을 生覺ᄒ니 목이 메여 못먹깃다 平壤城中 활양더리 三ᄃ五ᄃ 作伴ᄒ
여 츄월의 집 츠져와셔 왼갓 쥭난희롱 할 졔 男唱女和 노리ᄒ며 호탕ᄒ며 논

일젹의 잇쩌 츈풍의 그동보소 쓸 알이 웃쑥셔ㄷ 방안을 구버보니 눈의는 豊年
이요 입의난 凶年이라 졔 신셰을 싱각ᄒ고 슬은 말노 노릭ᄒ여 이고ㄷㄷ 슬른
지고 이닉 신셰 어이할고 싱각ᄒ니 가련ᄒ다 닉 몸도 京城의셔 生長ᄒ여 二十
前의 誤入할졔 日字 벗님 죡당ᄒ여 靑樓美色歌舞中의 슈천금 허비ᄒ고 치순
을 다시ᄒ여 衣食이 多足턴니 호조돈 二千兩果 집안 진물 五百兩을 가쳥으로
닉여싯고 평양의 나려와셔 主人을 作妾ᄒ고 願不生離ᄒ짓던니 이 지경이 되
엿신니 셰숭ᄉ가 흔심ᄒ다 잇쩌는 언느 쩐고 冬十月望間이라 白雪은 흔날이
고 寒風은 소실흐듸 日落西山ᄒ고 月出東嶺 달발근듸 밤은 깁퍼 三更月의
울고 가는 져 기럭아 닉 흔말 드러다가 明ㄷ흔 ᄒ날님 젼의 젼ᄒ여라 京城의
호걸 男

(19)

子 李春風이 平壤즁ᄉ 나려와셔 약간 진물 다 진ᄒ고 秋月의계 구츅ᄒ여
ᄉ환ᄒ넌 신셰을 쇼ㄷ이 傳ᄒ다고 문허진 부억 아리 홀노 누어 목셩을 걸게
쎄여 이달이 탄식ᄒ되 綠楊千万絲라도 가는 츈풍을 어이ᄒ며 耽花ᄒ넌 蜂蝶
인들 지넌 곳쳘 어이ᄒ랴 故鄕을 싱각ᄒ니 으엽분 우리 안히 生覺이 졀노난다
나을 그려 쥭엇넌가 기다리고 ᄉ럿넌가 이리져리 生覺ᄒ니 가슴이 답ㄷᄒ여
大丈夫 일쳔 간장이 속졀 읍시 다 썩넌다 아셔라 다바려 두고 젼의ᄒ던 가ᄉ
나 ᄒ여보즈 梅花타령 ᄒ노란니 잇쩌 츄월의 방의셔 노넌 활양더리 그 쇼릭을
듯고 셔로 보고 의심ᄒ니 秋月이 무식ᄒ여 일은 마리 닉 집의 ᄉ환ᄒ넌 놈 밋
친 春風이라 ᄒ넌 놈이 군쇼리을 ᄒ넌게니 아무 관계 읍스오니 신쳥을 바옵쇼
셔 활양더리 그말 듯고 셔울 순다ᄒ니 불숭ᄒ고 可憐ᄒ다 슐흔준 가득 부어
春風을 닉여 쥰니 츈풍이 바다 먹고 감지덕지 치ᄉᄒ더라 却說 잇쩌 춘풍 안
히 가즁을 이별ᄒ고 갓ㄷ지로 싱각ᄒ여 밤낫즈로 ᄒ넌 마리 즁ᄉ의 ᄉ앙 잇셔
平安이 도라옴을 千萬 츅슈 바리면셔 날마다 기다리되 春風은 안니오고 風便
의 들이난 마리 셔울 ᄉ는 李春風이 평양 즁ᄉ 나려가셔 秋月노 作妾ᄒ여 호

(20)

강으로 지닉다가 ㄷ져간돈 數千兩을 一分읍시 다 읍시고 츄월이 구박ᄒ여

스환흐단 말을 듯고 가슴을 두다리며 大聲痛哭ㅎ넌 마리 이거시 윗말인가 슬
푸다 니의 가중 남과 갓치 낫건마는 어이 그리 허랑ㅎ고 쳥누 화방 미식의계
흐번 치퍼 어렵거든 千里他鄕 믈고 믄 길의 莫重國鉌 너여싯고 외로이 나려
가셔 무한 치퍼 ㅎ단말가 뉘을 밋고 스존 말고 前生의 女子 몸이 되어나셔 가
장 하나 못만니여 平生의 고싱일 다 니 팔즈 이디도록 不幸흔가 어이ㅎ여 스
존말고 莫非쳔명 莫非팔즈 도망키도 어렵도다 이니몸 스러나셔 쓸곳지 젼혀
읍다 종남손의 올너가셔 슈건으로 흐곳쳔 낭게 미고 쏘흔 곳쳔 목의 미여 디롱
ㄷㄷ 죽고지고 집흔 손중 불악호야 나을 와셔 무러가라 南山局首城隍 나을 밧
비 줍어가오 이고답ㄷ 슬읊;고 이을 갈며 ㅎ넌 마리 平壤을 나려가면 秋月의
집 츠져 가셔 니몸씨로 달여드러 츄월의 머리치을 두숀의 감어 쥐고 가락ㄷㄷ
쓰드리라 셰간을 모도 부신 후의 春風의계 달여 드러 허리쯘의 목을 미여 죽
으리라 악을 니여 우다가셔 도로 풀쳐 싱각ㅎ니 그리도 못ㅎ리라 웃지ㅎ야 올
탄 말고 우리 가중 경셩으로 다려다가 호조돈 二千兩을 흐푼읍시 다 갑퍼니면
니가중 살이깃다 아모리 싱각ㅎ되 쇽

(21)

절 읍시 허스로다 졔ㄷ이 갑흔 후의 夫婦 두리 和樂ㅎ고 百年偕老ㅎ여 볼가
싱각이 ㄷ러ㅎ니 平生의 恨이로다 맛춤 잇써 이웃졔 김승지덕이 잇스되 노승
지 영감은 죽습고 맛즈졔 쇼연등과ㅎ여 흐림옥당 다 지니고 도승지로 잇넌고로
去年의 평양감스 부망드려 낙졈 못ㅎ고로 未久의 흔단 말을 風便의 얼는 듯고
계교을 싱각턴니 스환편의 좀싼 드른니 승지덕이 간안ㅎ여 국녹을 타셔 허다흔
식구가 스넌중의 그 덕의 노夫人이 잇단 말을 듯고 그 덕에 드러간니 후원 별당
집푼 곳의 大夫人이 계겻난디 형세가 ㄷ궁키로 식스도 부실ㅎ고 의복도 초취
ㅎ다 春風 안히 싱각ㅎ되 이 덕의 붓치여셔 가중을 살여니고 秋月 셜치ㅎ여
보리라 ㅎ고 마음을 지여 먹고 침즈품을 힘써 파라 변나넌 돈을 다 드려셔 승지
덕 老夫人계 朝夕 진지 극진이 공경ㅎ니 노부인이 입의 맛넘 츠담승을 意外의
써 바다 每日 바다 먹고 감지덕지 집푼 마음 간절이 싱각ㅎ되 이 恩惠을 웃지
할고 쥬야로 근렴턴니 흐로난 春風妻 다려 ㅎ넌 마리 니 드른니 네가 ㄷ난ㅎ여
침즈로 손다ㅎ면셔 날마다 즈담승을 차려온니 먹넌 나는 좃타마는 도로

(22)

혀 안심츤다 츈풍 안히 엿ᄌ오되 쇼여 집의 飮食이 잇셔ᄃ 혼ᄌ 먹기 어렵
사와 마로란님 줍슈실가 生覺ᄒ고 드렷더니 치ᄉ을 밧ᄉ오니 도리혀 황공ᄒ여
이다 大夫人이 ᄃ말을 듯고 每日보면 ᄉᄅᆼ ᄒ시고 못ᄂ 긔특키 역이시더라 ᄒ
로난 승지 영감이 大夫人 前의 問安ᄒ고 엿ᄌ오디 요ᄉ이 난 어만님 氣候가
조흐신지 華氣가 滿面ᄒ외다 흔디 ᄃ부인이 가라ᄉ디 긔특ᄒ고 이슝흔 일 보
왓노라 압집의 春風의 안히가 조흔 飮食을 연일 츠려와셔 날마다 잘 먹어신니
그 연고을 아지 못ᄒ나 정셩이 감격ᄒ와 승지 영감이 그 말슴을 듯고 春風의
妻을 請ᄒ여 貴히 보와 每日 ᄉᄅᆼ ᄒ여 지너던니 千万意外의 일이 되너라고
승지 영감이 평양감ᄉ을 ᄒ엿구나 不日內의 發行ᄒ려 ᄒ니 츈풍 안히 이 말을
듯고 喜ᄃ樂ᄃ 하여 大夫人 前의 드러가셔 問安ᄒ고 엿ᄌ오되 승지염감계옵
셔 평양ᄉ쏘 ᄒ시온니 일언 慶事 쏘 어더 잇ᄉ오릿가 치ᄒ분ᄃ ᄒ온즁의 디부
인이 ᄃ른 말슴 나도 평양을 가랴ᄒ니 너도 ᄒ게 ᄯ러가셔 春風이나 츠쳐보아
라 ᄒ신디 츈풍 안히 엿ᄌ오디 쇼여는 姑舍ᄒ옵고 졔오리비가 잇ᄉ온니 비즁
으로 부리실가 處分을 바라나이다

(23)

흔디 大夫人이 가라ᄉ디 네 쳥이야 그보다 더흔 쳥이라도 안니 드를손가 그
리ᄒ라 허락ᄒ고 감ᄉ의계 그 말슴을 일으신니 감ᄉ가 뉘 분부라 그영할가 즉
시 허락ᄒ고 졔가 비즁으로 가랴ᄒ면 밧비 그힝ᄒ라 흔디 잇써 츈풍 안히 읍넌
오리비 잇다ᄒ고 졔가 손슈가랴ᄒ고 女子衣服 버셔 노코 男子衣服 치장흔다
외올 망건 옥관ᄌ의 빗고흔 ᄌ지당쥴 질근 눌너 졍결이 씨고 긔알 갓튼 경쥬탕
건 三百쉰돌님 계쥬통양 졔모립의 은구영ᄌ 디공단 너른 끈을 보기 죳케 다러
씨고 방쏘바지 슘슝보션 통힝젼의 만셕당혀 쌍코신의 쥴변ᄌ을 믑시나게 신어
씨며 능나금슈 누비옷과 싱면쥬졉츙의 얼품의 맛게 지여입고 아양피 두루ᄆ기
ᄌ지관디 즁픠씩를 가슴의 눌너 질근 미고 셔픠 돈피 만 션두리 두귀담숙 눌너
쓰고 梧桐쳘병 디모즁도 옷고름의 빗겨 츠고 소샹반쥭 쇄금扇의 이궁젼션초
다러 한슘슉의 넌짓쥐고 슈복 노흔 빅통디의 김희간쥭 길게 맛춰 맛조흔 삼등

초을 피워 물고 흐늘거려 니 다른니 完然ᄒᆞᆫ 奇男子라 승지딕의 도라와셔 소환
의계 단쇽하고 黃昏을 기다려셔 초담승을 별탁키 초려 大夫人 前의 드린 후의
계ᄒᆞ의셔 엿ᄌᆞ오되 츈풍의 쳐 문안드리난이다 ᄒᆞᆫ디 ㄷ

(24)
  부인이 의심ᄒᆞ여 일은 마리 春風의 妻면 男服은 어인일고 츈풍의 쳐 엿ᄌᆞ
오디 쇼여의 셔방이 마음이 허랑ᄒᆞ여 靑樓酒色의 誤入으로 두세번 퓌가ᄒᆞ고
호조돈 二千兩을 十邊으로 으더니여 平壤중ᄉᆞ 나려가셔 秋月노 作妾ᄒᆞ고 晝
夜로 방탕ᄒᆞ여 호강으로 논일다가 호조돈 數千兩을 흔푼 읍시 다 읍시고 平壤
城中의 乞人되엿다 ᄒᆞ기로 少女 마음 졀통ᄒᆞ여 비즁으로 나려가셔 秋月이도
다시리고 호조돈도 슈쇄ᄒᆞ고 지아비도 다려다가 百年同樂ᄒᆞ려 ᄒᆞ온니 마루란
님 덕틱으로 의심읍게 ᄒᆞ옵쇼셔 ᄒᆞᆫ디 ㄷ부인니 드르시고 벽즁대쇼 ᄒᆞ여 왈 네
말이 그러ᄒᆞ니 불숭ᄒᆞ고 긔특ᄒᆞ다 所願더로 ᄒᆞ여쥬마 맛춤 잇써 감ᄉᆞ 디부인
젼의 問安次로 內堂의 드러간니 웃더ᄒᆞᆫ 男子가 방으로셔 문 박게 나와 問安
ᄒᆞ니 감ᄉᆞ 디로ᄒᆞ여 호령ᄒᆞ고 일은 말이 져 놈이 웟놈이관디 ㄷ부인계신 內堂
의 쳬면읍시 出入할가 졔놈 밧비 결박ᄒᆞ라 호령이 엄슉ᄒᆞ니 디부인니 우스시
며 감ᄉᆞ다려 일은 말솜 春風의 妻 前後 슈말을 낫ᄃᆞ치 일으신니 감ᄉᆞ ᄯᅩ 大笑
ᄒᆞ고 당승의 불너드려 각가이 안치시고 긔특ᄒᆞ다 충춘ᄒᆞ며 左右을 도라보며
下人불너 당부ᄒᆞ고 일언 말을 니지 말나 男女노복 불너 당부ᄒᆞ고 三日擇定ᄒᆞᆫ
연후의 현신ᄒᆞ라 분

(25)
  부ᄒᆞ고 성명은 金良婦라 ᄒᆞ시더라 春風 안히 伏地ᄒᆞ여 百拜 치ᄉᆞ드린 후의
三日平明의 현신ᄒᆞ니 비즁 ᄒᆞ나 意外의 낫다 初面이라 다른 비즁 칙방더리
손으로 가룻치며 슈근ᄃᆞᆫ ᄒᆞ년마리 잘도낫다 ㄷㄷㄷㄷ 회계비즁 어듸셔온 ᄉᆞ
롬인지 나기는 잘낫스나 슈염이 안나슨니 그게 조곰 무미ᄒᆞ다 ᄉᆞ람짠은 奇男
子라 뉘 안니 충춘ᄒᆞ리요 이날 平明숨초 곳틱 發行ᄒᆞ여 京城을 쩌날젹의 긔
구도 찰난ᄒᆞ고 위의도 엄슉ᄒᆞ다 거름 조흔 역마등의 雙驕 獨驕 블연이며 좌우
쳥즁 번뜻드러 호긔잇게 나려갈 졔 졀월 부월 司命旗며 數十令旗 버러셔ᄃᆞ

션비 비중 후비 비중 칙방쩌지 협슈 잇게 치중ᄒ고 ᄎ례 잇게 느러셔 각읍 역
마 조혼 말계 호피도듬 놉피ᄒ고 쇼ᄉ반쥭 쇄금션의 이궁견션초다러 日光을
가리우고 平壤을 나려갈 졔 호긔도 찰난ᄒ다 吏房 戶房 兵房이며 역이슈비
토인 관로 ᄉ령 마부 各廳 房子 雙ᄃ 군로 나중이 긔치속의 느러셔ᄃ 벽져쇼
리 권마셩의 호ᄉ로이 나려간다 南大門 니 달나 連珠門 얼른지니 舞鶴지을
너머셔ᄃ 洪州院 바러보고 녹번이 酒幕지니 파발막 박셕교 지너셔 슛돌 모롱
이 지니 방슈 酒幕지니 高陽邑의 중화ᄒ고 지흥고기 너머셔

(26)

ᄃ 잔버들 쥬막지니 미력당이 바러보고 坡州邑內 슉슈ᄒ고 壬辰江 다달너
셔 前後四面 도라보니 보던바 第一江山이라 壬戌之秋七月旣望의 소ᄌ쳠이
與客으로 泛舟遊於赤壁인가 無限景이 여긔로다 淸風은 徐來ᄒ고 水波는 不
興ᄒ야 강을 근네 東坡驛을 지니가셔 중단 읍니 말마ᄒ고 오목기 酒幕 중화ᄒ
고 중염파발 바로 지니 취셕교을 근네셔ᄃ 송도가셔 슉쇼ᄒ고 미력당이 말을
모라 쳥셕교 다ᄃ른니 左右山川景 조흔듸 벽져쇼리 권마셩은 山谷이 울니난
듯 달구 무리 중화ᄒ고 큰 고기 너머 션니 黃河道 여긔로다 금쳔 읍니 슉쇼ᄒ
고 도져울 날우 근네 춘우물 지니 웃고기 너머 션니 平山 쌍이 여긔로다 압고
기 너머셔ᄃ 太白山城 바라보니 平山邑內 중화ᄒ고 역아울 말을 모라 진등을
얼는지니 보셩 남쳔역의 말마ᄒ고 돌무루지도러가 쳥슈당의 슉슈하고 藥水湯
구경ᄒ고 안셩파발 밧비 지니 큰 고기 너머 셔니셔홍지경 여긔로다 병풍 바우
말을 모라 셔홍 읍니 슉소ᄒ고 용바우 바라보니 奇巖怪石 볼만ᄒ다 홍쥬원 중
화ᄒ고 금슈역을 바로지니 연젹거리 ᄇ러보니 슨셰도 긔묘ᄒ다 鳳山邑內 슉
쇼ᄒ고 동셜영 너머셔ᄃ 졍방

(27)

山城 바라보니 左右山川景도 죳타 萬壑千峰花林間의 시짐셩 우름쇼리와
취티쇼리 더욱 죳타 시남 酒幕 슉쇼ᄒ고 거복다리 근네셔ᄃ 黃州兵營 슉쇼ᄒ
고 柳木亭이 말을 모라 진등을 바리보고 귀연 파발 중화ᄒ고 중화 읍니 슉소
ᄒ고 지덕파발 말마ᄒ고 영계교을 다ᄃ른니 영본관 육방관속이 지디ᄒ여 新四

官 이인교디 後도님추로 드러간다 죽디 초관 현신ᄒ고 션비 비중 후비 비중 초관집ᄉ 諸官더리 항오반을 증졔ᄒ고 쳔총파총 軍門으로 느러셔 東西南北 黑白靑紅 어지러이 느러셔 민 압헤 두 줄 나중이며 禁亂兵房 현알할 졔 군악 ᄉ면 긴 쇼리는 山川이 울이난 듯 권마셩 벽겨쇼리 육각셩이 동지로다 左右의 취티쇼리 精神이 洒落ᄒ고 으엽분 기싱더리 綠衣紅裳 단중ᄒ고 前後左右 갈 나셔ᄃ 지야즈 조흘시고 ᄒ년쇼리 半空의 놉피 쩟다 회계 비중 그동보쇼 銀鞍白馬 놉히 타고 二層 등즈눈너셔 홍쥬명쥬 사마치을 훼ᄃ친ᄃ 발게 쓰셔 흉당의 줍어미고 셥슈 잇게 드러간다 즁님을 드리달나 大洞江邊 다ᄃ른니 綠水淸江竹葉航은 젹벽강 큰ᄊ홈의 방통의 연화계을 육지갓치 못왓난디 나

(28)

넌 다시 근네셔ᄃ 大東門 드러갈졔 前後左右 구경군이 城郭이 문허진다 포졍누 얼는지니 종노거리 올나셔ᄃ 긱ᄉ의 현알ᄒ고 동헌의 드러갈 졔 닷넌 말을 지촉ᄒ여 션ᄒ당의 좌긔 ᄒ니 디포슈 불 슘방 노흔 후의 百餘名 기싱더리 各ᄃ 증구 꽂티 감ᄉ가 分付ᄒ야 칙방비중 各房마다 處所을 定흔 후의 초계비중 불너더려 弄談으로 조롱ᄒ되 각방 비중 칙방꺼지 기싱 슈쳥 다 증하되 호계비중은 웃지 홀노 平壤 갓치 물싁 조흔디 와셔 獨宿空房 홀노 잇다 ᄒ니 그 마리 증말인가 호계비중이 엿즈오되 小人이 뇌졈으로 四五年을 斷房ᄒ온니 酒色의난 뜻지 읍난이다 小人의 守節ᄒ난 마음이야 ᄉᄯ 박게 뉘가 아오릿가 감ᄉ 일은 마리 졀문 ᄉ롬이 너무 단방ᄒ여도 좃치 안타ᄒ고 깃특키 역기난 중의 왼갓 범졀ᄒ넌 법이 百集事의 가감이라 ᄉᄯ 더옥 ᄉ링 ᄒ여 일마다 미드신니 일언고로 數三朔의 累万兩을 숭덕ᄒ니 뉘안니 부러워하리 잇쩌 호계비중이 春風果秋月乙 他人의계 염문ᄒ고 ᄒ로난 호계비중이 혼즈 츄월의 집 추져갈졔 ᄉᄯ계 귀쏙ᄒ고 그년의 집 추져 가셔 中門 안의 드러션니 똥치난 乞人놈 形容도 춤옥ᄒ고 몽두난발

(29)

헙슈 머리 낫좃츠 안니 씻꼬 三年이나 안니 빤옷셜 조락ᄃᄃ 누덕여셔 그렁져렁 얼거 입고 츄비흔 모양 뉘안니 츔빗트리요 츈풍이야 졔 안힌 줄 쑴의나

알아마는 비중이 모롤쇼냐 忿흔 마음 감초오고 秋月의 房의 드러간니 간싸흔
秋月이는 호계비중 쏘 호리랴고 교티ᄒ여 酬酢을 하다가 각별이 ᄎ담숭을 만
반진슈로 드리거늘 비중이 若干 먹넌 체 ᄒ고 ᄉ환ᄒ넌 乞人놈을 숭의 ᄎ린디
로 너여 쥬며 불숭ᄒ다 져 乞人놈아 네가 본디 乞人이냐 어리그리 츄비ᄒ고
春風이 伏地ᄒ여 엿ᄌ오디 小人도 京城ᄉ롬으로셔 이리되온 ᄉ졍이야 웃지
다 알외릿가 나리님 줍슈시난 ᄎ담숭을 쇼인 갓치 츤흔 놈을 왼통 물여 쥬옵신
니 泰山 갓치 놉흔 恩德 감ᄉ무지ᄒ여이다 비중이 微笑ᄒ고 處所의 도라와셔
數日後의 使令 불너 分付ᄒ여 春風乙 줍어드려 형틀 우의 올여미고 이놈 네
드르라 네가 李春風이 아니냐 츈풍이 알외되 果然 그러ᄒ여이다 비중이 分付
曰 너는 어인흔 놈이 관디 호조돈 二千兩을 十邊으로 으더니여 平壤중ᄉ 나
려와셔 四五年이 되도록 一分上納 안니ᄒ고 이젹지 무심ᄒ니 戶朝(sic 曹)의
셔 관ᄌᄒ엿시되 너을 줍어 죽이라 하엿신니 너는 그 돈을 웃지

(30)
ᄒ고 져 모양이 되엿넌야 미우쳐라 分付ᄒ니 使令이 미을 들고 십여도을 중
중ᄒ니 春風의 양쪽다리의 流血이 浪藉ᄒ더라 비중이 니 다보고 참아 더치라
던 못ᄒ여 使令 불너 미줍으라 분부ᄒ고 春風아 네 듯거라 그 돈을 웃지 ᄒ엿
난야 노름을 ᄒ엿난야 酒色의 다 썻넌야 바로 알외라 ᄒ니 츈풍이 울며 엿ᄌ오
디 호조돈을 너여싯고 평양을 나려와셔 小人의 主人집 秋月이와 홈게 一年을
놀고 난니 흔푼 읍시 다 씨엿고 이 지경이 되엿ᄉ온니 죽이시나 살이시나 나리
님 츠분디로 ᄒ옵쇼셔 비중이 본디 秋月이라 ᄒ면 절치부심ᄒ고 원슈가 골승
의 박혓난지라 이을 갈고 눈을 부릅 쓰고 號令曰 슈교을 불너 分付ᄒ되 本邑
의 갈보 츄월이가 잇다ᄒ니 使令 ᄒ나 압셰우고 츄월의 집 ᄎ져가셔 간특흔 년
츄월이을 足不移之ᄒ게 星火 갓치 捉來하라 分付가 지엄ᄒ며 비ᄌ을 쎠디 쥬
니 비ᄌ의 ᄒ엿시되 秋月處라 無他라 汝늣(??)을 別有分付事ᄒ니 卽刻內로
星火捉來宜當問事하엿더라 首校의 그동 바라 ᄉ령ᄒ나 압셰우고 츄월의 집
ᄎ져가셔 츄월이을 줍어너여 손묵의는 포승이요 발묵의는 고랑이라 셩화 갓치
줍어드려 비중이 분부ᄒ되 그 연을 밧비 형틀의 올여 미고 별달이 큰 미

(31)

을 골너니여 미우치라 使令의계 分付ㅎ되 만일 네가 스졍을 두고 미질ㅎ면
너을 먼져 죽이리라 號令이 秋霜 갓고 分付가 지엄ㅎ니 집중 스령 그동보쇼
두리즈을 눈우의 놉피 들고 금중쇼리 발맛츄워 ㅎ나치고 찰ㅎ고 둘을 치고 ㄷ
찰흔다 민ㄷ이 음포ㅎ고 십여두을 중중ㅎ며 이 년 밧비 다짐ㅎ라 호령이 엄슉
ㅎ니 秋月이 意外의 落眉지익을 平生의 츰 당ㅎ니 天地가 아득ㅎ고 혼빅이
슨난ㅎ다 그 중의 엿ㅈ오디 츈풍의 가져온 돈은 쇼녀의계는 피육부당 ㅎ여이
다 ㅎ고 허역케 즙엇쩨니 비중이 雷聲 갓치 호령ㅎ며 分付ㅎ되 네 드르라 路
柳墻花 娼女라 흔덜 남의 財物을 쎼셔도 종이란 종쯔가 잇지 春風 갓치 허랑
흔 놈을 萬端嬌態 즈어니여 이리져리 一分 읍시 다 쎼신 후의 구쵹이 즈심ㅎ
여 乞人이 되엿신니 아모리 충가 여즈로되 그런 인졍이 어디 잇스리요 진쇼위
여담졀각이라 츈풍이 가져온 돈을 모론다 ㅎ니 불갓튼 호조돈을 영문의셔 무
러쥬며 본관의셔 무러쥬며 百姓의계 츄렁ㅎ랴 문찌방을 쩌러쥽고 디미 왈 일
졍 네가 발명할가 너을 죽이리라 민ㄷ이 고찰ㅎ여 쥬중쩌로 지르면셔 네가 다
짐 못할쇼야 오십여두를 중중ㅎ며 秋霜 갓치 號令ㅎ니 秋月이 기가막

(32)

혀 혼빅이 간듸읍다가 혼비중의 겁을 너여 죽기을 면하랴고 이걸ㅎ며 엿ㅈ
오디 國令도 엄슉하고 官令도 지엄ㅎ고 나리님 分付도 엄ㅎ온니 春風의 가져
온 돈을 營門分付 나린넌 디로 쇼여가 밧치오리다 비중이 ㄷ른 마리 호조의셔
관즈ㅎ엿시되 너을 밧비 줍어 죽이라 하엿난디 네가 네 罪乙 알고 돈을 밧치
마 ㅎ니 너을 술여쥬건이와 호조돈을 즈모지에로 五千兩을 至今 밧비 드리라
秋月이 엿ㅈ오되 십일만 말미을 쥬옵시면 몰슈이 밧치리다 하고 다짐을 올이
거늘 그계야 春風秋月乙 형틀의 나리라 分付ㅎ여 너여보니고 츈풍乙 다시 불
너 分付曰 너는 그 돈을 직쵹하여 十日限이 늡지 못ㅎ게 ㅎ고 몰슈이 바더 싯
고 셔울노 올너오라 니가 쏘흔 有故흔 일이 잇기로 먼져 올너 간이 네 뒤 밋쳐
올나와셔 宅門下의 차져와 問安이나 ㅎ여라 春風이 황공감스ㅎ여 伏地ㅎ고
엿ㅈ오되 나리님 덕틱으로 호조돈을 슈쇄하온니 白骨難忘이로쇼이다 셔울을
올너가셔 宅門下의 츠져가셔 問安ㅎ오리다 ㅎ고 빅비사례ㅎ며 물너간후의 비

즁이 스쏘젼의 엿ᄌ오되 츈풍과 츄월을 즙어드려 如此ᄃᄃᄒᄋ온 말솜을 낫ᄃ치
알왼 후의 從容이 엿ᄌ오디 明日의는 ᄒ직

(33)

ᄒ고 京城으로 올너가랴 ᄒ온니 使道德澤으로 秋月의게 分付ᄒ여 호조돈
二千兩을 몰슈이 슈운ᄒ여 春風의게 分付ᄒ여 보니쥬옵기을 千万 바리난이
다 흔디 쏘흔 감스가 못가게 말유ᄒ니 비즁이 엿ᄌ오디 스쏘 덕틱으로 이번의
나려와셔 秋月乙 셜치ᄒ고 春風이도 ᄎ졋습고 호조돈을 ᄎ치하온니 小人의
所願디로 ᄒ엿스온니 쇼인 몸이 외람이 尊重ᄒ온 남의 ᄎ쇼의 오러 잇기 죄만
ᄒ여이다 흔디 감스가 싱각ᄒ되 스셰가 그러할 듯하여 許諾ᄒ신니 그 잇튼 날
호계비즁이 使道계 ᄒ직ᄒ고 大夫人 前의 하직ᄒ며 승덕흔 돈 五萬兩을 환젼
으로 붓쳐 놋코 인하여 發行홀시 平壤을 ᄒ직ᄒ고 京城의 올너가셔 환젼돈을
즉시 ᄎ고 집안도 쇼쇄ᄒ며 비즁의 복 버셔 두고 春風이 올나오기을 날마다
바리던니 잇ᄯᅥ 平壤감스 호계비즁 올너간 후의 에방비즁으로 호계비즁을 겸ᄒ
시고 본관으로 分付ᄒ여 秋月을 즙어드려 三時로 지쵹하여 돈을 밧치라 星火
갓치ᄒ니 十日限前의 五千兩을 다 밧치니 잇ᄯᅥ 츈풍이 비즁 덕의 돈을 여러
바리 시러노코 관망 衣服치즁 ᄒ고 금안쥰마의 놉피 안져 京城으로 올너와셔
南大門드러 달너 졔 집으로 ᄎ져 간니 잇ᄯᅥ 春風안희 문박게 나셔며 츈풍의
쇼미을 덥셕줍

(34)

고 어이 그리 더듸던고 즁스의 사망이나 만니 잇셔 平安이 오신잇가 평양길
이 므다하나 가신지 격년인듸 그 스이 편지 좃ᄎ 읍셔시며 요니 一身 혼ᄌ두
고 內外間情念이 그 다시도 허무ᄒ오 옛글의 일으기을 莫作商人婦ᄒ라 ᄒ엿
신니 望ᄃ眼欲穿을 이니 몸이 望夫石이 되깃던니 오날이스 셔방님이 도라오
니 死無餘恨이 안닌가 반갑도다 ᄃᄃᄃᄃ 郎君行次 반갑도다 실업신놈 츈풍
이도 반기면셔 ᄒ넌 마리 그 스이 잘잇던가 ᄒ며 우션 여러 바리 실은 돈을 즁
스ᄒ여 남긴 드시 여긔 져긔 부리면셔 意氣가 양ᄃᄒ던고나 츈풍이 방안의 드
러가셔 긴담비더 피워물고 큰깃침 모도ᄒ고 시즁하다 층탈하니 츈풍 안희 그

동보쇼 쥬안사을 츠려 드려 美酒佳肴 勸할젹의 쇽읍신 츈풍이는 읍난 교틴 지여닉여 술존을 바다 먹고 안쥬읍다 씽그리며 안니 압푼 몸도 압푼 체ᄒᆞ며 견신니 모다 교틴 뭉턱이가 안젓고나 츈풍이 안히 다려 ᄒᆞ넌 마리 안쥬도 초라ᄒᆞ고 술맛도 어이 일러허냐 平壤의 잇슬졔는 美酒佳肴로 每日長醉ᄒᆞ여 입맛시 되엿짜가 집이라고 도라오니 飮食이 ᄃᆞ갓튼니 아모라도 평양으로 도로 갈가부다 이러타시 교만하며 아마도 못잇깃다 흔충 이리할 졔 젼역슝을 드려오니 망동이 갓튼 츈풍의 그동보쇼 입을 달게 미쥬알이 갓치 닉 밀고 안졋다가 ᄒᆞ넌 말

(35)

리 가쇼롭다 왼갓 틴을 다 부릴 졔 眞所謂 가관일다 졀싸락도 쓱그루 박으며 눈쑬도 쯩그리며 입맛도다셔 보고 웅쇼리 즈조하며 고기도 입의 너허 질근 ᄃᆞ 씹어 비앗트며 힌쇼리만 갓치 비쌘닥 갓치 ᄒᆞ넌 마리 닉 平壤 잇슬 졔는 으엽분 미식 作妾ᄒᆞ야 날마다 만반진슈 팔진미을 適口充腸飽食ᄒᆞ고 每日長醉하엿던니 집이라고 츠져온니 왼갓거시 으셜피다 국맛슨 어이 일어ᄒᆞ고 짐치쏜지 마시읍다 ᄃᆞ갓튼 고기라도 웃지ᄒᆞ여 맛읍시며 다갓튼 밥이라도 쓸노ᄒᆞ긴 일반인데 어이ᄒᆞ여 平壤 밥맛바이읍다 즈반도 기름즉고 치쇼도 약염읍고 싱치도 들귀이고 黃肉 좃츠 마시읍다 왼갓 트집 다ᄒᆞ다가 즘즌는 체 ᄒᆞ너라고 여보쇼 이 스롬아 닉 말 좀만 드러보게 옛 글의 일으기을 조강지쳐는 불하당이라 할분더러 즈네 父母 닉 父母가 우리 금실미졋기로 환여 平生ᄒᆞ랴 ᄒᆞ고 집이라 차겨운 즉 飮食之節이 이러할졔 衣服之節 오죽할가 스롬의 근본인 즉 산림이 조중이요 산림의 근본인 즉 음식지졀 첫지로다 즈네도 이왕의는 飮食衣服 슈슐턴니 그 스이의 혼즈 잇셔 마음이 희틴흔가 솜씨가 쥬럿넌가 나는 평양 싱각 간졀하여 집의는 못잇깃네 닉일은 호조 돈을 다

(36)

심하고 如干家産放賣ᄒᆞ여 京主人계 환붓치고 평양으로 나려가셔 즈근집 秋月이와 흔데 모여 그 음식을 먹어보쇼 어이ᄒᆞ여 그러흔지 아모리 너가 싱각ᄒᆞ도 평양으로 도로 갈가부다 너가 호조 돈만 안니더면 셔울로 안니왓지ᄒᆞ며 실업신놈 李春風이 헷트집 골을 닉며 ᄒᆞ넌 마리 안니 쏩고 녹ᄃᆞᄒᆞ다 春風 안히

가 그 형ᄉᆞ을 보고 ᄒᆞᆫ넌 마리 춤아 눈이 압파 못보깃다 츈풍을 쇽이랴고 젼역ᄉᆡᆼ 얼는 ᄂᆡ고 박게 나가 日落黃昏 기다려셔 비중 복식 갓취 입고 金海간쥭 ᄇᆡᆨ통 ᄃᆡ을 길게 맛취 피위 물고 大門안의 드러셔ᄃᆞ 깃침을 크게 ᄒᆞ고 츈풍이 집의 잇넌야 ᄒᆞ니 春風이 문을 열고 ᄂᆡ다보니 平壤의셔 돈바더 쥬시던 호게비중이라 츈풍이 황겁하여 버션발노 뜰의 나려셔ᄃᆞ 伏地ᄒᆞ여 問安ᄒᆞ되 小人이 오날 맛츰 올나와셔 날도 임의 져무럿고 나리님도 아즉 못오신가 ᄒᆞ여 宅의 가 問安도 못ᄒᆞ왓던니 나리님은 언느날 오시옵고 ᄯᅩᄒᆞᆫ 먼져 小人의 집의 行次ᄒᆞ옵신니 惶恐無地ᄒᆞ여이다 비중이 ᄒᆞᆫ넌 마리 나넌 그젹게 왓건이와 오날 맛츰 지ᄂᆡ다가 너 온 消息乙 듯고 네집의 좀싼 드러 왓노라 ᄒᆞ고 방으로 드러 간니 츈풍이 아무리 제방인들 웃지 싱심이나 드러갈가 부냐 문박게 셧노라니 비

(37)

중이 ᄃᆞ른 마리 이밤의 무삼 관계 잇깃넌야 드러와셔 이야기나 ᄒᆞ여라 하니 츈풍이 엿ᄌᆞ오ᄃᆡ 쇽담의 야밤무례라 ᄒᆞ온덜 춤아 웃지 나리님 게신듸 싱심이나 드러가오릿가 비중이 ᄯᅩ 일은 마리 두 말 ᄃᆞ고 드러오라 두셰번 지촉ᄒᆞ니 츈풍이 황겁ᄒᆞ여 방안의 드러가셔 두다리 쪽코리고 ᄃᆡ가리을 푹슈기고 바로 안ᄶᅵ도 못하고셔 방문을 압헐 두고 안진 그동 툭탁ᄒᆞ면 ᄂᆡᄲᅦᆯ 듯시 가심은 벌렁ᄃᆞᄃᆞ 혹시 무슨 ᄯᅮ중날가 만단으로 염여턴니 비중이 ᄒᆞᆫ넌 마리 긋ᄶᅦ 츄월의계 돈을 쇽키 슈쇄ᄒᆞ엿던야 츈풍이 엿ᄌᆞ오ᄃᆡ 나리님 덕턱으로 못바들 돈을 쇽키 슈쇄ᄒᆞ엿나이다 ᄒᆞᆫᄃᆡ 비중이 가로ᄃᆡ 못바들 거슬 다바덧신니 그거시 뉘덕이냐 긋ᄶᅦ 맛던 ᄆᆡ가 ᄆᆡ우 압푸던야 츈풍이 엿ᄌᆞ오ᄃᆡ 小人의 ᄉᆡᆼ급으로 쥬신 거시온니 웃지 압푸릿가 비중이 ᄯᅩ 일은 마리 네 집의 혹 슐잔이나 잇던야 ᄒᆞᆫᄃᆡ 츈풍이 ᄃᆞ러나셔 안히을 ᄎᆞ진들 어ᄃᆡ ᄯᅩ 잇스랴 두루 ᄎᆞᆺ다가 할슈 읍셔 츈풍이 졔가 손슈 쥬안ᄉᆡᆼ을 차려 드리거늘 비중이 ᄯᅮ지져 왈 네 계집은 어데가고 ᄂᆡ계다가 ᄂᆡ외을 하단 마리냐 네 계집을 불너 슐진지을 못할소냐 츈풍이 황겁

(38)

ᄒᆞ여 문박게 四面으로 ᄎᆞ진덜 어ᄃᆡ로 간지 모로고 들낙날낙 ᄒᆞ여 아모리 ᄎᆞᆺ

ᄌ흔들 방안의 잇넌 안히 어디 가셔 춧즌 말고 흐릴읍셔 제숀으로 즌을 부어드
려 一二三盃 진닌 후의 醉談으로 흐넌 마리 平壤의 잇슬 ᄯ의 네 형용도 참혹
ᄒ고 평양城中 乞人되여 불숭ᄒ기 네가 졔일 웃듬이라 츄월의 집의 ᄉ환할계
몽두난발 헙슈머리 흔누덕이감 발보션 웃덧턴야 春風이 무류하여 제 게집이
문박게셔 엿든넌가 너럼의 민망ᄒ여 坐不安席ᄒ넌 모양 혼연니 낫ᄉ나더라
비중이 일은 마리 네가 네집의 와셔 네 계집의 숀의 으더 먹은니 응당 츄월의
집의 쓸알이 셔ᄃ 누룽밥 토중썽이 슈져도 읍시 먹던 거시 이예셔 쾌이 낫이
ᄒ며 별ᄃ 쇼리을 다ᄒ니 春風이 마음의 아모리 박졀흔들 디답을 웃지 흔마디
나 하여 볼야 쥐죽은 듯 안졌고나 비중이 가로디 ᄂ가 南山 밋티 박승지 ᄯ의
갓다가 술이 大醉ᄒ여 네 집의 드러왓던니 젼역을 굴머 시중하다 흰쥭 조곰
ᄊ어다고 春風이 황숑ᄒ여 박게 나와 제 계집을 츳진들 어디로 간지 모로고
문박게 셧신니 비중이 ᄊ구지져 왈 네 계집이 읍시면 네가 죽을 못쑬쇼야 平壤
일을 生覺ᄒ라 네가 네 집의 왓다하고

(39)

그 다시 진중흔 쳬 ᄒ넌야 흐디 츈풍이 황망이 ᄃ러나셔 쥭쏠을 닉여 들고
부엌케 나아가 쥭ᄊ난 모양이야 긔구ᄒ고 볼만ᄒ다 흔동흔 안쏨젹여셔 쥭을
ᄊ어 드리거늘 비중이 조곰 먹고 츈풍을 불너 쥬며 네 이 쥭 다 먹어라 平壤셔
으더 먹던 일을 싱각ᄒ여 다 먹어라 츈풍이 민망ᄒ되 웃지 ᄉ양할쇼냐 강잉ᄒ
여 다 먹은니 비중이 ᄃ른 마리 밤이 깁고 人跡이 고요ᄒ니 슐너군이 괴롭도
다 네 집의셔 ᄌ고 가리라 그러나 이왕 네 집의셔 ᄌ고 갈터이니 너드른니 네
계집이 면취나 쾌이ᄒ엿다 ᄒ니 오날밤의 너게 슈청을 드리라 ᄒ니 츈풍이 긔
가 막혀 아모 말도 못ᄒ고 안졋슨니 비중이 호령ᄒ되 네 그거시 미우 어려우냐
네 이놈 드러바라 平壤셔 나 곳 안니면 네가 셩이 셔울을 올나올가 평양셔 乞
人되여 굴머 죽엇시면 네 계집 뉘ᄎ지 될지 알가부야 이놈 밧비 그ᄒᆼ 못할쇼
야 네 계집을 부르고 금침을 펴 노ᄒ라 츈풍이 千万 ᄯᅳᆺ박게 이런 말을 드른니
졔 계집의 쇼견도 모로고 웃지 할 줄 모로던니 春風이 비중의 영을 그역지 못
ᄒ여 제 계집을 츳ᄌ 문박게 나와 쇼리을 질너 부른덜 어디 간지 모로고 할 슈
읍셔 그져 도라오니 비중이 大怒

(40)

ㅎ여 號令이 秋霜갓고 분ㅎ체 ㅎ다가 할일 읍다 그져나마 자ㄷ하고 활ㄷ 벗난 비장의 그동보쇼 관망탕건 버셔 녹코 뒤티기을 마조 버셔 노흔니 完然ㅎ 春風의 계집이라 의아하여 ㅈ셰이 살펴보니 分明ㅎ 계 안히라 긔가 막혀 墨ㄷ 不答ㅎ고 안졋거늘 춘풍 안히 달여 드러 숀픽으로 따귀 ㅎ번 짝붓치고 이즘놈 아 나을 모로넌가 인졔도 큰소리할가 평양 ㅈ근집 ㅈ랑ㅎ던이 거기가셔 잘으 더 먹으라 ㅎ며 왼갓 흉을 다보니 春風이 어이읍셔 으스며 하넌 마리 요란하 다 니가 ㅈ넨 쥴 짐죽ㅎ되 ㅈ네 의수을 보랴ㅎ고 그리ㅎ엿시나 스룸도 그리 몹 시 쏙이난가 ㄷ중 쇼기난 기집은 미을 맛넌 법이니 ㅈ네도 조심ㅎ게 춘풍 안히 일은 마리 악가하던 교티 좀 더ㅎ여보쇼 인역히 쑨 쥭이 니가 ㅎ 밥보다 마시 더잇던가 인졔도 手記中의 非父之子라 ㅎ거슬 말ㅎ면 나을 치랴던가 평양셔 맛던 볼기를 다시 마져 보랴시오 장사짠은 잘도ㅎ는 중스로셰 창여 집의 수환 ㅎ고 안히의계 볼기 맛넌 중스 미맛고 십푸거던 중스 쏘 ㅎ번 ㅎ여보쇼 나곳만 안니더면 평양셔 乞人되여 굴머쥭기면 할숀가 셔방이 즁하도다 겨것도 셔방이 라고 츠져 왓고나 니가 춤 호게비즁이더면 네 기집 오날밤의 슈쳥 안드릴숀야 誤入이 무엇시며 즁스가 무어시며 불달이면 스나인

(41)

가 니쏫기덜 안니ㅎ랴 거든 手記을 ㅎ잘쓰니 非父之子라 ㅎ지 말고 쇠아덜 긔아덜이라 ㅎ고 슈긔을 쏘쪄쥬게 집의 두고 남는 밥이나 먹여 수환을 시기리 라 秋月의계 수환ㅎ고 너게는 못할숀가 수환을 잘ㅎ면 의복과 음식은 ㅎ여 주 워도 날과 ㅎ 즈리의 줌즈기는 부디 다시 싱각마쇼 그런 씨바터 무엇할가 이럿 타시 조롱ㅎ고 져럿타시 슝을 보니 춘풍이 어이읍셔 실큰 듯고 안졋다가 허ㄷ 웃고 쇼리을 질게 쪠여 白鷗야 ㅎ가ㅎ다 네야 무슴 일이 잇스랴 江湖로 쩌단 이며 어디 ㄷㄷ 景좃턴야 우리도 功名을 ㅎ직ㅎ고 너을 좃ᄎ 예왓노라 시조 ㅎ장 졔법으로 ㅎ고 ㅎ넌 마리 무신 슝을 그 다시 보나 ㅎ고 안히 숀길을 줍으 며 이왕 일은 그만두고 오러간만의 만낫스니 노라보세 원앙금침 횔ㄷ 펴고 ㅎ 베기을 두리 베고 그리던 情談 比할듸읍더라 잇튼날 호조 돈을 다심ㅎ고 春風 이 改過遷善하여 酒色雜技 젼여 춤고 순신졔가을 극진이 ㅎ여 후인을 경계ㅎ

고 의식이 유족ᄒ여 夫婦 셔로 和樂ᄒ여 유ᄌ싱여ᄒ고 百年偕老ᄒ엿신이 ㄷ 것도 烈女로다 츈풍이 제 안히 덕의 호의호식ᄒ고 臥席終身ᄒ엿신니 世上의 히흔ᄃ 일이로다 셰ᄉ 스룸더리 이말을 듯

(42)

고 부디 허랑이 아지마오 이 칙을 쓰고 듯난 이가 바람의 칙이라 ᄒ고 우습게 아난 니는 가이 밋지 못할 스룸이요 맛슬드려 보난 니난 의치가 그러할듯ᄒ다 ᄒ더라 더쳐 츈풍의 방탕흔 마음 경계ᄒ고 츈풍 안히 졍열흔 마음을 본 바드면 일후의 오입흔 스룸이라도 감동할 거시오 계집이라도 남편 즁흔쥴 알뜻ᄒ더라 듯고 보년이가 부디ᄃᄃ 허랑이 아지 마쇼 이 칙이 우습고 보압즉 ᄒ기로 이만 긋치노라

니 졍은 청산니요 님예 졍은 녹슈로다
녹슈는 흘으연니와 청산니야 변할손야
지금의 산불변 슈장유 허괴로 글을 슬어

乙卯 十二月 十一日

(43)
張浩 官職 先達 居忠北 堤川   銅店

『동양고전연구』19집, 동양고전학회, 2003.

제2부
격동기의 산물, 애국계몽기 서사 작품

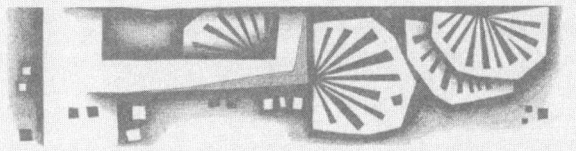

애국계몽기의 우언에 표출된 계몽의식

-신문과 잡지에 게재된 몽유우언을 중심으로-

1. 머리말

애국계몽기는 우리 역사상 가장 혼란스러운 시기로 1894년부터 1910년까지를 주로 일컫는다. 그럼에도 불구하고 이 시기는 우리 민족의 가능성을 최대한 실현할 수 있는 기회이기도 하였다. 왜냐하면 계몽지식인들의 구상을 그대로 실천했더라면 지금보다 진보된 국가를 건설할 수 있었기 때문이다. 그러면 애국계몽기에 계몽지식인들이 주로 강조했던 담론은 무엇이었을까. 그것은 바로 애국과 계몽이다. 애국은 서구 열강과 일본, 중국의 틈바구니에서 살아남기 위한 방편에 대한 이야기가 주를 이루며, 계몽은 애국하기 위한 수단을 어떻게 사용하여 민중들의 무지를 일깨울 수 있는가에 치중되어 있다. 애국과 계몽은 주로 지식인들의 연설이나 글을 통하여 민중들에게 전파되었는데, 이러한 지식인들의 활동을 '계몽운동'이라 부른다.

이렇듯 이 시기의 지식인들은 대한제국의 국운을 걱정하며, 서양과 일본의 침략에 대비할 방법을 항상 고민하였다. 그리고 당면한 대한제국의 현실적인 문제를 보다 광범위한 대중과 공유하고, 지식인들의 생각을 표

출할 매체가 필요했다. 이러한 욕구 충족을 위해 나온 것이 신문과 잡지
였다. 그렇기에 신문의 발간은 애국계몽기의 커다란 사건으로 새로운 문
물을 받아들여 신(新)·구(舊)의 갈등이 첨예화된 이 시기에 독자들로 하
여금 문화의 제현상을 파악하게끔 하는 기능을 수행했다.1)

　이런 맥락에서 주목되는 것은 서재필(徐載弼 : 1863?~1951), 윤치호(尹致
昊 : 1864~1946), 이상재(李商在 : 1850~1929)가 주축이 된 독립협회가『독
립신문』을 발행하여 계몽의식을 확산 대중화하면서 계몽사상의 질을 한
단계 높였다는 점이다. 또 민족의 대표적인 신문으로『황성신문』을 예로
들 수 있는데, 이 신문은 민중을 계도하고 일제의 침략에 항거하며 급변하
는 시국(時局)을 신속예리하게 보도한 일간신문(日刊新聞)이다.2) 이외에도
민족지와 친일지 신문이 다종 발간되었다.

　한편 신문뿐만 아니라 각종의 애국계몽 단체들도 기관지를 발행하기
시작하였다. 대한자강회, 서북학회, 대한유학생회, 태극학회, 호남학회, 기
호학회 등은 기관지를 통해 교육구국의 이념으로 국민대중들에게 자강의
식과 근대의식을 계몽하고자 하였다. 이 시기에 출간된 잡지는 대개 세
부류로 나눌 수 있는데, 첫째는 일본유학생이 중심이 되어 창간된 잡지3),

---

1) 이러한 사정은 중국의 상황을 통해서 볼 수 있는데, 김월회는 그의 박사학위논문에서
다음과 같이 말하였다. "연재소설과 政論산문 중심의 신문잡지용 글은 기본적으로 빨리
써야 하는 것이었고, 독자대중에게 쉽게 다가설 수 있는 것이어야 했다. 그 결과 자신과
세계에 대한 심사숙고의 결과보다는 현안에 대한 即自的 글쓰기가 주류를 점하게 되었
고, 상업적 보장을 위해 가독률이 높은 글을 주로 쓰게 되었다. 이를 두고 嚴復은 양계초
의 신문체 산문이 지나치게 가볍고 통속적이라 비판하였는데, 양계초는 이에 대해 신문
체 산문은 본래부터 그럴 수밖에 없는 것이라고 당당하게 반박하였다. 이를 통해서 당시
신문 잡지로 인해 글쓰기의 양상이 변화되었음을 확인할 수 있다."(김월회, 「20세기초
중국의 문화민족주의 연구」, 서울대 대학원 박사학위논문, 2001, 132쪽.)
2) 한원영, 『한국 개화기 신문연재소설 연구』, 일지사, 1990, 115쪽.
3)『太極學報』(1906. 8. 24.~1908. 12. 24),『大韓留學生學報』(1907. 3. 3.~5. 20),『大韓學
會月報』(1908. 2. 25~11. 25.),『大韓興學報』(1909. 3. 20~1910. 5) 등이 있다. 이 중에서

둘째로 동향(同鄕) 출신들이 중심이 된 잡지4), 셋째로 일정한 목적을 가지고 창간한 잡지5)등을 들 수 있다.

　이상의 논술로만 보더라도 애국계몽기에 신문과 잡지가 계몽의 수단이라는 것에는 반론의 여지가 없다. 그러하기에 이 책에서는 신문과 잡지에 실린 문예물 중에 '몽유우언'에 대해 고찰해보려고 한다. 그렇다면 이 책에서 먼저 규정될 요소가 두 가지 있는데, 그것은 우언과 몽유에 대해서이다.

　왜 '우언'에 주목하고 있는가. 지금까지 학계에서는 우언의 요소로 '故事性'과 '寓意性'을 들은 진포청(陳蒲淸)의 견해를 따르고 있다.6) 하지만 애국계몽기의 문예물들은 애국계몽운동의 일환으로 창작되었기에 기존에 씌여져왔던 우언의 방식과는 좀 더 다른 방식을 채택하여 창작되었다. 그것이 바로 대중들의 흥미 유발을 위해 현실을 강하게 부각시키는 것이다.7) 그렇다 보니 애국계몽기의 우언은 너무 직설적이라 기존의 우언 개

태극학회의 기관지 『태극학보』가 가장 중추적인 잡지였다. 태극학회의 중심 멤버는 張膺震, 文一平(1888~1936)과 그 외 林圭, 崔南善(1890~1957), 朴勝彬, 李奎濚, 高元勳, 尹鑑 등을 들 수 있다.

4) 『西北學會月報』(1905~1910), 『西友』(1908~1910), 『湖南學會月報』(1908. 6. 25.~1909. 3. 25.), 『畿湖學會月報』(1908. 8.~1909. 7.) 등이 있다. 호남학회의 중심 멤버는 李沂, 기호학회의 중심 멤버는 鄭永澤, 吳世昌(1864~1953), 池錫永(1855~1935), 魚允迪(1868~1935), 南宮檍(1863~1939), 李春世 등이었다. 서북학회의 주요 멤버는 朴殷植(1859~1926), 劉元杓, 李甲, 柳東說, 盧伯麟(1875~1926), 鄭秉善, 安昌浩(1878~1938) 등이다.

5) 정치잡지를 지향하던 『大韓自强會月報』(1906. 7.~1907. 7.), 『大韓協會會報』(1908. 4. 25~1909. 3. 25.)와 친일적 성향이 짙은 『大東學會月報』 등이 있다. 『大韓自强會月報』를 간행한 대한자강회의 주요 멤버로는 張志淵, 洪弼周, 李沂 등이 있다. 『대동학회월보』를 간행한 대동학회는 이등박문이 2만 원을 출자하여 이완용과 조중응이 유림계를 친일화하기 위해 만든 모임이다. 대표로 신기선을 내세웠고 여기에 주로 활동한 사람은 金允植, 呂圭亨, 兪吉濬, 金澤榮, 鄭萬朝 등이 있다.

6) 陳蒲淸, 『중국우언문학사』, 오수형 옮김, 소나무, 1994, 14쪽.

7) 이종묵은 애국계몽기 우언을 '계몽우언'이라 지칭하고, 서사단락을 통해 흥미를 돋우고 논설단락을 통해 강한 계몽을 주장하기에 이 시기 여러 양식 중에 가장 유의미한 것이

넘과는 맞지 않는다고 생각하기 싶다. 그러나 이처럼 급박하게 전개되는
사회라도 전대부터 면면히 이어져온 문학의 전통만은 완전히 바꿀 수 없
었을 것이다. 애국계몽기의 문예물들이 현실을 직설적으로 표현하고 있
지만 이것은 원관념을 표현하기 위한 보조장치에 불과하다. 우언에서 원
관념을 은연중에 표출시키는 보조장치로 사용되는 것이 바로 '假託'이다.
이러한 '가탁'의 방식은 몽유, 동·식물, 허구 인물 등의 화소 사용으로 인
해 그 효용성을 높이게 한다. 애국계몽기 문예물에서의 화소 사용은 전대
와 같은 방식이지만 전체적으로 볼 때 전대의 우언에서 약간의 변형이 이
루어진다. 전대가 '고사성'에 좀 더 치중했다면, 이 시기의 우언은 고사성
보다는 현실을 반영한 계몽에 치중하고 있다. 이것이 애국계몽기 우언이
전대의 우언과 변별되는 점이다.

그러면 왜 '몽유'인가. 이 답에 앞서 이 시기에 몽유우언이 실린 대표적
인 신문과 잡지를 들어보면 "『황성신문』8), 『대한매일신보』9), 『대한학회

라고 하였다.(이종묵, 「부휴자담론과 우언의 양식적 특성」, 『고전문학연구』 5, 한국고전
  문학연구회, 1990, 205쪽.)

8) 笑山子, 「惺惺夢記」, 『황성신문』, 1899. 3. 6.; 작자미상, 「論說」, 『황성신문』, 1899. 8.
   19.; 密啞生, 「寄 書」, 『황성신문』, 1900. 10. 17.; 逍遙子, 「夢見滄海力士」, 『황성신문』,
   1908. 3. 29.; 작자미상, 「夢拜白頭山靈」, 『황성신문』, 1908. 9. 12.; 작자미상, 「南廓子記
   夢」, 『황성신문』, 1900. 3. 9; 작자미상, 「昨夜之夢」, 『황성신문』, 1898. 10. 14.; 작자미상,
   「夢中問答」, 『황성신문』, 1899. 1. 16.; 작자미상, 「石佛點頭」, 『황성신문』, 1900. 6. 5.; 작
   자미상, 「夢遊動物園」, 『황성신문』, 1901. 8. 10.; 작자미상, 「醉與夢亦必諫之覺之」, 『황
   성신문』, 1901. 11. 30.(이외에도 많은 작품이 더 있지만 활자상태가 좋지 않은 작품은 제
   외시켰다. 그리고 『황성신문』에 게재된 작품은 내용이 거의 비슷하므로 대표성을 띈 것
   만 선별하였다. 작품 선별에 대한 기준은 후술하기로 한다.)

9) 日本留 夢遊生, <寄書>, 『대한매일신보』, 1907. 9. 26.; 吘噓子, 「夢登天門」, 『대한매일
   신보』, 1906. 5. 27-29.; 작자미상, 「夢中異事」, 『대한매일신보』, 1906. 12. 2.; 작자미상, 「襲
   者奇夢」, 『대한매일신보』, 1905. 9. 5.(이외에도 『대한매일신보』에는 더 많은 작품이 있지
   만 텍스트의 기준을 표기상으로는 한문이나 현토한문인 것만 다루기 위해 국문으로 된
   작품은 제외시켰다.)

월보』10), 『태극학보』, 『서우』, 『대한흥학보』11)" 등이다. 이 중에서 『황성
신문』에 실린 작품이 앞도적으로 많고, 그 외는 산발적으로 작품이 실리
고 있다. 왜 『황성신문』에 이처럼 많은 양의 몽유우언이 실려 있는 것일
까. 몽유우언의 게재양상을 토대로 애국계몽기에 '몽유'가 많이 사용된 이
유를 두 가지로 나누어 설명할 수 있다.

첫 번째는 독자들의 기존 문학관습을 들 수 있다. 『황성신문』은 유학자
나 한문에 익숙한 독자를 위해서 출간한 신문이다. 『황성신문』의 독자는
그들의 성향에 의해 전대의 문학관습에 젖어 있었고, 이들 독자들에게 다
가가기 위해서 작가(계몽지식인)들은 전대의 문학양식을 차용해야 했기에,
애국계몽기 문학작품에서도 여전히 기존에 있어왔던 몽유록의 전통을 이
어받아 창작했다고 볼 수 있다.12) 작가들이 자신의 글을 가지고 독자들에
게 계몽할 때에 처음부터 이질적인 것으로 새로움을 강조한다면 외면당
하기 쉽다. 그렇기에 작가들은 독자들에게 친숙한 화소인 몽유를 많이 사
용하였다고 본다.

다음은 작가나 독자나 다 암울한 이 시기를 돌파할 출구가 필요했다.
현실과 불화 속에서 안주하지 못하는 인간은 새로운 세계의 체험을 기원
한다. 문학 작품에서 작중인물의 기원은 주로 꿈을 통해 표출된다. 작가

---

10) 吘然子, <拏山靈夢>, 『대한학회월보』 2호, 1908. 3.; 弘村羅生, 「教育者討伐隊(夢遊
故國記)」, 『대한학회월보』 제3호, 1908. 4.

11) 李奎澈, <無何鄉>, 『태극학보』 제20호, 1908. 4.; 大痴子, 「夢拜乙支將軍記」, 『西友』
16, 1908. 3.; 尹鑑(서북협성학교 生), 「春夢」, 『대한흥학보』 4, 1909. 6.

12) 그러면 몽유록은 우언인가. 원호의 『관란유고』를 보면 <원생몽유록>을 이야기하면서
우언이라 말하고 있으며, 남효온의 『추강집』에서도 우언이라 말하고 있어서 전대부터
몽유록을 '우언'으로 인식하고 있었던 것 같다. 윤주필은 몽유우언의 전통이 '夢遊記'를
거쳐 '夢遊錄'으로 이어진다고 보았다. 또 몽유록은 사대부 사회의 당대 사건을 허구화
하고 그 의미를 해석하게 하는 우언소설이라고 하였다.(윤주필, 「우언소설의 양식사적
검토」, 『고소설연구』 5집, 한국고소설학회, 1998, 90-94쪽.) 그리하여 이 책에서도 몽유
의 양식을 취하고 있는 글을 '몽유우언'이라 칭하기로 한다.

는 작중인물들의 몽중체험을 통해 현실에서 할 수 없었던 것에 대해 맘껏 향유한다. 이러한 몽중체험은 때로 몽유담 전체의 구조속에서 그 자체가 목적으로 추구되기보다는 오히려 새롭게 각성된 의식에 도달하기 위한 하나의 과정 또는 단계로서 기능화되기도 한다.13) 전대의 몽유록 작가들과 마찬가지로 애국계몽기의 지식인들 또한 현실의 암담함을 꿈이라는 화소를 중심으로 이 상황이 꿈만 같기를, 아니면 꿈에서와 같이 변하기를 기원하고 있다. 그렇기에 애국계몽기의 몽유우언은 계몽의 한 방식으로 활용된 것이다. 이러한 이유로 이 시기에도 몽유양식이 계속 창작되었다고 본다.

　그렇다고 해서 애국계몽기의 몽유우언이 전대의 것을 그대로 차용만하고 있다는 것은 아니다. 이 시기 계몽지식인들은 새로운 글쓰기 방식을 활용하며 작품에 현실을 반영하려고 애썼다. 애국계몽기 몽유우언이 전대 우언과의 가장 큰 차이는 전술한 바와 같이 직설적이라는 것에 있고, 다음으로 들 수 있는 것이 몽유양식에 문답을 병행하고 있다는 점이다. 기존의 몽유양식에도 시연을 통한 문답이 존재하지 않는 것은 아니지만 애국계몽기의 우언에서는 문답을 이끄는 주체가 전대와는 달리 능동적인 존재로 부각된다. 전대의 몽유양식에서 몽유자는 꿈속의 인물들을 조망하는 위치였다면, 애국계몽기의 몽유우언에서는 모든 사건을 몽유자가 주도해간다. 즉 몽유자의 언술은 곧 이 시기 계몽지식인의 언술로 볼 수 있다.14)

---

13) 정학성, 「몽유담의 우의적 전통과 개화기 몽유록」, 『관악어문연구』 제3집, 서울대 국어국문학과, 1978, 433-434쪽.

14) 이러한 의견을 최근에 피력한 연구자로 정여울을 들 수 있다. 정여울은 애국계몽기의 몽유양식이 전대와 다른 점을 다음과 같이 말하고 있다. 첫째, '주인공형'의 몽유자가 사건을 적극적이고 능동적으로 이끌고, 둘째, 입몽 및 몽유과정의 신이성, 신비성, 환상성, 낭만성이 약화되었으며, 셋째, 유희적인 특성이 현저히 줄어들고, 넷째, 꿈으로 인해 주

　애국계몽기의 몽유우언에서는 몽유자가 몽중인물을 만나 당면한 역사
적 현실을 두고 토론을 벌이는 것이 중요하여 다루어진다. 몽중인물은 주
로 '백두산령, 한라산령, 창해역사, 을지문덕' 등 신령스럽거나 공을 세운
인물이 대부분이다. 그렇다 보니 몽중인물들이 살았던 세계는 애국계몽
기보다 민족적 자긍심이 강했다고 볼 수 있다. 애국계몽기의 작가는 이와
같은 몽중인물들을 작품에 드러내면서 암울한 애국계몽기의 현실을 타파
하려고 했다. 이러한 의도는 작가의 몽중 언술을 통해 드러난다. 이것이
곧 현실비판이자 계몽의 한 수단이다.

　이 장은 애국계몽기에 출간된 신문과 잡지에 실렸던 몽유우언을 중심
으로 그 계몽의식을 고찰하려고 한다. 본격적인 고찰에 앞서 이 시기 몽
유우언을 조사하여 전술하였지만, 이를 다 다룰 수 없기에 그 중에서 애
국계몽기의 특성이라고 할 수 있는 교육계몽과 제도개혁 측면을 중심으
로 다루려고 한다. 애국을 하기 위해서는 나라의 동량을 키우는 교육의
문제가 우선시 되고, 다른 나라에게서 독자적인 위치를 확보하기 위해서
는 부국강병이 필수적이다. 계몽지식인들은 교육계몽과 제도개혁을 작품
을 통해 민중에게 강변하고 있기에 이들 내용을 다룬 작품을 선별하여 다
루기로 한다. 이 장에서 몽유우언의 텍스트는 신문과 잡지에 게재된 우언
들 중에서 표기상으로는 한문이나 현토한문 및 한주국종(漢主國從)의 우
언으로, 내용상으로는 교육계몽과 제도개혁, 또는 부국강병과 관련된 우
언으로 한정하였다. 여기에 일본 유학을 통해 계몽의 실체를 목도한 유학
생들의 작품과 실명을 드러낸 작품들을 위주로 선별하여 다루려고 한다.

　이러한 작품을 가지고 애국계몽기에 조선이 개혁해야 할 악습과 가능

인공이 현실을 바라보는 눈이 더욱 긍정적이고 적극적으로 변해가는 과정이 중요하게
부각되었다고 하였다.(정여울, 「20세기 초 몽유양식의 담론적 특성」, 『현대문학연구』 제
254집, 서울대 대학원 국어국문학과, 2002, 23-24쪽.)

성 제시 및 몽유우언에 표출된 교육계몽과 제도개혁 등으로 나누어 서술
하고자 한다. 특히, 몽유우언에 표출된 교육계몽과 제도개혁은 실질학문
의 수학과 교육의 중요성, 부국을 위한 제도의 개선과 조직화, 애국을 위
한 실천 방안의 제시로 기술하려고 한다.

2. 애국계몽기에 조선이 개혁해야 할 악습과 가능성 제시

계몽지식인들이 민중을 계몽하기 위해서 우선적으로 해야 할 일은 민
중들의 습속 중에 무엇이 악습인가를 인식시켜주는 것이다. 그러면 각 작
품을 통해 어떠한 비판들이 있는가를 살펴보기로 한다.

> 萬般의 하는 일이 모두 다른 민족에 퇴보하며 허다한 권리를 모두 다른
> 민족에게 빼앗겨서 사천년 역사에 영예를 완전히 잃고 삼천리 강산에 광휘
> 가 갑자기 바뀌어서 즐거운 나라의 생활을 얻지 못하고 열등의 지위를 스스
> 로 취하였는가. 너희 민족도 귀와 눈의 보고 들음과 손과 발의 운동과 성령
> 의 감각이 있을 것이거늘 어떤 연고로 생명과 재산에 관한 각종 사업과 각
> 종 권리에 대하여 한 개도 나아가 취함은 없고 다만 그 물러나고 위축되는
> 상태만 있어서 금일 이러한 지경에 이르렀는가.15)

조선왕조는 철저한 신분제를 통하여 신분의 이동을 규제하고 억압하였
다. 그렇다보니 사, 농, 공, 상의 계급은 능력과 관계없이 대대로 계승되었

---

15) 萬般事爲가 皆退步于他族ᄒ며 許多權利를 皆讓與于他族ᄒ야 四千年歷史에 令譽를
　全失ᄒ고 三千里山川에 精采가 頓改ᄒ야 樂國의 生活을 不得ᄒ고 劣等의 地位를 自取
　ᄒ얏ᄂ가 爾等民族도 耳目의 視聽과 手足의 運動과 性靈의 感覺이 有ᄒ지어늘 何故로
　生命財産에 關ᄒ 各種事業과 各種權利를 對ᄒ야 一個도 進就ᄒᄂ 精神은 無ᄒ고 但其
　退縮ᄒᄂ 狀態만 有ᄒ야 今日此境에 至ᄒ얏ᄂ가(미상, <몽배백두산령>, 『황성신문』,
　1908. 9. 12.)

으며, 그 중에 '농공상'은 천한 직업으로 여겼다. 이로 인해 조선후기에는 양반의 수는 늘고 실제 일에 종사하는 평민이나 상민의 수가 주는 기현상을 초래하였다. 이 지경에 이르렀는데도 양반과 유학자들은 신분 상승에만 몰두하고 실질적인 학문과 일에는 관심을 두지 않았다.

이 문제와 관련하여 <몽배백두산령>의 작가는 대부분의 양반과 유학자들이 기존의 구습에서 벗어나지 못하고 실질적인 사업에 임하지 않아서 이민족에게 권리를 빼앗겨 나라가 망하였다고 비판하고 있다. 계몽지식인들은 조선시대 유학자들과는 달리 실질적인 학문과 사업을 권장하였다. 이 글의 작가도 생명과 재산에 관한 각종 사업과 권리를 취해야 한다고 역설하고 있다. 생명과 재산에 관한 일은 조선시대에 하찮게 여기던 기술직이다. 하지만 부국을 위해서는 재력과 인적 자원이 풍부해야 한다. 이를 달성하려면 모든 국민이 일을 한만큼 벌고 또 세금을 균등하게 내는 등의 세제(稅制)를 개혁해야 하며, 병든 사람을 고쳐주어 활동을 활발히 할 수 있도록 해야 한다. 그리하여 <몽배백두산령>의 작가는 권리를 찾고 열등의 지위에서 벗어날 수 있는 방편이 실질적인 학문에 있다고 민중들을 계몽하고 있다.

그러면 이 시대에 진정한 실질의 학문은 무엇인가. 유원표는 <기서>[16]에서 동양 문명의 중심지였던 중국이 서양과 일본에게 뒤쳐지는 상황을 보고 역관 출신답게 동·서양의 전성(前聖)과 후성(後聖)의 예를 들어 문제를 제기하고 있다.

공자 이후 수 천년의 사이에 뛰어난 지혜를 가진 자가 있지 않았던 것은

---

16) 유원표의 <기서>는 <몽견제갈량>을 저술하는 데에 있어서 토대가 된 글로, 전성과 후성을 가지고 동양과 서양의 장단점을 비교한 부분과 전체 내용이 중국을 중심으로 한 것도 같다.

아니지만 한 번도 創開發新의 일이 없었으니 다른 이유가 있는 것이 아닙니다. …… 금일 중국이 스스로 강해지려고 하지 않고 그리고 매번 강한 것에 의존하려 하고 自主하려 하지 않고 매번 다른 사람에게 의존하려 하여 반드시 쇠약하고 망하고 멸하는 것에 이르니 이내 그만 두는 자가 또한 이 마음의 말미암은 바에서 나온 것이라.17)

유원표는 '創開發新'할 수 있는 실질의 학문을 중시하고 있다. 동양의 학문은 공자를 정점에 두고 이를 계승한 것이다. 그렇다보니 공자 이후에 시대가 변하였지만 공자의 가르침은 몇 천 년 전 것을 그대로 전하기만 하여서 더 이상의 발전을 기대할 수 없었다. 뿐만 아니라 동양의 인사가 배운 학문은 『사서삼경』, 『예기』, 『춘추』 등을 읽고 외우는 것이 전부였기에 실질과 실용의 학문이 아니었다. 게다가 성인에 만분의 일도 미치지 못하는 애국계몽기의 부패한 유생들은 패도는 취할 것이 못되고, 왕도로 천하를 다스려야 한다고 믿는 부류들로 지금의 시대를 알지 못할 뿐만 아니라, 이용후생에 보탬이 되지 못하는 자들이다. 이로 볼 때 동양은 공자를 정점으로 하는 전성은 훌륭했지만, 이를 제대로 전승하고 연구한 후성은 없었다. 반면 서양은 동양과는 반대라고 할 수 있다. 서양은 공자와 같은 훌륭한 전성은 없었지만 애국계몽기의 상황을 보자면 동양보다 모든 것이 진일보 했다. 그 핵심은 바로 사물에 대한 끝없는 연구에 있다. 유원표는 이용후생의 실질학문을 연구해야 자주(自主)·자강(自强)할 수 있다고 하면서 우리가 고칠 것이 무엇인가를 독자들에게 계몽하고 있다.

한편 <춘몽>의 작가 윤감은 신학문을 배우기만 한다고 해서 다 좋은 것이 아니라 신학문을 받아들이는 태도가 중요하다는 점을 지적하고 있

---

17) 孔子以後數千載之間에 非不有上智로디 一無創開發新之業者ᄒ니 無他故焉이라
…… 今日中國之不欲自强而每欲依强ᄒ고 不欲自主而每欲依人ᄒ야 必至衰弱亡滅而
乃已者ㅣ 亦出於是心之所由也니라 (밀아생, <기서>, 『황성신문』, 1900. 10. 17.)

다. 그 예를 <춘몽>에서 볼 수 있다.

저 어리석은 자들이 멀리 헤아리는 것은 모두 모자란 이욕에 마음이 팽창되는 것이고, 정성껏 실제로 하는 것은 모두 빈 명예를 구하는 것에 마음이 달아오르는 것이니 이내 스스로 생각함에 어떤 학문을 마친 즉 신사가 되고 그리고 명예를 얻을 수 있으며 어떤 사업을 만든 즉 후한 복록을 입어 옛날에 정한대로 높은 관직으로 모자를 하겠는가. 어제는 이 학교에서 학문을 닦고 금일은 저 학교에 응시하며 금년은 저 학교에 입학하고 내년은 또 다른 학교에 옮겨서 망령되이 학교를 선택하니 인내성은 이에 어느 사이에 없어졌는고.[18]

작가는 신학문 중에서도 어떠한 학문을 하는가와 어떠한 태도로 임하는가가 중요하다고 말하고 있다. 타고난 출신성분으로 인해 안일하게 명예만 구하던 기존의 사고방식에서 탈피하지 못한 사람에게 신학문을 전수한다면 한 분야의 학문을 깊이 있게 연구할 수 없다. 왜냐하면 실질의 학문연구보다는 어느 학교를 다녔다는 명예욕이 앞서기 때문이다. 이에 작가는 신학문의 연구를 겉으로 시늉만 하는[19] 근시안적인 태도와 실질적인 학문에 관심을 두지 않아 대한제국이 멸망했다는 것을 믿고 있기에 독자들에게 경계심을 불러일으키고 있다.

<춘몽>에서의 중심은 다음 세대인 학생에게 놓여 있다. 그 요지를 보

---

18) 彼愚者 遠慮都乏利 欲心脹膨 誠實都空求 譽心熱烝 乃自想卒何學問 則爲紳士而得名譽 做何事業 則依厚祿古套而冠高帽子乎 昨日修學于此學校 今日應試于彼學校 今年入學于彼學校 明年又移于他學校 妄擇學校 忍耐性 是無於焉間(윤감, <춘몽>,『대한흥학보』4, 1909. 6.)

19) 이와 같은 입장을 『대한유학생학보』에 실린 朴勝彬의 <擁爐問答>에서도 볼 수 있다. 박승빈은 겉으로 개화하는 사람을 '개와'라는 비칭으로 부르고 있다. 심지어 이들은 선비들이 보는 앞에서 목을 베어야 한다고 했다. 왜냐하면 이들로 인해 선비들이 진정한 개화까지 거부하도록 만들었기 때문이라고 했다.(조상우,『애국계몽기 한문산문의 연구』, 도서출판 다운샘, 2002, 180쪽 참조.)

면 "상류의 물이 흐리면 하류의 물이 흐려지고", "앞 수레가 엎어진 즉 뒷 수레가 엎어지는 것"[20]과 같이 학생에게도 잘못이 있기는 하지만 본받을 만한 사람이 없음에서 나온 잘못[21]이라는 것이다. 작가는 기성세대가 모 범을 보이지 않으면 다음세대에게 바랄 것이 없음을 또한 경고하고 있다. 또 작가는 "퇴보의 형상에 이른 것은 그 말미암은 것이 밖이 아닐진져"라 고 한 학생의 발화를 통해 서양 세계를 인식하는 계몽도 좋지만 내부 정 비가 우선시 되어야 함을 강조하고 있다. 내부가 정비되어야 한다는 것은 바로 사회전반적인 개혁을 주장하고 있으며 특히, 유학자들의 반성을 촉 구하고 있다.

그러면 당시 유학자들은 어떠한 의식을 가지고 있었는가를 <무하향(無 何鄕)>을 통해 알아보기로 한다.

갑오병혁 이후로부터 오랑캐의 나쁜 풍속이 동방 예의국에 전염되어 몇 천년 순종하며 행동하던 공맹의 성스런 도가 운행되지 않음을 마침내 당하 였으며 심지어 과거까지 없앴으니 나라를 다스리고 백성을 안전하게 하는 영재를 어느 곳에서 뽑아 쓰리오. 성문의 제가가 된 자이기에 진실로 통곡 하며 눈물을 흘릴 일이거늘 어느 마을 모 진사는 도리어 중의 머리와 검은 옷으로써 좋은 기회를 만난 것 같이 하여 백주 대로상에서 구학문을 뽑아

---

20) 저것과 이것이 기울어지고 삐걱거리는 것이 이와 같아서 어찌 독립을 유지하고 어찌 안락을 누리겠습니까. 상류의 사회가 이미 흐리니 하류의 학계가 어찌 맑겠습니까. 앞 수레의 當局이 이미 뒷 수레의 학생을 엎어뜨리니 어찌 병통을 완전하게 할 수 있겠습 니까. 구주의 바람과 미국의 비가 우리 동방을 불고 씻는 것을 일삼은 지 여러 해가 되었 으나 아직도 노를 저어 나아가는 방법을 가르치지 않고 퇴보의 형상에 이른 것은 그 말 미암은 것이 밖이 아닐진져.(彼此傾軌如此 而焉能維持獨立 享得安樂 上流之社會 旣 濁 下流之學界 豈淸 前軌之當局旣覆 後軌之學生 豈完可痛哉 歐風美雨吹灑我東者 業有年所矣 尙無進棹之樣馴 致退步之狀者 其由不外乎. 윤감, <춘몽>.)

21) 盖上流濁 則下流亦濁 前軌覆 則後軌亦覆 今暗觀社會當局者之行動 不勝寒心者 多矣 彼當以獻身思想 務圖社會之進化 必以冒險的熱誠 力拯國家之艱難 噫 此不能爲 而崇虛名固無實踐.(윤감, <춘몽>)

없애고 신학문에 종사하라는 문제로 연설을 하데 그려. 만일 황천이 알고 있을진대 은혜를 배반하고 근본을 망각하는 인류를 어찌 이 세상에 붙어 있도록 허락하겠는가. 제가 구학문의 공효로 진사의 영광을 향유하고 금일까지 누구라 칭하는 명예가 한 고을에 표창하고 소문이 낫는지 사나운 기분이 혁혁하여 만전에 꾸짖어 욕함이 입에서 끊어지지 않거늘[22]

이 글을 통해 유학자들은 갑오개혁 이후의 변화에 대해서 좋지 않은 시선을 가지고 있다는 것을 알 수 있다. 어느 사회이든 간에 기득권을 가진 사람이 자신의 것을 포기하기란 쉽지 않다. 그것이 이념상의 대립일 때 더욱 그러하다. 애국계몽기에는 전통수호와 계몽변혁이 대립적으로 존재하는데, 특히 전자는 위정척사론적 수호와 동도서기론적 수호로 대별된다.

<무하향>에 등장하는 유학자는 개화의 모든 내용을 오랑캐의 나쁜 습속이라 매도하고 과거철폐를 악법으로 규정하고 있으며, 단발과 검은 옷을 입지 못하게 하는 것을 볼 때 유인석과 최익현 같은 위정척사론자의 입장을 취하고 있다. 애국계몽기의 대다수 유학자들은 위정척사의 계열에 속해 시대의 흐름을 알지 못했다.[23] 그리하여 애국계몽기의 지식인들

---

22) 甲午兵革以後로 蠻夷의 惡風이 東方禮義國에 傳染되여 幾千年遵行ᄒᆞ든 孔孟聖道가 否運을 卒當ᄒᆞ며 甚至科擧ᄭᆞ지 廢撤ᄒᆞ엿스니 治國安民의 英才를 何處에셔 選用ᄒᆞᆯ ㅣ오 爲聖門弟子者에 眞是痛哭流涕之事어늘 某村某進士는 反以僧頭黑衣로 如逢好機ᄒᆞ야 白晝大路上에셔 舊學問을 抛却ᄒᆞ고 新學問에 從事ᄒᆞ라는 問題로 演說ᄒᆞ데그려 萬一皇天이 有知딘 如許背恩忘本ᄒᆞᄂᆞᆫ 人類를 엇지 此世間에 寄存케ᄒᆞ리오 제가 舊學問의 功效로 進士의 榮光을 享有ᄒᆞ고 今日ᄭᆞ지 誰某라 稱ᄒᆞᄂᆞᆫ 名譽가 一鄕에 彰聞ᄒᆞ엿지 忿氣爛ᄂᆞ ᄒᆞ야 萬般詬辱이 不絶於口ᄒᆞ거늘(李奎澈, <無何鄕>, 『태극학보』 제20호, 1908. 4.)

23) 몽유우언은 아니지만 <무하향>과 같은 내용을 李沂의 인물우언에서도 볼 수 있다. 이기는 지식인들이 민중들에게 주는 파급 효과가 크다는 것을 인식하고 있어서 유학자들의 의식개혁을 주장한 것이다. 그 예를 보면 다음과 같다. (호남 강진에 예전에 유숙 선생이 있었으니 나이든 훈장이었다. 일찍이 문도와 함께 앉아 있다가 홀연 스스로 말하기를 "이상하구나, 地理의 알기 어려움이여"라고 하였다. 문도가 그 까닭 알기를 청하니 선생이 말하기를 "내가 매번 한 번 비가 지나가면 모래흙이 무너져 내림이 심히 많은

은 문예물을 통해서 이 같은 유학자들의 우매함을 보여주어 대중들이 시
대를 옳게 볼 수 있도록 계몽하고자 했다. <무하향>의 작가도 위정척사
만을 내세우고 개화를 반대하는 유학자에게 시대가 변하면 학문도 바뀌
어야 한다는 것을 말하고 있다. 유학자의 우매함이 백성에게 옮겨지면 이
로 인해 나라의 세력이 약하게 되기에 국운회복의 방법으로 학문의 변화
와 유학자의 의식 개혁을 주장하고 있다.

3. 몽유우언에 표출된 교육계몽과 제도개혁

1) 실질학문의 수학과 교육의 중요성

애국계몽기에 있어서 신학문의 교육은 어느 무엇보다도 중요하였다.
그럼에도 불구하고 신학문을 반대하는 이도 많았으니 그 대표가 바로 전
술한 바와 같이 구학문을 주로 공부한 유학자들이다. 개중에 간혹 구학문
의 폐단을 알고 신학문으로 방향을 바꾼 이기(李沂) 같은 이도 있지만 애
국계몽기 유학자들의 의식개혁은 요원했다고 할 수 있다. 그럼에도 불구
하고 애국계몽기 지식인들은 자기가 직·간접으로 경험한 서구의 상황을
자신의 글을 통해 표현하고 있다. 그러면 어떠한 내용들이 있는지 살펴보

것을 보았는데 개벽 이래로부터 금일에 이르기까지 무릇 몇 번의 비가 있었는가. 땅이
필시 얕게 깎여서 구멍이 생겨야 하는데 오히려 또 아무 일도 없음은 어째서인가"라고
하니 듣는 자가 모두 웃더라. 그러나 이전 사람들이 사물에 대해 우매함이 이와 같은
종류가 많았는데 사람들이 문득 군자라 하고 장자라 칭하여서 民智의 우매함에까지 이
르고 나라의 세력이 약해진 것은 모두 여러 선생의 죄이도다. 湖南康津에 昔有柳球先
生者ᄒ니 盖老學究也라 嘗與門徒로 坐라가 忽自語曰怪哉라 地理之難知也여 門徒ㅣ
請問其故ᄒ디 先生이 曰吾見每經一雨이 沙土之壞損이 甚多而自開闢以來로 至于今
日ᄒ야 凡有幾雨耶아 地必薄削生孔穴而尙且無事ᄂ 何也오 聞者皆笑라 然前輩之昧
於事物이 類多如是而人輒稱之爲君子爲長子ᄒ야 轉至於民智愚闇ᄒ고 國勢委靡者ᄂ
皆諸先生之罪也라. 李沂, 『대한자강회월보』 제4호, 66쪽.)

기로 한다.

> 말은 옛날 사람에 있지 않던 말이 나오며 일은 옛날에 있지 않았던 일이
> 나와서 현재 저 정치와 법률의 아름다움과 및 배를 타고 빨리 교섭하고 제
> 조하여 통상하는 절목과 다못 그 증기 전선의 신이함과 또 신령스러운 것이
> 진실로 옛 사람이 깨우쳐준 뒤의 법이 아니고 단지 뒷사람들이 옛 것을 이
> 기는 마음으로써 매진하여 쉬지 않은 것이니 이는 이내 앞은 우매했으나 뒤
> 는 명석한 이유입니다.[24]

태서(泰西)의 대학교에서 학도들이 익히는 것은 옛날 사람의 남긴 책과
말에는 있지 않았던 새로운 것들이다. 그 이유는 앞선 사람들이 남긴 것
보다 뒷사람들이 개발한 것이 많기 때문이다. 즉 전성이 없더라도 사물에
대한 끊임없는 연구가 이어지면 후성이 훌륭해질 수 있음을 보여주고 있
다. 이 글을 통해 체계적인 교육의 중요성을 다시 한 번 확인할 수 있다.

이 글에서는 통상과 이기(利器) 활용의 중요성을 또한 보여주고 있다.
계몽지식인들은 애국계몽기의 활동 범위를 자국에 한정시켜서는 안 되며
다른 나라와의 교역을 통해야만 자국의 발전을 도모할 수 있는 시기임을
강조하고 있다. 이를 이루기 위해서는 화륜선, 증기기관 등의 이기(利器)
가 갖추어져야만 한다. 이러한 이기(利器)를 만들기 위해 청년들은 실질
의 학문을 배워야 한다고 작가는 이 글에서 강조하고 있다.

그러면 민중들의 교육은 누가 어떻게 담당해야 하는가. 그것은 신지식
을 익힌 교육자들이 해야 한다. 그러나 애국계몽기의 상황은 여러 조건에
서 열악하였다. <교육자토벌대>에서는 열악한 교육환경과 함께 앞으로

---

24) 言出乎古人不有之言ᄒ며 業出乎古日不有之業ᄒ야 現彼政治法律之美와 及夫交涉
航駛製造通商之節과 與其蒸汽電線之神且靈者ㅣ 信非古人牖後之法이오 只以後人勝
古之心으로 進而不休ᄒ니 是乃前昧而後明之由也오(밀아자, <기서>, 『황성신문』,
1900. 10. 17.)

행해져야 할 교육의 방향을 제시하고 있다.

> 한 자를 얻으면 한 자를 쓰고 백 자를 얻으면 백 자를 쓰는 실용적 활학문
> 이 출래하였소. 또 압제, 속박, 계급, 맹종으로 주의를 삼던 교육은 먼저 하
> 늘의 일삼음이 되고 곧 지금은 저 우리 사천여 년전 선조때부터 원하고 하
> 고 싶었던 자유, 평등, 박애, 공리로 주의를 삼는 교육이오.25)

<교육자토벌대>는 몽유자가 고국을 찾아가다가 연설회가 벌어진 곳에
서 들은 것을 기록해 놓은 것이다. 연설의 주요 관심사는 교육자의 임무
와 민중의 교육에 있다. 그러나 교육자들은 시대가 바뀌었음에도 불구하
고 자신의 임무를 소홀히 하여 일반 민중들에게 비난을 당하고 있다. 심
지어 민중들은 교육자들을 토벌해야 한다는 주장까지 서슴지 않고 있다.

조선은 갑오개혁 이후 많은 제도의 변화를 시행한다. 특히 국호를 '대
한제국'으로 바꾸면서 양반과 상민을 구별하던 계급이 제도상으로는 없
어졌고, 특정 계층에게만 자격을 부여했던 과거제가 폐지되었으며, 국문
이 정식문자로 인정을 받게 되었다. 하지만 이러한 변혁은 제도상으로만
이루어졌지 실상에서는 그러하지 못했다. 노비제도가 철폐되었지만 실제
적으로 면천되기 위해서는 상전에게 돈을 바치는 등 험난한 과정을 필요
로 했고26), 국문의 인식이 많이 바뀌었지만 아직까지도 하찮은 글로 치부
하였다. 왜냐하면 기득권을 가진 양반과 구학문을 신봉하던 유학자들의

---

25) 得一字ᄒ면 用一字ᄒ고 得百字ᄒ면 用百字ᄒᄂ 實用的活學問이 出來ᄒ얏소 ᄯ 壓
制 束縛 階級 盲從으로 主義삼던 敎育은 先天事되고 卽今은 저 우리 四千餘年前先祖
씬부터 願之欲之하던 自由 平等 博愛 公理로 主義삼난 敎育이오(弘村羅生, <교육자
토벌대(몽유고국기)>, 『대한학회월보』 제3호, 1908. 4.)

26) 노비제도 철폐와 관련된 이 시기 소설작품으로 『신단공안』의 7화 <어복손전>이 있다.
그리고 노비의 면천에 대해서는 이규태의 『이규태의 개화백경1-죽어도 나는 양반, 너는
상놈』(조선일보사)을 참조바람.

의식이 달라지지 않았기 때문이다. 그리하여 이 글의 작가는 기득권층들에게 새로운 시대에 맞는 역할 분담을 요청하고 있다.

전술하였듯 계몽지식인들은 실질의 학문을 주장하였다. 그리하여 이 글의 작가는 어려운 뜻 글자인 한문을 배우기보다는 쉬운 소리 글자인 한글을 배워야 한다고 하였다. 이 말에는 한글이 한자(漢字)보다 배우기 쉬워서 일수도 있지만 자강(自强)의 의미가 더 크다고 생각한다. <교육자토벌대>의 작가는 이전의 교육은 압제, 속박, 계급, 맹종을 주로 하는 중국 문화 중심의 교육이라고 했다. 그러나 이제는 중심이 중국이 아니라 전 세계가 우리의 중심대상이 되었다. 그리하여 자강을 역설하면서 동시에 실용적인 국문[27]을 가르쳐 자유, 평등, 박애를 주로 하는 교육을 해야 한다고 작가는 주장하고 있다.

그러면 자유, 평등, 박애의 교육은 어떠한 것인가. 이 또한 <교육자토벌대>에서 그 답을 구할 수 있다.

남의 나라에서는 의무교육이라는 것이 다 있어서 길게는 팔, 구년 짧게는 오, 육 년을 국고금으로 갖추어 써서 국민 전반에게 보통지식을 주니 저 야소교인의 말하는바 천국이라는 것이 곧 이들의 나라를 지칭함인 듯 하거늘 그 나라의 교육자는 이 또한 부족하다 하여 교육대를 편성하여 지방을 돌며 강연하고 하기강습회, 야학회, 빈민학교, 대학식민, 학술강연회, 경제학구락부, 십일강연회 등 여러 종의 기관의 방법으로써 가난하여 자뢰할 수 없는 자와 궁벽한 벽촌의 사람에게 고등학식을 보급하여 나라의 이익과 백성의 복을 날과 달로 증가하게 하거늘[28]

---

27) 우리 국문은 재주가 있으면 반일, 재주가 없더라도 오육일 이내 이십일일 이르르면 천만 사물을 쓰고 읽을 수 있는 '국문'이요.(我國文은 才者면 半日 無才者라도 五六日 乃至二十日이면 千萬事物을 能書能讀ᄒᄂ 그 「國文」이요. 弘村羅生, <교육자토벌대(몽유고국기)>, 『대한학회월보』, 1908. 4.)

28) 남의 나라에서는 義務敎育이란 것이 다 잇서ᄃ 長者는 八九年 短者라도 五六個年을

우리가 추구해야 할 교육은 바로 전국민이 공평하게 교육받을 수 있는
의무교육이다. 예전의 교육은 일부 특정 계층에 한하였지만, 이제는 신분
의 고하와 빈부의 차이 없이 교육을 받을 수 있는 시대를 만들어야 한다
고 작가는 주장하고 있다. 의무교육을 시행하더라도 돈이 없어서, 궁벽한
촌에 살아서 교육을 받을 수 없는 이들에게 직접 찾아가서 가르칠 수 있
는 방법을 추가로 마련하고 있다. 국민들이 고등학식을 배워서 자신의 삶
을 제대로 가꾸어 나간다면 결국 나라의 발전은 자연스럽게 이루어지는
것이다.

그러나 이 연설에서와 같이 교육자를 비난하며 토벌해야 하는 이유는
어디에 있는가. 그 답은 우리나라의 교육자들은 다른 나라의 교육자들에
비해 무엇을 하고 있는지, 그리고 백성들을 지켜주어야 하는 정부가 백
성들을 위해 무엇을 했는지에 있다. 대한제국의 정부는 공역에 백성들을
동원시키고, 세금을 무겁게 거두어들이는 등 권력만 휘두르고 백성에게
베풀어야 하는 의무에 대해서는 아무 것도 하지 않는다고 질타하고 있다.
<교육자토벌대>의 작가는 외국의 예를 들어 우리의 교육자들이 자신의
임무29)를 제대로 하지 못한다고 비판하고 있다.

國庫金으로 辦費ᄒ야 國民全般에게 普通知識을 與ᄒ니 彼耶蘇敎人의 말ᄒ난바 天國
이란 것이 곳 此等國을 指稱함인듯ᄒ거늘 其國의 敎育者는 此亦不足ᄒ다ᄒ야 敎育隊
를 編成ᄒ야 地方巡講 夏期講習會 夜學會 貧民學校 大學殖民 學術講演會 經濟學俱
樂部 十日講演會 等種ㄷ의 機關種ㄷ의 方法으로써 貧乏無資ᄒ 者에게와 窮巷僻村의
人에게 高等學識을 普及하야써 國利民福을 日增月倍케 ᄒ거늘(弘村羅生, <교육자토
벌대(몽유고국기)>」, 『대한학회월보』 제3호, 1908. 4.)

29) <교육자토벌대>의 작가는 교육자 임무 중의 하나로 '국문의 전수'를 들고 있다. 예문
을 보면 다음과 같다. "저 이른바 교육자가 우리들에게는 국문도 나누어주지 아니 하니
우리들은 무엇으로 말미암아서 애국의 진의를 알며 응분의 의무를 다할런지요 우리들
이 저 무리에게 '국문'을 요청할 권리만 있는 것이 아니요 저 무리가 동포된 의무로 하
든지 선각자된 의무로 하든지 당연히 우리에게 '국문'을 알 수 있게 할 의무가 있소"(彼
所謂敎育者가 我等에겐 「國文」도 分配ᄒ야 주지 아니ᄒ니 我等은 何로 由ᄒ야 愛國

　계몽지식인들은 교육자나 유학자 등의 상층인사에게만 비난을 가하는
것이 아니라, 일반 대중들에게도 고쳐야 할 것이 있다고 하였다. 그 예를
<몽배을지장군기(夢拜乙支將軍記)>를 통해 살펴보기로 한다.

　　일반사회에 교육을 힘쓰게 하여 군세고 사나운 용감의 성질과 같은 마음
　과 같은 덕의 단체를 양성하면 청년자제 중에 무수한 을지문덕이 배출되어
　서 국권을 회복하고 나라의 위엄을 떨칠 것이니 그대는 힘쓰라 하고 ……
　나라의 성질과 나라의 혈기가 지극히 강하면 대적할 자가 없다고 하였다.[30]

　<몽배을지장군기>의 작가는 을지문덕이 혼자의 힘으로 수나라 군사를
무찌른 것이 아니라 전국 인민이 두려워하거나 겁내지 않고 스스로 城을
지키어 성공했다고 말하고 있다. 이와 같은 을지문덕의 용맹과 덕은 어디
에서 나오는가. 바로 일반사회의 교육과 단체의 양성에 있다고 작가는 지
적하고 있다. 더불어 작가는 지금 대한제국의 백성들이 나약하고 겁많은
이들이 많으나 이들이 곧 고구려 민족의 후예이므로 교육을 통해 지금 국
가와 국민의 나약함을 고칠 수 있다고 하여 일반 사회의 교육을 강조하고
있다.
　하지만 여기에서 말하는 교육은 부국강병을 전제로 하고 있다. 왜냐하
면 의무교육과 일반 사회교육을 달성하기 위해서는 가르치는 인적자원도
중요하지만 경제적 자원도 무시할 수 없기 때문이다. 이에 대해서는 다음

　의 眞義를 知ᄒ며 應分의 義務를 盡홀는지요 我等이 渠輩에게 「國文」을 請求홀 權利
　만 有혼 것 아니요 渠輩가 同胞된 義務로ᄒ던지 先覺者된 義務로 ᄒ던지 當然히 吾에
　게 「國文」을 知得케 홀 義務가 잇소. 弘村羅生, <교육자토벌대(몽유고국기)>, 『대한학
　회월보』, 1908. 4.)
30) 一般社會에 敎育을 勉勵ᄒ야 勁悍勇敢의 性質과 同心同德의 團體를 養成ᄒ면 靑年
　子弟中에 無數혼 乙支文德이 輩出ᄒ야 國權을 復ᄒ고 國威를 揚ᄒ리니 子其勉之ᄒ라
　ᄒ고 …… 國性國血至强無敵이러라(大痴子, <夢拜乙支將軍記>, 『서우』 16, 1908. 3)

장에서 알아보기로 한다.

2) 부국을 위한 제도의 개선과 조직화

애국계몽기에 주요 관심사 중 하나는 부국강병이다. 나라의 경제력은
다른 나라가 업신여길 수 없도록 강한 군사력을 유지할 때 보다 크게 신
장할 수 있다. 그리하여 조선후기부터 애국계몽기까지 북학사상을 이은
학자들은 부국을 위한 방법으로 세금제도 개선, 토지제도 개선 등에 관심
을 가지고 있었다.

그 예로, 애국계몽기의 동도서기론자(東道西器論者)인 안숙(安潚)은
<비유자문답>에서 재물을 얻는 방법으로 재목(材木)에 힘쓰라고 하였
다.31) 왜냐하면 여러 작물을 재배해야 이를 원료로 하는 제품을 제조할
수 있어서 유통산업의 기초가 될 수 있기 때문이다. 또 안숙은 집집마다
재목의 장려를 위해 '불모세(不毛稅)'라는 세금을 부가해야 한다고 하였다.
불모세는 집에 초목을 심지 않는 자에게 부가하는 세금으로 담에는 뽕나
무를, 밭에는 과일 나무를 기르게 하여 백성들이 재화에 힘쓰도록 독려하
는 이용후생의 방안이다.32)

그러면 몽유우언 중 <몽배백두산령(夢拜白頭山靈)>에서는 어떠한 대
안이 있는지 그 예를 살펴보기로 한다.

　　다만 산림의 한가지 일로써 말할지라도 우리 대한국의 안에 산림과 原野
　　가 모두 '禁養法'이 있었으니 금한다는 것은 함부로 베는 것을 금함이요 기
　　른다는 것은 그 成材를 기름이라. 근세 이래로 너희 민족이 모두 게으르고

---

31) 二曰 務材 凡隨土宜 務養樹木 及凡百材料 以需製造之用 近日朝令 亦及於種樹 (<非
　　有子問答>, 39쪽.)
32) 조상우, 「안숙의 <비유자문답> 연구」, 『고전문학연구』 21, 한국고전문학회, 2002, 174
　　-176쪽.

나태하고 스스로 편안에 빠져서 …… 국내 산림이 초목이 아주 없고 대머리 산에 붉은 흙만 있어서 울창한 경색이 아주 없게 되었으니 비록 이 조정의 산림 정책이 닦이지 않은 연고라고는 하나 너희 민족도 어찌 재목과 柴炭의 사용함을 공급할 생각이 없었는가. 우리가 마땅히 해야할 것을 우리가 하지 않으면 필경 다른 사람이 대신하는 것이 있을 것이니 이에 척식회사가 나왔도다. 이를 쫓아서 국내 산림이 산에는 초목이 아주 없고 대머리 산에 붉은 흙만 있는 것을 변하여 울울하고 창창한 경색을 드러내게 할 것이니[33]

백두산 신령은 한반도를 일컬어 백두산의 지맥이 이어진 금수강산이고, 대한민족은 신성한 단군의 자손이라 말하고 있다. 그리고는 황천의 사랑을 입어서 대대로 이 땅에 살고 있음에 휴양(休養)과 생식(生息)이 사천년에 이른 문명한 우등 민족이라 자부하고 있다. 그럼에도 불구하고 사천년의 우등 민족이 다른 민족에게 퇴보하게 된 이유는 천직을 게을리한 데에 있다고 하였다. 이는 맡은 바의 일을 열심히 해야 하는 데도 불구하고 계급의 고하를 따져 '농공상'의 실질적인 일을 하지 않음에 기인한 것이다. 또 부국을 위해서는 재물을 많이 모아서 자원으로 활용해야 한다면서 '금양법'을 제시하고 있다. 그러나 대한제국에서는 금양법과 같은 산림 정책을 재대로 실행하지 않아서 이민족이 '척식회사'를 만드는 빌미를 제공했다며 위정자들에게 원망을 퍼붓고 있다. <몽배백두산령>의 작가는 산림자원의 중요성과 함께 체계적인 교육을 받은 자로 하여금 적절한 정책의 수행을 역설하고 있다.

---

33) 但以森林一事로 言홀지라도 我大韓國內에 山林原野가 皆禁養法이 有ᄒᆞ얏스니 禁者는 其濫伐을 禁홈이오 養者는 其成材를 養홈이라 近世以來로 爾等民族이 皆怠惰自逸ᄒᆞ야 …… 國內山林이 童濯禿赭ᄒᆞ야 蔚蒼혼 景色이 全無케 ᄒᆞ얏스니 雖是朝家의 林政이 不修혼 緣故라 ᄒᆞ니 爾等民族도 엇지 材木과 柴炭의 需用을 供給홀 思想이 無ᄒᆞ얏ᄂᆞᆫ가 我의 當爲를 我가 不爲ᄒᆞ면 畢竟他人의 代爲가 잇ᄂᆞ니 於是乎拓植會社가 出ᄒᆞ얏도다 從此로 國內山林이 童濯禿赭를 變ᄒᆞ야 蔚蔚蒼蒼혼 景色을 呈홀 터이니(미상, <夢拜白頭山靈>, 『황성신문』, 1908. 9. 12.)

<교육자토벌대(教育者討伐隊)>에서는 "산의 모양이 빨갛고 민둥하여서 몇 년을 지나지 않음에 사람이 모두 동사하겠고 내의 물흐름이 고갈하여서 별세의 샌님이 발 씻고 갓 씻을 물도 구하기 어려운 것을 본 즉 이것이 정녕 우리 고국인가."[34]라는 말로 한반도가 벌목을 제멋대로 하여 짐승과 사람이 살 수 없고, 죽은 혼이 갓 씻을 물도 없는 땅이 되었음을 비판하고 있다. 이 글에서 작가는 무분별한 벌목으로 인한 국토의 황폐화를 지적하고 있다. <몽배백두산령>의 작가가 제안한 금양법과 같은 정책이 산림의 자원을 규모 있게 쓰기 위한 방안이자 부국을 위한 방편이라고 <교육자토벌대>의 작가는 주장하고 있다.

애국계몽기에 국가의 경제력을 확실히 하기 위해 우선시 되는 것이 바로 농민을 가르치는 일이다. 그 중에 중요한 것은 농업의 기반인 토지의 이용이다. 여기에 새로운 농업기술을 개발하여 농민들에게 교육시키고, 이를 다른 지역으로까지 전파시킨다면 힘은 적게 들이고 수확은 배가 되어 자연 세금이 늘어나 재물을 얻는다.

이와 관련하여 <몽배을지장군기>의 작가는 애국계몽기 지식인들과 마찬가지로 농민들의 의식을 개혁하여 도량형의 농업기술을 전수한다면 같은 땅이라도 효율적으로 사용할 수 있어서 기존보다 생산량이 늘어 많은 재원을 확보할 수 있다고 하였다. 이 같은 재원 확보가 부국(富國)의 길임을 이 글의 작가는 독자들에게 역설하고 있다.

---

34) 山容이 赤禿ㅎ야 不出幾年에 人皆凍死ㅎ깃고 川流가 涸渴ㅎ야 別世샌님의 濯足濯纓할 水도 難得일 것을 見ㅎ즉 이 丁寧 우리 故國일러라(弘村羅生, <敎育者討伐隊(夢遊故國記)>, 『대한학회월보』 제3호, 1908. 4.)

3) 애국을 위한 실천 방안의 제시

(1) 직접적인 행동의 흥기

옛 말에 '백 번 들어도 한 번 행하는 것만 같지 못하다'라는 말이 있다. 아무리 계몽지식인들이 교육의 중요성과 의식 개혁을 피력하고 가르쳐도 각자가 행동으로 실천하지 않으면 아무 소용이 없다. 신학문 전수와 부국 강병을 위한 제도 개선은 단시일에 이룰 수 있는 것이 아니다. 그러나 애국 계몽기는 미래만 기대하며 가만히 있을 수 없었던 시기였다. 이 시기에 시 급한 문제는 나라를 외세의 침략에서 구하는 것과 을사늑약의 당사자인 일본의 응징에 있었다. 그래서인지 애국계몽기의 글 중에는 일본을 진시황 에게 견주는 글이 많다.[35] 이는 일본을 폭정의 당사자로 규정하기 위해서 이다. 그러면 일본의 폭정을 저지하기 위한 방법에는 무엇이 있는가. <몽 견창해역사(夢見蒼海力士)>의 작가는 그 해답을 장량에게서 찾고 있다.

韓나라 사람 장량은 충의의 선비라. 조국의 원수를 회복하고 씻고져 하여 …… 장자방의 나라를 위하고 원수를 갚는 것은 충의가 저 탁월한 것과 같 으니 천하에 義氣 남자가 있었으면 어찌 감격하고 奮發하여 몸을 허락하여 죽는 것으로써 하지 않겠으며 또 저 진황의 불법과 부도가 桀과 紂에 더하 니 저 같은 獨夫를 목베어 제거하여 여러 나라의 원한을 씻어주며 창생의 도탄을 구제함은 나의 일찍부터 품은 뜻이라.[36]

---

35) 중국에 진황 여정이 호랑이와 승냥이의 위엄과 貪暴의 욕심으로 죄가 없는 여섯 나라 를 병탄하고 천하의 호걸을 목 베어 없애며 유생을 땅에 묻어 죽이고 남쪽에는 다섯 산 의 수자리가 있고 북쪽에는 만리장성의 부역이 있어서 사해를 채찍질하며(支那에 秦皇 呂政이 虎狼의 威와 貪暴의 慾으로 無罪흔 六國을 幷呑ᄒᆞ고 天下의 豪傑을 誅鋤하며 儒生을 坑殺ᄒᆞ고 南有五嶺之戍ᄒᆞ며 北有長城之役ᄒᆞ야 四海를 鞭箠ᄒᆞ며 生靈을 塗炭 케ᄒᆞ니. 逍遙子, <夢見蒼海力士>, 『황성신문』, 1908. 3. 29.)

36) 韓人張良은 忠義之事라 祖國의 仇怨을 復雪코져ᄒᆞ야 …… 張子房의 爲國報仇ᄒᆞᄂ ᆞᆫ 忠義가 如彼其卓越ᄒᆞ니 天下에 義氣男子가 有ᄒᆞ면 엇지 感激奮發ᄒᆞ야 許身以死를 不 爲ᄒᆞ며 且彼秦皇의 不法不道가 浮於桀紂ᄒᆞ니 如彼獨夫를 誅除ᄒᆞ야 列國의 怨恨을 洩

장량은 조국의 원수를 갚고자 한 인물인데, 그 충의가 탁월하다고 작가는 말하고 있다. 작가는 창해역사를 통해서 기울어져 가는 나라의 운명을 일으키고, 백성들을 촉발시킬 장량 같은 인물을 은연 중 드러내고 있는데, 곧 지식인들을 일컫고 있다. 그 중에서도 충의를 덕목으로 생각하던 사대부 지식인들을 뜻한다. 이 글이 한문 독자층을 겨냥한『황성신문』에 실린 것에서도 그 상황을 짐작할 수 있다. 충의를 목숨과 같이 여기던 정부의 관료와 사대부들은 애국계몽기에 들어서면서 일본의 패악과 서양 세력의 업신여김에 아무 대응도 하지 못하고 있었다. 그리하여 일본으로 대변되는 진시황의 목을 베어 원한을 씻고 창생을 구하는 것이 창해역사의 꿈이라는 말로 인해 작가는 사대부들이 이러한 창해역사와 같은 마음가짐을 가져야 한다고 주장하고 있다.

창해역사의 방망이질로 인해 진시황의 혼이 날아가고 천하의 영웅이 모이어 아방궁과 함곡관을 부수었다고 하였다. 창해역사의 한 번의 방망이질이 이러한 상황을 격발하게 만든 요인이 되었다. 그러나 창해역사의 방망이질은 일개 한 사람의 행동이 아니라고 작가는 말하고 있다.[37] 왜냐하면 창해역사의 행동은 민중들의 염원을 대변한 행동이기 때문이다. 그리하여 작가는 "이를 기억하여 천하만세에 의기 남아로 하여금 想像興起케 하라"[38]고 하여 사대부들이 직접 행동하여 백성들을 흥기할 수 있도록

___

ᄒ며 蒼生의 塗炭을 濟홈은 余의 夙志라(소요자, <몽견창해역사>.)

37) 벽력 같은 한 번의 방망이질이 하늘로부터 내려옴에 저 진황이 혼이 날아가고 백이 달아나서 해를 넘지 못하고 곧 죽고 천하영웅이 구름 같이 일어나고 물 같이 솟아나서 아방궁을 다 태우고 함곡관을 깨서 부수었으니 이는 나의 한 번의 방망이질로 번창하게 일으킨 힘이라. 이와 같이 고금에 뒤가 끊어진 의로운 거사는 어찌 일개 력사의 행동이라 이르리오. (霹靂一椎가 從天而降ᄒ미 彼秦皇이 魂飛魄奪ᄒ야 不逾年而卽死ᄒ고 天下英雄이 雲起水湧ᄒ야 阿房을 灰燼ᄒ고 函關을 破碎ᄒ얏스니 此는 余의 一椎로 倡起ᄒᆫ 力이라 知此히 曠絶古今ᄒᆫ 義擧는 엇지 一個力士의 行動이라 謂ᄒ리오. 逍遙子, <몽견창해역사>,『황성신문』, 1908. 3. 29.)

만들기를 바라고 있으며, 창해역사와 같은 마음가짐으로 실천하면 일본의 만행과 서양 세력의 업신여김을 막을 수 있다고 계몽하고 있다.

이 같은 계몽지식인들의 계몽에도 불구하고 대부분의 백성들은 계몽지식인들의 말을 믿지 못하고 우리가 그와 같이 할 수 있을까 하는 걱정만을 늘어놓을 뿐이었다. 이러한 상황을 <나산영몽(拏山靈夢)>에서 볼 수 있다. 이 글에는 한 노인과 백의소년, 청의동자가 등장하는데, 노인이 백의소년에게서 "계림운명부"를 뺏어가려고 하였다. 그러자 백의소년은 하늘이 준 기회를 지키지 못한 변명을 노인에게 한다. 백의소년이 말한 변명의 요지는 "한반도는 아주 작은 땅이고 백성들은 나약하며 주변에는 강대국들만 있어서 아무 것도 할 수 있는 것이 없다"는 것이다. 백의소년의 변명은 주위의 환경 탓만 하고 있어 스스로의 능력에 한계를 정해 놓고 있다. 이러한 백의소년의 입장이 계몽지식인들의 입장에서 볼 때 개혁의 일순위였을 것이다. 그리하여 노인은 다음과 같이 반론을 제기한다.

> 큰 코끼리도 작은 쥐를 두려워하며 흉악한 상어도 약한 조개를 아울러 삼키지 못하고 벌과 개미도 곤충을 제어하며 지렁이와 지네를 氣殺함을 모르냐냐 또 약하고 적다고 하니 그런 즉 수나라 병사 백만을 깨부숨은 누구며 …… 네가 후천적 악습을 양성하여 멸망을 스스로 취함이니 대개 그 죄악의 중점은 질투와 음해와 정화이다. 그런 연고로 하늘이 준 호시기는 적지 않았으나 혹은 나누어 싸움으로 혹은 고식으로 편안함을 훔치고 혹은 붕당의 반복으로 다 분실하지 아니하고 무엇이뇨. 고훈에 이르시기를 하늘이 준 것을 취하지 않으면 도리어 그 원망을 받는다 하였거든39)

---

38) 此○記ᄒᆞ야 天下萬世에 義氣男兒로 ᄒᆞ야곰 想像興起케ᄒᆞ라ᄒᆞ고(소요자, <몽견창해역사>.)

39) 巨象도 小鼠를 畏懼ᄒᆞ며 惡鮫도 弱貝를 幷吞치못ᄒᆞ고 蜂蟻도 昆蟲을 制禦ᄒᆞ며 蚯蚓蜈蚣을 氣殺홈을 모르나냐 ᄯᅩ 弱小타ᄒᆞ니 然則隋兵百萬을 粉碎홈은 누구며 …… 네가 后天的惡習을 養成ᄒᆞ야 減亡을 自取홈이니 大槪 그 罪惡의 重點은 嫉妬와 陰害와

노인은 작고 약하다고 해서 못하는 것이 없음을 쥐, 조개, 벌, 개미를 예로 들어 말하고 있다. 이 글의 작가는 조그마한 생물들도 자기가 맡은 일이 무엇인 줄 알고, 나약한 존재이지만 그들의 장점을 개발하여 자신보다 큰 것에 대해 적절하게 대응을 할 줄 안다고 하여 독자들에게 작은 동물같이 자신이 해야 할 일이 무엇인가를 알아야 한다고 항변하고 있다. 또 작가는 노인의 발화를 통해 계몽지식인들의 의식을 대변하고 있다. 그리하여 작가는 "수나라 병사 백만을 깨부순 것이 누구냐" 라며 고구려 백성의 기상을 예로 들어 지금의 우리도 할 수 있다는 긍지를 독자들에게 심어주고 있다. 다만 지금은 고구려시대와는 다르기에 먼저 청산해야 할 문제가 있다고 하였다. 그것을 작가는 후천적 악습이라 하였는데 '질투와 음해, 붕당' 등이다. 외환(外患)보다 중요한 것이 후천적 악습을 제거한 뒤 내부의 단결에 있다고 작가는 독자들에게 경계심을 불러일으키고 있다.

(2) 매국노의 징계

우리 소설의 오랜 전통 서술기법 중에 하나가 '권선징악'이다. 많은 독자들이 이러한 이야기 패턴에 익숙해져 있기에 이 시기 계몽지식인들도 '권선징악'을 많이 이용하였다. 특히 '징악'에 초점을 두었다. 그러면 '징악'의 대상은 누구이겠는가. 바로 '매국노'이거나 '친일파'였다. 애국계몽기의 몽유록 작품인 <만하몽유록(晩河夢遊錄)>에서 보듯 친일파들이 죽은 뒤에 벌어질 일들을 참혹하게 묘사하고 있다. 그러면 몽유우언에서는 어떻게 형상화되는지 그 예를 보기로 한다.

情化이라 然故로 天輿이 好時期는 不小ᄒ얏시나 或은 分立鬪로 或은 姑息偸安으로 或은 朋党軋轢으로다 粉失치 아니ᄒ고 무어시뇨 古訓에 일넛시되 天輿不取反受其快 이라 ᄒ얏거던(吁然子, <擎山靈夢>, 『대한학회월보』 2호, 1908. 3.)

그 죄를 헤아리는데 너는 어떠한 심장으로 조국을 망각하고 사사로운 권
력을 공고히 할 우둔한 계책으로 외인에게 의지하고 붙어서 강토를 팔아넘
기고 생령을 죽여 없애서 膏腴를 빨아 취하니 죄악이 하늘에 가득함에 시간
을 빌려주기 어렵도다. 혀를 뽑는 지옥의 사법관에게 압부하여 괴로운 형벌
을 일일이 집행하라 하신대 …… 그 무슨 회의 수령이라 하는 죄인을 잡아
들여서 칙교를 전하여 깨우쳐주고 형벌을 집행하는데 혀를 자르며 눈을 뽑
아내고 귀를 자르며 코를 깎고 손을 자르고 무릎을 베니 피가 흘러 혼건함
을 눈으로 차마 보지 못하겠고 슬피 부르는 참혹함을 귀로 차마 듣지 못하
겠더라.40)

대개 문학작품에서 묘사되는 지옥은 무섭기 마련인데, 몽유생의 <기
서>에 보이는 장면 또한 읽는 이로 하여금 두려움에 떨도록 만든다. 지옥
이 등장하는 작품에서는 충신은 높은 신분으로, 악인은 형벌을 당하는 신
분으로 나타난다. 이 글에서도 세 충신41)이 등장하는데 옥황상제를 보좌
하는 선인으로 등장한다. 반면 매국노는 혀가 뽑혀 잘리고, 눈을 뽑고, 코
와 귀를 자르는 등의 눈으로 차마 볼 수 없는 형상이다. 이처럼 참혹한 지
경을 독자들에게 생생하게 전달하는 것은 매국이나 친일을 하면 결국에는
고통을 받게 되니 이러한 행위를 하지 말라는 경계의 효과를 작가는 노리
고 있다.

---

40) 其罪를 數ᄒᆞᄂᆞᆫ디 너는 엇더흔 心腸으로 祖國을 忘却ᄒᆞ고 私權을 鞏固흘 愚計로 外人
의게 依附ᄒᆞ야 疆土를 賣渡ᄒᆞ고 生靈을 殄滅ᄒᆞ야 膏腴를 吸取ᄒᆞ니 罪惡이 盈天에 晷
刻을 難貸라 拔舌地獄司法官의게 押付ᄒᆞ야 苦楚흔 刑罰을 一ㄷ 執行ᄒᆞ라 ᄒᆞ신대
…… 其 무슨會 首領이라ᄒᆞᄂᆞᆫ 罪人을 拿入ᄒᆞ야 勅敎롤 傳諭ᄒᆞ고 刑罰을 執行ᄒᆞᄂᆞᆫ디
斷舌拔目하고 割耳削鼻ᄒᆞ고 斷手割膝ᄒᆞ니 流血淋漓를 目不忍見이오 哀呼慘酷을 耳
不忍聞이더라(日本留 夢遊生, <寄書>, 『대한매일신보』, 1907. 9. 26.)
41) 세분이 바로 민충공, 조충공, 최충신이다. 이 인물들은 김광수의 <만하몽유록>에도 나
오는데 이를 토대로 한다면 민영환, 조병세, 최익현을 일컫고 있다. 그리고 <만하몽유
록>에서도 '해동난적의 굴'이라 하여 갑신정변의 주역과 을사오적들이 저승에서 당할
광경을 참혹하게 묘사하고 있다.(조상우, 전게서, 85-91쪽.)

4. 맺음말

지금까지 애국계몽기의 신문과 잡지에 실린 몽유우언을 통해 애국계몽기에 조선이 개혁해야 할 악습과 가능성 제시 및 몽유우언에 표출된 교육계몽과 제도개혁으로 나누어 고찰하였다. 애국계몽기에 조선이 개혁해야 할 악습과 가능성 제시에서는 실질적인 학문, 체계적인 교육, 학문을 대하는 태도, 유학자들의 의식개혁 등으로 나누어 고쳐야 할 것과 지향해야 할 것이 무엇인가에 대하여 서술하였다. 몽유우언에 표출된 교육계몽과 제도개혁에서는 실질학문의 수학과 교육의 중요성, 부국을 위한 제도의 개선과 조직화, 애국을 위한 실천 방안의 제시로 나누어 살펴보았다.

애국계몽기 문학의 주제의식은 확고하다. 어느 장르이건, 어떤 화소를 사용하건 간에 문학작품에서 표출하고자 하는 내용은 거의 같다고 할 수 있다. 이는 장르의 중요성보다도 내용 전달이 더 중요하기 때문이다. 그럼에도 불구하고 다양한 문학양식을 사용하고 있는 것은 무엇일까. 이는 작가와 독자의 문학적 성향을 고려했기 때문이다.

기존 연구에서는 애국계몽기뿐만 아니라 1910년대 문학을 말하면서 문학의 전통이 단절되었다고 말을 한다. 그러나 이 장에서 살펴본 것과 마찬가지로 이 시기에도 몽유의 양식이 계속 창작되고 있다는 것을 알 수 있다. 내용의 면에서는 다른 점이 보이지만 외형의 형식은 그대로 이어지고 있다. 여기에 점차 새로운 문학양식이 가미되면서 새로운 양상을 띠게 된다. 애국계몽기의 문학은 이러한 점에서 전대(前代)와 1910년대를 이어주는 점이지대로 중요한 위치라고 할 수 있다.

이 책에서는 계몽의식에 초점을 맞추어 서술하였지만 앞으로는 점이지대로서의 특징을 밝히는 작업을 하고자 한다.

『동양학』 제34집, 단국대 동양학연구소, 2003.

애국계몽기 한문소설에 표출된 지식인의 여성인식

-〈晩河夢遊錄〉과 〈女英雄〉을 중심으로-

1. 머리말

　요즈음 애국계몽기에 대한 연구가 활발해지고 있다. 그러나 여전히 이 시기 연구는 개화에 초점이 놓이고 있다. 그렇기 때문인지 이 시기를 생각하면 조선과 완전히 단절된 듯한 느낌을 많이 받는다. 이러한 차이는 연구의 무게 중심을 어디에 두느냐에 따라 다른데, 고전문학과 현대문학 연구자의 관점이 사뭇 다른 것이 여기에서 연유한다. 이 시기와 관련해 대부분의 연구자들이 개화와 계몽만을 이야기하지만, 여전히 상투를 틀고 도포를 입으며 전대(前代)의 행동양식을 그대로 따르던 유자(儒者)들도 존재했다. 그러나 개화와 계몽을 주장하던 연구자들에 의해 이들은 이 시기의 여건과 맞지 않는다고 하여 연구대상에서 배제되어왔다.

　이 책의 주요 대상인 여성 또한 예외는 아니다. 애국계몽기뿐만 아니라 여성이 우리 역사상에서 조망 받기 시작한 것은 그리 오래지 않았다. 여성은 언제나 소외된 계층이었고, 고소설의 주요 독자였음에도 불구하고 연구자들은 여성에 관심을 두지 않았었다. 그러다가 근래 들어 여성중심의 연구 관점이 대두되면서 작품을 바라보는 시각이 많이 바뀌고 있다.

그럼에도 불구하고 애국계몽기의 여성상에 대해서는 아직까지 연구가 많이 이루어지지 않았다. 그래도 몇 편의 저서를 통해 이 시기의 여성상을 알 수 있어 다행이지만, 대부분이 '신여성'과 관련된 것들이다.1) 물론 '신여성'의 이야기가 이 시기의 다수를 차지하는 것은 사실이다. 과연 그렇다고 이 시기 여성들의 대표를 '신여성'이라고 말할 수 있을까. 그러면 유자들도 '신여성'을 지향했겠는가. 아마도 달랐을 것이다. 그러면 어떠한 여성상을 지향했겠는가.2)

애국계몽기에 유자(儒者)와 계몽지식인 간의 관점 차이는 뚜렷하다. 이러한 관점 차이는 성장하면서 개인의 사정이나 성향에 따라 달라진다. 이는 세대간의 차이뿐만 아니라 친구간의 관계에서도 드러난다.3) 그럼에도 불구하고 유자(儒者)나 계몽주의자들이 애국을 실현하기 위한 수단으로 여성을 사용한다는 점과 여성이 올바로 서야 민족이 살 수 있다는 입장이 같음은 특이하다고 할만하다. 이렇듯 애국계몽기에 주요한 화두의 하나가 바로 '여성'에 있음을 알 수 있다. 그러나 실제 내용에서는 전통지향과 변화라는 서로 다른 지향점을 지니고 있다.

그러면 본격적인 논의에 앞서서 여성을 바라보는 시각이 유자(儒者)와 계몽주의자들이 어떻게 다른가에 대해 알아보기로 한다. 애국계몽기와

---

1) 최은희, 『여성을 넘어 아낙의 너울을 벗고』, 문이재, 2003.; 권보드래, 『연애의 시대』, 현실문화연구, 2003. 이 책에서 계몽주의자들에 의해 형상화된 여성이 1910년대 이후에 담론화되는 '신여성'과는 차이가 분명히 있다. 어찌 보면 조선조 소설에 등장하는 여성 영웅의 계통을 잇는다고도 볼 수 있다. 그러나 새로운 시대와 사조에 맞게 변화하는 여성의 모습을 애국계몽기 계몽지식인들의 작품 속에서 보여주기에 조선시대 여성과 구분하는 용어로 '신여성'을 이 책에서 사용하고자 한다.

2) 최근 유자의 여성인식을 다룬 논문으로 김경미와 김남이의 연구를 들 수 있다.(김경미, 「개화기 열녀전 연구」, 『국어국문학』 132, 국어국문학회, 2002.; 김남이, 「유인석:민족의 호명과 여성」, 『우리 한문학사의 여성 인식』, 집문당, 2003.)

3) 그 예를 李沂와 황현에서도 볼 수 있다.(조상우, 『애국계몽기 한문산문의 연구』, 도서출판 다운샘, 2002, 34-36쪽.)

같은 혼란한 시기를 이 책에서와 같이 유자와 계몽주의자의 입장으로 완전히 양분할 수는 없다. 그렇다고 다양한 스펙트럼을 다 인정한다면 이 시기의 특징을 잡는 데 힘들다고 판단한다. 그렇기에 다양한 스펙트럼보다는 큰 줄기를 찾아 이 시기의 특성을 대변할 수 있어야 한다. 그렇다면 이 시기를 대변할 수 있는 핵심어는 무엇일까. 이 책에서 필자가 상정한 것이 바로 유자와 계몽주의자의 두 계열이다.

그래서인지 이 두 계열의 사상으로 인해 첨예화되었던 문제가 많지만 그 중에서 여성과 관련된 것을 든다면 바로 여성의 '改嫁(再婚)'이다. 이 장의 목적이 이 두 계열을 대표하는 한문소설에 표출된 지식인들의 여성 인식을 구명함에 있다. 그렇기에 이 두 계열의 의식이 다름을 입증하기 위한 수단으로 '개가'를 사용하고자 한다. 두 계열의 대표로 유인석(柳麟錫)과 유원표(劉元杓)를 들어 간략히 살펴보기로 한다.

유인석은 화서(華西) 이항로(李恒老)의 제자로 철저한 유교주의를 신봉하던 유자(儒者)이다. 유인석은 여성의 개가와 관련된 <최열부표적비(崔烈婦表蹟碑)>를 통해 자신의 투철한 유교관을 피력하였다. <최열부표적비(崔烈婦表蹟碑)>에서 유인석은 "여자가 개가하지 않는 것을 정식으로 삼고" "조선이 소중화이며, 천하에 하나뿐인 예의의 나라임이 극명하다"고 확언하고 있다. 한미한 가문 출신인 최씨가 이러한 열행(烈行)을 할 수 있었던 원인은 "하늘이 내린 떳떳한 본성을 간직하고" "나라의 예의기맥을 보존했"기 때문이라고 했다. 또 "지금과 같은 시대에는 더더욱 없을 수 없는 일"이라 표현하고 있다.[4]

---

4) "강상의 도리가 수백년 동안 쌓여 여자가 남편이 죽으면 재가하지 않는 것이 정식이 되었고, 따라 죽는 것 또한 일찍부터 적지 않게 있어왔다. …… 열부가 한미한 가문에서 태어나 이역에서 자랐으면서도 하늘이 내린 떳떳한 본성을 간직하고, 나라의 예의기맥을 보존하였으니 어린 나이에 이와 같은 기이함이 있는가! 장하도다! …… 지금과 같은 시대에는 더더욱 없을 수 없는 일이며"(綱常道理累百年 女子之夫死不嫁爲定式 死從亦未

유인석은 이렇듯 여성 '改嫁 不可'를 주장하고 애국계몽기가 아주 혼
란한 시기임을 인식하고 있었다. 뿐만 아니라 이를 타파할 기준으로 '소중
화'의식을 제안하고 있다. 여성의 열행을 강조하면서 '중국도 지키지 못
한' 문물과 정신을 조선이 보존하고 있음을 증거로 삼는 것에서 알 수 있
다. 이것이 곧 일본과 서구 세력과 구획지어질 수 있는 지점이기도 했다.
이러한 구획은 곧 일본과 서구의 침탈로 훼손된 '조선의 조선됨'을 회복하
여 조선의 민족적 자존감을 쟁취하는 현실의 문제와 직결된다.5)

다음으로 계몽주의 계열의 유원표이다. 유원표는 역관과 군인으로 복
무했었고, 을사늑약 체결 후 군대에서 제대하여 『황성신문』, 『서우』 등의
신문과 잡지에 투고하며 민중계몽에 앞장섰던 인물이다. 유원표의 글 중
여성의 개가(改嫁)와 관련 된 글로 <민속(民俗)의 대관건(大關鍵)>을 들
수 있다.

이 글에서 유원표는 14세의 과부를 등장시켜 여성의 개가(改嫁)를 문제
삼고 있다. 작중의 과부가 개가한 사실을 통해 모든 것이 변화하는 시대
에 명문거족인 집안에서 전대의 악습을 바꾸어 주기를 바랐다. 하지만 그
집안의 어른과 아이들은 개가한 여성을 "嫡婦와 嫡母로서 대하려고 하지
않았다"는 과부의 언술을 통하여 전대의 악습이 없어지지 않고 있음을 유
원표는 지적하고 있다.6)

甞不比比有之 …… 烈婦生於寒門 長於異域 而保天降夷彛性 存國禮義氣脈 妙齡有此
奇乎 壯哉 …… 在今時代尤其不可無者也. <崔烈婦表蹟碑>, 권47, 399-400쪽.)

5) 김남이, 전게논문, 429쪽. 김경미는 간재(艮齋)의 글을 예로 들면서 "여성들의 정절과
순결을 지키는 것은 바로 민족의 가치를 보존하는 것으로 여겨졌기 때문"이라고 하였
다.(김경미, 전게논문, 207쪽.)

6) "지난날 잡보에 김판서의 외손이자 홍참판의 과부 딸이 이시종의 재취 부인으로 초례
를 행하고 납폐하여 예를 갖추어 혼인을 이루었다고 말한 즉 …… 이는 비록 사천년에
있지 않던 행동거지이나 신세계의 특색으로 일종 양속이 될줄로 과연 자부하고 내심 기
뻐하였더니 그 후 신문지에 이씨 집에 長老와 어린 아이가 嫡婦와 嫡母로써 대하려고

뿐만 아니라 여성의 개가는 허용되어야 하고, 여성의 개가가 사회적으로 용인되기 위해서는 먼저 해결되어야 할 것이 있음을 제시하고 있다. 첫째로, 홀아비가 처녀에게 장가들지 못하도록 해야 하고 집안에 젊은 과부를 머무를 수 없게 해야 하며,[7] 둘째로, 애초에 하늘이 인간에게 부여한 남녀의 동등을 인식하여 차별을 두지 말아야 한다고 하였다.[8] 이상으로 볼 때 유원표는 유인석과 달리 여성의 개가를 찬성하고 있다.

이렇듯 애국계몽기 지식인들은 자신들의 사상에 따라 여성 개가(改嫁)에 대해 다르게 인식하고 있다.[9] 이는 여성의 개가에만 한정하여 단정할 수 없는 문제이다. 다른 여러 사안에 대해서도 이러한 양상은 똑같이 반복되고 있다.

이 장의 목적은 애국계몽기 한문소설에 표출된 계몽지식인과 유자(儒

하지 않았다"(響日雜報에 金判書之外孫洪參判之寡女가 李侍從의 再娶婦人으로 行醮納幣ᄒ야 備禮成婚云則 …… 此雖四千載未有之擧ㅣ나 新世界에 特色으로 一種良俗이 될줄노 果然自負暗喜ᄒ엿더니 其後新聞紙에 李氏家에 長老와 兒少가 不欲以嫡婦嫡母로 待之云云則. 劉元杓, 『서북학회월보』 4, 1908. 9.)

7) "집안에 젊은 과부를 머물러 기를 수 없게 하는 법칙 한 조를 제정하여 반포해야 할 것이고 …… 나의 소견으로 말하자면 남자가 부인을 잃고 홀아비가 되어 재취할 때에 처녀와 결혼하는 풍속을 엄히 금지하고 영원히 두절할 따름입니다."(家內에 紅顏靑孀을 不得留養게ᄒᄂ 法則一條를 制定頒下할거시오 …… 以愚見으로 言之ᄒ면 男子ㅣ 喪配爲鰥再娶할 時에 閨(sic 閨)秀와 作婚ᄒᄂ 風俗을 嚴禁永杜而已로다. 劉元杓, 『서북학회월보』 4, 1908. 9.)

8) "남자는 아내를 잃고 舊郎이 되어서 신부에게 다시 장가들고 여자는 지아비를 잃고 舊婦가 되어서 舊郎에게도 오히려 재가하는 醮禮를 행할 수 없는 것은 다른 것이 아니라 민법과 민속이 서지 않아서 이와 같은 인륜의 대사를 아직도 정착하지 못하여 하늘이 준 권리도 이 같이 스스로 잃도록 한 것이니 이는 우리들의 잘못입니다."(男子는 喪妻爲舊郎ᄒ야 再醮於新婦ᄒ고 女子는 喪夫爲舊婦ᄒ야 舊郎의게도 猶不得再嫁行醮者ᄂ 無他라 民法과 民俗이 不立ᄒ야 此等人倫大事를 尙無底定ᄒ야 天權을 如是自損케ᄒ 者ㅣ니 是ᄂ 吾輩之過也ㅣ라. 劉元杓, 『서북학회월보』 4, 1908. 9.)

9) 그리고 이 두 계열의 차이를 증명하기 위한 방안으로 '개가'를 사용했다. 이는 이 책의 핵심 서술과는 관련이 없다. 다만 지식인들의 의식 차이를 고찰할 증거로만 작용할 따름임을 밝혀둔다.

者)들이 주장한 여성인식을 고찰함에 있다. 그리하여 여성이라는 대명제를 가지고 이 명제를 유자(儒者)와 계몽주의자들이 어떻게 인식하고 있는가를 <만하몽유록>과 <여영웅>을 중심으로 살펴보고자 한다.

2. 유자들이 바라 본 여성 : <만하몽유록>을 중심으로

애국계몽기는 아주 혼란스럽고 정비되지 않은 시기였기에 유자들은 이를 바로 잡기 위한 도구가 필요했다. 이 때 그들이 내세운 논거는 전대의 정통 유학으로 재무장해야한다는 것이었다. 그 중에서도 특히 여성에 중심을 두었는데, 한 집안의 여자가 바로서야 어머니와 아내 그리고 며느리로서의 그 임무를 잘할 수 있었기에 여성에게 의식무장을 요구했다.

그 예로 노상직의 『여사수지(女士須知)』를 들 수 있다. 『여사수지』는 광주 노씨 집안의 여자들에게 읽히기 위해서 한문과 한글로 竝書한 일종의 '계녀서'이다. 『여사수지』는 편찬자인 노상직이 '소학'을 자신의 정신적 기저로 삼고 있기에, 소학의 체제를 본따고 있다.10) 여기에 여성이 갖추어야 할 요건을 덧붙여 서술하고 있는데, 전체 내용이 <여사수지 서(序)>에 나타나 있다.

노상직은 여성들이 배울 것이 하나가 아니니 "내칙, 열녀전, 소학 및 조선의 삼강행실이"11)라고 하였고, "제사를 위하여 술과 장을 잘 담가야 하고, 옷을 만들기 위하여는 누에를 잘 쳐야 하고, 손님 접대를 위해서는 닭과 농작물을 잘 다스려야 한다"12)고 하였다. 그리고 노씨 집안 여자들이

---

10) 其目 有二 曰立敎 曰稽古 實節取小學.(노상직, <여사수지 서>, 『소눌문집』, 경인문화사, 1995.)

11) 女士之所可學不一 內則 烈女傳 小學 及我東三綱行實 是也.(<여사수지 서>)

12) 盖不納酒漿 無以觀祭祀 不治絲繭 無以衣[sic 服] 室中長幼 不具鷄黍 無以供賓客.

漢字를 알지 못하여 국역[13]을 하였으며, 집안의 성쇠는 여자들의 어질고 그렇지 못한 데에서 말미암는 것이니 이 책을 읽는 자는 다른 날에 능히 집안을 번창시킬 수 있을 것이니 내가 책을 엮은 뜻을 저버리지 말라[14]고 하는 등 여성 임무의 중요함을 밝히고 있다.[15]

노상직의 예에서도 알 수 있듯 애국계몽기의 유자들이 바라 본 여성은 조선시대의 여성상과 거의 다를 것이 없다. 어쩌면 전통 여성의 이미지를 더 부각하고 있는지도 모른다. 그러면 이 시기의 다른 유자(儒者)인 김광수는 여성을 어떻게 인식하고 있었는가를 그의 작품인 <만하몽유록>을 중심으로 고찰해보고자 한다.

만하(晚河) 김광수(金光洙)는 1883년에 출생하여 1915년에 33세의 이른 나이로 기세(棄世)하였다. 김광수는 연재(淵齋) 송병선(宋秉璿) 문하에서 수학하였고 경서와 제자서(諸子書)에 널리 통하여 문장에도 능하였다. 그는 서문이나 <만하몽유록> 내에서 자신이 하서(河西) 김인후(金麟厚)의 13대 손임을 누차 강조하고 유자(儒者)임을 자랑스럽게 여기고 있다.

김광수는 그의 생애에서도 알 수 있듯이 유학을 숭상하던 유자였다. 그러나 이런 김광수도 시대를 거부하지만은 못했다. 완전한 계몽주의는 아니더라도 부분적인 계몽 수용을 시도했다. 그것이 바로 유자들에게는 변형된 화이론인 '東道西器'의 사고이다.[16] 김광수에게 있어서 '동도서기'

(<여사수지 서>)

13) 譯之以國文 盧女士之識字者 不常有也.(<여사수지 서>)

14) 噫 人家盛衰 未嘗不由於婦人之賢不肖 讀此書者 他日 能昌其門戶 則可謂不負我編書之意云.(<여사수지 서>)

15) 조상우, 「<여사수지> 연구 (Ⅰ) - 편자 노상직의 편찬의도를 중심으로 -」, 『단국어문논집』 제2집, 1998, 200-201쪽.

16) <만하몽유록>의 기존 연구 중 '동도서기론'은 조용호에 의해서, '화이론'은 조상우에 의해서 제기된 바 있다.(조용호, 「김광수의 <몽유록> 연구」, 『고소설연구』 11집, 한국고소설학회, 2001.6.; 조상우, 「<만하몽유록> 연구」, 『한문학보』 제4집, 우리한문학회,

사고는 이상향인 '무릉도원'에서 드러난다.

> 대개 부녀가 임신하여 만삭이 되면 산모실에 가서 해산을 하고 해산 후
> 삼칠일이 되면 아이를 양아실에 보낸 즉 조금 자라고 어린 자를 판별하여
> 부류별로 각각 둡니다. 젖을 먹일 때에는 각각 그 양에 따라 같이 먹여 아이
> 가 배부르고 배고픔 또한 그 때를 같게 하니 이와 같이 양육하기를 삼 세까
> 지 합니다. 말을 할 줄 알면 유학실로 보내져서 노성현철의 스승이 격언과
> 지론으로써 그 말을 가르치고 육 세에 이르면 남자는 남학실로 보내고 여자
> 는 여학실로 보냅니다. 그 지혜롭고 우둔함을 판별하여 이끌어 주고 그 등급
> 에 따라 나아가게 하니 이와 같은 교육을 한 지 십 년 후에 각각 그 집으로
> 돌려보내 각각 그 업에 종사하게 하니 사업이 성취되지 않음이 없습니다.[17]

무릉도원의 복지 시설에 대해 얘기하는 부분이다. 아이를 낳는 산모실,
어린 아이를 기르는 양아실, 3, 4세가 되면 가는 유학실, 6세로 남녀의 구
분을 두어 남학실과 여학실 등으로 나누어 놓고 각자의 처지와 나이, 능
력에 맞추어 생활하고 교육받는다. 모든 일들이 혼자가 아니라 공동의 힘
으로 이루어지고 있음을 볼 수 있다. 작가는 정형화되고 체계화된 상황에
서 아이를 낳고 길러 교육한다는 이상사회를 묘사하고 있다.

'무릉도원'에서는 여성에 대한 인식이 기존과는 다르다는 것을 알 수
있다. 여성의 일을 체계적으로 실현하도록 현실 세계와는 다르게 제도를
개편하고, 여성들도 교육을 받을 수 있도록 배려하고 있다. 또, 공동생활
을 통해 남녀의 평등을 강조하고 있다.

2001. 6.)

17) 盖婦女有孕滿期 則往于産母室而解産 解産後三七日 送兒於養兒室 則辨其稍長稍幼
　　者 類類各置 及其乳也 各隨其量而同飮 兒飽兒飢亦同其時 如此養育 至于三歲 可以
　　解語 則送于幼學室 老成賢哲之師 以格言至論 敎其言語 至于六歲 則男送于男學室
　　女送于女學室 辨其智愚而導之 隨其等級而進之 如此敎訓 十年之後 各歸其家 各從其
　　事 事業無不成就.(『만하유고』, 66~67쪽.)

무릉도원에서 보여주고 있는 김광수의 이상세계는 외국의 것을 그대로 수용한 것이 아닌 북학파의 사상18)을 수용하여 주체적인 변모를 꾀하고 있으며, 서양과 동양의 풍습을 아울러서 독자들에게 새로운 문명체계에 적응하도록 하고 있다. 그러나 김광수는 여전히 전통적인 사고를 버리지는 못했다. 그 예로 무릉도원의 혼인제도를 들 수 있다.

> "만약 남녀의 나이가 서로 같고 재주와 용모가 서로 대적할 만하면 곧 오직 적절한 혼기를 기다려 함께 이 당(연당)에 들어가 한 室에서 함께 거처하고 얼음이 다 녹지 않을 때가 되면 함께 지아비 집으로 가는데 이것이 이내 종부례입니다라고 하였다. …… 남자가 먼저 여자의 손을 잡고 여자는 남자의 손을 잡고 따라가는 것입니다. 대개 남자가 여자보다 먼저 하니 强柔의 뜻입니다라고 하였다."19)

'종부례'라고 하는 혼인 풍습에 대해 얘기하는 부분이다. 기존에 행해지던 육례를 하지 않고 검소함을 좇아서 겉치레보다는 실속을 강조하고 있다. 공동생활을 통해 배필을 정하고 매파의 기능을 없애는 등의 겉치레를 줄였다. 기존에 얼굴도 한 번 보지 못했던 남과 합방하여 부부연을 맺는 것보다는 진보된 사고라고 할 수 있다.

이러한 순기능이 있는데도 불구하고 여전히 문제는 있다. '종부례'라는

---

18) 나이와 능력에 맞춘 교육의 이념은 이미 북학파의 한 사람인 홍대용에 의해 주장된 바가 있다. 홍대용은 전국민의 의무교육의 실시를 주장하였고, '齋'라는 초등학교를 두어 8세 이상의 모든 자제들에게 취학시키게 한 다음 우수한 자를 선발하여 '司'에 진학시키고, 다음 단계에는 '太學'을 두어 우수한 인재를 조정에 추천하게 한다고 하였다.(김인규, 「북학사상연구-학문적 기반과 근대적 성격을 중심으로」, 성균관대 대학원 박사학위논문, 1998, 124-136쪽 참조.)

19) 若男女之年齡相等 才貌相敵 則惟待桃夭之節 共入此堂 同處一室 泮氷未泮之時 同歸夫家 此乃從夫禮 …… 男子先執女子之手 女子從執男子之手 蓋男先於女 强柔之義也.(『만하유고』, 65-66쪽.)

명칭에서 알 수 있듯 선택의 의지는 먼저 남자에게 있고 여자는 그것을 받아들이기만 하면 된다. 싫으면 따르지 않아도 된다는 의지는 포함하고 있지만, 남녀를 비교할 때 남자보다는 여자가 수동적임을 알 수 있다. 이는 '동도서기'를 주장하던 김광수도 혼인에 대해서는 보수적인 성향을 띠고 있다는 증거이기도 하다.

<만하몽유록>에서 김광수의 여성인식을 알 수 있는 예로 '옥계화'를 들 수 있다. 김광수는 잠이 들어 중국의 여러 곳을 지나다가 한 곳에 이르러 아름다운 여인 옥계화와 미소년을 만나게 된다. 이 여인과 만나는 장면에서도 김광수의 '동도서기'적인 면을 볼 수 있다.

> "이 유신시대를 당하여 그대는 개명풍조를 보지 못했습니까. 구미주 문명국인 즉 내외 구별이 없고 남녀가 서로 보는 연고로 부인이 혹 남자 손님을 맞아 접대하고 남자 손님이 혹 부인을 찾아 방문하면 혹 같은 자리에서 눕고 일어나며 같은 탁자에서 음식을 먹습니다. …… 비록 여자라고 말하나 남자랑 다를 것이 없고 학교에 출입하여 학문을 연구하니 손님을 모시고 객을 대접하는 예를 조금은 압니다."[20]

작중 김광수의 발언이 아니라 미소년의 발언이지만 전체적으로 볼 때 작가의 사고라고 할 수 있다. 이 시기를 작가는 '유신시대'라 하고 구미주 문명국에서의 남녀관계에 대하여 이야기하고 있다. 김광수는 부인이 남자 손님을 맞고 남편이 여자 손님을 맞기도 하며 같은 자리에서 음식도 먹으며 여자도 남자와 같이 학교에 가서 학문을 연구한다고까지 서술하여 남녀평등을 강조하고 있다.

---

20) 當此維新時代, 君不見開明風潮乎? 歐米洲文明國, 則內外無別, 男女相見故, 夫人或延接男賓, 男賓或尋訪婦人, 或同席臥起, 或同卓飮食, …… 雖曰女子, 無異男子, 出入學校, 硏究學問, 稍知待賓接客之禮.(『만하유고』, 115쪽.)

　이와 함께 옥계화를 설명함에 있어서 "보통학교에 들어가서 이미 졸업 장을 받고 다시 중학교에 들어가서 또한 졸업장을 받아서 장차 대학교에 들어가고자 하여 바야흐로 시험중에 있습니다"[21]라고 하여 여성 교육에 대한 서술도 하고 있다. 그럼에도 불구하고 김광수가 여성을 보는 잣대는 혼인의 예와 마찬가지로 변하지 않고 있다.

　　"첩이 비록 학문과 지식은 없으나 조금이나마 예의와 염치를 아는 연고로 面唾淫奔의 女心이지 개가하려는 아낙은 아닙니다. 책을 읽음에 정풍과 위 풍은 읽지 않고 책을 아낌에 열녀전을 가장 아꼈습니다. …… 수절하고 죽 음으로 따라 두 번 시집가는 여자가 되지 않기를 맹세했습니다."[22]

　김광수와 옥계화의 만남은 하늘에 의해 이루어진다. 천선(天仙)이 옥계 화에게 와서 오늘 너의 배필인 김광수가 지나갈 것이니 놓치지 말라고 당 부한다. 그리하여 옥계화와 김광수는 만나는데 이 만남이 처음은 아니다. 왜냐하면 미소년이 바로 옥계화이기 때문이다. 곧 옥계화가 1인 2역을 하 고 있는 셈이다.

　위의 예문을 보면 대학 교육까지 받은 여성이 하는 말치고는 좀 어색하 다. 옥계화는 김광수와 인연을 맺기 위해 자신의 처지에 대해 말하면서 '개가하려는 아낙이 아니다', '두 번 시집가지 않는 여자가 되기를 맹세했 다'는 등의 언술을 하고 있다. 게다가 신교육까지 받은 여성인 옥계화는 박복한 자신의 신세를 한탄하며 작중 인물 김광수에게 자신을 받아달라 고 애원하고 있다.

---

21) 入于普通學校, 既受卒業狀, 更入于中學校, 亦受卒業狀, 將欲入于大學校, 方在試驗 中.(『만하유고』, 129-130쪽.)

22) 妾縱無學問智識, 稍知禮意廉恥故, 面唾淫奔之女, 心非改嫁之婦, 讀書不讀鄭衛之風, 愛書最愛烈女之傳, …… 守節從死, 誓不爲再醮婦.(『만하유고』, 133-134쪽.)

이러한 옥계화의 언술을 통해 김광수의 여성관을 알 수 있다. 새로운 시대의 문물을 받아들이려고 한 김광수였지만 여성의 변화까지 다 수용하지는 못했던 것 같다. 김광수는 여성의 변화를 말하기보다는 여전히 전대의 악습인 처첩제를 용인[23]하고 있다. 더욱이 김광수는 자신의 애를 가진 여성에게 육례를 갖추지 않은 첩이니 다른 사람과 백년가약을 맺으라고까지 말한다.[24] 무릉도원에서는 육례의 겉치레를 비판하였으면서도 정작 자신과 관련된 일에서는 이와 다르게 행동할 뿐만 아니라 처와 첩의 구분을 명확히 하고 있다.

산부인과에 가서 임신을 확인한 김광수는 옥계화에게 아이를 잘 기르라 하고 옥계화는 이 아이로 김광수의 대를 이어 은혜에 보답하겠다고 말한다. 이 부분에 가면 옥계화는 더 이상 신교육을 받은 여성이 아니라 조선시대의 전형적인 여성으로 그려지고 있다.

지금까지의 논의를 종합해보면 김광수는 동도서기(東道西器)를 부분적으로 수용한 유자(儒者)이지만 그가 생각하는 여성은 대를 이어주고 자녀를 훈육하여 가문을 일으키는 존재로 인식하고 있다.

3. 계몽주의자들이 바라 본 여성 : 〈여영웅〉을 중심으로

애국계몽기에 문화적 충격은 신문과 잡지의 발간이다. 이러한 경향은

---

23) 게다가 김광수는 〈만하몽유록〉을 여러 장으로 나누어 놓았는데, 이 장의 제목을 "처가 있고 첩이 있음은 앞을 잊지 않고 뒤를 잊지 않음이라"(有妻有妾前不忘後不忘)고 붙였다.(『만하유고』, 118쪽.)

24) 일찍이 육례의 갖춤이 없었고 처첩의 나눔이 이에 구별하였은 즉 다른 사람의 첩 된자가 어찌 특별히 일부종사하겠는가. …… 나와 이별한 후에 사람을 가려 몸을 허락하고 다시 백년의 가약을 맺어져 일신의 고락을 함께 함이 어떻는고.(曾無六禮之具, 妻妾之分, 於此, 別矣. 然則爲人之妾者, 奚特一夫從事乎. …… 別我之後, 擇人許身, 更續百年之佳期, 以同一身之苦樂, 如何. 『만하유고』, 139쪽.)

조선뿐만이 아니라 중국도 마찬가지였다. 우물 안의 개구리였던 조선 민중들에게 신문과 잡지는 세계의 흐름과 현재 조선의 상황을 알려 주는 도구였다. 신문과 잡지에 주로 '寄書'의 제목으로 투고하는데, 작가를 적확히 알 수는 없지만 아마도 신문사나 잡지사의 기자들이었을 것이다. 이들은 전대의 악습에 빠져있는 민중들을 계몽하고 미지의 세상을 알려주었다. 소재는 주로 동경(東京)과 미주(美洲)의 일인데, 이를 기사나 소설로 독자들에게 보여주었다.

본장에서는 『대한일보』에 연재되었던 <여영웅>에서 여성이 어떻게 형상화되고 있는가에 대해서 알아보기로 한다. <여영웅>에는 많은 여성이 등장한다는 것과 여성의 이야기가 주종을 이루고 있어 여성인식을 살피는 데 적절한 작품이다.25)

<여영웅>26)은 백운산인(白雲山人)에 의한 지어진 애국계몽기의 한문소설로 친일지인 『대한일보』에 1906년 4월 5일부터 같은 해 8월 29일까지 연재되었다. <여영웅>이라는 제목에서도 알 수 있듯이 여성영웅이 대거 등장하는데, 남성보다 우월한 여성들이다.

<여영웅>에 등장하는 여성인물 중에 이형경, 무산운, 무릉춘(馬綷), 귀명부인(歸命夫人)(胡芳春), 석호자(石虎子)는 호걸의 여성영웅이고, 춘온

---

25) 이외에도 신여성의 모습을 볼 수 있는 작품들은 더 있는데, 『대한일보』의 <일념홍>, 『대한매일신보』의 <국치선생전>, 『황성신문』의 <別界探探> 등이다. <국치선생전>은 국문소설로 국치선생의 연설이 위주이고 여기에 매, 란, 국, 죽의 여인이 등장한다. 잘 알려지지 않은 <별계채탐>은 『황성신문』에 융희4년(1910) 2월 20일부터 3월 12일까지 7회에 걸쳐 연재되었던 소설로 표기는 한문 현토이다. 주 내용은 영화를 보러온 박참령의 부실과 극장에서 만난 청년과의 사랑이야기다.

26) <여영웅>에 대한 연구는 조상우와 조용호를 들 수 있다. 최근 조용호는 <여영웅>이 조선시대 고소설인 <이형경전>을 개작한 작품이라고 하면서 두 작품과의 관계를 밝힌 바 있다.(조상우, 『애국계몽기 한문산문의 연구』, 다운샘, 2002.; 조용호, 「개화기 국한문소설 <여영웅> 연구」, 『고소설연구』 제16집, 한국고소설학회, 2003.) <이형경전>과 관련된 참고문헌은 조용호 논문을 참조 바람.

공주는 임금의 딸, 혜광주와 수광주는 용왕의 딸, 천랑성, 옥봉황(百鏡道人), 위태랑, 구고성(救苦星)은 선관(仙官), 동정월은 기생이다. 그러면 이렇게 신분이 다양한 인물들이 어떠한 활약을 펼치고 있는지에 대해 살펴보기로 한다.

<여영웅>에서 호방춘과 석호자는 여성영웅소설의 전통을 계승한 여성장군으로 용맹함을 묘사하고 있다. 주왕 비(妃) 호방춘은 대장군의 딸임을 내세워 호반스럽고 용맹함을 강조하고 있으며,27) 남편 주왕이 이형경에 의해 죽자 남편의 원수를 갚기 위해 직접 출전하여 용맹을 과시하였다. 호방춘은 여자이지만 남편의 원한을 갚기 위해서 자신의 능력을 최대한 발휘했고, 이형경에게 항복은 하였지만 자신을 알아 준 이를 위해 공을 세우고 목숨까지 바친 용맹한 인물이다.

달달가의 처 석호자는 호방춘과 마찬가지로 남편이 전쟁에서 죽었다는 소리를 듣고 출전한다. 석호자의 용맹과 계책에 대적할 자가 없었으며, 이형경의 능력을 압도하였다. 그러나 선계 선관인 위태랑에 의해 패전하자 석호자는 스스로 칼을 뽑아 자결한다. 석호자의 죽음에서 그의 의(義)와 충(忠)을 느낄 수 있다.

<여영웅>에서 남성사회를 정면으로 부정하며 자신의 의지를 펼친 인물로 이형경, 춘온공주, 구고성을 들 수 있다. 먼저 여주인공 이형경부터 살펴보기로 한다. 이형경은 여성영웅이기도 하지만 계몽 선구자로의 변신을 보여주며, 소설의 내용을 이끄는 주동적 인물이다.

---

27) 주왕 비는 전 대장군 胡惟德의 딸이니 장군집 유풍으로 자못 호반스럽고 용맹하여 이를 갈고 어금니를 깨물어서 장졸을 지휘하여 움직여서 깜깜한 밤중에 북으로 절규하듯 하고 조교를 타고 내려가서(周王妃ᄂᆞᆫ 前大將軍胡惟德之女니 將家遺風으로 頗有武勇ᄒᆞ야 切齒咬牙ᄒᆞ야 麾動將卒ᄒᆞ야 黑夜三更에 鼓噪吶喊ᄒᆞ고 乘弔橋而下ᄒᆞ야. <여영웅>, 3-5.) 괄호 안의 숫자는 필자가 촬영한 것을 중심으로 하여 숫자를 메긴 것으로 앞의 숫자는 회를 나타내고 뒤의 숫자는 그 회 안의 순서를 나타낸다. 이하 같음.

이형경은 어려서부터 재주가 뛰어났으나 남성위주의 사회에서 여자로 태어난 것을 한(恨)으로 여겨 의도적으로 남복을 한다. 이형경의 부친은 이를 만류하였지만, 끝내 이형경은 남복을 벗지 않고 세상의 남자와 견주려는 마음을 굳힌다.[28] 즉 이형경의 이러한 행동은 조선시대의 습속을 모두 거부하는 것[29]이다. 이형경은 여자로 태어났지만, 타고난 능력은 펼쳐야 한다는 주장을 하고 있다. 그리하여 이형경은 과거에 급제하여 공후가 되어 임금을 보필하고 집안을 크게 일으킨다.

이형경에게 계속되는 위험과 시련은 바로 여자라는 것과 장소와의 결혼 문제이다. 임금과 옥황상제가 천명에 따라 결혼하라고 했지만 이형경은 자신의 뜻을 고치지 않는다. 급기야 이형경은 임금의 출전 명령도 따르지 않고 임금에게 결혼에 관한 얘기를 더 이상 하지 않겠다는 증서를 요청하고 받는 등 자신의 의지를 분명하게 밝히고 있다. 이형경은 여자로 태어났지만 아들의 도를 펼치며 남성위주의 사회를 부정하고 천부적인 운명을 역행하면서까지 자신의 운명을 개척하고자 하는 의식의 소유자이다.

자신의 소신을 지키려 했던 인물로 춘온공주를 들 수 있다. 춘온공주는 원래 전생에 자미성군(紫微星君)으로 적강하여 임금의 딸이 되었다. 춘온공주는 임금이 자신을 장소와 혼인시키려하자 혼인에 대해 반대의견을

---

28) (형경이) 어찌 능히 세속 아녀자를 본받아서 한갓 바느질의 소임만을 일삼겠습니까. 소녀가 비록 여자를 면하지 못했으나 세상의 碌碌한 못난 사내들을 마음으로 몰래 우습게 여기고 있사오니 여자의 옷을 벗고 남자 옷을 입어서 아들된 도리를 부모님 앞에서 펼치는 것이 오직 마음의 소원이라 하였다.(焉能效世俗兒女子ᄒ야 徒事針線之任而已哉잇가 小女ㅣ 雖未免女子나 世上碌ㄷ之庸材를 心竊笑之ᄒ노니 脫女裳衣男服ᄒ야 得伸爲子之道於父母之前이 唯心所願이로소이다. <여영웅>, 1-2.)

29) 내가 비록 여자이나 차마 가부를 외경하고 시아버지 시어미를 공경하며 巾櫛를 받들고 箕箒의 소임을 다하고 봉양할 술과 음식을 갖추고 맛봄과 객을 기다려 이바지하여서 오직 규중의 태도를 일삼을 수 없습니다.(吾雖女子나 忍不作 畏家夫敬舅姑ᄒ며 奉巾櫛任箕箒而備嘗酒食之饋와 待客之供ᄒ야 唯事閨中之態也로다. <여영웅>, 2-3.)

제시한 후 절충안을 표(表)30)로 올린다. 봉건국가에서 임금의 명령은 누
구도 거부하지 못하는 절대적인 것이었다. 그리고 전래의 혼인은 남녀가
얼굴을 보지도 않은 채 부모가 정해준 사람과 혼례를 치르는 것이 통례였
다. 그러나 춘온공주는 이러한 전래의 관행을 정면으로 부정하여 임금인
아버지의 명령에 대해 반발한다. 즉 자신의 의지를 실행하기 위한 노력이
었다. 자기의 소신대로 행동하고 자유 의지를 표방하려 했던 인물이다.

구고성은 위태랑, 백경도인과 같이 천명의 순응을 강조하는 선관(仙官)
과는 달리31) 자신의 의지를 표명하는 인물로 무산운32)이 만든 선계가 거
짓이라는 것을 알아내고 이형경을 곤궁에서 구해준 여자 선관이다. 구고
성은 남자와 여자는 하늘이 부여한대로 태어나지만 살아가면서 남장을
하거나 여장을 하여 남녀를 바꾸어 산다고 한들 이는 개인의 자유라고 말
하고 굳이 이를 밝히려 하는 것은 괴이하다고까지 하여 여성 활동의 자유
권리를 말하고 있다.33)

---

30) (춘온공주가) 지금 이형경으로서 장소의 원실로 삼으시고 신으로서 그 부실로 삼으시
면 신은 반드시 따를 것이지만 그렇지 않다면 신이 또한 이미 굳힌 뜻을 고집할 것이니
원컨대 폐하는 맑게 살펴주소서라고 하였다.(今以李炯卿으로 爲張沼之元室ㅎ고 以臣
으로 爲其副ㅎ시면 臣必從之어니와 不然이면 臣亦執志已堅ㅎ니 願陛下ㄴ 澄省焉ㅎ
소셔. <여영웅>, 6-18.)

31) <여영웅>내에서 도술을 부리는 선관들, 즉 위태랑, 백경도인은 주인공들이 위기에 처
했을 때마다 구해주지만 천명과 인륜을 거스르지 말고 순응하며 인간의 도리에 힘쓰라
고 주장하는 인물들이다. 작가는 여성을 계몽하여 여성영웅을 등장시키지만 큰 범주, 곧
사회의 틀까지 반전하는 것에는 나아가지 못하였다.

32) 무산운은 동정월의 동생으로 천기를 누설하고 천명을 역행하면서도 자신이 하고자 하
는 것을 이루려는 여인이다.

33) 구고성이 말하기를 이상서가 정녕 남자라도 알 수 없는 것이거니와 가령 여자라도 남
장으로 바꾸어 입은 것이 죄가 아니거든 하물며 불세의 공을 국가에 세우지 않았던가.
남자가 되고 여자가 됨은 이 개인의 자유권리에 있거늘 어찌 반드시 여기에 주목하며
여기에 마음을 기울여서 분연이 세상을 듦에 모두 진정으로 드러내려 하니 이 어찌 괴
이한 일이 아닌가.(救苦星이 日李尙書之丁寧是女도 未可知也어니와 假令是女라도 幻
着男裝이 不是罪?이어든 而況立不世之功於國家乎아 爲男爲女ㄴ 是個人之自由權利

지금까지 기술한 <여영웅>의 여성인물들은 능력이 남성보다 뛰어나 여성의 일만 일삼는 자들이 아니라 남성과 동등하거나 또는 더 나은 대우를 받으며 자신이 하고 싶은 일을 하는 자들이다. 이들의 모습은 임병양란 이후에 보이는 <홍계월전>과 <정수경전>을 위시한 조선조 여성영웅소설의 여성영웅들과 흡사하다고 할 수 있다. 애국계몽기가 시기상으로 보아도 조선조와 가깝고, 이 시기 상황도 임병양란 이후의 상황과 비슷하여 남성사회에 대한 반발을 여성영웅으로 표시하고 있는 듯하다.

그럼에도 불구하고 전대의 여성영웅과의 다른 점은 애국계몽기의 시대 상황에 맞도록 변화하고 있다는 것에 있다. 그 예로 <여영웅>과 같은 신문에 실린 <일념홍>을 들 수 있다. 이 소설에서도 일념홍은 전대의 재자가인 소설에 등장하는 평범한 여주인공이고 신분도 기생이다. 그러나 일본공사의 도움으로 일본 여학교에 유학하고 미국까지 다녀 온 후 귀국한다. 이로부터 일념홍은 기생이 아닌 계몽전도사로 변신한다. 이렇듯 시대 상황에 맞도록 변화하고 여성도 배워야 하며 자신의 운명과 신분은 노력으로 인해 바꿀 수 있음을 보여준다.[34]

애국계몽기 작품에 표현된 여성은 아직은 그 변화의 강도가 강하지 않지만, 이후 1910년대에서 주로 논의되는 '신여성'의 단초로 충분한 역할을 하고 있다고 볼 수 있다. 계몽주의자들은 이러한 과정에서 여성이 남성보다 우월함을 보여주어 남성위주의 사회를 거부하고자 규문에만 있던 여성들을 사회구성원으로 참여하도록 자각시키고 있다.

<여영웅>에서 여성의 능력 발휘는 이형경이 외국을 유람하다 아란국

也어눌 何必注目於此ᄒ며 傾心於此ᄒ야 擧世紛然에 皆欲露眞ᄒ니 此豈非怪事乎아. <여영웅>, 5-24.)

34) <일념홍> 이외에 『황성신문』에 연재된 <별개채탐>에서의 여주인공, 『대한매일신보』에 연재된 <국치선생전>의 네 여인도 '신여성'의 전초를 보이는 것에는 마찬가지라고 할 수 있다. 하지만 <일념홍>은 친일소설이기에 의도는 왜곡되어 나타난다.

에 도착하여 개화시키는 과정에서 보인다.

"이에 총명하고 준수한 사람 이 백명을 간략히 선발하여 大不列顚에 유
학시킬 때에 이상서가 자금을 모아서 거느리고 영국에 들어가서 농상공업으
로 가르쳐서 삼사 년 사이에 그 업을 이내 마치었다. 함께 섬에 돌아가서 각
기 공장을 세우고 물품을 제조하니 일 년 사이에 출구하는 물품이 사백여
종이요 거둔 금액이 이내 칠천여 원에 이르렀다. 이에 학교 백여 군데를 세
워서 수천 사람을 가르치니 금융이 흥왕하고 온갖 일이 넓어졌다. 또 청년
자제 수천 사람을 뽑아서 문명의 여러 나라에 보내어서 보통학교에 들어가
게 하여 10여 년 사이에 정치, 理化, 법률 등 전문학교를 졸업하였다. 본 도
에 돌아와서 크게 학교를 설치하고 전국자제를 양성하니 문명이 크게 나아
졌다. 이에 代議士를 뽑아서 중의원을 설치하고 연단을 세워서"35)

이형경은 동아시아의 여러 나라와 영국, 프랑스[法國], 독일[德國], 이탈
리아[義國], 포르투칼[葡萄牙] 등을 둘러 본 후, 북아미리가에 이르러 워싱
턴이 합중(合衆)하여 독립한 것을 보고 자신도 이 같은 일을 담당해야 한
다고 다짐하고는 살마이도[薩摩伊島]에 들어가서 개화를 수행하기에 이
른다.

이형경은 개화를 진행시키기 위해 인재들을 뽑아 외국에 유학시키고,
재정 확보를 위해 농·공·상업을 가르쳤다. 그리하여 공장과 은행을 세
워 물품을 제조하고 자본의 유통을 활발하게 한 후 인재를 양성하기 위한
학교를 설립하였다.

---

35) 乃簡選其聰明俊秀者二百人ᄒ야 游學于大不列顚일시 李尙書ㅣ 鳩聚資金ᄒ야 率入
英國ᄒ야 敎之以農商工業ᄒ야 三四年間에 其業이 乃卒이라 歸于同島ᄒ야 設各般工
場ᄒ고 製造物品ᄒ니 一年之間에 出口品爲四百餘種이오 收入金이 乃至七千餘圓이
라 乃設學校百餘區ᄒ야 養成數千人ᄒ니 金融이 興旺ᄒ고 百務擴張이라 又選靑年子
弟數千人ᄒ야 派送于文明列邦ᄒ야 入于普通學校ᄒ야 十餘年間에 卒業于政治理化法
律等專門學校ᄒ야 歸于本島ᄒ야 大設學校ᄒ고 養成全國子弟ᄒ니 文明이 大進이라
於是에 選代議士ᄒ야 設衆議院ᄒ고 立於演壇ᄒ야(<여영웅>, 7-11~7-12.)

또 이형경은 정치제도까지 개편했는데, 대의사(代議士)를 뽑고 중의원을 설치하여 공화정을 시행하였다. 그리고 연단을 세워 계몽을 위한 연설도 하고 각자의 의견을 서로 얘기하여 민중의 의견을 중요하게 여기었다. 이형경은 이방인으로 갖은 고난을 겪었지만, 이를 극복하자 이 섬의 교육, 문화, 정치를 문명화시킨 선구자로 추대 받기에 이른다.

> "이공으로서 섬의 어른을 삼고 그 학문과 도덕을 겸비한 자로 택하여 부장을 삼아 인재를 공천하여 각각 그 소임을 맡게 하니 엄연히 강국의 풍모가 있더라. 이내 육군과 해군학교를 설치하여서 사관을 양성하고 또 금융부를 세워 재정을 정돈하니 정치가 간략해져서 백성이 화합하고 백성이 모두 그 땅을 사랑하며 그 생명을 아껴서 진보하는 마음이 많지 않음이 없으니 풍기가 굳세며 강하고 步武가 크게 나아가더라. 이상서가 도장이 된지 수년에 문화가 크게 진작되고 호반의 기운이 더욱 팽창하여서 자못 열방과 아울러 달리는 기운이 있더라"[36]

이형경은 각각 소임에 맞는 사람을 공천으로 뽑아 인재의 선발에서부터 공정함이 나타나고 있다. 그리고 정치와 재정을 분리하여 사무의 간편함을 꾀하였으며 모든 사람이 평등하고 세금도 균일하게 하였다. 이러한 개화의 과정을 거치며 박사가 많이 배출되고 이들로 인해 교육기관, 금융기관, 일반 회사 등이 많이 세워져 교육과 식산(殖産)에 힘쓰게 되었다. 이형경이 다스린 아란국은 기존의 제도와는 다른 새로운 이상향이다. <만하몽유록>의 '무릉도원'과 비슷하다고 볼 수 있다. 아란국의 개화과정

---

36) 以李公으로 爲島長ᄒ고 擇其學問道德兼備者로 爲副長ᄒ고 公薦人材ᄒ야 各執其任ᄒ니 儼然有强國之風焉이러라 乃設陸海學校ᄒ야 養成士官ᄒ고 又設金融部整頓財政ᄒ니 政簡人和ᄒ고 民皆愛其土地ᄒ며 惜其生命ᄒ야 無不有烝烝進步之心ᄒ니 風氣堅剛ᄒ고 步武大進이라 李尙書이 爲島長數年에 文化大振ᄒ고 武氣益彰ᄒ야 頗有列邦並馳之氣焉이라.(<여영웅>, 7-12.)

에서 여성에 관한 서술은 보이지 않는다. 그러나 이를 행한 인물이 이형경이기에 여성인식과 관련이 있다. 이 시기 어느 소설에서도 여성이 이상향을 건설한다든지 정치 제도를 개편한다는 내용은 거의 볼 수가 없다. 하지만 전술했듯 <여영웅>의 여성인물들은 자신의 의지를 실현하려 하고 타고난 능력을 발휘하려고 한다.

　<여영웅>에서 아란국을 제시하여 모든 제도를 개편하는 것은 기존 사회에 대한 불만을 표출한 것이다. 곧 남성위주 사회에 대한 부정이며, 이 사회에서는 더 이상 여성의 이상실현을 기대할 수 없음을 표현한 것이다. 애국계몽기라는 새로운 시대에 여성독자들은 여성도 제 역할을 할 수 있는 새로운 이상향을 갈망했는데, <여영웅>의 작가는 아란국의 건설과정을 보여주어 이들의 갈망을 충족시켜주고 있다. 이형경이 아란국에서 펼치는 다양한 행동이 바로 여성도 할 수 있다는 것을 보여주고 있는 것이다.

　이처럼 애국계몽기에 여성과 관련된 작품이 많이 등장하는 것은 을사늑약 이후 암울한 현실을 타계하지 못하는 무능한 남성들에 대한 반발이 큰 동인이었다. <여영웅>에서 남성들을 소견이 좁고 지략이 없는 졸부로 묘사하는 것도 이와 관련이 있다. 여기에 전대의 습속에 의해 눌려만 지내 자신의 의지를 펼 수 없던 불평등한 존재인 여성을 계몽하여 개화의 효과를 높이기 위해서 여성에게 관심이 쏟아졌다고 생각된다. 그리하여 애국계몽기의 작가들은 개화의 신사상을 전수함과 동시에 여성들의 자유로운 의지 표출을 도우며 여성을 계몽하고 있다.

4. 맺음말

　지금까지 유자(儒者)와 계몽주의자들이 바라보았던 여성에 대하여 살펴보았다. 유자들은 새로운 세계로의 변화를 받아들이지 못하고 확고한 화이론을 바탕으로 전대의 가치관을 계승하려고 하였다. 하지만 김광수에서 보았듯 변화된 화이론에 의한 '동도서기'를 중심으로 하여 약간의 변용을 시도한 이들도 있었다.37) 그러나 이러한 시도는 일부에 그치고 말았다. 결국 김광수가 인식한 애국계몽기의 여성은 조선시대의 전형적인 여인상과 같았다.

계몽주의자들은 애국계몽기라는 새로운 시대를 맞이하여 남녀평등을 부르짖고, 여성도 능력을 펼칠 수 있다는 것을 그들의 글을 통해 보여주고 있는데, 주로 여성교육과 관련된 문제들이 많다. 유자들은 자신의 운명에 순응하는 조선시대의 전형적인 여인을 모델로 삼았다면, 계몽주의자들은 자신의 운명을 개척하고자 하는 적극적인 여성을 모델로 삼고 있다.

한 시대를 산 이 두 계열의 지식인들은 이처럼 상이한 사고를 가지고 여성을 이해하고 있다. 유자들의 이러한 인식 또한 애국계몽기의 한 특징임을 우리는 간과해서는 안 된다고 생각한다. 계몽주의자들의 연구만큼이나 유자들의 연구가 진전되면 애국계몽기를 규정하는 데 큰 도움이 되리라 생각한다.

『한국고전여성문학연구』 제8집, 한국고전여성문학회, 2004.

---

37) 변용적 화이론을 주장한 대표가 바로 박규수이다. 박규수는 연암의 손자로 연암이 제기한 淸과 淸 문물의 분리론에 더 나아가 서양은 '夷'이지만 그 문물은 '華'라는 논리를 성립하였다. 박규수는 '西法中源說'의 영향을 받았는데 그 예가 <地勢儀銘>에 나타난다(김명호, 「실학과 개화사상의 관련 양상」, 『대동문화연구』 제36집, 성대 대동문화연구원, 2000, 120-122쪽.)

애국계몽기 우언문학에 표현된 일본의 형상과 그 의미

1. 머리말

조선과 일본은 거리상으로 가까웠지만, 국민들이 느끼는 심리적 거리는 어느 나라보다도 멀다고 할 수 있다. 아마도 1910년부터 1945년까지 일본의 억압적인 식민통치에 의해 생성된 거리라고 생각한다. 하지만 식민통치 이전에도 일본(倭)과는 좋은 관계를 유지하지 못하였다.[1]

일본은 '琉球'를 통합하고 막부를 정리하여 명치유신을 단행하면서 이전의 '왜'와는 사뭇 달라졌다. 이로부터 일본은 유럽의 신문물을 받아들여 새로운 나라로 탈바꿈하고 있었다. 그 뿐만 아니라 일본의 청년자제들을 영국에 유학시켜 일본의 근대화에 박차를 가하였다.

반면 이 시기 조선은 '華夷論'의 틀을 벗지 못하여 세계의 변화에 전혀 대응하지 못하였고, 일본을 기존의 '왜'로만 생각하고 있었다. 그러던 중 일본이 조선의 문호개방을 요구하자 조선 조정은 쇄국을 국시로 하여 외세에 대해 반발하기에 이른다. 그렇지만 힘의 열세에 있던 조선은 결국

---

[1] 일본과 관련된 자료는 일본 『고사기』에 등장하는 신공황후의 이야기가 시발이 된다. 이로부터 '임라일본부설'이 제기되기 시작한다. 이후 왜인들은 삼국시대를 거쳐 조선에 이르기까지 노략질을 일삼아 세종은 대마도를 정벌하기에 이른다.

일본에 의해 인천을 개항하게 되고 점차 통치권마저 잃었다. 조선은 개항 이후 서구 열강들과 일본의 각축장이었고, 그들은 문화를 전파한다는 표면적인 구실 아래에 자기들의 욕심을 달성하기 위해 여러 가지 방법을 동원하였다. 각 나라의 이른바 교섭이니 친목이니 협상이니 밀약이니 하는 제반 행위는 보살 같으나 내심은 호랑이와 표범 같은 것이었다. 급기야 일본은 1895년에 조선의 국모를 시해하고, 1905년에 을사늑약(乙巳勒約)을 체결하고, 1910년에는 조선을 병탄(倂呑)하기에 이른다.

이러한 시점에서 조선의 지식인들은 무엇을 하였을까. 이 시기 지식인들은 국가의 안위를 위하여 미국, 러시아, 일본, 중국 등을 배후 세력으로 하여 조선의 안위를 도모하고자 하였다. 이 지식인들은 기존의 유학 정신을 전수하려는 계열과 변형된 화이론을 수용하여 새로운 문물을 받아들이려는 계열로 나눌 수 있다. 이 두 지식인들은 자신의 소신을 통해 일본이 행하던 정략에 비판하며 조선의 민중들을 계몽하였다.

이들 지식인들이 일본을 어떻게 생각하고 있는가를 살피기 위하여 이 책에서는 애국계몽기 우언문학에 표현된 일본의 형상과 그 의미에 대하여 고찰해보려고 한다. 1905년 이후 일본은 보안법과 검열법을 제정하여 출판 행위를 자유롭게 하지 못하도록 했다. 이로 인해 일본에 대해 경계를 직접 드러낼 수 없었기에 '寓言'을 활용한 작품이 많았다. 여러 작품 중에서 이 책의 대상은 주로 신문에 기고한 작품을 위주로 하되, 유학자의 의식을 고찰하기 위하여 문집 소재 작품도 선정하였다. 선정한 작품의 예를 보면 <호가인형담>, <부산구>, <몽견창해역사>, <기서>, <몽견제갈량>, <만하몽유록> 등이다. 그리고 우언 작품은 아니지만 친일문학의 효시인 <일념홍>을 부분적으로나마 자료로 사용하여 당시 시대상을 고찰해보고자 한다.

2. 애국계몽기 우언문학에 표현된 일본 형상의 유형별 양상

1) 단형우언의 양상

애국계몽기 단형우언의 유형은 인물, 동·식물, 몽유 등으로 다양하다. 이 중에서도 일본과 가장 밀접한 관련을 가지며 창작된 것은 동물우언과 몽유우언이다. 여기에는 몇 가지 이유가 있는데, 첫째는, 일본을 동물에 비유하여 설명하기 용이하고, 둘째는 꿈이라는 현실 탈출의 도구를 이용하기 위함이다. 본장에서는 이 두 가지 요건을 충족하는 작품을 선별하여 일본에 대한 당시 지식인의 의식을 살펴보려고 한다.

동해 해변에 한 마리 늙은 여우가 있으니 사람을 미혹하는 기술과 현혹시키는 재주가 여러 동물 중에 특히 뛰어났다. 그리고 西山 북쪽에 사나운 사자 한 마리가 있으니 성질이 탐욕스럽고 포악하여 번번이 사람을 해쳤다. …… (늙은 여우가)이에 교언영색으로 다른 사람을 꾀어 속여 말하길 "흉악한 저 사자가 교만하여 동쪽으로 내려오니 그 마음을 알 수가 없습니다. 마음을 함께 하고 힘을 합쳐야 그 화를 물리칠 수 있습니다" 하니 사람들이 그 말을 듣고 다만 그 겉모습만을 보고 그 본질을 파악하지 못하고 믿고 추호도 의심하지 않았다. 여우가 이에 기뻐하여 의기가 양양하여 몸소 나서며 사람들의 힘을 모으니 모든 마을이 혹은 서로 소리를 지르고 혹은 서로 힘을 보충하였다. 사나운 사자가 이 함성과 세력을 보고 불리한 것을 알아 구걸하여 물러나니 여우가 이에 승리하여 돌아와 호탕한 기운이 만 길이나 되었다. …… 마음과 본성이 탄로 남에 혹은 사람의 묘를 파서 굴을 만들고 혹은 닭을 낚아다 먹고서 점차로 사람의 살가죽을 긁고 사람의 피를 빼는 데에 이르러 화를 장차 예측할 수 없게 되었더라.2)

---

2) 東海之濱에 有一老狐ᄒ니 惑人之術과 眩人之才가 百獸에 迢出ᄒ고 西山之北에 有一영(sic 獰)獅ᄒ니 貪暴成性하야 動輒害人ᄒᄂ지라 …… 乃以巧言佞色 誘惑於人曰 凶彼 영獅가 優然東下ᄒ니 其心를 叵測니라 惟吾同人은 並心合力ᄒ야 以拒其禍라 ᄒᆷ이 人이 其言을 聽ᄒ고 只見其形에 不見其質ᄒᆷ이 有信無疑 ᄒᄂ지라 狐乃欣然ᄒ야

위 예문은 『대한매일신보』에 북곽거사(北郭居士)란 필명으로 게재된 <호가인형담(狐假人形談)>3)이다. 이 글에서는 북쪽에 사는 사나운 사자와 동해가의 늙은 여우가 상징적으로 등장하고 있다. 동해가에 사는 늙은 여우는 사람을 미혹케 하는 재주가 뛰어났고, 북쪽에 사는 사나운 사자는 성질이 탐욕스럽고 포악하여 번번이 사람을 해치었다. 성질이 사나운 사자가 여우의 잔재주를 듣고 없애버리려 하자 늙은 여우는 사람으로 변신하여 사자를 물리친다. 이 일은 사람들이 여우가 사람인 줄 알고 그의 말을 그대로 믿었기에 가능했다. 자기 뜻대로 된 늙은 여우는 너무 기뻐하였으나 갑자기 변신술을 잊어버려 사람에서 여우의 모습으로 바뀌더니 더 이상 사람의 모습으로 변할 수 없었다. 그리하여 늙은 여우는 사람의 묘에 굴을 만들고, 혹은 닭을 잡아먹거나 사람의 피를 빨아먹는데 까지 이르게 되었다.

<호가인형담>에서 사자와 여우를 통해 무엇을 나타내려고 한 것일까. 위치상으로 볼 때 사자는 중국 또는 러시아를, 여우는 일본을 의미한다. 사람들은 여우가 사람으로 변해 현혹시키는 것은 알지 못하고 실제적인 모습을 드러낸 사자만 무섭다고 하여 물리치려 하였다. 그러나 겉으로 무서운 사자보다 본색을 드러낸 여우가 더 무섭다는 것을 독자들은 모르고 있었다. 그렇기에 <호가인형담>의 작가는 일본이 바로 본색을 드러낸 여우임을 독자에게 알려주고 있다.

意氣得得에 挺身 전造하니 東里西隣이 或以同聲而應ᄒ며 或而助勢而완(sic 腕)ᄒ더라 영獅ㅣ 見其聲勢 不利ᄒ고 飮격(sic 跡) 退去ᄒ읶이 호(sic 狐)乃乘勝而歸ᄒ야 豪氣萬丈이라 …… 其心其性이 隨以露顯 홈이 或掘人墓而作窟ᄒ며 或攫鷄而爲食ᄒ야 漸至於 爬人之肌ᄒ고 吮人之血ᄒ야 禍將不측(sic 測)ᄒ더라(『대한매일신보』, 1906. 11. 2.)

3) 양승민은 이 우언을 '민간우언'이라 규정짓고 강자를 골탕 먹이고 승리한다는 '智略譚'이라든가 일군의 '報恩譚'에서 그 전통을 찾을 수 있다고 하고는 그 예로『戰國策』의 <狐假虎威>를 패러디한『奇聞』의 <虎死狐計>를 들고 있다.(양승민, 애국계몽기 우언의 존재 양상과 그 역사적 의의, 『우리문학연구』 제13집, 우리문학회, 2000, 405쪽.)

북곽거사는 역사적 사건을 토대로 이 우언을 창작하였다. 일본은 조선에 통상조약을 체결하고 군대와 함께 영사를 상주시켰다. 이 때에 조선에서 임오군란이 일어나자 중국은 조선을 구한다는 빌미로 군대를 파견하여 장악하였으나 결국 일본에게 패하고 만다. 러시아도 부동항과 시베리아 철도를 확보하고 연장하기 위해 조선을 탐내고 있었다. 그러나 서구의 맹주였던 러시아도 중국이 그랬듯이 일본에 패한다. 중국과 러시아, 그리고 일본이 서로의 이익을 다투는 것은 우리가 상관할 바가 아나나 조선을 놓고 각 나라가 각축을 벌이는 데 심각한 문제가 있다. 이 글이 1906년에 쓰여졌기에 이미 조선이 일본의 마수에 걸려들었을 때이다. 그럼에도 불구하고 이런 글을 써서 계몽하고자 하는 것은 지금이라도 일본을 경계하여야 한다는 작가의 의도가 짙게 깔려 있기 때문이다.

<호가인형담(狐假人形談)>과 함께 시대상황을 풍자한 글이 <부산구(釜山狗)>이다. 이 글은 『대한자강회월보』에 南嵩山人 張志淵과 荷亭山人 呂圭亨이 같은 제목으로 기고한 작품이다. 장지연이 먼저 짓고 이를 본 여규형이 거의 같은 내용으로 지었는데 뒤에 평을 더하고 있다.

<부산구>는 두 마리 개의 투지와 구경하던 사람들을 통하여 조선 사람들의 속성을 표현하고 있다. 이 글의 주인공은 가게 집 개와 이웃 집 개다. 가게 집 개는 주인인 과부의 포악한 성격으로 인해 동네 사람들이 함부로 하지 못해서 성격이 오만하였다. 그러던 중 자기의 영역에 이복인(異服人)이 끌고 오는 개의 침입을 보자마자 달려들어 물었다. 그러자 이복인은 가게의 몽둥이로 가게 집 개를 마구 때렸다. 개를 자식처럼 사랑하던 가게 집 과부도, 지켜보던 동네사람들도 이복인의 행위를 막지 못했다. 그러나 이웃 집 개는 가게 집 개가 맞는 것을 보고 달려들어 이복인이 때리는 것을 막았다. 이웃 집 개는 평소에 가게 집 개와 먹을 것을 두고 싸우던 사이였으나 동족의 고난을 보고 가만히 있을 수는 없었다. 이웃

집 개의 성원에 이복인은 버티지 못하고 자신의 개를 안고 도망갔다. 그
제서야 가게 집 과부가 나서서 자기의 개를 돌봤다는 이야기로 <부산구>
는 그 대단원을 맺는다.

<부산구>의 결말에 그 광경을 지켜보던 사람들이 개를 칭찬하며, 시대
의 포한을 다음과 같이 서술하고 있다.

> 좌우에 보는 사람들이 다 탄식하여 말하기를 "우리들이 숲같이 뺑 둘러
> 서 있는 것이 일찍이 개만도 못하더라. 저것이 꿈틀거리는 동물이지만 오히
> 려 사사로움과 섭섭함을 잊고 동족을 위급하게 여기어 죽기를 결심하고 분
> 투함이 저와 같거늘 우리 사람이 된 자들은 비록 동포동족이 이러한 횡역에
> 빠지더라도 사리를 분별하지 못하고 뒷걸음질 쳐 도망가고, 심한 자들은 다
> 른 족속에 붙어서 도리어 동족을 곤경에 빠뜨리고도 뻔뻔스러이 부끄럽게
> 여기지 않으니 어찌 개에게 부끄럽지 않겠는가"라고 하였다. 이 때에 보고
> 있던 자가 일장 통곡하며 그 뜻을 연설하고 이에 금을 내어 고기를 사서 두
> 개에게 먹이며 사례하고는 노래와 시를 지어서 칭찬하였다고 하더라. 내가
> 부산을 지날 때 나에게 이 일을 말하는 자가 있었던 고로 적노라.[4]

여기서 이복인이 누구이겠는가. 바로 일본(日本)을 상징한다. 일본이
조선에 대해 부리는 행패로 인해 조선인들은 반항도 못하였고 심지어 그
들의 편에 서서 자신의 동족을 함정에 빠뜨리기까지 하였다. 그런데 가게
집 개는 그들 영역에 들어온 이방인에게 반감을 표시하며 자신의 영역을
지키고자 하였고, 이웃 집 개는 동족의 위급함을 보고 목숨을 아끼지 않

---

4) 左右觀者ㅣ 咸容嗟曰 吾輩ㅣ 環立如林者 曾狗之不若也라 彼蠢然動物이로디 猶能
忘其私憾而急於同族ᄒ야 決死奮鬪之如彼甚猛이어늘 爲吾人者ᄂ 雖其同胞同族이 陷
此橫逆이라도 曚然逡巡而却避ᄒ고 甚者ᄂ 附於異族而反擠陷同族을 不覰然以爲恥ᄒ
나니 豈不有愧於狗乎아 時에 觀者ㅣ 有爲痛哭一場而演說其義ᄒ고 仍出金買肉ᄒ야
飼兩狗而謝之ᄒ고 作歌詩以贊之云ᄒ노라 余過釜山ᄒᆯ시 有爲余言其事者 故識之ᄒ노
라.(『대한자강회월보』, 1907. 7.)

고 도와주었다. 이에 장지연은 <부산구>에서 을사늑약 이후 조선인들의
행동이 개만도 못하다는 것을 풍자[5]하여 비난하고 있다.

애국계몽기에 시급한 문제는 나라를 외세의 침략에서 구하는 것과 을
사늑약의 당사자인 일본의 응징에 있었다. 그래서인지 애국계몽기의 글
중에는 일본을 진시황에게 견주는 글이 많다.[6] 이는 일본을 폭정의 당사
자로 규정하기 위해서이다. 그러면 일본의 폭정을 저지하기 위한 방법에
는 무엇이 있겠는가. <몽견창해역사>의 작가는 그 해답을 장량에게서 찾
고 있다.

> 韓나라 사람 장량은 충의의 선비라. 조국의 원수를 회복하고 씻고져 하여
> …… 장자방의 나라를 위하고 원수를 갚는 것은 충의가 저 탁월한 것과 같
> 으니 천하에 義氣 남자가 있었으면 어찌 감격하고 奮發하여 몸을 허락하여
> 죽는 것으로써 하지 않겠으며 또 저 진황의 불법과 부도가 桀과 紂에 더하
> 니 저 같은 獨夫를 목베어 제거하여 여러 나라의 원한을 씻어주며 창생의
> 도탄을 구제함은 나의 일찍부터 품은 뜻이라.[7]

---

5) 유영은은 구경꾼의 입을 통해 간접적으로 드러나고 있는 것은 서술 기법상 다소 발전
된 양상이라고 하였으나 민족의 위기를 극복할 방법을 제시하고 있지 못하고 있어 작가
의 현실인식이 추상적인 데에 머물고 있다고 하였다.(유영은, 개화기 단형서사체 연구,
서울대 대학원 석사학위논문, 1989, 23쪽.)

6) 중국에 진황 여정이 호랑이와 승냥이의 위엄과 貪暴의 욕심으로 죄가 없는 여섯 나라
를 병탄하고 천하의 호걸을 목 베어 없애며 유생을 땅에 묻어 죽이고 남쪽에는 다섯 산
의 수자리가 있고 북쪽에는 만리장성의 부역이 있어서 사해를 채찍질하며(支那에 秦皇
呂政이 虎狼의 威와 貪暴의 慾으로 無罪혼 六國을 幷呑ᄒ고 天下의 豪傑을 誅鋤하며
儒生을 坑殺ᄒ고 南有五嶺之戌ᄒ며 北有長城之役ᄒ야 四海를 鞭箠ᄒ며 生靈을 塗炭
케ᄒ니. 逍遙子, <몽견창해역사>, 『황성신문』, 1908. 3. 29.)

7) 韓人張良은 忠義之事라 祖國의 仇怨을 復雪코져ᄒ야 …… 張子房의 爲國報仇ᄒᄂ
忠義가 如彼其卓越ᄒ니 天下에 義氣男子가 有ᄒ면 엇지 感激奮發ᄒ야 許身以死를 不
爲하며 且彼秦皇의 不法不道가 浮於桀紂ᄒ니 如彼獨夫를 誅除ᄒ야 列國의 怨恨을 洩
ᄒ며 蒼生의 塗炭을 濟홈은 余의 夙志라(소요자, <몽견창해역사>.)

장량은 조국의 원수를 갚고자 한 인물인데, 그 충의가 탁월하다고 작가
는 말하고 있다. 작가는 창해역사를 통해서 기울어져 가는 나라의 운명을
일으키고, 백성들의 의지를 촉발시킬 장량 같은 인물을 은연중 드러내고
있다. 충의를 목숨과 같이 여기던 정부의 관료와 지식인들은 애국계몽기
에 일본의 패악과 서양 세력의 업신여김에도 아무런 대응을 하지 못하고
있었다. 그리하여 작가는 일본으로 대변되는 진시황의 목을 베어 원한을
씻고 창생을 구하는 것이 창해역사의 꿈이라고 말한다. 곧 지식인들이 이
러한 창해역사와 같은 마음가짐을 가져 국난을 극복해야 한다고 주장하
고 있다.

계몽지식인들은 '권선징악'을 이용하여 글을 많이 썼는데, 특히 '징악'
에 초점을 두고 있다. 그러면 '징악'의 대상은 누구이겠는가. 바로 '매국노'
이거나 '친일파'다. 애국계몽기의 몽유록 작품에서는 친일파들이 죽은 뒤
에 벌어질 일들을 참혹하게 묘사하고 있다.8)

이는 작가가 매국이나 친일을 하면 결국에는 고통을 받게 된다는 것을
독자에게 인식시켜 이러한 행위를 하지 말라는 경계의 효과를 노리고 있다.

2) 소설의 양상

(1) 〈몽견제갈량〉

〈몽견제갈량〉은 서세동점하는 열강의 만행과 일본의 정책을 비판하며
조선의 자강을 주장하였고, 새로운 학문 수용과 함께 실질적인 학문을 해
야 한다는 것을 주장한 계몽적 요소가 강한 소설이다. 이 소설의 작가 유
원표는 동양 삼국이 힘을 합하면 서구 열강의 백인을 이길 수 있다는 대
안을 내놓고 있다. 이와 함께 자강의 방안도 함께 제시하고 있다.9)

---

8) 이 책 179~183쪽 참조 바람.

이 시기 조선의 일부 지식인들은 <몽견제갈량>에서 제시한 '대동합방론'에 찬동하였고, 러·일전쟁을 승리로 이끈 일본에게 황인종의 승리라며 칭찬을 보내고 있었다. 왜냐하면 러·일전쟁을 우리와 같은 황인종이 백인종을 이긴 인종경쟁의 승리로 인식했기 때문이다. 그리고 이로 인해 동양 평화가 무궁할 것으로 생각하여 기뻐했던 것이다.10) 이때까지만 해도 애국계몽기 지식인들은 일본의 야욕에 대해서는 잘 모르고 있었다.

이 폐부에 날장된 금석의 글은 비록 상제라도 마침내 씻지 못할 것입니다. 그런 즉 한청의 인사가 일본을 은인으로 환영해야겠습니까. 원수로 질시해야겠습니까. 근래 서세동점하여 황종 백인이 종족을 각자 사랑하고 보호하여 각기 당을 세우는 이 때에 황종의 한일청 삼국의 인심이 찢어져서 서로 화목하지 못하면 이는 골육상잔과 다름없는 것이니11)

폐부에 날인된 금석의 글은 을미년(1895) 청일약장에 '조선 자주'와 계묘년(1903) 일본 조칙에 '독립 담보'라는 글을 말한다. 이 금석의 문은 일

9) 조상우, 「애국계몽기 한문산문의 의식지향 연구」, 고려대 대학원 박사학위논문, 2002, 185-186쪽.

10) 이러한 의식은 윤치호의 1905년 9월 7일자 영문일기에서 볼 수 있다. "나는 일본이 러시아를 패배시킨 것이 기쁘다. …… 나는 황인종의 일원으로서 일본을 사랑하고 존경한다"(정락근, 「한말 개화지식인의 대외관에 대한 연구」, 한국외국어대 대학원 박사학위논문, 1992, 167쪽.) <몽경제갈량>에서도 이러한 의식은 그대로 드러나고 있다. "러시아 병사를 크게 깨뜨리고 여순을 취득하였으니 이 금일을 당함에 비록 백가지 야심이 있는 러시아인들 누가 감히 일본에 입을 열어서 말하기를 옳다 하고 그르다 하겠습니까. 굳세도다. 일본이여. 장쾌하도다. 일본이여."(露兵을 大破ᄒ고 旅順을 取得ᄒ얏스니 當此今日에 雖有一百野心之露國인들 執敢開嘴於日本ᄒ야 曰是曰非哉아 壯哉라 日本이여 快哉라 日本이여. <몽견제갈량>, 92쪽.)

11) 此肺腑에 捺章된 金石之文은 雖上帝라도 卒莫洗滌홀지라 然則韓淸人士가 日本을 恩人으로 歡迎耶아 仇讐로 疾視耶아 近今西勢東漸ᄒ야 黃種白人이 種族을 各自愛護ᄒ야 各其樹黨ᄒᄂᆫ 此時에 黃種의 韓日淸三國人心이 裂缺ᄒ야 不相和睦이면 是ᄂᆫ 骨肉相殘과 無異흔 者ㅣ니. (<몽견제갈량>, 93쪽.)

본 정부가 천하 만국 사람과 조선과 청국 사람에게 약속했던 증표이다.
그러나 일본정부는 이 약속을 지키지 않았다. 그리하여 유원표는 러·일
전쟁 후 배상을 정하는 과정에서 조선에 대한 일본의 정책에 비난을 토로
하면서 그 대안으로 동양의 합심을 주장하였다.

일본 정책의 비난은 제갈량이 일본의 원로 대신들을 영웅이라고 지칭
한 것에 대해 밀아자가 반론하는 과정에서 드러난다. 제갈량은 이등, 대
외, 산현, 대산암 등이 일본을 문명국으로 만들었고 구미 열강과 대등하도
록 한 창업의 공이 있는 영웅이라고 하였다. 그러나 밀아자는 제갈량의
이 말에 조목조목 반대 의견을 제시해 이들이 영웅이 아님과 함께 일본의
정략을 비판하고 있다.

> 동양 인종이 일치단결하여 서세동점의 강식약육하는 재앙과 근심을 방어
> 함이 제일 主点에 벼리가 됨은 비록 어린 아이라도 밝게 알 것인데 이 같이
> 일본의 당세 영웅으로 어찌 이 같이 어리석어서 주객의 판별과 강목의 차례
> 를 망연히 알지 못하는지. …… 그런 고로 금일 일본이 동양에 위대한 세력
> 을 보존하고 영웅의 이름을 일컬은 것이나 금일 조선에 대하여 만일 蠻心을
> 사용하여 국권을 침해하던지 이익을 억지로 빼앗든지 格外의 행동과 조치
> 가 있었더라면 이는 살인에 막대기와 다못 칼로써 다르지 않은 것입니다.12)

밀아자는 당시의 상황을 주점과 객점으로 나누어 보고 있다. 객점은 문
명과 부강을 계획하여 그 실상을 연구하는 것이고, 주점은 서세동점의 강
식약육이라고 하였다. 그러나 일본은 이러한 주점과 객점을 제대로 파악

---

12) 東洋人種이 一致團結ㅎ야 西勢東漸의 强食弱肉ㅎᄂ 禍患을 防禦홈이 第一主点에
綱이됨은 雖尺童이라도 瞭知홀터인데 以若日本之當世英雄으로 何若是憒然ㅎ야 主客
의 辨別과 綱目의 次序룰 茫然不知ㅎᄂ지 …… 故로 今日日本이 東洋에 偉大흔 勢力
을 保存ㅎ고 英雄의 名號을 得稱흔 者] 나 然이나 今日朝鮮에 對ㅎ야 萬一蠻心을 使
用ㅎ야 國權을 侵害ㅎ든지 利益을 勒奪ㅎ든지 格外擧措가 有ㅎ량이면 是ᄂ 殺人에 以
梃與刀이 無異흔 者] 라.(<몽견제갈량>, 99-101쪽.)

하지 못하고 다만 청과 조선을 점령하려고만 해서 밀아자는 일본을 '狼心'이라 하고, 그 행동을 '만행'이라 규정하였다. 일본은 인권을 업신여기며 조선과 청국을 침략하여 朝, 淸, 日 삼국의 화합이 없어지고 황인종간의 우애가 깨어져 백인들만 유리하게 만드는 등 주점을 제대로 파악하지 못하였다.

전술했듯 애국계몽기 지식인들은 황인종의 대표인 일본이 백인종의 선봉인 러시아(俄國)를 크게 타격한 것을 황인종의 제일 의무라고 생각하였다. 그러나 일본의 위정자들은 빈한한 同腹舍弟의 집에 와서 부뚜막 가운데에 단 한 개의 밥솥을 빼앗는 행위를 한 자들이며, 동양의 힘을 보여주는 것이 아니라 도리어 동종의 조선을 공격하려 했다고 작가는 강하게 질타하였다. 그러하기에 작가는 일본의 승리를 더 이상 기뻐하지 않고 제갈량이 예시한 일본 영웅들이 주점 대신 객점만 일삼고 있어 영웅이 아니라고 비난하였다.13)

　　자가를 스스로 도와서 자강력을 유지하지 아니하면 나라를 보호하지 못함이 현세에 공변된 예가 된 것이라. 족하도 또한 조선인인 즉 금일 조선이 일본에 굴레됨을 어찌 통한하지 않으리오마는 자강력으로 자립하지 못하고 보면 어떤 두터움과 어떤 얇음이 없을 것이니 가령 만주의 전쟁에 일본이 패하고 러시아가 이겼더라면 아국은 조선에 어떤 불심이 있는 것으로 독립과

13) 일본이 제일보에는 아국을 크게 깨뜨리고 제이보에는 법국을 물리치고 제삼보에는 영과 덕이 풀고 돌아가게 된다면 일본의 큰 공훈이 천지에 충만하고 가득차려니와 …… 만주에서 승리하던 당시에 가장 가깝고 친한 어질고 약한 동종의 조선을 향하여 신조약을 맺어서 인심을 놀라게 하고 국권을 빼앗았으니 선생의 일컫던 일본에 대영웅이라 하시던 원로의 일삼음이 과연 이것입니까.(日本이 第一步에는 俄國을 大破ᄒ고 第二步에는 法國을 斥遣ᄒ고 第三步에는 英德이 解歸ᄒ리이면 日本의 巍巍ᄒ 功勳이 天地에 充盈도ᄒ려니와 …… 滿洲勝捷ᄒ든 當時에 最近最親ᄒ 仁弱同種의 朝鮮을 向ᄒ야 新條約을 搆結ᄒ야 人心을 驚動ᄒ고 國權을 削取ᄒ얏스니 先生의 稱道ᄒ시든 日本에 大英雄이라ᄒ시든 院老의 事爲가 果如是者乎잇가. <몽견제갈량>, 106쪽.)

자주를 침해하지 않고 행복을 누리게 하오리오.14)

유원표는 일본이 제일 의무를 수행하지 않자 일본을 러시아와 같은 맹
주로 여기고 황인이나 백인이나 서로의 야욕을 채우려고 하는 것은 똑 같
다고 인식하였다. 작가는 일본에 대한 경계심을 가져야 한다고 주장하
고15), 조선이 살 길은 자강뿐이라며 그 중요성에 대해 설명하고 있다. 이
로 볼 때 유원표는 일본의 진의를 정확히 간파하고 있었다.

유원표는 조선이 당시로는 미개하다고 하나 사천 년 동안 예의를 지켜
온 나라이고, 금고와 백성의 창고에 금전은 없으나 공변됨이 있으며, 화주
와 대포의 기기는 없지만 충군애국의 본성이 있는 나라라고 했다. 그리고
일본과는 오랜 친분이 있던 나라인데, 하늘을 함께 이지 못할 원수로 인
식하도록 만들었다면 이는 일본 정략이 옳지 않음에서 기인한 것이라고
유원표는 지적하고 있다. 이런 상황이라면 조선은 일본이 어떠한 어려움
을 당한다 해도 돕지 않을 것이고, 청국 또한 지금은 일본에게 능멸을 당
하고 있지만, 동종인 일본에게 욕됨을 참지 못하여 백인에게 화응(和應)
하고 일본과는 절대적 원수가 될 것이라고 유원표는 추측하기도 하였다.
이렇게 된다면 이는 일본의 과오이자 동양의 불행을 자초하는 것이라며
일본의 정책을 유원표는 비난하고 있다.

---

14) 自家를 自助호야 自强力을 維持치아니호면 保國지못홈은 現世에 公例가된 者ㅣ라
　　足下도 亦朝鮮人인 則今日朝鮮이 日本에 羈絆됨을 엇지 痛恨치아니리오마는 自强力
　　으로 自立지못호고보면 何厚何薄이 無홀거시 假使滿洲之役에 日敗俄勝호얏드면 俄國
　　은 朝鮮에 有何佛心으로 獨立과 自主를 侵害치안코 幸福을 享有케호오리오.(<몽견제
　　갈량>, 95쪽.)

15) 일본은 전체가 특색이 있는 活物인 즉 여간한 우열로 수준을 견줄 것이 아니니 국가
　　운명은 또 두고 민족의 앞 길이 십분 우려할 것이라. 한반도 청년은 빨리 살피고 진보할
　　지어다.(日本은 全體가 特色이 有호 活物인즉 如干優劣로 較準홀 者ㅣ 아니니 國家運
　　命은 且置호고 民族의 前途가 十分憂慮홀 者ㅣ라 韓半島 靑年은 猛省而速進步홀지
　　어다. <몽견제갈량>, 96쪽.)

이웃되는 청국과 조선이 비록 부강하지는 않으나 수 천년 동안 문헌을 서로 통하고 玉帛을 서로 잇던 동종의 정의로 말한다면 근심을 비록 서로 구한다고 말할 수 있고 근심과 즐거움을 함께 공유할 터인데 일본이 청국에 대하여 일찍이 전에 관대하고 너그러운 덕과 의로 이웃의 의리를 돈목하지 못할 뿐만 아니라 거만하고 홀연 가벼이 업신여김으로 화의를 서로 잃은 것이고, 조선에 이름은 수 십년 이래로 이웃의 정의를 돈독하게 닦아서 과연 선진국의 의무로써 무릇 온갖 일에 혹 권고하며 혹 지도하여 국체를 옥성에 기약하고자 한 것입니다. …… 근일에 그 행동이 수상하고 거조가 乖當하여서 한국의 상하 사회에 의심이 없지 않게 하고 전국 민족에게 인심을 크게 잃었으니 그 많은 해동안 수호하던 정성으로써 어찌 처음과 끝이 한결같지 않고 중도에 자취를 옮겨서 앞의 공이 없음을 만드니 어찌 개탄스럽고 안타깝지 않겠습니까.16)

밀아자는 구미 여러 나라가 연합하여 이색의 황종과 부딪치는 때에 종이 위 빈 글인 만국 공법에 의지하고 중립이나 하겠냐며 한탄스러움을 토로하고 있다. 또, 일본의 부강이 구미 열강에 뒤지지 않는데 미리 그들을 대비하지 않고 동종을 위협하여 동양의 화합을 잃었으니 일본의 정략이 잘못되었음을 비난하고 있다. 유원표는 동양의 사세(事勢)를 생각할 때에 삼본등길(三本藤吉)의 '대동합방론'17)이 진정으로 비결이며 일본이 객점보다는 주점에 주력하여 황인종의 단합으로 백인의 침입을 막아야 한다

---

16) 隣國되는 淸國과 朝鮮이 雖未富强이나 數千年文獻相通ᄒ고 玉帛相續ᄒ든 同種의 情誼로 言之ᄒ면 可謂患雖相救ᄒ고 憂樂同共홀터인데 日本이 淸國에 對ᄒ야 曾前에 寬厚ᄒᆫ 德義로 隣誼를 敦睦지못홀쑨不啻라 慢忽輕侮로 和意를 相失ᄒᆫ 者也ㅣ오 至於朝鮮은 十數年來로 隣誼를 敦修ᄒ야 果以先進國之義務로 凡百事爲에 或勸告之ᄒ며 或敎導之ᄒ야 國體를 期於玉成코져ᄒᆫ 者ㅣ로다 …… 近日에 其行動이 殊常ᄒ고 擧措가 乖當ᄒ야 韓國上下社會에 疑訝가 不無케하고 全國民族의게 人心을 大失ᄒ얏스니 以其多年修好ᄒ든 誠心으로 何不始終如一ᄒ고 中途改轍ᄒ야 前功이 烏有를 作ᄒ니 豈不慨惜哉아.(<몽견제갈량>, 119-120쪽.)
17) '대동합방론'과 관련된 논의는 최근에 정환국에 의하여 이루어졌다.(정환국, 「애국계몽기 漢文小說에 나타난 대외인식의 단상」, 『민족문학사연구』 23호, 민족문학사학회, 2003.)

는 뚜렷한 의식을 <몽견제갈량>을 통해 표현하고 있다.

(2) 〈만하몽유록〉

<만하몽유록>에서 일본과 관련된 부분은 명성황후의 시해와 단발령, 그리고 일본의 침입 등이다.

> 우리 君母를 시해하고 우리 국왕을 쫓아낸 와신상담의 원수이니 함께 하늘을 이고 있을 수 없고 그 의관을 훼손시키고 그 두발을 자르게 하여 절치부심의 욕을 당하니 가히 사람이 당할 수 없는 것입니다. 아! 나라가 무너지고 집이 멸망했으니 도망가 어느 땅에서 살겠는가. 세가 궁하고 힘이 다하게 되어 하늘에 호소합니다. …… 이 애뜻한 마음을 구휼하고 떳떳한 윤리를 중화에 밝히어 저 적들에게 벌로 징치하시고, 변방국들에게 재앙을 내려주소서.18)

김광수는 국모시해사건을 조선왕조가 500년간 신봉해 온 강상윤리가 붕괴된 위기상황으로 인식하고 유교 윤리에 대한 점검이 필요함을 시사하고 있다.19) 또한 단발령은 가장 기본이 되는 효의 윤리를 해치는 행위이다. 조선의 유자(儒者)들은 부모에게 받은 신체는 훼손하지 말고 온전히 지키는 것을 효의 시작으로 알고 지내왔다. 일본은 소중화인 조선에 문명 · 개화라는 목적으로 저들의 문화를 강제로 시행하려 하였다. 그리하여 일본은 상투를 자르게 하여 유교주의(儒敎主義)의 기본을 없애려 하였다. 그러나 유교주의에 철저하였던 조선의 백성들은 이 행위를 인간이 차마 견딜 수 없는 치욕이라고 생각하였다. 작가는 명성황후 시해와 단발

---

18) 弑我君母 逐我國王 臥薪嘗膽之讐 不共戴天 毁其衣冠 斷其頭髮 切齒腐心之辱 未可見人 嗟乎 國破家滅 逃生何地 勢窮力盡 呼訴于天 …… 恤此矜悶之情 明彛倫於中華 徵彼賊害之罰 降灾殃於邊國.(『만하유고』, 95쪽.)

19) 정옥자, 「19세기 존화사상의 위상과 역사적 성격」, 『한국학보』 76, 1994, 69-70쪽.

령이라는 일본의 야만적 행위에 대한 울분을 토로하고 있다. 그리하여 이러한 야만을 일삼는 일본에게 재앙을 내려달라고 빌어 조선 백성의 삶을 온전히 도모하고자 하였다.

'소중화'의식은 화이론에 의해 형성된다. 화이론은 '華'와 '夷'를 구분하는 성리학의 명분론으로 19세기 이전에는 주로 원, 청을 오랑캐라 하였는데, 애국계몽기에 들어서면서 오랑캐의 범위가 일본과 서양의 열강까지 확대된다. 그리하여 이들을 '倭夷'와 '洋夷'라 불렀다. 이는 당시 지식인들이 일본과 서양인들을 어떻게 생각하고 있는가를 명칭에서 알 수 있다. 정신적 명분론인 '소중화'는 조선의 자존심을 세우고, 혼란한 시기의 구심점 기능을 하였다.

<만하몽유록>의 작가는 일본의 침입에 대해 조선의 현실과 친일파들의 징계를 표현하고 있다. 이는 義士 송병선과 최익현의 만남에서 시작한다. 김광수가 음력 6월 12일에 동쪽의 老狄(이등박문)이 우리나라 난신적자들로 더불어 황제를 위협하여 태자에게 선위하고 군정을 다 바꾸고 병갑을 다 빼앗아 백성들이 의지할 곳과 살 곳이 없다는 등의 어려운 조선현실을 송병선과 최익현에게 말한다. 이에 최익현이 세 가지 방법을 제시하지만 김광수는 이를 실현할 수 없는 조선의 암울한 현실만 목도하고 만다.

이에 김광수는 현실을 극복할 수 있는 대안보다는 난신적자의 징계를 보여주어 친일이나 불충한 자들은 벌을 받는다고 하여 현실에서 악행을 하지 못하도록 대응방안을 제시하고 있다. 곧 작가는 독자들에게 이러한 행위를 하지 말라고 권고하고 있다. 이러한 난신으로 작가는 조선사흉과 을사오적을 들고 있으며 이들이 사는 곳을 '해동난적의 굴'[20]이라 이름하였다.

---

20) 이 곳의 형상을 보면 "땅을 뚫고 감옥을 삼아 돌로써 문을 만들어서"(鑿地爲獄 以石爲門), "물고기 머리에 귀신 얼굴을 한 군사는 그 수를 알지 못하며 쪼개고 갈고 찧고 불사르는 형벌은 베풀지 아니한 곳이 없었다"(魚頭鬼面之卒 莫知其數 刳磨舂燒之刑 無所

그 문에 써 있기를 '조선 사흉의 굴'이라 하였다. 이에 삼인이 있어서 함께 오형을 받으니 그 광경을 차마 볼 수 없었다. …… 반역을 도모하다 낭패하고 망명도주하여 멀리 이역에 있어서 체포할 수 없는데 그 행적을 깊이 따져보면 죄 위에 또 죄가 더해져 애통하고 증오스럽습니다. 그러나 지금에 이르러 개과천선하고 역신이 도리어 충신이 된 까닭에 이제 그 성적을 보고 장차 그 상벌을 가하려 하는 것입니다.[21]

『존화록』 중에 송병직이 쓴 疏에 보면 '甲申四凶, 甲午八奸之凶, 乙未十賊之逆, 독립협회'를 지목하여 처단을 주장하고 있다.[22] '갑신사흉'이라는 글자가 나오고 이들로부터 다른 역적이 나올 수 있었다고 하였다. 이로 볼 때 <만하몽유록>에 나오는 조선사흉은 갑신의 주역들이 틀림없다고 본다.

아직 굴에는 아무도 없는데 오적들이 죄를 지음이 오래되지 않았으며 아직 죽지 않고 인간세계에 살고 있기에 지옥을 먼저 수리하고 장차 천명을 기다리고 있다고 하였다. 을사오적들이 죽으면 지옥에 갈 것이라는 가정하에 이렇게 서술하고 있다. 오적들이 살 곳의 형상을 보면[23] 냄새가

不施. 『만하유고』, 152쪽.)라고 하여 현실에서 죄를 지은 사람이 어떻게 그 죄가를 받는가를 보여주고 있다.

21) 題其門曰 朝鮮四凶之窟 爰有三人 同受五刑 不忍見其景色 …… 謀逆狼狽 亡命逃走 遠在異域 不得逮捕 究厥所爲 罪上加罪 可痛可憎 然到今 則改過遷善 逆反爲忠 故第觀其成績 而將加賞罰矣.(『만하유고』, 153쪽.)

22) 송병직, 『존화록』, 467쪽. 송병직은 이 글에서 갑신사흉으로 인해 을미십적이 나오게 되었다고 하였다. 정옥자는 이러한 상소가 올라갈 수 있었던 분위기는 광무개혁의 성격을 대변해 준다고 하였다. 정옥자는 갑신사흉을 '김옥균, 박영효, 홍영식, 서재필'이라 하였고, 갑오팔간은 '김홍집, 이재면, 김윤식, 어윤중, 서정순, 박정양, 이규원, 엄세영' 등 당시 대신들이라 하였으며, 을미십적은 '김홍집, 이재면, 조희연, 권영진, 유길준, 어윤중, 장박, 서광범, 권재형, 정병하' 등의 개각대신이라 하였다.(정옥자, 전게논문, 56쪽.)

23) 오인의 죄 얻음이 오래지 않고 오히려 지금 인간 세계에 살고 있어서 먼저 지옥을 수리하고 장차 천명을 기다리는 것입니다라고 하였다. 묻고 대답하는 즈음에 流臭가 코를 찔러서 가히 오래 머무를 수가 없었다.(五人之得罪 未久 尚今生在人間 先修地獄 而將

코를 찔러 오래 머무를 수 없다고 하여 인간이 살 수 없는 곳임을 나타내고 오적들의 행위는 인간으로서, 신하로서 할 수 없는 행위임을 보여주고 있다. 바로 친일이나 부일을 한 자들은 을사오적과 갑신사흉처럼 될 것이라 하여 독자들을 경계시키고 있는 것이다. 이를 통해 김광수의 반일 혹은 항일의 의지를 엿볼 수 있다.

3. 애국계몽기 문학에 투영된 일본인식의 의미

지금까지 애국계몽기의 대표적인 우언 작품들에 표현된 일본의 형상에 대해서 알아보았다. 대부분이 일본을 경계하고 일본을 주의해야 한다는 주장이었다. 그러나 이 시기 전반적인 문학 취향은 반일에 있었지만, 친일 작품이 없었던 것은 아니다. 테제가 있으면 안티테제가 있듯 이 시기에서도 친일을 주제로 한 문학작품들은 있었다. 이 장에서는 그 예로 우언문학은 아니지만 이 시기 최초의 친일 작품인 <일념홍>을 예로 살펴보도록 하겠다.

<일념홍>은 친일지인 『대한일보』에 연재된 소설로 일본 공사에 의해서 사건이 해결되는 구조를 갖고 있는 친일소설이다. <일념홍>이 친일적 색채가 강한 이유가 무엇일까. 이는 시기적 중요성 때문이다. 이 시기는 통감부가 설치되는 등 정치적으로 예민한 시기였다. <일념홍>이 쓰여진 1906년 1월에 일본은 러 · 일전쟁 승리 후 을사늑약을 체결하고 대한제국의 모든 권한을 장악하기 위하여 통감부를 설치[24]하였다. 1895년 명성황

待天命也 問答之際 流臭觸鼻 不可久住. 『만하유고』, 153쪽.)

24) 1896년 2월 11일 '아관파천'이 일어나 개화파의 운동은 중단되고 정권은 친러수구파가 장악하게 되어 1897년 10월 12일 조선의 국호를 '대한제국'으로 고쳤다. 집권 수구파는 강대한 제정 러시아에 의지하는 성향을 보였다. 1903년 4월 러시아의 용암포점령사건

후의 시해 이후 1905년 을사늑약까지 조선 민중에게 비쳐진 일본은 조선
을 무력으로 침탈한 야만인으로 인식하였다. 이런 와중에 조선에 통감부
를 설치하려고 하니 일본에 대한 이미지를 바꾸지 않으면 안 되었으리라
생각된다. 이로 인해 <일념홍>의 작가는 선악 인물의 구도를 통해 독자
들에게 변명하려고 애썼다. 이러한 시대적 상황을 <일념홍>에서 그대로
볼 수 있다.

　<일념홍>에서 특히 '일본 공사'라는 인물의 성격은 일본의 이미지를
호도하려는 작가의 의도가 명백하게 투영되어 있다. 일본 공사는 통감부
가 설치되기 전에 막강한 권력을 가진 존재였다. 을사늑약이 체결되도록
무수한 계략을 꾸민 실제 인물과는 달리 <일념홍> 속 일본 공사의 모습
은 어렵고 힘든 사람을 도와주는 선한 인물로 묘사하고 있다. 이는 곧 일
본에 대한 반감을 줄이고 인식을 바꾸려는 시도이다. 게다가 일본 공사의
도움으로 일본 유학을 하는 두 주인공을 보여주어 일본의 개화와 번영을
독자들이 동경하도록 유도하고 있다. 이 이면에는 조선을 바꿀 수 있는
것은 일본이고, 일본이 하자는 대로 따르면 <일념홍>의 주인공 일념홍과
이정 같이 개화할 수 있음을 선전하려는 의도가 있다.

　『대한일보』가 일본의 기관지이면서도 연재소설들이 친일의 성향을 노
골적으로 드러내지 않는 것에 비해 <일념홍>에서는 조선인의 조력자로
서의 일본인 이미지를 내세워 친일적 성향을 표면화하고 있다.[25] 이것은

　이후 1904년 2월에 일본은 러일전쟁을 일으켜 승리한다. 이어 일본은 서울을 점령하고
7월 20일에는 대한제국의 치안권을 빼앗았다. 이용구와 송병준으로 하여금 '진보회'와
'유신회'를 조직하게 하고, 두 조직은 '일진회'로 통합되어 매국활동을 본격적으로 전개
하기 시작하였다. 1905년 11월에 일본 공사 하야시와 을사오적에 의해 을사 5조약이 체
결되어 1906년 2월에 통감부를 설치하고는 대한제국을 장악하였다.(신용하, 『한국근대
사회변동사강의』, 지식산업사, 2000, 291-323쪽.)
25) <일념홍>의 친일적 성향을 반증해 주는 작품으로는 『대한매일신보』에 실린 <車夫誤
解>를 들 수 있다. 이 작품은 동음이의어를 잘 활용하여 우리나라에도 '通鑑'이 있는데

사실상 조선 침략의 교두보인 일본 통감부가 설치되는 시기를 맞이하여, 조선 내의 반일(反日)감정을 유화하고, 일본의 긍정적 역할을 선전해야 할 급박한 필요성이 당시 연재되던 소설의 내용과 성격에 변화를 일으킨 것이다.

그럼에도 불구하고 이 시기의 전반적인 성향은 전술한 바대로 反日에 놓여 있다. 애국계몽기의 지식인들은 주로 전대의 것을 고집하는 위정척사계열과 새로운 문물을 배워야 한다는 동도서기(東道西器)계열로 나뉜다. 박규수를 위시로 한 동도서기계열은 청(淸)과 일본이 오랑캐이지만 그들의 선진문물은 배워야 한다는 입장을 고수하였다. 이에 비해 위정척사계열의 인사들은 동도서기계열의 입장을 수용하지 않았다. 그 예로 황현을 들 수 있다.

황현은 당시 화륜선이나 자동차 등의 문명의 이기를 보고 조선의 미래에 대해 비관적인 생각을 품기까지 하였다.[26] 황현과 같은 위정척사계열

일본에서 '統監'을 가져온다는 식으로 야유를 퍼붓고 있다. 당시에 통감부의 설치가 민중들에게도 얼마나 민감한 사항인가는 '車夫'의 말을 통해서 알 수 있다.(아마 정부 디신 네들도 나와 갓치 그러케 무식ᄒᆞ야 그 의미를 효히치 못ᄒᆞ는 모양인지, 일간에 일본셔 통감이 건너온다 ᄒᆞ니 아지 못게라 정부 관리들이 글을 더 비오려 홉인가 우리나라에도 통감이 업슬 것시 아니여던 ᄒᆞ필 일본셔 가져올 것 무어신가. 『대한매일신보』, 1906. 3. 1, 제7회.)

26) 황현은 <發鶴浦至糖山津>(1902)이라는 시에서 "똑바로 하늘을 꿰뚫는 연기 먹물 같은데, 화륜선은 나는 듯이 칠산 앞바다를 건너가네"라 하여 화륜선은 검은 연기의 확산을 빠르게 증가시킨다는 위기감을 나타냈다. 검은 연기는 일본의 조선에 대한 정치, 경제적 잠식을 의미한다. <李忠武公龜船歌>에서도 "화륜선이 동으로 와 불꽃이 해를 가렸네. 고요한 양의 나라에 호랑이가 쳐들어와 화기가 하늘을 찔러 살기가 발했어라"고 하여 외세에 대한 현실인식이 드러난다. <入都>(1909)라는 시에서는 자동차 바퀴들이 먼지를 일으켜 거리를 더럽힐 뿐만 아니라 대궐문까지 매연에 시달리게 하고 있는 변모를 불안한 눈으로 바라보고 있다.(이혜순, 「개화기 한시에 나타난 일본·일본인」, 『한국문화연구원논총』 제61집 제1호, 이화여대 한국문화연구원, 1992, 17-19쪽 ; 이혜순, 「우국 한시에 나타난 국혼」, 『20세기 전반기 한국사회의 연구』, 이화여대 한국문화연구원, 1999, 97쪽.)

의 지식인들은 당시 정세를 알지 못하고 우리 것만 고수하려는 입장을 내세우다 결국 나라만 망하도록 만들었다. 어찌 보면 황현이 누구보다 일본을 제대로 인식했는지도 모른다. 하지만 황현이 이러한 인식을 가지고 대처하는 방법이 달랐더라면 더 좋은 방법을 제시했을 것이다.

반면 전술했듯이 러·일전쟁 직후에 애국계몽을 주장하던 윤치호와 같은 지식인들은 일본에 대해 호감을 표시하기도 했었다. 1895년에 국모를 시해한 일본을 이렇게까지 호감에 찬 어조로 표현한 것은 서양의 횡포에 대항할 수 있는 힘은 동양에서 일본 이외의 나라에는 없다고 생각했기 때문이다. 그러나 이러한 인식도 오래가지는 못했다. 1905년 을사늑약의 체결로 인하여 윤치호와 같은 의식을 지녔던 지식인들이 점점 일본의 야욕을 알아차리게 된다. 이때부터 일본을 경계하고 의심하는 의식이 싹트게 된다. 이러한 의식이 절정에 달한 시기는 바로 1910년 한일합방이후이다. 이 시기의 위급함 때문인지 항일 우언 작품이 대거 등장하기 시작한다.[27]

이상과 같이 애국계몽기의 우언문학에 표출된 일본의 형상과 의미에 대하여 살펴보았다. 애국계몽기는 조선왕조가 붕괴되고 일제강점으로 이어지는 과도기적 시기이다. 그렇다보니 무엇하나 안정된 것이 없었다. 이는 조선뿐만 아니라 세계정세도 마찬가지다. 이러한 각박한 세상에서 조선이 살아남을 방법에 대해 지식인들은 고민하게 되었는데 그것이 곧 '반일'과 '친일'이었다.

이렇게 두 가지 성향을 띠는 이유는 무엇일까. 1910년 이전에는 일본을 적만으로 여기는 것이 아니라 조선의 발전을 도와 줄 대상으로 일부 지식인들은 파악했던 것 같다. 그리하여 1910년 이전의 친일－대부분이 친일지(親日誌)나 친일파에 국한하여 창작된 것이지만－은 부분적으로는 애

---

27) 이은숙, 「항일 우의 신작구소설 연구」, 한국정신문화연구원 한국학대학원 박사학위논문, 1994.

국의 양상을 띤다고도 볼 수 있다. 그러나 지금의 연구자들은 1910년 일본이 조선을 강제 합병하였기에 이 이전의 활동까지도 다 부정적으로 보는 경우가 많다. 실상 부정적으로 볼 부분이 많은 것 또한 사실이다.

이 부분에서 반일을 내세우던 지식인들의 모습을 다시 생각해보아야 한다. 반일을 내세우던 지식인들 중에는 자주와 자강을 말하기도 하였지만, 일본이 아닌 다른 나라의 힘을 빌려 조선을 발전시키고자 한 이들도 있었다. 이러한 수단을 사용함에 있어서는 친일파들과 다를 것이 없었다. 이로 볼 때 일본의 힘을 빌렸다고 해서 부정적으로만 볼일은 아니다. 그러나 이러한 사고는 1910년을 기점으로 달라진다.[28] 왜냐하면 1910년 이후의 친일 행각은 애국과 거리가 멀어지기 때문이다. 그렇기에 친일이거나 반일을 주창한 지식인들의 방법은 같다고 할 수 있지만, 목적의식이 달랐기에 그 인식이 전혀 다르게 표현된 것이다.

전술했듯 친일과 반일은 애국계몽기 문학작품에 공존하고 있는데, 이는 이 시기 지식인들 사고의 다양성을 보여주는 증거이다. 그러나 이러한 사고의 다양성이 강대국에 의지하는 경향을 보인다는 것은 이 시기 지식인들 사고의 한계라고 규정지을 수 있다.

4. 맺음말

지금까지 애국계몽기 우언문학을 중심으로 작품에 표현된 일본의 형상과 그 의미에 대하여 살펴보았다. 이를 밝히기 위해 이 시기 우언문학에 표현된 일본 형상의 유형별 양상과 일본인식의 의미로 나누어 고찰하였

---

28) 김영작은 1905년을 그 기준점으로 보고 있다.(김영작, 『한말 내셔널리즘 연구-사상과 현실』, 청계연구소, 1989, 1쪽.)

다. 전자는 다시 단형우언의 양상과 소설의 양상으로 구분해보았는데, 단형우언은 주로 신문과 잡지에 실린 작품을, 소설은 단행본과 문집 소재 작품을 대상으로 하였다. 후자에서는 친일문학의 효시인 <일념홍>을 예로 들어 이 시기 친일문학이 형성된 원인과 황현을 예로 들어 반일의 입장을 기술하였다.

이 시기 우언 작품에서는 일본을 여우나 진시황에 비유한다. 꾀가 많고 야심에 찬 일본을 아주 핍진하게 묘사한 것이다. 그리고 일본의 정책이 잘못되었다는 쪽에 초점을 맞추고 있다. 이는 1910년 이전 상황에서만 가능하다. 이후는 일본의 정책이 문제가 아니라 일본 자체가 적으로 간주되는 상황이었기 때문이다. 애국계몽기의 우언 작품에서는 이러한 의식을 포괄하고 있다. 또 지옥을 형상화하여 보는 이로 하여금 친일을 하면 죽어서 벌을 받는다는 '권선징악'의 서술 기법을 사용하여 독자들이 행동에 주의하라고 권고하고 있다. 일본을 여우나 진시황으로 묘사한다든지 지옥을 형상화하여 두려움에 떨게 하는 것 자체가 일본에 대한 부정적 시각을 노골적으로 표현한 것이고, 이민족인 일본의 침략에 대응하는 지식인들의 의지를 엿볼 수 있다.

이런 애국계몽기 상황은 조선만의 문제는 아니었다. 중국도 조선과 같은 입장에서 일본과 관계를 맺고 있다. 이 장에서는 조선의 문학 작품만을 대상으로 하였지만, 차후 작업으로는 중국뿐만 아니라 동아시아 전반의 문학 작품을 다루어보고자 한다.

『우리어문연구』 제22집, 우리어문학회, 2004.

〈경셩빅인빅색〉에 드러난 애국계몽기 시대상과 작가층

1. 서론

당시 사람들의 삶을 잘 알 수 있는 일반적인 자료로 풍속화나 소설이 있다. 단원이나 혜원의 그림을 통해 당시 사람들의 풍속을, 소설에서는 인물의 형상이나 옷, 그리고 시간적 · 공간적 배경 등을 알 수 있다. 풍속화나 소설에서 공히 등장하는 것이 바로 인물이다. 예나 지금이나 회화나 문학작품, 더 나아가 TV드라마나 영화 속의 등장인물은 그 시대를 적절히 반영한다.

애국계몽기[1]는 뭐하나 가지런하게 통일되지 않았다. 특히 가치관은 혼란스럽기 짝이 없었다. 그것은 바로 조선왕조가 지향했던 성리학적 사고와 이를 반대하는 신사조의 충돌에서 야기되었다. 이 두 진영, 유학자와 계몽주의자들 간의 사상적 괴리는 너무나도 커져 이를 중재하고자 하는 무리들도 생겨나게 되었다. 이런 상황이고 보니 저마다의 생각을 글로 써서 대다수 민중들을 교화하려 했다. 유학자는 주로 문집을, 계몽주의자들

---

1) 애국계몽기의 기간 설정에 대해 여러 이견이 있지만, 이 책에서는 1894년부터 1910년까지의 기간을 일컫는다.(조상우, 『애국계몽기 한문산문의 연구』, 도서출판 다운샘, 2002. 서론 참조.)

은 신문이나 잡지를 매개체로 삼았다.

이같은 혼란 중에서도 백성에게 부르짖는 것은 깨우치라는 한 목소리다. 다만 그 수단이 달랐을 뿐이다. 이 책에서 다루려고 하는 <경성빅인빅색>은 조선이 막 신사조에 눈을 떠서 두 진영이 양립할 시기에 창작된 작품이다. 그리하여 이 작품에 표현된 당대의 시대상을 살펴보고, 작가는 이 작품을 통해 무엇을 표출하려고 했는가에 대해 가름져 보는 것을 이 장의 목적으로 삼고자 한다. 이상의 목적을 달성하기 위해 우선적으로 <경성빅인빅색>의 기존 연구성과부터 살펴보고자 한다.

<경성빅인빅색>은 서강대학교 도서관에 소장된 『여항소설』이라는 필사본 작품집에 실려있는 '풍자소설'이다. 『여항소설』은 1984년 이종주가 학계에 소개하면서 비로소 그 실체가 알려졌는데, 이 장의 주 텍스트인 <경성빅인빅색>과 함께 <산촌미녀>, <일본산천풍속기>, <장벽지화> 등을 수록하고 있다.

이종주는 <경성빅인빅색>의 창작시기를 1894년부터 1905년(늦어도 1910년) 사이라고 추정하였다. 또 <경성빅인빅색>은 대상인물이 직접 자신의 문제를 폭로하는 '고백체 양식'이라는 점, 서술자의 관념적인 개입이 줄어들어 관념이 형상화된 점, 구어체가 확립되었다는 점을 문체상의 특색이라고 지적했다.2)

조동일은 <경성빅인빅색>은 서울에 살고 있는 여러 인물이 각기 자기 내심을 고백하는 방식으로 당대 사회의 모습을 다각적으로 드러내면서

---

2) 이종주, 『여항소설』, 시인사, 1984, 152-162쪽. 이후 이종주는 "실천적 경세화"라는 주제 아래 <경성빅인빅색>이 부정적인 사회현상에 대한 폭로와 묘사에 치중했다고 평가하고는, 性과 관련된 이야기는 <오유란전>과 <종옥전>의 논리를 잇고 있다고 하였다. 나머지 이야기는 『대한매일신보』 등 신문의 잡보와 광고에 흔히 나타났던 사회풍상이라 하였다.(이종주, 「세태소설의 변모과정」, 『고소설사의 제문제』, 성오 소재영교수 환력기념논총, 집문당, 1993, 846-848쪽.)

반어적 수법을 사용해 세태를 비판한 소설이라고 평했다.[3]

설성경은 1907년에 러시아에서 수집한 『한문잡록』의 내용과 그 책 속의 관련기록을 근거로 하여 <경성빅인빅색>이 『한성신보』에 게재되었던 신문 연재물이거나 일반 창작물의 복합으로 이루어진 작품이라는 주장을 펼쳤다. 12회 중 7회분이 실려있다고 했고, 작가는 '吐笑子'[4]라 했다. 또, 창작 시기를 1901년 이후라고 추정하였다.

김선희는 『여항소설』을 학위논문으로 다룬 최초의 연구자이다. 이 논문에서의 특이점은 작가층을 추정했다는 데에 있다. 김선희는 『여항소설』을 민중적 삶을 보여주는 소품적 성격의 글"이라 정의하고, 17세기부터 19세기까지의 위항시인들과 시사를 예로 들어 작가층을 '중인층' 나아가 '위항지식인'으로 한정시켰다.[5] <경성빅인빅색>의 작품에 대해 '희생되는 소외계층에게 관심의 폭을 넓히고 있으며, 사회 혼란을 리얼하게 그려내는데 주력한 작품'이라 평가하였다.[6]

우창호는 <경성빅인빅색>만을 가지고 형식상의 특성, 내용분석, 개화기의 다양한 세태모습, 소설사적 의의 등으로 나누어 작품론을 전개하였다. <경성빅인빅색>의 의의로 소외 계층의 인물을 문학적으로 형상화했다는 점, 중세적 가치관인 유교적 이념을 부정했다는 점, 사회제도의 잘못된 것을 비판했다는 점 등을 들었다.[7]

---

3) 조동일, 『한국문학통사 4』(제4판), 지식산업사, 2005, 345쪽.

4) 한원영은 '吋笑子'라 했다.(한원영, 한국신문 한 세기 개화기편, 푸른사상, 2002, 365쪽.) 설성경은 '토소자'는 세상을 비웃어 버린다는 뜻의 필명으로 풍자적 의미를 가진 필명이라고 하였다.(설성경, 「여항소설도 신문소설이다」, 한국고전문학연구회 165차 월례발표회, 1994.4.9 발표문. 재인용.) 『한성신보』에 보면 1902년 이후 '吐笑錄'이라는 글란이 있는 것으로 보아 '토소자'가 맞다고 본다.

5) 김선희, 「<여항소설>연구」, 부산외국어대학교 교육대학원 교육학석사학위논문, 1995, 5-11쪽.

6) 김선희, 상게논문, 48-67쪽.

한기형은 <경성빅인빅색>에 등장하는 열두 편의 작품을 '단형풍자소설'로 보아 무방하다고 하면서, 이 작품은 근대 초기 세태의 한 단면을 치밀하게 집중화하여 부각시켰다고 하였다. <경성빅인빅색>이 창작되기 이전에 '시사토론체 단편'의 개인 내면 토로 방식, '우의체 단편'의 비유와 풍자, '기사체 단편'의 당대적 리얼리티와 같은 요소들의 이바지가 있었기에 <경성빅인빅색>이 출현할 수 있었다고 하였다. 또, '일인칭 주인공의 내면 독백체'와 '사실적 풍자'를 중요한 특질로 들었다.[8]

비교적 최근의 연구성과로 김동언은 애국계몽기 러시아 관련 한글 자료에 대해 기술하면서 <경성빅인빅색>을 함께 다루었다. 이 논문에서 소개하는 <경성빅인빅색>은 설성경이 소개했던 자료와 거의 같아 보인다. 이 자료는 러시아의 한국어교육 선구자인 포드스타 빈이 『한성신보』에 연재된 소설을 필사하여 러시아 동방학원에서 한국어 교재로 사용하였다고 한다.[9] 『한문잡록』과 마찬가지로 <엿장亽>가 함께 실려있으며, 표지에 "한국 풍자문학 보기 1판"이란 기록이 있고, 1907년 블라디보스톡에서 발행한 것으로 명기하고 있다.

김동언은 <경성빅인빅색>의 창작시기에 대해서는 설성경의 연구에 힘입어 상한선은 '혜민원'을 단서로 1901년 이후로 잡고, 포드스타빈 자료의 발행을 근거로 하한선을 1907년이라 하였다.[10] 이 자료의 서두표기는 '국한문체'이며, <엿장亽> 표지에 '신제소설'이라 표시하고 밑에 '토소자(吐

---

7) 우창호, 「<경성백인백색> 연구」, 『문학과 언어』 제18집, 문학과 언어연구회, 1997.

8) 한기형, 「신소설 형성의 양식적 기반」, 『민족문학사연구』 14, 1999, 162-169쪽.

9) 이 외에 다른 자료 일부와 러시아 정교회에서 한국인 교인을 위해 발간한 교리서의 일부가 더 있다고 한다. 이 문헌들은 킹 교수가 모스크바와 샹트 뻬쩨르브르크에서 수집한 것들이라고 한다.(김동언·러스 킹, 「개화기 러시아 관련 한글 자료에 대하여」, 『한글』 255, 한글학회, 2002.3.)

10) 김동언·러스 킹, 상게논문, 210-211쪽.

笑子) 저술', '백악산인(白岳山人) 교'라 한자로 병기하고 있다. 각 작품들
은 1898년에 쓰기 시작하여 『한성신보』 등에 실렸다는 점을 밝히고 있
다.11) 러시아 동방학원 한국어 교재에 실린 <경성빅인빅색>에는 『여항
소설』에 실린 것과 다르게 '결긱흉중, 하등협잡군흉중, 학도흉중, 구비여
인, 슈령흉중, 협회군, 과부'는 실려있는 데 반해 '병정신세, 중등협잡군,
니시부인, 중추원명예의관, 지판관'은 빠져 있다.

 이상의 연구성과를 종합해보면, <경성빅인빅색>은 다양한 계층의 인
물이 등장하는 고백체 풍자소설이고, 현실의 세태를 반영한 작품으로 토
소자가 짓고 백악산인이 교열하였으며, 창작시기는 1901년 이후 1907년
이전이라고 단정지을 수 있다.12)

2. 〈경성빅인빅색〉에 표현된 시대상과 그 의미

 기존 연구를 신뢰한다면 <경성빅인빅색>은 『한성신보』의 연재소설이
고, 작가는 12명의 인물을 등장시켜 관찰자 시점으로 주인공들의 처지를
아주 상세히 설명하고 있어 당시의 시대상을 파악할 수 있는 중요한 증거

---

11) 김동언·러스 킹, 상게논문, 208-209쪽. 한원영은 1903년 10월 1일부터 『한성신보』가
  국한문판 4쪽으로 제작되었는데, 4쪽에 신제소설 <엿장사>가 연재되었다고 하였다.(한
  원영, 전게서, 364-365쪽.)

12) 이 작품의 창작 시기를 알 수 있는 단어로 "협회군"에 기술된 '대안문'을 들 수 있다.
  대안문은 덕수궁의 정문인데 그 현판의 글씨가 1905년까지는 대안문으로, 1906년부터는
  대한문으로 바뀐다. '대안문'을 근거로 볼 때 1905년 이전에 창작된 것이 분명하다고 하
  겠다. 한원영이 『한성신보』에 1903년에 실렸다고 주장하지만 현재 연대 소장의 마이크
  로필름에서 확인할 수 없기에 솔직히 한원영의 서술을 완전히 믿을 수 없다. 설성경과
  김동언도 필사본의 기록을 토대로 얘기하지만 정확한 창작년도가 없기에 필자는 '대안
  문'이 창작하한선의 증거가 될 수 있다고 생각한다. 경부철도가 1905년 1월 1일에 설치
  되었으나 운영이 된 상태이기에 실상이 없다는 말을 화자가 하고 있다. 이로 볼 때도
  하한선은 1905년으로 잡을 수 있다.

자료이다.

기존 연구에서는 <경성빅인빅색>의 인물을 유형별로 나누어 고찰하였는데, 그 예로 이종주13)와 김선희14), 그리고 우창호15) 등이 있다. 각 연구자마다 유형을 나누는 기준점은 서로 다른데, 여성을 구분함에 있어서 일치점을 보인다는 공통점이 있다. 그러나 김선희는 주제로 유형을 나누어 작품이 겹치는 단점이 있기도 하다.

이 장에서는 인물들이 직접 겪은 사건이나 대화를 통해 당시의 시대상이 갖는 의미에 대해 살펴보고 작가의 세계관에 대해 서술해보기로 한다.

1) 국내시대상과 정치 풍자

시대상이 잘 드러난 글은 주로 정치와 관련이 있다. <경성빅인빅색>에서 시대상이 잘 드러나는 글로 "병정신세, 중등협잡군, 중추원명예의관"

---

13) 등장인물을 다섯 유형으로 분류하였는데, ① 여인을 홀로 살게 하는 사회제도 비판(구비여인, 니시부인, 과부), ② 사회 정치주변에서 일어나는 이권 모리배들의 협잡(하등협잡군흥중, 중등협잡군), ③ 매관매직과 관료의 부패(수령흥중, 지판관), ④ 정치제도의 모순과 비판세력의 한계(병정신세, 중츄원명예의관), ⑤ 사회의식의 폭로(걸긱흥중, 학도흥중) 등이다.(이종주, 전게서, 152쪽.)

14) 김선희는 <경셩빅인빅색>을 <장벽지화>와 함께 '현실풍자'라는 틀에서 다루고 있는데, '12인의 자기상황고백'과 '풍자의 대상과 의미'로 나누어 고찰하고 있다. 이 중 후자에 중점을 두어 대상을 주제별로 4대별하였는데, 첫째, 정부체제(사회정치) 비판 작품(걸긱흥중, 학도흥중, 중츄원명예의관, 협회군), 둘째, 돈이 지배하던 부조리한 세태풍자 작품(하등협잡군흥중, 학도흥중, 중등협잡군, 슈령흥중, 지판관), 셋째, 가난에 허덕이는 민중의 삶을 폭로한 작품(구비녀인,병정신셰, 니시부인), 넷째, 기존윤리체계에의 도전(자유로운 성의표현)한 작품(구비녀인, 니시부인, 과부) 등이다.(김선희, 전게논문, 51쪽.)

15) 우창호는 <경셩빅인빅색>을 개인과 사회, 정신과 물질로 나누어 네 유형으로 제시하였는데, ① '개인-정신문제'로 여인의 정욕을 보여준 작품(구비여인, 니시부인, 과부), ② '사회-정신문제'로 상하계층의 부정적 삶을 다룬 작품(하등협잡군흥중, 중등협잡군, 학도흥중, 협회군, 중츄원명예의관), ③ '사회-물질문제'로 사회적 동요를 다룬 작품(병정신셰, 수령흥중, 지판관), ④ '개인-물질문제'로 물질 문제를 다룬 작품(걸긱흥중) 등이다.(우창호, 전게논문, 89-99쪽.)

등을 들 수 있다. 그러면 하나씩 내용을 중심으로 살펴보고자 한다.

구식군대의 불합리성을 지적한 '병정신세'는 구식군대와 신식군대 간의 문제를 주제로 삼고 있다. 구식군대원이 화자가 되어 글을 전개하고 있는데, 예전에는 병정의 명색이 좋아 지방에 가도 대우를 받았지만 지금은 형편없다면서 '아 옛날이여'를 외치며 탄식하고 있다. 오죽 대우가 안좋았으면 군인이 살기위해 칼과 총을 일본인에게 팔아먹기까지 하겠는가. 언뜻 보기에는 경제적인 문제와 관련이 있는 것 같지만, 이 글은 신·구식 군대의 차별을 풍자하고 있다.

신식군대와 일본군대에 비해 구식군대가 어떠한 상황에 처했었는지를 단적으로 보여주는 대목이 있다. "일본병경을 보면 붓그려워 죽깃데 그리도 우리 장관은 무어슬 자랑식키노라고 그런지 북을 두다리고, 나팔을 불고 진고긔바닥을 자죠 단기라 ᄒ니 치워 손이 쎨여 북을 칠슈가 있나 밥도 넉넉히 아니쥬니 비곱파셔 나팔소리가 잘날슈가 있나"(106-108쪽) 이 부분에서 알 수 있는 것은 구식군대가 일본군대에 비해 먹는 것, 입는 것 등에 있어서 형편이 없음을 알 수 있다. 진고개─지금의 명동·충무로 일대─는 일본인들이 서울에 와서 처음 자리 잡은 곳으로 일본인들의 구역을 의미한다. 구식군대원들은 상부의 지시대로 진고개에 가서 시위를 하지만 그들의 반응은 "일본병경과 장ᄉ들이 우리들을 보고 웃기만ᄒ데"(108쪽)라고 하여 구식군대가 웃음거리로 전락하고 있다는 것을 알 수 있다.

구식군대와 신식군대 간의 차별은 '별기군'창설에서 기인한다. 이들 별기군은 급료나 피복 지급 등 모든 대우가 구식군대보다 월등하였으므로 당시 사람들은 이들을 "왜별기(倭別技)"라고 꼬집었으며, 이러한 차별대우는 1882년에 일어난 임오군란의 요인이 되었다.[16] 이 후 조선의 군대는 '헤이그 밀사사건'을 계기로 일본이 고종의 황제퇴위를 요구하고 이어

1907년 8월 1일에 군대가 해산되기에 이른다. 이로 볼 때 이 글은 별기군과 구식군대의 차별을 정치적인 문제로 대두시키기 위해 풍자한 것이라 볼 수 있다. 특히 별기군을 '왜별기'라 꼬집어 얘기하기도 했다는 것과 진고개에 가서 북을 치며 시위하는 상황을 미루어 볼 때 일본과의 관계를 표현한 듯하다.

'중등협잡군'에는 '동학농민전쟁'과 '러일전쟁'의 시발점이 된 사건을 직접 언급하고 있다. 중등협잡꾼들은 하등협잡꾼처럼 일반 사람들에게 사기치는 것이 아니라 벼슬을 구하려고 윗사람들에게 아부하고 뇌물을 바치는 일을 하는 사람들의 총칭이다. 이 글은 당시의 시대상황을 알 수 있는 단서를 제공하고 있다.

화자는 예전 김대감 시절에는 잘나갔다며 그 때를 회고하면서 재기를 위해 일본에 있는 망명귀신을 잡아오기로 한다. 망명귀신은 곧 1884년에 있었던 갑신정변의 주역들인 김옥균, 박영효, 홍영식, 서재필 등을 이른다. 그리고 자신이 모셨던 김대감을 안동김씨 일파들 중 하나로 본다면, 이 글에서 말하는 현재는 안동김씨의 세도정치가 약해지고 대원군의 세력이 왕성했던 시기를 일컫는다고 생각한다. 속칭 한물간 중등협잡꾼이 예전의 영화를 되돌리고자 노력해보지만 이미 시대가 바뀌어 어쩔 수 없다는 것을 잘 알고 있다. 중등협잡꾼의 발화를 통해서 갑신정변이 민중에게는 거부감으로 다가왔다는 것과 함께 안동김씨 세도정치가 얼마나 부패했던가를 보여주고 있다.

그러면서 이 글의 화자는 '송덕비' 세우는 사람에 대해 거론하고 있다. 송덕비 이야기 중 널리 알려진 것은 전라도 고부군수로 조병갑이 부임하여 세금을 많이 거둬들이고, 게다가 아버지의 송덕비를 세운다는 명목으

---

16) 백승종의 정감록 산책(41), 경주이선생 가장결, 서울신문, 2005. 10. 20.

로 1000여 냥을 백성들에게 내게 했다고 한다. 이 일이 1894년 "동학농민운동"의 도화선 구실을 하였으므로 화자는 조병갑을 빗대어 얘기하고 있는 것이다.

또, 화자는 돈을 벌기 위해 여러 방법을 생각해내다가 외국인에게 광산을 허가해주고 섬을 팔 생각까지 한다. 이 때 "월미도쳐럼 탈이 나면 경을 치게 하ㄷ"(110쪽)라는 말을 한다. 이 말에서 탈은 바로 '러일전쟁'을 일컫는다. 당시의 러시아는 1890년대부터 월미도를 강점하여 석탄고를 만들어 조선을 침탈하였다. 일본이 이를 묵과하지 않고 1904년 '의화단 사건'을 계기로 2월 8일 월미도에 있던 러시아 소형 전함을 급습하고 이날 밤 여순(旅順)에서도 러시아 함대를 공격해 전쟁을 일으킨다.[17] 곧 월미도가 러일전쟁의 시발점이자 일본의 식민지 확장을 위한 교두보 역할을 본의 아니게 하게 된 셈이다.

"월미도쳐럼 탈이 나면 경을 치게 하ㄷ"에서와 같이 화자는 "하하" 웃고는 경을 치면 어쩌냐는 안도의 한숨을 쉬며 우스갯소리로 얘기를 하고 있다. 만약 러시아에게 전쟁에 졌다면 이러한 상황을 연출하지 못했을 것이다.[18] 그러므로 이 부분과 친일성이 짙은 『한성신보』에 연재된 것으로 볼 때 이 글의 화자는 친러보다는 친일에 가까운 계층의 사람이라 생각한다. '중등협잡군'에서는 당시 벼슬 아치들의 소행과 정치상황을 풍자적으로 서술하고 있다.

'중추원 명예의관'은 제도의 유명유실함을 드러내기 위한 글이다. 작중화자는 중추원에 대해서 "외국에셔는 변잇는 혼벼살이언마은 우리나라에

---

17) 박철원, 러일전쟁때도 내분만 일삼더니, 매일경제 오픈칼럼, 2004. 2. 16; 정책위, 러일전쟁 전사자 추모비 건립에 대한 인천시민문화단체의 입장, 2004. 2. 7.

18) 이와 같이 <경성빅인빅색>에 러일전쟁과 관련된 서술이 있는 것으로 보아 창작상한선은 1904년으로 잡을 수도 있다. 그러므로 전술한 주12)번과 같이 덕수궁의 대안문과 러일전쟁을 염두한다면 창작시기는 1904~1905년으로 좁힐 수 있다고 본다.

셔ᄂ 국ᄉ을 우리 의관의게 뭇지 안니ᄒ고 의정부에셔 의정ᄒ여 버리니
우리 중추원은 일홈만 닛고 실상은 업스미"라고 하여 그 실체에 대해 소
상히 밝히고 있다.

중추원은 1894년 6월 28일에 그 규정이 마련되었는데 주로 내각에서
교부하는 사항에 대해서만 그 의견을 말할 수 있는 권한을 가지고 있었다
고 한다. 한 때 독립협회 회원들은 중추원을 근대적인 의회로 발전시키자
는 주장을 펴 중추원 의원중 몇 명을 독립협회 회원으로 충당하려 하기도
했으나 실현되지는 않았다. 이러한 과정에서 1898년 11월 2일 개정을 비
롯하여 여러 번 개정하다가 마침내 1907년 그 기능이 종식되고 말았다.19)
그후 중추원은 총독부 자문기관으로 1910년 10월 1일에 다시 개설된다.

중추원은 한마디로 있으나 마나 한 기관이지만, 위에 서술한 바와 같이
독립협회가 이 기관을 이용하려 한 적이 있다. <경셩빅인빅색>에는 독립
협회와 관련된 이야기가 있는데 다소 부정적이다. '중추원 명예의관'의 마
지막 구절을 보면 "ᄯᅩ 하품이 나오ᄂᄂ구나 ᄯᅩ 담비나 먹어볼가 이놈아 담
비먹는다고 흉보지마라 중츄원의관이란 벼슬은 담비먹고 하품ᄒ고 담비
먹는 거시 담비원하품의관 직직인줄 몰나느야"(120쪽)라고 끝맺으며 자신
의 처지를 한탄조의 자조어린 어투로 말하면서 당시의 정치가 효율적으
로 운영되고 있지 못함을 풍자하고 있다.

직접적인 시대적 사건은 드러나지 않지만 매관매직과 신문사, 그리고
기자에 대한 언급을 '수령'에서 볼 수 있다. 화자인 수령은 능력이 없을 뿐
아니라 돈만 밝혀 고을의 발전과 안위는 아랑곳 하지 않는 위인이다. 민중
들이 볼 때 수령이 지녀야 할 조건 중 이보다 더 나쁜 조건은 없다. 이 수령
은 평소에 "이왕에 글공부라고 히보지 못ᄒ고 니 이계는 늘근할미 장옷

---

19) 진덕규, 「대한제국의 권력구조에 관한 정치사적인식1」, 『대한제국연구』 1, 이화여대
    한국문화연구원, 1983.

뒤덜미을 붓잡고 다라나며 밤에는 깁히 잠이든 시애기씨 볼기짝에 그림을 그리고 션싱님의 상토에 말쏭담아 논 담빗터을 꼬자 작난ᄒᆞ든"(112쪽) 사람이다. 이렇게 무능하기만 한 것도 모자라 돈으로 벼슬을 샀으며 모든 일은 아전에게 시키고 자신은 돈줄이 있는 곳만 찾아 다닌다.

이 수령은 민중의 삶보다는 개인적인 자신의 삶에 더 애착을 보인다. 그렇다보니 "원을 흔번ᄒᆞ면 숨터을 산다ᄒᆞ는 말도 옛날일세"(112쪽)라며 수령이 좋아 보여 돈을 주고 샀는데 지위가 예전만 못하다고 한탄을 늘어 놓고 있다. 그 뿐인가 이렇게 돈을 밝히는 이유는 위 대감에게 상납을 해야 관직을 유지하기 때문이라며 걱정을 털어놓는다. 결국 수령은 면직이 되고 '애고애고' 곡을 하며 글을 맺는다. 이 글은 수령을 부패의 대표직으로 삼아 조선후기 매관매직의 한 사례를 보여주어 정치가 부패하고 타락했음을 보여주고 있다.

그러면서 한 부류의 계층을 두둔하고 나서는데 그게 바로 신문사와 기자들이다. 수령은 "신문ᄉᆞ에 돈을 쥬어 치졍을 바로 흔양으로 잡보에 너게 ᄒᆞ랴도 신문ᄉᆞ놈들이 돈을 실려히셔 잘 안니 먹으니"(114쪽)라며 투덜대는 구절이 나온다. 다른 곳은 다 부패했지만 신문사와 기자들은 청렴하다는 것을 긍정하며 우회적으로 표현하고 있기에 이 글의 작가가 혹시 기자가 아닐까 추측하는 부분이기도 하다. 새로운 시대에 발전을 도모해도 모자랄 판국인데 전대의 악습을 고치지 않고 계속해서 인습만을 지키다보니 어려움을 당하는 쪽은 매번 민중들이다. 그래서 작가는 '수령'에 "흉즁"을 붙여 부정한 인물로 서술한 것이라 생각한다.

작가는 <경셩빅인빅색>을 통해 '신·구식군대 간의 싸움, 갑신정변의 실패와 이에 대한 반감, 안동김씨의 세도정치와 그 폐해, 러일전쟁, 중추원 제도의 불합리성, 매관매직의 병폐'를 들어 일반 독자들에게 당시의 시대상을 올바로 전달하려 했다. 그러나 다큐식으로의 전달은 독자에게 홍미를 끌 수 없었을 것이다. 그래서 민중들이 관심을 가질만한 정치이야기 중 적당한 에피소드를 가미하여 풍자적으로 표현했다고 본다.

2) 경제 상황과 세태 비판의 의미

(1) 경제 상황 비판

<경성빅인빅색>에서 경제와 관련된 이야기는 "걸긱흉즁, 하등협잡군흉즁, 구비여인, 닉시부인" 등이다. 그러면 글의 내용을 중심으로 당시 경제상황에 대해 살펴보기로 하자.

'걸긱흉즁'은 동냥 나온 거지가 아무도 적선을 하지 않자 세상이 망하였구나 하며 한탄하는 내용이다. 거지는 동냥을 위해 옷까지 벗어가며 퍼포먼스를 펼치는데 아무도 거들 떠 보지 않는다. 게다가 거지노릇을 삼일만 하면 거지노릇을 잊지 못한다 등의 얘기를 하며 동냥짓이 어찌보면 근성인 듯 얘기하고 있다. 게다가 자신이 할 일을 찾는 것이 아니라 다른 사람에 의해 구제 받기만을 기다리고 있다. 정부에서 '혜민원'에 자신과 같은 사람을 구제하라고 준 돈은 어디 가고 나와 같은 사람들에게 왜 돌아오는 것이 없냐면서 한탄만 한다. 오직 소원은 따뜻한 방에서 막걸리 한잔 먹고 드러눕고 싶을 뿐이다. 큰 희망을 품을 수조차 없는 한심한 상황에 봉착한 가지지 못한 자의 세상 비꼬기라 요약할 수 있다.

'하등협잡군흉즁'은 남을 사기쳐서 돈을 얻고자 하는 부류들에 관한 내용이 주를 이루고 있다. 김가, 과부, 富者에게 사기를 치려하나 아무도 걸려들지 않는다. 오죽하면 벼슬사기 원하는 시골 사람까지도 약아져 자신들의 말이 먹히지 않고, 뿐만 아니라 마누라마저 믿지 않는다고 낙망한다.

화자는 '사주전도 요새 시원치 않고'와 '경부철도도 실상별로 이가 없데'라는 말을 한다. 경제의 활력인 철도를 놓아도 이익이 없고, 사사로이

돈을 찍어 내도 경제문제가 해결되지 않는다고 하여 경제상황이 어렵다
는 것을 단적으로 보여주고 있다. 오죽했으면 이 글의 주인공이 협잡을
배우러 외국에 나가야 한다고까지 이야기하겠는가. 누구나 자신이 해야
할 일이 있고 먹는 것이 충족되면 더 바랄 것이 없다. 그러나 이러한 것들
이 충족되지 않았을 때 불만도 같이 커지기 마련이다. 그래서 작가는 '하
등협잡군홍중'을 통해 새로운 경제구조의 모색을 비유적으로 얘기하고
있다고 생각한다.

'구비여인'과 '닉시부인'에 대한 기존연구들은 여성이 기존 체제에 반발
하는 것으로 파악하였다.[20] 그러나 '구비여인'과 '닉시부인'은 여성의 恨을
얘기하고는 있지만, 더 중요한 것은 경제문제에 있다. '구비여인'에서 여성
화자는 배우자가 돈만 있으면 됐지, 얼굴과 나이는 상관없다고 말하고 있
다. 이 여인은 모든 것을 돈과 관련시킨다. "아모긔는 운슈가 터졋데 사람
을 잘맛나 이만냥쥬고 치가를 ᄒ고 요시 입은 옷슬 본잇가 모본단막오즈
계병겨고리, 슉슈치마더라(104쪽)"와 같이 치장을 하고 돈을 많이 갖는 것
에만 관심이 있다. 돈을 좋아하여 "일이삼퓌는 고ᄉᄒ고 오입이란 오입을
다히보앗스되(106쪽)"라며 풍족하게 살기 위해 할 짓 못할 짓 다했지만[21],
빈털터리 신세를 면치 못했다고 넋두리만 늘어놓는다.

'구비여인'은 여성 주인공의 솔직한 심정을 털어 놓아 여성의 변화된
모습을 보여주는 듯하지만, 여성을 이렇게 변하게 만든 원인에는 잘못된
경제 상황이 존재하고 있음을 주장하고 있다. 우리말에 곳간에서 인심난
다고 하듯 경제사정이 원활했다면 이러한 일까지 벌어졌겠는가. 그래서

---

20) 이종주, 전게서, 153–155쪽; 김선희, 전게논문, 64–67쪽; 우창호, 전게논문, 90–93쪽. 주
    14) 15) 16)참조.
21) 그렇지만, 외국인에 대해서는 '양인은 돈은 많지만 눈이 무섭고, 청인은 더러워 싫고,
    日人은 깍쟁이라 싫다'면서 부정적으로 서술하고 있다.

가장 타부시 되는 여성의 정절을 문제삼고 있는 것으로 보인다.

이와 비슷한 선상에서 볼 수 있는 것이 '닉시부인'이다. 돈 천냥에 자기의 딸을 내시에게 시집 보낸다는 내용이다. 이 글의 여성화자는 "아버지가 계셔스면 이런 슬음이 업셧겟지 어머니는 무정하오 날리 감으러셔 사너가 말나씁던잇가 아모리 쳐(sic 천)량에 눈쌀이 뒤집혀다히도 불알업는 스람에게 날쥬고 이 슬음을 식힌단 말이요(116쪽)"라며 어머니를 원망하고 있다. 심지어 똥거름 장사라도 알맹이 있는 사람을 골라 주지 천냥은 있다가도 없는 것이라며 격분을 하고 있다. 내시 남편은 아내의 이러한 설움은 몰라주고 아내가 딴짓할까 노심초사한다. 아내는 남편이 번 들어간 사이에 어느 남자가 와주었으면 바라면서 남편이 싫다고 말한다.

'닉시부인'의 여성화자는 상술(上述)한 바와 같이 아주 노골적으로 자신의 한(恨)을 이야기하고 있어 결혼제도와 여성차별을 얘기하고 있는 듯하지만, 단서는 돈 천 냥에 딸을 팔았다는 것에 있기 때문에 경제 문제와 관련이 크다. 얼마나 살기 힘들었으면 여성의 삶을 아는 어머니가 딸의 장래를 생각할 겨를 없이 그랬겠는가. 여성의 한(恨)이자 당시 경제 상황과 관련된 한(恨)이라고 볼 수 있다.

(2) 세태비판

<경셩빅인빅색>에서 세태 반영과 관련된 이야기는 "직판관, 학도흥중, 협회군, 과부" 등이다. '직판관'은 송사의 부패를 지적한 글이다. 송사는 일반인들에게 있어서 예나 지금이나 다들 어렵게만 느껴진다. 그러기에 송사와 관련 있는 재판관이나 변호사들은 그 덕을 보며 명예와 부를 획득하고 있다. 애국계몽기와 같이 어지럽고 살기 힘든 세상에서 아직 해먹을 수 있는 자리는 재판관밖에 없다고 화자(話者)는 말한다. 그러면서 재판

관의 유형을 몇 가지로 제시하고 있지만 전체적으로 볼 때 부정적인 인
간22)으로 기술하고 있다.

이 글은 특이하게 '목밀자'라는 필명을 적었고 '投書'를 병기하고 있다.
기존의 재판 형식과 법조인에게 불만을 가진 계층이 이를 개혁하고자 쓴
글이 분명하다. 그런 까닭에 "지금은 죠타히도 정치가 바로 되는 날은 먼
져 죽을 거슨 지판관"(122쪽)이라며 아주 부정적으로 평하고 있다. 결론적
으로 요즘 유행하는 '유전무죄, 무전유죄'의 상황을 풍자하고 있다.

'학도흉즁'은 애국계몽기에 거짓 개화하는 '개와'23)의 모습을 보여주고
있다. 이 글의 화자가 평소에 하는 행태를 보면, 노름판과 기방에서 밤새
고 늦게 일어나 학교에 가려는데 책이 어디 있는지도 모른다. 게다가 등
교시간도 맞추지 못해 항상 늦어 병이 났다고 거짓으로 선생에게 둘러댄
다. 뿐만 아니라 어려운 외국어 대신 권주가를, 선생님 대신 기생이 가르
쳐 줬으면 바라고 있다. 이렇게 공부는 안하면서도 여러 수단을 써서 졸
업장을 받으려 한다.

이 글은 당시 신문학의 풍조를 풍자하고 있는데, 당시의 세태를 알 수
있는 대표적인 것은 외국어 교육24)이다. 예나 지금이나 외국어는 절실한

---

22) 첫째, 청백리한 체 하며 돈을 얻을 줄 모르는 사람, 둘째, 겉으로는 보살인 체 하고는
   속으로 돈을 챙겨가며 벼슬을 굳히는 사람, 셋째, 세도가에게 꼼짝 못하는 사람 등이다.
23) 이 용어는 박승빈의 <용로문답>에 나오는 말로 진정한 개화가 아닌 행동만 그냥 따라
   하고 개화하고 있네 하는 부정적인 개화인을 일컫는 대명사로 쓰고 있다.(박승빈, <용로
   문답>, 『대한유학생월보』, 1907.4.)
24) 조선말기에 관에서 주도한 외국어는 영어와 일어가 대표적이다. 영어는 1883년 재동에
   관립영어학교가 설립되면서 교육이 시작되었는데, 이어 同文學(1883), 배재학당(1885),
   이화학당(1886), 육영공원(1886) 등에서 영어를 가르쳤다. 일본어는 1891년 일어학당이
   일본공사의 권고를 받아들여 한성부에 개설하였는데 1895년에는 인천에, 1907년에는 평
   양에 일본어 학교가 세워졌다. 1905년 을사늑약이후에는 사설 일본어 학교 및 교습소가
   전국각지에 세워졌다.(한중선, 「개화기 일본어 학습서 小考」, 『일어문학연구』 25, 일어
   일문학회, 1994, 142-143쪽.)

문제가 아닐 수 없다. 보성전문 일본어 강사였던 임규(林圭)는 일본에 유학온 조선 청년들에게 일본어를 무상으로 가르쳤다고 한다. '일본이 밉다고 해서 일어를 하지 않으면 그들을 알 수 없다'고 하여 외국어의 중요성을 설파한 적이 있다.[25]

당시에도 외국어 열풍이 불어 국립·사설기관, 강습소가 있었는데도 불구하고 공부는 안하고 화자인 학생은 방탕하게 보내기만 한다. 이와 같은 인물들이 '개와'의 부류이고 진정으로 개화하려는 사람들까지 욕을 먹게 했으며, 유학자들은 신학문에 거부반응을 일으키게 되었다. 이 같은 학생들은 계몽지식인의 적이면서 계몽의 대상이다. 그러기에 타락한 학생의 모습을 보여주면서 세태를 풍자하고 있다.

'협회군'에서는 독립협회와 만민공동회 및 단발과 연설에 대해 비판적으로 제시하고 있다. 화자(話者)는 아이들의 수수께끼를 말하며 "나가지도 못ᄒ고 드러가지도 못ᄒ는 거시 무어시오 ᄒ는디 한 놈이 잇다가 협회군이라고 디답ᄒ데"(124쪽)라고 하여 나가면 연설해 잡힐 터이고, 들어가 숨더라도 누군가 밀고하여 잡히는 신세임을 한탄하고 있다. 그래서 입이 화재를 부르는 문이라며 연설을 원수라고 말하기까지 한다.

이 시기에 신문과 잡지에는 연설과 관련된 글들이 많이 등장한다. 갑오개혁 이전만 하더라도 대중들을 모아 놓고 그 앞에서 계몽을 위해 연설하는 것이 보편화되지 않은 상황이었다. 그럼에도 불구하고 계몽지식인은 기존의 관습을 타파하고자 대중들을 계몽시키기 위한 방법으로 연설을 택하였다. '협회군'에서 연설은 "무식ᄒ 놈이 할슈는 업고"(124쪽)라고 하

25) 임규는 익산에서 태어나 아전을 지내다 渡日하여 慶應義塾을 졸업하였다. 일본문법의 대가이고 저서로는 『北山散稿』가 있다. 한시에 능했다고 평가되고, 최남선과 홍찬유의 스승이다.(정후수, 「偶丁 林圭의 근대문화사적 역할」, 『동양고전연구』 제1집, 동양고전학회, 1993. 참조.)

여 연설자의 능력 중에 유식이 전제되고 있다. 그럼에도 불구하고 話者는 '식충을 위로하기 위해' 단발과 연설을 하려한다. 하지만 자신이 없어 자꾸 주저하자 이 때 친구가 연설이 별거냐면서 "디한계국의 독립이란 말과 슴쳘니 강산과 이쳔만동포라 ᄒᆞ는 이 셰가지 말만외고 가장 분괴지심이 잇든것과 갓치 쥬먹을 혼들면셔 억기을 웃슥ᄃᄃᄒᆞ고 연셜마당에셔 지랄을 혼바탕ᄒᆞ면 되는이라"(124쪽)며 일러준다. 친구의 말에서 연설에 대한 부정적인 시선이 느껴진다. 더욱 결정적인 것은 화자의 아내마저도 머리 깎은 사람이 싫다며 친정으로 달아나 버리는 것에서 알 수 있다. 가장 측근에서 도움을 주어야 할 아내가 남편이 하는 일에 대해 반기를 드는 것이니 이보다 더한 부정적인 감정은 없다. 이 글의 화자도 '중추원명예의관'에서 보았듯이 독립협회와는 반대적인 입장에 있던 계층일 것이라 추측할 수 있다.[26]

<경성빅인빅색>에서 여성과 관련된 세태비판을 단적으로 보여주는 글이 바로 '과부'이다. 결혼한 지 3달 만에 죽은 남편. 예전 같이 정절을 지켜 시부모를 봉양했으면 '열녀' 소리라도 들었을 터이다. 그렇지만 이 글의 화자는 열녀와는 달리 남편이 없어서 독숙공방이 섧다고 울부짖는다. 이뿐인가. 이 여성은 "타국에는 기가 법이 잇셔 우리 갓흔 스람도 다시 남편을 엇는다니 그리스면 다시 죽지 안을 남편을 어더셔 이 독숙공방의 셜음을 면ᄒᆞ련만은"(128쪽)이라며 개가가 합법화되기를 바라고 있다. 그러나 조선시대부터 면면히 내려온 열녀, 정절의 이미지를 한꺼번에 벗어 던질 수는 없었다. 그렇기에 열녀와 개가불가(改嫁不可)의 토대를 형성시킨 성인을 "잡놈", "원수"라 표현하고 있다.

갑오개혁에 의해 여성의 개가가 허용되었으나 일반적으로 행해지지는

---

26) 독립협회나 연설로 인해 고초를 당했던 인물이라면 이에 대해 긍정적일 수는 없었으리라 생각한다.

않았다. 왜냐하면 법은 존재하지만 누구도 그것을 따르는 사람이 없었기
때문이다. 여성은 따르고자 했겠지만, 남성들이 원하지 않았을 것이다.27)
바로 대부분 남성들의 사고를 지배했던 성리학이 원인이었다. 그렇기에
여성의 개가문제가 이 시기 계몽지식인들의 개혁대상이었다. 그래서 화
자인 과부는 여성이 개가를 못하도록 만들어 놓은 성인을 '잡놈'이라며
"잡놈이 공연이 정절이란 법측을 마련하여 우리 과부을 죽이라 드네그
려"(128쪽)라며 아주 노골적으로 성토하고 있다.

　그러나 이 여성은 다른 누가 눈길을 보내면 내 돈을 빼앗으려 한다면서
멀리하고는 죽은 남편 만한 사람이 없다며 남편이 다시 살아서 돌아오기
를 바란다. 이는 남성 작가의 시선으로 바라 본 여성이기에 가능한 서술
로 보인다. 이 같은 어조만을 놓고 생각한다면 여성인식에 대해 <경성빅
인빅색>의 작가가 가지고 있는 한계라 생각할 수 있다. 하지만 글이 쓰여
진 시기 - 적어도 1905년 이전 - 를 감안한다면 개가에 대해 이와 같은 어
조로 이야기한다거나 여성의 행동과 내면 심리를 적극적으로 묘사한 것
은 기존과 달리 아주 특이할 만하다고 하겠다. 이로 볼 때 <경성빅인빅

---

27) 유원표는 <民俗의 大關鍵>에서 여성의 개가는 허용되어야 한다는 입장과 함께 선결
　　조건을 제시하였다.("집안에 젊은 과부를 머물러 기를 수 없게 하는 법칙 한 조를 제정하
　　여 반포해야 할 것이고 …… 나의 소견으로 말하자면 남자가 부인을 잃고 홀아비가 되
　　어 재취할 때에 처녀와 결혼하는 풍속을 엄히 금지하고 영원히 두절할 따름입니다."
　　…… "남자는 아내를 잃고 舊郎이 되어서 신부에게 다시 장가들고 여자는 지아비를 잃
　　고 舊婦가 되어서 舊郎에게도 오히려 재가하는 醮禮를 행할 수 없는 것은 다른 것이
　　아니라 민법과 민속이 서지 않아서 이와 같은 인륜의 대사를 아직도 정착하지 못하여
　　하늘이 준 권리도 이 같이 스스로 잃도록 한 것이니 이는 우리들의 잘못입니다." "家內
　　에 紅顔靑孀을 不得留養게ᄒ는 法則一條를 制定頒下할거시오 …… 以愚見으로 言之
　　ᄒ면 男子ㅣ 喪配爲鰥爲再娶할 時에 閨(sic 閨)秀와 作婚ᄒ는 風俗을 嚴禁永杜而已
　　로다. …… 男子는 喪妻爲舊郎ᄒ야 再醮於新婦ᄒ고 女子는 喪夫爲舊婦ᄒ야 舊郎의게
　　도 猶不得再嫁行醮ᄂᆫ 無他라 民法과 民俗이 不立ᄒ야 此等人倫大事를 尙無底定ᄒ
　　야 天權을 如是自損케ᄒᆫ 者ㅣ니 是ᄂᆫ 吾輩之過也ㅣ라.") (劉元杓, <民俗의 大關鍵>,
　　『서북학회월보』 4, 1908. 9.)

색>의 작가는 여성이 조선후기 또는 대한제국의 제도적 굴레에서 벗어나 새로운 문명을 받아들여 한층 발전하기를 바라던 인물이라고 여겨진다.

경제 상황과 세태 비판에서는 하층민인 걸객부터 시작하여 소외층인 여성, 그리고 고관대작인 재판관까지 다양하게 등장한다. 이들은 모두 계몽지식인들의 개혁과 계몽의 대상들이다. 여기에 계몽지식인들과 관련이 있던 독립협회와 계몽의 수단이었던 연설까지도 부정적으로 표현하고 있다. 작가는 계몽의 반대 요소뿐만 아니라 자신과 관련 있는, 아니 자신까지도 비꼬며 성토하고 있다. 이보다 더 애절한 반성이 없음을 작가는 독자에게 표현하고 있다.

지금까지 국내외 시대상과 정치풍자, 경제 상황과 세태비판의 의미 등으로 나누어 애국계몽기 시대상에 대해 알아보았다. 주로 하층민이나 부정적인 인물을 입전 방식으로 서술하고 있다. 과연 그 이유는 무엇일까. 이를 증명하기 위해서 먼저 『한성신보』의 특성을 고찰해보고 <경성빅인빅색>의 작가는 어느 계층의 인물이었나를 살펴보고자 한다.

3. 『한성신보』와 <경성빅인빅색>의 작가층

1) 『한성신보』의 특성

작자층 추정에 앞서 <경성빅인빅색>이 연재되었다는 『한성신보』에 대해 알아보기로 한다. 설성경과 김동언의 연구를 보면 <경성빅인빅색>이 『한성신보』에 실렸을 가능성이 높다고 하겠다. 현재 『한성신보』는 연세대 중앙도서관에 마이크로 필름으로 소장되어 있어 열람할 수 있다. 그러나 이 필름에는 <경성빅인빅색>과 <엿장수>는 존재하지 않는다.[28]

---

28) 이러한 서술은 필자가 직접 확인했지만 찾을 수 없었기 때문이다. 혹시 필자의 과오로

연대 소장『한성신보』는 총 3개 필름인데 두 번째와 세 번째 간에는 시간
적 틈이 존재한다. 두 번째 필름의 끝은 1897년이고 세 번째 필름의 처음
은 1902년으로 몇 년간의 신문이 없다. 한원영은 그의 책에서 <엿장亽>
가 1903년 10월 1일 이후에 실려 있다고 기술하고 있는데, 연대 소장『한
성신보』에는 광무7년(1903) 9월 28일부터 12월 1일까지의 신문이 없다.29)
그럼에도 불구하고 한원영과 설성경, 그리고 김동언의 기술을 인정한다
면 <엿장亽>와 <경성빅인빅색>은『한성신보』에 연재되었던 신문연재
소설이었기에 한 곳에 필사될 수 있었다고 추정해 볼 수 있다.

이 시점에서 궁금한 것은『한성신보』가 과연 어떠한 신문이었는가이
다. 신문연재소설이라 언급한 설성경, 김동언은 이 신문에 대해 언급만
하고 있지 어떤 신문인가에 대해서는 아무 언급이 없다.『한성신보』를 발
간한 한성신보사는 조선인에게 일어를 가르치고 보급하는 일을 해왔고
신문도 국문과 일본어판을 함께 실었으며, 일본어 교재30)도 발간하였다.
외국어 보급이라는 측면에서는 순기능을 담당하였으나『한성신보』는『대
한일보』와 함께 대표적인 통감부의 기관지이다.

『한성신보』의 발간 초기에는 1, 2면에 국문을 게재하고 3면에는 1, 2면
의 기사들을 일본어로 적었으며, 4면에는 광고를 실었다. 1, 2면의 기사는
그대로 3면에 실었지만 소설 작품은 거의 실지 않았고, 간기는 일본의 연

찾지 못한 것이라면 추후에 다시 고치기로 한다.

29) 한원영의 기술이 옳다면 이 기간 안에 <엿장亽>가 실려 있으리라 생각한다. 연대 이외
『한성신보』가 소장되어 있는 곳을 찾아서 확인해야 정확한 것을 알 수 있기에 추후의
작업으로 미루고자 한다.

30) 李鳳雲・境益太郎,『單語連語日話朝鮮』, 경성; 한성신보사, 1895. 6. 이 책은 한일 합
작품으로 한국사람이 일어를 배우는 최초의 책이다. 일본어 문장을 전부 한글로 표기하
고 있다. 다음은 그 예이다. "일본 말칙을 민드러 죠션사룸을 가라치면 죠겟소 → 니혼
고노 혼워고 시라예데 죠센진니 오시예다라바 요로시우 고자리마시오"(한중선, 전게논
문, 148쪽.)

호인 '明治'를 사용했다. 이러던 신문 형식이 1902년을 기점으로 달라지는데, 간기도 일본의 연호인 명치(明治)에서 대한제국의 연호인 '光武'를 사용하고, 표기 또한 일본어는 사용하지 않고 국한문을 사용하였다. 뿐만 아니라 전과 달리 소설이 대폭 줄고 시사문제와 관련한 의론문이 많아져 통감부 기관지 형식이 더욱 강해졌다고 하겠다.[31]

1894년부터 일본어로 표기한 이 신문은 조선에서 발간되었지만 일본과 일본인, 나아가 친일자들을 위한 신문이었다. 그렇기에 이 신문은 친일지로 보기에 무난하다. 『한성신보』에 관여했던 주요인물 중 사장이었던 안달겸장(安達謙藏)이 있다. 이는 일본공사와 더불어 '명성황후시해사건'의 주동자로 조선에서 볼 때 아주 사악한 인물이다. 더 사악한 짓은 『한성신보』관계자들은 명성황후시해자가 누구인지 분명히 아는 상황에서 대원군이 주동이라고 허위보도를 했다.[32] 뿐만 아니라 일진회의 글이 상당수 있어 주로 일본측의 입장을 대변하던 신문이었으며 통감부 기관지로 전매되다가 1906년 7월 31일자로 폐간 되었다. 일제의 정책에 앞장선 친일기관지였다.

전술하기도 했지만 <경성빅인빅색>은 부정적인 인물들을 대상으로 하여 입전방식으로 서술한 것이 그 특성이라 했다. 『한성신보』에 연재된 소설만해도 무려 17종[33]에 이른다. 이 소설들을 다 읽어보지 않은 상태에서

---

31) 『한성신보』의 다른 연재소설들을 다 검토해보지 못해서 단어할 수는 없지만 <경성빅인빅색>만큼은 친일적 요소가 보이지 않는다. <경성빅인빅색>을 보면 신문의 성향과 소설의 지향이 다르다는 것을 알 수 있다.

32) 한원영, 전게서, 359쪽.

33) 한원영, 367-368쪽 참조. 필자는 한원영 선생이 미처 찾지 못한 소설을 발견했는데, <이춘풍전>의 이본이다. 작품 표제는 <男蠢女傑>로 명치 29년(1896년) 9월 28일부터 연재가 시작되었다. 기존의 소설을 옮겨 놓았기에 그 앞에 소설이라는 이름을 붙이지 않았다. 그 증거로 같은 면에 <곽어사전>이 함께 실렸는데, <곽어사전> 앞에는 소설이라는 제목을 붙이고 있는 것을 들 수 있다. 이로 볼 때 <이춘풍전>의 필사시기(또는

단정하기는 어렵지만 부정적인 인물들을 주인공으로 삼은 것에 대해서 '소극적 친일행위'로 생각해볼 여지를 남기고 있다.[34]

2) 작가층 추정

<경성빅인빅색>에 대한 작가층을 언급한 것은 전술한 바와 같이 김선희가 최초이다. 이후 그렇다고 할 만한 작가나 작가층을 제시한 적은 없다. 다만 『여항소설』에 함께 실려 있는 <산촌미녀>의 작가층을 제시한 연구는 있다. <산촌미녀>의 작가에 대해서는 최근 진경환과 심재숙의 연구가 논란이 되고 있다. 이 장이 <산촌미녀>를 언급하는 자리는 아니지만 한 문헌에 수록되 있기에 작가를 추정하는 데 도움이 될까 하여 간략히 언급하고자 한다.

심재숙은 "<산촌미녀>가 개항을 전후한 시기에 (대한제국이) 독자적이고 주체적인 개항을 통해 근대적 국가를 건설하여 근대적 개혁을 이루고 외세로부터 민족자주권을 수호해야 한다는 인식을 드러낸 작품으로 이해하는 것이 온당하다"면서 작가층을 근대적 개혁을 이루고자 하는 계몽지식인으로 상정하였다.[35]

진경환은 <산촌미녀>는 '반일친청'의 지향을 보이고 내용의 의미가 운

창작시기)를 주로 1900년대 초반으로 잡았는데 적어도 60년 이전으로 소급시켜 1840년 대로 추정해 볼 수 있다고 하겠다.

34) <경성빅인빅색>이 부정적인 인물을 주인공으로 삼은 것은 조선의 부패하고 타락한 세태의 모습을 그리려 한 것이 아닌가 생각해볼 수 있다. 왜냐하면 『한성신보』가 일본 인이 경영하던 신문사였기 때문이다. 이로 인해 통감부 기관지로서 한국민의 무능, 자괴감을 불러일으키는 효과를 수반하는 의도가 있다고도 여겨진다.

35) 심재숙, 근대계몽기 신작 고소설의 현실대응양상 연구, 고려대 대학원 박사학위논문, 2000, 69쪽. 이은숙은 '對日의식'을 가진 올바른 역사의식의 소유자로 추정하였다.(이은숙, 「항일 우의 신작구소설 연구」, 한국정신문화연구원 한국학대학원 박사학위논문, 1994, 137쪽.)

양(雲養) 김윤식(1835-1922)의 사상 지향과 그 맥이 닿아 있다고 하여 작가층을 온건개화파의 한 인물로 상정하였다.[36]

이처럼 두 연구자의 의견이 판이한데 과연 어느 쪽이 옳은지는 더 생각을 해봐야 한다. 『한성신보』가 일본인이 경영하던 신문사였고, <경성빅인빅색>의 '중추원명예의관'과 '협회군'을 보면 독립협회와 만민공동회에 대해 부정적으로 묘사한다는 것을 알 수 있다. 독립협회가 주측이 되어 개최한 만민공동회는 러시아와 일본의 세력을 한반도에서 몰아내고 자주 수호를 달성하자는 취지로 행해졌다. 결국 러시아는 고문과 교관을 본국으로 돌려보내고 노은은행도 철폐시켰다. 이에 일본도 '절영도'를 대한제국에 돌려주는 계기가 된다.[37] 이로 볼 때 <경성빅인빅색>의 작가는 친러나 친일[38], 두 부류 중 하나에 가담한 사람이었다고 본다.

이러한 시점에서 러시아에서 발견된 문헌을 가지고 작가층을 추정한 설성경이나 김동언의 연구는 의미있다. 적성국가인 일본 기관지에 실렸던 작품이라고는 하나 자신들의 필요한 부분만을 발췌해서 본다면 아무 이상이 없었을 것이라 생각한다. 그래인지 몰라도 정치색이 농후한 글-병정신세, 중등협잡군, 니시부인, 중추원명예의관, 직판관-은 제외되어 있다. 이렇다 보니 작가와 새로이 작성시킨 교열자가 필요했으리라 생각한다. <경성빅인빅색>만의 작가가 아닌 <엿장스>와 같이 필사된 곳의 표제에 기록된 것이기 때문에 여전히 작가에 대한 문제는 존재한다.

---

36) <일본산천풍속긔>는 '친일반청'의 입장을 보이고 있어서 한 작가의 작품을 엮어 놓은 것이라기보다는 어느 호사가가 한 사람 이상의 작품을 모아 엮은 것이 아닌가 조심스럽게 추측하였다.(진경환, 「<산촌미녀>와 온건개화론」, 『어문논집』 52, 민족어문학회, 2005, 152-173쪽.)

37) 신용하, 「독립협회와 개화운동」, 『교양국사총서』 20, 세종대왕기념사업회, 2000, 153-159쪽.

38) 이 작품의 창작연대가 적어도 1905년 이전이기에, 1910년 이후의 '친일'과는 다른 의미로 사용하였다.

설성경과 김동언의 연구에서 작가는 '토소자'이고, 교열한 사람은 '백악산인'라고 하였다. 이처럼 작가와 교열자를 따로 명기하고 있는데, 이를 두 가지로 볼 수 있다. 하나는 '토소자'라는 기존의 작가가 지은 것을 백악산인이 조금 고쳐 교열한 것으로 보거나, 둘째는 작가와 교열자가 같은 사람인데 필명을 따로 한 것으로 추측할 수 있다. 이 시기에는 교열을 창작으로 간주하는 경우도 있기 때문이다. 아직까지는 어느 것이 맞는지 자료가 불충분하여 알 수 없다. 그렇지만 『한성신보』에 '토소록'이라는 코너가 존재한 것을 보면 작가인 '토소자'는 분명 『한성신보』의 기자였으리라 생각한다. 그러나 아직 '토소자'가 누구인지 알 수가 없다. 그래서 필자는 교열자인 '백악산인'에 주목하고자 한다.

『한성신보』 광무7년(1903) 2월 25일자를 보면 '白岳生'이라는 필명으로 쓴 논설 <論科擧之不可無>가 있는데, 신교육의 필요성을 역설하고 있다. 예전에 과거가 없었다면 인재를 뽑을 수도 없었고, 공부하는 사람들에게 격려할 수 없었을 것이라고 단정하고 있다. 백악생은 과거가 잘못된 것이 아니라 법이 만들어진 지가 오래되어 폐단이 생겨 공변되지 못하고 사사로운 감정이 개입되어서 잘못된 것이라고 했다. 그러나 지금은 태서 각국이 학교를 세워 소학교로부터 등급을 정해 놓은 학교가 있어서 대학교에 이르러 졸업을 하면 학사학위를 받으니 이들이 급제한 자라고 말한다. 이어 각국을 유람하여 이치에 통달한 사람을 박사라고 하니 이들을 급제한 자들이라고 말하고 있다. 결론지어 "학교를 설치하여 인재를 양성하는 것보다 급한 것이 없으며 과거를 설치하여 인재를 취하는데 먼저 각각 배운 것으로써 시험을 보고 또 시세의 적용하는 것으로써 씀을 취한다면 인재가 자연히 권장하고 독려하여서 양성되며 취하기를 공변되게 한다면 들에는 남겨진 어진이가 없어서 잘 다스리기가 어렵지 않을 것"[39]이라고 하였다. 신학문을 장려하여 익히도록 계몽하고 있다.

이와 비슷한 글을 1906년『태극학보』창간호 <我國敎育界의 現象을 觀ᄒᆞ고 普通學校의 急務를 論홈>에서 볼 수 있는데, 이 글의 필자가 바로 장응진이다. 내용을 보면 교육의 중요성을 설파하고 있는데『한성신보』의 글보다 자세히 풀어쓰고 있다. 그 내용 중 일부를 보자.

  "(원래 사림으로 말한다면) 민중의 안내자가 되어서 국민으로 하여금 인도하여 가르쳐 개발하도록 만들어서 문명의 지역에 나아가게 하는 것으로써 이미 소임을 다해야 할 것이어늘 슬프다. 우리 사림의 무능함이여 …… 유일한 형식에 얽메여서 일체 새로운 이치를 배격하고 옛날 관습을 잘 지키며 …… 유림의 고루한 편벽된 소견이 여기에 이르러서 민망하고 가련하도다 …… 또 과거제 폐지 이후에 이른바 신학문을 알리는 기관이라 일컬을 몇 개의 외국어 학교가 창립되었으니 어학으로 논하면 문명국의 언문을 습득하여서 그 나라 문명의 핵심과 학식의 원천을 연구함에 있거늘 슬프다 우리나라 어학의 실상 없음이여 이른바 학도가 일정의 목적이 없고"40)

서두에서 한 나라의 홍망은 그 자손의 교육에 달려 있다고 말하고는 이어 자손의 교육을 담당하는 사림에 대해 이야기하고 있다. 사림은 원래 한 나라의 주춧돌이고 사리에 정통했으나 지금과 같은 달라진 세상에 신학문을 전하는 입장에 서지 못하고 있음을 한탄하고 있다. 심지어 무능함

---

39) 莫急於設學校而養人材ᄒᆞ며 設科擧而 取人材호디 先各以其所學으로 試之ᄒᆞ고 又以 時勢之所適用으로 取用ᄒᆞ면 人材ㅣ 自然勸勵而養成ᄒᆞ며 取之以公ᄒᆞ면 野無遺賢而治 平이 不難ㅣ 라ᄒᆞ노라.(『한성신보』, 1903. 2. 25.)

40) 衆民의 指導가되야 國民으로 ᄒᆞ여금 敎導開發ᄒᆞ야 文明의 域에 進홍으로써 已任을 作홀 것이어늘 슬푸다 우리 士林의 無能이여 …… 唯一形式에 拘泥ᄒᆞ야 一切新理를 排擊ᄒᆞ고 舊習을 膠守ᄒᆞ며 …… 儒林의 固陋홍 僻見이 此에 至ᄒᆞ야 憫笑可憐ᄒᆞ도다 …… 또 科擧廢止以後에 所謂新學闡發의 機關이라 稱홀 幾個의 外國語學校가 創立 되여스니 語學으로 論하면 文明國의 言文을 習得ᄒᆞ야 其國文明의 精華와 學識의 源 泉을 硏究홈에 在ᄒᆞ거늘 嗟呼라 我國語學의 無實이여 所謂學徒가 一定의 目的이 無 ᄒᆞ고(장응진, <我國敎育界의 現象을 觀ᄒᆞ고 普通學校의 急務를 論홈>,『태극학보』 창간호, 1906. 8.)

을 비판하고 있다. 이는 과거제가 나쁜 것이 아니라 오래되어 폐단이 생겼다는 것과 비유가 비슷하다고 본다. 곧 유림의 고루하고 편벽된 소견만 버리면 민중을 안내할 신지식인 될 수 있을 것이라 장응진은 기대하고 있다. 그러나 실상은 그렇지 못하다. 그리하여 보통교육을 빨리 전수하여 민중들을 무지에서 구해야 한다고 역설하고 있다.

또 신문명을 받아들이기 위한 수단으로 외국어의 중요성을 들고 있다. 그런데 우리나라의 어학은 유림들의 학문과 마찬가지로 실상이 없다고 탄식하고 있다. 더 심한 것은 학생들의 목적의식이 없음에 격분하고 있다. 이와 같은 어조는 <경성빅인빅색>의 '학도흉중'에 나오는 부분과 일치한다고 하겠다.

'백악'을 호로 쓴 사람이 지금 위에서 거명한 장응진 외에 김환, 이상협이 더 있는데, 1905년을 기점으로 하여 주로 활동하고 고백체 문장을 쓴 작가를 꼽는다면 '張應震'[41]이 유력하다고 하겠다. 그렇다면 과연 장응진이 '백악생'일까. 하나의 예를 더 보자.

『태극학보』 제2호에 보면 『한성신보』의 필명과 똑같은 '白岳生'이 쓴 <海水浴의 一日>이란 글이 있다. 이 글은 태극학회 회원들이 하루 해수욕 다녀온 것을 일기형식으로 기록한 글이다. 그런데 글 중에 "친구 최석하군과 나는 태극학보 발간의 일로 인쇄소에 교섭할 일이 있어서"[42]라는 기록에 유념할 필요가 있다. 『태극학보』 창간호부터 장응진이 편집을 맡고 있었기에 이 기록에 '나', 다시 말해 백악생은 장응진이 분명하다.[43] 이

41) 송민호는 백악춘사가 장응진이라고 최초로 밝혔다. 그러나 이선영은 '백악'을 김환으로, '백악자'를 장응진으로 구분하였다. (송민호, 『한국 개화기 소설의 사적 연구』, 일지사, 1986; 이선영, 『한국문학의 사회학』, 태학사, 1993, 235쪽.)

42) 崔友錫夏君과 余는 太極學報發刊事로 印刷所에 交涉홀 事末이 有ᄒ야(『태극학보』 제2호, 1906. 9, 53쪽.)

43) 장응진은 1880년 3월 15일 황해도 장연에서 태어나 선친 장의택의 영향으로 신학문을

후 장응진은 일반 논설일 때는 자신의 본명을 기재하고, 문예물일 때는 "백악생", "백악춘사"라는 필명을 썼다. 장응진은 이 시기부터 『태극학보』에 여러 글과 소설을 쓰는데, 작품을 들어보면 <다정다한>, <춘몽>, <월하의 자백>, <마굴> 등이다.44)

<경성빅인빅색>의 교열자 백악산인을 장응진이라고 추정할 수 있다면 작가도 장응진과 같은 부류의 사람이라고 단정할 수 있다. 사상이나 계층이 다른 사람의 작품을 교열할 이유는 없다고 본다. 그렇다면 장응진이 다소 부정적으로 읽힐 수도 있는 <경성빅인빅색>을 교열하고 日人을 위한 『한성신보』에 투고했을까. 장응진이 <경성빅인빅색>을 교열하고 『한성신보』에 글을 실었을 때는 일본에 유학 중이었고, 한성신보사가 일본어 교육에 관여하고 있었기에 일본유학생 신분으로 글을 실었던 것이지 다른 뜻은 없다고 보인다. 그렇다면 <경성빅인빅색>의 작가 '토소자'는 장응진과 같이 일본에 유학한 학생이거나 태극학회 관련자일 가능성이 높다고 하겠다.

접하여 관립영어학교에 입학하여 수학하고 사회운동에 참여하다가 독립협회에서 개최한 만민공동회에서 영어학교 대표로 연설을 하기도 하였다. 이 일로 장응진은 피신하다가 1898년 일본 유학을 떠난다. 1904년 일본에서 대학을 졸업한 후 미국으로 유학을 갔다가 다시 일본으로 돌아온 장응진은 1906년 일본 고등사법학교 수리과에 입학하며 태극학회에 참여하여 초대회장 및 편집과 발행인 역할을 담당한다.(김윤제, 「백악춘사 장응진 연구」, 『민족문학사연구』 제12호, 민족문학사연구소, 1998, 181~189쪽.)

44) 장응진은 1906년 8월 1호부터 1907년 12월 16호까지 왕성한 활동을 하며 글을 실었는데, 1908년 1월부터는 글을 싣지 않는다. 그리고 1909년 8월에 귀국하는데 이 기간 동안 글을 싣지 않는 것을 보면 유학생들 간의 알력이 심하지 않았나 김윤제는 추측하고 있다.(김윤제, 전게논문, 181~189쪽.)

4. 결론

지금까지 『여항소설』에 실려 있는 <경성빅인빅색>을 중심으로 <경성빅인빅색>에 표현된 시대상과 그 의미, 『한성신보』와 <경성빅인빅색>의 작가층으로 나누어 살펴보았다. 전자에서는 국내·외 시대상과 정치 풍자, 경제 상황과 세태 비판의 의미를, 후자에서는 『한성신보』의 특성과 작가층 추정을 다루었다.

국내·외 시대상과 정치 풍자에서는 애국계몽기에 실제 일어났던 사건인 '신·구식군대간의 싸움, 갑신정변의 실패와 이에 대한 반감, 안동김씨의 세도정치와 그 폐해, 러일전쟁, 중추원 제도의 불합리성, 매관매직의 병폐'들을 일반 독자들에게 올바로 전달하려 했다. 그러나 다큐식으로의 전달은 독자에게 흥미를 끌 수 없었기에 작가는 적당한 에피소드를 가미하고 풍자적으로 표현했다고 본다.

경제 상황과 세태 비판과 그 의미에서는 하층민인 걸객부터 시작하여 소외층인 여성, 그리고 고관대작인 재판관까지 다양하게 등장시켜 대한제국의 구조적 모순을 제기하였다. 그렇기에 이들은 모두 계몽지식인들의 개혁과 계몽의 대상들이다. 작가는 계몽의 반대 요소뿐만 아니라 자신까지도 성토하며 개혁의 중요성을 독자에게 표현하였다고 본다.

『한성신보』의 특성으로 통감부 기관지였고 일어교육에 앞장섰던 매체였다는 것과 소설을 대거 게재하였다는 것을 들었다. 그리고 <경성빅인빅색>이 실린 러시아 자료에 교열자가 백악산인이라는 기록을 근거로 하여 『한성신보』와 『태극학보』에 '백악생'이란 필명을 가진 사람이 쓴 글을 찾아 비교한 후 '백악생'이 장응진임을 주장하여 작가층은 교열자인 장응진과 같은 일본유학생이거나 태극학회 종사자일 것이라 단정하였다.

지금까지 <경성빅인빅색>에 대해 서술했지만 아직까지 필자가 궁금하게 여기는 부분은 친일지 신문에 실려 있던 <경성빅인빅색>이 <산촌미녀>와 같은 일본을 비판한 우언소설과 함께『여항소설』에 실렸다는 점 등이다. 이러한 것에 대해서는 추후 작업으로 남겨두면서 글을 맺고자 한다.

『민족문학사연구』 30호, 민족문학사연구소, 2006.

제3부
고전을 활용한 다양한 글쓰기

『大學』의 '격물치지'를 활용한 글쓰기 전략

1. 머리말

요즘 대학가는 글쓰기와 전쟁 중이다. 너나 할 것 없이 글쓰기 교재를 다투어 제작하여 출판하고, 강좌도 필수교양으로 만들어 학생들이 반드시 듣도록 하고 있다. 그 취지를 보자면 현재 대학생들의 글쓰기 수준이 형편이 없기 때문이란다. 현재 단국대와 고려대에서는 "사고와 표현"이란 과목을 개설하여 학생들이 반드시 듣도록 교과과정을 개편하였다. 또 각 대학에서는 글쓰기 과목을 강의할 교수요원을 공채로 뽑아 담당하도록 하고 있다.[1]

이렇듯 글쓰기는 지금 대학가의 화두이다. 그러나 이제는 더 이상 대학만의 문제는 아니라고 본다. 왜냐하면 대학에서 이와 같이 글쓰기를 강조하다 보니 대학 입학시험을 치르는 고등학생들에게도 글쓰기의 중요성을 요구하고 있기 때문이다. 그래서인지 고등학생 참고서에 논술은 기본이고, 논술대비를 위한 추천 도서까지 판치고 있다. 그 뿐인가. 명강사가 있

---

[1] 그러나 대부분의 대학에서는 전임교수가 아닌 '강의전임'이거나 '비정년트랙 전임교수'로 뽑는데, 이들은 계약제이기에 신분이 불안정하여 강의에 차질이 올 수 있다. 과목의 중요성을 인식한다면 강의자 신분의 안정을 최대한 보장해주어야 한다.

다고 하면 그 학원으로 몰리는 등 학원이 글쓰기 교육의 중심 역할을 하고 있는 셈이다. 교육방송에서도 논술을 중요 교과로 부각시키고 있다. 이러한 사정은 지금 서울대와 교육부의 마찰에서도 볼 수 있다. 심지어 교육부장관은 고등학교에 논술 과목을 만들어 공교육만으로 논술고사를 볼 수 있도록 만들겠다고 한다.

이러면 지금 대학에서 하는 글쓰기 교육이 그대로 고등학교로 옮겨지는 셈이다. 아직 대학의 글쓰기도 그 좌표를 찾지 못하고 있는 실정인데 말이다. 각 대학에서 교재로 내 놓은 책을 보면 거의가 대동소이하다. 예전의 작문을 조금 세련되게 바꾸어 놓았을 따름이다.[2] 대개가 글쓰기 교과를 성급히 만들다보니 미처 교재 개발의 시간이 없었기 때문이다.

그럼에도 불구하고 몇 해 전부터 국어교육 전공자들이 글쓰기에 관심을 가지고 학위논문[3]이나 일반논문으로 성과를 내기 시작했다. 이들의 업적으로 인해 지금은 일반 논문뿐만 아니라 번역서[4]도 많아져 어느 정도 글쓰기 관련 성과들이 체계를 형성해 가고 있다.[5]

이 책에서는 이와 같은 선행 업적에 힘입어 학생들이 글을 씀에 있어서 어떠한 훈련을 해야 하는가에 초점을 맞추어 기술해 보고자 한다. 그것도 지금 학생들에게는 생소한 고전 경전 중 『대학』을 예로 들고자 한다. 『대학』을 다 예로 들 수가 없기에, 이 책의 핵심이라고 할 수 있는 '삼강(三

---

2) 그럼에도 불구하고 몇몇 대학의 교재는 팀을 만들어 심혈을 기울인 성과물이기도 하다. 그 예로 고려대, 연세대, 영남대 등을 들 수 있다.

3) 이지호, 『글쓰기와 글쓰기 교육』, 서울대출판부, 2001.

4) 린다 플라워, 『글쓰기의 문제해결전략』, 원진숙·황정현 옮김, 동문선, 1998.

5) 요즘은 사대에서 교수 채용시 국어교육 전공자를 우대하고 있고, 글쓰기 과목의 교수 채용이 늘어남에 따라 실제 교육과 글쓰기와 관련된 논문이 아니더라도 논문 내용 중 아주 적은 부분을 할애하여 '교육'과 '글쓰기'를 제목에 넣는 경우가 빈번해지고 있다. 이 책도 이러한 틀에서 자유롭지 못함을 동감한다.

綱)'과 '팔조목(八條目)'만을 예로 들고자 한다. 그런 후 '팔조목' 중 '격물치지(格物致知)'를 글쓰기 이론과 접합시켜 논의를 전개하고자 한다. 이러한 논의를 통해 지금 대학생들의 글쓰기 문화와 함께 이들을 교육시킬 전략에 대해서도 논의하고자 한다. 이러한 성과를 거두기 위한 예비 작업으로 먼저 『대학』에 대해서 살펴보기로 한다.

2. 『대학(大學)』의 삼강(三綱)과 '격물·치지'

『대학』은 "옛날 태학에서 사람을 가르치는 법"[6]이라 하였고, 또, 정자(程子)는 다음과 같이 『대학(大學)』에 대해 얘기하고 있다.

> 공씨의 남긴 글이니, 처음 배우는 자가 덕에 들어가는 문이다. 지금에 옛 사람들이 학문을 한 차례를 볼 수 있는 것은 유독 이 篇이 남아 있기에 힘입고, 『논어』, 『맹자』가 그 다음이 되니, 배우는 자가 반드시 이로 말미암아 배우면 거의 틀리지 않으리라.[7]

정자가 말한 대로 『대학』은 "배우는 자가 덕에 들어가는 문이고, 이로 말미암아 배우면 틀리지 않을 정도"라는 것을 보아도 『대학』의 중요성을 알 수 있다. 게다가 『논어』, 『맹자』는 『대학』 다음이라는 언급에서도 그 중요성은 더 말 할 나위가 없다.

일반적으로 사서(四書)는 과거를 준비하는 수험생들의 교과서였다. 그 중 『대학』은 이 수험생들의 삶에 좌표가 되는 교과이기도 했다. 대부분 과거를 준비하는 사람들은 정치를 꿈꾸고 있다. 『대학』에서는 정치를 누

---

6) 古之大學 所以敎人之法也.(『大學』章句序)
7) 孔氏之遺書而初學入德之門也. 於今 可見古人爲學次第者 獨賴此篇之存 而論孟次之 學者必由是而學焉 則庶乎其不差矣.(『대학』「대학장구」)

구에게 어떻게 펼쳐야 하는지를 직접 알려주고 있는데, 이것을 '삼강(三綱)'이라 일컫는다.

> 대학의 도는 명덕을 밝힘에 있으며, 백성을 새롭게 함에 있으며, 지극한 선에 그침에 있다.[8]

위에서 보여지듯 흔히 '삼강'을 '大學之道'로 명명하고 있다. 바로 『대학』의 큰 줄기가 이것이다라고 말하고 있다. 그 중 첫째는 '明明德'이다. 이는 천하의 밝은 덕을 밝힌다는 뜻이다. "명덕은 사람이 하늘에서 얻은 바 허령하고 어둡지 않아서 중리(衆理)를 갖추고 있어서 만사(萬事)에 응하는 것"[9]을 뜻한다. 천하의 원리에 입각하여 행동해야 함을 보여주고 있다. 곧, 무엇에 근거하여 행동해야 하는가를 알려주고 있다. 둘째는 '新民'이다. 백성을 새롭게 만든다는 뜻으로 "新은 옛 것을 고친다"[10]는 의미이다. 바로 위정자가 백성을 어떻게 대해야 하는가를 알 수 있도록 해준다. 셋째는 '止於至善'이다. 이는 지극한 선에 이른다는 뜻으로 "지선은 사리의 당연한 표준"[11]을 말한다. 곧 삶의 방식에 대한 언급이다. '명명덕'이 천하의 원리에 입각하고 있다면, '지어지선'은 개인의 삶에 대한 성찰과 관련이 있다고 하겠다.

이러한 '三綱'이 바로 『대학』이 지향하는 목표이다. 그러면 이 목표를 달성하기 위해서는 어떠한 방법을 수행해야 하는가? 그것이 바로 '팔조목'이다.

---

8) 大學之道 在明明德 在新民 在止於至善.(『대학』「대학장구」)
9) 明德者 人之所得乎天而虛靈不昧 以具衆理而應萬事者也.(『대학』「대학장구」註解)
10) 新者 革其舊之謂也.(『대학』「대학장구」註解)
11) 至善 則事理當然之極也.(『대학』「대학장구」註解)

옛날에 명덕을 천하에 밝히고자 하는 자는 먼저 그 나라를 다스리고 그 나라를 다스리고자 하는 자는 먼저 그 집을 가지런히 하고 그 집을 가지런히 하고자 하는 자는 먼저 그 몸을 닦고 그 몸을 닦고자 하는 자는 먼저 그 마음을 바루게 하고 그 마음을 바루게 하고자 하는 자는 먼저 그 뜻을 성실하게 하고 그 뜻을 성실하게 하고자 하는 자는 먼저 지식을 지극히 하였으니 지식을 지극히 함은 사물의 이치를 궁구함에 있다.12)

즉, '팔조목'에는 '격물, 치지, 성의, 정심, 수신, 제가, 치국, 평천하'가 있다. 순서상으로 보자면 '격물'이 시작이고 '평천하'가 끝이다. 그러나 '평천하'하기 위해 제일 먼저 해야 하는 것은 바로 '격물치지'이다. 이것이 선행되지 않고서는 '성의정심'을 이룰 수 없고, '치국평천하' 또한 할 수 없기 때문이다.

그래서인지 『대학』을 연구하는 연구자들이 '격물치지'에 관심을 두고 이것의 해석을 여러 관점으로 보여주고 있다. 그러면 '격물치지'에 대해 어떠한 해석을 붙이고 있는지 살펴보기로 한다.

원래 『대학』은 『예기(禮記)』의 한 편명으로 전해오다가 오늘날과 같이 『논어』, 『맹자』와 더불어 사서(四書)의 하나로 칭하게 된 것은 주자의 공이 지대하다고 볼 수 있다. 주자는 39세 무렵(1168)에 『대학』에 주석을 붙이는 작업을 시작한다. 주자는 격물치지에 대해 다음과 같이 말하고 있다.

格은 이름이요, 物은 事와 같으니, 사물의 이치를 궁구하여 그 極處가 이르지 않음이 없고자 하는 것이다.13)

---

12) 古之欲明明德於天下者 先治其國 欲治其國者 先齊其家 欲齊其家者 先修其身 欲修其身者 先正其心 欲正其心者 先誠其意 欲誠其意者 先致其知 致知 在格物.(『대학』「대학장구」)

13) 格至也 物猶事也 窮至事物之理 欲其極處 無不到也(『대학』「大學章句」)

이 해석을 보면 "物은 事와 같다"고 하였다. 이는 物과 事를 확연히 구분한데서 기인한다. 『대학』에서 '物有本末 事有終始'라고 하여 "본말을 따지는 것이 物이고, 종시를 따지는 것을 事라" 했다. 이는 인식과 실천의 문제와 연관되는데, 인식과 논의의 대상이 '物'이고, 실천의 대상이 '事'이다.14)

결국 격물은 사물을 어떻게 인식하고 실천하느냐에 달려 있다고 볼 수 있다. 여기서 중요한 것은 인식이다. 대상을 인식하지 않고 그 대상에 대해 관심을 가질 수 없기 때문이다. 이 인식의 시작이 바로 "사물에 대한 호기심"이다. 호기심이 있어야 그 사물의 이치에 대해 생각해 보고, 그것의 정체를 알기 위해 여러 궁리를 한다. 이러한 과정을 반복하다 보면 모르는 것이 없게 된다는 말이다. 그렇다면 '致知'는 무엇일까.

致는 미루어 지극히 함이요, 知는 識과 같으니, 나의 지식을 미루어 지극히 하여 그 아는 바가 다하지 않음이 없고자 하는 것이다.15)
知至는 내 마음의 아는 바가 극진하지 않음이 없는 것이다.16)

致知는 내가 앎을 획득하는 것을, 知至는 앎이 내안에 자리 잡은 것을 뜻한다. 결국 이 둘 단어의 뜻은 '알게 된다'는 의미이다.17) 그러므로 '致知'는 '안다', '앎에 이른다'로 풀이할 수 있다. 『논어』에서 공자는 '知'에

---

14) 박성규, 「격물치지와 정명」, 『철학연구』 56집, 철학연구회, 2002, 149쪽. 박성규는 그의 논문에서 '物이 事와 같다'는 표현을 가지고 '인식적 대상'과 '실천상의 관계'를 구별하지 못한 데서 온 혼동이라고 주장하고 있다.
15) 致推極也 知猶識也 推極吾之知識 欲其所知無不盡也.(『대학』「대학장구」 註解)
16) 知至者 吾心之所知無不盡也.(『대학』「대학장구」 註解)
17) 박성규, 전게논문, 157쪽. 박성규는 『논어』의 '직궁자 이야기'에서 '致知'의 개념을 찾고 있다. 직궁자의 이야기를 인식의 문제로 보고 인식은 행위와 직결되기 때문에, 개념에 대한 이해 즉, 致知가 중요한 의미를 가진다고 하였다.

대해 "아는 것을 안다고 하고 모르는 것을 모른다고 한다면 이것이 아는 것"[18]이라고 하였다. 알고 모르는 것을 명확히 할 수 있어야 아는 것이라 했다. 곧 '격물'로 인해 사물에 대한 호기심이 생겨나 이를 충족하고자 그 대상에 대한 앎에 이르는 것을 '치지'라 규정할 수 있다.

그러면 '격물'과 '치지'의 관계에 대해 살펴보자. 주자는 『대학』에 134자의 전문을 새로이 첨가했는데, 이것이 바로 지금의 <格物補傳章>이다. 그 대강을 보기로 하자.

> 이른 바 치지가 격물에 있다고 함은 내가 앎에 이르고자 한다면 곧 사물에 나아가 그 이치를 끝까지 연구하는 것을 말한다. 대개 사람 마음의 신령스런 자질은 누구에게나 앎을 갖추고 있고 천하의 사물은 어느 것이든 이치를 가지고 있다. …… 그리하여 대학에서 비로소 가르치는 것은 반드시 배우는 사람들로 하여금 천하의 사물이 이미 내가 알고 있는 이치에 기초하지 않은 것이 없고 그리하여 더욱 연구하도록 하여서 그 끝을 구함에 이르러 힘씀을 오래함에 이른다면 하루 아침에 열려 꿰뚫게 하는 경지가 된다.[19]

<격물보전장>은 "치지가 격물에 있다"는 뜻을 "내가 앎에 이르고자 한다면 곧 사물에 나아가 그 이치를 끝까지 연구하는 것"으로 풀이하고 있다. 이 글에서는 '격물'이 '치지'보다 중요하다는 것을 보여주고 있다. 모든 사물은 나름의 이치를 갖추고 있기에 각각의 사물을 끝까지 연구하면 모든 경지에 오른다고 설명하고 있다. 앎의 시작점이 격물에 있음을 증명하는 글이라 볼 수 있다.

올바른 앎에 도달하려면 해당 개념의 근본을 파악해야 되기 때문에, 해

---

18) 知之爲知之 不知爲不知 是知也.(『論語』「爲政第二」)

19) 所謂 致知在格物者 言欲致吾之知 在卽物而窮其理也 蓋人心之靈 莫不有知而天下之物 莫不有理 …… 是以大學始教 必使學者 卽凡天下之物 莫不因其已知之理 而益窮之 以求至乎其極 至於用力之久 而一旦豁然貫通焉. (『大學』, <格物補傳章>)

당 대상의 본말(本末)을 헤아리는 일에 달려 있다. 이는 우리가 해당 개념의 근본과 말단을 어떻게 저울질 하느냐에 따라 그 개념에 대한 인식이 달라진다는 것을 내포한다. 곧 격물의 가늠을 달리하면 개념에 대해 이해가 달라진다는 뜻이다.[20] 이러한 이유로 인해 『대학』에서 '致知는 格物에 달려 있다'고 서술하고 있는 것이라 생각한다. 이로 볼 때 "격물치지"의 해석에 있어서 약간의 의견 차이가 있기는 하지만, 일반적으로 "사물을 연구하여 정확한 앎에 도달한다"고 해석할 수 있다.

3. '격물'을 통한 글쓰기 전략과 효율적 글쓰기

1) 글쓰기의 시작과 독자중심의 쓰기

이상으로 '격물치지'의 해석과 관련하여 그 의미에 대해 살펴보았다. 이제부터는 '격물치지'가 왜 글쓰기와 관련이 있는지에 대해 고찰해 보아야 한다. 선학들의 연구 결과를 종합해 보면 '격물치지'는 일반적으로 "사물을 연구하여 앎에 이른다"로 규정할 수 있다. 그렇다면 '격물'은 사물을 연구하는 것인데 사물을 연구하기 위해서는 그 사물에 나아가 직접 만지거나 봐야 한다. 이는 사물에 다가가서 확인하는 작업을 의미한다고 할 수 있다.

이로 볼 때 '격물'은 곧 글쓰기의 시작이다. 글을 쓰기 위해서는 그 글에 해당하는 소재를 찾아야 하고 소재에서 주제를 이끌어 내야 한다. 이러한 과정을 거치기 위해서는 소재에 대한 관찰과 연구가 필수적이다. 글쓰기의 핵심은 "무엇을(대상) 어떻게(방법) 쓸 것인가"인데, 학생이 글을

---

20) 박성규, 전게논문, 162쪽. 박성규는 덕목의 본말을 올바로 헤아릴 수 있으려면 항상 진리에 대해 주체적이고 개방적이고 능동적인 탐구자세를 견지해야 한다고 하였다.

쓰면서 특히 힘들어하는 것은 "무엇을(대상) 쓸 것인가"이다. 대상이 정해 진다면 이를 관찰하고 연구해야 하는데, 이것이 바로 '격물'이다.

우리가 어떤 대상에 대해서 관심을 갖는다는 것은 그것에 대해 궁금증이 있다는 증거다. 이 궁금증이 바로 대상에 대한 호기심이라고 전술한 바 있다. 필자는 글감에 대한 호기심을 계속하여 제기하고 의문을 해결하기 위한 여러 가지 방안을 찾아야 한다고 생각한다.

예를 들어, 나무를 보고 호기심이 생긴다면 다가가서 만져보고 품종이 무엇일까 궁금해 하며 알아보려고 할 것이다. 이 때 나무에 다가간 것 자체가 '격물'이고, 이후 호기심의 해소를 위해 책을 보거나 인터넷에서 자료를 찾아 그 나무와 관련한 모든 것을 알게 된다면 이것을 '치지'라고 볼 수 있다. '격물'과 '치지'의 과정을 거쳐 이루어진 호기심이 글쓰기 시작이므로 중요하고, 이를 반복한다면 글쓰기가 훨씬 수월해진다고 생각한다.

글을 쓰는 행위는 '진공상태'에서 이루어지는 것이 아니라 구체적인 사회적 상황 맥락 속에서 주어진 문제를 해결하는 과정이다. 이를 '사회 인지주의 작문 이론'이라 하는데, 글을 왜 쓰는가, 독자는 누구인가, 필자는 무엇을 말하려고 하는가 등을 고민하는 글쓰기를 이른다.[21]

위의 예 중에 가장 우선시 되어야 할 것은 바로 '독자'이다. 왜냐하면 글은 자기 혼자 읽기 위해서가 아니라 여러 독자에게 읽히기를 바라면서 쓰는 것이기 때문이다. 자신의 생각을 일목요연하게 정리한 뒤 다른 사람에게 자신의 학설이나 주장을 설명하여 동조하도록 만드는 데 글쓰기의 목적이 있다. 그러기 위해서는 우선 독자를 분석해야 하는데, 여기에는 배경지식의 차이와 태도의 차이, 두 가지가 있다.[22]

---

21) 원진숙, 「대학생들의 학술적 글쓰기 능력 신장을 위한 작문 교육 방법」, 『어문논집』 51, 민족어문학회, 2005, 61쪽. 이 논문에서는 린다 플라워의 '사회 인지주의 작문 이론'을 특성을 소개하고 있다.

배경지식의 차이는 독자가 어느 정도의 지식을 가지고 있는가에 따라 글의 수준을 맞추어야 하는데, 그 기준이라 할 수 있다. 예를 들자면 초등학생 독자에게 비행기의 원리를 설명한다고 했을 때, 대학생들에게 얘기하듯 한다면 초등학생들은 그 말의 뜻을 제대로 이해하지 못한다. 반대로 대학생에게 초등학생 수준의 지식을 토대로 강의를 한다면 그 강의는 외면당하고 만다. 이와 같이 글을 쓸 때는 글을 읽는 독자의 배경 지식을 알아야 한다.

여기에 하나 더 첨가해야 할 사항이 요구분석이다. 배경지식에 따라 수준을 달리하여 다양한 방법으로 설명을 해야겠지만, 독자들의 요구 또한 다양하기에 이에 맞출 필요가 있다. 만약, 학생들이 교수에게 보고서를 제출한다고 했을 때, 학생들은 교수의 지적 수준을 알고 있기에 적절한 방법으로 보고서를 작성해야 한다. 그러나 지적 수준 말고도 그 교수가 좋아하는 글의 서술기법과 방법론이 있을 수 있다. 학생은 바로 교수의 요구에 맞도록 보고서를 써야 좋은 점수를 받을 수 있다. 그래서 독자의 요구분석이 중요한 것이다.

태도의 차이는 전혀 다른 사고나 태도를 가지고 있는 독자에게 자신의 주장을 전달할 때 필요한 글쓰기 전략이다. 간혹 서울역에 가면 기독교 신자들이 '예수천국 불신지옥'을 반복해서 부르짖는 것을 볼 수 있다. 이 때 불교 신자에게 '예수천국 불신지옥'과 같은 말을 전달하면 불교 신자는 기독교 신자의 말을 듣지 않을 것이다. 그러면 어찌 해야 하는가. 불교의 자비나 기독교의 사랑은 이론상에서는 같다고 볼 수 있다. 다만 종교적 차원에서 각기 다르게 설명할 뿐이다. 이렇게 종교적인 면에서는 다르지만 이론상으로는 같다는 것을 증명한다면 독자의 태도는 달라질 것이라

22) 린다 플라워, 전게서, 314-316쪽.

고 생각한다. 그래서 독자가 어떠한 태도를 가지고 있는가가 중요하다.

필자가 독자의 배경지식이나 태도의 차이에 대해 안다고 해도 독자에게 읽혀지지 않으면 그 글은 의미가 없어진다. 중요한 것은 바로 독자에게 글을 읽고 싶어 하는 마음이 생기도록 동기를 부여하는 것에 있다. 이는 글의 제목과 관련이 있다. 우리가 서점에 가서 책을 고를 때 미리 정해 놓은 책이 있다면 쉽게 고르지만, 무슨 책을 살까 고민할 때는 우선 책의 제목과 디자인을 살펴보기 마련이다. 그렇기에 필자는 자신의 글을 부각시킬 수 있도록 제목을 적절히 달아야 한다.

요즘 이슈가 되는 내용을 다룬다면 훨씬 독자에게 다가가기 쉽다. 그러기 위해 필자는 독자와 함께 공동의 목표를 세워야 한다. 요즘 국문학에서 어려운 고전을 일반인들이 쉽게 읽을 수 있도록 풀어 쓰는 경향이 있는데, 한편에서는 독자에게 읽고 싶도록 만든다는 긍정적 측면이 있는가 하면 너무 평이해서 쉬운 글쓰기로 간다는 부정적 측면이 있다. 이는 무슨 일을 하다보면 겪는 딜레마이다. 어떠하든 간에 새로운 시도는 필요하고 순기능을 강화하다 보면 좋은 성과가 있으리라 기대해 본다.[23]

글을 쓰는 목적은 필자의 호기심을 해결하고 동시에 독자에게 정보를 제공하는 것에 있다. 호기심 해결이 바로 '격물치지'에 해당한다. 이 장에서는 지금까지 '격물치지'가 글쓰기와 어떻게 관련이 있는가에 대해 서술하였다. 전술한 것을 보면 알 수 있듯이 『대학』의 '격물치지'가 글쓰기 전략과 딱 들어맞지는 않지만, 글쓰기의 시작과는 분명 연관이 있다. 이러한 '격물치지'의 사고 훈련을 통해 글쓰기가 발전적으로 바뀔 수 있다고

---

23) 그 예로 정창권, 정환국의 사례를 들 수 있다. 정창권은 미암 유희춘의 『미암일기』를, 정환국은 임방의 『천예록』을 일반인들이 쉽게 읽을 수 있도록 배려를 했다. 인문학의 글쓰기가 어떠한 방향으로 가야하는가를 보여주는 예라 하겠다.(정창권, 『홀로 벼슬하며 그대를 생각하노라』, 사계절, 2003.; 정환국, 『조선의 신선과 귀신이야기』, 성균관대학교 출판부, 2005.)

본다.24) 이후로는 글쓰기의 본령인 효율적 방안에 대해 서술하기로 한다.

2) 글쓰기 효율적 방안

(1) 연상적·창의적 사고 창출

일단 글의 소재가 정해지면 그 소재에 대한 인식을 구체화해야 하는데, 효율적인 방법으로 '브레인스토밍'이 있다. '브레인스토밍'은 일종의 창조적이면서도 목표지향적인 놀이로 생각을 메모 형식으로 간단히 끼적거려 놓거나, 생각의 파편 내지는 전체 글을 메모하듯 아이디어를 생성해 내는 행위를 말한다.25)

브레인스토밍은 일종의 '연상적 사고'다. 그러나 자유연상하고는 다르다. 자유연상은 아무런 사물이나 대상을 구체화하는 것이지만, 이 장에서의 연상적 사고는 정해진 대상을 통해 떠오르는 생각을 적는 행위이다.

이 방법에는 세 가지 규칙이 있다. 첫째, 어떠한 가능성도 잘라내지 말고 그저 종이 위에 적어 나가야 한다. 둘째, 절대로 맞춤법이나 문법에 맞는 정제된 글을 쓰려고 하지 말아야 한다. 셋째, 시선은 계속해서 스스로 설정한 질문이나 문제 위에 고정시켜야 한다.26)

연상적 사고를 통해 나온 단어나 문구를 같은 類끼리 묶는 유형화 작업을 거치면 단어들을 몇 가지로 분류할 수 있다. 일단 유형화 작업이 끝나면 각각 분류한 것에 핵심어를 정해야 하는데 이때 '창의적 사고'가 필

---

24) 필자는 현재 단국대학교 천안캠퍼스에서 '사고와 표현'을 담당하고 있는 강의교수이다. 수업시간에 학생들에게 『대학』의 삼강과 팔조목을 강의하면 처음에 학생들은 의아하게 생각한다. 그렇지만 '격물치지'가 글쓰기의 시작이고 이를 통해 여러 가지 전략을 세울 수 있다고 하면 그 전 단계까지 이해하곤 하였다. 문제는 여러 번 접하여 이해의 폭을 넓히는 것이 중요하다고 하겠다.

25) 린다 플라워, 전게서, 230쪽.

26) 린다 플라워, 전게서, 230-231쪽.

요하다. '창의적 사고'는 연상적 사고를 통해 떠오른 생각을 비판적으로 사고하는 새로운 사고의 창출을 말한다.

그러면 '세종대왕'을 예로 들어보자. 필자가 '사고와 표현' 강의를 하면서 학생들에게 직접 물어보았다. '세종'하면 떠오르는 것이 무엇이냐고 하니 "만원, 훈민정음, 집현전, 자식이 많다, 김종서, 대마도 정벌, 육진 정벌, 장영실, 측우기, 시력이 낮았다" 등을 말하였다. 최근 세종에 대한 서적들이 많이 나와서 그런지 이외에도 기발한 대답들이 많이 있었다. 이상과 같은 방법을 '연상적 사고'라 한다.

이 연상적 사고를 통해 열거된 단어들을 같은 유형끼리 묶어 보자. 훈민정음과 집현전을 하나로, 김종서, 육진정벌, 대마도 정벌을 하나로, 장영실, 측우기를 하나로 각기 유형화 할 수 있다. 그런 다음 이 각각에 대해 단순하게 대표하는 핵심어를 만들어 본다. 차례대로 한다면 '인문과학적 업적, 군사제도적 업적, 자연과학적 업적'으로 명명(命名)할 수 있다. 이러한 일련의 과정을 '창의적 사고'라고 한다.

처음으로 돌아가서 '세종'하면 떠오르는 게 무엇이냐 했을 때 하나씩 열거하는 수준이었는데, 이제는 세종의 업적을 '인문과학, 자연과학, 군사제도'적 업적 세 가지로 나눌 수 있을 만큼의 수준에까지 이른다. 이로부터 필자는 '세종의 업적'이라는 주제를 만들어 내고, 그 아래 세 가지 업적을 놓으면 바로 초기 목차를 만든 셈이다. 이처럼 연상적 사고와 창의적 사고는 글감의 특징을 찾아내 글의 목차를 만드는 데 효율적인 방법이라 할 수 있다.

(2) 개념구조도 작성

아이디어가 있다면 이를 조직화해야 한다. 여기에는 암호어를 확장시키는 작업, 이를 통해 누군가에게 가르쳐 보는 것, 그리고 개념구조도를 작성하는 것 세 가지 방법이 있다.27) 전술했듯 연상적 사고와 창의적 사고를 거쳐 용어나 개념어를 만들어 냈다면 그것을 보다 효율적인 글쓰기를 위한 방법이 필요하다. 그 방안으로 개념구조도를 제시하고자 한다. 개념구조도는 독자보다 필자에게 유리한 글쓰기로 '수형도'라고 부르기도 한다. 전술한 연상적 사고와 창의적 사고를 통해 얻어진 기초 목차를 가지고 개념구조도를 그려보자.

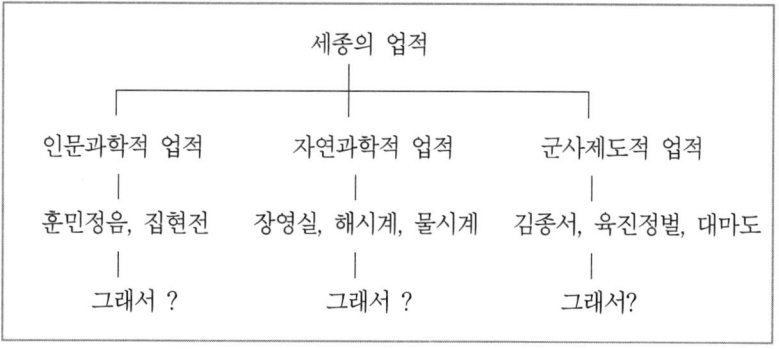

위에 보는 것과 같이 필자가 구상한 내용이 무엇인지를 한 눈에 볼 수 있다. 개념구조도는 필자에게 중요한 세 가지를 알도록 하는 데 도움을 준다. 첫째는 글을 쓰면서 아이디어들 간의 관계를 그림으로 그리거나 시험할 수 있도록 해준다. 둘째는 논의를 시각화해서 전체 부분들이 서로 어떻게 구성되었는가를 볼 수 있도록 해준다. 셋째는 새로운 아이디어를 생성할 수 있도록 도와준다.28)

위의 세 가지 방법을 통해서 쓰고자 하는 내용이 얼마나 생성, 수집되었는가를 판단할 수 있고, 내용 생성을 위한 자신의 사고가 얼마나 적절

27) 린다 플라워, 전게서, 244쪽.
28) 린다 플라워, 전게서, 253쪽.

한지를 판단할 수 있으며, 개념의 창조가 용이하다는 것을 알 수 있다. 이 개념구조도는 시각에 익숙해져 있는 대학생들에게 글쓰기의 목차를 정하는 데 좋은 방법이라고 생각한다.

3) 글감 선정시 주의점

(1) 독자와 필자의 능력 고려

글을 씀에 있어서 가장 중요한 것은 전술했듯이 무엇을 가지고 쓸 것이냐에 달렸다. 바로 글감을 어떠한 것으로 잡느냐이다. 이 때 필자에게 가장 좋은 것은 자신이 관심을 가지고 있는 것이어야 하고 그러면서도 잘 아는 것이어야 한다. 왜냐하면 자신이 관심을 가지고 있어야 성취율이 높기 때문이다.

만약에 산에 간다고 할 때 '올라갔다 내려올 걸 왜 올라가느냐'고 말하는 사람에게 산을 오르라고 권유하기는 싫지 않다. 하지만 매일 산을 가는 사람에게는 더 이상의 말이 필요 없다. 하지만 산을 좋아하는 사람이라 해도 산행 코스를 제대로 알고 있어야 한다. 특히 겨울에는 더 그런데, 겨울 산행의 지식이 없다면 자칫 위험해질 수 있기 때문이다.

글쓰기도 이와 같다. 한문을 전혀 해독하지 못하는 필자가 관심이 있는 주제라 하여 한문 산문 자료를 읽는다고 하자. 한자(漢字) 한 자 보고 옥편 찾고 하며 언젠가는 볼 수 있을 것이다. 그러나 한문 해독자가 1시간이면 읽을 것을 몇 시간이나 몇 날이 지나 읽으면 그 효율성이 떨어진다. 이러한 주제는 피해야 한다.

이는 독자에게도 해당된다. 필자의 능력을 최대로 발휘한 글이 있어도 그 글을 읽는 독자가 필자의 취지를 이해하지 못한다면 소용이 없다. 왜냐하면 글은 필자가 가진 생각을 독자에게 전달하는 데 목적이 있기 때문이다. 그렇기에 글쓰기의 첫 단계인 글감을 선정함에 있어서 중요한 점은 필자나 독자의 능력을 고려함에 있다.

(2) 화제를 문제로 전환

자신의 능력을 제대로 파악하여 글감을 정하였다면 다음으로 중요한 것은 그 글감을 부각시켜 쟁점화하는 것에 있다. 글감을 부각시키고 쟁점화하기 위해서는 갈등적 요소를 찾아야 한다. 일반적인 이론만 제시하다 보면 글이 평이해지는 경우를 종종 볼 수 있다.

예를 들어 '환경오염을 막자'라고 했을 때, 이 제안에 대한 반론을 제시할 이유는 없다. 하지만 '환경오염을 막기 위한 방안이 무엇이냐'고 질문을 할 수는 있다. 그러면 어떠한 방법으로 대응해야 할까.

이 때는 '환경오염을 막기 위해서는 차량 10부제를 실시해야 한다'는 말로 바꾸어야 한다. 차량 10부제를 한다고 하면 한 달에 세 번은 운전을 못하는 일이 발생한다. 그러면 운행하지 못하는 입장과 그렇지 않은 입장 사이에서 갈등이 발생한다. 필자가 이 갈등을 해결한다면 이는 문제 해결 방안이 될 수 있다.

이처럼 실제의 갈등 거리를 찾아 서술하는 것을 "문제의 조작적 규정"29)이라 한다. 이 같은 서술을 통해 독자는 갈등의 요소를 알게 되고 필자는 해결점을 찾는다. 여기서 필자가 중요하게 여길 것이 하나 더 있

---

29) 고려대학교 교양국어편찬위원회 편, 『문장연습』, 고려대학교 출판부, 2000, 28쪽. 이 책에서는 미국에서의 설문을 예로 들고 있다. 백인에서 묻는 설문으로 해당 설문 앞에 'O'하는 방식이다. ＿ 인간은 신 앞에 평등하다, ＿ 흑인과 백인은 평등하다, ＿ 흑인이 우리 동네로 이사 온다, (중간 생략) ＿ 우리 집 아이가 옆집 흑인 처녀와 결혼한다. 이 문항 앞에 계속 'O'표를 하다가 마지막에는 하지 못했다고 한다. 모두 신 앞에 인간은 평등하다고 믿는 것에는 부정하지는 않는다. 그러나 조금씩 세부적으로 접근한다면 각자의 성향이나 이익에 따라 다른 양상을 보인다. 그 과정에서 갈등이 일어나게 된다. 이러한 전략이 바로 '문제의 조작적 규정'이다.

는데 바로 화제와 문제를 구분하는 것이다. '환경오염을 막자'는 화제이지만, '차량 10부제는' 문제이다. 글감을 잡아 글을 전개하는 과정에서 화제를 문제로 전환시켜 갈등의 요소를 찾고 해결 방안을 제시하는 것이 중요하다고 하겠다.

(3) 의미의 확장

글쓰기는 글감에 대한 생각을 체계적으로 서술하는 것으로, 이 과정에서 의미가 드러나도록 설득적으로 표현해야 한다. 기존에 있던 표현을 새로운 의미로 만들거나, 전혀 다른 것에 부합하도록 만들면 기존 의미보다 더 많은 의미를 포함하거나 생성할 수 있다. 필자는 이를 "의미의 확장"[30]이라 부르고자 한다. 예를 들면, 다음과 같다.

걸면 걸리는 걸리버

이 광고 문구는 핸드폰을 알리는 목적에서 만들어졌다. 그런데 광고 문구에서 본 것과 같이 걸리버와 핸드폰은 아무 관련이 없다. 그럼에도 불구하고 '걸리버'가 핸드폰 모델명이 된 것에는 이유가 있다. 핸드폰의 주된 기능은 통화가 제대로 이루어지는 것에 있다. 흔히 우리는 '전화를 건다'라고 하는데, 여기에서 '걸리는'을, 그리고 '걸리버'를 연상할 수 있다. "걸다"의 의미를 반복하여 사용하다보니 걸리버까지 연상하게 된 것이다. 핸드폰에 걸리버를 연상하도록 한 것은 바로 '걸다'의 의미 확장에서 이루어진 결과이다. 요즘 한창 유행하는 요구르트 광고 문구를 보도록 하자.

---

30) 이지호, 전게서, 186-189쪽 참조. 이지호는 이 책에서 '확장의 표현'이라 했고, 발상언어와 사유언어 사이에서 일어나는 것으로 규정했다.

그녀는 변 했나봐. 나도 변 했으니까.

'변했다'는 예전과 다른 모습을 하고 있다는 의미이다. 그러나 이 문구
에서는 '변 했다'를 한 칸 띄워서 표기하여 읽고 있다. 띄어쓰기로 의미를
바꾸고 있다. 이 문구에서 '변 했다'는 '똥을 누었다'는 의미이다. 곧 "變이
大便(대변)으로" 의미가 전환된 경우이다. 이것 또한 의미의 확장을 이룬
것으로 볼 수 있다. 글을 쓸 때도 이와 마찬가지로 글감, 주제, 소재의 의
미를 확장하면 보다 참신한 글을 쓸 수 있으리라 생각한다.

4. 맺는 말

이 장에서는 『대학(大學)』의 '격물치지'를 활용한 글쓰기 전략에 대해
서 살펴보았다. 이를 밝히기 위해 2장에서는 『대학』이 어떤 책인지에 대
한 고찰을 간략히 먼저 하였고, 이어 '삼강(三綱)'과 '팔조목(八條目)'에 대
하여 살펴보았다. 그 중 '격물'과 '치지'를 자세히 다루었는데, 그 이유는
이 단어의 뜻이 "사물을 연구하여 정확히 앎에 도달한다"는 뜻을 가지고
있어서 글쓰기의 시작이라는 중요성을 갖고 있기 때문이다.

3장에서는 '격물'을 통한 글쓰기 전략과 효율적 글쓰기에 대해서 고찰
하였다. 이를 밝히기 위해 첫째, 글쓰기의 시작과 독자중심의 글쓰기, 둘
째, 글쓰기의 효율적 방안, 셋째, 글감선정시 주의점으로 나누어 기술하였
다. 각각의 특징을 살펴보면, 우선 글쓰기의 시작이 '격물'에서 시작한다
는 것을 거듭 강조하였다. 그리고 독자중심의 글쓰기를 위해서 독자의 배
경지식과 태도의 차이를 터득해야 함을 주장하였다. 글쓰기의 효율적 방
안으로 연상적·창의적 사고 창출, 개념구조도 작성을 들었다. 개념구조
도는 시각에 익숙한 대학생들에게 글쓰기 목차를 정하는데 좋은 방안이

다. 글감 선정시 주의점으로는 독자와 필자의 능력 고려, 화제를 문제로 전환, 의미의 확장을 예로 들어 설명하였다.

　이상의 논의들이 필자가 글쓰기 방안이라고 제안한 것들이다. 이 생각은 원래 이론서에 있는 부분도 있고 강의를 통해 구상을 하기도 했다. 게다가 『대학』의 '격물치지'를 글쓰기의 예로 든 것에 다소 의아하게 생각할 수도 있다. 하지만 옛날이나 지금이나 학문을 하고 글쓰는 것에 있어서는 마찬가지라 생각한다. 어찌 보면 한문이 한글보다 더 간결하고 담백한 글쓰기를 할 수 있다. 그렇기에 동양고전에서 글쓰기의 이론을 찾아 이러한 류의 글을 계속해서 쓰고자 한다.

『동양고전연구』 23, 동양고전연구회, 2005.

『小學』을 활용한 『女士須知』의 글쓰기 양상과 의의

1. 서론

조선 후기 사회는 임병양란과 사화당쟁(士禍黨爭) 속에 모화사상(慕華思想)이나 유교(儒敎)에 대한 비판이 가해졌으며, 성리학적 질서라는 사회지배의 형식적 틀과 사회적 내용들이 서로 어긋나, 사회가 급격히 문란해졌다. 이런 상황에서 집권사대부들은 위기의식을 느껴 사회질서의 재정비가 시급하다는 것을 깨달아 그 방편으로 예학(禮學)을 내세웠다.1) 주자의 학설을 근간으로 하는 예학을 내세워 구질서의 회복이라는 측면에서 사회질서의 혼란과 파국을 극복하려 했다.

19세기 문학작품에서 보여주는 노골적인 예교주의의 선전이나 이념지향성 및 복고주의 경향들은 이러한 시대의식을 어느 정도 담고 있는 것으로 보인다. 이들은 모두 기존 유가이념인 충효열에 대해 경직적이고 교조적인 반응을 나타내고 있으며, 그것은 위기 상황의 반향에서 나온 한 특성이다.2)

애국계몽기도 조선후기 사회와 마찬가지로 사회질서의 혼란과 파국으

---

1) 윤사순, 『한국유학사상론』, 열음사, 1986, 57-58쪽.
2) 정창권, 「난학몽 연구」, 고려대 대학원 석사학위논문, 1995, 63-64쪽.

로 말미암아 과도기적 성향을 띠었다. 특히나 이 시기에 유학자(儒學者)
와 계몽지식인 간의 관점 차이는 뚜렷하다. 이러한 관점 차이는 성장하면
서 개인의 사정이나 성향에 따라 달라진다. 이는 세대 간의 차이뿐만 아
니라 친구 간의 관계에서도 드러나고 있다.3) 그럼에도 불구하고 유학자
나 계몽주의자들이 애국을 실현하기 위한 수단으로 여성을 사용한다는
점과 여성이 올바로 서야 민족이 살 수 있다는 입장이 같음은 특이하다고
할만하다. 애국계몽기에 주요한 화두 중의 하나가 바로 '여성'이다. 그러
나 여성에 대한 인식에 있어서는 전통지향과 변화라는 서로 다른 지향점
을 지니고 있다.4)

애국계몽기에 유자의 관점으로 여성을 논한 이 가운데 유인석(柳麟錫)
이 있다. 유인석은 화서(華西) 이항로(李恒老)의 제자로 철저한 유교주의
를 신봉하던 유학자이다. 유인석은 여성의 개가와 관련된 <최열부표적비
(崔烈婦表蹟碑)>를 통해 자신의 투철한 유교관을 피력하였다.5) 유인석은
과부의 개가를 논의하던 애국계몽기에 살면서도 전시대의 사상을 그대로
받아들였을 뿐만 아니라 사상적으로 더욱 강화하였다고 볼 수 있다.

---

3) 그 예를 李沂와 황현에서도 볼 수 있다.(조상우, 『애국계몽기 한문산문의 연구』, 도서
   출판 다운샘, 2002, 34-36쪽.)
4) 조상우, 「애국계몽기 한문소설에 표출된 지식인의 여성인식 - <만하몽유록>과 <여영
   웅>을 중심으로 - 」, 『한국고전여성문학연구』 8집, 한국고전여성문학회, 2004, 131-132쪽.
5) "강상의 도리가 수 백 년 동안 쌓여 여자가 남편이 죽으면 재가하지 않는 것이 정식이
   되었고, 따라 죽는 것 또한 일찍부터 적지 않게 있어왔다. …… 열부가 한미한 가문에
   서 태어나 이역에서 자랐으면서도 하늘이 내린 떳떳한 본성을 간직하고, 나라의 예의기
   맥을 보존하였으니 어린 나이에 이와 같은 기이함이 있는가! 장하도다! …… 지금과 같
   은 시대에는 더더욱 없을 수 없는 일이며"(綱常道理累百年 女子之夫死不嫁爲定式 死
   從亦未嘗不比比有之 …… 烈婦生於寒門 長於異域 而保天降夷彛性 存國禮義氣脈
   妙齡有此奇乎 壯哉 …… 在今時代尤其不可無者也. <崔烈婦表蹟碑> 권 47, 399-400
   쪽. 김남이, 「유인석 : 민족의 호명과 여성」, 『우리 한문학사의 여성인식』, 집문당, 2003
   참조.)

이 장에서 자료로 삼고 있는 『여사수지(女士須知)』의 편찬자인 노상직도 유인석과 마찬가지로 사상적 혼란을 느껴 예학을 내세워 질서를 회복하고자 하였다. 『여사수지』는 애국계몽기에 편찬된 것이지만 조선후기의 시대의식을 어느 정도 담고 있으며, '여성'을 위하여 교육용으로 편찬한 책이다. 애국계몽기라는 가치관의 혼란 속에서 새로운 가치관을 정립하기 위하여 편찬자는 전대로의 복고를 희망하고 있으며, 이러한 의도로 본 자료를 편찬하였다.

이 장에서 『여사수지』의 서지를 통하여 이 책의 출판연대와 필사시기를 추정해 보고 편찬자에 대해서도 살펴보고자 한다. 그런 후 『여사수지』의 편찬 의도와 글쓰기 양상, 그리고 문학사적 의의를 규명하는 데 목적이 있다. 이와 같은 목적을 달성하기 위해 "남녀 구분, 시부모 섬기기, 며느리의 역할, 부부간의 도리, 어머니의 역할" 등으로 나누어 글쓰기 양상을 살펴보고자 한다. 이러한 연구를 통하여 잘 알려지지 않은 본 자료의 성격이 어느 정도 밝혀질 것으로 기대한다.

2. 서지 및 편자

『여사수지』는 국립도서관 소장으로 소눌(小訥) 노상직(盧相稷)이 편찬한 책이며 목판본이다. 첫장 가운데에 "女士須知 訥人書庄 己丑 孟春"이라 써 있고, 그 양 옆에 "信之如父母 敬之如神明"이라는 경계의 글이 예서체로 써 있다. 그리고 일반적으로 기술한 내용보다는 작은 글씨로 "居仁書"라고 써 있다. 마지막장에는 "文化柳氏家藏"이란 글씨가 보이고, 그 앞 쪽 왼쪽 하단에 "丁未孟春 紫巖藏板"이란 글씨가 보인다. 한 책에 기축(己丑)과 정미(丁未)라는 간기가 나와 있고 정미년에 판각(板刻)

한 기록이 있는 것으로 보아서 기축년에 필사하여 정미년에 판각한 것으로 추정할 수 있다. 반엽은 20.5×15.8㎝이고 유계(有界)이며 매면 10행이다. 매행 글자수는 일정하지 않으며, 판심은 "女士須知 卷之一"이고 어미는 화문어미이다. 그리고 첫 장에 "盧相稷致八編"이라 씌어 있다.

『여사수지』의 차례는 "립교 가라침을 셰온다, 게고 녯닐 샹고흔다, 립교속록 우리나라 아람다온 말삼이라, 게고속록 우리나라 착흔 힝실이라"이다. 차례에서도 알 수 있듯 편찬자의 정신적 기저는『소학』을 근본으로 하고 있다. '립교와 계고'에서는 반드시 지켜야 할 행동을 제시해주고 있고, '립교속록'에서는 중국의 고사를, '계고속록'에서는 조선의 고사를 인용하여 여성의 선행을 알리어 교육하고자 했다.6) 두 나라의 고사는 이야기식으로 서술하고 있다.

『여사수지』는 한문과 번역문을 함께 싣고 있다. 그리하여 번역문을 가지고 표기연대를 추정할 수 있다. 대개 19세기의 표기법을 쓰고 있으며, 의고체 문장을 쓰고 있다. 그 예를 보면, 'ᄒᆞ거시늘(19세기에는 ᄒᆞ시거늘), ᄒᆞ더시니, 먹이거시든, 주거시든'과 같다. 또한 한자(漢字) 한 자(字)의 축자해석이 아닌 약간의 의역을 하고 있다. 그리고 '에'가 '예'와 함께 혼기를 보이고, 'ㄷ구개음화'가 실현되어 있으며, 어두 된소리 표기는 'ㅅ'계만 나타나고 있어 이미 'ㅅ'계로 통일된 현상을 보이고 있다.

분량이 그리 많지 않은 문헌이고 한문을 언해한 문장이기 때문에 표기법을 가지고 시기를 추정한다는 것은 상당한 무리가 아닐 수 없다. 하지만 표기의 하한선은 잡을 수 있다. 표기법으로 보아 19세기를 넘지 않으니 최소한 1899년 이전이다. 그리고 노상직의 출생년도가 1855년이니7) 전술한

---

6) "其目 有二 曰立敎 曰稽古 實節取小學也 續之以東國之嘉言善行 取其近而易知也" (「女士須知序」, 『小訥文集』.)

7) 한국민족대백과사전 편찬부, 『한국민족대백과사전』 12, 한국정신문화연구원, 1995, 671쪽.

기축(己丑)은 1889[8])년일 가능성이 높다. 그리고 판각한 정미년은 1907년임을 또한 알 수 있다.

편자인 노상직은 조선후기 성호학파(星湖學派)의 학풍을 계승한 성재(性齋) 허전(許傳)의 학문을 이어 받아 영남 일원에서 그 학풍을 크게 떨친 조선 말기 대표적인 유학자의 한 사람이다. 본관은 광주(光州)이고 자(字)는 치팔(致八), 호는 소눌(小訥), 눌인(訥人), 또는 자암병수(紫巖病曳)라 하였다.

노상직은 1855년(철종 6년) 11월 21일 김해 생림면 금곡리에서 태어났다. 그 선대는 창녕에서 세거했는데, 해은(海隱) 노한석(盧漢錫)이 김해 생림의 금곡에 정착하여 대를 물려 살았다. 노상직의 아버지는 극재(克齋) 노필연(盧佖淵)이고, 어머니는 숙부인 창녕 성씨로 절제사 성욱호(成郁鎬)의 딸이다. 노상직은 뒤에 백부(伯父)인 우당(愚堂) 노호연(盧滈淵)의 후사로 출계하였다.

노상직은 어려서부터 학문적 재능이 뛰어났는데, 그의 학문적 방향을 결정하게 된 것은 성재 허전과의 만남이었다. 성재 허전이 김해에 부임했을 때(1865년) 노상직은 11살이었는데, 백부와 생부를 따라 허전을 배알하였다. 이후 허전을 수시로 찾아가서 학업을 닦아 허성재 만년의 고제가 되었다고 한다.

이후 노상직은 김해, 창녕, 밀양 등지에서 강학을 했으며, 한일합병으로 중단하였다. 1910년 만주로 망명했다가 1913년 밀양 노곡으로 돌아와 1914년 자암서당을 설립하고 강학을 재개하였다. 1898년부터 1931년까지 그의 문생 계첩인 「자암계첩(紫巖契帖)」에는 807인의 문인이 수록되어 있다.[9])

---

8) 노상직이 『여사수지』를 처음으로 편찬한 것 같지는 않다. 전반부에 나오는 이야기는 『소학』에 나오는 이야기이기 때문에 노상직 전대에 있던 이야기를 모아 편찬만 했을 가능성이 있다. 이로 볼 때 창작시기는 1889년 이전일 가능성도 있다.

노상직이 남긴 글은 『광주세고 속』10), 『국조출치록(國朝出治錄)』11), 『동 국씨족고(東國氏族稿)』12), 『소눌문집(小訥文集)』13) 등이 더 있다. 이중에 서 노상직의 문집으로 남아 있는 것이 『소눌문집』이다. 노상직의 문집은 1934년에 문인들에 의해 편집 · 간행되었다. 이 문집을 통해볼 때 노상직은 경학, 성리학, 예학 등에 학문적 관심이 많았음을 알 수 있다. 그리고 그의 학문적 태도와 계보는 주로 김홍락(金興洛) · 허익(許翼) · 유성도(柳性 道) · 이종기(李種杞), 이만도(李晚燾) 등 당대의 학자들이나 문하의 제자들 과 주고 받은 편지를 통하여 살펴볼 수 있다.14)

노상직의 이름은 영남의 유학자인 방산(舫山) 허훈(許薰, 1836-1907)의 문집인 『방산선생문집』의 '서(書)'에도 보인다.15) 허훈이 보낸 편지글에

---

9) 송정숙, 「소눌 노상직의 『여사수지』 분석 – 서문과 입교편을 중심으로 – 」, 『서지학연 구』 제32집, 서지학회, 2005, 276-278쪽.
10) 서울대학교 규장각 소장. 5권 2책이며 간기는 1897이다.
11) 국립도서관 소장. 신활자본이며 간기는 1930년이다.
12) 국립도서관 위창문고와 서울대학교 규장각 가람문고에 소장. 목판본이며 6권 3책이다.
13) 권1~4에 시 856수, 권5-18에 書 765편, 권19-24에 잡저 82편 권25 · 26에 序 72편, 권 27-30에 기 132편, 권31에 발 42편, 권32에 명 9편, 잠 3편, 상량문 15편, 축문 24편, 권33 에 제문 40편, 誄詞 4편, 권34에 비 21편, 권35에 묘지명 29편, 권36-41에 묘갈명 140편, 권42에 묘표 30편, 권43-46에 행장 49편, 권47에 연보 1편, 권48에 유사 13편, 傳 7편이 수록되어 있다. 국립도서관 우촌문고와 고려대학교 도서관에 소장되어 있다. 48권 25책 이고 목판본이며 간기는 1934년이다.
14) 이처럼 유명한 학자인데도 불구하고 필자의 과문함인지 몰라도 1998년 처음 노상직에 대해 조사했을 때는 인물사 등 여러 인물지에 등장하지 않는 인물이고, 하물며 자신의 문중에서 조차 대표하는 인물에 들지도 못했다. 하지만 필자가 광주노씨세보(光州盧氏 世譜)에서 노상직을 찾다가 노상식(盧相植)을 설명하는 글에 "사종제 상직이 묘갈명을 찬하였다(四從弟 相稷 撰碣銘. 光州盧氏世譜 卷之七)"라는 구절을 보았다. 이로 추정 해 볼 때 노상직의 글 짓는 수준은 높았을 것이라 생각했다. 『한국민족대백과사전』 12, 671쪽에서도 '노상직'이라는 표제명은 없고 그의 문집에 대해서 소개만 하고 있다. 그의 세부적인 글의 소개는 본 사전을 참조하기 바람.
최근에 필자는 부산대 한문학과 김승룡 교수에게서 여타 소눌과 관련된 문헌을 소눌 의 후손이 부산대학교 도서관에 기증하여 그곳에 소장되어 있다는 얘기를 들었다.

노상직의 이름이 표제로 자주 등장하는 것을 보면 어느 정도 허훈과 교류
가 있었다는 증거이기도 하다. 허훈이 허전의 제자이기에 한 스승에게 배
운 동문으로서 친분이 돈독했을 수도 있었으리라 생각한다.

『소눌문집』에는『여사수지』가 빠져 있지만, 「여사수지서(女士須知序)」
는 실려 있다. 그리고『소눌문집』「잡저(雜著)」에『여사수지』와 같이 교화
의 목적으로 지어진 글을 다수 볼 수 있다. 예를 들어 보면, 「극기재학약
(克己齋學約)」, 「옥야면강약계립의(沃野面講約契立儀)」, 「입지설(立志說)」,
「예림단규(禮林壇規)」, 「대학제십장오절(大學第十章五絶)」, 「몽재소학강
록(蒙齋小學講錄)」 등이다.

'거인(居仁)'은 소장자가 붓으로 쓴 것 같은데 누구인지는 알 수 없다.
하지만 '눌인(訥人)'은 노상직의 호이기 때문에 자신의 문집에『여사수지』
를 편찬한 의도를 「여사수지서」에서 밝히고 있어 이 책의 편찬자는 노상
직이 틀림없다고 하겠다.

3. 편찬 의도와 글쓰기 양상

『여사수지』는『소학』의 체제를 본 따고 있다. 편찬자는『소학』을 자신
의 정신적 기저로 삼고 있다.16) 그리하여 편찬자는『소학』을 삶의 지표로

---

15) 성균관대학교 대동문화연구원,『국역 방산전집』, 성균관대학교 출판부, 1983, 33쪽 목
록 참조.

16) "其目 有二 日立敎 日稽古 實節取小學."(「女士須知序」,『小訥文集』.) 이와 비슷한
예를 조선조 문신이었던 趙見素(1611, 광해군3년-1677, 숙종 3년)에서 찾을 수 있다. 그는
20세(庚午, 1630)라는 젊은 나이에 庭試에서 第三名으로 합격하였는데 인조는 어지를
내려 '首選第'라는 호칭과 함께 상으로『小學』한 질을 하사하는 데에 그쳤다. 이후 조현
소는 평생을『小學』에 맞추어 생을 살았다. 인조의 하사품인 까닭도 있지만,『小學』이
삶을 살아가는 데 있어서 지표가 되기 때문이었을 것이다.(조상우, 「星江 趙見素의 詩世
界」,『동양고전연구』10집, 동양고전학회, 1998.)

여겼기에 『소학』에서 자신이 필요한 부분만을 인용했다. 노상직의 「여사
수지서」를 통해 편찬 의도를 살펴보도록 한다.

　노상직은 여성들이 배울 것이 하나가 아니니 『예기』, 「내칙」, 『열녀전』,
『소학』 및 조선의 삼강행실이라고 하였다.[17] 그리고 제사를 위하여 술과
장을 잘 담가야 하고, 옷을 만들기 위하여는 누에를 잘 쳐야 하고, 손님접
대를 위해서는 닭과 농작물을 잘 다스려야 한다[18]고 하였다. 이렇듯 소홀
히 하기 쉬운 곳에 힘쓰게 하고자 『소학』에서 그 절문을 취하였다[19]고
밝히고 있다. 그리고 노씨 집안 여사들이 한자(漢字)를 알지 못하여 국역
을 하였다[20]고 국역한 의도를 밝혀주고 있다. 집안의 성쇠는 여자들의 어
질고 그렇지 못한 데서 말미암는 것이니 이 책을 읽은 자는 다른 날에 능
히 집안을 번창시킬 수 있을 것이니 내가 책을 엮은 뜻을 저버리지 말
라[21]고 하고는 여성의 임무가 중요하다는 것을 밝히어 편찬의도를 기술
하고 있다.

　이 장에서는 전술한 노상직의 편찬의도를 염두해 두고, 필자의 임의로
본 자료가 어떠한 목적에 의하여 편찬하였나와 함께 글쓰기 양상도 살피
기로 한다. 이를 달성하기 위해 "남녀 구분, 시부모 섬기기, 며느리의 역
할, 부부간의 도리, 어머니의 역할" 등으로 나누어 고찰하고자 한다.

---

17) "女士之所可學不一 內則 烈女傳 小學 及我東三綱行實 是也."(「女士須知序」, 『小訥
　　文集』.)
18) "盖不納酒漿 無以觀祭祀 不治絲繭 無以衣室中長幼 不具鷄黍 無以供賓客."(「女士
　　須知序」, 『小訥文集』.)
19) "此須知之所以務其簡也 其目 有二 曰立敎 曰稽古 實節取小學也."(「女士須知序」, 『小
　　訥文集』.)
20) "譯之以國文 盧女士之識字者 不常有也."(「女士須知序」, 『小訥文集』.)
21) "噫! 人家盛衰 未嘗不由於婦人之賢不肖 讀此書者 他日 能昌其門戶 則可謂不負我
　　編書之意云."(「女士須知序」, 『小訥文集』.)

1) 남녀 구분

태초부터 음과 양이 있어서 모든 생물이 여기에서 나고 제각기 할 일이 구분되어 있었다. 사람도 자연계에서의 예외가 아니었기에 남녀의 구분이 뚜렷하였다. 현재는 남녀 역할의 구분이 모호해졌지만 애국계몽기까지만 해도 지금과는 다르게 남녀의 구분이 뚜렷하였다. 그리하여 노상직은 남녀구분에 대하여 경계하고 있다.

> 남녀ㅣ 분별리 업시면 금수의 도ㅣ 니라 일곱살 먹거든 남녀ㅣ 한자리 안씨 아니ᄒ며 한틔 먹지 말 것이니라.[22]

얼마 전까지만 해도 시골에서는 밥상에서 남녀를 구분하여 밥 먹는 것을 간간이 볼 수 있었다. 한 식구가 밥을 먹을 때조차 자리를 분리했으니 남에 대해서, 그것도 다른 이성에게는 어떠했을 것인가 짐작해 볼 수 있다.

> 열히 어든 나단이지 아니ᄒ며 삼과 모시를 잡으며 실과 고치를 다사리며 명지 깁을 ᄶᆞ며 녀공을 비와써 의복을 장만ᄒ며 졔사에 보솗허 술과 장과 더그릇과 나모그릇과 침치와 졋을 드려 례를 도와 졔슈를 도옵기날 가라칠 지니라.[23]

『소학』[24) 「입교(立敎) 제일(第一)」에 있는 내용으로 남녀의 아이가 나이를 먹으면서 각자 할 일을 구분하여 가르치라는 부분이다. 남아는 자라면서 공맹을 배워 대과에 급제하여 집안의 명성을 날리고, 그로인하여 부모의 이름을 나타나게 하는 것을 최대의 효로 알았으니 글공부에만 맹진

---

22) "男女 無別 禽獸之道也. 七年 男女不同席 不共食."(『女士須知』 이하생략)

23) "十年 不出 姆敎婉婉聽從 執麻枲 治絲繭 織紝組紃 學女事 以共衣服 觀於祭祀 納酒漿籩豆菹醢 禮相助奠."

24) 본문에 편명을 쓰고, 이하의 각주에서 『소학』과 편명은 생략하기로 한다.

해야 했다. 그러나 여아는 달랐다. 사마온공의 말을 보도록 하자.

> 여자가 6세가 되면 여자의 일 중에 작은 것을 익힐 수 있고, 7세가 되면
> 『효경』·『논어』·『열녀전』 따위를 외워 대의를 대강 깨달아야 한다. 옛날
> 의 어진 여자들은 圖書(도서)나 史書(사서)를 보아 스스로 거울로 삼고 경
> 계하지 않는 이가 없었다. 누에치고 뽕따며 길쌈하고 베 짜며 재봉하고 음
> 식 만드는 따위는 바로 여인들의 직분일 뿐만 아니라, 반드시 이것을 일찍부
> 터 익히게 하여 여인들로 하여금 의복과 음식이 온 바의 어려움을 알아 감
> 히 사치하지 못하도록 하였다[25]

위 예문에서도 여인의 일은 집안일을 다스리는 데 큰 목적이 있음을 알
수 있다. 베 짜는 일, 의복을 만드는 일, 술과 장 담그는 일 등 일상 생활
과 제사에 관한 일들을 주요하게 여겼으니 당연 여아 및 여성은 이 일을
지상과제로 삼아야 했다.

> 정유침의 안해 안시의 아달은 경승이고 딸은 인묘후궁 귀인되엿스되 안시
> 잠자리며 거처에 니불 벼기를 가추지 아니하고 달이 울면 일어나고 밤이 깁흐
> 면 자서 늙도록 변치 아니하고 사가 결녀와 동니 이웃에 심히 은의 잇서 음식
> 왕닉는 자조하되 서로 가고 오든 아니하야 갈오디 출립을 길겨하고 친구사이
> 에 놀기를 조와 녁김은 남자도 오히려 가치 아니하디 하믈며 부인가.[26]

남의 아내 되어 자식과 딸이 영화로움을 입었으나 자신의 임무에만 전
념하고 늙어서도 남녀의 구별을 지키며 올곧게 산 모습을 나타내 주고 있
다. 전술했던 것과 같이 벼슬살이 하는 아들에게 청렴함을 가르치듯 여인

---

25) "司馬溫公 曰 女子六歲 可習女工之小者 七歲 誦孝經論語列女傳之類 略曉大意 蓋
古之賢女 無不觀圖史 以自鑑戒 如蠶桑績織裁縫飮食之類 不惟正是其職 盖必敎之早
習 使知衣食所來之艱難 而不敢爲奢靡焉." (『小學』立敎 第一 集解)

26) "鄭公惟沈妻安氏 子澈官大僚 女爲仁廟貴人 寢處不具衾枕 鷄鳴而起 夜分而寢 到老
不變 姻黨鄉曲 甚有恩意 頻致饋遺 而未嘗往來 曰喜出入交遊 男子尙不可 況婦人乎."

들은 남편이나 아들이 벼슬을 하여도 여기에 구애받지 않고 집안에서 본
연의 업무에만 충실하면 되었다. 안사람이 바깥일을 간섭하면 안 되었으
니 여인의 임무에 충실하기를 경계하고 있다.

> 흔강션싱이 집에 잇서 늬외법이 엄졀흔지라 부인이 모상을 당흐여 션싱이
> 써흐되 비록 부인이라도 삼년아뇌 혼잡흐기 거쳐 못흔다 흐야 드듸여 밧게
> 거흐야 결졔를 기다리더라 쏘 갈오디 비록 남뮈간이라도 흔자리 안지 못흐
> 리라 흐더라.27)

한강선생(寒岡先生)28)의 예화는 비록 남매간이라도 한자리에 앉지 못
한다는 얘기로 남매간의 구분을 경계하고 있다. 「입교 제일」에 "七年 男
女不同席 不共食"이라 했으니 7살의 어린 나이에도 지켜야 했던 것이라
나이가 먹어도 자연 지켜져야 했다. 어렸을 때부터 몸에 밴 행동이었기에
자연스러운 행동으로 여겼으리라 생각된다. 이는 오성대감 모친 얘기와
도 같으니 이를 인용해 보면 다음과 같다.

> 오성디감의 모친 최시는 가법이 심히 음졀흐아 그 올아버니 한 동늬 살아
> 서로 늙도록 보기를 더옥 자조흐더 일즉 뫼시는 종이 겻헤 잇지 아니흐면
> 서로 보는 바를 보지 못흐더라 최시 믹양 여러 딸들을 경게흐야 갈오디 우
> 리집 자녀ㅣ 심히 만흐니 비록 남뮈 간이라도 결단코 서로 웟고 희롱흐야
> 셩인의 훈게를 잇들 못홀 것시니 안지며 누어며 말과 위슴을 다 맛당이 분
> 별잇게 흐라.29)

---

27) "寒岡先生 處於家 內外之法斬斬 夫人遭母喪 先生以爲 雖婦人三年之內 不宜混處
　　遂居外舍 以至服闋 雖男妹之親 不令同席而坐."

28) 鄭逑(1543∼1620)로 조선 선조 때의 문신이다. 자는 道可이며 시호는 文穆이고 본관은
　　청주이다. 오건·조식·이황의 문인이다. 선조13년에 처음으로 벼슬에 나갔지만 은일하
　　며 향리에 百梅園을 세워 후진양성에 힘쓴 인물이다.(『海東名臣錄』, 『朝鮮宣朝實錄』,
　　『한국한자어사전』 권4, 460쪽 재인용)

위 예화는 오성대감[30]의 남매 얘기로 오라비와 한 동네 살면서 종이 없으면 늙어서도 한 곳에서 만나지 않았다고 하여 남매간이라도 남녀의 분별을 잃지 않고 살았다는 것을 나타내고 있다. 전술한 했듯 '남녀의 분별이 없으면 금수와도 같다'고 지적하였다. 아무리 남매간이라도 남들이 의심할만한 빌미를 제공해서는 안 된다는 것을 경계하고 있다.

노상직이 살던 당대에 신여성들의 사회활동에 대한 움직임을 보고 유학자로서 느낀 것이 있었기에 이를 경계하기 위함인 듯하다. 당대의 여성이 전통적인 여성의 임무들은 내던지고 소홀히 하였기에, 노상직은 남녀의 구분을 분명히 하고자 하는 의도가 담겨 있다.

2) 시부모 섬기기

여자가 시집가면 친정부모와 헤어져 남편의 부모를 제 부모인양 성심껏 섬겨야만 했다. 20년 가까이 다른 환경에서 살았으니 순조롭게 화합하기란 쉽지 않다. 서사민요 중 「시집살이노래」를 살펴보면 그 상황을 짐작할 수 있다. 그리하여 더욱 경계하고 있는 듯하다.

싀부모를 섬기되 닭이 처음 울거든 세슈흐고 양치물 흐고 머리빗고 비녀 곳고 옷닙고 씌씌며 왼편과 오란편에 쓸 것 차며 향낭ᄅᆞᆯ 미며 신ᄅᆞᆯ 미고 싀부모 계신 곳에 가되 곳에 밋쳐 기운을 나추며 소리를 길거이 흐야 옷이 더우며 치움을 뭇자오며 압파흐시며 가려워 흐심에 공경히 만지며 긁으며 나

---

29) "李鰲城母崔氏 家法甚嚴 其兄廷秀年少長居同里 至老相見尤數 未嘗見待婢不在側 而接也 嘗誡諸女曰 吾家子女甚繁 而年已長 足知禮法 雖男妹之間 切不可嬉笑相謔自 虧典訓 坐臥言語皆當有別."

30) 李恒福(1556~1618)으로 조선 선조 때의 문신이다. 자는 子常이며 시호는 文忠이고 본관은 경주이다. 문과에 급제하여 여러 벼슬을 역임하고 영의정에 까지 올랐다. 오성부원군에 진봉되었던 인물이다.(「國朝人物考 7」, 「朝鮮宣祖實錄」, 『한국한자어사전』 권 2, 977쪽 재인용.)

며 나며 들어실 적이어든 혹 압서며 혹 뒤서 공경ᄒ야 붓잡을 ᄶᅵ니라.31)

「명륜(明倫) 제이(第二)」에 나오는 내용으로 며느리가 시집가서 시부모 모시는 행동을 일반적으로 제시해 주고 있다. 『소학』의 내용 중 구체적인 행동을 나열하고 있는 것으로 보아 편찬자가 의도적으로 인식하여 인용했다고 볼 수 있다. 며느리들에게 '닭이 울어 하루가 시작되면서 옷매무새를 단정이 하여 시부모 거처에 도착하여 아주 겸손한 모양으로 대하고 혹 불편한 곳이 없는가 살피며 시부모 명령에 공손히 행동하라'고 경계하고 있다. 『소학』 원문에는 "如事父母"라는 구절이 있는 데 『여사수지』에서는 빠져 있다. 부모와 같이 시부모를 모시라는 구절인 데 시부모를 부각시키기 위하여 의도적으로 뺀 것으로 보인다. 그리고 '부(婦)'가 『소학』에는 있지만 이 책에서는 또 빠져 있다. 부인의 도리에 대해 설명하고 있기에 편찬자는 주어를 생략하고 있는 듯하다.

> 싀부모 웃과 니불과 자리와 벼기와 궤를 옴기지 아니ᄒ며 작지와 신을 공경ᄒ야 감히 갓가히 말며 밥 담고 술 ᄭᅩᆺ코 물담ᄂᆫ 그럭을 잡숫고 남은 것 아니어든 감히 ᄡᅳ지 아니ᄒ며 예사 음식이라도 남은 것 아니어든 감히 먹지 아니할ᄶᅵ니라 싀부모 계신 곳에 이서 명령 ᄒᆞ심이 잇거든 ᄲᆞᆯ리 이러나 공경ᄒ야 ᄃᆡ답ᄒ며 진퇴주선에 삼가ᄒ며 조심ᄒ며 올르며 나리며 나며들미 굽으며 펴며 감히 욱질ᄒ며 트림ᄒ며 지참ᄒ며 기참ᄒ며 하품ᄒ며 기지기ᄒ며 작이 드듸며 지듸며 빗시보들 아니ᄒ며 감히 춤밧ᄒ며 코푸디 아니홀ᄶᅵ니라 만일 음식 먹이거시든 비록 즐기지 아니ᄒ나 반다시 맛보고 기다리며 의복을 주거시든 ᄒ고 졉지 아니ᄒ나 반다시 닙어셔 기달일ᄶᅵ니라 사사ㅅ 지물 업스며 사사ㅅ 기루는 바이 업스며 사사ㅅ 그릇업스며 감히 사사로 빌리지 못ᄒ며 감히 사사로 주지 못ᄒᄂ니라.32)

---

31) "事舅姑 鷄初鳴 咸盥漱 櫛縱笄總 衣紳 左右佩用 衿纓綦屨 以適舅姑之所 及所 下氣 怡聲 問衣燠寒 疾痛苛癢 而敬抑搔之 出入則或先或後 而敬扶持之."

「명륜 제이」에 나오며 원출전은 『예기(禮記)』「내칙(內則)」으로 시부모에 대한 예우적 행동을 나타내고 있다. 한 곳에서 인용한 것이 아니라 여러 문장을 한 곳에 간추려 서술하고 있다. 그리고 전술한 것과 마찬가지로 '부모'를 삭제하고 있다. 편찬자가 나타내고 싶은 구절만 모으고 필요 없는 부분은 의도적으로 뺐다. 시부모가 덮고 자던 이불과 베개를 함부로 옮기지 아니하고, 잡수시지 않은 음식을 먹지 않으며, 시부모가 부르면 빨리 대답하고 달려가며 시부모가 주시는 음식과 의복은 자신이 좋아하지 않는 것이라도 먹고 입어서 시부모를 예우하는 모습을 보여주고 있다. 앞의 예문이 일반적인 행동을 경계했다면 이 예문은 구체적인 행동을 나열하고 있다. 그리고 시어머니와 며느리의 관계에서 곡간열쇠며 집안 살림은 시어머니가 다 관장함으로 며느리는 사사로운 재물을 간수하지 않고 이에 따를 수밖에 없는 입장을 보여주고 있다. 노상직은 시부모와 관련된 구체적인 일들을 나열하여 며느리들의 행동을 경계하고 있다.

3) 며느리의 역할

며느리는 시부모의 입장에서 본다면 새로운 식구이다. 그러므로 여러 상황에서 걸맞지 않는 행동이 나타난다. 어른의 눈에는 어린 사람의 행동이 마음에 들지 않았을 것이다. 시어머니도 며느리 역할을 거쳤기에 그 힘듦을 알지만, 본인이 겪었던 일과 비교하게 마련이다. 흔히 며느리가 잘못 들어오면 집안이 망한다고들 한다. 집안의 번창을 위해서는 새로 들어 온 며느리의 역할이 무엇보다 중요하다. 그러므로 노상직은 며느리의

---

32) "舅姑之衣衾簟席枕几 不傳 杖屨 祗敬之 勿敢近 敦牟巵匜 非餕 莫敢用 與恒飲食 非餕 莫之敢飲食. 在舅姑之所 有命之 應唯敬對 進退周旋 愼齊 升降出入 揖遊 不敢噦 噫嚏咳欠伸跛倚睇視 不敢唾洟. 若飮食之 雖不嗜 必嘗而待 加之衣服 雖不欲 必服而待. 無私貨 無私畜 無私器 不敢私假 不敢私與."

역할을 더욱 강조하고 있다.

> 자식 배엿실졔 잘쪠 기우리지 아니ᄒ며 안기를 가이 아니ᄒ며 셔기를 작
> 이 드듸지 아니ᄒ며 사특한 맛을 먹이지 아니ᄒ며 벼힌 거시 바러지 아니커
> 든 먹지 아니ᄒ며 자리가 바러지 아니커든 안지 아니ᄒ며 눈에 사특한 빗을
> 보들 아니ᄒ며 귀에 음란한 소리를 듯지 아니ᄒ면 자식을 나음에 얼골이 단
> 졍ᄒ며 지죠ㅣ 남에게 지나리라.33)

「입교 제일」에 나오는 내용으로 원출전은 『열녀전(列女傳)』이다. 며느
리의 중요 임무 중 하나가 아이를 낳아 대를 잇게 하는 것이다. 자손을 많
이 나서 집안을 번성하게 해야 하므로 고대부터 태교는 아주 중요하게 여
겨져 왔고, 어머니는 모성애로 인하여 배속의 아이를 어떡하면 훌륭하게
낳을 수 있을까를 고민하였다. 원문에는 "밤이면 봉사로 하여금 시를 외
우게 하며 바른 일을 말하게 하였다"34)라는 구절이 있는 데 『여사수지』
에서는 삭제되었다. 여인의 태교도 중요하지만, 부녀자들이 봉사이기는
하지만 밤에 외간남자에게서 시를 듣는다는 등의 행동을 편찬자는 그리
달갑게 여기지 않았던 것으로 보인다. 그리하여 전술한 바와 같이 편찬자
가 의도적으로 삭제한 것이 아닌가 싶다.

> 믹사를 반다시 시모끠 청ᄒ고 지차며나리ᄂ 맛며나리의게 청홀쪄니라 싀
> 부모ㅣ 만일 지차 며나리를 일식히거든 감히 맛며나리의게 갓치 ᄒ려 말 것
> 시니 감히 갓치 단니지 못ᄒ며 갓치 하인에게 일식히지 못ᄒ며 갓치 안찌
> 못ᄒ나니라.35)

---

33) "妊子 寢不側 坐不邊 立不蹕 不食邪味 割不正 不食 席不正 不坐 目不視邪色 耳不
    聽淫聲 生子 形容端正 才過人矣."

34) "夜則令瞽誦詩 道正事."

35) "每事 必請於姑 介婦 請於冢婦. 舅姑若使介婦 毋敢敵耦於冢婦 不敢並命 不敢並坐."

「명륜 제이」에 나오는 내용으로 원출전은 『예기』 「내칙」이다. 집안 아
녀자들의 서열에 대한 경계이다. 공안세(項安世)는 "이는 구고(舅姑)의 사
령(使令)을 믿고서 맏며느리에게 오만하게 해서는 안 됨을 이른 것이
다"36)라고 하였다. 시어머니로부터 시작하여 집안의 여인은 상당히 많다.
시어머니는 며느리들의 규율을 잘 다스리지 않으면 집안의 통제가 어려
워진다. 그리하여 지차며느리보다는 맏며느리에게 보다 많은 권한을 부
여한다. 권한을 부여받은 맏며느리라도 제사와 빈객을 접대하는 일만큼
은 시어머니에게 묻게 하였다. 그러니 맏며느리부터 지차며느리 간의 역
할과 임무는 각자에 따라 나누어져 있었다. 노씨 집안의 며느리뿐만 아니
라 시집가기 전의 여식들에게 다른 집안 며느리 역할을 알려주어 시댁에
서 원활하게 적응하도록 하기 위함이라고 생각한다.

> 당나라 산남 절도사 최관의 증조모 장손부인이 나이 만흐야 이 업거능 관
> 의 조모 당부인이 싀모를 효도로 셤기셔 미일 아참에 쁠아리 절흐고 당에
> 올나 그 싀모를 졋 먹이니 장손부인이 쌀낫 먹지 못흐기를 두어 히로더 편안
> 흐더니 흔날 병이 즁커늘 얼운과 아히 다 모닷더니 베퍼 갈오더 며날이 은혜
> 를 갑지 못흐리로소니 원컨딘 며나리는 자식이며 손자 만히 잇서 효도흐며
> 공경흐기를 며나리 갓흐면 최시의 가문이 엇지 챵하야 커지 아니흐리오.37)

「선행(善行) 제육(第六)」에 나오는 내용으로 원출전은 『당서(唐書)』 「유
비열전(柳玭列傳)」, 「유씨가훈(柳氏家訓)」이다. 연세 많은 증조모를 정성
껏 모신 며느리에 대한 선행의 이야기이다. 예전에 혼인하면 한 집안에 보
통 3~4대가 사는 것이 보통이었다. 그러므로 며느리는 시조모와 시모를

---

36) "此 謂不得恃舅姑之使令而傲家婦也."(「明倫 第二」 集成)
37) "唐山南節度使 崔琯 曾祖王母長孫夫人 年高無齒 祖母唐夫人 事姑孝 每朝 櫛縱笄
   拜於階下 卽升堂 乳其姑 長孫夫人 不粒食數年而康寧 一日 疾病 長幼咸萃 宣言無以
   報新婦恩 願新婦 有子有孫 皆得如新婦 孝敬 崔之門 安得不昌大乎."

모시고 살았다. 나이를 먹으면 어린이가 된다는 얘기처럼 치아와 귀 등의
기능이 약해지고 거동 또한 어렵게 된다. 이러한 조모를 성심껏 아들 기르
듯 한 며느리의 행동을 칭송하고 있다. 며느리의 행위를 아래 사람들이 보
면, 본인(며느리)이 시조모나 시모 위치에 있을 때 효와 경(敬)의 정신이
이어져 다시 며느리에게 자신이 했던 행위를 그대로 받을 것이고, 이러한
효의 전통이 계속 이어질 때 그 집안의 번창은 자연스럽게 이루어진다고
노상직은 여긴 듯하다.

> 졍의종의 딕 로시 싀부모를 효도로써 셤기더니 하로밤에 도적 수십명이
> 북을 울리며 담을 넘어 드니 집 사람이 다 달아나 숨고 싀뫼 홀로 방에 잇거
> 늘 로시 도적의 칼을 무릅시고 싀모를 뫼셔 두적의게 치이미 되여 거의 죽
> 어리러니 도적 간휘에 집사람이 무러되 엇지 혼자 저허치 아니ᄒ뇨 로시 갈
> 오디 사람이 금수에게 다란 바는 인과 의 이셤이니 마을에 급함이 잇스도
> 오히려 서로 구할 것이온 하물며 싀모를 구치아니ᄒ랴 만일 위틱한 화ㅣ 잇
> 스면 엇지 맛당히 혼자 사라시리오.[38]

「선행 제육」에 나오는 내용으로 원출전은 『당서』「열녀열전」이다. 며
느리가 시모를 위해서 도적에게 항거하여 시모를 구한 이야기다. "인의
(仁義)는 인성(人性)에 고유한 바이고, 천리와 사람의 이성(彝性)이 사람
의 마음에 있어 영원토록 없어지지 않음을 여기서 볼 수 있다"[39]고 하였
다. 누구나 위험을 느끼면 자신을 보호하는 것이 일반적이다. 그러나 여
성들은 자신의 아들에게 위험을 느끼면 자신의 목숨을 아깝게 여기지 않

---

38) "唐鄭義宗 妻盧氏 事舅姑 甚得婦道 嘗夜 有强盜數十 持杖鼓譟 踰垣而入 家人悉奔
竄 唯有姑自在室 盧冒白刃 往至姑側 爲賊捶擊 幾死 賊去後 家人 問何獨不懼 盧氏曰
人所以異於禽獸者 以其有仁義也 隣里有急 尙相赴救 況在於姑而可委棄乎 若萬一危
禍 豈宜獨生."

39) "仁義者 人性之所固有, 天理民彝之在人心 終古而不泯滅者 於此 可見矣."(善行 第
六 集解)

는다. 이는 내리사랑에 의한 모성애이다.

하지만 시부모에 대한 며느리의 이와 같은 행동은 효(孝)와 경(敬)의
사고가 투철하지 않으면 할 수 없는 일이다. 전술한 바와 같이 자신의 행
위를 나중에 다시 받기 위한 행동일 수 있다. 자신이 솔선수범하지 않으
면 어떻게 자신이 그러한 행동을 원할 수 있을 것인가. 이러한 이유에서
도 편찬자는 며느리들의 역할을 경계하고 있는 것이다. 그리고 원문에 있
던 "略涉書史"구절이 생략되어 있다. 여성은 지식보다는 실제적인 행동
이 앞서야 함을 강조하는 것으로 이 또한 편찬자의 의도적 생략이다.

> 송세충의 안해 리시는 쥬계군의 딸이니 치산을 부지런히 ᄒ야 잠간도 스
> 스로 편키 아니ᄒ야 항상 일즉 일어나 세수ᄒ고 빗질ᄒ고 가사를 간금ᄒ더
> 라 가장이 빈긱을 조와ᄒ고 문학을 길겨워ᄒ야 치산등졀을 젼혀 모러ᄂᆞᆫ지라
> 리시 가장의 뜻을 힘쓰이어 비록 가난ᄒ나 례도에 당한 것은 일일히 쥬션ᄒ
> 야 항상 가장의게 군속홈을 알게 아니ᄒ더라.40)

송세충41)의 아내 이씨 예화는 며느리 본연의 임무인 집안을 치산하는
것, 가장을 보좌하는 것 등의 사례들을 보여주고 있다. 한 사람의 아내이
기 이전에 한 집안 며느리로서의 역할을 나타내고 있다. 집안 살림을 담
당하며 남편의 뜻을 받들고, 남편이 집안의 군색함을 알지 못하도록 힘쓰
는 며느리의 역할을 나타내고 있다.

---

40) "宋公世忠妻李氏 朱溪君深源女也 治家甚勤 未嘗頃刻自逸居 常早起盥櫛 端坐終日
家人未嘗見其欹側時也 宋公喜賓客 耽文史 家事略不經心 李氏勉承其意 雖至屢空 能
經理周悉 凡禮所當爲未見闕乏 常不使公知也."

41) 송세충(1468~1553)은 조선 중종때의 문신으로 자는 恕可이고 본관은 恩津이다. 중종
27년에 별시 문과에 급제하여 여러 관직을 역임하고 명종조에는 이조판서에까지 오른
인물이다.(「國朝人物考 36」, 「朝鮮中宗實錄」, 『한국한자어사전』 권2, 31쪽 재인용.)

4) 부부간의 도리

한 여인이 한 평생 살면서 가장 많이 만나고 생활하는 것은 그 지아비
이다. 한 집안 며느리로서의 역할도 중요하겠지만 한 남자의 아내 역할
또한 무시 못 할 일이다. 부부는 동격이라 했다. 서로 함부로 하지 못하는
관계이니 각별한 주의가 필요하다.

레는 부부를 삼가홈에 비롯ᄒ나니 집을 지오디 안밧을 분별ᄒ야 사나히는
밧게 잇고 게집은 안에 잇셔 집을 깁흐게 ᄒ며 문을 굿게 ᄒ야 환자로 직히
셔 사나히는 들지 아니ᄒ고 게집은 나지 아니할찌니라 남녀ㅣ가 옷거는 줄
더를 갓치 아니ᄒ야 감히 가장의 옷건디 갓치 걸지 아니ᄒ며 모욕ᄒ난 그륵
을 갓치 아니ᄒ며 가장의 상자와 단사기에 간수치 아니ᄒ며 가장이 나간쩍
에는 벼기를 상자에 거두며 자리와 이불을 마라 간수홀찌니라.42)

「명륜 제이」에 나오고 원출전은 『예기』 「내칙」이다. 전술한 바와 같이
남녀는 서로 주고받는 친함이 없어야 하며 구분이 분별해야 하는 것에 있
어서 부부도 예외는 아니다.

임천(臨川) 오씨(吳氏)는 "내외의 분별은 비단 남녀만이 그런 것이 아
니라 비록 부부로서 서로 친할 수 있는 자라도 또한 그렇게 해야 함을 말
한 것이다"43)라고 말하였다. 삼강오륜 중에 '부부유별(夫婦有別)'이 있는
것으로 본다면 부부간의 구별은 아주 중요한 요건으로 생각했던 것으로
보인다.

부부는 인륜의 큰별이오 단명ᄒ며 장수ᄒ는 징조ㅣ니 셰속이 혼인 ᄒ기

---

42) "禮 始於謹夫婦 爲宮室 辨內外 男子 居外 女子 居內 深宮固門 閻寺守之 男不入 女
不出. 男女不同椸枷 不敢縣於夫之楎椸 不敢藏於夫之篋笥 不敢共湢浴 夫不在 斂枕
篋 簟席襡 器而藏之."

43) "言內外之辨 非特男女爲然 雖夫婦得相親者 亦然."(明倫 第二 集說)

를 너무 일적호야 사람의 어버이 될 도리를 아지 못호면서 자식을 두는지라
이로써 교화ㅣ 밝지 못호고 빅성이 혼이 단명호는지라.44)

「가언(嘉言) 제오(第五)」에 나오는 내용으로 원출전은 『한서』 <왕길전
(王吉傳)>이다. 부부는 인륜의 큰 별이라 하여 인간사에 가장 중요한 임
무가 있다고 여겼다. 그리고 너무 일찍 혼인하는 것을 반대하고 있다. 진
씨(陳氏)는 "옛날에는 20에 시집가고 30에 장가들었는데 후세에는 이와
반대이어서 시집가고 장가들기를 너무 일찍 하므로 백성들이 요절하는
자가 많고 사람의 부모된 도리를 알지도 못하면서 자식을 둠으로 교화가
밝지 못하다"45)고 하였다. 부부는 곧 아이들의 부모가 되는 자격을 갖추
고 있다. 그러나 일찍 혼인하여 어린 나이에 부모가 되면 그 아이들을 제
대로 가르칠 수 없다. 그러므로 아이들이 교화에 밝지 못하고, 이에 따라
그 혼이 단명한다고 주장하면서 어버이가 될 조건을 갖추어야 하며, 조혼
을 금해야 한다는 편찬자의 의식이 드러나 있다.

일곱가지 니침이 잇나니 싀부모끠 슌치 아니커든 니치며 자식 업거든 니
치며 음란커든 니치며 투기호거든 니치며 악질잇거든 니치며 말만커든 니치
며 도적질호거든 니칠쩌니라 세가지 니치지 아님이 잇나니 례로써만 니니고
도라갈바ㅣ 업거든 니치지 아니호며 삼년상을 함께 지니거든 니치지 아니
호며 젼이는 빈천호고 후이는 부귀호거든 니치지 아닐쩌니라.46)

「명륜 제이」에 나오는 내용이다. 여성에 대한 경계만 있는 것이 아니라

---

44) "夫婦 人倫大綱 天壽之萌也 世俗 嫁娶太蚤 未知爲人父母之道而有子 是以 教化不
明而民多夭."
45) "古者 二十而嫁 三十而娶 後世 反是 嫁娶太蚤 故 民多夭 未知爲人父母之道而有子
故 教化不明."(嘉言 第五 集說)
46) "有七去 不順父母去 無子去 淫去 妬去 有惡疾去 多言去 竊盜去. 有三不去 有所取
無所歸 不去 與夏三年喪 不去 前貧賤後富貴 不去."

남성에 대한 경계도 보인다. 위의 예문은 시어머니가 며느리에게 하는 행위일 수도 있지만 지아비가 지어미에게 할 수 있는 행위이기도 하다. 특히 '삼불거(三不去)'[47]는 남자들에 대한 중요한 경계라 할 수 있다. 남자의 경우에서 본다면, 자신이 힘들 때 도와준 사람을 어떻게 내칠 수 있느냐는 입장에서 '불거(不去)'를 나타내주고 있다. '조강지처(糟糠之妻)'를 내치지 않는다는 것을 보면 '삼불거' 중 세 번째에 해당하는 것으로 대부분의 남성들이 지켰던 것이다.

> 한나라 포선의 딕 환시의 자는 소군이라 션이 일즉 소군의 아빗게 나아가 비왓더니 그 아비 션의 청고훈 지죠를 기특히 녁겨 쭐로써 션의 안해를 삼으니 치장흐야 보뇌는 지물이 만커날 션이 질거하지 아니흐야 안히 다려 일너 갈오디 소군이 부귀훈 집에 싱장흐야 아람답기 쮜미기를 닉혀스니 닉진 실로 간란흐고 천한지라 능히 례를 감당치 못흐리로다 소군이 갈오디 어버니 본디 션싱의 덕을 닥고 금소흐고 간략훈 년고로써 천쳡으로 흐여곰 뫼셔 슈건과 빗을 잡게 흐시니 임의 군자를 밧자와시란디 오직 명흐신디로 이 조차리이다 션이 웃고 갈오디 능히 이럿타시 흐면 참 늬 뜻이로다 소군이 뫼신 흐인과 조혼 복식을 다 도라 보니고 져른 벼 처마입고 흔가지 적은 수리를 쓰어 싀가에 도라와서 싀모께 보압는 례도를 맛고 항아리를 끼고 나가 물을 길러 먹더라.[48]

「선행 제육」에 나오는 내용으로 원출전은 『한서』<열녀전>이다. 아내가 남편의 뜻을 이어 남편의 위치와 환경에 자신을 맞추어 살았다는 이야

---

47) 첫째, 돌아갈 곳이 없는 사람, 둘째, 삼년상을 함께 지낸 사람, 셋째, 혼전에는 가난하였다가 혼인한 후에 부자가 되게 한 사람인 경우 등이다.

48) "漢鮑宣 妻桓氏 字少君 宣 嘗就少君父學 父奇其淸苦 以女妻之 裝送資賄甚盛 宣 不悅 謂妻曰 少君 生富驕 習美飾 而吾實貧賤 不敢當禮 妻曰 大人 以先生修德守約 故使賤妾 侍執巾櫛 旣奉承君子 惟命是從 宣笑曰 能如是 是吾志也 妻乃悉歸侍御服飾 更著短布裳 與宣 共挽鹿車 歸鄕里 拜姑禮畢 提甕出汲 修行婦道 鄕邦 稱之."

기이다. 혼인할 때 폐백을 많이 한 것에 대한 남편의 불만을 아내가 지혜
롭게 대처하며 남편의 뜻을 따르고 있다. <숙향전>에서 숙향의 아버지
말을 빌려 보면 '지나친 폐백은 오랑캐의 풍속'이라며 지나친 폐백에 대한
풍조를 비난하고 있다. 자신이 살던 풍족한 집에서 빈한한 집으로 출가하
여 충실히 살아가면서 시댁의 풍속과 지아비의 뜻을 받드는 것이 아내의
역할임을 경계하고 있다.

> 선산사는 군사 한사람이 멀리 수자리 가고 그 안해이 강포를 저어ᄒ여 가
> 시로 울을 만들고 수십 년 홀로 직히더니 하러 밤이 군새 수자리로부터 도
> 라와서 문 열나ᄒ거날 안해 디답 아니ᄒ더 군새 갈오더 오러 역사ᄒ다가 도
> 라오거날 엇지 길겨이 영졉 아니ᄒ고 도로혀 문을 닷난고 안해 갈오더 비록
> 적실히 니 가장이라도 겨문 밤에 가만히 들온 즉 엇지 평싱 등잔 직히든 바
> 람이리오 군사ㅣ 맛참녀 울 다리 아러 자거날 그 이튿날 아참이 이웃 사람
> 을 못기ᄒ고 영졉ᄒ여 드리더라.49)

이 예문은 경북 선산지방의 '향랑 고사'로도 유명하다. 수자리 떠났던
남편이 몇 년 만에 집에 돌아왔는데도 불구하고, 아내는 밤중이라 문을
열어주지 않자 그 다음날에야 남편이 집에 들어갔다는 이야기이다. 남편
이 수자리 나간 몇 년 동안 수절을 하며 살았는데, 밤에 남편이 찾아왔지
만 이를 열어주지 않은 것은 다른 사람들로부터 오해 받을 수 있는 여지
를 없애는 것과 동시에 자신이 지켜온 일들을 파계하지 않기 위함이다.
만일 밤에 남편이라고 하여 문을 그냥 열어주었으면 남편도 그리 달갑게
여기지는 않았으리라 생각된다. 여인의 정절을 강조하면서 부부간이라도

---

49) "善山有一卒 與吉冶隱先生隣居 嘗遠戍 其妻恐爲强暴所汚 以棘爲籬 自守幾十年 一
日夜 卒自戍還呼使開門 妻不應 卒曰 久役始歸 何不歡迎而反閉門也 妻曰 雖信吾良
人 暮夜潛入則 豈平生守燈之義乎 使吉注書聞之 亦以爲如何 卒止宿籬下 翌朝會隣里
歡入."

예에 맞지 않으면 행하지 않는다는 것을 나타내어 경계하고 있다.

　　임진왜난에 샤부가 부녀ㅣ 만히 증파강에 다달나 비예 닷토와 올을식 흔 부인이 잇서 게집죵 다려고 왓서 비예 올녀지 못흔지라 비사공이 졀박히 녁여 그 손을 잡아 비예 올어게 흐니 부인이 크게 울어 갈오디 닉손이 네게 욕당흐엿스니 닉 엇지 살이요 곳 물에 쩌러지니 게집죵이 우러 갈오디 닉 샹젼이 임의 죽엇스니 닉 엇지 홀로 살이요 쏘 스스로 강에 쩌러지다.50)

　이 예화에 보이는 부녀(婦女)는 자기의 손을 뱃사공이 욕보였다고 여겨 물에 빠져 죽는다. 그러나 뱃사공은 배를 타지 못하는 부녀를 어떻게 해서든지 구하기 위하여 손을 잡아서 태워준 것이다. 뱃사공은 안타깝고 불쌍히 여기는 '측은지심(惻隱之心)'에서 나온 행동이라 볼 수 있다. 하지만 여기에서는 여인의 정절을 중요하게 여기고 있다. 한 여인이 남편이 아닌 다른 남성에게 욕당했다고 여겨 자신의 목숨을 초개같이 버린 것은 선행이 될 수 있다. 그러기에 열(烈)을 강조하며 경계하고 있다.

　　부사 윤샤졍의 안해 리시 심히 부인의 례도 잇는지라 샤졍이 일즉 쳡이 잇더니 쓰지 맛지 못흐야 쟝차 도라 보닐식 리시 간흐야 갈오디 부부졍의는 젹쳡이 업스니 이졔 반다시 바릴쩐딘 나도 쏘한 감히 잇들 못흐겟노라 샤졍이 그 말삼을 늑겨 보너지 아니흐니라.51)

　이 예화는 남편이 쳡에게 뜻이 없어 돌려보내려 하는데 아내 이씨가 남편의 뜻을 만류하며 쳡의 입장에서 대변해 주고 있다. 처첩의 갈등은 많

---

50) "壬辰倭亂 士女 至澄波爭舟 有一婦人從女奴 不得登舟 舟人挽其手欲上之 婦人大哭曰 吾手辱於汝 吾何生爲卽投水 女奴哭曰 吾主已沒 吾何忍獨生 亦自投于江."

51) "武府使尹士貞妻李氏 甚得婦道 士貞嘗有妾失意 將歸 李氏諫曰 夫婦之義 無間嫡妾 今必去之 妾亦不敢自居 士貞感其言 不去."

은 고소설에서 흔히 보인다. 한 집에서 한 남자를 두고 두 여인이 함께 살다보면 여러 문제가 발생할 수 있다. 이로 인하여 예전부터 여인의 투기를 심하게 다스렸다. 이 예화에서 정실은 첩을 동등한 한 여성으로 인식하여 남편이 내치려고 하는 것을 막았다. 한 집안에서 여성의 화합을 보여주고 있기에 인용하여 경계하고 있다.

5) 어머니의 역할

집안에서의 교육은 대부분 어머니에 의해서 이루어진다. 그 대표로 맹모(孟母)와 신사임당을 들 수 있다. 이렇듯 어머니는 자식들에게 지대한 영향을 주고, 집안의 살림을 이끌어가는 주체이다. 이러한 임무를 가지고 있는 사람이 그 임무를 제대로 하지 못할 때 집안은 번창할 수 없기에 어머니 역할의 중요성에 대해 경계하고 있다고 볼 수 있다.

> 태임이 문왕을 비사 눈에 악한 빗틀 보들 아니ᄒ시며 귀에 음란혼 소리를 듯지 아니ᄒ시며 입에 거만혼 말을 니지 아니ᄒ더시니 문왕을 나어심에 총명ᄒ시고 통달ᄒ시니 군지 닐오더 퇴임이 능히 비여서 갈아치다 ᄒ니라.52)

「계고(稽古) 제사(第四)」에 나오는 내용으로 원출전은 『열녀전』이다. 우리나라 태교 얘기 중에서 가장 기본이 되는 교과서적인 이야기다. 아이를 배고 열 달 동안 자신의 행동을 규제한다는 것은 대단한 모성애가 아니면 할 수 없는 일이다. 그리고 훌륭한 자식을 얻기 위해 감당해내야 하는 일들은 정말로 위대한 일이다. 부처가 「부모은중경」에서 나타내듯이 부모의 은공은 어떻게 하든 보답할 길이 없다고 한 것은 과언이 아니다.

---

52) "太任 娠文王 目不視惡色 耳不聽淫聲 口不出敖言 生文王而明聖 君子謂太任 爲能 胎教."

전장에서 부모의 도리를 모르고 아이를 나면 그 아이도 도리를 몰라 단명한다고 하였다. 그리하여 부모 역할의 중요성, 특히 어머니의 모성애를 알려주어 경계하고 있다.

> 밍자ㅣ 어려실쩌에 무러사디 동녁집에셔 돗잡기는 무엇ᄒ려 ᄒ는고 어마니 갈오디 너를 먹이고져 ᄒ나니라 다시 후회ᄒ야 갈오디 녯 사람은 빈여서 갈아침이 잇다 ᄒ니 이졔 바야흐로 알옴이 잇거늘 속이면 이는 미덥지 아니홈으로 가라침이라 ᄒ고 돗고기를 사서 먹이니라.[53]

「계고 제사」에 나오는 내용으로 원출전은 『온공가범(溫公家範)』, 『열녀전』이다. 맹자가 어려서 어머니에게 돼지 잡는 것을 보고 '저것이 무엇하는 것입니까'라고 묻자 어머니가 너를 먹이기 위해 잡는다고 하였는데, 뒤늦게 생각해보니 농담한 것이 후회스러워 돼지 잡는 것을 보이지 않고 사다 먹였다는 이야기다. 배워서 앎이 있는 자식에게 속이는 것을 보이면 자식이 어미를 믿지 못할 것 같아 솔직히 말했다는 것으로 보아 아들의 교육을 위해 부모가 그 도리를 다하고 있음을 보여주고 있다. 여기에서 맹모(孟母)는 자신이 아무 생각 없이 너를 먹이기 위한 것이라고 말한 것을 후회하고 있다. 구체적인 증거를 대며 정확하게 말해주어야 하는데 자식에게 안일한 대답을 한 것에 대한 후회이다. 아주 사소한 것에서까지 자식에 대한 부모의 배려라 할 수 있다.

> 당나라 최현위의 어마니 로시 현위를 경계ᄒ야 갈오디 내 이죠아형 신낭 듕의게 들니 갈오디 자식이 벼살 단인 것을 남이 와 일오디 간란ᄒ며 군핍ᄒ야 견듸지 못ᄒ더라 ᄒ면 이는 조흔 기별이어니와 만일 지믈이 풍족ᄒ

---

53) "孟子幼時 問東家殺猪 何爲 母曰 欲啗汝 旣而悔曰 吾聞古有胎教 今適有知而欺之 是 教之不信 乃買猪肉 以食之."

며 옷과 말이 아람답고 살쩌다 ᄒ면 이는 악한 기별이라 ᄒ니 너일로서 너
계 ᄇ리로라.54)

「선행 제육」에 나오는 내용으로 원출전은 『당서』 <최현위열전(崔玄暐
列傳)>이다. 벼슬하는 아들에게 청렴하게 벼슬살이 하라고 경계하는 이
야기이다. 청렴하고 청빈하게 사는 것은 안연의 예를 보아도 사대부들이
지켜야 할 덕목이다. 벼슬살이하며 백성과 나라의 일을 돌봐야 하는 자들
이 자신의 영위와 영달을 위하여 재물을 축적한다면 이는 부정행위를 하
여 재물을 모은 것으로 여겼기에 이를 경계하고 있다. 아들에 대한 경계
일 수도 있지만, 남편을 보좌하는 여인의 경계를 또한 나타내주고 있다.

심사인 순문의 안해 허시는 츙졍공죵의 누위니 가법을 심히 닷가 비록 적
은 일이라도 가장의게 고 ᄒ 후에 ᄒᆡᆼᄒ고 싀모의 나이 빅세에 갓가온지라
허시 밤낫 뫼셔 안지며 누어시 기를 몸소 부지ᄒᆞ며 비복이 죄 잇스도 간디
로 형벌아니ᄒᆞ며 모질기 ᄭᅮ짓도 아니하야 항상 아달과 며나리를 경계ᄒᆞ야
갈오디 녯쩌 도펑틱이 죵 ᄒ구를 그 아달에게 쥬어 갈오디 이도 쏘한 사람
의 자식이라 가히 잘디졉ᄒᆞᆯ 것이라 ᄒ니 너의도 이로써 법을 ᄒᆞ라.55)

심순문56)의 아내 허씨 예화는 한 집안의 며느리로 살아오면서 본인이

54) "崔玄暐 母盧氏嘗誡玄暐曰 吾見姨兄屯田郎中辛玄馭曰 兒子從宦者 有人 來云貧乏
不能存 此 是好消息 若聞貲貨充足 衣馬輕肥 此 惡消息 吾常以爲確論 比見親表中 仕
宦者將錢物上其父母 父母但知喜悅 竟不問此物從何而來 必是祿俸餘資 誠亦善事 如
其非理所得 此與盜賊何別 縱無大咎 獨不內媿於心."
55) "沈舍人順門妻 忠貞公許琮之姊也 家範甚修 雖小事 必稟舍人 姑年近百歲 許氏屏棄
家事晝夜 不離側坐臥必躬扶之 婢僕有過 不喜箠笞 亦未嘗苛罵 常戒子婦曰 昔陶潛送
一力 給其子曰 此亦人子可善遇之 爾曹當 以此爲法."
56) 심순문(1465~1504)은 조선조 연산군 때의 문신으로 字는 敬之이고 본관은 靑松이다.
문과에 급제하여 여러 벼슬을 하다가 연산군 10년 갑자사화에 연루되어 참형되었다.(『國
朝人物考 44』,「朝鮮燕山君日記」,『한국한자어사전』 권3, 107쪽 재인용.)

했던 행동을 자신의 며느리와 아들에게 경계하고 있다. 한 여인이 집안을
단속하는데 있어서 범하면 안되는 일들을 나열하고 있다. 집에서 부리는
하인들도 하나의 인격체로 인식하여 다스리기를 잘해야 한다고 아들에게
경계하고 있다. 이는 "수신제가치국평천하(修身齊家治國平天下)"라는『대
학』의 구절에서도 알 수 있듯이 집안을 잘 수습해야 큰 일을 할 수 있다
는 것으로 어머니의 가르침이 자식들에게 얼마나 중요한지를 보여주고
있다.

　『여사수지』에서 중국의 고사를 인용한 것은 다른 나라의 일을 열거하
여 독자들에게 생소한 일들을 접하게 하여 신기함을 가중시키고 있으며,
고전의 실존 인물들을 예로 들어 신빙성을 더하게 만드는 장치이기도 하
다. 조선의 고사는 중국의 고사와 비슷한 이야기가 있다는 것을 알리어
많은 사람들이 읽고 행동함에 기준으로 삼고자 함이 아닌가 생각한다.

　조선의 고사에 인용된 인물들은 대부분 선조대 중종말~인조초의 인물
들이다. 이 시기는 임란을 거치면서 아주 혼란했던 시기이다. 이런 와중에
서도 이와 같은 선행을 하였으니 이는 후세에 전할 만하다고 편찬자는 인
식했던 듯하다. 그리고 편찬자가 이 글을 편찬할 시기도 사상적으로 혼란
이 심하였기에 전시대 중 비슷한 시기를 잡아 선행의 일들을 기록한 것으
로 보인다. 또 유명하고 존경받는 인물들을 인용하여 독자들의 선행을 배
가시키는 효과를 기대하고 있으며, 이런 인물 뒤에는 위대한 여성이 있음
을 강조하여 '여성'이 바로 서야 집안이 번창한다는 것을 보여주고 있다.

　이상에서와 같이 편찬자는『소학』에 나오는 이야기들을 자신이 가감하
여 주체적인 사례들을 나열하여 경계하고 있으며, 이는 직접적인 행동을
제시하여 모범적인 행동이 어떠한 것인가를 보여주기 위함이다.

4. 문학사적 의의

『여사수지』가 편찬된 시기를 본다면 1889년이므로 조선이 서구의 문물을 받아들여 정신적으로 혼란했던 시기이다. 이 시기를 비롯해 1894년부터 1910년 사이를 애국계몽기라 칭하고 있다. 이 기간은 우리 민족사에 있어서 중세적 질서의 해체와 시대적 질서에로의 전환이 숨 가쁘게 전개된 시기였으며, 동시에 제국주의적 침탈과 침략이 보다 노골화되는 가운데 '반봉건자주개화'와 '친일개화'의 지향이, '보수적 반동'과 '반외세 국권수호'의 지향이 서로 복잡하게 얽히며 갈피를 잡지 못하던 시기였다. 이 시기에 있어서 제 양식의 문학은 이러한 다기한 지향을 그 세계상 속에 함축하면서 양식으로서의 소멸과 생장을 겪게 된다[57].

이 시기의 신여성들은 서구문물의 유입으로 인해 스스로의 자각과 각성에 관심이 집중되었다. 이러한 시기적 조류에 힘입어 여성을 위한 교육기관과 단체, 그리고 언론 및 교육용도서와 잡지 등이 성행하였는데, 그 예를 살펴보기로 한다. 여러 교육기관과 함께 '찬양회(贊養會), 여자교육회(女子敎育會), 진명부인회(進明婦人會), 대한부인회(大韓婦人會), 한일부인회(韓日婦人會), 김해부인회(金海婦人會), 부인학회(婦人學會)' 등의 단체들이 여성교육 및 계몽과 여성사회의 변화를 이루고자 하는 사회교육적 활동을 전개하였다. 그리고 '독립신문, 뎨국신문, 대한매일신보, 만세보' 등의 신문에서는 여성의 교육을 강조하는 기사를 실었다. 애국계몽기에 여성을 주 대상으로 하는 교과목은 "수신(修身), 국어(國語), 산술(算術), 가정(家政), 생리위생(生理衛生), 물리(物理), 화학(化學)" 등이 주종을 이루었다. 이중에서 수신과 국어에 해당하는 책을 살펴보면 '녀ᄌᆞ쇼학슈

---

57) 장효현, 「애국계몽기 창작 고전소설의 한 양상」, 『정신문화연구』 41, 한국정신문화연구원, 1990, 137-138쪽.

신셔, 부유독습(婦幼獨習), 녀ᄌ독본(上·下), 초등여학독본(初等女學讀本)' 등이 있다.58) 애국계몽기에 발간된 여성잡지를 살펴보면 '가뎡잡지(家庭雜誌), 녀ᄌ지남(女子指南), 자선부인회 잡지' 등이 있다. 그리고 소설에서도 여성의 역할을 부각시킨 작품이 있는데 '라란부인젼, 익국부인젼' 등이 있고, 기타에는 '임전(任錢)하는 책(冊), 남녀평등론(男女平等論), 부인필지(婦人必知), 계명성(啓明星), 여자록(女子錄)' 등이 있다59).

조선은 '일제'에 의해 그 질서가 붕괴되어 조선의 백성들은 정체성을 잃어버렸다. 이러한 혼돈에서 상기한 바와 같이 조선의 여성들은 새로운 문물에 많은 관심을 보였다. 집안에만 갇혀있던 여성들이 사회의 한 구성원으로 참여하고 자신이 하고 싶은 일을 마음껏 하기 위해 노력을 하였다. 어느 시대이든 간에 어느 한 방향이 있으면 다른 방향도 있게 마련이다. 그리하여 '보수적 반동'과 '반외세 국권수호'의 구호 또한 만연하였다.

『여사수지』의 편찬자인 노상직도 전대의 사상으로 돌아가고자 노력했던 인물이다. 전술한 바와 같이 예속과 경학에 경도된 인물이었기에 전대의 사상에 투철했다고 생각한다. 특히 여성을 집안 성쇠의 기틀이라 생각했던 사람이므로 혼탁하고 혼란한 시기를 바로 잡을 수 있는 사람은 바로 여성, 그 중에서도 어머니라고 믿었다.

노상직의 사상적 기반에는 『소학』이 중요한 구실을 하였다. 그리하여 편찬자가 『소학』에서 임의로 내용을 산정하고 조선의 아름다운 행동을 한 여성의 이야기를 묶어 여성들의 수신용으로 『여사수지』를 편찬한 것으로 생각한다. 노상직은 애국계몽기 직전인, 사상적으로 혼돈의 시기에 민중들의 가치관 정립을 위한 방법은 오직 전대의 사상뿐이라고 생각하

---

58) 김경훈, 「한국 개화기의 여성 사회 교육에 관한 연구」, 중앙대 대학원 박사학위논문, 1992, 42-86쪽.
59) 김경훈, 상계논문, 103쪽.

여 복고를 주장하였다. 이러한 사고는 『여사수지』에서 여성 본연의 자세를 자세히 설명해 놓고 딸로, 며느리로, 아내로, 어머니로 어떻게 행동을 해야 하는가를 알기 쉽게 편찬해 놓은 것에서도 알 수 있다. 『여사수지』는 과도기라 할 수 있는 애국계몽기에 가치관의 혼돈을 막기 위해 유학자의 사고로 만들어진 여성 수신용 책이라는 문학사적 의의를 가진다고 말할 수 있다.

5. 결론

지금까지 『여사수지』의 서지, 편찬의도와 글쓰기 양상, 그리고 문학사적 의의에 대해 살펴보았다. 『여사수지』는 노상직이 1889년에 편찬하고 1907년에 판각하여 편찬한 목판이다. 이 책은 『소학』의 체제를 근간으로 하여 편찬자가 중요하다고 생각되는 구절을 『소학』에서 취하여 편찬하였다.

이 장에서는 편찬 의도와 글쓰기 양상을 알기 위하여 '남녀 구분, 시부모 섬기기, 며느리의 역할, 부부간의 도리, 어머니의 역할' 등으로 나누어 살펴보았다. 『소학』에 나오는 이야기들을 노상직이 산정하여 구체적인 사례들을 나열하여 경계하고 있다. 이러한 글쓰기의 의도는 선인들의 선행을 제시하여 모범적인 행동이 어떠한 것인가를 독자에게 보여주고 있다. 중국의 고사를 인용하여 독자들에게 생소한 일들을 접하게 하여 신기함을 가중시키고, 고전의 실존 인물들을 예로 들어 신빙성을 더하고 있다. 조선의 고사에서는 선행의 일들을 유명하고 존경받는 인물들을 인용하여 독자들의 선행을 배가시키는 효과를 기대하고 있으며, 이런 인물 뒤에는 위대한 여성이 있음을 강조하여 '여성의 역할'이 중요하다는 것을 보여주고 있다.

　『여사수지』는 과도기라 할 수 있는 애국계몽기에 가치관의 혼돈을 막기 위해 전대의 사상－『소학』－을 도구로 사용하고 있다. 『여사수지』는 가치관을 새롭게 정립하기 위하여 복고를 주장하면서 여성의 역할을 강조하고 여성을 위하여 만든 여성 수신용 책이라는 문학사적 의의를 가진다고 말할 수 있다.

『지산 장재한선생 칠순기념논문집』, 2007.

〈息影亭記〉의 우언 글쓰기와 문학사적 의의

1. 머리말

　　<식영정기>의 작가 석천(石川) 임억령(林億齡 : 1496-1568)은 조선의 변란기인 15세기 말에서 16세기를 살다간 대문호이다. 임억령이 태어날 당시에 조선은 피비린내 나는 사화를 단시간에 몇 번이나 겪는다. 연산군이 보위에 오른 지 4년 만에 무오사화(1498)가 일어나 김종직, 김일손 등이 부관참시 또는 처형을 당한다. 무오사화가 일어난 지 10년 후 다시 사화로 인해 많은 선비가 죽는데, 이것이 갑자사화(1504)이다. 이를 계기로 박원종 등을 위시로 한 신하들이 중심이 되어 연산군을 몰아내고 중종을 왕으로 받드는 반정을 일으킨다. 그러나 안정도 잠시, 조광조를 사사(賜死)하고 현량과를 폐지하는 기묘사화(1519)가 일어난다.

　　이 때가 석천의 나이 24세이다. 석천 임억령(1496-1568)은 조선 중기의 문신으로 자는 대수(大樹)이며 호는 석천(石川), 하의도인(荷衣道人), 공동도인(空同道人)이다. 본관은 선산(善山)이고 신라 때 중랑장(中郞將)을 지낸 양저(良貯)의 후손으로 해남군 동문 관동리 출신이다. 할아버지는 임수(林秀)이고, 아버지는 임우형(林遇亨)이며, 어머니는 음성(陰城) 박씨(朴氏)로 박자회(朴子回)의 딸이다.[1] 형제로는 진사 임천령(林千齡), 임만령

(林萬齡), 문과 급제한 임백령(林百齡), 목사 임구령(林九齡)이 있다.

부친을 일찍 여읜 석천은 어려서부터 총명하여 7세에 숙부에게서 학문을 배워 8세에는 능히 시를 지을 정도로 남다른 재주를 지녔다고 한다. 일찍이 남편을 잃은 석천의 어머니는 자식들의 교육에 열의가 남달라 석천이 14세 때 눌재(訥齋) 박상(朴祥) 형제의 문하에 들어가 수학하도록 하였다.

눌재는 석천의 정신적 지주로서 많은 감화를 주었는데, 그 증거로는 『석천집』과 『눌재집』에 두 사람의 교분이 담긴 시편이 적지 않은 것을 예로 들 수 있다. 특히 눌재의 도학자적 인품과 의리, 그리고 명분 중시의 학자적 소신은 석천의 강의(剛毅)하고 올곧은 성품 형성에 큰 영향을 끼쳤다고 본다. 또, 눌재는 석천에게 '너는 반드시 文章이 될 것이다'고 하면서 『장자』를 권했다고 하는데2), 어린 석천의 문장이 이미 탁월했음을 선생으로서 간파했던 것이다.

석천은 1516년 진사시에, 1525년 문과에 합격한 후 부교리·사헌부지평·홍문관교리·사간·전한·세자시강원 설서 등을 지냈다. 1545년 을사사화 때 석천은 금산군수로 있었는데 동생 임백령(林百齡)이 소윤 일파에 가담하여 대윤의 많은 선비들을 추방하자, 자책을 느끼고 벼슬을 사퇴하였다. 그 뒤 임백령이 원종공신(原從功臣)의 녹권을 보내오자 분격하여 이를 불태우고 해남에 은거하였다. 뒤에 1552년 동부승지, 병조참지를 역임하고, 이듬해 강원도관찰사를 거쳐 1557년 석천의 나이 62세에 담양부사가 되었다.3) 사후(死後)에 석천은 동복 도원서원(道源書院), 해남 석천

---

1) 邊時淵, 「江原道監司石川先生墓誌銘」, 『석천집』, 309쪽.

2) 반면 동생 임백령에게는 『논어』를 읽도록 하면서 '이는 족히 館閣文을 담당하게 될 것이다'라고 하였다 한다.(임형택, 「해제」, 『석천집』, 11쪽.)

3) 석천이 벼슬을 시작한 시기는 정치적으로 변란의 시기였다. 그러나 학문적으로는 김종직을 중심으로 하는 사림의 역할이 활발하여 성리학의 발전을 이루었고, 이황, 기대승,

사, 창평 성산사(星山祠, 1795년, 정조 19년 건립)에 배향되었으며, 저서로
는 『석천집(石川集)』이 있다.

석천의 교유인물을 보면, 동년배로 학포(學圃) 양팽손(梁彭孫), 송재(松
齋) 나세찬(羅世纘), 귀래정(歸來亭) 임붕(林鵬) 등이 있고, 약간 후진으로
하서(河西) 김인후(金麟厚), 금호(錦湖) 임형수(林亨秀) 등이 있다. 후배로
는 송천(松川) 양응정(梁應鼎), 사암(思庵) 박순(朴淳), 고봉(高峰) 기대승
(奇大升), 송강(松江) 정철(鄭澈), 제봉(霽峰) 고경명(高敬命), 서하당(棲霞
堂) 김성원(金成遠) 등을 꼽을 수 있다. 타 지역 인사들도 더러 있지만, 여
기에 열거한 인사들과 같이 주로 광라지역(光羅地域)에 집중되어 있다.
교유인물 중 제봉(齊峰) 고경명(高敬命, 1533-1592), 송강(松江) 정철(鄭澈,
1536-1593), 김성원을 아울러 '息影亭 四仙'으로 부르기도 하여 '사선정
(四仙亭)'이라고도 한다.4)

'성산시단'을 무대로 송순, 이황, 이이, 김인후, 기대승, 백광훈, 송익필
등과 교유함으로써 한국시단을 넉넉하게 살찌운 점 등은 그들의 큰 업적
으로 평가할 수 있다. 석천이 성산과 관련하여 남긴 작품으로 <면앙정삼
십영>(1552년), <식영정 20영>, <서하당 8영>, <식영정기> 등이 있다.

임억령의 인생에서 빼놓을 수 없는 사람이 바로 '金成遠'이다. 김성원
(金成遠, 1525-1597)은 광주 충효리 출생으로 조선 시대 중기의 문인이다.
자(字)는 강숙(剛叔), 호(號)는 서하당(棲霞堂)5) 또는 인재(忍齋)이다. 임

이이 등에 이르러 성리학이 집대성되는 시기이기도 하다. 이러한 시기에 임억령은 벼슬
도 하였고, 자연에 돌아와 은거하며 살았기에 관각문인의 취향과 사림의 취향을 아울렀
다고도 볼 수 있다. 그렇다보니 연구자들 사이에서 석천을 규정지음에 있어서 정·반대
의 견해가 등장하기도 한다.

4) 이곳에서 '성산시단'을 형성한 것은 마치 신선처럼 시회와 강학으로 다정하게 지낸 데
서 연유한다. 그들은 호남의 詞宗으로 칭송되었거니와, 애민시, 서사시 등 장편시를 제
작하여 시대적 모순과 불합리를 개혁·시정코자 하였다.

5) 서하당에 대해서 원래 임억령을 위해 지은 정자였는데 임억령이 죽자 김성원이 서하당

억령과 김성원은 아주 특별한 관계이다. 임억령은 젊은 시절 양산보(梁山
甫)의 4종 남매간인 양씨(梁氏) 부인을 소실로 맞아들여 성산동에서 거처
하며 두 딸을 두었는데, 그 중 둘째 딸을 김성원의 소실로 삼아주었기에
김성원은 임억령의 사위이다.6)

　김성원은 인생의 대부분을 성산에서 자연과 벗하고 여러 문인들과 활
발히 교유하며 지냈다. 그러면서도 강직한 성품은 그대로 간직하였데, 김
성원이 임진왜란 당시 재종질 김덕령이 의병을 모집할 때 군자금을 댄 것
에서도 알 수 있다.7)

　석천 임억령은 천성적으로 도량이 넓고 청렴결백하며, 시문을 좋아하
여서인지 文보다는 詩로 유명하다.8) 백광훈(白光勳)은 임억령을 '강남의
사종(詞宗)'이라 하였고, 율곡(栗谷) 이이(李珥)는 "평생 무릎을 꿇지 않았

─────────

으로 호를 삼았다는 설과 김성원이 식영정은 임억령을 위해 서하당은 자신을 위해 지은
　것이라는 설 두 가지가 있다. 전자에 대해서는 김수항이 지은 <행적기략>에 "임억령이
　일찍부터 성산동의 물과 돌을 사랑하여 집을 짓고 거처하였는데, 그 당을 편액하여 서하
　당, 정자를 식영정이라 하였다"는 기록이 증빙 자료이다. 반면 후자에 대해서는 김성원
　의 『서하당유고』에 "창평의 성산에 서하당을 지어 노년을 설계하였다"는 기록이 그 증
　거이다.(권혁명, 「16세기 식영정 시단의 시세계 연구」, 고려대 대학원 박사학위논문,
　2007, 29쪽. 주)127 참조.)
6) 권혁명, 상계논문, 30쪽. 이런 기록은 유희춘의 『미암일기』에도 나온다.(권혁명, 같은
　논문, 7쪽. 주)37 참조.)
7) 그러나 이러한 강직한 행동이 반역으로 모함을 받기도 하였다. 이 때 세상을 통탄하며
　일흔셋의 몸으로 구순 노모를 업고 '모후산'으로 피했다. 이 '모후산'을 '모호산'으로도 불
　리는데, 그 배경은 다음과 같다. "정유재란 때 왜놈들이 노모를 해하려 하자 김성원 부부
　는 몸으로 노모를 감싸다 그들의 칼에 세 사람이 다 죽었다. 이에 감복한 사람들이 그
　산을 '母護山'이라 하고 동네를 '모호촌'이라 불렀다고 한다." 김성원의 인품과 그를 대
　하는 마음 사람들의 태도를 이야기를 통해 미루어 짐작할 수 있다.(金重器, <행장>, 『서
　하당유고』下, 170-17쪽. <연보>, 『서하당유고』下, 166쪽.)
8) 이가원은 「江原道觀察使石川林先生億齡神道碑銘」에서 『지봉유설』에 "근대시인이
　호남에서 많이 배출하였으니 訥齋 朴祥, 石川 林億齡, 錦湖 林亨秀와 思庵 朴淳, 孤竹
　崔慶昌, 玉峰 白光勳 그리고 白湖 林悌" 등이라는 글을 인용하며 임억령의 시작 능력
　을 높이 평가하고 있다.(『석천집』, 295쪽.)

는데, 오늘에야 공에게 끓는다"고 말할 정도로 시문의 수준이 높았음을 알 수 있다.9) 현재 민족문화추진회에서 발간한 문집총간을 보더라도『석천시집』만 간행했지 문(文)은 빼놓고 있다. 임억령과 관련한 시(詩) 경도 경향은 기존 연구에서도 그대로 드러난다. 석천에 대한 연구가 많은 편은 아니지만, 대개 시연구이다.

석천 임억령에 대한 최초 연구자로 임용주를 들 수 있다. 그는 주로 석천의 시를 중심으로 생애와 계보를 설명하였는데, 선비정신을 중심으로 연구하였다.10) 임형택은『석천집』영인본을 간행할 때에 「해제」를 썼는데, 그 글을 보면 석천의 생애와 인간자세, 석천의 종유(從遊)와 호남시단의 흐름, 석천 시(詩)의 사상 및 경향,『석천집』의 이본과 편차에 대하여 상세히 서술하였다.11)

임용주와 임형택의 연구가 석천 임억령에 대한 개론(槪論)이었다면, 이후의 연구들은 주로 석천의 한시론(漢詩論)에 관심을 두었다. 권추자는 유자(儒者)로서의 포부와 자부심, 절의(節義)의 의지, 자연과의 친화 등으로 나누어 설명하였고,12) 박은숙은 기존연구에서 석천의 사상을 사림과 관련시킨 것에 대하여 석천은 오히려 유자(儒者) 일반의 의식과 같음을 개진하면서, 현실지향의식과 장자적(莊子的) 초월의식이 바탕이 된 자연과의 화합추구를 석천 시의 특질이라 주장하였다.13) 최한선은 방외적 기질과 낭만적 정서, 그리고 애민의식을 강조하였고,14) 권혁진은 석천이 나

---

9) 권순열, 「석천 임억령의 '고기가' 연구」, 『고시가연구』 제7집, 한국고시가문학회, 2000, 15쪽.

10) 임용주, 「석천 임억령의 생애와 사상」, 『논문집』 제8집, 한국방송통신대학, 1988.(『석천집』 재수록.)

11) 임형택, 해제, 『석천집』, 여강출판사, 1989.

12) 권추자, 「임억령의 한시 연구」, 성신여대 대학원 석사학위논문, 1990.

13) 박은숙, 「석천 임억령의 생애와 작품세계」, 『한문학논집』 제10집, 단국한문학회, 1992.

이가 들며 자연을 보는 인식이 달라지는 것에 착안하여 관직생활기, 전원
생활기, 물외동경기 등으로 나누어 고찰하였다.15) 최근의 연구로 권혁명
은 석천의 현실인식과 대응을 중심으로 하여 불기(不羈)한 기질과 절조
(節操)의 시적 형상화, 부정한 현실과 '和而不流'의 대응자세로 나누어 고
찰하였다.16)

　　이상과 같이 선학의 연구성과를 통해 석천이 산문보다는 시문에 더 능
통했음을 검증하였다. 그럼에도 불구하고 임억령은 산문(散文)도 창작하
였는데, 그 중에 석천의 사상을 잘 표현해 놓은 작품이 바로 <息影亭記>
이다. <식영정기>는 아직 연구자들에 의해 본격적으로 논의된 적이 없
다. 뿐만 아니라 전문(全文) 번역도 제대로 없는 실정이다. 그래서 이 책
에서는 정치적 격변기를 살다간 석천 임억령의 산문인 <식영정기>의 전
문을 번역하여 제시하고 그 의미와 함께 우언 글쓰기에 대하여 고찰하고
자 한다. 나아가 16세기 누정기로서의 문학사적 의의까지 살피는 것이 이
장의 목적이다.

2. 〈식영정기〉의 원문과 번역, 그리고 의미

1) 식영정의 소개

　　식영정은 명종 15년(1560) 담양군 남면 지곡리 성산(星山)에 서하당 김

---

14) 최한선, 「석천 임억령의 시문학연구」, 성균관대 대학원 박사학위논문, 1994.
15) 권혁진, 「석천 임억령과 한시 연구」, 강원대 대학원 석사학위논문, 1995.
16) 권혁명, 「석천 임억령의 현실인식과 그 대응」, 『한국한시연구』 12, 한국한시학회, 2004.
　　최근 권혁명은 '임억령, 양웅정, 김성원, 정철'을 '식영정 시단'으로 묶어 박사학위논문에
　　서 심도 있게 다루었다.(권혁명, 「16세기 식영정 시단의 시세계 연구」, 고려대 대학원
　　박사학위논문, 2007.)

성원이 창건하여 장인(丈人)인 석천 임억령에게 증여한 정자이다. 식영정 바로 곁에 서하당(棲霞堂)이 있었는데, 최근 복원하였다. 『서하당유고(棲霞堂遺稿)』「행장(行狀)」을 보면 "庚申公三十六歲 築棲霞堂于昌平之星山"란 기록이 있는 것으로 보아 서하당이 1560년에 지어졌음을 알 수 있고, <식영정기>가 1563년에 지어졌으니 식영정도 이무렵 건축되었으리라 생각한다.

『고봉선생문집』속집 제1권 <차식영정운(次息影亭韻)>에 식영정의 모습을 연상할 수 있는 글귀가 있다. 그 원문과 번역을 보기로 한다.

무등산을 다 돌아보고	歷盡山無等
오는 길에 식영정을 찾았네	來尋息影亭
자리 사이에는 촛불을 배치했고	坐間批玉燭
소나무 속에서 드문 별빛 보이네	松裏見疏星
취한 흥취로 술잔 던지며	醉興渾抛盞
미친듯 회포 풀고 뜨락에 눕고 싶어라	狂懷欲臥庭
내일 아침에 무슨 일 있는가	明朝有何事
그윽한 돌길엔 빗장도 필요 없네	幽磴不須扃

식영정에 올라가면 성산을 바라 볼 수 있는 언덕 위에 자리하여 보는 이의 눈을 시원하게 해 주고 돌계단으로 오르는 길과 식영정 오른편으로는 광주호의 정경이 소나무 가지 사이로 펼쳐져 장관이었다고 한다. 지금 이 시를 보면서도 실제로 '식영정'에 올라가는 기분이 든다. 정자를 둘러싸고 있는 소나무가 약간은 답답하게 느껴질 수 있지만 자신의 모습을 훤히 드러내지 않으려는 마음이 들어있는 것만 같아 답답하기보다는 포근한 느낌이 드는 곳이다. 식영정은 멀리 뵈는 무등산의 모습과 주변에 식재된 소나무, 그리고 정자 앞의 호수 등은 한 폭의 그림처럼 어우러져 지

금도 시심의 고향으로 칭송되고 있다. 그러면 실제 사진을 보면 어떨까.
중수한 모습이지만 비교해 보자.

<식영정의 정면과 대각선 모습>

송강 정철은 식영정과 환벽당, 송강정(松江亭) 등 성산 일대의 미려한
자연경관을 벗 삼으며 <성산별곡>을 창작해냈다. 이곳은 식영정 외에도
풍광이 수려하여 유상지(遊賞地)로도 이름난 곳이 많은데, 자미탄(紫薇
灘), 노자암, 방초주(芳草州), 조대(釣臺), 부용당(芙蓉堂), 서석대(瑞石臺)
등이 있다. 그러나 광주호가 생기면서 일부는 물에 잠기었고, 1972년에
부용당과 성산별곡 시비를, 1973년에 『송강집(松江集)』의 목판을 보존하
기 위한 장서각(藏書閣)을 건립하였다.

2) 번역과 원문

원문이 그리 길지도 않고 기존 연구 중 <식영정기> 전체를 아직 번역
하지 않았기에 전문(全文)의 번역문과 함께 원문을 아래에 싣기로 한다.
그러면 번역문과 원문을 보기로 한다.

김군 강숙은 내 벗이다. 이에 푸른 시냇가 寒松 아래에 한 산기슭을 얻어
조그만 정자를 얽되 모서리에 기둥을 세워 그 가운데를 비우고 띠로 이엉을

하고 대자리로 날개를 하니 바라보면 마치 일산이나 꽃배처럼 보인다. 내가 휴식할 곳으로 삼기 위함이라 하였다.

선생에게 이름을 청하니 선생이 말하기를, "자네가 장씨의 말을 들은 일이 있는가? 장주의 말에 이르기를, 옛날에 자기 그림자를 두려워하는 사람이 있어서 해 아래에서 달리는데, 그가 급하게 달리면 달릴수록 그림자가 끝내 없어지지 않다가 나무 그늘 아래로 나아감에 미쳐 그림자가 홀연 보이지 않더라"고 하였다.

무릇 그림자의 물건 됨은 한결같이 사람의 형체를 따라 다니기에 사람이 구부리면 구부리고 사람이 쳐다보면 쳐다본다. 그 밖에도 가고오고, 행하고 그치는 것은 오직 형체의 행위를 따라 할 뿐이다. 그러나 그늘진 곳이거나 밤이면 사라지고, 밝은 곳이거나 낮이면 생겨나니 사람이 이 세상에서 처신하는 것도 또한 이와 같다. 옛말에 말하기를, "꿈에 본 환상과 물에 비친 그림자가 사람의 인생이다"라고 했다. 형체를 조물주에게서 받았으므로 조물주가 사람을 희롱하는 것이 어찌 형체가 그림자를 부리는 정도에 그치겠는가?

그림자가 천 번 바뀌는 것은 형체의 처분에 달려 있고, 사람이 천 번 바뀌는 것 또한 조물주의 처분에 달려있으니 사람 된 자는 마땅히 조물주의 부림을 따를 뿐이지 나에게 관여할 것이 무엇이겠는가! 아침에 부자이던 사람이 저녁나절이면 가난뱅이가 될 수 있고, 옛날에 귀하던 사람이 이제에는 천덕꾸러기가 될 수 있는 것도 모두 조물주의 도가니 속 일이다.

우선 내 한 몸에 비유하여 보자면 옛날에는 높은 관과 큰 띠를 띠고, 금마옥당으로 출입하였지만, 이제는 죽장을 짚고 짚신 신고, 푸른 소나무와 흰 돌 사이를 거닐고 있으며 맛있는 음식을 버리고 한 표주박의 음식만을 달게 여기고 있다. 고요(皐陶)와 기(夔) 같이 어진 분들과의 교유를 끊고, 자연을 벗하며 노닐고 있다. 이것이 모두 조물주가 그 사이에서 놀리고 있는 것인데, 내가 스스로 그런 사실을 모르고 지낼 뿐이니 어찌 그 사이에서 기뻐하고 성내겠는가.

강숙이 말하기를 "그림자인 즉 진실로 능히 스스로 할 수 없습니다마는 선생님의 경우는, 굴신(屈伸)이 스스로 말미암은 것이지 세상에서 버려진 것은 아닙니다. 성명한 시대를 만나 자기 빛을 숨기고, 자취를 감추는 것은

차라리 과단한 용기가 아니겠습니까"라고 하자 선생이 응답하여 말하기를,
"흐름을 타면 나아가고 웅덩이를 만나면 그치는 것이니 가고 멈춤이 사람의
능력으로는 할 수 없는 것이니 내가 임야로 들어온 것도 한갓 그림자를 없
애려고만 한 것이 아니네. 내가 시원하게 바람을 타고, 조물주와 더불어 무
리가 되어서 궁벽한 시골의 들판에서 노닐 적에 거꾸로 비친 그림자도 없어
질 것이며, 사람이 보고도 지적할 수 없을 것이니 이름을 '식영'이라 함이 또
한 좋지 않겠는가?"라고 하였다. 강숙이 말하기를, "이제야 비로소 선생의
뜻을 알겠습니다. 그 말을 기록하여 지로 삼기를 청합니다"라고 하였다.
계해(1563년) 7월 일 하의도인이 쓰다. 식영정은 성산에 있다.

金君剛叔吾友也. 乃於蒼溪之上, 寒松之下, 得一麓, 構小亭, 柱其隅, 空
其中. 苫以白茅, 翼以凉簟, 望之如羽盖畫舫. 以爲吾休息之所. 請名於先
生, 先生曰, 汝聞莊氏之言乎? 周之言曰, 昔有畏影者, 走日下, 其走愈急,
而影終不息, 及就樹陰下, 影忽不見.

夫影之爲物, 一隨人形, 人俯則俯, 人仰則仰. 其他往來行止, 唯形之爲.
然陰與夜則無, 火與晝則生, 人之處世, 亦此類也. 古語有之曰, 夢幻泡影,
人之生也. 受形於造物, 造物之弄戲人, 豈止形之使影?

影之千變, 在形之處分, 人之千變, 亦在造物之處分, 爲人者, 當隨造物之
使, 於吾, 何與哉! 朝富而暮貧, 昔貴而今賤, 皆造化兒, 爐錘中事也.

以吾一身觀之, 昔之裳冠大帶, 出入金馬玉堂, 今之竹杖芒鞋, 逍遙蒼松
白石, 五鼎之棄, 而一瓢之甘. 皐夔之絶, 而麋鹿之伴. 此皆有物弄戲其間,
而吾自不之知也, 有何喜慍於其間哉!

剛叔曰, 影則固不能自, 爲若先生, 屈伸由我, 非世之棄. 遭聖明之時, 潛
光晦迹, 無乃果乎! 先生應之曰, 乘流則行, 得坎則止, 行止非人所能, 吾之
入林天也, 非徒息影. 吾冷然御風, 與造物爲徒, 遊於大荒之野, 滅沒倒影,
人不得望而指之, 名以息影, 不亦可乎? 剛叔曰, 今始知先生之志. 請書其
言, 以爲誌.

癸亥七月日 荷衣道人. 息影亭在星山.

<식영정기>는 의미상으로 볼 때 총 6단락으로 이루어졌다. 형식은 강숙과 선생, 둘이서 문답하는 방식을 택하였다. 그러면 순차적으로 그 내용의 의미에 대해 살펴보기로 한다.

첫 단락부터 보기로 하자. '剛叔'은 김성원(金成遠)의 자(字)이다. 그런데 임억령은 사위인 김성원에게 벗이라는 호칭을 쓰고 있다. 장인과 사위 지간이라기보다는 김성원이 평생지기임을 강조하기 위해서 석천은 '벗'이라 한 듯하다.[17] 처음 단락에서는 정자의 외형과 용도, 그리고 정자의 이름을 청하는 내용을 담고 있다.

둘째 단락에서는 『장자』의 「어부편」을 인용하여 패러디하고 있다. 후술하겠지만 임억령은 『장자』에 나오는 우언의 방식을 제대로 표현하고 있다. 이 인용문에서는 그림자가 핵심 단어이다. 내용은 간단한 데, 그림자를 싫어하는 사람이 자신의 몸에서 그림자를 떼어내려고 계속 뛰어다니다가 죽었다는 이야기다. 그러나 <식영정기>에서 임억령은 기지를 발휘해서 살아남았다는 이야기로 끝을 맺어 '죽음'을 '연명'으로 바꾸어 놓았다.

셋째 단락에서는 인간의 처신을 그림자의 형체에 빗대고 있다. 그늘진 곳이나 밤이면 사라지고, 밝은 곳에서는 나타나는 그림자를 인생과 결부시키고 있다. 이어 불교 경전 내용이 등장하는데, "꿈에 본 환상과 물에 비친 그림자가 사람의 인생이다"라는 부분이다. 바로 '夢幻泡影'은 꿈, 환상, 물거품, 그림자인데, 이 넷은 인생의 허무함을 비유하고 있다. 벼슬과 명망이 높으면 많은 사람들이 우러러보고, 늙거나 정치적으로 정계에서 물러나면 사람들에게서 잊혀 진다. 이런 인생의 부침이 바로 그림자의 있고 없고 와도 같다고 임억령은 느낀 것이다.

---

17) 필자의 경험으로 보면 팔순의 淵民 李家源 선생께서 60의 權永大 선생에게 연민 스스로가 '弟'란 호칭을 써서 준 휘호를 본 적이 있는데, 그와 같은 경우라고 생각한다.

넷째 단락에서는 세상의 모든 일이 조물주의 부림을 따를 뿐이라고 독
자들을 각성시키고 있다. 다섯 번째 단락에서는 선생의 일을 예로 들면서
예전에는 벼슬도 높고 잘지냈지만, 지금은 시골에서 일반 村老와 같이 지
내는 것 또한 조물주의 일이니 슬퍼 할 것이 무엇이라며 임억령은 조물주
가 절대자임을 믿고 있다. 임억령은 사람들이 그들 욕심을 채우기 위해
아등바등해 봐야 아무 소용이 없음을 일깨워주고 있다.

석천은 인생 만사가 모두 조물주의 도가니 속의 일로 여긴다. 그림자가
한갓 형체를 따라 움직이는데, 이는 수동적이요 덧없는 것이듯 인생 또한
마찬가지라는 논법이다. 그래서 행동을 정지하고 조물주와 합치되는 달
인의 경지에서 안락하겠다는 것이다. 임억령은 이를 절대적 자유의 최고
형상이라 생각하고 있는 듯하다.

마지막 여섯 번째 단락에서는 강숙과의 대화를 통해 글을 마무리하고
있다. 강숙은 선생에게 그림자는 능히 스스로 일을 해결할 수 없지만 선
생은 자발적으로 행동한 것이 아니냐고 반문을 한다. 그러자 임억령을 대
변하는 선생은 가고 오는 것이 사람의 능력만으로는 이루어지지 않지만
흐름을 타서 움직이는 것은 가능하다고 하였다. 지금 선생이 이곳에 와
있는 것도 바로 그 흐름, 즉 시기가 맞았기 때문이고, 단순히 그림자만을
피하기 위해서 온 것이 아님을 우회적으로 표현하고 있다.

게다가 선생은 조물주의 무리가 되어 '倒影'[18]에서 놀게 되었다고 하
였다. '도영'은 하늘에서도 가장 높은 곳으로 해와 달이 다 그 아래에 있어
서 그림자를 만들 수 없는 곳이다. 그림자를 만들 수 없는 이곳이 바로 그

---

18) '도영'은 '倒景'으로 쓰기도 한다. 『한어대사전』에서의 뜻을 보면, "하늘의 가장 높은
곳을 가리키는데, 해와 달의 빛이 도리어 아래를 말미암아 위를 비추니 그 처한 곳에서
해와 달을 아래로 보니 그 그림자가 모두 거꾸로 보인다. 그러므로 하늘의 가장 높은
지방을 도영이라 일컫는 것이다."(指天上最高處, 日月之光反由下上照, 而於其處下視
日月, 其影皆倒, 故稱天上最高的地方爲"倒影". 『한어대사전』, 【倒2影】조 참조.)

림자가 쉬는 곳이다. 그래서 정자 이름을 "息影"으로 짓고자 한다. 결국 <식영정기>를 통해 임억령은 스스로가 지금 있는 곳이 가장 높은 경지임을 말하고 있는 셈이다.

3) 〈식영정기〉의 우언(寓言) 글쓰기

<식영정기>의 의미를 파악하기 위해서는 우선 석천 임억령이 <식영정기>에서 보여주는 사유가 어디에서 출발한 것인지를 알아야 한다. 석천에게 있어서 『장자』는 큰 의미를 갖는다. 스승 눌재 박상이 석천의 문장을 어렸을 때부터 알아보고 권한 책이 『장자』이다. 석천은 이 책을 통해 자신의 문제를 해결하려고 한다. 다음의 시 <우제(偶題)>가 그 예이다.

눈은 도를 생각하느라 잠겨지고	眼因思道合
머리는 시절이 사나워 떨구노라	頭爲厭時底
장주의 학을 얻은 이후로	自得莊周學
영화와 쇠락 하나로 가지런히 보이는구나	榮枯一指齊

이 시에 보면 현실의 영화와 쇠락이 가지런히 보인다고 하여 현실적 갈등을 莊子의 學을 체득함으로써 해소하고 있다.[19] 이러한 사유는 석천이 담양부사로 오면서부터 뚜렷해진다.

이 늙은이의 생애 세상 사람들 비웃나니	此老生涯世共咍
거문고 하나에 매화 한 가지로다	一張琴又一瓶梅
강남 강북에 몸이 매인 바 없어	江南江北身無絆
하늘 밖 구름처럼 오고가고 마음대로	天外浮雲任去來

---

19) 임형택, 「해제」, 18쪽.

<추성(秋城) 우죽재(雨竹齋)>라는 시이다. 이 시에서는 세속의 구애를 거부하고 정신의 자유를 발휘하려는 뜻을 볼 수 있다.[20] 말년을 담양부사로 보내고 사직하여 성산에 머물렀지만 권세에 아부하거나 세속에 타협하지 않고 고결하게 생을 영위하겠다는 의지가 시에 담겨 있다. 이같은 사유는 『장자』와 자연 친화, 그리고 늙음 등에서 유래한다고 볼 수 있다.

임억령의 시(詩) 중에 우언적인 수법이 능통한 시(詩) <문선(聞蟬)>의 일부를 보기로 하자. "깊이 깊이 나뭇잎으로 가리고 너무 떠들지 마라, 산까치 와서 물어 가면 너를 용서치 않으리니"와 같이 석천은 매미를 약자로, 산까치를 강자로 비유하고 있다. 바로 당시 사림의 정치적 상황을 잘 보여준 시라고 할 수 있다.[21] 한 여름에 마음껏 울고 있는 매미처럼 사림도 현실 정치에서 매미처럼 말하고 싶다는 희망을 등치시켜 놓고 있다. 바로 우언적 수법이다.

우언은 일종의 은유로 볼 수 있는데, 예를 들면 작가가 'A'를 'A1'로 표현했을 때 독자는 'A1'을 읽고 'A'를 이해하도록 만드는 글쓰기 방식으로 여기에는 '故事性'과 '寓意性'을 담고 있어야 한다.[22] 그리고 'A'를 'A1'로 표현하였을 때 둘의 사이에서 1:1의 개념이 일치해야 한다. 전술한 매미와 사림과의 관계가 그 예라 할 수 있다. 은유에서 원관념과 보조관념을 사용하듯 우언의 방식에서도 이를 활용하고 있는데 이것이 바로 '假託'이다. 이러한 '가탁'의 방식은 몽유, 동·식물, 허구 인물 또는 <식영정기>에서와 같이 '그림자' 등의 화소를 사용하여 문학적 효용성을 높여준다. 시대가 앞설수록 '고사성'에 좀 더 치중하는 경향이 있다. 이러한 우언에 대해 처음 언급한 문헌이 바로 『장자』이다.

---

20) 임형택, 「해제」, 17쪽.
21) 深深翳葉毋多噪 山鵲來啣不汝饒.(권혁명, 전게논문, 179쪽 참조.)
22) 陳蒲淸, 『중국우언문학사』, 오수형 옮김, 소나무, 1994, 14쪽.

<문선(聞蟬)>과 같은 작품은『장자』를 즐겨 읽은 석천이 아니고서는 지을 수 없다고 단언할 수 있다. 특히나 16세기는 학당풍의 영향과 유선 문학(遊仙文學)의 영향으로 도교의 영향이 많은 시기였고, 그렇기에 굴원 과, 장자의 학풍이 유행하던 시기였다.23) <식영정기>가 쓰여진 1563년은 도교적 색채가 시대에 만연했던 시기였다. 게다가 어릴 때부터『장자』를 탐독했던 임억령이기에 '우언 글쓰기'는 자연스러웠으리라 생각한다. <식 영정기>에는 아예 장자의 이름을 들먹이며『장자』「어부편」의 이야기를 패러디하기도 한다. 그러면 그 부분을 보기로 하자.

이 부분에 예시한『장자』의 이야기는『장자』원문에 나오는 것과 약간 다르다.『장자』에는 결국 죽는 것으로 끝나지만, 임억령은 사는 것으로 결론을 짓고 있다. 여기에서 임억령의 사고를 알 수 있다.『장자』의「어부 편」내용은 다음과 같다.

> 사람들 중에 그림자를 두려워하고 발자국을 싫어하여 없애 버리려고 달리 는 자가 있었으니 발을 들어 더욱 자주 움직이자 발자국이 더욱 많아졌다. 달리기를 더욱 빨리 하여도 그림자가 몸에서 떨어지지 않자 스스로 아직도 더디다고 여기고서는 빨리 달리기만 하고 쉬지 않으니 힘이 다해서 죽었다. 그늘진 곳에서 그림자가 없어지고 조용한 곳에서 발자국이 없어짐을 알지 못하였으니 어리석기가 너무도 심하도다.24)

<식영정기>와의 차이는 '발자국'이 등장하는 것과 그림자를 떼어내려

---

23) 조상우, <최고운전>에 표출된 '대중화 의식'의 형성배경과 의미, 민족문학사연구 25, 민족문학사학회, 2004, 122-124쪽 참조. 學唐風과 관련한 논문으로 정환국의 연구를 들 수 있다.(정환국, 「16세기 말 17세기 초 사상사의 흐름 속에서 본「雲英傳」의 양명적 사유-<운영전>의 사상적 기반에 대한 試論」, 한국고소설학회 동계발표문, 2001.; 정환 국, 「車軾의 <蓬萊錄>에 대하여」, 『한국한문학연구』27집, 한국한문학회, 2001.)

24) 人有畏影惡迹而去之走者, 擧足愈數而迹愈多. 走愈疾而影不離身, 自以爲尚遲, 疾走 不休, 絶力而死. 不知處陰以休影, 處靜以息迹, 愚亦甚矣.(『장자』, 「어부편」.)

다 죽는다는 것에 있다. <식영정기>에서 임억령은 비극적인 결말 대신에 해피엔딩을 선택했다. 바로 지혜를 발휘하여 목숨을 연장한 것으로 바꾸어 놓았다. 여기에서 임억령의 긍정적 사고를 느낄 수 있다. 우언은 '1:1' 개념이 일치해야 한다고 전술한 바 있다. <식영정기>에서 가장 중요한 개념은 담양부사를 그만두고 '성산'에 와서 살고 있는 자신의 현재 상황에 대한 정당화에 있다. 단순히 늙어 갈 때가 없어서 온 것이 아님을 밝혀야만 했다. 그래서 임억령은 '그림자'라는 보조관념을 통해서 원관념인 자신의 현실 정당화에 대해 얘기하고 있는 것이다. 그리고 '倒影'을 예로 들며 단순히 정당화에 그치는 것이 아니라 이곳이 높은 경지가 있는, 아무나 올 수 없는 곳임을 우의적으로 표현하고 있다고 생각한다.

석천이 <식영정기>에서 『장자』의 「어부편」을 제시한 것은 장주의 만물 평등의 원리이다. 즉, 사람의 차별적인 지식을 버리고 자연 평등의 이치에 융합해야 한다는 뜻이다. 임억령이 성산에 은거한 것도 또한 장자의 생각에서 연유했다고 볼 수 있다.[25] 그러므로 『장자』의 「어부편」을 인용한 <식영정기>는 장자 사유의 종합편이기에 우언 글쓰기 경향이 강한 작품이다.

<식영정기>는 바로 "형체 : 그림자, 조물주 : 사람"의 구조로 파악할 수도 있다. 형체가 그림자를 만들 듯 조물주가 사람을 만들었다. 그러니 그림자와 사람은 형체와 조물주를 벗어날 수 없다. 내가 무슨 일을 한다 해도 조물주 손바닥에 있는 것이니 현재의 상황을 순수하게 받아들여야 한다는 결론을 낼 수 있다.

---

25) 임용주는 莊子가 말한 '天鈞'을 가지고 평등이론을 전개하고 있다. 천균은 균등하게 돌아가는 현상을 뜻하는데, 鈞은 평등의 이치를 가리킨다. 그래서 장자는 사람은 모름지기 是非의 情을 없애고 天鈞에서 편히 쉬어야 한다고 하였다.(임용주, 전게논문, 39쪽.)

3. '누정기'로서의 문학사적 의의

'記'는 일차적으로 어떤 사실이나 사건에 대한 실제 내용을 서술하는 문체로 객관적 입장에서 기록한다. 서사증(徐師曾)의 『문체명변(文體明辯)』을 보면, "무릇 記는 갖추어 잊지 않도록 하는 것이다. 마치 건축을 기록할 때 당연히 날은 얼마나 걸리며, 공사비용은 얼마이며 누가 주이고 보조인지 그 사람의 성명을 적어야 하는 것과 같다."[26]고 하여 개인적 감정이나 사상을 표출하는 것과는 거리가 먼 글로 설명하고 있다.

그러나 후대로 오면서 '記'는 객관적 사실 기록에서 벗어나 작가 개인의 견해를 서술하는 의론의 경향이 짙어진다. 오눌(吳訥)의 『문장변체(文章辨體)』에서는 "만약 청, 당, 정자, 누대의 기(記)에 의론이 들어가지 않으면 장차 어떤 것을 가지고 말을 하고 문장을 이루겠는가. 어찌 기둥 약간과 대들보 약간, 그리고 벽돌 약간 등을 가지고 곧 족히 문장을 이룰 수 있겠는가?"[27]라고 하여 서사증(徐師曾)의 견해보다는 의론이 많은 부분을 차지하고 있음을 알 수 있다. 의론 부분이 많아진다는 것은 작가 자신의 감정이나 사상을 표출하고자 하는 욕구와 관련이 있다. 게다가 '記'는 건물을 왕래하는 사람들에게 읽히게 되고 작가의 사상을 멀리 전파시키는 계기로도 작용한다.[28]

조선시대 많은 문인들이 남긴 '記'는 주로 오눌(吳訥)이 정의한 것에 가깝다고 할 수 있다. 단지 정자의 이름을 짓기 위해서 쓰는 것이 아니라 글을 짓는 본인이나 정자 주인의 사상을 다른 사람들에게 알리는 구실을 하

---

26) "夫記者 所以備不忘也 如記營建當記月日之久近 工費多少 主佐之姓名"
27) "若廳堂亭臺之記 不著議論 將以何說 撰成文字 豈棟若干 樑柱若干 瓦磚若干 便足以成文字乎"
28) 김기림, 「서거정 기문에 나타난 서술전략 고찰」, 『한국고전연구』 9집, 한국고전연구학회, 2003, 193-194쪽.

였다. 그러다 보니 자연 의론이 많은 부분을 차지하였던 것이다. 조선왕
조에는 특히 '누정기'가 많이 지어졌다. 문집을 남긴 이 치고 '누정기' 하
나 짓지 않은 사람이 없을 정도이다.

'누정기'는 누정에서 경관을 대하고, 경관의 아름다움에서 흥취를 느끼
며 동시에 의미를 궁구하여 현실세계를 교화하는 자연인식을 내포하고
있는 글쓰기이다.29) 누정기의 서술유형은 일화형(逸話型), 의론형(議論
型), 사필형(史筆型), 사경형(寫景型)으로 나눌 수 있다. 일화형(逸話型)은
주인과의 교유 관계나 그의 인격적 풍모를 강조하는 유형이고, 의론형(議
論型)은 누정의 명칭과 관련된 관념적 의론에 치중한 유형이고, 사필형(史
筆型)은 누정과 관련된 주변 사실과 역사적 내력을 부각시키는 유형이고,
사경형(寫景型)은 누정과 그것이 위치해 있는 풍광을 주로 묘사하여 일반
적 산수유기에 가까워지는 유형이다.30)

전술한 것을 종합하면 '記'는 서술된 내용들의 집합체로 작가의 이념이
나 의식과 관계가 있다. 실제 <식영정기>는 일반적인 '記'와는 어떤 점이
같고 다른지 보기로 한다. 그러면 <식영정기>는 누정기 중 어느 유형에
속할까. <식영정기>의 구성 방식부터 알아보기로 한다.

1) 김강숙이 정자를 왜 지었는가. 외관 묘사

---

29) 김은미, 「조선초기 누정기의 연구」, 이화여대 대학원 박사학위논문, 1991, 3쪽.

30) 윤채근, 「조선전기 누정기의 사적 개관과 16세기의 변모 양상」, 『어문논집』 35, 고려대
    학교 국어국문학연구회, 1996, 521쪽. 반면 김은미는 서사체 서술유형과 의론체 서술유
    형으로 나누었다. 서사체 서술유형은 크게 敍景과 敍事로 구분할 수 있다. 敍景은 形勝
    (地形, 勝景)과 樓亭(외관, 제도) 등을 기술하고, 敍事는 누정의 흥폐 역사, 공역의 전말,
    前人의 古事, 누정의 燕遊, 서술자와 서술청탁자의 인연 등의 내용을 서술하는 유형이
    다. 의론체 서술유형은 누정의 名義, 효용성, 修造의 功德 등으로 구분할 수 있으며, 누
    정의 명의는 누정의 이름을 풀어 해설하여, 누정을 命名한 의리를 부연하여 창달하는
    것 등을 서술하는 유형이다.(김은미, 전게논문, 35-61쪽.)

2) 장주의 말을 인용. 그림자와 연관된 설명.

3) 조물주와 만물의 상관 관계

4) 서술자 자신의 과거와 현재를 비교

5) '식영'으로 정자 이름을 짓게 된 계기 설명

6) 김강숙이 '記'를 부탁함.

이로 볼 때 <식영정기>는 전형적으로 '누정의 名義'를 토대로 하고 있으며, 그 名義의 의미를 밝혔고, 아울러 주인의 인격적 풍모를 강조하고 있으므로 '의론형'과 '일화형'을 함께 아우르고 있는 유형이라고 규정할 수 있다.

그러면 시기별로 보았을 때의 특성은 어떠한가. <식영정기>가 지어진 15세후반부터 16세기 중반까지의 누정기 문학은 양적으로 전대보다 급속히 침체되어 갔고, 작품의 질적 발전이나 특징적 개성화의 경향도 보이지는 않는다. 다만 성리학 사유의 심화/확산으로 의론형 누정기가 간헐적으로 지어졌으며, 누정기의 양식성 자체가 와해되어 논설류가 된 작품도 있다. 이 시기는 한시 문학의 융성이요, 산문문학의 침체기라 할 수 있다.[31] 그럼에도 불구하고 <식영정기>는 그런 와중에도 산문문학의 정수를 보여주고 있다고 하겠다.

<식영정기>는 강숙과 선생이 문답을 하며 각자의 생각을 표현한다. 이렇게 상대자(客)를 설정해 놓고 논쟁을 벌이는 것이 16세기 산문의 특징으로 들 수 있다. 이것을 유형으로 나눈다면 앞에서 제시한 것 중 '논쟁'이 중심인 '의론형'이라 할만하다. 고려시대에도 대화형식의 논쟁은 있어 왔지만, 이 시기의 논쟁은 관점이 다른 것이 아니라 대상이 가진 취의 중 어느 것을 취할 것이냐 하는 것에 근거하고 있다.[32] 이 때 논쟁은 상대자의

---

31) 윤채근, 전게논문, 535-536쪽.

32) 윤채근, 전게논문, 547쪽.

의문을 서술자가 해소해 가며 정해진 뜻을 표현하고 있다.

이상을 종합하면 <식영정기>는 단순한 의론형 서술 양식이 아니라 일화형을 함께 포함하고 있으며, '논쟁'을 가미한 형태를 띠고 있다. 그리고 <식영정기>가 1563년에 지어진 것을 염두해 둔다면, 15세기에서 16세기로 누정기가 변모하는 과정을 잘 보여 주는 문학사적 의의가 있다.

4. 결론

지금까지 석천 임억령의 산문 작품인 <식영정기>의 우언 글쓰기 경향과 문학사적 의의에 대하여 살펴보았다. 이를 밝히기 위해서 <식영정기>의 원문과 번역, 그리고 의미, 마지막으로 누정기로서의 문학사적 의의로 나누어 서술하였다.

임억령은 격변기에 벼슬을 했음에도 불구하고 정치적으로 불우하게 보내지 않았다. 여기에는 그의 올곧음과 시를 좋아하고 자연을 벗할 줄 아는 성품이 한 몫을 했다고 볼 수 있다. 석천의 교유인물을 보면 주로 광주와 나주 지역에 집중되어 있다. 그 중에서도 양응정, 고경명, 정철, 김성원 등과는 교분이 각별하였다. 임억령이 이들과 '성산시단'을 형성하여 송순, 이황, 이이, 김인후, 기대승, 백광훈, 송익필 등과 교유함으로써 한국시단을 넉넉하게 살찌운 점 등은 큰 업적으로 평가할 수 있다.

<식영정기>는 우언 글쓰기를 표방한 작품으로 『장자』의 사상을 수용하고 있다. <식영정기>는 바로 "형체 : 그림자, 조물주 : 사람"의 구조로 파악할 수 있다. 임억령은 <식영정기>를 통해 형체가 그림자를 만들 듯 조물주가 사람을 만들었으니 그림자와 사람은 형체와 조물주를 벗어날 수 없다는 진리를 독자에게 일깨워주고 있다. 아울러 임억령이 살고 있는

현재가 가장 높은 경지임을 말하고 스스로 현재 처지의 정당성을 밝히고 있다.

<식영정기>는 단순한 의론형 서술 양식이 아니라 일화형을 함께 포함하고 있으며, '논쟁'을 가미한 형태를 띠고 있다. 그리고 <식영정기>가 1563년에 지어진 것을 염두해 둔다면, 누정기가 15세기에서 16세기로 변모하는 과정을 잘 보여 주는 문학사적 의의가 있다.

이 장에서는 임억령의 많은 작품 중에 산문인 <식영정기>만을 가지고 살펴보았다. 전술했듯 임억령의 연구는 주로 시분석에 치중하고 있다. 그러나 임억령의 문집에는 <식영정기>와 같은 작품성이 있는 산문 작품도 많이 있다. 이러한 작품들까지 다 연구가 된다면 지금보다는 임억령에 대한 논의가 더 풍성해지리라 생각한다. 이는 앞으로의 과제로 남겨 두면서 글을 맺는다.

『온지논총』 16집, 온지학회, 2007.

이건창의 〈答友人論作文書〉를 통해 본 글쓰기 전략

1. 들어가는 글

요즘 대학의 교양 중 큰 화두는 바로 '글쓰기'이다. 그러나 단순 글쓰기
는 아니다. 비판적이고 논리적인 사고, 즉 종합적 사고를 요하는 글쓰기
를 원한다. 그래서인지 글쓰기와 관련한 책들의 출간이 성행하고 있어 서
점에 가면 글쓰기와 말하기 서적이 책꽂이에 즐비하게 놓여있다. 그러나
각 책들의 내용은 거의 대동소이(大同小異)하거나 약간의 특색만 있을 뿐
이다.

글쓰기의 중요성은 학과 차원에서도 중요하게 인식하고 있다. 연세대
학교는 글쓰기를 전공영역으로 인정하여 글쓰기 전임을 뽑아 글쓰기 이
론을 가르치고 있다. 이러한 현상은 고무적인 일이라 하지 않을 수 없다.
최근 인문학의 위기론이 제기되면서 국문학과의 존폐가 논의되고 있는
실정이다. 그렇다보니 국어국문학과를 '문학콘텐츠학과'니 '멀티미디어학
과' 등으로 학과 명을 바꾸고 있다. 이를 두고 대한민국에서 있을 수 있는
일이냐고 화만 내고 있을 일은 아니다. 국어국문학과도 시대에 부응하여
새로운 전공을 모색해야 하는데, 지금이 바로 그 시기라고 볼 수 있다.

그러나 여기에서 우리가 중요하게 생각해야 할 문제가 있다. 어떠한 세

부전공을 정할 것인가, 그리고 무엇을 어떻게 가르칠 것인가이다. 이를 논할 때 우선시 되는 것은 바로 그 학문의 이론적 배경이다. 요즘 학계에서, 특히 현대문학에서 이론을 얘기하면 거의 모든 연구자들은 서양의 이론을 연상하거나 그것만 제일이라고 믿는 경향이 있다. 그렇다면 현재 글쓰기 관련 서적들은 상황이 어떠한가. 서양의 글쓰기 이론 서적을 번역하거나 아니면 이를 원용하여 쓴 책들이 대부분이다.[1)

고전문학 연구자들 중에서 70년대 말과 80년대 초에 '내재적 발전론'을 제기한 적이 있었다. 내재적 발전론은 외국이론에 우리문학이 종속되어 우리의 문화유산을 제대로 연구하지 못한다는 위기감에서 산출되었다. 서양이론은 그들의 풍토와 문학 작품을 중심으로 하여 만들어졌다. 그렇지만 인간의 공통적인 사고는 존재하기 마련이기에 서양의 이론이 우리의 문학 작품 분석에 적절할 수도 있다. 그러나 그렇지 않을 수 있는 여지도 충분히 있다. 우리의 문학 작품을 분석하기 위해서는 우리의 '자생이론'이 가장 좋고, 아니면 그래도 우리와 정서가 비슷한 동아시아 내지는 한문문화권의 이론이 제격이라고 할 수 있다.

그렇다면 글쓰기 이론은 어떠한가. 이것도 마찬가지이다. 글쓰기 이론도 서양의 이론이 양적으로 압도적이며, 내용면에서도 훌륭하다고 평가할 수 있다. 서양의 글쓰기 이론을 우리가 받아들여 새롭게 익히는 것도 한편에서는 중요한 일이기도 하다. 그러나 여기에서 한 가지 의문이 든다. 서양 사람들이 글쓰기에 대한 이론을 만들었다면, '문장화국(文章華國)'을 지향했던 조선(朝鮮)에서 글쓰기와 관련한 글과 이론이 없었겠는가. 결론

---

1) 얼마 전 연세대학교에서 있었던 BK관련 학술대회에서 '글쓰기 분과'를 따로 독립시켜서 학술대회를 했는데 이런 행사를 한다는 자체가 부러웠다. 그런데 이 대회에서도 외국 대학의 '글쓰기 사례'를 중심으로 다루었다.(연세대 국문과 BK21 한국·언어·문학문화 국제인력양성 사업단, 『대학 글쓰기 교육 모형과 방법 발표논문집』, 제1회 한국 언어·문학·문화 국제학술대회, 연세대 백양관, 2007. 2. 6~7.)

부터 말하자면, 있기는 하다. 그런데 글쓰기와 관련된 글이 의외로 많지
는 않다. 조선은 글쓰기가 생활의 한 부분인양 습관화되었기에 글이 잘되
고 못된 것을 판가름하는 비평은 발전했는데, 반면 어떻게 글을 써야하는
가에 대한 일반 작문이론에는 관심도가 낮았다. 이는 조선 당대가 현재
글쓰기와는 실정이 달랐던 것에 기인한다. 그럼에도 불구하고 조선시대
에 작문이론과 관련된 택당(澤堂) 이식(李植)의 글이 있다. 우선 택당(澤
堂)의 글을 보도록 하자.

> 옛날과 오늘날은 풍속과 사회 현상이 현격하게 달라졌지만, 문장과 언어
> 는 그 시대에 (표현이) 통용되었다고 할 수 있다. 비록 옛날 사람이 오늘날
> 의 세상에 태어났다 하더라도 반드시 오늘날의 글로 표현했을 것이니, 이것
> 이 바로 詩學으로 더불어 같지 않은 점이다. 당·송 이후의 문장으로 법도
> 를 삼는 것이 당연하다고 하겠는데, 오직 그 本源과 내력만큼은 소급해서
> 알아 두지 않으면 안 되리라고 여겨진다.2)

택당(澤堂)은 이 글에서 이전의 문장론에 대한 근원과 내력을 제대로
알았을 때 현재의 글쓰기가 잘 된다는 것을 강조하고 있다. 바로 전대(前
代)의 글쓰기 전통에 대한 강조이다. 하지만 예전 것을 그대로 받아서 쓰
라는 것은 아니다. 옛날과 오늘이 다른 만큼 문장과 언어로 옮길 때는 당
대에 맞도록 해야 한다고 주장하고 있다. 그야말로 '溫故而知新'이다. 그
렇다면 오늘날에 전범으로 삼을 만한 전대(前代)의 글쓰기 이론이 있는
가. 필자는 이건창(李建昌)의 <답우인론작문서(答友人論作文書)>를 예로
들고자 한다. 이 글은 편지글 형식으로 씌어진 글로서 '작문'의 이치와 방

---

2) 古今風俗事情懸殊 而文章詞令 通於其間 雖使古人生於今世 必爲今之文 此與詩學
不同 當以唐宋以下爲法 惟其本源來歷 不可不遡求而知之也.(『澤堂先生別集』卷之十
四, <作文模範>.)

법을 꼼꼼하게 따져 밝혀 놓았다.

이 장에서는 조선시대 대문장인 이건창의 생애와 성품, 그리고 그의 글인 <답우인론작문서(答友人論作文書)>을 중심으로 하여 내용분석과 함께 이건창이 제시하는 글쓰기 방법에 대해 살펴보고자 한다. 그런 다음에 이 글을 현대적 글쓰기와 연관시켜 어떻게 학생들에게 교육적으로 활용할 수 있는가에 대해 고찰해 보고자 한다.

2. 이건창의 생애와 성품

이 장에서는 <답우인론작문서(答友人論作文書)>에 대한 본격적인 내용분석에 앞서서 이 글의 작가인 이건창에 대해서 알아보기로 한다. 이건창은 그의 문집인 『명미당집(明美堂集)』에 <행장(行狀)>을 남겨 놓지 않아 정확한 생애를 알 길이 없다. 그럼에도 불구하고 <명미당시문집서전(明美堂詩文集敍傳)>에서 자신의 행적을 비교적 상세하게 적고 있기에, 이 글을 토대로 이건창의 생애에 대해 살펴보고자 한다.

이건창(1852-1898)은 48세란 비교적 젊은 나이로 세상을 등진 강화학파의 인물이다. 이건창은 강화학파의 학통을 계승했으며, 1876년 강화도 사건 이후 정계가 수구적 위정척사론과 진보적 개화사상으로 양분되는 시점을 맞이했을 때 개화보다는 수구적인 입장을 취하였다. 그러면서 민족자존적 주체사상에 입각하여 내적 모순을 그대로 방치한 채 외적인 변화만을 중시하는 당시의 정치 형태를 비판하고 외적인 변화보다는 내적인 자기 혁신을 통해 기존의 사회적 모순을 개혁하여 스스로 부강할 수 있는 기틀을 마련하기 위해 부심하였다.[3] 이건창의 '守舊'는 완전한 계몽주의

---

3) 송석준, 「한말 양명학의 전개와 연구현황」, 『양명학』 제13호, 한국양명학회, 2005, 350-

자의 모습과 완고했던 위정척사파와의 사이에서 중간에 위치한 '守舊'로, 東道西器論者에 가깝다고 할 수 있다.[4]

영재(寧齋) 이건창의 가문은 영재 당대만이 아니라 그 선대(先代)에 있어서도 이른바 '육진팔광(六眞八匡)'으로 지칭되듯이 많은 학자, 정치인을 배출했고, 이광사(李匡師) 이후로는 이른바 '강화학파(江華學派)'라고 하는 조선 사상계에서는 특이한 양명학 연구자들을 배출하였다. 이른바 '나주괘서사건(羅州掛書事件)' 이후 정치적으로 실세(失勢)한 가문으로서 몰락해 가는 와중에서도 정치, 사회, 문화적인 측면에서 중요한 사상적 족적을 남겼다.[5] 이건창의 가문은 이광명(李匡明 : 1701-1778)이 조선조의 대표적인 양명학자였던 하곡(霞谷) 정제두(鄭齊斗 : 1649-1736)를 따라 강화로 이사한 이후 강화에 세거하였다.

이건창의 자(字)는 봉조(鳳朝) 또는 봉조(鳳藻)이고, 호(號)는 영재(寧齋), 담영재(澹寧齋)이며, 당호(堂號)는 명미당(明美堂)[6]이다. 강화도 사곡(沙谷) 출생으로 본관은 전주이며, 조선조 두 번째 임금인 정종(定宗)의 별자(別子) 덕천군(德泉君) 후생(厚生)의 후손이다. 고조부는 이광명의 양자 초원(椒園) 이충익(李忠翊)이다. 증조부는 『감서(憨書)』를 남긴 이면백(李勉伯)이고, 조부는 『사기집(沙磯集)』을 남긴 양명학의 거두 이시원(李是遠 : 1790-1866)이며, 부(父)는 양산군수를 지낸 이상학(李象學)이다. 이

353쪽.

4) 이건창의 사상적 지향점은 '동도서기론'에 있다. 그러나 격동기를 살았던 이건창의 사상적 지향은 '위정척사파'는 아니었지만 '尊王論者'이자 '內修外攘論者'였다. 다른 당시의 지배층들과 마찬가지로 백성에 대해 '愚民論'을 견지했다.(조휘각, 「영재 이건창의 생애와 경세관」, 『국민윤리연구』 제43호, 한국국민윤리학회, 2000, 51쪽.)

5) 조휘각, 전게논문, 36쪽.

6) 당호 '明美堂'은 조부 李是遠이 순절할 때 남긴 유서에서 程子의 '質美明進'이라는 말을 인용하여 면려함에 따라 이건창이 편액한데서 말미암았다. 이건창의 사상 형성뿐만 아니라 생애 전반에 걸쳐 가장 큰 영향을 미친 인물은 祖父이다.

건창은 조부에게서 가르침을 받아 10세에 사서삼경에 능통했다고 한다. 병인양요에 조부가 순절하자 조정에서는 정문(旌門)을 세웠고 시호를 '충정공'이라 하였으며, 이시원을 기리기 위한 별시(別試)를 실시하였다. 이 별시에 조부에게 가장 영향을 많이 받은 이건창이 15세란 어린 나이에 응시하여 급제하였다. 조정에서는 이건창이 정무를 보기에는 아직 어린 나이[7]라 여겼는지 급제한 이에게 다른 일을 시키지 않아 거의 집에서 책만 읽었다고 한다.[8]

19세에 옥당에 들어가면서 이건창의 벼슬길이 시작되었다. 23세인 1874년에는 동지사(冬至使)의 서장관(書狀官)으로 연경에 가서 청조(淸朝)의 한림인 황옥(黃鈺) 등과 교유하며 견문도 넓혔고, 26세(1877)에 충청도 지방 암행어사로 나가 조병식(趙秉式)을 탄핵하다가 평안북도 벽동(碧潼)으로 귀양을 가기도 했다. 다음의 글을 보면 이건창의 성품이 어떠했는지를 알 수 있다.

> 임금이 사람들로 하여금 사사로이 경계시키며 말씀하시기를, '만약 네가 악행을 개선하지 않으면 내가 장차 이건창과 같은 암행어사를 보낼 것이니 너는 후회가 없도록 하라'고 하셨다.[9]

이건창은 비리나 불의를 보면 그냥 넘기지 않는 인물인 듯하다. 그 상대가 누구라 할지라도 자신의 의지대로 일을 꾸려나가는 인물이라고 할

---

7) 임금께서 이건창을 보시고는 나와 나이가 같다며 웃으셨다는 일화가 전하기도 한다.

8) 『明美堂集』, 卷16, <明美堂詩文集敍傳>.

9) 上使人以私戒之曰 如不悛 予將遣御使如李建昌者 汝其無悔.(『明美堂集』, 卷16, <明美堂詩文集敍傳>, 235쪽.) 『명미당집』은 『한국문집총간 349』에 실린 문집을 텍스트로 하였고, <明美堂詩文集敍傳>·<答友人論作文書>의 번역은 차용주의 번역을 참조하면서 필자가 필요한 부분은 고쳤음을 밝힌다. 이하 註를 생략한다.(차용주, 『명미당집』 외, 『한국고전문학전집 9』, 고려대학교 출판부, 1993.)

수 있다. 임금마저도 '이건창과 같은 암행어사를 보낼 것'이라며 조정 대
신들을 경계하고 있는 것을 보면, 이건창의 성품이 청렴결백했다는 것을
알 수 있다.

　이건창은 1879년 최익현과 함께 유배에서 풀려나 강화도로 돌아왔고,
32세인 1883년에 경기 암행어사로 13읍의 민정을 살피기도 했다. 40세에
는 한성부 소윤으로 재직하다가 청나라 공사의 항의로 함경도 안핵사로
좌천되기도 하였으며, 42세인 1893년에는 동학도 문제를 두고 온건론을
펼친 어윤중과 격돌하다가 보성으로 귀양을 갔다. 귀양에서 풀려난 이건
창은 43세에 갑오개혁의 추진에 혐오를 느껴 고향으로 돌아와 벼슬길을
단념하였다. 이건창은 고종의 출사 종용에도 불구하고 출사에 응하지 않
자 1896년에 지도군(智島郡)으로 두 달간 유배를 가기도 하였다. 우여곡
절 끝에 이건창은 47세에 짧은 생을 마감한다.[10]

　이렇듯 이건창은 비교적 짧은 인생을 살았지만, 그의 문학적 업적은 높
이 평가되어 매천(梅泉) 황현(黃玹, 1855-1910), 창강(滄江) 김택영(金澤
榮, 1850-1927)과 함께 한말 3대 문장가로 꼽힌다. 김택영은 자신을 포함
하여 고려시대와 조선시대 문장가 중 우수한 고문가(古文家) 10명을 뽑았
는데, 이건창이 여기에 들어 '여한십가(麗韓十家)'에 속했을 정도이다.[11]
연구자들이 이건창의 창작론을 평가할 때, 특히 도(道)를 중시했다고들
한다. 도(道)는 문(文)의 근본이므로 근본이 갖추어지면 말(末)인 문(文)은
자연히 이루진다고 이건창은 주장하고 있다.[12] 다음의 예문은 이건창이
자신의 글과 글공부에 대해 기록한 글이다.

---

10) 『明美堂集』, 卷16, <明美堂詩文集敍傳>, 233-236쪽.

11) 송희준, 「명미당 이건창의 의식세계의 한 국면」, 『한국한문학연구』 35집, 한국한문학
　　회, 2005, 432-433쪽.

12) 김도련, 「영재 이건창과 창강 김택영의 고문관」, 『한국학논총』 3집, 국민대학교 한국학
　　연구소, 1980, 278쪽.

내가 과거시험에 합격한 이후 고시문을 익히는데 몰두하였다. 일찍이 조
선조 500년의 문장에 있어서 일가를 이루겠다고 스스로에게 기약하였고, 시
대의 사람들과 나란히 불리어지는 것을 달갑게 여기지 않았다. 내가 중국에
갔을 때 黃鈺·張家驤·徐郁 등 한림의 명사들이 한 번 보고는 탄식하여
말하기를, '이 사람이 중국에서 태어났다면 마땅히 우리들이 이 벼슬자리를
양보해야 할 것이다'라고 하면서 각자가 글을 지어 시권의 序로 삼았다. 중
년에 우환과 곤궁함으로 인하여 자못 성명의 학문에 마음을 두어 이로써 스
스로 넓히기도 하였으나 그 본업은 이내 문장에서 떠나지 않았다. 바야흐로
득의하였을 때에는 혹 자신이 古人에 심히 부끄러움이 없다고 여겼으나 오
랜 후 진전이 있게 된 즉 더욱 古人에 미칠 수 없음을 알았다. 그러나 치지
못함을 알게 되었고, 그 진전이라 이르는 것도 단지 오해일 뿐이었다.13)

이건창은 과거시험에 합격한 후 조선의 대문장가 될 것이라는 포부를
가지고 당대의 사람들과 같이 여겨지는 것에 대해 달갑게 여기지 않았다
고 자술하고 있다. 또 중국 사람들의 글을 인용하면서 이건창이 중국에서
태어났다면 자신들의 벼슬도 양보해야 했을 거라는 글을 덧붙이고 있다.
이 글만 보더라도 이건창이 가지고 있던 문장에 대한 자부심이 대단하다
는 것을 알 수 있다. 이건창도 말하듯 문장을 쓰는 방법에 대해 득의(得
意)했을 때는 옛 사람들에 부끄럽지 않다고 여겼지만, 오랜 시간이 지난
후에야 비로소 자신의 글을 보고 스스로 판단할 수 있게 되었다고 하였
다. 연륜이 쌓여가며 자신의 사상이 무르익게 되어 글을 보는 안목이 높
아졌다는 것을 알 수 있다. 이때로부터 자기 글에 대한 자만보다는 자기
개발에 힘썼다고 서술하고 있다.

---

13) 自登第 習爲古詩文 嘗以朝鮮五百年文章一家自期 不屑與并時人稱 其入中國 翰林
名士黃鈺張家驤徐郁等 一見而歎曰 使斯人生於中國 當以吾輩之官讓之 各爲文以序
其詩卷 中歲 憂患困厄 頗遊心於性命之學以自廣 而其本業仍不離於文章 方其得意 或
自以爲不甚愧古人 及久而有進 則滋見古人之不可及 然其所謂進者 識解而已.(『明美
堂集』, 卷16, <明美堂詩文集敍傳>, 236-237쪽.)

이상의 서술로 볼 때 이건창은 자신의 글에 자부심을 가지고 있었으며, 조선이 외세의 침략에 황폐화 되어가던 격변의 시기에 민족과 국민을 위해 '동도서기론'의 입장을 취하던 조선시대 후기에 '최고의 문호'라고 평가할 수 있다.

3. 〈답우인론작문서〉 내용 분석

대문장가였던 이건창의 글쓰기에 대한 생각이 <답우인론작문서(答友人論作文書)>에 잘 나타나 있다. 그러면 <답우인론작문서>가 어떠한 내용으로 구성되어 있는지 살펴보기로 하자.

> 마땅히 바른 것으로써 말한다면 작문하는데 어찌 비법이 있겠습니까. 많은 책을 읽고 많이 지을 따름입니다. 대개 많은 책을 읽고 많이 짓는 것은 옛날에 글을 지었던 자도 그렇게 하지 않음이 없었습니다.[14]

학문에는 왕도가 없다고들 한다. 이건창도 같은 논리로 '작문에 비법이 있겠냐' 면서 부정적으로 반문하고 있다. 그러나 방법이 아주 없는 것은 아니다. 그것이 바로 많은 책을 읽고, 많이 짓는 것이다. 이 방법은 최근의 것이 아닌 예전부터 그렇게 해 온 방법임을 이건창은 강조하고 있다. 이건창의 진술은 예전의 방법이 지금까지 전해오고 있다는 것을 반증하는 것이기도 하다. 이건창은 여기에서 그치지 않고 자신이 글을 쓰면서 괴롭고 어려웠던 점 등을 아울러 서술하면서 글쓰기 전략으로 제시하고 있다. 그러면 어떠한 전략을 제시하고 있는지 알아보기로 한다.

---

14) 宜以正告曰 作文豈有秘法 多讀書多作而已 夫多讀書多作 古爲文者 無不然也.
  (『명미당집』 권8, <答友人論作文書>, 120쪽.)

1) 구상과 수사

글을 쓰기 위해 가장 먼저 해야 할 일은 글감을 정하는 일이다. 글감이
정해졌다면 글감의 어느 부분을 부각시켜 쓸 것인가와 함께 적절한 소재
를 선정해야 한다. 그 다음은 주제를 무엇으로 정하여 글을 쓸 것인가이
다. 이렇게 필자의 글쓰기 구도가 정해지면, 이를 제대로 표현해야 할 방
법을 찾아야 한다. 이것을 '구상'이라 하는데, 글쓰기의 초기 단계라 할 수
있다. 아래 예문을 보도록 하자.

> 문장을 구상하는 데도 넓게 또는 좁게 하는 것이 있어야 합니다. 앞과 뒤
> 가 구성상의 문제가 대략 생략되고 선택되면 빨리 쓰되 전후 연결과 의미가
> 상통하게 하고 쉽게 알 수 있어야 하며, 조사 등과 같이 긴요하지 않은 글자
> 와 속된 말들은 가능하면 피하는 것이 좋을 것입니다. 그것은 바른 의미와
> 하고자 하는 말이 실리지 않을까 염려되기 때문입니다.[15]

이 글에서 이건창은 쓰기의 효율적인 방법을 강조하고 있다. 효율적인
방법은 어떻게 하면 좋은 글을 쓸 수 있을 것인가에 주안점이 있다. 우선
제시하는 것이 앞과 뒤의 내용이 먼저 있어야 한다는 주장을 하고 있
다.[16] 글을 쓸 때 처음에 무엇을 쓸 것인가와 관련하여 어떤 논거를 먼저
제시하며 글을 쓸 것인가에 대한 구상이다. 크게 생각하면 전체의 틀을
짤 때 서론과 결말을 어떻게 쓸 것인가에 대한 문제이고, 좁게 생각하면
문단 앞과 뒤의 순차 내용과 관련된 문제이기도 하다.

틀과 내용의 순차 문제가 해결되었다면 다음은 어떠한 글쓰기 기술로

---

15) 有間架 首尾粗具 間架粗當 不暇用語助等閑字 不暇避俗俚語 恐亡失正意 所欲言者
　　不載也.(『명미당집』 권8, <答友人論作文書>, 120쪽.)
16) "무릇 글을 지을 때는 먼저 뜻을 얽어야 하며 뜻에는 앞과 뒤가 있어야 하며"(凡爲文
　　必先構意 意有首尾.(『명미당집』 권8, <答友人論作文書>, 120쪽.)

전체의 글을 작성하느냐가 중요한 문제이다. 이건창은 '빨리 쓰기'[17]와 독자가 읽기 쉽도록 써야 한다는 것을 제안하고 있다. 필자는 글감에 대해 떠오른 자신의 생각을 빠른 시일 안에 글로 옮겨야 한다. 아무리 자기의 머리에서 떠오른 생각이라 할지라도 한 번 떠오른 생각이 다시 떠오른다는 보장이 없다. 그렇기에 되도록이면 속기 하듯 빨리 글로 옮겨 놓아야 자신의 생각을 놓치지 않는다. 생각을 빨리 옮기면서도 앞과 뒤의 내용에 있어서 의미가 상통해야 함을 강조하고 있다. 바로 이건창은 글을 쓸 때 의미의 흐름을 강조하고 있는 것이다.

그러면서도 이건창은 독자가 쉽게 알아 볼 수 있도록 해야 한다고 하였다. 바로 독자를 염두해 둔 전략이다. 좋은 글이라도 독자에게 읽히지 않으면 그 글은 단지 글자에 불과할 뿐이다. 독자에게 읽히기 위해서는 내용도 중요하지만 쉽게 읽힐 수 있는 방법이 필요하다. 그러기 위해서는 독자의 요구를 분석할 필요가 있다. 여기에는 '지식, 태도, 요구'가 있는데, 지식은 독자의 지적 배경지식을 의미하며, 태도는 특정한 대상에 대한 느낌이나 종교관 등이고, 요구는 독자가 구체적으로 요구하는 것으로 필자는 이 세 가지를 염두해 두고 글을 써야 한다. 전자의 두 가지는 유도하고 설득할 수 있으나, '요구'는 바꾸기가 쉽지 않기 때문에 더 신경을 써야 한다.[18] 이건창은 필자중심이 아닌 독자 중심의 글쓰기가 필요함을 제기하고 더불어 독자가 쉽게 읽을 수 있도록 써야 한다는 것을 강조하면서도 쉽게 막 써서는 안 된다는 주장을 하고 있다.

이건창이 제시하는 글쓰기 방법의 두 번째는 '수사'와 관련이 있다. 이건창은 수사를 '글자'와 '내용'으로 나누어 서술하고 있다. 일단 그 정의를

17) "빨리 쓰되 전후 연결과 의미가 상통하게 하고 쉽게 알 수 있어야 하며"("卽疾筆寫之 但令聯屬相貫通 了之易曉". 『명미당집』 권8, <答友人論作文書>, 120쪽.)
18) 고려대학교 사고와표현 편찬위원회, 『글쓰기의 기초』, 고려대학교출판부, 2004, 21쪽.

보면, "수사라는 것은 아름답고 깨끗하고 정밀하게 할 따름입니다. 앞의 한 구를 수사할 때는 뒤 구절을 생각하지 말 것이며, 앞의 한 글자를 생각할 때는 아래의 글자를 생각할 것이 없습니다. 비록 많은 내용을 담은 긴 글일 지라도 한 글자마다 선택하는데 신중히"[19] 해야 한다고 하였다.

이렇듯 이건창이 '수사'에 대해서 "아름답고 깨끗하고 정밀하게 하는 것"이라고 규정하며 중요하게 여긴 것이 '글자의 선택'[20]이다. "앞의 한 글자를 생각할 때는 뒤의 글자를 생각할 것이 없습니다"라며 한 글자마다 선택하는 데 신중을 기하라고 하였다. 이건창은 상황에 맞는 글자의 선택이 뒤의 내용보다 중요하다는 것을 말하고 있다. 표현에서 어떠한 단어를 선택하느냐에 따라 의미를 명확하게 해 줄 수도 있고, 아니면 아예 그르게 할 수도 있다. 아래의 표현을 보자.

① 비가 온다.
② 소나기가 퍼 붓는다.
③ 여우비가 찔끔 거린다.

세 문장 중에서 ②와 ③은 ①보다는 상황을 구체적으로 묘사하고 있어 읽는 이로 하여금 이해를 빠르게 할 수 있다. 이것이 바로 표현의 '생동감'이다.[21] 필자가 구사하는 어휘 수가 많아야 한다는 단점이 있으나 필자가 지식만 충분히 갖추고 있다면 표현의 구사력은 아주 뛰어날 것이라고 생각한다. 이건창이 수사에 중요성을 두고 있는 것이 바로 이러한 기능 때

---

19) 凡修辭者 欲諧美潔精而已 修前一句 勿思後一句 修上一字 勿思下一字 雖爲千萬言 之文 其競競乎一字.(『명미당집』 권8 <答友人論作文書>, 120쪽.)

20) 이와 관련해서는 이지호의 책을 참조할 만하다.(이지호, 『글쓰기와 글쓰기 교육』, 서울 대출판부, 2001, 170-175쪽.)

21) 이와 관련해서는 조상우, 「디지털시대의 글쓰기」, 『문예창작의 방법과 실제』, 일송 송 하섭 교수 정년기념논총간행위원회, 2006, 389-391쪽 참조.

문이라 생각한다.

내용면에서는 옛 사람의 의견을 빌어서 쓰는 것과 자신이 새로이 뜻을 만드는 것으로 나누어 기술하였는데, 바로 '用事'와 '新意'에 관한 것이다. 이건창은 용사와 신의의 유의점에 대해서 서술하고 있는데, 용사에 대해서는 "말을 어렵게 해서 보는 사람들로 하여금 처음 보는 것처럼 하지 말라"[22]고 하였고, 신의에 대해서는 "그 말을 쉽게 하여 보는 사람으로 의혹이 없게 할 것"[23]이라고 하였다. 용사와 신의가 전달하는 방식은 다르다고 하지만, 전달하고자 하는 내용에 있어서는 독자가 쉽게 읽도록 써야 한다는 동일함을 볼 수 있다.

택당(澤堂) 이식(李植)도 용사에 대해 다음과 같이 말한 바가 있기에 이 장에서 함께 다루고자 한다.

순자(荀子)와 양웅(揚雄)의 문장은 이내 한유(韓愈)의 문장이 나온 근원이라고 할 것이니, 수십 편을 뽑아서 읽어야 한다. 그 밖에 『주역』의 계사전과 『춘추』 3전(傳) 중의 『춘추좌전』과 『예기』 등의 책들이 여력이 있으면 곧 숙독을 하여 소득이 있도록 해야 한다. 한유의 문장은 문장의 정종(正宗)이라고 할 수 있다. 따라서 우선 7·80수를 가려 뽑아 먼저 읽지 않을 수 없으니 만약 취미를 느끼게 되거든 그대로 평생의 모범으로 삼아도 좋을 것이다. …… 7, 80수 정도를 초독(抄讀)하며 일상적으로 계속 반복해서 익힌다면, 꼭 많이 읽지 않고도 힘을 얻을 수 있게 될 것이다.[24]

용사는 전거를 이용하는 글쓰기로 기존의 역사나 인물에 대해서 알지

---

22) 欲難其辭 使人如未始見也.(『명미당집』 권8, <答友人論作文書>, 120쪽.)

23) 欲易其辭 使人無惑也.(『명미당집』 권8, <答友人論作文書>, 120쪽.)

24) 荀揚 乃韓文之所從出 數十篇抄讀 此外易繫辭 春秋三傳中左傳 禮記等書 有餘力則 熟觀採穫 韓文 文之宗 不可不先讀 七八十首抄讀 若得臭味 仍以爲終身模範可也 …… 抄讀七八十首 尋常熟覆 不必多讀而得力也.(『澤堂先生別集』 卷之十四, <作文模範>.)

못하면 할 수 없는 수사법이다. 조선에서는 『사략초권』과 『삼국지』를 언해하여 기본 교과서로 사용하였다. 특히 문학의 전범인 『시경』뿐 아니라 사서삼경 전체를 다 외워 자신이 글을 쓸 때에 알맞게 비유하거나 인용하였다. 이 글에도 이식(李植)은 한유의 문장을 전범이라 규정하여 그의 문장 읽기를 권하고 있다. 읽되 숙독을 하여 소득이 있어야 한다는 것을 강조하고 있는데, 이는 자세히 읽어 '내' 것으로 만들라는 뜻이다. 창조는 모방에서 이루어진다. 한유의 문장을 내 글인 양 익숙하게 되었을 때 나만의 글이 완성될 수 있다. '용사'는 기초에서부터 전문가가 될 때까지 익혀야 할 글쓰기 전략이라 할 수 있다.

> 대개 글의 형식을 빌려 (의사를) 전달할 때에는, 비록 재질이 뛰어난 사람이라 할지라도 학식이 넓지 못하면 임기응변하면서 많이 지어낼 수가 없는 법이다.[25]

용사와 신의에 대한 유의점은 일단 독자를 배려한 것이고, 다음은 인용하는 자가 전대의 내용을 유지해야 한다는 것을 중요하게 얘기하고 있다. 왜냐하면 인용하는 자가 인용의 내용을 제대로 알지 못하면 쉽게 풀어 쓸 수 없기 때문이다. 바로 필자의 글쓰기에 중점을 둔 서술이다. 그러면서 필자에게 충고를 아울러 하고 있다. 용사를 함에 있어서 필자는 기존의 지식을 이용해 자신의 의견을 표현해야 한다. 이렇게 하기 위해서는 먼저 이루어져야 할 것이 필자의 풍부한 지식이다. 현상을 보고 미봉책으로 전달하는 글은 깊이가 없기 마련이다. 이식(李植)의 말대로 임기응변일 수밖에 없다. 그렇기에 이식(李植)은 철학적이고, 논리적인 글이 되기 위해서는 필자의 다양한 경험과 풍부한 지식이 사고의 기반으로 갖추어져 있

---

25) 大槩行文 雖才高之人 學識不廣 則不能應變多作.(『澤堂先生別集』 卷之十四, <作文模範>.)

어야 한다고 강조하고 있다.

이렇듯 용사에 대해서는 누구라고 할 것도 없이 글을 쓰는 사람이라면 그 중요함을 다 인식하고 있었다. 이식과 이건창도 기본적인 생각에서 다를 것은 없다고 생각한다. 이식이 내용적인 면에 치중했다고 본다면 이건창은 글자의 선택을 신중히 하는 것에 강조점을 두고 있어 상이(相異)하다고 할 수 있다.

수사의 마지막 단계로 이건창은 '표절'을 언급하면서 필자가 표절에 대해 주의해야 한다고 기록하고 있다. 그 예를 보기로 하자.

> 옛 사람의 뜻과 아울러 그 말까지 취하고자 한다면 반드시 옛 사람과 옛 책의 이름을 밝혀 내 말과 뒤섞이게 해서는 안 될 것입니다. 그렇지 않은 즉 진부하고 표절한 것이 됩니다.[26]

이건창이 중요하게 여기는 바는 옛 사람의 생각이 내 생각과 섞여서는 안 된다는 것이다. 이러한 사고는 시대가 바뀌어도 계속 이어져오고 있다. 그러나 현대에 들어서 표절을 대수롭지 않게 여기는 풍조가 있기도 하였다. 그러나 얼마 전 고려대 총장의 표절 사태 이후 학계에 표절에 대한 심사가 중요한 화두가 되고 있다. 심지어 한국학술진흥재단에서는 각 학회에 연구윤리강령을 만들거나 학회 회칙에 명기하도록 권고하고 있다. 이건창은 시대를 미리 관측하여 글 쓰는 이에게 경각심을 불러일으키고 있다고 생각한다.

2) 퇴고

퇴고는 『당시기사(唐詩紀事)』에 실려 있는 당나라 때 시인 가도(賈島)

---

26) 取古人之意 而幷取其辭者 必書古人古書名以別之 勿使亂吾辭 不則爲陳腐 爲剽竊. (『명미당집』 권8, <答友人論作文書>, 120쪽.)

와 한유(韓愈)의 고사에서 유래한다. 가도가 시를 지어 놓고 '推'와 '敲'를 고민하였듯 글을 쓸 때 중요한 것은 고치는 데 있다. 그런데 한 번 써 놓은 글을 다시 고친다는 것은 아주 힘겨운 일이다. 그래서 글을 쓰는 사람들에게 더 강조하는지도 모른다. 그러면 이건창은 어떻게 충고하고 있으며 글쓰기 전략으로 무엇을 제시했는지 보기로 하자.

　　뜻이 서고 수사가 이루어지면 글이 끝났다고 할 수 있겠는데, 또 뜻과 말을 모아 그 양을 서로 비교해 문제가 있는가 보아서 …… 말이 뜻에 합당해야 하며, 뜻도 말에 합당해야 합니다. 말이 뜻에 합당하지 않으면 그 말이 비록 교묘하다 할지라도 가히 거칠다고 할 수 있으며, 뜻이 말에 합당하지 않으면 비록 정비가 잘 되었다 하더라도 가히 어지럽다고 할 수 있습니다. 거칠게 된 것은 더욱 공교롭게 해야 하고, 어지럽게 된 것은 더욱 가다듬어야 합니다. 각 구절마다 모두 공교롭게 하고자 하면 반드시 뜻에 해를 끼치게 되고 말마다 모두 바르게 하고자 하면 반드시 구절에 누가 됩니다. 구절과 뜻이 서로 치유되지 않은 것이 합당한 것이 되며, 합당한 것이 법이 되는데 법이 정해지면 그 글은 끝난 것입니다.27)

이건창이 먼저 제시하는 퇴고 요령은 '분량의 분배'에 있다. 글을 써 놓고 각 장과 절, 그리고 단락 간의 균형이 이루어지면 좋은 글이라 할 수 있다. 이건창도 이와 관련하여 양을 비교해서 문제가 있는가를 보아야 한다고 하였다. 그 다음은 '문장 다듬기'에 대해 말하고 있다. 말이 뜻에 합당하지 않으면 말이 교묘하더라도 거칠고 어지럽게 되어 문장을 가다듬어야 한다고 하였다. 이는 수식과 기교에만 치중한 형식의 문제일 수도

---

27) 意立辭修 則文可畢矣 而又取意與辭 而稱量比絜之以有事焉 …… 以辭當意 以意當辭 辭不當意 則雖巧 可使拙也 意不當辭 則雖整 可使亂也 拙之然後逾工 亂之然後逾整 句句而皆工者 必害於意 言言而皆正者 必累於辭 辭與意 不相癒之爲當 當之爲法 法定而文斯可畢矣.(『명미당집』 권8, <答友人論作文書>, 120-121쪽.)

있지만, 알맹이가 없는 것에 초점을 맞춘 내용의 문제이기도 하다. 그래서 이건창은 구절을 공교롭게 고치면 뜻에 해를 주고, 말을 다 바르게 하다보면 구절이 이상해진다고 하여 형식과 내용을 아우르는 퇴고를 해야 한다고 주장하고 있다.

> 쓰여진 글을 상자 속에 넣어두고 눈에 띄지 않게 하고, 또 그 글을 쓰는 과정에 생각했던 것을 가슴에서 완전히 씻어 마음에 생각이 일지 않게 하며, 하루 밤 혹은 이삼일이 지난 후 다시 내어 보되 이 글에 대한 나의 애정을 완전히 버리고 다른 사람의 글을 보는 것과 같이 한 즉 옳은 것은 그 옳음을 보고 좋지 않은 것은 바로 그 좋지 않은 점을 볼 것입니다."[28]

퇴고를 함에 있어서 중요한 점은 자신의 글을 자신이 보지 말아야 한다는 것에 있다. 되도록 다른 사람에게 맡겨 보게 해야 한다. 그러나 이렇게 되지 않을 경우가 많다. 매번 다른 사람에게 자신의 글을 보여주어 자기 생각의 타당성을 검증받을 수는 없는 일이기에 자신이 직접 해야 할 경우가 많다. 그런데 자기가 자신의 글을 읽게 되면 잘못된 부분을 찾기가 쉽지 않다. 자신의 생각을 글로 옮겼고, 한 편의 글을 쓰기 위해서는 같은 생각을 여러 번 해야 하기에 다 맞는 것처럼 느껴져 틀린 곳을 발견하기가 어렵다. 이럴 때는 자기의 글이지만 다른 사람 글을 읽듯이 해야 한다. 그 때 가장 좋은 방법이 며칠 동안 자기 글을 보지 않는 것이다.

이건창도 이에 대한 의견을 제시하고 있다. 자신의 글을 '상자 속에 넣어두고 눈에 띄지 않게 하고, 또 그 글을 쓰는 과정에 생각했던 것을 가슴에서 완전히 씻어 마음에 생각이 일지 않게' 해야 한다고 하였다. 이는 자기 글을 객관적으로 보기 위한 방책이다. 그런 다음에는 '하루 밤 혹은 이

---

28) 姑投而納之於篋 不以接於目也 又滌刮驅袪之於胸 不以往來於中也 或一宿 或再三宿而起 復取而觀之 使吾愛戀此文之情弛而後 視之如人之文 則是者 立見其是 非者 立見其非矣.(『명미당집』 권8, <答友人論作文書>, 121쪽.)

삼일이 지난 후 다시 내어 보되 이 글에 대한 나의 애정을 완전히 버리고
다른 사람의 글을 보는 것과 같이' 해야 한다고 하였다. 내가 다른 사람의
글을 읽으며 비판하듯 자신의 글을 읽어야 한다는 것이다. 자기 글을 좋
게 만들기 위한 방법이라 할 수 있다.

> 내가 나의 글을 귀중하게 여기는 마음을 생기게 한 후에 옛 사람들의 글
> 로써 비교해 보면 합당한 것은 바로 그 합당한 것을 발견할 수 있고, 합당하
> 지 않은 것은 즉시 그 합당하지 않은 것을 쉽게 알 수 있을 것이니 합당하지
> 않은 즉 또 마침내 버리는데 어렵지 않을 것입니다. 그리고 내가 생각해보
> 아도 좋고, 또 옛 사람들의 글과 비교해 보아 합치된 점이 있을 때 그 글에
> 대한 내 일이 끝난 것입니다.29)

퇴고에는 몇 가지 원칙이 있는데, 그것이 '구성의 원칙, 삭제의 원칙, 부
가의 원칙'이다. 이 중에서 위의 예문과 관련이 있는 것은 '삭제의 원칙'이
다. 글을 쓸 때 가장 어려운 것 중에 하나가 자신이 쓴 글을 없애는 일이
다. 글을 읽으며 내용을 줄여야 하는데 자신의 글을 읽다보면 다 중요하
게 여겨져 지울 수 없는 경우가 종종 있다. 이건창은 '합당하지 않은 즉
마침내 버려야 한다'고 강경한 어조로 필자에게 경계시키고 있다. 또, 이
건창은 위숙자의 고사를 얘기하면서 "많이 짓는 것이 많이 고치는 것만
같지 못하고 많이 고치는 것이 많이 깎는 것만 같지 못하다고 했으니"30)
라는 기술을 통해서 쓰는 것보다 고치는 작업이 더 중요하다는 것을 역설
하고 있다.

---

29) 使吾貴重吾文之心生而後 律之以古人之文 則合者 立見其合 不合者 立見其不合 不
　合則又不難竟棄之 必惟可以自是 而且有以合於古人 然後吾之事畢矣.(『명미당집』 권
　8, <答友人論作文書>, 121쪽.)
30) 叔子所云多作不如多改 多改不如多刪 是固古人所不傳之秘法.(『명미당집』 권8, <答
　友人論作文書>, 121쪽.)

글을 읽을 때는 반드시 천천히 읽어 생각해 보아야 할 곳을 찾아보고 여러 번 반복해서 씹고 삶고 단련하며 끌어들이고 떨어뜨려 보고 흔들고 끌어보아야 하며, 높고 낮게 굽히고 꺾어 선회를 여러 번 반복해 …… 무릇 글을 지을 때 열 번 옮겨 쓰고 열 번 읽어 보아 하자가 발견되지 않을 때 끝난 것입니다.31)

전술한 퇴고의 원칙 중에 '구성의 원칙'과 관련이 있다. 구성의 원칙은 퇴고를 하는 순서와 관련이 있다. 처음은 글 전체를 살펴보고, 다음은 부분 검토로 이어진다. 이 때 장−절−단락−문장−용어의 순으로 살펴본다. 다음은 표기법 등을 자세히 본 후 '낭독'을 한다.

필자는 수업 중에 학생들에게 가끔 책을 읽힌다. 이 때 학생들은 한글을 다 알지만 쓰여 있는 글자와 다르게 읽을 때가 있다. 이는 학생과 지은이의 글쓰기 습관이 다르기 때문에 벌어지는 현상이다. 눈으로만 자신의 글을 읽다보면 틀린 부분을 발견하지 못하고 그냥 지나친다. 그런데 낭독을 하면 비문이거나, 문법에 맞지 않는 부분은 읽는 도중에 막히거나 다르게 읽힌다. 이러한 곳마다 밑줄을 친 후 다시 보며 고치면 틀린 부분을 쉽게 고칠 수 있다. 그래서 이건창도 작문은 '열 번 옮겨 쓰고 열 번 읽어 보아 하자가 발견되지 않을 때 끝난 것'임을 강조하고 있다고 생각한다.

만약 도서관에 있다면, 자신의 글을 검토할 때에 낭독으로 할 수 없다. 이럴 때는 손으로 글자를 따라 가며 읽으면 낭독의 효과를 볼 수 있다. 눈으로 읽으면 비문을 찾아 낼 수 없다는 것을 글을 쓰는 이들은 명심해야한다.

---

31) 凡讀文 必緩尋熟念 咀之嚙之 烹之鍊之 引之隆之 搖之曳之 欲令抑揚曲折 廻旋反覆 …… 凡爲文 必十寫十讀 而不得其疵也 然後止焉.(『명미당집』 권8, <答友人論作文書>, 121쪽.)

4. 〈답우인론작문서〉를 이용한 글쓰기 교육 활용 방안

앞에서 이건창의 <답우인론작문서(答友人論作文書)>를 가지고 구상과 수사, 퇴고로 나누어 내용 중심으로 살펴보았다. 필자가 나눈 세 가지가 현재 글쓰기에서 가장 중요한 부분이기에, 필자가 맡고 있는 <사고와표현> 강의에서도 자주 언급하는 내용이다. 그러면 학생들이 처음 글을 쓸 때 필요한 구상을 중심으로 글쓰기 교육 현장에서 활용할 수 있는 방법에 대해 고찰해 보기로 한다.

구상은 크게 두 가지로 나뉘는데 전개적 구상과 종합적 구상이다. 전개적 구상에는 시간적 순서에 의한 구상과 공간적 질서에 의한 구상 등이 있다. 종합적 구상에는 단계적 구상, 포괄적 구상, 열거식 구상, 점층식 구상 등이 있다.32) 이러한 구상들 중에서 이건창이 제시한 글쓰기의 효율적인 방법과 관련이 있는 구상은 점층식 구상이다. 본장에서는 점층식 구상에 대해서 알아보고 그 방법을 학생들의 글쓰기에 어떻게 활용할 것인지에 대해 살펴보고자 한다.

이건창이 구상과 관련하여 언급한 글쓰기의 효율적인 방법은 '빨리쓰기'이다. '빨리쓰기'는 핵심어를 중심으로 해서 자신의 생각을 빠르게 써 나아가야 한다. 전술했듯 그렇지 않으면 자신의 생각이라 해도 쉽게 잊혀질 수 있기 때문이다. 이렇듯 표현이 생각을 따라가지 못했을 때 벌어지는 양상을 일반적으로 '글쓰기 병목현상'이라 한다. 학생들은 자신이 쓸 글감을 정했다면, 자유연상33)을 통해 글감의 이미지를 나열하듯 써야 한다. 다음으로는 자유연상의 이미지를 유형화하며 핵심어를 추출해 글을 쓰는 것이다. 이러한 일련의 구상 방식을 '점층식 구상'이라 한다.

---

32) 단국대학교 사고와표현 편찬위원회, 『사고와표현』, 단대출판부, 2004, 64-66쪽.

33) 조상우, 「대학의 '격물치지'를 활용한 글쓰기 전략」, 『동양고전연구』 23집, 동양고전학회, 2005, 279-280쪽 참조.

점층식 구상에는 ‘사생식, 화제식, 문장식, 단락식 아웃트라인’이 있다.[34] 자유연상을 통해 떠오른 이미지를 나열하는 방식을 ‘사생식 아웃트라인’이라 한다. 이는 글을 쓰는 초기 단계라 할 수 있는데, 활발하고 자유로운 이미지 연상을 통해 기존에 얽매이지 않는 글을 써야 한다. 다음은 자유 연상의 이미지를 하나의 계통을 세워 유형화해야 하는데, 이 때는 핵심어를 선정해야 한다. 이를 ‘화제식 아웃트라인’이라고 한다. ‘화제식 아웃트라인’은 문장이 아닌 단어 중심으로 이루어진 것이기에 ‘수형도’를 작성하여 목차를 만들기에 적합한 방식이다.[35] 핵심어가 정해지고 수형도를 이용하여 목차가 만들어지면 초점을 어디에 둘 것인가를 정해야 한다. 바로 주제문을 작성하는 것이다. 이를 ‘문장식 아웃트라인’이라 한다. 이정도 수준까지 오면 필자가 쓰고자하는 내용의 구체적 특성이 드러난다. 다음은 글쓰기의 마지막 단계로 ‘문장식 아웃트라인’을 중심으로 완성된 글을 단락에 맞추어 써야 하는데, 이를 ‘단락식 아웃트라인’이라 한다.

학생들에게 글쓰기를 연습시킬 때 중요한 부분은 앞의 두 단계, 즉 ‘사생식, 화제식 아웃트라인’이다. 이것이 제대로만 이루어진다면 뒤의 두 단계는 비교적 쉽다고 할 수 있다. 자유연상을 통해 얻어낸 이미지의 유형화, 그리고 이를 토대로 ‘수형도의 작성’을 학생들에게 반복적으로 연습을 시켜야 한다. ‘이영애가 출현한 광고’를 중심으로 예를 들어보도록 하자.

얼마 전에만 해도 광고에 이영애가 많이 등장하였다. 그러다 보니 ‘이영애의 하루’가 인터넷에 떠돌아다니고, 더 나아가 ‘이영애 남편의 하루’라는 글이 나오기도 하였다. 필자는 이러한 글을 인터넷에서 읽으며 만약 이영애가 등장한 광고를 가지고 글을 쓴다면 어떻게 쓸 수 있을까를 생각

---

34) 단국대학교 사고와표현 편찬위원회, 전게서, 64-66쪽.

35) 수형도에 대해서는 조상우, 전게논문, 281쪽 ; 조상우, 『디지털시대의 글쓰기』, 386쪽 참조.

해 본적이 있다. 이 장에서는 '점층식 구상' 중 '사생식 아우트라인' 방법을 이용해 보고자 한다. 그러면 우선 '이영애'하면 떠오르는 생각을 적어보는 것이다. 우리가 '이영애'하면 떠오르는 일반적인 생각은 "연기자(대장금, 불꽃), 광고모델(LG자이, 웅진코웨이, 엘지카드), 하얀 피부, 당당하다, 예쁘다, 정적이면서도 활기차다, 돈이 많다, 커리어우먼, 카드를 쓴다" 등이다. 표면적인 모습과 광고나 드라마를 통해 보여지는 모습 등 다양하게 묘사할 수 있다. 다음 과정은 '사생식 아웃트라인'을 통해 산출된 용어를 같은 유형끼리 유형화하여 핵심어 또는 개념어로 만들어야 한다. 이 과정이 '화제식 아웃트라인'이다. 앞의 '사생식 아웃트라인'을 '화제식 아웃트라인'으로 정리하여 "깨끗하고 예쁜 여성, 당당한 커리어 우먼, 깐깐한 주부" 등으로 개념을 축약시킬 수 있다. 이영애가 등장하는 광고는 주부이면서 직장 여성의 이미지로 구분할 수 있어서 이영애가 등장하는 광고의 주 대상은 바로 직장여성과 주부이다. 그러면 '이영애 광고'를 가지고 글을 쓸 때 크게 두 가지 틀을 생각할 수 있다. 광고주의 입장과 소비자의 입장이다. 이를 수형도[36]로 그려보자.

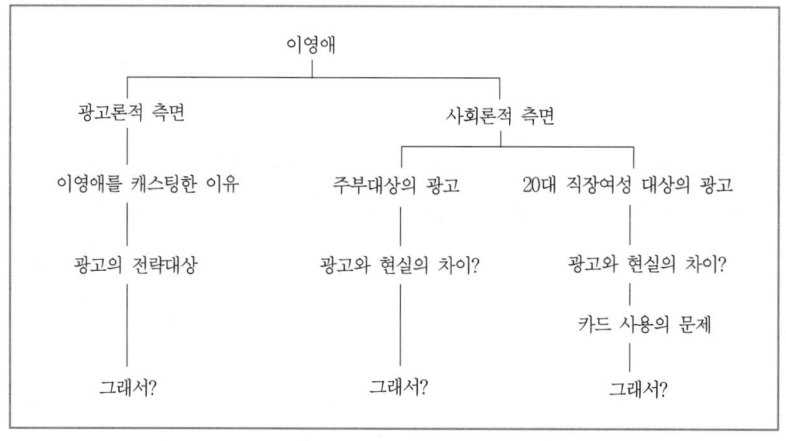

---

36) 수형도에 대해서는 이 책 273-274쪽을 참조 바람.

이와 같이 수형도를 작성했다면 이를 목차화 시켜야 한다.

제목 : 이영애 광고의 일고찰
Ⅰ. 들어가는 말
Ⅱ. 광고론적 측면
   1. 이영애를 캐스팅한 이유
   2. 광고의 전략 대상
Ⅲ. 사회론적 측면
   1. 주부대상의 광고
   2. 직장여성 대상의 광고
Ⅳ. 맺음말

수형도를 글로 풀어 놓으면 목차를 만들 수 있다. 이 단계가 바로 '화제식 아웃트라인'이다. 여기에 주제문을 만들어 글을 완성하면 '문장식·단락식 아웃트라인'이 된다. 글쓰기가 익숙하지 않은 학생들에게 '화제식 아웃트라인'을 가지고 수형도를 그리는 방식을 익숙하게만 한다면 글쓰기 활용에 도움이 되리라 생각한다.

5. 맺는말

이상으로 조선시대 대문장인 이건창의 글쓰기 전략을 증명하기 위해 이건창의 생애와 성품, <답우인론작문서> 내용 분석, <답우인론작문서>를 이용한 글쓰기 교육 활용 방안 등으로 나누어 서술하였다. 그러면 각 장에서 주장한 바를 요약하여 결론으로 삼고자 한다.

이건창의 생애와 성품에서는 이건창의 파란만장한 인간사와 함께 자신

의 글에 자부심을 가지고 있었던 것과 조선이 외세의 침략에 황폐화 되어
가던 격변의 시기에 민족과 국민을 위해 '동도서기론'의 입장을 취하던 조
선시대 후기에 '최고의 문호'였음을 여러 자료를 통해 구체화하였다.

　<답우인론작문서>의 내용 분석에서는 구성과 수사, 그리고 퇴고로 나
누어 기술하였다. 구성과 수사에서는 이건창이 제시한 글쓰기의 효율적
인 방법에 대해 알아보았다. 효율적인 방법은 어떻게 하면 좋은 글을 쓸
수 있을 것인가에 주안점이 있는데, 전체 틀을 짤 때 서론과 결말, 또는
문단 앞과 뒤의 순차 내용을 어떻게 쓸 것인가와 관련된 글쓰기 방법론이
다. 여기에 '빨리 쓰기'와 독자가 읽기 쉽도록 써야 한다는 것을 제안하고
있다. 이건창은 '수사'와 관련하여 중요하게 생각한 것이 '글자의 선택'이
고, 이 방법은 표현의 '생동감'을 높이는 것과 관련이 깊다.

　퇴고에서는 '분량의 분배'와 '문장 다듬기'에 대해 말하였다. 이건창은
자기 글을 객관적으로 보기 위한 방책으로 며칠이 지난 뒤 자신의 글을
보기를 권하고 있다. 또 퇴고의 원칙 중 '삭제의 원칙'과 '구성의 원칙'을
강조하였다. 전자는 군더더기 말을 삭제하여 간결하게 하는 것이고, 후자
는 '낭독'을 통하여 틀린 부분을 쉽게 고칠 수 있음을 강조하였다.

　<답우인론작문서>를 이용한 글쓰기 교육 활용 방안에서는 구상을 중
심으로 글쓰기 교육 현장에서 활용할 수 있는 방법에 대해 고찰하였다.
이건창이 제시한 글쓰기의 효율적인 방법과 관련이 있는 구상은 점층식
구상이다. 점층식 구상에는 '사생식, 화제식, 문장식, 단락식 아웃트라인'
이 있는데, 자유연상을 통해 떠오른 이미지를 나열하는 방식을 '사생식 아
웃트라인' 이라 하고, 자유 연상의 이미지를 하나의 계통을 세워 유형화해
야 하여 핵심어를 선정하는 방식을 '화제식 아웃트라인'이라고 하고 한다.
'화제식 아웃트라인'은 문장이 아닌 단어 중심으로 이루어진 것이기에 '수
형도'를 작성하여 목차를 만들기에 적합한 방식이다. '화제식 아웃트라인'

을 가지고 주제문을 작성하는 방식을 '문장식 아웃트라인'이라 하고, 글을 단락에 맞추어 써나가는 방식을 '단락식 아웃트라인'이라 한다. 이러한 예로 '이영애가 등장하는 광고'를 들어 설명하였다. 네 가지 아웃트라인 중에 글쓰기가 익숙하지 않은 학생들에게 '화제식 아웃트라인'을 가지고 수형도를 그리는 방식을 익숙하게만 한다면 글쓰기 활용에 도움이 되리라 생각한다.

<附錄>

〈答友人論作文書〉(『明美堂集』)·〈作文模範〉(『澤堂先生別集』) 原文

1. 〈答友人論作文書〉原文

承詢作文事 要以秘法相示 弟宜如何對 宜謹辭曰 愚不敢聞命 夫弟之愚否 自兄所嘗悉 從前與兄道此事云何 何得卒以愚辭 是慢也 宜以正告曰 作文豈有秘法 多讀書多作而已 夫多讀書多作 古爲文者 無不然也 卽今有志於此者 無不知其然也 何俟弟言 是亦慢也 兄在六百里外 專使相問 如此其勤且至 而弟以慢辭 或以慢對 均不可 無寧以弟所嘗因苦艱難於爲文者 爲兄悉暴之 雖不足以裨益於高明 而庶以盡吾之情 以不負兄之勤且至 則可矣

凡爲文 必先搆意 意有首尾 有間架 首尾粗具 間架粗當 卽疾筆寫之 但令聯屬相貫通 了了易曉 不暇用語助等閑字 不暇避俗俚語 恐亡失正意 所欲言者不載也 意立然後修其辭 凡修辭者 欲諧美潔精而已 修前一句 勿思後一句 修上一字 勿思下一字 雖爲千萬言之文 其競競乎一字 如爲小律詩 然凡辭 有雙行 有單行 有四字成句 有三五字成句 修之宜先擇之 雙之不可以單 猶單之不可以雙 四與三五亦如之 凡辭有取古人之意而爲者 有造意而爲者 取古人之義而爲者 欲難其辭 使人如未始見也 造意而爲者 欲易其辭 使人無惑也 取古人之意 而幷取其辭者 必書古人古書名以別之 勿使亂吾辭 不則爲陳腐 爲剽竊

凡搆意 亦宜先擇之 有主意必有敵意 將以主意爲文 宜別用敵意爲一文 以彼攻此 主意如鎧 敵意如兵 鎧堅者兵自折 累攻屢折 則主意勝也 卽收敵意 俘繫而入之 使主意益尊以明 如或勝或敗 或勝敗無甚相遠者

皆不足以爲文 卽幷主意棄之 意立辭修 則文可畢矣 而又取意與辭而稱
量比絜之以有事焉 於是 長者短之 短者長之 疎者密之 密者疎之 緩者促
之 促者緩之 顯者晦之 晦者顯之 虛者實之 實者虛之 首顧尾 尾瞻首 前
呼後 後應前 或縱或擒 或揣或挫 或結或理 紛紜乎其不可壹揆也 瞭乎其
不可岐也 適乎其相當也 以辭當意 以意當辭 辭不當意 則雖巧 可使拙也
意不當辭 則雖整 可使亂也 拙之然後逾工 亂之然後逾整 句句而皆工者
必害於意 言言而皆正者 必累於辭 辭與意 不相瘉之爲當 當之爲法 法定
而文斯可畢矣 然又惡可以自是哉

　姑投而納之於篋 不以接於目也 又滌刮驅袪之於胸 不以往來於中也
或一宿 或再三宿而起 復取而觀之 使吾愛戀此文之情弛而後 視之如人
之文 則是者 立見其是 非者 立見其非矣 非則不難棄之 如其是也 則又
取古人之文 或唐或宋或近世名家之作 與吾文雜而讀之 使吾貴重吾文
之心生而後 律之以古人之文 則合者 立見其合 不合者 立見其不合 不合
則又不難竟棄之 必惟可以自是 而且有以合於古人 然後吾之事畢矣 故
凡爲文 非惟思之難 思而記之 勿忘失之爲難 累寫累讀之又難 凡寫文 必
精必夾 影紙作楷字 必用朱墨 點句讀 欲令增減竄易處 覽之不眩 凡讀文
必緩尋熟念 咀之嚼之 烹之鍊之 引之墜之 搖之曳之 欲令抑揚曲折 廻旋
反覆 響而有節 覽之而眩 響而無節 寫與讀之不善也 寫與讀善矣 而猶且
然者 文之疵也 必亟改之 凡爲文 必十寫十讀 而不得其疵也 然後止焉

　夫天下廣矣 後世遠矣 其知吾文者鮮矣 縱有知之者 相値相待難矣 惟
吾心 可與質吾文耳 夫發於吾心 感於吾心 而猶不愜於吾心 則是甚可憾
也 吾惟吾心之愜是求 安所蘄天下後世哉 天下後世 猶不足以蘄 而況區
區一時之譽哉 夫惟吾心愜 而吾文之事畢 然吾之困苦艱難則已甚矣 且
夫吾文 非夫人之所能爲也 必眛於世 慁於家 出爲君公大人 與夫當時之
士之所怪笑 入爲家人婢子所譏 當飯而不知口在 挈裘之衿以爲領 如弟

之愚者 然後可爲也 不然 放逐失職 幽愁寂寞 無所用志 如兄之今日者
然後可爲也 盖此事粗有以成 則他事盡廢 夫殫吾之困苦艱難而不避 他
事盡廢而不恤 專專乎此者 是又可笑也 然以弟之愚 所見不出乎此 若夫
矢口肆筆 動爲文章者 此其天才過人千萬倍 又非愚弟之所能言也

　兄之高明 雖誠犖犖不群 然竊閑見所示諸文 其於上所云修辭定法之
說 若猶有未至者 豈非以才高性坦 隨意之所嚮而傾輸之 以爲快 所以然
耶 兄謂魏叔子輩 不足與議於古人 此說誠然 然叔子所云多作不如多改
多改不如多刪 是固古人所不傳之秘法 而叔子言之 甚有功於文章 誠能
一日一改 一年得若干首 又於若干首 而刪而存之爲若干首 如是十年 則
可一卷矣 誠能爲一卷 不可復改 不可復刪之文 則吾心愜矣 夫以一卷而
易十年者 雖勞而寡效 以十年而圖千萬歲 則甚厚利也 則亦可以斳矣 然
此秘法也 非兄專使六百里之勤 則弟不敢輕以相示 望兄察之

2. 〈作文模範〉原文

　古今風俗事情懸殊 而文章詞令 通於其間 雖使古人生於今世 必爲今
之文 此與詩學不同 當以唐宋以下爲法 惟其本源來歷 不可不遡求而知
之也 詩書正文孟子正文論語庸學幷傳註 爲先熟讀 終身溫習 此義理本
源 不可一日塞也 荀楊 乃韓文之所從出 數十篇抄讀 此外易繫辭 春秋三
傳中左傳 禮記等書 有餘力則熟觀採穫 韓文 文之宗 不可不先讀 七八十
首抄讀 若得臭味 仍以爲終身模範可也 然末學之得力者少 不可專爲歸
宿 如詩之杜詩也 茅鹿門 坤所抄八大家文 最爲中正 柳之於韓 如伯仲
歐王曾 專出於韓 三蘇雖學莊國 亦不出韓之模範

　大蘇雖詭 文氣不下於韓 以意爲主 筆端有口 以此爲歸宿地 抄讀七八
十首 尋常熟覆 不必多讀而得力也 柳以下六家之文 抄其尤絶妙者四五

十篇 餘力一讀 時復閱覽 從其所好 增減其所抄可也 此是古文章正脈 韓
子所謂仁義之言也 此外老莊管韓異端之文 馬班兩史實錄記事之文 世
以爲古文正宗 然非聖賢義理之文 又不宜於今 至於取數十篇 終身千萬
讀 欲得其精髓 其計左矣 雖韓柳歐之學古 不過全秩博覽而已 不如是專
門也 惟記事之法 馬班得之 後世莫及 作史及序記碑誌之類 尤當取法於
兩氏 馬十餘篇 班數十篇 一番抄讀後 又遍覽兩書 採穫文字可也

莊老以下 文選所載秦漢魏之文 專棄可惜 亦須抄錄時讀 以爲羽翼 大
槩行文 雖才高之人 學識不廣 則不能應變多作 吾所云云 亦甚簡約 比之
學詩 則所讀十倍 此未易學也 且通熟四書義理 熟讀古文眞寶文章軌範
中一書 旁通陸宣公朱晦菴奏議之文 亦足爲朝廷上下辭令之文 如碑誌
序記作史著書之業 則不可染指也 大明之文有二道 方遜志王陽明 最爲
中正 乃韓歐之類也 崆峒以下四大家十大家 則專學左國班馬 務以不諧
世俗爲高 施之於今 一無當於詞令 學之又極難 決不可入其門也 吾文法
旣定之後 時一取覽 不無一二可喜也 宋世義理之文太極西銘溫公之文
見於古文眞寶者 及朱呂文最佳者 與經傳諸書 一時讀之 存諸心可也.

四六之文 亦有古有今 古四六 學之難而無所用 欲學制誥之文 須以歐
王蘇呂眞大家爲主 精採汪 藻劉 克莊李劉文山 數子之作 爲準的 古四六
徐庾爲上 四傑次之 取其宏大絶妙者 人各二三篇 以助藻麗之氣 雖學今
文 不可廢也 綱目正史也 作文者 必通識事務 又必稽古引史 雖無暇於讀
不可不從頭至尾 二三番致精閱覽 使前古治亂得失 略存諸胸中也.

『동양고전연구』 제27집, 동양고전학회, 2007.

海鶴 李沂의 계몽사상과 諧謔的 글쓰기

1. 머리말

우리 민족은 수많은 전란을 겪으면서도 지혜롭게 그 고난을 헤쳐 나갔다. 그러나 한편으로 아쉬움이 남는 시기가 있기도 하다. 미리 준비했더라면, 다르게 대처했더라면 하는 생각이 들 시기가 더러 있다. 그 중에 가장 안타까운 시기를 필자보고 들라면 '애국계몽기'라 하고 싶다.

이 시기는 조선의 봉건제가 막 붕괴되려던 1894년부터 일제에게 강제로 병탄되는 1910년까지이다. 얼마 되지 않는 시기임에도 불구하고 그 변화양상은 이루다 말할 수 없다. 짧은 시기이지만 문화적 충격이 컸기에 여러 단상들을 다 수용할 수 없었고, 게다가 각 계층의 지식인들은 서로의 입장에 따라 제각기 다른 의견을 주장하였다.

이 시기 지식인의 유형을 나누면 첫째, 조선후기의 성리학을 계승하려던 유학자, 둘째, 기존의 성리학이 구폐라고 주장하던 계몽주의자, 셋째, 성리학자와 계몽주의자 사이에서 관망을 하던 변형 유학자 내지 온건 계몽주의자들이다. 특히, 세 번째 부류들은 '동도서기'를 주창하면서도 유학자나 계몽주의와의 친연성을 고려하여 자신의 생각을 표현하였다.[1]

---

1) 세 번째 부류들은 대개 출발은 유학으로 시작했으나 신학문을 접하고 새로운 사상으로

이 장의 주 대상인 이기(李沂 : 1848~1909)도 처음에는 성리학을 숭상
하며 과거를 준비하던 유생이었다. 그러나 성리학의 허상을 깨달으면서
신학문에 관심을 두었다. 그러나 이기의 절친한 친구였던 매천(梅泉) 황
현(黃玹)은 신학문에 관심을 두었지만 여전히 성리학을 고집하였다. 이
두 사람의 관계가 아마 이 시기를 대변해 주지 않나 생각한다.

이기(李沂)의 자(字)는 백증(伯曾)이며 호(號)는 해학(海鶴)과 남악거사
(南嶽居士)이고, 선대에는 고성(固城)에서 살다가 뒤에 호남 만경(萬頃)으
로 본적을 옮긴다.2) 이기는 거의 독학으로 학문을 성취하였고, 자강론을
내세우며 국민의 교육에 힘써야 한다고 주장한 인물이다. 초기에는 이정
직(李定稷), 최보열(崔輔烈), 황현(黃玹) 등 주로 도내의 명사들과, 중앙진
출 후에는 남궁억(南宮檍), 이건창(李建昌, 1852~1898), 김택영(金澤榮)
등과 교유하였다. 문집으로는 『해학유서(海鶴遺書)』가 있는데 12권 3책이
고, 전제(田制)와 제도, 시(詩), 문(文), 논(論), 소(疏), 서간(書簡), 서(序),
기(記), 명(銘), 부(賦), 전(傳) 등이 수록되어 있다. 『해학유서』는 아들 이
낙조(李樂祖)와 동향(同鄕) 후학인 강동희(姜東曦)가 이기의 글을 수집하
여 난곡(蘭谷) 이건방(李建芳)에게 책의 편차를 부탁하였으나 얼마 뒤에
난곡이 졸(卒)하자 난곡의 제자인 정인보가 선집(選輯)을 맡아 순차(順次)
를 정하였다.3)

이기는 교육개혁의 중요성을 피력했는데 특히, 신지식·신사상과 내외
소식을 소개하는 계몽적 역할로서 신문·잡지가 주가 되는 사회교육의

전환하는 경우가 많았다. 이기는 학문의 시작을 유학으로 출발했으나, 그 활동을 보면
'계몽주의자'에 속한다고 볼 수 있다. 여기에 대해서는 조상우, 「애국계몽기 한문산문의
의식지향 연구」, 고려대 대학원 박사학위논문, 2002 참조.
2) 정인보, 「海鶴李公墓誌銘」, 『해학유서』 권칠, 한국사료총서 제삼, 국사편찬위원회,
1971, 9-10쪽. 이하 책명 생략.
3) 임창순, 「한말의 애국자 이기와 해학유서」, 『국회도서관보』 제2권 제3호, 1965, 39쪽.

중요성을 강조하였다. 이기는 백성 전체의 지식 및 의식 수준을 높임으로써 조선의 자강을 도모하고자 했다. 처음에는 소수의 자강에서 출발하여 점진적으로 백성 전체를 교육, 계몽하여 조선 전체의 자강을 이룩해 나가자는 것이 그의 조선 자강안이었다.[4]

이 장에서는 사회 개혁과 계몽 운동을 주도한 이기의 계몽사상과 그 사상을 표출한 방식인 해학적 글쓰기에 대해서 논의해보고자 한다. 사상은 특히 교육과 정치개혁을 중심으로 하여 국내의 문제뿐만 아니라 대일관(對日觀)까지 고찰해보고자 한다. 해학적 글쓰기에서는 주로 『대한자강회월보』에 실린 <소설>을 중심으로 하여 살펴보고자 한다. 이러한 과정을 통해 교육자이면서 계몽운동가였던 이기가 기울어가는 조국의 현실을 어떻게 타개하려고 했었는가를 알아보고자 한다.

2. 이기(李沂)의 계몽사상과 대일관

1) 교육개혁

계몽운동가인 이기는 교육개혁에 대한 글을 많이 남긴 교육가로도 유명하다. 이기는 1906년경 장지연(1864~1921), 윤효정(尹孝定, 1860~?) 등과 함께 대한자강회를 조직하고, 그 회보인 『대한자강회월보』와 『호남학회월보』, 『조양보』 등에 서문과 논설 발표를 통해서 국민계몽운동을 전개하였다.

근간 우리나라에서 가장 급하게 해야 할 일을 논할 때 교육이 가장 우선이 된다고 한다. 그런데, 교육에는 세 가지가 있다. 첫째 가정교육이니, 부모

---

4) 조상우, 전게 논문, 2장 참조.

의 언행으로부터 받은 것, 둘째, 학교교육이니 문자와 정치, 법학 등이며, 셋째 사회교육이니 신문 잡지 등이다. …… 근대 세계 각국의 신학문 신지식에 조금도 공부를 하지 않아 다른 사람의 구속을 면하지 못하게 되었으니 벼슬하는 분과 하지 않는 여러 분에게 묻고자 하는데 노예가 되는 것을 달게 여기고 교육을 포기하는 것으로 마음 편하게 생각할 것인가. 오늘의 잘못은 유년이나 소년에게 있는 것이 아니고 장년들에게 있다.[5]

위의 글은 <조양보서>이다. 이기는 이 글에서 교육을 가정교육 · 학교교육 · 사회교육의 3종으로 구분하고 있다. 이 글은 기존과 다른 교육의 유형을 보여주고 있다. 바로 가정교육은 기존부터 존재해왔고 부모의 언행이 문제시 되어온 것도 사실이다. 그러나 기존과 다른 면은 '오늘의 잘못이 유년이나 소년에 있는 것이 아니라 장년에게 있다'는 것에서 알 수 있다. 부모나 훈장, 또는 어른들의 사상이 전대의 습속에 묶여 있어 새로운 것을 받아들이지 않고 거부만 하고 있다며 안타까운 심정을 토로하고 있다. 심지어 '노예가 되는 것을 달게 여기고 교육을 포기하는 것으로 마음을 편하게 생각한다'라고까지 힐난하고 있다. 이렇듯 이기(李沂)는 구학문을 버리고 새로운 학문을 익혀 새로운 매체로 개혁해야 한다는 주장을 펴고 있다.

이 장에서는 『호남학회월보』에 게재한 <일부벽파론(一斧劈破論)>을 통해 이기(李沂)의 교육개혁에 대해 살펴보기로 하자.

---

5) 近日 論我韓急務者 莫不以教育爲先 然教育亦有三種 一曰家庭教育 父母言行是也 二曰學校教育 文字政法是也 三曰社會教育新聞雜誌是也. …… 近代世界各國新學問 新知識 未嘗有一日之工 竟不免乎受人羈絆 敢問在廷之諸公在野之諸君子 其將甘此 奴隸 而安此暴棄邪 然今日之罪 不在於幼少 而實在於壯者. <朝陽報序> 122쪽. 본고 2장의 번역은 차용주, 『한국고전문학전집』 9, 고려대 민족문화연구소, 1993을 참조했음을 밝힌다.

갑오 이후부터 인재를 취하지 아니하고 뇌물만 받았기 때문에 공부를 많이 한 선비들이 벼슬을 하지 못하고 시골에서 늙어 죽는 사람이 적지 않아 드디어 오늘과 같은 결과를 맞았다. …… 여러분들은 구 시대의 학문을 한 사람들이다. 그 여생을 노예가 되는 것을 달게 여기고 회복할 계획을 강구하려 하지 아니하는가. …… 뜻이 있는 자는 결국 성공한다고 했으니 그런 고로 나는 여러분들에게 말하기를 뜻이 없는 것을 근심할 것이며 재능과 힘이 없는 것을 근심할 것이 아니다.[6]

이기(李沂)는 조선후기 부패한 관리선출 제도에 대한 강한 불만을 제시하고 있다. 공부를 많이 한 선비들이 조정의 관리로 등용되지 못하고 시골에서 늙어가고 있어, 이로 인해 현재의 암울한 상황을 맞이했다고 한탄조로 표출하고 있다. 더불어 새로운 시대를 맞이했는데도 불구하고 새롭게 대응하지 못하는 구학문 옹호자들을 비난하고 있다. 그러나 단순한 비난이 아니라 구학문 세대들에게 새로운 학문에 뜻을 두어야 한다고 계몽하고 있기도 하다.

사람이 병을 가졌는데 약을 먹어도 효과가 없으면 반드시 약을 바꾸려고 생각한다. 그리고 집이 있는데 쓰러질 것 같아 지탱할 수 없다고 생각되면 개조할 것을 생각한다. 지금 국가가 병이 있는데 구하지 못하고 집이 무너지는데 개조하지 못하고 오히려 옛날 한의의 처방과 선조때부터 살던 집이라 하여 어렵게 여기며 서로 바라만 보고 있을 것인가.[7]

---

6) 但甲午以來 不取人材 徒視賄賂 窮經經書之士 多老死巖穴 遂致今日之沈淪 …… 諸公 亦舊學時人也 其將以餘年 甘作奴隷 而不求恢復之策否 …… 有志者事竟成 故愚謂諸公患無志 而不患無才力. (<一斧劈破論>, 72쪽.)

7) 夫人身有病 而服藥不得效 則必思易劑 家有屋 而支傾不得救 則必思改造 而今國之病 已不得救矣 其屋已不得救矣 猶且以軒岐之舊方 祖先之舊居 爲難而岸然相視 則此其謀國之志 不如謀身謀家者耳 故愚謂諸公患無志而不患無才力也. (<一斧劈破論>, 72쪽.)

이 글에서 이기(李沂)는 병이 들고 집이 쓰러지는 상황에서 새로운 방법으로 고칠 생각은 하지 않고 옛 방법만 고집한다면 효과가 없을 것이라고 말하고 있다. 옛 것을 고집하는 것은 새 것을 받아들일 의지가 없기 때문이라며 뜻을 가지고 행동에 옮길 것을 구학문 세대들에게 요청하고 있다. 바로 수구유학자(守舊儒學者)를 비난하며 신학(新學)의 교육을 주장한 글이다. 구세대의 학문은 지금 시대의 국민들에게 아무런 보탬이 되지 못한다고 비난하고, 신학(新學)의 중요성과 가치를 역설하고 있다.[8]

　　내가 지금 신학문을 배척하는 것은 우두를 배척하는 것과 다름이 없다고 생각한다. 근원도 알지 못하고 이해도 분별하지 못하면서 단지 자세히 보지 않고 배척만 하면 어떻게 되느냐. 우두를 처음 실시할 때 전일에 천연두를 치료하던 의원이 거짓말을 조작하여 어리석은 사람들을 선동하기를, '우두를 맞은 사람은 반드시 천연두가 걸렸을 때 죽는다'고 했다. 그러므로 칙령을 반포하고 관리들이 독촉해도 국민들이 겁을 내어 피하고 자녀들을 숨기는데 이르게 되었다. 그러나 지금 십 수 년 사이에 우두를 맞는 사람이 다시 천연두에 걸려 죽은 자를 보았는가. 여러분들은 여기에서 알 수 있을 것이다. 학술에서 가장 중요한 것은 반드시 그것이 시대의 필요에 합치되었느냐 아니냐에 있다.[9]

이기(李沂)는 신학문을 받아들이지 않는 우매함을 천연두에 비유하며 논하고 있다. 우두를 실시했을 때 천연두를 치료하던 한의들은 자신의 위

---

8) 이광린, 「구한말 신학과 구학의 전쟁」, 『동방학지』 제23·24집, 연세대 국학연구원, 1980, 6-7쪽.

9) 愚謂今之斥新學者 無以異於牛痘矣 不識源委不辨利害 但非其習見則 輒加排抵何也 方牛痘施種之初 爲前日痘天然痘醫者 潛造言訛 煽動愚氓 以爲凡經牛痘之人 必再罹天痘而死 雖以勅令頒之 官吏督之 而民皆畏避至於匿其子女 然距今十數年 何嘗見牛痘之人 再罹天痘而死者乎 諸公於此亦可以鑑矣 夫學術之要 必須看時勢之合用不合用. (<一斧劈破論>, 73쪽.)

상을 공고히 하고자 한의가 낮고 양의는 믿을 것이 못되고 우두를 맞으면
죽는다고 국민들에게 말하였다. 이는 조대비가 항문이 없이 태어난 명성
황후의 아들에게 양의의 시술을 받지 못하도록 하고 약만 먹이게 하여 고
치려 했던 것과 같다고 볼 수 있다. 한의와 조대비는 시대적 사명을 이해
하지 못했기에 그와 같은 주장을 했다고 생각한다.

결국 이기(李沂)는 우두를 맞고 천연두에 걸려 죽은 사람이 없었다고
하면서 학술에서 가장 중요한 것은 시대의 필요에 합치해야 함을 강조하
였다. 곧 새로운 시대에 필요한 것이 무엇인가를 독자들이 판단할 수 있
도록 하고 있다.

이기(李沂)는 <일부벽파론(一斧劈破論)>에서 구학문의 폐단으로 "중
국에 대한 사대주의, 한문에 대한 관습, 문호의 구별" 등 세 가지를 들었
다. 중국에 대한 사대주의는 '화이론'에서 비롯한다. 이 '화이론'은 중국에
대한 조선, 또 조선과 다른 오랑캐와의 관계를 설정해 놓는 구실을 하였
다. 명(明)을 '화(華)'로 생각한 조선은 명이 멸망한 후에도 명을 존숭하여
청을 비루하게 여겼고, 스스로 '소중화'라 자부하기도 하였다. 이 사상은
애국계몽기에 들어서도 조선을 '왜이(倭夷)', '양이(洋夷)'와 구분 짓는 잣
대로 사용하기도 하였다.

문호의 구별은 바로 '사색당파'와 '적서'의 구별을 뜻한다. 자신이 소속
해 있는 당파에 따라 대립하여 당쟁만을 일삼았다. 그렇다보니 서로 정권
을 잡기에만 혈안이 되었지 정국의 안녕은 생각하지도 않았다. '적서'의
구별 또한 심하였다.[10] 조선은 적서 차별 때문에 발전이 더 늦어졌다고

---

10) 적서차별에 관한 "서얼한품법"은 갑오경장에 이르러 폐지되었으나 그 당시 사람들에
   게 있어서 제도 보다는 지금까지의 관행이 중요하였다. 이는 구학문을 계승한 영향이
   크다고 하겠다. 비근한 예를 들면, 과부의 재가를 법적으로 허용하였으나 이를 달게 여
   기지 않았다는 것을 들 수 있다.

할 수 있다. '서자(庶子)'는 아무리 총명하여도 자신의 생각을 제대로 펼칠 수 없었다. 조선 후기의 실학자 중 몇몇은 '서출'이다. 그렇기에 양반들은 그들의 생각을 정책에 반영하지도 않았다. 애국계몽기 직전에 박규수는 "변형주의 화이론"을 제시하였는데, 그의 옆에는 중인인 오경석과 유대치, 그리고 천민인 승(僧) 이동인이 있었다. 그러나 대다수의 양반들은 중인인 오경석과 유대치의 말을 따르지 않고 오직 박규수만을 추종하였다.

문호의 구별과 적서의 차별은 구학문의 폐해라기보다는 '구습'의 폐단이라 볼 수도 있다. 이기도 "이 세 가지 폐단은 오백 년 동안 내려오면서 습관으로 굳어져 사람들이 편안하게 적응하고 있으면서 그 이해와 시비가 어디에 있는지를 모르고 있"[11]다는 것을 보면 관습으로 생각하고 있다. 그러나 사상이 그 행동을 주도하듯 구학문의 영향이 이러한 폐단을 만들었다고 볼 수 있다. 그래서 이기는 구학문의 폐단에 '문호구별'과 '적서차별'을 넣었다고 생각한다.

이것이 애국계몽기를 침체기로 만든 원인 중에 하나라고 볼 수 있다. 이기(李沂)도 이를 간파하고 문호 구별의 폐단을 지적하고 있는 것이다.

> 그 하나는 국문으로써 한문이 지닌 습관의 폐단을 분쇄해야 한다. 아! 우리 세종대왕은 기자 이후에 가장 뛰어난 성군이었다. 한문의 폐단이 이와 같을 것을 이미 아시고 국문을 창제하여 국민의 관습을 고쳐 보고자 했는데, 당시의 사대부들이 그 뜻을 잘 받들지 않았기 때문에 우물쭈물하면서 지금 사백년이 되었으며 오직 시골의 부녀자들이 소설을 읽는 것 외에 사용하는 사람이 적으니 탄식할 일이 아닌가.[12]

---

11) 夫此三弊其來已五百年俗相習焉 人相安焉 不復知其利害是非之所在. (<一斧劈破論>, 76쪽.)

12) 其一日 以國文破漢文習慣之弊 於戲 我世宗大王 固箕子後首出之聖也 已知其弊之必至於斯 故遂製國文卽訓民正音 將欲一變民俗而當時士大夫不能承奉 因循苟且 于今四百年 惟閭巷婦女讀小說外 鮮有用者 可勝歎哉. (<一斧劈破論>, 76-77쪽.)

이기(李沂)는 전술한 세 가지 폐단을 타파하는 방법으로 '독립, 국문사용, 평등'을 내세웠다. 이 중에서 애국계몽기 지식인들이 국민계몽에 있어서 가장 중요시했던 것이 바로 국문 사용이다. 『독립신문』이 제일 먼저 순국문을 사용하였고, 『대한매일신보』는 국한문을 사용하다가 순국문으로 바꾸었다. 한문은 문리가 트기 전까지는 이해하기 힘든 글이다. 내용을 제대로 인식하지 못할뿐더러 배우는데도 시간이 오래 걸린다. 그렇기에 이기(李沂)를 비롯한 대다수 계몽주의자들이 한문의 폐단을 주장하고 국문을 사용하자고 하였다. 그런데 당시 사람들은 한자와 한문을 공식문자체계로 인정하였고 국문은 부녀자들이 소설을 읽는 것에만 사용하고 있어 이기(李沂)는 국문이 실용에 쓰이지 못하고 있음을 한탄해 하고 있다.

여기에 이기(李沂)는 의무교육제도를 만들어 어려서부터 누구나 교육받을 수 있도록 해야 한다고 하였다. 뿐만 아니라 '세 가지 가르칠 것'으로 '체육, 덕육, 지육'을 예로 들었는데, 그 내용을 보면 "운동장에서 운동하는 것, 충효와 윤리 같은 것으로 임금, 부모, 가정, 국가에 적용시키는 것, 사물의 이름과 수(數) 같은 것" 등이다.

이렇듯 이기(李沂)는 자신이 한학자였으면서도 한문 관용의 폐단을 역설하고 국문의 사용을 적극 권장해 국문 사용이 국민생활에 편익이 되는 시대적 추세를 긍정하였다. 그리고 새로운 사회에 적응할 수 있는 대체 과목까지 제시해 주고 있다.

모임의 회보가 있음은 어째서인가. 회원들로 하여금 읽게 하려는 것이라고 한다. 그 회원들로 하여금 읽게 하는 것은 어째서인가. 그 自强의 도를 구하기 위해서라고 한다. …… 내가 이미 지금의 세상에 태어났으니 곧 마땅히 금일의 옷을 입고 마땅히 금일의 음식을 먹고 마땅히 금일의 책을 읽고 마땅히 금일의 강함을 도모하는 것이라. 근래 보이는 어리석은 선비들이 매번 옛것으로써 도를 일컫고 있으나 그러나 세상이 다르니 사람 또한 다르

고, 사람이 다르니 일이 또한 다르고, 일이 다르니 책이 또한 다름을 알지
못하니 …… 내 스스로 자강하고 공이 또 다시 자강한 즉 두 사람이 자강할
수 있습니다. 공이 또 다시 공의 옆 사람에게 힘쓰고 공의 옆 사람이 또 다
시 그 옆 사람에게 힘쓴 즉 이는 네 사람에게 자강을 전하는 것입니다. 이로
말미암아 이천만 인구의 자강에 이르면 곧 국가의 정치를 개선할 수 있을
것이요 세계의 굴레를 탈출할 수 있을 것이니13)

이 글에서 이기(李沂)는 전대의 글만 읽는 어리석은 선비들을 비판하고
시대에 맞추어 새로운 정보와 학문을 전수하는 목적으로 이 월보를 만든
다고 하였다. 이기(李沂)는 『대한자강회월보』의 서문에서 회보를 만들어
회원에게 읽히는 이유는 자강의 도를 구하기 위해서라고 했다. 이기(李
沂)의 이와 같은 주장은, 실학의 사회개혁이론을 기본사상으로 신학문을
수용한 일종의 변법자강론이라고 하겠다.

이기(李沂)는 고도(古道) 지키기에만 몰두하는 유생들을 어리석다 질타
하고 변화하는 시대에 발맞추어 변화해 나가는 것이 조선 자강의 길이라
고 강력하게 주장하고 있다. 자강회를 만들고 회보를 간행한 것도 소수의
회원에서 시작하여 점진적으로 이천만 백성이 자강을 이루어 나가야 한
다는 의식의 발현이었다.

『호남학회월보』 서(序)에서는 실제적인 학문14)의 교육을 주장하였는데

---

13) 會之有報何歟 曰使會員讀之也 其使會員讀之何歟 曰欲其求自强之道也 …… 吾旣
生今日之世 則當服今日之衣 當喫今日之飯 當讀今日之書 當圖今日之强也 近見迂儒
輩 每以古昔稱道 然不知世殊者人亦殊 人殊者事亦殊 事殊者書亦殊 …… 吾己自强
公又復自强 則是得二人之自强也 公又復勉公之傍人 公之傍人又復勉其傍人 則是傳
四人之自强也 由此而至於得二千萬口之自强 則國家之政治可以改善 世界之羈絆可以
出脱. (<자강회월보서>, 121-122쪽.)

14) 如政治學法律學 是士之學也 農桑學種殖學 是農之學也 商務學經濟學 是商之學也
光學聲學重學化學械器學 是工之學也 家庭學國家學兵學 是又士農工商共通之學也
其教之始. (<호남학회월보서>, 124쪽.)

사농공상(士農工商)이라는 유가 전통의 계급 구분에 의거하여 각 계급에
서 학습해야 할 각종의 학문을 예시하고 있다. 이 글에서 이기(李沂)는 흔
히 잡학의 하나로 취급되던 법률학을 선비의 학문에 포함시켰고, 광학(光
學)·성학(聲學)·화학(化學)·기계학(器械學)과 같은 새로운 기술 학문
의 교육 필요성도 제고하고 있다. 또한 전 계급 공히 교육해야 할 것으로
가정학과 국가학, 병학을 들고 있는데, 국가 경영 및 군사 문제를 특정 정
치 계층이 아닌 국가 구성원 전체의 문제로 해석하고 있다는 점은 주목할
만한 부분이다. 이는 이기(李沂)가 교육을 통해 민지(民智), 곧 백성 전체
의 지식 및 의식 수준을 높임으로써 조선의 자강을 도모하고자 했던 것과
도 궤를 같이 하는 의식이다.15)

2) 정치개혁과 대일관

이기(李沂)는 정치체제를 "공화, 입헌, 전제" 셋으로 나누었다. 이 중에
서 가장 좋은 것은 공화이고, 가장 나쁜 것은 전제라고 하였다.16) 봉건적
전제주의에 의해 조선이 망했기에 서구 민주주의 제도에 입각하여 새로
운 변화를 주고자 이기(李沂)는 정치개혁을 주장하였다.

뜻밖에도 이기(李沂)는 이상정치(理想政治)의 모델을 『서경(書經)』에서
찾고 있다. 새로운 정치를 하고 신모델을 제시해야 하는데 구학문의 경전
인 『서경』에서 그 예를 찾는다는 것은 모순이 아닐 수 없다. 어찌 보면 李
沂의 사상적 한계라고도 할 수 있다. 그러나 '온고지신(溫故知新)'이라 했
듯이 예전의 것을 익혀서 새롭게 적용하면 더 나을 것이다. 흔히 '삼대(三
代)' 이전은 태평성대를 이루었다고 한다. 그래서 이기(李沂)도 오직 '삼

---

15) 조상우, 전게논문, 32쪽.
16) 而其政體大要有三 曰共和 曰立憲 曰專制 …… 三者莫善於共和 而莫不善於專制.
   (<急務八制議 國制第一>, 20쪽.)

대'의 것만이 가능하다고 한 것이다.[17]

　이기(李沂)는 위정자들이 국민을 어떻게 대해야 하는지에 대하여 서술하고 있다. 바로 정치의 중심을 국민으로 보고 있다. 그러면서 '국민'을 무서워해야 한다고 하였다. 그러나 실제 정치에서 위정자들이 국민을 무서워하는가. 자신의 안위를 우선에 놓고 일을 하다 보니 국민뿐만 아니라 나라까지 위태로워 진 것이기에 이기(李沂)는 위정자들을 향해 국민 중심의 정치를 해야 한다고 말하고 있다.

　　우리 이천만 국민을 이끌고 주먹을 쥐고 한 번 싸워 동북쪽 해변에서 피를 흘리며 뼈가 가루가 되게 하여 세계 사람들로 하여금 러시아와 일본이 정직하지 않다는 것을 알리게[18]

　당시 국제정세와 함께 조선의 무기력함에 대해 서술하고 있다. 조선은 외세의 침략에 있어서 아무런 대책을 마련하지도 못하고 일본에게 고스란히 나라와 국민을 내주었다. 청일전쟁과 러일전쟁이 조선 땅을 발판으로 삼아 치르는데도 이렇다 할 대안이 조선 정부에는 없었다. 얼마나 답답했으면 고종을 모시던 내관들이 눈을 가리고 덕수궁 근처 외국 공사관을 찾는 훈련을 했겠는가. 이기(李沂)는 이와 같은 상황에서 정부의 주도 아래 외세에 대응하자고 외치고 있다. 그리고 불평등한 조선의 상황을 세

---

17) "바라고 행하기에 가능한 것은 오직 삼대의 것이다. 『하서』에 말하기를, 국민은 가히 가까이 할 수 있으되 멀리 할 수는 없다 하였고 또 말하기를, 사랑할 수 있는 것은 임금이 아니고 무서워할 대상은 국민이다 하였다. 국민을 무서워하는 마음으로 국민과 가까이 하는 정치를 하게 되면 국가가 잘 통치될 것이다."(可望而可行者 其惟三代乎 夏書曰 民可近不可遠 又曰可愛非君 可畏非民 夫以畏民之心 而行近民之政 則國家其庶幾矣. <急務八制議 國制第一>, 21쪽.)

18) 我二千萬人口張拳一鬪 腦血粉骨於東北之濱 使天下人 皆不直俄日. (<與申議長箕善書>, 90쪽.)

계에 알리어 조선의 자주권을 찾으려고 하였다. 그러나 이기(李沂)가 바라던 것처럼 뼈가 가루가 되도록 싸워 보지도 못하고 이기(李沂)가 기세(棄世)한 다음해 조선은 일본에게 합병을 당한다.

> 내가 일찍 고향에 있을 때 기씨 성을 가진 자가 매우 부자였는데, 아버지가 일찍 세상을 떠났습니다. 여러 숙부와 사촌들이 날마다 와서 돈과 양식을 달라고 하는데 처음에는 달라는 대로 주다가 결국 불평을 하며 그 이웃 마을에 세력을 방자하게 하고 다른 사람의 재물을 빼앗는 것을 좋아 하는 서씨라는 벼슬하는 사람이 있었는데 기씨가 그의 논밭을 가지고 그 서씨에게 갔습니다. 지금 우리 한국이 귀국에 바라는 것이 기씨가 여러 숙부와 사촌에 바라는 것과 무엇이 다르겠습니까. 친척 사이에서도 바라는 것이 지나치면 성을 내는 것은 사람의 감정이 그런 것입니다.[19]

위의 글은 일본 백작 대외중신(大隈重信)에게 보낸 편지의 일부이다. 일본이 광산, 철도, 은행, 삼포, 어업, 산림 등등에서 모든 권리를 빼앗아 놓고 땅까지 빼앗으려는 것에 대해 빗대어 얘기하고 있다. 이기(李沂)는 후술하겠지만 짤막한 이야기를 통해 독자를 깨우치도록 하는 글쓰기를 잘했다. 이 글도 시골 마을에서 벌어진 일화를 통해 일본이 조선을 어떻게 대하는가를 비유적으로 표현하고 있다.

내용을 보면, 부잣집 아들로 태어난 기씨는 일찍 부친을 여윈다. 그러자 숙부와 사촌들은 어린 조카와 사촌의 재물이 탐나 돈을 달라고 請하자 처음에는 다 받아주었지만 시간이 지나면서 더 이상 버티지 못하고 기씨가 재물 속심이 많은 같은 동네의 서씨에게 재물을 가져다주어 숙부와 사

---

19) 僕嘗在鄕時 見奇姓民 頗有田産 早歲而孤 諸叔諸從日求錢糧 始雖隨應 終懷不平 旣已其隣里有徐姓官人之藉勢力而好强占者 奇姓民遂擧其田産而歸焉 今我韓之望於貴國者 亦奚異於奇姓民之望於諸叔諸從者乎 親戚之間 其望特厚 故其怒亦易生 此人情所固然也. (〈與日本伯爵大隈重信書〉, 102-103쪽.)

촌의 돈 부탁을 막았다는 이야기이다. 이기(李沂)는 친척사이에도 바라는
것이 많으면 성을 내는 법인데 국가 간에는 어떻겠냐면서 일본이 조선에
부당한 요구를 많이 하는 것을 빗대어 서술하고 있다.

당시 정세와 정치 개혁에 대한 언급은 <최익현전(崔益鉉傳)>에서 자
세히 기술하고 있다. 이기(李沂)는 여러 전(傳)을 지었는데, <최익현전(崔
益鉉傳)> 외에 <김봉학전>, <송병선전>, <이조묵전>, <속자객전>이
더 있다. 이기(李沂)는 을사오적을 암살하기 위해 암살단을 조직할 정도
로 의협심이 강할 뿐만 아니라 생각한 것이 있다면 직접 행동에 옮기는
사람이었다. <최익현전>에 보면, 최익현이 광무 10년(1906) 일본 정부에
보낸 편지를 이기(李沂)가 그대로 옮겨 서술해 놓고 있다. 그 내용에 보면
일본이 조선의 자주 독립을 해하지 않겠다고 하고는 도리어 조선의 자주
독립을 빼앗고자 한다며 신의를 저버린 열여섯 가지를 들어 일본을 질타
하고 있다. 이 글을 통해 이기의 '대일관'을 알 수 있다. 그러면 열여섯 가
지를 세 가지 유형-외교, 경제, 법률과 부서간의 제도-으로 나누어 살
펴보기로 한다.

우선 외교와 관련된 제기부분부터 따져 보자. 일본은 조선을 병탄하기
위해 제일 먼저 했던 작업이 외교권 박탈이었다. 조선이 독자적으로 세계
각국을 상대하지 못하도록 고립시킨 후 일본이 조선을 병합하겠다는 속
셈이었다. 그 징조를 갑신정변과 갑오개혁에서 볼 수 있다. 삼일천하로
물러난 김옥균은 일본을 등에 업고 정변을 일으켰으나 일본의 야욕만 채
워주는 꼴이 되었고, 갑오개혁은 일본이 조선에 군사를 진주시키는 빌미
를 제공하기도 하였다. 일본이 이 기회를 놓치지 않고 국민을 선동하고
심지어 몇 해 뒤인 을미년에는 국모를 시해하는 만행을 저지르기에 이른
다. 하지만 일본은 국모를 시해한 죄인을 처단하지도 않는다.[20] 여기에
일본은 옥새를 빼앗아 강제로 조약을 맺은 후 외교권을 박탈하고 통감을

파견하여 조선이 자주국이 아님을 온 세상에 알린다.[21] 최익현은 이 네 가지-갑신, 갑오, 을미, 을사늑약-의 신의 배반을 제기하여 그 중요성을 표출하였다.

다음은 경제와 관련된 제기 부분이다. 일본은 자신들의 야욕을 이루고 자 경의철로를 놓으면서 조선을 위해 해주는 냥 하고는 자기들 마음대로 일을 처리했다. 그리고 어업, 농업, 광산, 해운 등에 이르기까지 이윤이 될 만한 것들은 일본이 다 차지하였다. 여기에 군사상의 일이라는 핑계로 토 지를 점령하고 집을 허물기도 하였으며 심지어 터부시했던 조상의 묘까 지 분묘를 하였다. 그것도 모자라 국민을 학대하기도 하고 아무것도 모르 는 사람들을 모아서 멕시코에 팔아넘기기까지 했다.[22] 또 시중에 유통할 수도 없는 종이 돈 '원위화'를 억지로 만들게 하였고 차관을 준다고 말만 하고 주지는 않으면서 미리 이자만 받아가 일본은 조선에 경제적 타격만 입혔다.[23]

다음은 법률과 부서 간의 제도와 관련한 제기이다. 일본은 전화국과 우 체국을 조선에서 가장 긴요한 부서로 생각한 듯하다. 이 두 기관은 통신

---

20) 甲申高宗二十一年竹添進一郎之亂 劫遷我皇上 殺戮我宰相 其棄信背義之罪一也 甲午高宗三十一年 大鳥圭介之亂 焚掠我宮闕 奪取我財物 毀棄我典章文物 名稱獨立我國 而異日攘奪攫取之基 實肇於此 其棄信背義之罪二也 乙未三浦梧樓之變 弑我母后 爲千萬古所無之逆 而專事掩覆 逋逃之賊 曾不一介縛送 其大逆無道非直棄信背義而已之罪三也. (<崔益鉉傳>, 152쪽.)

21) 威脅政府 勒構條約 自呼可否 奪印擅調 移我外交 置其統監 使我自主獨立之權 一朝失去而猶諱其威脅之說 欲塗萬國之耳目 其棄信背義之罪十四也. (<崔益鉉傳>, 153쪽.)

22) 京義鐵路 則初不知照 恣意爲之 以至漁採蔘圃之利 鑛山航海之權 凡一國財源所出之大者 皆無遺奪去 其棄信背義之罪四也 稱以軍事上 則强占土地 侵虐人民 掘墓毀宅者 不知其數 …… 用兵已休 而鐵道焉不思還附 地段焉依舊占奪 軍律焉依舊施用 …… 勒募役夫牛鞭而豕驅之 少不愜意 輒殺之若刈草菅 又誘集愚民 潛賣於墨西哥 使我民 父子兄弟含冤抱讐 以不得報受虐濱死而不得還. (<崔益鉉傳>, 152-153쪽.)

23) 以不能通行之紙片 强名之曰原位貨 又虛名借款 而預取利息.. (<崔益鉉傳>, 153쪽.)

을 관장하고 있어 정보력과 관련이 있기에 일본은 이들 기관을 최대로 이용하였다. 이로 인해 조선은 일본이 모르게 정보를 이용할 수 없는 처지가 되어버렸다. 이 뿐인가. 각 부서에는 필요도 없는 고문관을 두어 세액을 낭비하고 조선 국민을 지키는 군경의 봉급은 감액하여 사기를 저하하게 만들었다.24)

일본은 조선의 세력이 다시 살아날 수 있는 조금의 징조도 없애려고 하였다. 그것이 바로 언론을 막는 일이다. 여러 지식인들의 충성스러운 말을 막아 국민들을 선동할 수 없도록 방비하였다. 일본은 관리임용에까지 내정 간섭을 했다. 관리에게 벼슬을 주는 것은 조선 정부의 고유 권한인데도 불구하고 협잡배들에게 벼슬을 준 후 뇌물을 주고받는 등 조선 정부의 자주권을 인정하지 않았다. 게다가 일본은 '이민조례'를 만들어 우리민족의 말살까지 주도면밀하게 계획하기도 했었다.25)

이상이 최익현이 일본 정부에게 신의를 저버린 것에 대해 열거한 내용이다. 내용을 보면 일본은 정치와 법률을 동원하면서까지 조선의 내정에 간섭을 하였고, 그들에게 이익이 되는 것이라면 하나도 남김없이 다 차지하였다. 그러면서 겉으로는 조선을 위한다 하지만 그 야욕은 다른 곳에 있었다. 일본은 조선인 중 자신들의 말을 잘 듣는 사람들에게 재물이나 권력을 주고 조선을 소유하려고 하였다. 결국 일본은 조선의 국권을 능멸하였으며 자주국임을 인정하지 않았고 조선의 백성들은 자신들의 야욕을 채우기 위한 이용 수단으로 여겨 갖은 학대와 함께 마음대로 부리었다. 이러한 사정을 안 최익현은 일본 정부에 다음과 같이 권고하였다.

---

24) 勒奪電郵兩司 自握通信之機關 其棄信背義之罪十一也 勒置顧問官於各部 自食厚俸 而專爲亡我覆我之事 如軍警之減額 財賦之攬取 最其尤者. (<崔益鉉傳>, 153쪽.)

25) 稱以勸告政府 則持我人鄙陋悖雜之類 强請授官 賄賂公行 …… 是欲鉗制其忠口 抑遏公論 惟恐我國勢之或振 …… 作爲移民條例 勒迫請認 則乃欲行其易人種之毒謀 而將使我民靡有孑遺. (<崔益鉉傳>, 152쪽.)

내가 한 말을 귀국의 황제에게 아뢰어 열여섯 가지의 큰 죄를 회개하게 하고 통감을 파하며 고문 및 사령관을 소환해 가고 다시 충신한 사람을 공사로 하여 각국에 사죄하며, 우리의 자주독립권을 침해하지 않고 두 나라가 진정하게 영원히 서로 편안할 수 있다면 아마 귀국도 안전한 복이 있을 것이며, 동양의 대국도 유지할 수 있을 것이다.[26]

신의를 저버린 일본에게 최익현은 회개하라고 하고는 우선적으로 조선에서의 통감정치를 없애고, 고문 및 사령관을 소환하라고 말한다. 그리고 세계 각국에 일본이 조선에 행했던 일들에 대하여 사죄하라고 하였다. 또 조선의 자주 독립을 침해하지 말아야 두 나라가 영원히 편히 살 수 있고 동양의 안녕도 유지할 수 있다고 단호하게 언급하고 있다. 최익현의 말을 이기(李沂)가 빌어 말하고 있지만, 결국 <최익현전>을 지은 이기(李沂)의 대일관이 투영된 결과이기도 하다. 이기(李沂)는 하시라도 일본이 조선을 원래 상태로 되돌려 놀 것을 요구하고, 이렇게 해야만 동양의 평화를 유지하는 길이라고 말하고 있다.

이기(李沂)의 제도 개혁에 대한 견해는 국내에 한정된 것만은 아니었다. 이기(李沂)는 1904년 고종에게 4차에 걸친 <논일인소구진황지소(論日人所求陳荒地疏)>를 통해 일제의 이른바 황무지개척권 강요의 부당성과 그에 대한 대책을 진언하였고, 같은 해에 올린 <인근시상주봉서(因近侍上奏封書)>에서는 러일전쟁의 종결 전에 우리의 옛 영토인 서북간도를 회복해야 한다고 주장하였다.[27] 서간도 이야기는 <대서간도민치내부서(代

---

26) 此鄙言上奏于貴皇帝 將以上所列十六大罪 盡行悔改 罷收統監 召還顧問及司令官 更派忠信之人爲公使 更以此謝罪于各國 俾勿侵害我獨立自主之權 使兩國果眞永遠相安 則庶乎貴國有安全之福 而東洋大局亦可以維持矣. (<崔益鉉傳>, 155쪽.)

27) 金庠基, 「李海鶴의 生涯와 思想에 대해」, 李瑄根華甲紀念論叢, 『아세아학보』 제1집, 1965, 78-84쪽. 우리의 옛 영토를 회복하는 일과 함께 이기는 나인영, 오기호 등과 더불어 自新會를 만들어 을사오적의 주살을 도모하기도 하였으나 실패하고 유배를 당하기

西墾島民致內部書)>에도 보인다.

　서상무가 관리로 삼년 동안 있으면서 성취한 바가 없기 때문에 그 뒤를
이을 사람을 구하기 어려워서 보내지 아니하는 것입니까. 그 곳 백성들로부
터 얻는 것이 국가에 도움이 되지 않고 변경의 분쟁만 야기시킨다고 생각되
기 때문입니까 …… 임금 된 자의 정치는 국민을 얻는 것으로부터 시작됩니
다. 그러므로 성인이 이르기를, 국민이 있어야 국토가 있고 국토가 있어야
국가가 있다고 했습니다. 우리 한국의 중흥의 대업이 이곳에서 그 터가 되
지 않았다고 어찌 말할 수 있습니까. …… 간도는 고구려, 발해로부터 내려
오면서 모두 우리 내부의 땅이었기 때문에 토문의 윤관의 비석과 파저의 고
려 묘가 그 증명을 분명히 하고 있습니다. …… 변경의 분쟁을 겁내지 말며
새 관리를 빨리 선발하여 보내 생령들로 하여금 황야에서 죽게 된 것을 면
해 주시기를 엎드려 바랍니다.[28]

　이 글에서 문제시 되는 것은 '변경의 분쟁'이다. 그러나 이기(李沂)는
조선의 조정에 변경의 분쟁을 겁내지 말고 간도를 지켜야 한다고 주장하
고 있다. 간도는 일단 우리 관리를 파견하여 정무를 보고 있었는데 갑자
기 일하던 관리를 소환하고는 다시 파견을 하지 않았다. 그 연유부터 李
沂는 묻고 있다. 그리고는 조선의 국민이 살고 있기에 '국민이 있어야 국
토가 있고 국토가 있어야 나라가 있다'는 논리를 들어 간도의 국민을 버
리지 말고 관리를 파견해야한다는 정당성을 피력하고 있다. 또, 간도가

　도 하였다. 이후 이기는 사망할 때까지 항일구국운동도 벌였다. (유완상, 「해학 이기의
　사상연구」, 『장안논총』 제15집, 장안전문대학, 1995, 108쪽.)
28) 豈以爲徐相懋在官三年 無所成就 而繼其後者 難得其人邪 抑以爲所得民戶 無補於
　國 而徒啓邊釁邪 …… 而況王者之情 必自得民始 故聖人云有民斯有土 有土斯有國
　安知我韓中興之業 不基於此 …… 墾島則自句麗渤海以來 皆其內地 故土門之尹瓘碑
　婆瀦之高麗墓 證案昭然 …… 勿以開釁爲懼 而新管理卽爲差下 趁斯下送 免使數萬
　生靈 轉死荒陬 伏望伏望. (<代西墾島民致內部書>, 99-100쪽.)

고구려, 발해로부터 내려오면서 우리의 영토였고 토문의 윤관의 비와 파저의 고려 묘가 그 증거라고 하였다. 국민을 간도에 내버려두고 아무런 대책도 연구하지 않는 조정에 대해 제도의 개혁을 이기(李沂)가 요구하고 있다.[29]

3. 이기(李沂)의 계몽과 해학적 글쓰기
   ―〈소설(小說)〉을 중심으로

전술한 바와 같이 이기는 교육과 정치제도에 대한 개혁을 주창하였다. 내용의 중요성 때문인지 글쓰기 태도 또한 심각하면서도 도전적이다. 이는 개혁의 대상이 주로 상층지도인사였기에 신랄하게 타도하는 것에서 기인했다고 볼 수 있다. 그러나 여타 서술과 달리『대한자강회월보』에 실린 〈소설〉을 보면 주로 웃음을 자아내면서 교훈을 주는 내용이 태반이다. 아마도『대한자강회월보』를 읽는 일반인들을 대상으로 하고 있기에 쉽고, 재미있게 표현하려 했다고 생각한다.

그러나 송민호는 이기(李沂)의 〈소설〉에 대해 '문학의 한 장르로서의 의식이 없다'는 혹평을 서슴지 않았다.[30] 이러한 결과는 현대의 '소설'과 양식면에서 다르기 때문에 나온 것이다. 이기(李沂)는 〈소설〉을 우언(寓言)으로 인식했던 것으로 보인다. 그 증거로 이기(李沂)의 문집인『해학유서(海鶴遺書)』권9에 〈우언(寓言)〉[31]이라는 짧은 글을 들 수 있는데, 그

---

29) 李沂의 이러한 주장은 최근 문제가 되고 있는 중국의 '동북공정'에 대해 우리가 어떻게 대비해야 하는가를 알려 주고 있다고 생각한다.

30) 송민호,『한국 개화기 소설의 사적 연구』, 일지사, 1976, 102쪽.

31) "저옥이 황상제께서 근년 더욱 늙었으나 학문에 더욱 힘써 다만 儒書를 좋아할 뿐만 아니라 불서도 좋아하여 자비가 이에 성품이었다. 하루 아침에 頓覺을 깨달아서 이내 群吏를 불러서 일을 잡고 칙령을 내려 말하기를 백성들은 죽이지 말라고 말하였다. 죽

양식이 『대한자강회월보』에 실린 작품과 유사하다. 필자가 궁금하게 여기는 점은 이기(李沂)의 <소설>이 그의 문집인 『해학유서』에 빠져 있다는 것이다. 『해학유서』는 이기(李沂) 자신이 문집의 편차를 정한 것이 아니라 이건방과 정인보가 맡았다. 그렇기에 작가인 이기(李沂)와는 다르게 작품의 비중을 다루었으리라 생각한다. 같은 한문 표기이더라도 내용면에서 <소설>이 배제되었을 가능성이 많다. 배제되었다면 <소설>은 잡저(雜著)의 대우도 받지 못하는 하찮은 글이었다는 증거이다. 정인보의 문집 산정기준을 정확히 알 수 없지만 일반인들을 계몽하기 위해 잡지에 실렸던 글이라 뺐다고 추측할 수 있다.

이기의 <소설(小說)>은 『대한자강회월보』 고정란을 통해 1906년 7월 1호부터 1907년 1월 7호에 이르기까지 17편의 짧은 이야기를 연재했다. <소설> 이외의 다른 제목은 없으며 현토한문으로 표기하였다. 내용은 주로 인물을 소재로 한 우언이다. 애국계몽기에 신문과 잡지에 보면 인물을 소재로 한 우언[32]은 빈번하게 연재되었는데, 이기(李沂)도 이러한 시대적

이지 않으면 어찌 능히 의식을 이루겠는가. 말하기를 너희들은 음탕하지 말라고 하였다. 음탕하지 않으면 어찌 능히 자식을 낳겠는가. 죽이는 죄는 불로 형벌을 하고 음탕한 죄는 물로 형벌을 하여 내가 반드시 丙과 丁의 해에 사용하여 그 사특함을 다스리리라. 이에 이기가 감히 머리를 숙이고 재배하여 말하기를 신이 죽이지 않고 음탕하지 않음이 있었으나 삼십에 의식이 궁핍하였고 자식이 없어서 한 번도 아름다움을 만날 수 없었습니다. 묵제가 크게 웃으며 말하기를 '너는 또한 면하기 어렵고 여러 번 말하여도 이익을 보지 못하는구나'라고 하였다."(竊惟 皇上帝 近年愈老·學愈力 但不好儒書 好佛書 慈悲是性 得一朝頓覺悟 乃呼羣吏 執事降手勅曰民爾道不殺 不殺怎能致衣食 曰爾道不淫 不淫怎能生子息 罪殺刑火 罪淫刑水 予必用柔兆强圉歲 治厥惡 於是沂敢稽首再拜言 臣有不殺不淫 三十衣食乏 子息缺不可一例遭徵 墨帝大喝道 汝亦難免 屢言不見益. <寓言>, 159쪽.)

32) 같은 시기에 창작된 인물을 소재로 한 우언은, <논설>(採芝山人, 『황성신문』, 1899. 2.20, 21.), <暗室欺心神目如電>(무기명, 『황성신문』, 1900. 3. 20.), <翁言三害>(무기명, 『황성신문』, 1900. 7. 13.), <湖上諷諺>(무기명, 『황성신문』, 1900. 7. 21.), <民俗의 大關鍵>(劉元杓, 『서북학회월보』, 1908. 9.), <靑邱美談>(觀海生, 『기호흥학회월보』, 1908.

흐름에 맞추어 적절한 글쓰기 방식을 수용한 듯하다. 그러면 해학[33]과 관련된 작품을 하나씩 살펴보기로 한다.

　　한 陰陽家가 구속하고 꺼리는 것이 너무 심하여 마침내 세상의 법규를 만들어서 감히 어기지 않더라. 하루는 잘못하여 무너진 담에 깔리게 되어서 급히 불러 와서 구해달라 하니 그 아들이 곧 曆書良六을 취하여 말하기를 "오늘은 움직이는 것이 좋지 않으니 또 내일을 기다리겠습니다." 하니 그 사람이 이미 죽었더라. 슬프다. 맹자에 이른바 術은 삼가지 않을 수 없다는 것이 모두 이런 것들이리라. 그런 연고로 그 父兄의 식견이 부족한 즉 자제의 교육이 또한 이루어지지 못하니 어떤 사람이 그 아들이 春風을 가리켜 "春바람"이라 하는 것을 보고 꾸짖기를 "어리석은 놈이로다. 어찌 봄風이라고 말하지 않는고"라 하니 듣는 자들이 절도하지 않는 이가 없었다.[34]

이 글에서는 음양가 부자를 내세워 미신타파를 주장하고 있다. 애국계몽기에 있어 미신타파는 계몽의 일순위였다. 아들은 아버지가 세상의 모든 일을 점쳐서 믿는 것을 보고 아비와 똑같은 행위를 하였다. 아비가 담장에 깔렸는데도 불구하고 아들은 아비를 도와주지는 않고 오늘의 운세는 '움직이는 것이 좋지 않으니 내일을 기다리'라고 말하고 도와주지 않자

---

10. 11.), <鐵椎子傳>(무기명, 『황성신문』, 1908. 10. 8.), <巫瞽의 呼寃>(무기명, 『황성신문』, 1909. 12. 17.) 등이 그 대표적 예이다.

33) 이기의 <소설> 전체를 본다면 풍자와 해학을 아우르는 우의적 성격을 가진 글이라 규정할 수 있다. 그러나 이기의 <소설>을 좀 더 세분화할 필요가 있어서 이 장에서는 웃음과 관련된 작품만을 골라 살펴보고자 한다. 이기 자신이 웃음이라든가, 포복절도 등의 단어를 사용한 작품을 우선적으로 뽑았다. 이를 근거로 하여 "해학적 글쓰기"라 이 장의 제목을 정하였다.

34) 有一陰陽家ᄒᆞ야 拘忌太甚ᄒᆞ야 遂成世規ᄒᆞ야 不敢有違라. 一日에 誤爲壞墻所壓ᄒᆞ야 急呼來救ᄒᆞ니 其子 輒取曆書良六에 曰 今日不宜動土라 且待明天호리다. 而其人이 已死矣러라. 嗟乎라. 孟子所謂 術不可不愼者 皆此類로다. 故로 其父兄見識이 不足則 子弟敎育이 亦不成ᄒᆞᄂᆞ니 有人이 見其子指春風云 春바람ᄒᆞ고 呵之曰 不肖兒로다. 何不云 봄風고ᄒᆞ니 聞者 莫不絶倒러라.(『대한자강회월보』 2호, 69쪽.)

아비는 죽고 말았다. 이러한 일들은 전대부터 애국계몽기까지 부지기로
많았을 것이다. 李沂는 "春風"을 춘바람이라 한 것이나, 봄풍이라 한 것
이나 마찬가지인데도 아비는 아들을 어리석은 놈으로 여긴다는 이야기를
통해 아비의 견식이 중요함을 서술하고 있다. "春風"을 해석하는 것에서
이기(李沂)가 의미하는 웃음을 찾을 수 있다. 곧 이 글에서 이기(李沂)는
아비의 행동이 아들에게 어떠한 영향을 주는지를 예로 보여줘 가정교육
의 중요성을 얘기하고 있다.

> 안협군에 김씨 성을 가진 사람이 말과 행동이 매우 졸렬했거늘 그 아비가
> 매번 근심하였다. 하루는 홀연 사방의 산을 가리키며 말하기를 "내 반드시
> 이 全麓을 소유할 것입니다"라고 하니 그 아비가 매우 기뻐서 "그렇게 하고
> 자 하는 이유가 무엇이냐"고 묻자 "땔나무를 대려고 합니다"라고 하였다. 또
> 묻기를 "땔나무를 어디다 많이 쓰려고 하는고"라고 하니 "내 장차 두부를
> 한 번 실컷 먹으려고 합니다"라고 하였다. 아. 사람 기량의 크고 작음이 진
> 실로 정히 나누어져서 억지로 바꿀 수 없는 것이라.35)

위의 글은 사람의 기량은 쉽게 바꿀 수는 없지만 인지(人知)는 교육을
통해 어느 정도 개발할 수 있음을 지적하고 있다. 이 글의 내용을 보면 바
보 아들이 하루는 아비에게 산기슭을 가지고 싶다고 말한다. 이에 아비는
바보 아들이 어인일로 이 같은 소리를 하나 기특하고 놀라워 왜 그러냐고
물으니 바보 아들은 땔감을 얻으려고 한다고 대답한다. 아비는 아들이 기
특해 또 묻는다. 그러자 바보 아들은 두부를 실컷 먹기 위해 그런다면서
앞에서의 기대를 완전히 실망시킨다. 요즘 개그에서 보이는 반전36)을 사

---

35) 安峽郡에 有金姓子ᄒᆞ야 言語行爲가 頗極拙劣ᄒᆞ거늘 其父ㅣ 每憂之라 一日은 忽指
　　四山曰 吾必有此全麓이리라 其父ㅣ 甚喜ᄒᆞ야 問得此欲何爲오 曰以供薪樵로이다 又
　　間薪樵安用許多오 曰吾將熬豆一飽喫이로이다 嗟呼라 人之器量大小가 固有定分ᄒᆞ야
　　不可强化라.(『대한자강회월보』 제1호, 63쪽.)

용하여 통쾌할 정도는 아니지만 웃음을 자아내고 있다. 이기는 위정자의
견식을 우매한 아들의 근시안적이며 단순한 사고에 비유하여 당시 위정
자들의 의식을 비난하고 있다.

> 아내를 좋아하는 자가 있어서 밤마다 반드시 침상에 올라오니 그 처가 너
> 무 고달퍼서 몰래 까마귀 고기를 먹여서 혹 (침상에 오르는 것을) 잊기를 바
> 랐다. 밤이 되자 곧 침상에 올랐고, 또 조금 있다가 다시 침상에 오르려 하
> 자 그 처가 막으며 말하기를 "하루 밤에 두 번 침상에 오르는 것이 너무 지
> 나치지 않습니까"하니 그 사람이 혀를 차며 이상하다는 듯이 말하기를 "내
> 가 언제 침상에 올라 왔었는고" 하니 이것이 비록 희언이나 그러나 천하에
> 마땅히 잊어야 할 것은 잊지 않고 마땅히 잊지 말아야 할 것을 잊는 것은
> 이 모두가 까마귀고기를 먹은 사람들이로다.[37]

이 글은 부부의 성(性)관계를 역사적인 문제와 관련시켜 독자들을 일깨
우고 있다. 아내가 남편과의 과도한 성관계를 견디지 못하여 남편이 성관
계 자체를 잊도록 몰래 까마귀 고기를 먹인다. 그러나 남편은 성관계를
잊은 것이 아니라 자신이 한 번 성관계 맺은 것을 잊어버리고 말았다. 여
기에서 이기(李沂)는 '사람들이 잊어버리지 말 것은 잊고, 잊어버려야 할
것은 잊지 않는다'고 세태를 풍자하고 있다. 이기가 참여했던 대한자강회
가 1906년에 결성되었고 이 글이 실린 시기도 1906년이기에 을사늑약이

---

36) 요즘 인기 절정인 MBC 『개그夜』의 <사모님>에 보면 사모님이 김기사에게 봉투를
주면서 내 성의라고 말하자 김기사는 뭐 이런 걸 다 주시냐며 쑥스러워하자 사모님은
내가 잘가는 한정식 음식점 약도라고 일러준다. 일반적으로 봉투를 주면 돈으로 알 터인
데 준 것은 자신만이 아는 단축코스의 약도를 준다. 이런 반전에서 웃음이 나온다. 李沂
는 100년 전 이 방법을 이용하고 있었던 것이다.

37) 有好內者흐야 夜必上床흐니 其妻甚苦之흐야 密以烏肉으로 飼之흐야 冀其或忘也라
至夜에 輒上床이러니 旣已오 又欲上床이어늘 其妻拒之曰 一夜再上床이 不亦過乎아
其人이 咄咄稱怪曰 吾何曾上床고 흐니 此雖戲言이나 然天下之不忘其當忘而忘其所
不當忘者 是皆喫烏肉者也로다.(『대한자강회월보』 2호, 69쪽.)

체결된 지 1년 뒤이다. 『대한자강회월보』가 민중의 계몽을 위해 창간되었고 당시 유일한 정치잡지였다는 것을 감안한다면 평에서 '잊지 말아야 할 것을 잊어버린다는 것'은 우리가 일본에게 을사늑약을 당하고 이전에 명성황후의 시해 등 일본에게 야만적인 행위를 당하였는데도 불구하고 사람들은 이를 잊고 있다며 민중들을 경계시키고 있다. 이 글은 부부간에 벌어지는 일을 희언으로 말하고 있으면서도 일반 백성뿐 아니라 관료들까지도 교육하여 깨우치고 수신하며 자강해야 한다는 의식이 강하게 드러나고 있다.38)

한 조정의 선비가 새로 어사에 제수되어서 급히 衣工을 불러 관복을 지으라 부탁하니 의공이 "상공이 어사가 되신 지 몇 년입니까"라고 물으니 조정의 선비가 성내며 그 까닭을 힐란하였다. 의공이 말하기를 "어사의 벼슬은 해[年]의 오래고 가까움에 따라서 옷의 모양이 같지 않으니 대개 새로 제수된 자는 기운이 성하고 어깨가 높은 연고로 앞 소매를 반드시 몇 마디 더 해야 하고 만약 몇 해가 지난 즉 뜻이 쇠하고 머리가 수그러진 까닭에 앞 소매를 반드시 몇 마디 줄여야 합니다"라고 하였다. 듣는 자가 넘어가지 않는 자가 없더라39)

이 글은 의공(衣工)이 관복을 가지고 조정관료들의 실상을 풍자한 것이다. 새로 어사에 제수된 사람이 의공(衣工)에게 옷을 맞추는데 의공이 어사에게 제수된 지가 얼마 되었냐고 물었다. 이에 어사가 화를 내자 의공은 처음 제수된 분은 기운이 왕성하여 어깨가 높아져 앞 소매를 조금 길

---

38) 조상우, 전게논문, 86-87쪽.

39) 有一朝士ㅎ야 新除御使ㅎ야 急召衣工ㅎ야 託造冠服홀시 衣工이 問相公이 爲御使幾年이닛가 朝士ㅣ 怒詰其故흔디 衣工이 日御使之官은 隨年久近ㅎ야 衣制不同ㅎ니 盖新除者ᄂᆞ 氣盛肩高故로 前襟을 必要加數寸이오 若過幾年則志衰頭低故로 前襟을 必要減數寸이니다 聞者ㅣ 莫不絶倒라.(『대한자강회월보』2호, 69쪽.)

게 하고, 제수된 지가 오랜 사람은 뜻이 쇠약해지고 머리가 낮아져 앞 소매를 줄여야 한다고 하였다. 처음 관직에 나갔을 때는 무엇인가 해 보려는 의지가 왕성하지만 시간이 지날수록 그 의지가 꺾이고 기성 관료화되어 부탁만 하다 보니 머리를 항상 낮추고 있기에 앞 소매의 길이가 변하는 것이다.

의공은 조정대신들에 비하면 하찮은 존재라 할 수 있다. 그렇지만 조정대신들의 행동이 의공에게 어떻게 비춰지고 어떠한 대접을 받고 있는가를 이 글에서 여실히 보여주고 있다.[40] 이기(李沂)는 새로운 시대를 맞아 개혁을 해도 힘든 상황에 시대에 편승하여 안주하려는 관리들에게 충고하고 있다.

> 호남 강진에 예전에 유숙 선생이 있었으니 늙은 훈장이다. 일찍이 문도와 함께 앉아 있다가 홀연 스스로 말하기를 "이상하구나, 地理의 알기 어려움이여"라고 하였다. 문도가 그 까닭 알기를 청하니 선생이 말하기를 "내가 매번 한 번 비가 지나가면 모래흙이 무너져 내림이 심히 많은 것을 보았는데 개벽 이래로부터 금일에 이르기까지 무릇 몇 번의 비가 있었는가. 땅이 필시 얕게 깎여서 구멍이 생겨야 하는데 오히려 또 아무 일도 없음은 어째서인가"라고 하니 듣는 자가 모두 웃더라.[41]

이 글은 지식인의 우매함을 경계하는 내용이다. 구학문의 대표인 유숙 선생은 제자들과 앉아 있다가 비가 오는 것을 보면서 '이상하다'를 연발하

---

40) 박종혁은 봉건시대 왕권의 대리 상징인 어사가 미천한 신분에 불과한 의공에게 조롱당하는 모습은 신분 차별의 타파와도 연관 지을 수 있다고 하였다.(박종혁, 「해학 이기 연구, 한말 격변기에 대응한 사상과 문학」, 성균관대 대학원 박사학위논문, 1990, 194쪽.)

41) 湖南康津에 昔有柳俶先生者ᄒ니 盖老學究也라 嘗與門徒로 坐라가 忽自語曰怪哉라 地理之難知也여 門徒ㅣ 請問其故ᄒ듸 先生이 曰吾見每經一雨이 沙土之壞損이 甚多而自開闢以來로 至于今日ᄒ야 凡有幾雨耶아 地必薄削生孔穴而尙且無事ᄂ 何也오 聞者皆笑라.(『대한자강회월보』 제4호, 66쪽.)

여 말한다. 제자들이 선생에게 그 이유를 물으니 선생은 비가 오면 모래 흙이 심하게 무너지는 것을 많이 보았는데, 개벽 이후 지금까지 온 비를 생각하면 땅에 구멍이 생겨야 하는데 그렇지 않으니 이상하다고 얘기한다. 약간은 엉뚱하지만 스승의 견식을 통해 제자들의 견식을 가히 알 수 있다. 전술했듯 아비의 견식이 아들에게 영향을 주듯, 스승의 견식이 바로 그 제자들에게 영향을 준다. 이기(李沂)는 지식인의 영향이 민중들에게 주는 파급 효과를 크게 여기고 있다는 것을 이 글을 통해 알 수 있다.

이기(李沂)는 중세적인 성리학 중심의 학문체계를 탈피하고자 실학적 사고에 몰두하였으며, 천문, 지리, 음양, 복서(卜筮), 병력(兵歷) 등의 다양한 방면에 관심을 가지었다. 그렇다보니 유형원과 정약용의 사상이 이기의 경제사상의 기초를 이루었다. 그러나 당시의 선비들은 이러한 사고를 간과하고 있었다. 이기는 위정척사만을 내세우고 개화를 반대하는 유학자에게 시대가 변하면 학문도 바뀌어야 한다는 것을 말하고 있다. 유학자의 우매함이 백성에게 옮겨지고 이로 인해 나라의 세력이 약하게 되었다고 하여 국운회복의 방법으로 학문의 변화와 유학자의 의식 개혁을 주장하고 있다.[42]

이기(李沂)의 <소설>에 나타난 의식 개혁 방안에서는 인물을 소재로 하여 세태를 풍자하고 있다. 이기(李沂)는 쌍방향 - 즉 양반과 일반 민중 - 의 의식개혁을 주장하고 있다. 여기에서 말하는 쌍방향 중 하나는 신교육으로 인한 자각과 민중계몽이고, 다른 하나는 관리 및 지식인의 의식 개혁이다. 위로부터의 개혁으로 조정 관리, 아전, 우악한 선비 등의 개혁을 주장하여 국운회복의 방안으로 제시하고 있다.

애국계몽기는 새로운 문물을 받아들여 구시대의 문물과 제도를 개선하

---

42) 조상우, 전게논문, 89쪽.

자는 기치를 높이 들고 있었다. 이기(李沂)는 기존에 행해졌던 일에 대해 그 부당성을 우스운 이야기를 통해 민중들을 계몽하려 했다. 곧 웃음이 교육의 소재가 된 셈이다. 이기(李沂)는 이 땅의 백성은 아직도 전대의 인습에 묶여 있음을 한탄하면서 이를 개혁하고자 했다. 이로 볼 때 이기(李沂)는 <소설>을 통해 교육 개혁의 초점이 국민에게 맞춘 아래로부터의 제도 개혁을 주장하였다. 왜냐하면 대다수의 민중이 변화하면 신문물의 수용이 훨씬 수월해져 개혁이 제대로 이루어질 수 있다고 여겼기 때문이다.43) 이러한 목적을 이루기 위해 이기(李沂)는 민중들에게 보다 친근하게 다가갈 수 있는 수단으로 해학적 이야기를 활용했다고 볼 수 있다.

4. 맺음말

지금까지 해학 이기(李沂)의 계몽사상과 해학적 글쓰기에 대하여 살펴보았다. 이기의 계몽사상에서는 교육개혁과 정치개혁 그리고 대일관 등으로 나누어 서술하였다. 이기는 교육개혁에서 구학문의 폐단으로 '중국에 대한 사대주의, 한문에 대한 관습, 문벌과 적서의 구별'을 예로 들었고, 이를 타파하는 방법으로 '독립, 국문사용, 평등'이 있다고 하였다. 이기는 교육계몽가답게 사회교육의 중요성 피력과 더불어 구학문의 폐단을 주장하면서 신학문의 습득을 강조하였다.

정치개혁과 대일관에서는 국민을 위한 정치를 해야 한다며 『서경』의 예를 들고 있다. 그리고 일본이 조선에 행한 부당한 제도와 행위에 대해 <최익현전>에서 열여섯 가지를 들었다. 그 내용을 보면 크게 외교, 경제,

---

43) 조상우, 「애국계몽기 한문서사에 투영된 해학의 양상과 의미」, 『인문학저널』, 단국대학교 인문과학연구소, 2004, 22쪽.

법률 등 세 가지로 나누어 볼 수 있다.

　해학적 글쓰기에서는 이기가 『대한자강회월보』에 게재했던 <소설>을 중심으로 '웃음'의 이야기를 통해 본 계몽에 대해 고찰하였다. 이기(李沂)의 <소설>에 나타난 의식 개혁 방안에서는 인물을 소재로 하여 세태를 해학으로 형상화하고 있다. 이기(李沂)는 쌍방향－즉 양반과 일반 민중－의 의식개혁을 주장하고 있다. 여기에서 말하는 쌍방향 중 하나는 신교육으로 인한 자각과 민중계몽이고, 다른 하나는 관리 및 지식인의 의식개혁이다. 위로부터의 개혁으로 조정 관리, 아전, 우악한 선비 등의 개혁을 주장하여 국운회복의 방안으로 제시하고 있다. 여기에 교육 개혁의 초점이 국민에게 맞춘 아래로부터의 제도 개혁을 주장하기도 하였다. 이러한 목적을 이루기 위해 이기(李沂)는 민중들에게 보다 친근하게 다가갈 수 있는 수단으로 해학적 이야기를 활용했다고 볼 수 있다.

『동양고전연구』 제26집, 동양고전학회, 2007.

참고문헌

1. 자료

<車夫誤解>

<국치선생전>

<기서>

<만하몽유록>

<몽견제갈량>

<몽견창해역사>

<박씨전>, 구활자소설총서(1차), 민족문화사, 1983.

<별계채탐>

<부산구>

<견관산견>, 진동혁 교수 소장본.

<호가인형담>

<흥부전>, 나손문고 소장본.

<빅년젼>, 진동혁 교수 소장본.

『高峰先生文集』

『국역 방산전집』, 성균관대학교 출판부, 1983.

『기호흥학회월보』

『논어』, 명문당.

『唐詩紀事』

『대학』, 명문당

『대한매일신보』

『대한일보』(<여영웅>, <일넘홍>)

『대한자강회월보』

『만하유고』

『明美堂集』

『文章辨體』

『文體明辯』

『삼국사기』

『서북학회월보』

『棲霞堂遺稿』

『石川集』

『소눌문집』, 경인문화사, 1995.

『소학』

『여사수지』(국립도서관 소장본)

『예기』

『존화록』

『澤堂先生別集』

『漢文懸吐 淑香傳』, 匯東書館, 1916.

『해학유서』

『현토국역 지장경』, 권상노 역, 보연각, 1988.

『활자본 고전소설 전집』 4권, 아세아문화사, 1976.

『황성신문』

2. 저서 및 논문

강영순, 「<백년전>(百年傳) 원전연구」, 『열상고전연구』 제8집, 열상고전연구회, 1995.

강영순, 「朝鮮後期 女性知人譚 硏究」, 단국대 대학원 박사학위논문, 1995.

姜在哲, 「朝鮮後期 小說에 있어서의 善·惡 人物의 性格 把握 問題」, 第二十二回 東洋學 學術會議講演抄, 東洋學 硏究所, 1992.

姜中卓, 「<李尹求傳> 硏究」, 『명지어문학』 20호 -열므나 이응호박사 퇴임 기념호, 명지대학교 인문대학 국어국문학과, 1992.

고려대학교 사고와표현 편찬위원회, 『글쓰기의 기초』, 고려대학교 출판부, 2004.

고려대학교 교양국어편찬위원회 편, 『문장연습』, 고려대학교 출판부, 2000.

곽정식, 「<이춘풍전>의 신연구」, 『국어교육』 51·52합집, 국어교육연구회, 1985.

권보드래, 『연애의 시대』, 현실문화연구, 2003.

권순긍, 「<이춘풍전>의 풍자성과 근대적 지향」, 『반교어문연구』 5, 반교어문학회, 1994.

권순긍, 「<이춘풍전> 연구사」, 『고소설연구사』, 우쾌제 박사 화갑기념 논문집, 2002.

권순열, 「석천 임억령의 '고기가' 연구」, 『고시가연구』 제7집, 한국고시가문학회, 2000.

권추자, 「임억령의 한시 연구」, 성신여대 대학원 석사학위논문, 1990.

권혁명, 「16세기 식영정 시단의 시세계 연구」, 고려대 대학원 박사학위논문, 2007.

권혁명, 「석천 임억령의 현실인식과 그 대응」, 『한국한시연구』 12, 한국한시학회, 2004.

권혁진, 「석천 임억령과 한시 연구」, 강원대 대학원 석사학위논문, 1995.

金光洙, <만하몽유록>, 『晩河遺稿』, 1907.

金庠基, 「李海鶴의 生涯와 思想에 대해」, 『아세아학보』 제1집, 李瑄根華甲紀念論叢, 1965.

金重器, <행장>, 『서하당유고』 下.

김경미, 「개화기 <열녀전> 연구」, 『국어국문학』 132, 국어국문학회, 2002.

김경훈, 「한국 개화기의 여성 사회 교육에 관한 연구」, 중앙대 대학원 박사학위논문, 1992.

김귀석, 『조선시대 가정소설론』, 국학자료원, 1997.

김근태, 「延命을 위한 探索이야기의 한 변형」, 『숭실어문』 8집, 숭실어문학회, 1992.

김기동, 『이조시대소설론』, 정연사, 1959.

김기림, 「서거정 기문에 나타난 서술전략 고찰」, 『한국고전연구』 9집, 한국고전연구학회, 2003.

김남이, 「유인석:민족의 호명과 여성」, 『우리 한문학사의 여성 인식』, 집문당, 2003.

김도련, 「영재 이건창과 창강 김택영의 고문관」, 『한국학논총』 3집, 국민대학교 한국학연구소, 1980.

김동언·러스 킹, 「개화기 러시아 관련 한글 자료에 대하여」, 『한글』 255, 한글학회, 2002. 3.

김동욱·황패강, 『한국고소설입문』, 개문사, 1990.

김명호, 「실학과 개화사상의 관련 양상」, 『대동문화연구』 제36집, 성대 대동문화연구원, 2000.

김석배, 「<야래자>형 설화와 혼사장애의 문학사적 전개」, 『문학과 언어』 4, 문학과 언어 연구회, 1983. 7.

김선희, 「<여항소설>연구」, 부산외국어대학교 교육대학원 교육학석사학위논문, 1995.

김성배, 『향두가·성조가』, 정음사, 1975.

김영작, 『한말 내셔널리즘 연구-사상과 현실』, 청계연구소, 1989.

김월회, 「20세기초 중국의 문화민족주의 연구」, 서울대 대학원 박사학위논문, 2001.

김윤제, 「백악춘사 장응진 연구」, 『민족문학사연구』 제12호, 민족문학사연구소, 1998.

김은미, 「조선초기 누정기의 연구」, 이화여대 대학원 박사학위논문, 1991.

김인규, 「북학사상연구-학문적 기반과 근대적 성격을 중심으로」, 성균관대 대학원 박사학위논문, 1998.

김종철, 「<배비장전> 유형의 소설연구」, 『관악어문연구』 10, 서울대 국문과, 1985.

김종철, 『판소리의 정서와 미학』, 역사비평사, 1996.

김태준, 박희병 교주, 『증보 조선소설사』, 한길사, 1990.

단국대학교 동양학연구소, 『한국한자어사전』, 단국대 출판부, 1996.

단국대학교 사고와표현 편찬위원회, 『사고와표현』, 단국대학교 출판부, 2004.

大痴子, 「몽배을지장군기」, 『서우』 16, 1908. 3

동국대학교 부설 동국문학연구소, 『한국문헌설화전집 1권』, 민족문화사, 1981.

蜜啞生, <寄書>, 『황성신문』, 1900. 10. 17.

박대복, 「厄運小說」 硏究-내용을 중심으로-」, 『어문연구』 79호, 한국어문교육연구회, 1993.

박명희, 「고소설의 여성중심적 시각연구」, 이화여대 대학원 박사학위논문, 1990.

박성규, 「격물치지와 정명」, 『철학연구』 56집, 철학연구회, 2002.

박성석, 「한국 고대소설에 보이는 여성들의 구국상」, 『배달말』 10, 배달말학회, 1985.

박성의, 『한국 고대소설사』, 일신사, 1958.

朴勝彬, <擁爐問答>, 『대한유학생학보』 2호, 1907. 4.

박용식, 「한국 설화의 사상적 배경」, 『설화문학연구』(상), 황패강선생 고희기념논총간행위원회, 단국대 출판부, 1998.

박은숙, 「석천 임억령의 생애와 작품세계」, 『한문학논집』 제10집, 단국한문학회, 1992.

박일용, 「조선후기 훼절소설의 변이양상과 그 사회적 의미」, 『한국학보』 51-52, 1988.

박종혁, 「해학 이기 연구」, 성균관대 대학원 박사학위논문, 1990.

박철원, 「러일전쟁때도 내분만 일삼더니」, 매일경제 오픈칼럼, 2004. 2. 16.

백승종의 정감록 산책(41), 「경주이선생 가장결」, 서울신문, 2005. 10. 20.

白岳生, <論科擧之不可無>, 『한성신보』, 1903. 2. 25.

백악생, <海水浴의 一日>, 『태극학보』 제2호, 1906. 9.

邊時淵, 「江原道監司石川先生墓誌銘」, 『석천집』, 여강출판사, 1989.

사재동, 「불교계 국문소설의 형성·전개」, 『한국서사문학사의 연구』 IV, 중앙문화사, 1995.

사재동, 「안락국태자경의 연구, 불교계 서사문학의 연구」, 『어문연구 학술총서』 제9집, 중앙문화사, 1996.

사회과학력사연구소, 『조선전사 중세·2』, 푸른숲, 1989.

서경희, 「<이춘풍전>의 남성과 여성」, 『우리문학의 여성성.남성성(고전문학편)』, 이화어문학회, 2001.

설성경, 「여항소설도 신문소설이다」, 한국고전문학연구회 165차 월례발표회, 1994. 4. 9 발표문.

逍遙子, <몽견창해역사>, 『황성신문』, 1908. 3. 29.

손병선, 「<이춘풍전> 연구」, 한양대 대학원 석사학위논문, 1988.

소인호, 「羅末~鮮初의 傳奇文學 硏究」, 고려대 대학원 박사학위논문, 1996.

송민호, 『한국 개화기 소설의 사적 연구』, 일지사, 1976.

송석준, 「한말 양명학의 전개와 연구현황」, 『양명학』 제13호, 한국양명학회, 2005.

송정숙, 「소눌 노상직의 『여수수지』 분석 -서문과 입교편을 중심으로-」, 『서지학연구』 제32집, 서지학회, 2005.

송희준, 「명미당 이건창의 의식세계의 한 국면」, 『한국한문학연구』 35집, 한국한문학회, 2005.

신용하, 『한국근대사회변동사강의』, 지식산업사, 2000.

신용하, 「독립협회와 개화운동」, 『교양국사총서』 20, 세종대왕기념사업회, 2000.

심경호, 「북한의 고전문학연구 성과와 문제점」, 『북한의 한국학 연구성과 분석』, 한국정신문화연구원, 1990.

심재숙, 「근대계몽기 신작 고소설의 현실대응양상 연구」, 고려대 대학원 박사학위논문, 2000.

심치열, 「<이춘풍전> 연구」, 성신여대 대학원 석사학위논문, 1988.

安潚, 「非有子問答」, 『韋堂遺稿』, 1895.

안창수, 「<이춘풍전> 연구」, 『영남어문학』 10, 영남어문학회, 1983.

양승민, 「애국계몽기 우언의 존재 양상과 그 역사적 의의」, 『우리문학연구』 제13집, 우리문학회, 2000.

여운필, 「<이춘풍전>」, 『고전소설연구』, 황패강교수 정년퇴임기념논총, 1993.

여운필, 「<이춘풍전>과 판소리의 관련 연구」, 『부산여대 논문집』 24, 부산여대, 1987.

연세대 국문과 BK21 한국 언어·문학·문화 국제인력양성 사업단, 『대학 글쓰기 교
　　　육 모형과 방법 발표논문집』, 제1회 한국 언어·문학·문화 국제학술대회,
　　　연세대 백양관, 2007.

吁然子, <拏山靈夢>, 『대한학회월보』 2호, 1908. 3.

우창호, 「<경성백인백색> 연구」, 『문학과 언어』 제18집, 문학과 언어연구회, 1997.

우쾌제, 「계모형소설연구─특히 구성, 인물, 사상을 중심으로」, 고려대 대학원 석사학
　　　위논문, 1976.

우쾌제, 「조선시대 가정소설의 형성요인연구」, 고려대 대학원 박사학위논문, 1986.

이혜순, 「개화기 한시에 나타난 일본·일본인」, 『한국문화연구원논총』 제61집 제1호,
　　　이화여대 한국문화연구원, 1992.

원진숙, 「대학생들의 학술적 글쓰기 능력 신장을 위한 작문 교육 방법」, 『어문논집』
　　　51, 민족어문학회, 2005.

유경환, 『원형적 상징을 찾아서』, 대한출판공사, 1989.

유영은, 「개화기 단형서사체 연구」, 서울대 대학원 석사학위논문, 1989.

유완상, 「해학 이기의 사상연구」, 『장안논총』 제15집, 장안전문대학, 1995.

劉元杓, 「민속의 대관건」, 『서북학회월보』 4, 1908. 9.

윤감, <춘몽>, 『대한흥학보』 4, 1909. 6.

윤사순, 『한국유학사상론』, 열음사, 1986.

윤주필, 「우언소설의 양식사적 검토」, 『고소설연구』 5집, 한국고소설학회, 1998.

윤채근, 「조선전기 누정기의 사적 개관과 16세기의 변모 양상」, 『어문논집』 35, 고려대
　　　학교 국어국문학연구회, 1996.

이가원, 「江原道觀察使石川林先生億齡神道碑銘」, 『석천집』, 여강출판사, 1989.

이광린, 「구한말 신학과 구학의 전쟁」, 『동방학지』 제23·24집, 연세대 국학연구원,
　　　1980.

李奎澈, <無何鄕>, 『태극학보』 제20호, 1908. 4.

이규태, 『이규태의 개화백경1─죽어도 나는 양반, 너는 상놈』, 조선일보사, 2000.

李　沂, 「小說」, 『대한자강회월보』 4호, 1906. 10.

이기대, 「장화홍련전 연구」, 고려대 대학원 석사학위논문, 1998.

이상택, 『한국고전소설의 탐구』, 중앙출판, 1981.

이석래, 「<이춘풍전> 연구」, 『성심어문논집』 12, 성심여대 국어국문학과, 1989.

이선영, 『한국문학의 사회학』, 태학사, 1993.

이성권, 「가정소설의 역사적 변모와 그 의미」, 고려대 대학원 박사학위논문, 1998.

이원수, 「가정소설 작품세계의 시대적 변모」, 경북대 대학원 박사학위논문, 1991.

이은숙, 「항일 우의 신작구소설 연구」, 한국정신문화연구원 한국학대학원 박사학위논문, 1994.

이종묵, 「부휴자담론과 우언의 양식적 특성」, 『고전문학연구』 5, 한국고전문학연구회, 1990.

이종주, 「세태소설의 변모과정」, 『고소설사의 제문제』, 성오 소재영교수 환력기념논총, 집문당, 1993.

이종주, 『여항소설』, 시인사, 1984.

이지호, 『글쓰기와 글쓰기 교육』, 서울대출판부, 2001.

이창헌, 「고전소설의 혼사장애구조와 유형에 관한 연구」, 『국문학연구』 81, 1987.

이혜순, 「우국 한시에 나타난 국혼」, 『20세기 전반기 한국사회의 연구』, 이화여대 한국문화연구원, 1999.

이혜순, 「개화기 한시에 나타난 일본·일본인」, 『한국문화연구원논총』 제61집 제1호, 이화여대 한국문화연구원, 1992.

인권환, 「심청의 인간형과 관음보살」, 『洌西 김기현 교수 회갑기념논총』, 동 간행위원회, 1995.

日本留 夢遊生, <寄書>, 『대한매일신보』, 1907. 9. 26.

임성래, 「어룡전의 구성고」, 『연세어문학』 14·15호, 연세대 국문과, 1982.

임용주, 「석천 임억령의 생애와 사상」, 『논문집』 제8집, 한국방송통신대학, 1988.

임창순, 「한말의 애국자 이기와 해학유서」, 『국회도서관보』 제2권 제3호, 1965.

임형택, 「해제」, 『석천집』, 여강출판사, 1989.

작자 미상, <몽배백두산령>, 『황성신문』, 1908. 9. 12.

장덕순, 「<이춘풍전> 연구」, 『국어국문학』 5, 국어국문학회, 1953.

장덕순, 「<이춘풍전> 해설」, 『현대문학』 46, 현대문학사, 1958.

장덕순, 『설화문학개설』, 이우출판사, 1985.

장응진, 「我國敎育界의 現象을 觀ᄒ고 普通學校의 急務를 論홈」, 『태극학보』 창간호, 1906. 8.

장효현, 「애국계몽기 창작 고전소설의 한 양상」, 『정신문화연구』 41, 한국정신문화연구원, 1990.

정락근, 「한말 개화지식인의 대외관에 대한 연구」, 한국외국어대 대학원 박사학위논문, 1992.

정병욱·이어령, 「<이춘풍전>」, 『고전의 바다』, 현암사, 1977.

정병헌, 「<이춘풍전>」, 『한국고전소설작품론』, 완암 김진세선생 회갑기념논문집, 1990.

정여울, 「20세기 초 몽유양식의 담론적 특성」, 『현대문학연구』 제254집, 서울대 대학원 국어국문학과, 2002.

정옥자, 「19세기 존화사상의 위상과 역사적 성격」, 『한국학보』 76, 1994.

정인보, 「海鶴李公墓誌銘」, 『해학유서』 권칠, 한국사료총서 제삼, 국사편찬위원회, 1971.

정창권, 「난학몽 연구」, 고려대 대학원 석사학위논문, 1995.

정창권, 『홀로 벼슬하며 그대를 생각하노라』, 사계절, 2003.

정책위, 『러일전쟁 전사자 추모비 건립에 대한 인천시민문화단체의 입장』, 2004. 2. 7.

정학성, 「몽유담의 우의적 전통과 개화기 몽유록」, 『관악어문연구』 제3집, 서울대 국어국문학과, 1978.

정환국, 「16세기 말 17세기 초 사상사의 흐름 속에서 본 「雲英傳」의 양명적 사유-<운영전>의 사상적 기반에 대한 試論」, 한국고소설학회 동계발표문, 2001.

정환국, 「車軾의 <蓬萊錄>에 대하여」, 『한국한문학연구』 27집, 한국한문학회, 2001.

정환국, 「애국계몽기 漢文小說에 나타난 대외인식의 단상」, 『민족문학사연구』 23호, 민족문학사학회, 2003.

정환국, 『조선의 신선과 귀신이야기』, 성균관대학교 출판부, 2005.

정후수, 「偶丁 林圭의 근대문화사적 역할」, 『동양고전연구』 제1집, 동양고전학회, 1993.

조동일, 『한국문학통사 4(제4판)』, 지식산업사, 2005.

조상우, 「<전관산전(全寬算傳)> 연구」, 단국대 대학원 석사학위논문, 1995.

조상우, 「『여사수지』 연구(Ⅰ) -편자 노상직의 편찬의도를 중심으로-」, 『단국어문논집』 제2집, 단국대 단국어문연구회, 1998.

조상우, 「지하국대적퇴치설화의 연구사와 의미분석」, 『설화문학연구』(하), 단국대출판부, 1998.

조상우, 「성강 조현소의 시세계」, 『동양고전연구』 10집, 동양고전학회, 1998.

조상우, 「<만하몽유록> 연구」, 『한문학보』 제4집, 우리한문학회, 2001.

조상우, 「안숙의 <비유자문답> 연구」, 『고전문학연구』 21, 한국고전문학회, 2002.

조상우, 「애국계몽기 한문산문의 의식지향 연구」, 고려대 대학원 박사학위논문, 2002.

조상우, 『애국계몽기 한문산문의 연구』, 도서출판 다운샘, 2002.

조상우, 「애국계몽기 한문소설에 표출된 지식인의 여성인식-<만하몽유록>과 <여영웅>을 중심으로-」,『한국고전여성문학연구』8집, 한국고전여성문학회, 2004.

조상우, 「<최고운전>에 표출된 '대중화 의식'의 형성배경과 의미」,『민족문학사연구』25, 민족문학사학회, 2004.

조상우, 「애국계몽기 한문서사에 투영된 해학의 양상과 의미」,『인문학저널』, 단국대학교 인문과학연구소, 2004.

조상우, 「대학의 '격물치지'를 활용한 글쓰기 전략」,『동양고전연구』23집, 동양고전학회, 2005.

조상우, 「디지털시대의 글쓰기」,『문예창작의 방법과 실제』, 일송 송하섭 교수 정년기념논총간행위원회, 2006.

조상우, 「대중문화를 활용한 글쓰기 교육방안」,『우리어문연구』제27집, 우리어문학회, 2006.

조상우, 「『소학』을 활용한『여사수지』의 글쓰기 양상과 의의」,『유학적 사유와 한국문화』, 지산 장재한 선생 칠순 기념 논문집, 2007.

조상우, 「해학 이기의 계몽사상과 해학적 글쓰기」,『동양고전연구』제26집, 동양고전학회, 2007.

조상우, 「<식영정기>의 우언 글쓰기와 문학사적 의의」,『온지논총』16집, 온지학회, 2007.

조상우, 「이건창의 <답우인론작문서>를 통해 본 글쓰기 전략」,『동양고전연구』제27집, 동양고전학회, 2007.

조성래, 「<이춘풍전>과 <정수경전>」, 우암논총 5, 청주대 대학원, 1989.

조용호, 「김광수의 <몽유록> 연구」,『고소설연구』11집, 한국고소설학회, 2001.

조용호, 「개화기 국한문소설 <여영웅> 연구」,『고소설연구』제16집, 한국고소설학회, 2003.

조휘각, 「영재 이건창의 생애와 경세관」,『국민윤리연구』제43호, 한국국민윤리학회, 2000.

조희웅,『고전소설 이본목록』, 집문당, 1999.

진경환, 「<산촌미녀>와 온건개화론」,『어문논집』52, 민족어문학회, 2005.

진덕규, 「대한제국의 권력구조에 관한 정치사적인식1」,『대한제국연구』1, 이화여대 한국문화연구원, 1983.

진동혁, 「미발표 고대소설 <견관산전> 해제」,『어문논집』27, 고려대 국어국문학연구회, 1987.

진동혁, 「미발표 고대소설 <빅년전> 解題」, 『도솔어문』 5, 단국대학교 국어국문학과, 1989.

차용주, 『명미당집』 외, 한국고전문학전집 9, 고려대학교 출판부, 1993.

차용주, 『한국고전문학전집』 9, 고려대 민족문화연구소, 1993.

최숙인, 「<이춘풍전> 연구」, 『이화어문논집』 5, 이화여대 한국어문학연구소, 1982.

최용순, 「어룡전 연구」, 『새국어교육』 22, 한국국어교육학회, 1980.

최운식, 『한국의 민담』, 시인사, 1987.

최은희, 『여성을 넘어 아낙의 너울을 벗고』, 문이재, 2003. 7.

최한선, 「석천 임억령의 시문학연구」, 성균관대 대학원 박사학위논문, 1994.

하순철, 「<이춘풍전>의 일고찰」, 『국제어문』 1, 국제대 국문과, 1979.

한국민족대백과사전 편찬부, 『한국민족대백과사전』 12, 한국정신문화연구원, 1995.

『한글대장경 正法念處經 해설』, 동국대 부설 동국역경원, 1995.

한기형, 「신소설 형성의 양식적 기반」, 『민족문학사연구』 14, 1999.

한원영, 『한국 개화기 신문연재소설 연구』, 일지사, 1990.

한원영, 『한국신문 한 세기 개화기편』, 푸른사상, 2002.

한준섭, 「고소설에 나타난 지인지감연구」, 건국대 대학원 석사학위논문, 1988.

한중선, 「개화기 일본어 학습서 小考」, 『일어문학연구』 25, 일어일문학회, 1994.

현혜경, 「한문단편의 서사구조에 있어서 '知鑑'화소-「溪西野談」 소재작을 중심으로-」, 『한국한문학연구』 제9·10합집, 한국한문학연구회, 1987.

弘村羅生, 「교육자토벌대(몽유고국기)」, 『대한학회월보』 제3호, 1908. 4.

황패강, 『한국서사문학연구』, 단국대출판부, 1982.

陳蒲淸, 『중국우언문학사』, 오수형 옮김, 소나무, 1994.

張榮華, 『中國古代民間方術』, 安徽人民出版社, 1993.

村山智順, 『朝鮮의 占卜과 豫言』, 金禧慶 譯, 東文選, 1991.

린다 플라워, 『글쓰기의 문제해결전략』, 원진숙·황정현 옮김, 동문선, 1998.

Arnold van Gennep, 『通過儀禮』, 全京秀 譯, 乙酉文化社, 1985.

찾아보기

▎조상우(趙祥祐)

　경기도 평택 출생
　단국대학교 인문과학대학 국어국문학과(문학사)
　단국대학교 대학원 국어국문학과 석사과정(문학석사)
　고려대학교 대학원 국어국문학과 박사과정(문학박사)
　(사) 유도회 한문연수원 졸업
　현재 단국대학교 인재개발원 강의전임강사

고전산문의 발견과 활용

2007년 9월 14일 초판 발행

지은이　조상우
펴낸이　김흥국
펴낸곳　도서출판 **보고사**

등록　1990년 12월(제6-0429)
주소　서울시 성북구 보문동 7가 11번지
편집부 922-5120~1, 영업부 922-2246, 팩스 922-6990
홈페이지　www.bogosabooks.co.kr
메일　kanapub3@chol.com

ⓒ 조상우, 2007
ISBN 978-89-8433-577-6(93810)
정가 18,000원

* 잘못된 책은 바꾸어 드립니다.
* 저자와의 협의에 의하여 인지를 생략합니다.